W0467363

HEYNE BÜCHER

SCIENCE FICTION

Herausgegeben
von Wolfgang Jeschke

Von **Gene Wolfe** erschien in der Reihe
HEYNE SCIENCE FICTION & FANTASY:

Der fünfte Kopf des Zerberus · 06/3415
Das Buch der Feiertage · 06/4340
Soldat des Nebels · 06/4602
Frees Vermächtnis · 06/5348

Das Buch der Neuen Sonne:

Der Schatten des Folterers · 06/4063
Die Klaue des Schlichters · 06/4064
Das Schwert des Liktors · 06/4065
Die Zitadelle des Autarchen · 06/4066
Die Urth der Neuen Sonne · 06/4655

Das Buch der Langen Sonne:

Die Nachtseite der Langen Sonne · 06/5941
Der See der Langen Sonne · 06/5942
Der Caldé der Langen Sonne · 06/5943
Der Exodus aus der Langen Sonne · 06/5944

in der
BIBLIOTHEK DER SCIENCE FICTION LITERATUR:
Der fünfte Kopf des Zerberus · 06/79

GENE WOLFE

DER EXODUS AUS DER LANGEN SONNE

DAS BUCH DER LANGEN SONNE
Vierter Roman

Aus dem Amerikanischen von
JÜRGEN LANGOWSKI

Deutsche Erstausgabe

WILHELM HEYNE VERLAG
MÜNCHEN

HEYNE SCIENCE FICTION & FANTASY
Band 06/5944

Besuchen Sie uns im Internet:
http://www.heyne.de

Titel der amerikanischen Originalausgabe
EXODUS FROM THE LONG SUN
Deutsche Übersetzung von Jürgen Langowski
Das Umschlagbild ist von Richard Bober

Umwelthinweis:
Dieses Buch wurde auf chlor- und
säurefreiem Papier gedruckt

Redaktion: Wolfgang Jeschke
Copyright © 1996 by Gene Wolfe
Amerikanische Erstausgabe
A TOR Book, published by Tom Doherty Associates Inc., New York
Mit freundlicher Genehmigung des Autors
und Paul & Peter Fritz, Literarische Agentur, Zürich
(# 55416)
Copyright © 1998 der deutschen Übersetzung
by Wilhelm Heyne Verlag GmbH & Co. KG, München
Printed in Germany September 1998
Umschlaggestaltung: Atelier Ingrid Schütz, München
Technische Betreuung: M. Spinola
Satz: Schaber Satz- und Datentechnik, Wels
Druck und Bindung: Ebner Ulm

ISBN 3-453-13989-5

Inhalt

Für Paul und Vicki Marxen –
wir kennen uns schon lange.

1

Dem Tod entronnen

Gespenstisches Schweigen senkte sich über die zerstörte Villa. Sie lauschte, ob der Verschluß einer Muskete klicken würde, doch Maytera Mint hörte nichts als das Stöhnen des Windes und das unregelmäßige Knattern der weißen Fahne, die sie hochhielt.

»Am Phaesday war man *in situ*«, verkündete Patera Remora. »Das Ayuntamiento, was?«

Sie waren vor einem toten Talus stehengeblieben, dessen stählerne Flanken vom Feuer versengt und vom Rauch geschwärzt waren. Trotz des Windes konnte sie den Fischtran riechen, der zur Schmierung verwendet wurde.

»Läßt sich vielleicht noch reparieren, Generalin, was?« Remora strich sich eine Strähne seines glatten schwarzen Haars aus den Augen. »Ganz anders als wir Biochemischen, was? Und trotzdem überantworten wir … äh … überantworten wir ihre Seelen dem Mainframe. Vielleicht sind die Seelen aber nicht mehr mit ihren vorherigen Seelen identisch, nachdem man sie wiederbelebt hat? Wegen der Ersatzteile, was?«

»Vielleicht haben sie auch gar keine Seelen«, murmelte Maytera Mint. Sie war stehengeblieben, um auf Remora zu warten, und ergriff die Gelegenheit, die Fenster des Hauses, das Blood gehört hatte, genau zu überblicken.

Obwohl ihre Bemerkung fast an Ketzerei grenzte, zog Remora es vor, zum vorherigen Gesprächsthema zurückzukehren. »Und wenn sie nun nicht hier sind, was? Loris und die anderen? Ob … äh … ob Buffalo …«

»Bison heißt er.« Mit verkniffenem Gesicht, die Nasenspitze vor Kälte leicht gerötet, drehte sie sich zu Remora um. »Colonel Bison.«

»Ach ja, richtig. Ob Bison und seine … äh … seine Kämpfer auf uns warten werden, bis wir zurückgekehrt sind?«

»Ihr habt meine Befehle gehört, Euer Eminenz.«

»Aber wenn wir nun länger brauchen als geplant, was? Die Vordertür ist zerstört. Ganz und gar in Stücke gehauen.«

Maytera Mint, die es bereits bemerkt hatte, als sie durch das ebenfalls zerstörte Tor das Grundstück betreten hatten, nickte nur.

»Daher kann man dort jetzt nicht mehr anklopfen, was? Nein, anklopfen kann man dort wirklich nicht mehr.« Remora begann zu strahlen. »Aber wir könnten an den Türrahmen klopfen, was? Ja, das könnten wir tun. Anklopfen und dann ein Weilchen warten. Wir sollten höflich sein.«

»Ich werde ins Haus eindringen«, erwiderte sie entschlossen, »und mich umsehen. Ich möchte natürlich Euer Eminenz keine Vorschriften machen, was Ihr zu tun und zu lassen habt. Aber wenn ich mit dem Ayuntamiento Kontakt aufnehmen kann, dann werde ich darum bitten, daß man nach Euch schickt. Falls ich den Kontakt nicht herzustellen vermag, dann werde ich hoffentlich wenigstens herausfinden, wo und wie die Kontaktaufnahme möglich ist. Und was Colonel Bison angeht, so ist er mir absolut ergeben, er ist mein bester Offizier. Meine einzige Sorge ist, daß er eine Patrouille hineinschicken könnte, um nach uns zu suchen, obwohl ich es ausdrücklich untersagt habe.«

»Ich … äh … ich kann Eure Haltung sehr gut verstehen«, sagte Remora, der rasch zu ihr aufschloß. »Wenn man nicht durch sein Verhalten deutlich macht, daß man Gehorsam verlangt, dann kann man auch nicht erwarten, daß einem die Leute gehorchen. So haben wir es auf der Schola gelernt. Aber wenn er nun fortgehen muß? Das Lager abbrechen? Dann könnte unser Rückweg in die Stadt doch recht … äh … recht gefährlich werden, was? Mindestens anstrengend.«

»Das ist nicht die Frage.« Einen Augenblick vergaß sie, daß Remora der zweithöchste Würdenträger des Kapitels war. »Die Frage ist, ob der Feind wieder da ist. Hier liegen keine Leichen.«

»Diese … äh …«

»Die Talusse. Nein, die zählen nicht. Man würde wohl zehn Joch Ochsen brauchen, um sie fortzuschleppen. Aber ich kann keine toten Biologischen oder Chemischen sehen.«

»Die … äh … die Armee, was? Die Armee ist zum Caldé übergelaufen, wie ich hörte.«

»Einige Soldaten sind übergelaufen, das ist wahr. Andere, die noch nichts vom Caldé wissen, haben es nicht getan und hier gegen ihre Kameraden gekämpft.«

Remora nickte. »Das ist ein Unglück, sehr tragisch.«

»Als die Leibwächter dieses Mannes namens Blood erfuhren, daß Caldé Silk ihren Herrn getötet hatte, haben einige von ihnen Silk und seine Soldaten angegriffen. Daher haben Generalissimus Oosik und Generalin Saba das Haus gestürmt.«

»Wie reizend, was?« Remora hegte eine heimliche Liebe für die Architektur, der er sich hingab, als wäre sie ein Laster. »Aber jetzt ist alles zerstört. Eine Schande, eine Schande. Und vielleicht wird sogar noch mehr zerstört. Nein, damit muß so rasch wie möglich Schluß sein. Keine brutalen Gemetzel mehr.

So romantisch die Trümmer auch ... äh ... so romantisch sie auch wirken mögen.« Er lächelte ein wenig verkrampft und ließ den Blick über Bloods zerpflügten Rasen wandern.

Maytera Mint zog den schmutzigen Habit enger um sich und wünschte zum hundertsten Mal, sie hätte ihre Haube mitgenommen. »Wenn wir vielleicht ein wenig schneller gehen könnten, Euer Eminenz? Damit wir rasch aus diesem Wind herauskommen? Ganz unabhängig davon, ob die Truppen des Ayuntamiento nun zurückkommen oder nicht?«

»Gewiß doch, gewiß doch.«

»Und obwohl ich nicht behaupten kann, daß Bison ...«

»Ihr habt die Leichen erwähnt, Generalin.« Ein paar rasche Schritte, und er war neben ihr. Mit seinen langen Beinen brauchte er nur einen Schritt zu machen, wo sie zwei tun mußte. »Ihr wolltet sicherlich vorschlagen, die Toten ordentlich ... äh ... ordentlich zu bestatten, was? Das käme uns jetzt allerdings höchst ungelegen, fürchte ich. Das würde uns sehr aufhalten.«

»Das ist wohl wahr. Doch es muß hier Tote gegeben haben, und es war bestimmt mehr als einer. Die Soldaten des Ayuntamiento und die Leibwächter des reichen Mannes, der hier wohnte, haben hinter den Fenstern gestanden und geschossen.«

Maytera Mint hielt inne und nutzte die erst kürzlich im Kampf gewonnenen Erfahrungen, um sich noch einmal die Szene vor Augen zu führen. »Schweber sind durchs Tor gerast, und die Gardisten und General Sabas Flugsoldaten sind durch jeden Riß in der Mauer hineingestürmt. Dann sind meine Kämpfer aus der Stadt gekommen, zu Tausenden. Einige müssen getötet worden sein; ich rechne mit mindestens einhundert. Auch einige der Leibwächter und Soldaten im Haus müssen gefallen sein. Seht Ihr diese

Reihe von kleinen Löchern dort? Das sind Einschüsse von einem Maschinengewehr. Das Turmgeschütz eines Schwebers hat die ganze Vorderfront des Hauses bestrichen.«

»Ich meine … äh …«

Sie unterbrach ihn ohne Rücksicht auf seinen Rang. »Wir hätten unsere Toten eingesammelt; jedenfalls hoffe ich, daß wir es getan hätten. Aber was ist mit ihren? Der Feind hat sich, unter Beschuß liegend, zurückgezogen. Sie müssen in die Tunnel geflohen sein, von denen Sand erzählt hat. Sollten sie ihre Gefallenen dorthin mitgenommen haben? Ich kann das kaum glauben, Euer Eminenz.«

»Wenn ich vielleicht etwas sagen dürfte.« Remora räusperte sich umständlich. »Es scheint mir, als hättet Ihr dafür gesorgt, daß mit Euren eigenen Toten entsprechend verfahren wird, auch wenn ich gestehen muß, daß ich von militärischen Dingen nicht viel verstehe.«

»Ich auch nicht. Ich wurde von Echidna ernannt, Ihr habt sicher davon gehört. Das wenige, das ich weiß, habe ich in den letzten Tagen aufgeschnappt.«

»Und doch habt Ihr Befehlshaber besiegt, die viel … äh … die viel besser ausgebildet waren als Ihr. Ich würde doch vermuten, daß es etwas, das unseren Scholas vergleichbar ist, auch für Offiziere gibt, also für die Wache des Caldé, wie wir sie jetzt nennen, was? Die frühere Zivilgarde, was? Bewundernswert, was Ihr geleistet habt, ich muß schon sagen.«

»Ich habe auch verloren, Euer Eminenz. Ich habe fast genauso oft verloren, wie ich gesiegt habe.« Sie kamen gerade an Scyllas Brunnen vorbei, der mit Eis überkrustet war.

»Obwohl ich davon also nicht viel verstehe«, wiederholte Remora, »möchte ich Euch doch folgende Hypothese unterbreiten. Ist es bei gut geführten Truppen nicht üblich, die Toten einzusammeln? Die Männer des Generalissimus sind … äh … sie sind sehr gut ausgebildet, und wir stellen jeder Brigade einen Kaplan zur Verfügung. Ganz wie es sich gehört. Damit auch beim Militär die richtigen Rituale für die Toten durchgeführt werden können. Und daher, wenn Ihr mir so weit folgen wollt, Maytera – Generalin –, daher würden doch wohl die Offiziere … äh … sie würden doch sicher Eure Leute dazu anhalten, auch ohne Euer Wissen und ohne einen ausdrücklichen Befehl von Euch …«

»Ihr meint, sie würden die Gefallenen, die sie finden, bestatten?« Maytera Mint, inzwischen sehr müde, reckte sich und richtete sich auf. »Wahrscheinlich war es nicht einmal nötig, die Kämpfer eigens dazu anzuhalten. Sie dürften gesehen haben, wie die Gardisten und Sabas Flugsoldaten ihre Gefallenen aufgeladen haben, um sie in die Stadt zu bringen, so daß sie nur noch deren Beispiel folgen mußten. Aber dann bleiben immer noch die gefallenen Feinde. Was ist mit ihnen? Wo sind sie?«

»In diesem trostlosen Gebäude, würde ich sagen. Sie haben es ja nicht gewagt, ihre Deckung zu verlassen, was? Sie haben durch die Fenster geschossen. Ihr … äh … Ihr habt das ja selbst schon erwähnt.«

Sie deutete mit dem Stock, an dem die weiße Fahne befestigt war, auf die zerstörte Außenmauer des Hauses. »Seht Ihr das Loch? Man kann in mehrere Räume hineinsehen, aber ich kann dort keinen einzigen Toten entdecken.«

»Und doch … äh …«

»Auch durch jene Tür dort kann man hineinblicken.« Sie hatten beinahe die Treppe im Portiko des Hauses erreicht. »Diese Tür hier war sicher besser verteidigt als jeder andere Punkt, und von hier aus kann ich bis zur Sellaria sehen. Keine einzige Leiche. Wo sind sie?«

»Ich würde … äh … ich würde vermuten, daß die

siegreichen Truppen sie anschließend beseitigt haben.«

Sie schüttelte heftig den Kopf. »Soldaten, die gesiegt haben, zeigen keine besondere Eile, die Leichen der besiegten Feinde fortzuschaffen, Euer Eminenz. Niemals. Nein, ich habe das öfter gesehen, als mir lieb ist. Sie sind stolz auf den Sieg, und es ist gut für ihre Moral. Gestern hat Major Skin mich gebeten, er hat mich inständig angefleht, die Leichen, die schon seit Tagen in den Straßen lagen, noch nicht entfernen zu lassen. Wenn die Leichen verschwunden sind, dann nur deshalb, weil die Freunde der Toten gekommen sind und sie geborgen haben. Es würde mich interessieren, ob hinter dem Haus frische Gräber sind. Wenn überhaupt, dann würde ich vermuten, daß man sie dort finden kann. Hinten an der Mauer, so weit wie möglich von der Straße entfernt. Wißt Ihr, ob es dort hinten Gärten gibt?«

»Ich hatte noch nie … äh … noch nie das Vergnügen, mich dort aufhalten zu dürfen.« Remora stieg die Treppe hinauf. »Was auch für Seine Kogniszenz gilt, wie ich annehme. Er vertraute es mir … äh … er vertraute es mir vor ein oder zwei Jahren einmal an. Wir haben versucht … äh … seinem Einfluß, Bloods Einfluß, meine ich, entgegenzuwirken. Ich war nie in diesen … äh … diesen jetzt zerstörten Gemäuern zu Gast.«

»Ich auch nicht, Euer Eminenz.« Maytera Mint raffte die Röcke hoch und folgte ihm.

»Sicherlich, Generalin, sicherlich bedaure ich es jetzt. Ich kann es nicht verhehlen, wirklich nicht. Dieses vornehme Haus muß unbeschädigt einen herrlichen Anblick geboten haben. Hätte ich es gesehen, dann könnte ich jetzt zwischen dem alten und diesem trostlosen Zustand den Kontrast erkennen, falls Ihr mir zu folgen vermögt. Wohingegen ich jetzt nur meine Vorstellungskraft habe. Seht Ihr dieses Bild dort? Ein Meisterwerk, ein Murtagon, wahrhaft ein Meisterwerk. Zerfetzt. Ein geschickter Restaurator könnte es vielleicht wiederherstellen. Genau wie die Talusse, was?«

»Das mag möglich sein.« Sie sah sich zwischen den zerstörten Möbeln um und lugte vorsichtig durch offene Türen in weiter hinten liegende Räume. »Er hat Frauen hier wohnen lassen, nicht wahr? Dieser böse Mann namens Blood, dem das Haus gehört hat, ließ Frauen hier wohnen, die …«

»Genug, genug! Macht Euch doch keine unnötigen Sorgen, Maytera. Generalin. Richtig, er hatte Frauen hier. Eine … äh … eine erlesene kleine Gruppe. So hörte ich anläßlich unseres … äh … meines Tête-à-tête, was? Mit dem alten Quetzal. Schockiere ich Euch? Wenn ich mit Seiner Kogniszenz spreche, dann neige ich manchmal dazu, sehr freimütige Worte zu gebrauchen. So ergibt es sich, wenn man lange befreundet ist. Eine Untugend, wie ich offen zugeben muß.« Remora trat einen Schritt näher, um den zerstörten Murtagon genauer zu betrachten.

»Ist es hier geschehen?«

»Meint Ihr, wo die Frauen … äh … wo sie … nein.« Er lächelte leicht und sah sie an. »Nein, wirklich nicht.«

»Ich meine, ob es hier war, wo Caldé Silk diesen Blood und wo Sergeant Sand Councillor Potto getötet haben?«

»Wir haben im Palast sogar noch schönere Gemälde als dieses. Dennoch, auch dieses hier ist ein Kunstwerk, und vielleicht kann man es reparieren. In einem … äh … in einem Vorraum könnte es durchaus noch einmal den ihm gebührenden Platz finden. Darf ich fragen, warum Ihr dies wissen wollt, Generalin? Wollt Ihr womöglich eine Art Gedenkstätte bauen lassen? Eine Bronzetafel mit einer Widmung womöglich?«

»Uns ist bekannt, daß der Mann, dem dieses Haus

gehört hat, in diesem Haus gestorben ist, Euer Eminenz«, erklärte Maytera Mint. »Dieser Mann namens Blood ist gestorben, ebenso Councillor Potto. Wenn ihre Leichen nicht hier sind, dann hat irgend jemand sie entfernt, und ich glaube, wenn Generalissimus Oosik oder Generalin Saba für die Bergung der Leichen verantwortlich wären, dann hätte ich es erfahren. Wenn wir die Leiche eines Councillors gefunden hätten, dann hätte es Gerede gegeben, was man mit ihr tun solle, und ich hätte es ganz gewiß erfahren.«

Ihre Stimme wurde hart. »Wenn Ihr jetzt mir bei diesen Gedanken folgen wollt?«

Remora, nicht eben daran gewöhnt, derart zur Aufmerksamkeit ermahnt zu werden, sah sich erstaunt zu ihr um.

»Es scheint niemand hier zu sein, obwohl doch meine Informanten ... ach, vergeßt es. Versteht Ihr, was ich meine?«

»In diesem Raum hier hält sich derzeit außer uns beiden gewiß niemand auf. Was ... äh ... was den Rest des Gebäudes angeht, so würde ich eine umfassende Erkundung vorschlagen.«

»Ich habe scharf gelauscht und nichts gehört. Es mag ja sein, daß die Leichen nicht offen herumliegen, sondern beispielsweise hinter dem Mobiliar versteckt wurden.« Nach einer kurzen Pause fuhr sie fort: »Euer Eminenz, ich werde die Räume auf dieser Seite hier durchsuchen. Ich möchte, daß Ihr Euch die andere Seite vornehmt. Den Rest des Hauses können wir uns wohl schenken.«

»Falls hier keine ... äh ... keine Leichen zu finden sind, Generalin«, wieder strich Remora sich die störrische Haarsträhne aus den Augen, »sollten wir dann nicht umgehend in die Stadt zurückkehren? Meiner Ansicht nach wäre das klug, denn wir wissen ja nicht ... äh ... wieviel während unserer Abwesenheit zur Stadt durchgesickert ist, was?«

Sie nickte. »Einverstanden. In diesem Fall wäre klar, daß sie hier waren und später noch einmal zurückkehren können. Ich werde jedenfalls einen von Bisons Offizieren und ein paar Kämpfer als Wache hier zurücklassen. Falls wir aber einen Toten finden, dann können wir annehmen, daß die Truppen des Ayuntamiento nicht hierher zurückgekehrt sind. In diesem Fall können wir sofort in die Stadt zurückkehren und brauchen uns nicht weiter um dieses Haus zu kümmern.«

»Eine kluge … äh … eine kluge Entscheidung.« Remora eilte schon zum ersten der Räume, die er sich vornehmen sollte. »Ich werde Euch sofort unterrichten, falls ich irgendwo … äh … falls ich irgendwo die sterblichen Überreste eines Soldaten entdecke.«

Der Raum, den Maytera Mint unterdessen betrat, war anscheinend das Arbeitszimmer des Besitzers gewesen. An einer Wand stand ein reich mit Schnitzereien verzierter Schreibtisch aus Mahagoni, und es gab einige Bücherregale, in denen überwiegend erotische oder sogar pornographische Werke standen, wie sie sich überzeugen konnte, als sie eine Buchreihe in Augenhöhe durchsah: *Drei Mädel und ihre Herrin, Die erstaunlichen Abenteuer eines jungen Helden und seines Esels, Sein Widerstand und wie er überwunden wurde …*

Sie wandte sich ab. Wie mochte es für die Frauen gewesen sein, unter der Fuchtel eines solchen Herren zu leben? Sie versuchte, sich das Leben der Frauen vorzustellen, die so einen Menschen hatten ertragen müssen, doch es gelang ihr nicht. Sie waren nach den Moralvorstellungen des Whorl böse Frauen gewesen, aber das bedeutete ja eigentlich nur, daß sie sich schlechter gegen die Attacken der Verlockung hatten verteidigen können, als sie selbst es vermochte.

Seltsam, wie rasch sie in den letzten paar Tagen gelernt hatte, die militärischen Redewendungen auf alles mögliche zu übertragen.

Auch wenn er tot war, dachte sie, konnte sie vielleicht einiges über den ehemaligen Besitzer und das Ayuntamiento erfahren, wenn sie die Schreibtischschubladen durchsuchte. Sie öffnete aufs Geratewohl eine Schublade und sah die Papiere darin durch. Alle Unterlagen hatten auf die eine oder andere Weise mit Geldgeschäften zu tun. Sie schloß die Schublade wieder und vergewisserte sich, daß unter dem Schreibtisch keine Leiche lag.

»*Generalin!*«

Sie drehte sich rasch um, daß der lange, schwarze Rock ihres Habit nur so flog, und eilte aus dem Arbeitszimmer in die Sellaria. »Was habt Ihr gefunden, Euer Eminenz?«

Er kam ihr bis zur Tür entgegen und hatte offensichtlich Mühe, seine Freude zu verbergen. »Ich habe die … äh … die unangenehme Pflicht …«

»Ihr habe also einen Toten gefunden. Wer ist es?«

»Es ist der … äh … der Councillor, wie ich glaube. Wenn Ihr aber vielleicht lieber darauf verzichten wollt …«

»Ihn anzusehen? Ich muß, Euer Eminenz! Ich habe Hunderte von Toten gesehen, seit die Kämpfe begonnen haben. Tausende sogar.« Es hatte eine Zeit gegeben, da war es ihr fast unmöglich gewesen, auch nur einer Ziege den Hals durchzuschneiden. Als sie sich an Remora vorbeischob, dachte sie darüber nach, daß es ihr wahrscheinlich immer noch schwer fallen würde – ganz zu schweigen von der Kehle eines Menschen, selbst wenn es ihr Feind wäre. Doch sie hatte Pläne geschmiedet und Befehle gegeben, und als Folge davon lagen jetzt viele Tote in den Straßen.

»Ich habe … äh … ich habe mich meiner Verantwortung nicht entzogen und mich bemüht, ihn etwas herzurichten. Habe ihn herumgedreht und ihm die Arme verschränkt, bevor ich Euch gerufen habe, was?«

Potto lag auf dem Rücken, die Arme übereinander gelegt, als wollte er die Wunde verbergen, die Sands Kugel ihm unter dem Brustbein in den Leib gerissen hatte. Das ergraute Haar lag ausgebreitet auf Bloods dickem Teppich. Maytera Mint murmelte: »Er sieht aus, als wäre er von etwas überrascht worden.«

»Zweifellos, so muß es ... äh ... so muß es gewesen sein.« Remora räusperte sich. »In einem Moment der Unachtsamkeit angegriffen, was? Von einem seiner eigenen Männer über den Haufen geschossen. Im Handumdrehen erledigt, wie man sagt. So hat es mir mein Protonotar berichtet. Er ... äh ... sein Name ist Incus, Generalin. Patera Incus. Er ist ... äh ... er ist leider dem Wahn verfallen, er sei der Nachfolger des alten Quetzal.«

Sie kniete sich neben die Leiche, machte das Zeichen der Addition und öffnete das Kartenetui des Toten.

»Er ist völlig verrückt geworden, fürchte ich. Nicht mehr bei Verstand. Er braucht wohl etwas Ruhe, was? Aber er wird schon wieder zu sich kommen. Generalin, was ... äh ...«

»Zuerst einmal«, erklärte Maytera Mint, »finde ich hier in seinem Etui Papiere, die wichtig sein könnten. Zweitens ist hier Geld, etwa zehn Karten, und das können wir wirklich dringend gebrauchen.«

»O ja, ich verstehe.«

Sie verstaute die Papiere und die Karten rasch in ihren weiten Ärmel. »Wo ist das Blut? Habt Ihr sein Blut weggewischt, bevor Ihr mich gerufen habt, Euer Eminenz?«

»Vielleicht durchs Herz geschossen, was?« Remoras nasale Stimme klang auf einmal gepreßt. »Dann blutet man nicht sehr stark, wie man mir versichert hat.«

Sachte zuerst, dann heftiger, rieb Maytera Mint über die Wange des Toten. »Er ist ein Chemischer!«

»Ich … äh …«

Sie blickte zu Remora auf. »Ihr habt es gewußt.«

»Ich … äh … ich habe es vermutet.«

»Ihr sagtet, Ihr hättet ihn auf den Rücken gerollt, Euer Eminenz. Ihr habt ihm die Arme verschränkt. Ihr müßt es bemerkt haben.«

»Es dabei bemerkt haben? Oh, gewiß doch, da hat sich bestätigt, was ich … äh … was ich vorher nur vermutet hatte. Ich hatte es mir gedacht und … äh … habe den alten Quetzal gefragt. Aber er wollte es mir nicht sagen. Einmal habe ich ihn gefragt. Nein, mehrmals sogar. Aber er … äh … er wollte es nicht verraten. Dabei vertraut er mir doch sonst alles an, was? Fast alles, jedenfalls. Sogar sehr … äh … sehr delikate Angelegenheiten. Heikle finanzielle Entscheidungen, alles. Aber in diesem Fall … äh … in diesem Fall wollte er nicht antworten.«

Remora kniete sich impulsiv neben sie. »Generalin … äh … Generalin? Wir sind hier doch unter uns, was? Niemand hier außer uns selbst? Darf ich Euch Maytera nennen?«

Sie ignorierte ihn. »Nun ist die Frage, wie man ihn bestatten will. Und außerdem werden ein Dutzend weitere Fragen aufgeworfen. Ihr müßt doch gewußt haben, daß ich es rasch herausfinden würde.«

»Ich … äh … ich dachte es mir. Allerdings. Aber nicht so rasch, was? Ihr seid wirklich sehr scharfsinnig.«

»Warum habt Ihr es mir denn nicht gleich von Anfang an gesagt? Was sollte dieser Unfug mit dem Blut?«

»Weil ich – wegen Incus, wegen Patera Incus. Und wegen des alten Quetzal, was? Meine Stellung ist … äh … äußerst unsicher. Gefährlich. Maytera, hört mich an, ich … äh … ich bitte Euch. Ja, ich flehe Euch an, hört mir zu.«

Sie nickte. »Ich höre. Was gibt es?«

»Incus, mein Protonotar. Mein ehemaliger Protonotar, sollte ich sagen. Kennt Ihr ihn?«

Sie schüttelte den Kopf. »Erzählt mir einfach, was Ihr zu sagen habt.«

»Er wurde zum Prolokutor ernannt. Von ... äh ... von Scylla. Das sagt er jedenfalls selbst, meine ich. Er erklärt sich selbst zum Prolokutor, ist völlig überzeugt davon. Ich habe gestern mit ihm gesprochen, aber er ... Ihr ...«

»Ich?« Einen Augenblick lang hatte Maytera Mint das Gefühl, ihr sei etwas Wichtiges entgangen. Dann dämmerte es ihr, und sie ließ sich zurücksinken, bis sie im Schneidersitz auf dem Teppich saß. Sie schlug sich die Hände vors Gesicht.

»Maytera? Generalin?«

Sie blickte wieder auf. »Ich wurde im Beisein Tausender Menschen von Echidna ernannt. Spielt Ihr auf dieses Ereignis an, Euer Eminenz?«

Remora öffnete den Mund und schloß ihn wieder, ohne ein Wort gesagt zu haben.

»Ihr wißt daher, daß es geschehen ist. Es gab ja viele Zeugen. Und ich habe erfolgreich gekämpft, wie Ihr selbst gesagt habt. Die siegreiche Kommandantin, die von den Göttern selbst eingesetzt worden ist. Sogar Bison und der Captain reden in dieser Weise über mich, und Patera Silk tut es auch.«

Remora nickte elend.

»Alle sagen, daß er vom Großen Pas selbst erwählt wurde, damit er unser Caldé wird. Selbst Maytera Marble sagt das. Auch er war erfolgreich, und so entsteht der Eindruck, als hätten die Götter selbst unsere neuen Anführer erwählt. Und falls dieser Patera Incus nun der neue Prolokutor werden soll, dann wird er sich gewiß einen neuen Koadjutor aussuchen.«

»Oder Schlimmeres tun. Wenn er ... äh ... der alte Quetzal, Ihr wißt schon. Er ist ein entschlossener

Mann. Voller Verschlagenheit. Ich habe es selbst Hunderte Male gesehen, was? Das Ayuntamiento hatte die Macht, aber er wußte damit umzugehen. Er hat Lemur und Loris und all die anderen an der Nase herumgeführt. Ein alter Mann, was? Nur ein dummer alter Mann. Das sollten sie denken. Aber Quetzal, Seine Kogniszenz, ist verschlagen. Maytera – Generalin. Er ist gerissen und sehr klug.«

Mit einem kleinen Laut ermunterte sie ihn, weiterzusprechen.

»Ein Kompromiß. Ich … äh … ich sehe es schon vor mir. Ich bin nicht so gerissen, Generalin. Ich habe es versucht, sicher. Manche sagten sogar – nun ja, ich wäre nicht auf den Kopf gefallen. Aber dem alten Quetzal kann ich nicht das Wasser reichen, auch wenn ich selbst gewisse Erfahrungen habe. Mit Konferenzen, Verhandlungen und so weiter. Ja, ich kann jetzt schon sehen, was kommen wird. Wer Incus' Koadjutor werden wird. Es ist doch offensichtlich, was? Sobald jemand auch nur ansetzt, etwas zu sagen, hat der alte Quetzal es schon begriffen und führt den Gedanken zu Ende. Hat es verstanden, bevor Incus den Satz beendet hat. Der alte Mann. Er wird ja bald sterben. Ein, zwei Jahre vielleicht noch, um dem neuen Prolokutor in der ersten Zeit zu helfen. Ich höre ihn schon, wie er sich auf diese Weise anbietet. Ich werde dann nicht mehr gebraucht. Ich wagte es nicht, Euch gleich einzuweihen. Die … äh … Loris, Galago. All die anderen. Sie sind alle Chemische, alle. Ich vermute es schon seit Jahren. Manchmal habe ich mich mit dem einen oder anderen getroffen, ganze Tage mit ihnen verbracht. Habe sie aus der Nähe gesehen. Quetzal weiß es, er muß es wissen.«

»Aber Seine Kogniszenz wollte nicht mit Euch darüber sprechen?«

»Nein, nein. Das Thema war zu heikel, selbst für mich, was? Incus hat mir – sagte ich das schon?«

»Ihr habt mir berichtet, Incus sei von Scylla zum Prolokutor ernannt worden.«

»Er hat mir angeboten … äh …«

Wieder schob die knochige Hand die widerspenstige Strähne zurück, und Maytera Mint konnte sehen, daß die Hand stark zitterte. »Was hat er Euch angeboten?«

»Einen … äh … einen Posten. Eine Position. Er war …« – Remora schluckte – »er war überhaupt nicht herablassend. Es war … äh … es war offensichtlich nicht seine Absicht … äh … beleidigend zu werden. Er sagte, daß ich … aber ich … ich habe natürlich abgelehnt. Sein Protonotar zu werden, meine ich. Sein … äh …«

Maytera Mint nickte. »Ich verstehe.«

»Ihr und ich, wir sind … äh … wir sind Gefährten, Maytera. Haben zusammengearbeitet und waren Partner im Frieden, was? Sohn und Tochter des Kapitels, das waren wir. Wir haben uns beraten, und wir wurden beide von der … äh … von der gleichen heiligen Vision beflügelt. Ich … äh … ich erinnere mich noch gut an unsere erste Begegnung. Ihr habt mit … äh … Ihr habt mit glühenden Augen versichert, daß der Frieden Euer … äh … Euer heiligstes Anliegen wäre, sobald Ihr … äh … den Willen der Götter ausgeführt hättet. Und ich habe Euch zugestimmt und Euch erklärt, daß dies auch meine Absicht sei. Gemeinsam haben wir uns mit Brigadier Erne und dem Caldé beraten. Ihr seid eine Heldin, das Volk verehrt Euch. Man spricht sogar davon, Euch zu Ehren eine Statue zu errichten, was? Ein Wort von Euch, etwas Unterstützung …«

»Seid still«, ermahnte sie ihn. »Ich hatte noch nicht einmal Zeit, mich mit dem Gedanken anzufreunden, daß das Ayuntamiento aus Chemischen besteht, und jetzt kommt Ihr mir damit.«

»Wenn ich … äh …«

»Seid still, sagte ich!« Sie holte tief Luft und fuhr sich mit gespreizten Fingern durch das kurze braune Haar. »Um mit den einfachen Dingen zu beginnen – nein, ihr dürft mich nicht Maytera nennen. Nicht unter vier Augen und zu keiner anderen Zeit. Wenn Seine Kogniszenz mich von den Gelübden entbindet, dann werde ich meinen Abschied nehmen und ins weltliche Leben zurückkehren. Vielleicht«, wieder atmete sie tief durch, »vielleicht werde ich sogar heiraten. Wir werden sehen. Was Euch angeht, so kann ich nur folgendes sagen: Wenn dieser Patera Incus tatsächlich von Scylla zum Prolokutor ernannt worden ist, dann ist er jetzt der Prolokutor. Ganz unabhängig davon, welches Abkommen er und Patera Quetzal treffen mögen. Ich kann mir gut vorstellen, daß ein jüngerer Mann, der in ein hohes Amt kommt, dem älteren dennoch demütig begegnet. Unter gewissen Umständen wäre dies sogar ein edler Akt der Selbstüberwindung. Aber es würde an den Tatsachen nichts ändern. Er wäre unser Prolokutor, auch wenn man ihn vielleicht nicht so nennt. Da er Euch zu seinem Protonotar machen wollte, seid Ihr offenbar nicht mehr der Koadjutor. Zweifellos ist nun, wenn dies alles stimmt, Patera Quetzal der Koadjutor geworden. Da dies so ist, werde ich Euch einfach Patera nennen.«

»Meine liebe junge Frau!«

Ihr Blick brachte ihn zum Schweigen. »Ich bin nicht Eure liebe junge Frau. Ich bin niemandes liebe junge Frau. Ich bin sechsunddreißig Jahre alt, und ich kann Euch versichern, daß eine Frau dieses Alters nicht mehr jung ist. Nennt mich Generalin, oder ich sorge dafür, daß Euer Leben erheblich unangenehmer wird, als es bisher war.«

Am anderen Ende des Raums wurde eine Tür geöffnet, und jemand applaudierte. »Ausgezeichnet, meine liebe junge Generalin! Einfach wundervoll! Ihr solltet zum Theater gehen.«

Er wackelte zu ihnen, ein kleiner, fetter Mann mit hellblauen Augen und einem fröhlichem runden Gesicht und Haaren, die fast zu hell waren, um noch blond genannt zu werden. »Aber was Eure Mühe angeht, Euch mit dem Gedanken anzufreunden, daß das Ayuntamiento aus Chemischen besteht, so kann ich Euch versichern, daß Eure Sorgen völlig unbegründet sind. Ich bin kein Chemischer, auch wenn ich gestehen muß, daß dieses Ding dort vor Euch auf dem Boden durchaus so genannt werden könnte.«

Remora keuchte, er hatte den Neuankömmling erkannt.

»Dieser Augur und ich sind alte … nein, alte Freunde kann ich wirklich nicht sagen. Aber wir kennen uns schon lange. Und Ihr seid sicher die berühmte Generalin Mint, die Anführerin der Rebellen.« Der Fremde kicherte. »Wahrscheinlich strebt Ihr jetzt nach höchster Macht und wollt Euch zur Regentin aufschwingen. Das gefällt mir! Ich bin übrigens Councillor Potto. Ende der Vorstellung. Ihr wolltet mich sprechen?«

Einen Augenblick lang blieb Silk beinahe das Herz stehen, als er glaubte, unter den jubelnden Passanten Hyacinth erkannt zu haben. Doch bevor er seinen Trägern einen Befehl geben konnte, hatte sich die Frau schon umgedreht, und der Spuk war vorbei. Er war, erkannte er, als er sich wieder bequem in die Polster lehnte, tatsächlich drauf und dran gewesen, einfach aus der Sänfte zu springen.

Ich brauche unbedingt eine Brille. Entweder die alte, die ich aber wahrscheinlich nicht zurückbekommen werde, oder ich lasse mir eine neue machen.

Oreb landete auf seiner Schulter. »Guter Silk!«

»Verrückter Silk«, erklärte er seinem Vogel. »Ein dummer und närrischer Silk. Ich habe sie mit einer anderen Frau verwechselt.«

»Nicht gesehen.«

»Das meine ich doch. Ich habe mehrmals geträumt, meine Mutter lebte noch. Habe ich dir schon davon erzählt?«

Oreb pfiff.

»Wenn ich aus solchen Träumen erwacht bin und noch im Halbschlaf daran glaubte, war ich für ein paar Minuten sehr glücklich. Dies hier, gerade eben, war so ähnlich.« Er lehnte sich rechts aus der Sänfte und rief dem Ersten Träger zu: »Ihr braucht nicht so schnell zu gehen, Ihr ermüdet ja nur.«

Der Mann grinste und nickte.

Silk lehnte sich wieder in die Polster. Die Träger wurden sogar noch schneller. Zweifellos war es für sie eine Frage der Ehre. Wenn man den Caldé trug, dann mußte man rennen – denn sonst könnten weniger bedeutende Leute, die niemals das Privileg genießen durften, die Sänfte des Caldé zu tragen, womöglich noch denken, er wäre auf einem unwichtigen Gang. Das konnte aber nicht sein, denn für einen Caldé gab es keine unwichtigen Gänge, und daher waren auch seine Träger wichtige Leute.

»Ich lasse bereits zwanzig Gardisten nach ihr suchen«, erklärte er Oreb. »Das reicht nicht, denn sie haben sie bisher nicht finden können, aber mehr Leute konnten wir nicht entbehren, da die Vierte Brigade noch die Nordflanke hält und das Ayuntamiento sich in den Gängen festgesetzt hat.«

Als Silk die unterirdischen Gänge erwähnte, krächzte Oreb unglücklich.

Wie von Furien gehetzt, rannten die Träger um eine Ecke und bogen von der Sun Street in die Lamp Street ab. Die Sänfte schwankte heftig und neigte sich bedrohlich zur Seite. Noch einmal lehnte Silk sich hinaus und rief: »Zur Music Street – ich dachte, das hätte ich laut und deutlich gesagt. Einen Block weiter nach Osten.«

Der Erste Träger nickte wieder wie zuvor.

»Wenn zwanzig Gardisten sie nicht finden können, Oreb, dann vermag ich sie natürlich auch nicht zu finden. Gestern haben wir sie also nicht finden können, wie ich schon sagte. Und daher brauchen wir Hilfe, und hier fallen mir drei – nein, vier – Orte ein, an denen wir sie möglicherweise bekommen können. Wir wollen sie heute der Reihe nach aufsuchen. Die meisten Brände sind gelöscht, und Maytera Mint und Oosik können die restlichen Brände sicherlich besser bekämpfen, wenn ich ihnen dabei nicht im Weg bin. Obwohl die Ärzte meinen, ich müßte noch im Bett bleiben, und obwohl ich eigentlich keine Minute für mich selbst erübrigen könnte, werde ich mir so viele Stunden Zeit nehmen wie nötig.«

Wieder schwankte die Sänfte heftig, als sie in eine noch engere Straße abbogen, die Silk nicht erkannte.

»Ich fürchte, nun liegt die Entscheidung bei den Göttern. Ich traue ihnen nicht, ich traue nicht einmal dem Außenseiter, der doch mir zu vertrauen scheint. Aber vielleicht sind sie uns ja trotzdem gewogen.«

»Mädchen suchen?«

Silk wollte eigentlich nicht weitersprechen, aber die starken Gefühle trieben ihm die Worte über die Lippen. »Wenn ich sie nur finden könnte!« Während er sprach, rannten die Träger mit der Sänfte an einem Geschäft vorbei, in dessen Schaufenster eine Zither und ein staubiges Fagott ausgestellt waren.

Doch Caldé Silk von Viron sah sie nicht.

»Dies hier ist die Küche?« Maytera Mint sah sich überrascht um. Es war die größte Küche, die sie je gesehen hatte.

»Es gibt gewiß … äh … Alternativen«, schlug Remora vor. »Andere gut erhalte Räume, was? Die von der … äh … von der Säbelzahnigen Sphigx ebenfalls noch nicht heimgesucht worden sind.«

»Ich finde es hier gemütlich«, erklärte Potto. »Es gibt hier immer noch etwas zu essen, obwohl Eure Truppen, meine liebe junge Generalin, reichlich Beute gemacht haben. Ich liebe gutes Essen, auch wenn ich es nicht zu mir nehmen kann. Außerdem will ich mich als guter Gastgeber hervortun, der um das Wohl seiner Gäste bemüht ist, und die Küche ist leicht zu heizen. Seht nur diesen schönen Herd und die volle Holzkiste. Ich bin glücklicherweise gegen jeden Luftzug gefeit, aber Ihr seid es nicht. Ich bin fest entschlossen, es Euch so bequem wie möglich zu machen. Die anderen Zimmer sind so kalt wie manch eine unnahbare Schönheit. Aber hier könnt Ihr Euch wärmen und Tee trinken, und wenn Ihr wollt, sogar eine Suppe.« Er kicherte. »Alles, was eine alte Amme braucht. Außerdem gibt es hier viele scharfe Messer, und in Gegenwart scharfer Messer fühle ich mich immer besonders wohl.«

»Ihr könnt nicht allein hier sein«, erwiderte Maytera Mint.

Potto grinste. »Würdet Ihr mich angreifen, wenn ich es wäre?«

»Gewiß nicht.«

»Ihr habt einen Azothen, die berühmte Waffe, die Silk Euch gegeben hat. Ich werde Euch jetzt nicht danach durchsuchen.«

»Ich habe ihn Colonel Bison zurückgelassen. Wäre ich unter der Parlamentärsflagge bewaffnet gekommen, dann hättet Ihr das Recht gehabt, mich zu töten.«

»Das habe ich sowieso«, sagte Potto. Er nahm ein Stück Feuerholz in die Hand und zerbrach es. »Die Regeln der Kriegskunst schützen reguläre Armeen und ihren Troß. Ihr seid jedoch Rebellen, und dies ist kein Krieg. Rebellen sind nicht auf die gleiche Weise geschützt wie Armeen. Patera hier weiß, daß ich die Wahrheit sage. Seht Euch nur sein Gesicht an.«

»Ich … äh … ich genieße den Schutz meines Gewandes.«

»Der sei Euch gewährt. Ihr habt nicht gekämpft, daher sollt Ihr diesen Schutz genießen. Die Generalin dagegen hat gekämpft, und daher genießt sie ihn nicht. Es ist alles ganz einfach.«

Als keiner der beiden antwortete, fuhr Potto fort: »Da wir gerade von Gewändern sprechen, ich vergaß zu erwähnen, daß das Kriegsrecht nur für die Soldaten und Hilfstruppen gilt, die die Uniform ihrer Stadt tragen, wie etwa Generalin Saba und ihre Leute. Auf Euch aber, meine liebe Generalin, trifft dies nicht zu. Es läuft im Grunde darauf hinaus, daß ich zwar nicht zur Gewalt greifen kann, solange der Waffenstillstand zwischen unseren Armeen gilt, daß ich aber Euch persönlich beide Beine brechen und den Hals umdrehen könnte, wenn ich das für richtig halte. Setzt Euch, dort drüben steht ein gemütlicher kleiner Tisch bereit. Ich werde ein Feuer anzünden und den Teekessel aufsetzen.«

Sie setzten sich. Remora wickelte sich die dicke Robe, die er als Mantel trug, eng um die Beine. Maytera Mint nahm züchtig Platz, wie sie es im Zönobium getan hätte, die zierlichen Hände im Schoß gefaltet und den Kopf gesenkt.

Potto füllte einen Feuerkasten des Herdes und strich mit dem Finger über ein Stück Anmachholz. Es flammte auf, nicht nur an einem Ende wie eine Fackel, sondern auf einen Schlag auf ganzer Länge. Er warf es in den Feuerkasten und stieß den Kasten in den Herd zurück, daß das Eisen zornig knirschte.

»Er … äh … er will einen Keil zwischen uns treiben«, flüsterte Remora. »Er … äh … es ist ein strategisches Manöver, Generalin. Ich werde jedoch … äh … ich werde zu Euch halten, falls Ihr bereit seit, umgekehrt auch …«

»Maytera. Nennt mich bitte Maytera, wenn wir allein sind, Euer Eminenz.«

»Oh, gewiß doch, gewiß. Und ... äh ... *soror neque enim ignari sumus ante malorum. O passi graviora, dabit Pas his quoque finem.*«

Potto, der gerade Wasser in einen Teekessel füllte, sagte, ohne sich umzudrehen: »Ich habe scharfe Ohren. Sagt nicht, ich hätte Euch nicht gewarnt.«

Maytera Mint blickte auf. »Dann ist es ja nicht nötig, besonders laut zu sprechen. Seid Ihr wirklich Councillor Potto? Wir sind gekommen, um mit dem Ayuntamiento zu verhandeln, nicht mit irgend jemandem, auf den wir zufällig treffen. Wenn Ihr es seid, wessen Leiche haben wir dann gerade gesehen?«

»Ja, ich bin es.« Potto setzte den Kessel auf. »Und es ist meine Leiche. Habt Ihr noch weitere Fragen?«

»Gewiß. Seid Ihr bereit, all dieses Blutvergießen zu beenden?«

»Das macht Euch zu schaffen, nicht wahr?« Er zog einen stabilen Hocker herbei und setzte sich so schwer, daß der Boden bebte.

»Daß ich tapfere und brave Kämpfer sterben sah? Daß ich Menschen sah, die mir treuen Gehorsam gelobt haben, nur um ein paar Sekunden später zuckend und blutend am Boden zu liegen? Ihr habt recht, das macht mir zu schaffen.«

»Nun, mir dagegen nicht, und im Grunde begreife ich auch nicht, warum Euch das bekümmert. Ich habe mich noch nie von solchen Dingen beeindrucken lassen. Nennt es eine Gabe. Es gibt Menschen, die den ganzen Abend Musik hören und danach heimkehren und alles aufschreiben können, und es gibt andere, die schneller und ausdauernder laufen können als ein Pferd. Wußtet Ihr das? Meine Gabe ist viel weniger erstaunlich, obwohl sie mir zu großen Erfolgen verholfen hat. Ich spüre keine Schmerzen, wenn ich keine Schmerzen spüren will. Nennt man das nicht eine Tautologie? Aber das

Leben hat es mich gelehrt, und ich mache Euch die Erkenntnis zum Geschenk.«

Remora nickte, das lange Gesicht eingefallen und spitz. »Ich … äh … ich kann bestätigen, daß es eine Tautologie ist.«

»Councillor.«

»Warum … äh … ja, wirklich. Ich … äh … ich hatte nicht die Absicht …«

»Danke. Ich bin der einzige Angehörige des Ayuntamiento, der sich seinen Eintritt erzwingen mußte. Wußtet ihr das, ihr beiden?«

Maytera Mint schüttelte den Kopf.

»Wie man unseren Namen entnehmen kann, sind wir alle miteinander verwandt. Lemur und Loris waren Brüder. Lemur ist tot. Ihr braucht nicht so überrascht zu tun, mir ist bekannt, daß Ihr es bereits wißt. Er hat seine Verwandten ins Ayuntamiento geholt, bevor Patera hier geboren wurde. Ich wandte mich an ihn. Ich trug ihm höflich und bescheiden meine Bitte vor. Er hatte Galago hereingenommen, einen Vetter zweiten Grades. Aus reiner Höflichkeit. Ich war viel näher mit ihm verwandt, und das sagte ich ihm. Er erwiderte, er wollt es sich überlegen. Eine Woche später – es war ein wenig hin und her gegangen, aber nichts Konkretes war herausgekommen –, da hat er versucht, mich umbringen zu lassen. Ich habe dafür gesorgt, daß uns das Fleisch des gedungenen Mörders zum Abendessen serviert wurde, und als Nachspeise gab es seinen Kopf in einem Zitronensorbet. Lemur wich erschrocken zurück, aber ich nahm mir mit den Fingern eine kleine Portion heraus und aß sie. Am nächsten Tag legte ich den Amtseid ab und war fortan Councillor Potto. Meine Vettern fanden bald heraus, daß ich meinen Freunden sehr nützlich sein kann und daß ich mehr bin als nur ein unangenehmer Verwandter.«

Maytera Mint nickte. »Ihr seid stolz auf Euren Erfolg, wie es jeder sein darf, der erfolgreich ist. Jetzt habt Ihr die Gelegenheit, der ganzen Stadt einen großen Dienst zu erweisen.«

»Wir haben ... äh ... wir sind in gutem Glauben hergekommen«, warf Remora ein. »Die Generalin ist unbewaffnet, und mir verbietet meine Berufung ohnehin das Tragen von Waffen. So sehe ich das jedenfalls, auch wenn der ... wenn der Caldé es möglicherweise anders sieht. Und nun frage ich Euch, Councillor, wie Ihr es seht. Sind wir Parlamentäre, oder sind wir Eure Gefangenen?«

»Ihr wollt doch hoffentlich nicht gehen, bevor der Tee fertig ist?« Potto winkte in Richtung der Tür. »Aber wenn Ihr wollt, dürft Ihr es ausprobieren, Patera.«

»Mein Pflichtbewußtsein hält mich ... äh ... es hält mich zurück.«

»Dann seid Ihr ein Gefangener, aber nicht der meine. Generalin Mint, möchtet Ihr nicht erfahren, wie es mir gelingt, lebendig hier in der Küche zu sein und gleichzeitig tot im Ankleidezimmer zu liegen?«

»Offenbar gab es zwei von Eurer Sorte.« Sie hatte die Gebetskette mit den großen Holzkugeln aus der Tasche gezogen und ließ die Perlen durch die Finger gleiten. Die vertrauten Bewegungen gaben ihr Sicherheit.

»Nein, nur einen, und der ist weder hier noch dort. Als wir älter wurden, hat Vetter Tarsier uns neue Körper gemacht, und wir wurden Chemische. Lemur hat den ersten bekommen, wir anderen waren später an der Reihe, wie wir sie brauchten. Wir bekamen Körper, die wir von unseren Betten aus steuern können. Ich genieße das Essen nicht mehr, aber ich nehme Nahrung zu mir. Im Augenblick werde ich gerade intravenös ernährt.«

»Was ist aus den Chemischen geworden, die Euch die Körper gaben?« Maytera Mint hatte Mühe, ihre

Stimme ruhig zu halten. »Was ist aus ihrem Bewußtsein geworden?«

»Ich dachte, Ihr wolltet mich fragen, ob er für uns jeweils mehr als einen Körper hergestellt hat.«

»Nein, denn es ist jetzt schon offensichtlich, daß Ihr mehr als einen Körper habt. Aber Ihr habt diesen Körper von einer anderen Person bekommen. Und ihr habt sie verändert, damit sie aussieht wie Ihr. So muß es gewesen sein. Hat der Betreffende zugestimmt?«

»Die logische Frage war, ob es von uns allen jeweils zwei Exemplare gibt.« Potto knallte die Faust auf den Tisch. »Ihr habt nicht einmal gefragt, wie ich das Holz zum Brennen gebracht habe. Wie soll ich mit jemandem reden, der nicht bei der Sache bleibt?«

Remora wollte sich einschalten. »Ich … äh … ich …« Aber Potto war noch nicht fertig. »Bei der Sache bleiben, das ist wichtig, das ist sehr wichtig. Ich hätte den Stock nicht anzünden, sondern Euch damit aufspießen sollen.« Er wandte sich an Remora. »Ja, Patera? Was wolltet Ihr sagen?«

»Ich habe … äh … ich habe in der Tat spekuliert, Councillor, wie Ihr das Holz angezündet habt, aber ich bin nicht weitergekommen. Ich hoffe doch, Ihr werdet bereit sein, uns diese … äh … dieses Geheimnis zu erklären.«

»Ich habe keine Lust, einem Metzger Chemieunterricht zu geben. Könnt ihr zwei nicht verstehen, daß es mir langweilig wird, sobald ich es Euch verraten habe? Was macht Ihr überhaupt hier? Nach Silk ist Generalin Mint die zweite Anführerin. Warum seid Ihr hier?«

»Um … äh … um zu verhandeln. Wir … äh … Seine Kogniszenz und … äh …«

»Wir wollen Frieden«, erklärte Maytera Mint. »Caldé Silk hat angeboten, Euch Eure Sitze der Charta entsprechend zu lassen. Angesichts dessen, was geschehen ist, halte ich das für sehr großzügig.«

»Lebenslang?«

Remora berührte ihren Arm, und es fiel ihr leicht, die Geste zu verstehen. »Ist denn eine lebenslängliche Amtszeit in den Bestimmungen vorgesehen? Wenn ja, dann könnte man dies ja in Betracht ziehen.« Remora schüttelte den Kopf. Es war nur eine leichte Bewegung, aber sie bemerkte es.

Potto lächelte, und sein Lächeln kam so unerwartet, daß sie sich einen Augenblick fragte, ob sie ihm, ohne es gewollt zu haben, die Rückkehr an die Macht versprochen hätte.

Als er Pottos Lächeln sah, begann auch Remora zu strahlen. »Das ist viel besser so, wirklich! Wir müssen Freunde sein, was? Freunde können Frieden schließen, was Feinden leider ... äh ... verwehrt bleibt.«

»Ihr mißversteht mich, Patera.«

»Ich ... äh ... ich sehe und verstehe. Ich hatte genug Zeit, um zu verstehen. Wenn ich einen Vorschlag machen dürfte, Councillor? Generalin? Einen Wunsch möchte ich vortragen, an dem mir sehr viel liegt: daß wir ... äh ... daß wir, da wir in diesem Augenblick feierlich versammelt sind, uns im Gebet an die Neun wenden. Wir bitten darum, daß ...«

»Haltet den Mund!« fuhr Potto ihn an. »Ich halte den Schlüssel in Händen, und Ihr faselt und faselt. Generalin, ist es richtig, daß Caldé Silk Euch geschickt hat?«

»Er wäre gewiß mit meinem Vorgehen einverstanden. Wir versuchen schon seit Tagen, die Councillor über unsere Gläser zu erreichen. Ich dachte, wir könnten es vielleicht auch hier auf direktem Wege versuchen.«

Als Potto schwieg, fuhr sie fort: »Seine Eminenz wurde von Eurem Brigadier Erne und unserem Caldé als Vermittler ausgewählt. Bald darauf bot sich auch, wie ich erfuhr, Seine Kogniszenz als Vermittler an.

Wir waren darüber sehr erfreut, und wir sind es immer noch. Ich hoffe doch …«

»Ihr könnt nicht für ihn sprechen«, sagte Potto. »Ihr glaubt vielleicht, Ihr könntet es, oder Patera hier könnte es glauben, aber Ihr könnt nicht. Ich kenne ihn schon lange, und ich weiß, daß es kaum einen boshafteren und unberechenbareren Menschen in der ganzen Stadt gibt, mich selbst eingerechnet. Ihr seid also Generalin?«

Sie nickte. »Ich wurde in einer Theophanie von der göttlichen Echidna ernannt. Mein Anweisungen«, sie nahm um des Friedens willen im Geiste einige Erweiterungen vor, »gehen dahin, die Alambrera niederzubrennen und dafür zu sorgen, daß Viron seiner Schutzgöttin Scylla treu ergeben bleibt. Falls Ihr nach meiner Position in der Befehlsstruktur fragt, so kann ich Euch sagen, daß Caldé Silk militärisch und zivil unser oberster Befehlshaber ist. Generalissimus Oosik ist unser oberster militärischer Kommandant, und ich bin für die bewaffnete Bevölkerung verantwortlich, während General Skate die Garde des Caldé befehligt.«

Potto kicherte. »Dann seid Ihr also über die militärische Lage genau im Bilde, was ich von mir leider nicht sagen kann. Lemur war unser Militärexperte. Erklärt mir also bitte die Situation, Generalin, damit wir beginnen können.«

»Ist das Euer Ernst?«

Still erfreut, wiegte er sich hin und her. »Es war mir nie ernster.«

»Wie Ihr wünscht. Nach der Theophanie der von Schlangen begleiteten Echidna hatten wir im Nu dreißigtausend Kämpfer. Nicht, daß es so viele Zeugen gegeben hätte, es waren nicht einmal halb so viele; aber auch diejenigen, die nur aus zweiter Hand gehört hatten, was geschehen war, schlossen sich uns an. Einige waren Gardisten, aber keiner höher im

Rang als ein Captain, glaube ich. Ihr, das Ayuntamiento, habt die Armee gerufen, wodurch Ihr außer den vierundzwanzigtausend Kämpfern der Zivilgarde auch über siebentausend Soldaten verfügen konntet.«

»Fahrt fort«, lud Potto sie ein. »Es trifft nicht ganz und gar zu, aber ich finde es interessant.«

»Meine Zahlen, was die Garde angeht, stammen von Generalissimus Oosik, der gewiß in einer Position war, in der er es wissen mußte. Die Angaben über die Armee stammen von Sergeant Sand, dem Anführer der tapferen Soldaten, die ihre Loyalität zeigten, indem sie sich auf die Seite des Caldé schlugen.«

Potto grinste immer noch. »Entschuldigt die Unterbrechung.«

»Ich wollte gerade sagen, daß wir seitdem stärker geworden sind, während Ihr Leute verloren habt. Zur Abblendung zählten wir nahezu fünfzigtausend Leute. Ich beziehe mich jetzt nur auf meine eigenen Truppen. Noch am gleichen Abend sind alle Brigaden Eurer Zivilgarde außer der Vierten zum Caldé übergelaufen. Die Vierte und die Dritte Brigade, die dem Generalissimus unterstanden, haben das Palatinum gehalten. Die Vierte, die von Brigadier Erne befehligt wird, wurde am folgenden Tag von dort vertrieben und mußte sich in die nördlichen Vororte zurückziehen.«

»Wo sie sich immer noch befindet.«

»Das ist richtig. Wir mußten in der ganzen Stadt die Brände bekämpfen. Es waren Hunderte, und wir hatten Probleme, uns selbst zu organisieren. Als die Alambrera sich ergab, fielen uns Tausende Musketen und Hunderttausende Magazine mit Munition in die Hände. Wir mußten dafür sorgen, daß sie nur an Leute ausgegeben wurden, deren Loyalität außer Zweifel stand. Außerdem erwarten wir, daß auch die

Vierte Brigade in ein oder zwei Tagen zu uns überlaufen wird. Caldé Silk und Generalissimus Oosik glauben es, und ich schließe mich ihrer Einschätzung an. Ich habe erfahren, daß auch Seine Kogniszenz dieser Ansicht ist.«

Remora räusperte sich. »Es war Brigadier Erne, der mich … äh … der mich aufgefordert hat, den Anfang zu machen. Um diese Verhandlungen hier in Gang zu bringen. Daher suchte ich kurz darauf den Caldé auf, der … äh … der sich in ähnlicher Weise äußerte. Ich kann … ich bin in der Lage … ich bin … äh … ich bin autorisiert. Das ist der Standpunkt des Brigadiers, was?«

»Das interessiert mich nicht«, wies Potto ihn zurück. »Generalin, könntet Ihr die Vierte Brigade vernichten? Einen entsprechenden Befehl von Silk vorausgesetzt?«

»Gewiß, binnen zwei oder drei Stunden. Schneller, wenn ich ein paar Talusse und Schweber und meine eigenen Leute zur Verfügung hätte. Aber angesichts der möglichen und bereits zu beklagenden Verluste, würden wir es natürlich vorziehen …«

»Für mich ist es nicht so offensichtlich wie für Euch«, unterbrach Potto sie aufgebracht. »Für mich ist das überhaupt nicht offensichtlich. Ist es wirklich nur das Blutvergießen, vor dem Ihr zurückschreckt?«

»Ich denke, davor sollte jeder zurückschrecken.«

»Damit habt Ihr recht, und Ihr habt auch wieder nicht recht. Das Blutvergießen würde mir nichts ausmachen, aber warum solltet Ihr nicht versuchen, fünftausend hervorragende Kämpfer ohne Kampf auf Eure Seite zu ziehen, wenn Ihr sie bekommen könnt? Das wäre für mich ein plausibler Grund, mit dem Angriff zu zögern. Sind dies Eure einzigen Gründe, Generalin?«

»Ich will offen sein. Es gibt noch einen weiteren Aspekt. Ihr, damit meine ich jetzt das gesamte Ayuntamiento, Ihr habt Euch mit dem größten Teil der Armee und ein paar Kämpfern in die Tunnel zurückgezogen.«

»Fast eintausend, um genau zu sein.«

»Und davon abgesehen, müßt Ihr etwa siebentausend Soldaten dort unten haben.«

Pottos Grinsen wurde breiter.

»Noch mehr? Nun gut, wenn Ihr es sagt. Siebentausend haben wir geschätzt. Wie auch immer, wenn wir uns auf einen hitzigen Kampf mit der Vierten einließen, was aber ohnehin nicht unser dringendstes Anliegen ist, könntet Ihr versuchen, aus den Tunneln auszubrechen und uns in den Rücken zu fallen. Nach den Berichten, die mir vorliegen, erfordert es mindestens vier meiner Kämpfer, um einen Eurer Soldaten zu besiegen, und das bedeutet, daß Eure siebentausend Soldaten – das ist die uns bekannte Zahl – das gleiche Gewicht haben wie achtundzwanzigtausend meiner Kämpfer. Wir waren der Ansicht, daß wir dies nicht riskieren sollten, und ich bin der Meinung, daß sich daran nichts geändert hat.«

Potto nickte fast ein wenig zu begeistert. »Irgendwo in Euren wortreichen Ausführungen steckten durchaus einige intelligente Ideen, meine liebe Generalin. Ihr sagtet, unsere Garde, oder das, was von ihr übrig ist, wäre nicht der Feind, den Ihr als erstes vernichten wollt. Wir vom Ayuntamiento wären Eure wichtigsten Feinde. Aber wenn das so ist, warum kommt Ihr dann nicht und greift uns an?«

Remora sah ihn äußerst beunruhigt an. »Was beliebt Ihr damit … äh … Counsillor? Ich meine … äh … wohin soll das nun führen?«

»Ihr werdet gleich sehen, wohin das führt. Wenn Ihr könnt, dann beantwortet bitte meine Frage, Generalin.«

»Die Gänge sind relativ leicht zu verteidigen. Ich war zwar noch nicht unten, aber man hat sie mir beschrieben. Ein Dutzend Soldaten könnte die Stellung gegen Hunderte Kämpfer halten. Wenn wir müssen, dann werden wir einen Weg finden und Stollen graben und so weiter. Aber das würden wir lieber vermeiden, und deshalb bin ich hier. Ihr habt von der Möglichkeit gesprochen, die Vierte Brigade zu vernichten. Das wollen wir nicht tun. Genausowenig wollen wir die Armee vernichten, die für unsere Stadt sehr wertvoll ist. Wir wissen, daß …«

»Ihr seid eine erstaunliche Frau.« Potto schob den Hocker zurück und ging wieder zum Herd. »Eine Frau, die vernünftig reden kann und es nicht hört, wenn das Wasser kocht.«

»Frauen reden meistens vernünftig, nur sind die Männer zu selten bereit, sie anzuhören.«

»Auf eine Generalin wie Euch hört man sicherlich eher. Nun ja, Ihr habt recht, was die Vierte Brigade angeht, und Ihr habt recht, daß es schwierig wäre, die Armee in den Gängen zu besiegen, auch wenn Ihr die Situation im Grunde überhaupt nicht erfaßt habt. Wußtet Ihr, daß ich unser Meisterspion bin? Ich war zuerst nur für Lemurs Spione verantwortlich, aber jetzt führe ich auch Loris' Spione.« Potto kicherte. »Aber es sind ohnehin weitgehend die gleichen Leute, und jetzt gehören sie alle mir. Glaubt Ihr wirklich, all die Kämpfer in der Stadt wären entweder Eure oder unsere? So dumm könnt Ihr doch nicht sein.« Er hob den großen kupfernen Teekessel vom Herd, dessen Ausgießer Dampf spuckte.

Maytera Mint schürzte die Lippen.

»Es gibt … äh … es gibt auch – Hilfstruppen. Ja, die gibt es. Ein paar … äh … ein paar hundert …«

»Ungefähr zweihundert«, half sie Remora aus. »Zweihundert Flugsoldaten unter Befehl von Generalin Saba, die auch das Luftschiff befehligt, mit dem sie gekommen sind. Zweihundert Kämpferinnen, das ist nur eine kleine Abteilung, wie Seine Eminenz sagt. Doch wenn ein Luftschiff Feuerschutz geben kann, vermag auch eine kleine Abteilung eine Menge zu erreichen. Generalin Saba hat übrigens ihre Hilfe angeboten, falls wir gegen die Vierte Brigade losschlagen.«

»Wie freundlich von ihr.« Potto kehrte mit dem dampfenden Teekessel an ihren Tisch zurück.

»Für Euch schaut es weniger freundlich aus, Councillor. Das erkenne ich sehr wohl. Aber für uns ist es ein Vorteil. Es ist eine Geste des guten Willens von der Rani, gerichtet an die neue Regierung Virons, und als solche ist sie sehr willkommen.«

»Eure diplomatischen Fähigkeiten sind bemerkenswert.« Er hob den Teekessel.

»Sie wachsen. Sie stecken noch in den Kinderschuhen, aber sie wachsen.« Maytera Mint stand auf. »Wir brauchen eine Teekanne und Tee, außerdem Zucker und Milch und etwas Zitrone, falls Seine Eminenz Zitrone nimmt. Ich werde danach suchen.«

»Ich wollte Euch gerade fragen, ob mein Gesicht staubig aussieht.«

»Wie bitte, Councillor?«

»Ob mein Gesicht staubig ist. Seht bitte genau hin. Vielleicht könnten wir auch an ein Fenster gehen, wo das Licht besser ist.«

»Ich kann keinen Staub entdecken.« Keine menschliche Wärme war in diesem Gesicht, das sich doch bewegte, als gehörte es einem Menschen. Sie war überrascht und wich unangenehm berührt zurück. Selbst in Maytera Marbles vertrautem Metallgesicht war eine ganze Welt voller Demut und Mitgefühl zu entdecken gewesen. Dieses Antlitz aber war trotz der gesunden Farbe kalt wie Echidnas Schlangen.

»Mein Gesicht war jahrelang eingelagert, müßt Ihr wissen.« Er beugte sich zurück, wie es kein Mensch vermocht hätte, und kratzte sich die Nasenspitze mit dem dampfenden Ausgießer des Teekessels. »Ich bin der jüngste Angehörige des Ayuntamiento, meine liebe Generalin. Wußtet Ihr das?«

Maytera Mint schüttelte den Kopf.

»Sie dachten, ich sähe zu jung aus, und baten mich, ein anderes Aussehen anzunehmen.« Er beugte sich noch weiter zurück. Etwas kochendes Wasser rann aus dem Ausgießer. »Über die Truppen der Rani wißt Ihr natürlich auch nicht Bescheid, nicht wahr?«

»Was gibt es da zu wissen?«

»Mein Gesicht«, Potto tippte sich mit dem Ausgießer auf die Nase, »war eingelagert. Ich sagte das doch gerade schon. Warum könnt Ihr nicht zuhören, wenn ich etwas sage? Ich kann nicht mehr so deutlich sehen wie früher. Ich muß Staub in den Augen haben.«

Bevor Maytera Mint ihn aufhalten konnte, hob er den Teekessel und kippte ihn aus. Siedendheißes Wasser lief ihm über Nase und Augen. Remora rief: »O ihr Götter!« Maytera Mint brachte sich mit einem Sprung vor den heißen Spritzern in Sicherheit.

»So, das sollte reichen.« Potto richtete sich wieder auf und sah sie aus großen blauen Augen an. Er blinzelte, um die kochendheißen Tropfen zu vertreiben. »Das ist schon viel besser. Jetzt kann ich alles sehen. Ich hoffe, Ihr könnt auch gut sehen, meine liebe junge Generalin. Die Truppen der Rani haben sich bereits in Bewegung gesetzt. Es sind sechzigtausend Fußsoldaten und fünfzehntausend Kavalleristen. Ich besitze leider kein Luftschiff, um Virons Feinde zu überwachen, aber ich tue, was ich kann. Fünfundsiebzigtausend kampferprobte Soldaten sind unterwegs, dazu der Troß mit fünfzehntausend Kamelen und einer Arbeitsbrigade mit zehntausend Mann.« Potto wandte sich an Remora. »Die Männer Trivigauntes sind wie Ihr, Patera. Sie tragen keine Waffen. Oder jedenfalls sollten sie keine Waffen tragen.«

Remora hatte sich wieder gefaßt. »Wenn diese riesige und … äh … bemerkenswerte Streitmacht … äh – Ihr sagtet doch, daß sie marschiert, nicht wahr? Dann darf ich annehmen, daß sie nicht hierher marschiert? Denn sonst würdet Ihr Euch – das Ayuntamiento, meine ich – beunruhigt zeigen und über Eure Kapitulation nachdenken, was?«

Potto kicherte wieder.

Maytera Mint richtete sich auf. »Ich an Eurer Stelle würde nicht so laut lachen, Councillor. Seine Eminenz hat völlig recht. Wenn die Rani uns eine so große Streitmacht schickt, dann seid Ihr verloren.«

»Es ist genau, wie ich gefürchtet habe«, gab Potto zurück. Er hob den Teekessel. »Glaubt Ihr, das Wasser ist jetzt zu weit abgekühlt?«

»Um Tee zu machen?« Sie wich unwillkürlich einen Schritt zurück. »Ich glaube nicht.«

»Nein, um Euch die Augen zu waschen, damit Ihr sehen könnt. Ich glaube, Ihr habt recht. Kochendes Wasser bleibt lange heiß.«

»Ich bin mit der Parlamentärsflagge gekommen!«

Er wollte sie packen und bewegte sich viel schneller, als man es einem so beleibten Mann zugetraut hätte. Sie wirbelte herum und rannte fort, spürte, wie seine Fingerspitzen über ihren Habit streiften. Eine Handbreit vor ihm erreichte sie die Tür und stürzte hinaus. Doch ein mächtiger Arm packte sie wie eine Klaue, und ein zweiter umfing sie und hielt ihr die Arme fest. Ihr Gesicht wurde gegen staubiges Tuch gepreßt.

Potto, der sie eingeholt hatte, befahl: »Bringt sie wieder hier herein.«

Aus gebührender Entfernung brachte Remora zögernd seine Einwände vor: »Aber Ihr könnt doch nicht … ich meine, man darf doch nicht … die Frau … äh … die Frau ist doch eine Sibylle. Ihr … Ihr dürft doch nicht …«

»Ach, seid still!« gab Potto zurück. »Dreht ihren Kopf her, Spider, damit sie dies hier sehen kann.«

Maytera Mint wurde herumgezogen, sah Licht und konnte wieder frei atmen. Der Mann, der sie eingefangen hatte, war so groß wie Remora und so breit wie Potto. Er hielt sie an den Haaren fest und sank auf ein Knie. Dann zog er sie sich auf das andere Knie.

»Mein Sohn.« Als sie das kantige, unrasierte Gesicht sah, verging sie fast vor Angst. »Ihr wißt wohl nicht, was Ihr tut?«

Der Mann, der Spider hieß, wandte sich an Potto. »Ist das gut so, Councillor?«

Sie verdrehte die Augen, doch sie konnte Potto nicht sehen. Der erbarmungslose Griff der dicken Finger hinderte sie daran, den ganzen Kopf zu drehen.

Potto, der sich inzwischen wieder entfernt hatte, rief herüber: »Ich setze den Kessel wieder auf, damit er nicht abkühlt, während ich Euch die Regeln erkläre.«

Dann trat Remora in ihr Gesichtsfeld. Er schien so groß zu sein wie ein Turm, als er sich über sie beugte. »Maytera, Generalin, wenn es etwas gibt, das ich für Euch tun kann?«

»Ja, das gibt es«, sagte sie. »Berichtet Bison, was sich hier ereignet hat.«

»Kehrt an Euren Platz zurück«, sagte Potto zu Remora, der gehorsam verschwand. »Habt Ihr Euch nicht gefragt, meine liebe Generalin«, fuhr Potto fröhlich fort, als sein rundes Gesicht neben Spider aufgetaucht war, »wieso ich meiner Leiche so nahe war? Und was aus Bloods Leiche geworden ist? Blood wurde von Eurem Freund Silk erstochen. Ich will ihn nicht mehr Caldé nennen, jetzt ist Schluß mit diesen Höflichkeiten.«

»Laßt mich aufstehen, dann werde ich Euch die passenden Fragen stellen.«

»Das wird nicht nötig sein. Bloods Leiche wurde bereits fortgeschafft, müßt Ihr wissen. Ihr versteht es jetzt, nicht wahr? Ich gab den Befehl, meine eigene Leiche nicht anzurühren, weil ich dachte, wir könnten das wieder in Ordnung bringen. Ich bin persönlich gekommen, um sie zu holen, und habe nur ein paar besonders vertrauenswürdige Männer aus meiner Spionageabwehr mitgenommen. Spider ist ihr Jefe. Ich hätte ja lieber Soldaten eingesetzt, aber die reagieren anscheinend sehr empfindlich, sobald der Caldé erwähnt wird, auch wenn man ihnen das von außen gar nicht ansieht.«

Remora rief herüber: »Councillor? Councillor!«

Sie schloß die Augen. Und wenn sie nie wieder Licht sehen sollte, der letzte Anblick, den sie mitnehmen wollte, sollte nicht die hohe, rußverschmierte Decke der Küche in dieser zerstörten Villa sein. Nein, sie wollte lieber Echidna sehen. Echidnas Gesicht, als es das Heilige Fenster ausfüllte. Oder das Gesicht ihrer Mutter. Oder auch Bisons Gesicht mit den klugen Augen und dem schwarzen Lockenbart. Ihre Kammer im Zönobium, spielende Kinder. Maytera Marbles Gruppe, die sie lieber bekommen hätte als die älteren Mädchen oder die älteren Jungen, die man ihr kurz vor Patera Pikes Tod anvertraut hatte. Auks Gesicht, häßlich und ernst und doch eine kostbare Erinnerung. Bisons Gesicht. Die Cage Street und die Schweber, die aus allen Rohren feuerten, während der weiße Hengst auf sie zuraste.

»Habt Ihr das gehört, meine liebe Generalin?«

»Was soll ich gehört haben?« Maytera Mint öffnete die Augen und erinnerte sich daran, daß ihr möglicherweise gleich kochendes Wasser hineingeschüttet werden sollte.

»Sagt es ihr, Patera, sagt es ihr!« Potto kicherte wie ein zwölfjähriges Mädchen. Er konnte kaum noch sprechen vor Heiterkeit.

»Ich … äh … ich habe einen Austausch vorgeschlagen.«

»Er möchte Euren Platz einnehmen. Wirklich, das ist zu komisch.«

Sie wollte etwas sagen, doch ihre Augen füllten sich mit heißen Tränen. Die Ironie entging ihr nicht, die billige, unerträgliche Ironie. »Nein, Euer Eminenz. Aber trotzdem, danke.«

»Er … äh … Potto. Der Councillor. Er wünscht mit Euch zusammenzuarbeiten, was? Ich … äh … ich habe ihm dargelegt, daß Ihr ihm praktisch jede Bitte gewähren würdet, um mich zu schonen, was?«

»Dabei bin ich doch auch jetzt schon imstande, Euch alles tun zu lassen, was ich will.« Potto kehrte zu ihr zurück und hielt ihr drohend den Teekessel über das Gesicht. »Ich versuche das zu tun, was sie schon jahrelang macht. Ich kläre auf.« Er kicherte, bedeckte den Mund mit der freien Hand. »Den Staub abwaschen, das Gesichtsfeld säubern. Habe ich schon die Regeln erklärt?«

»Äh … nein.«

»Dann will ich das jetzt tun. Ihr sollt es hören. Wollt Ihr sie retten, Patera?«

Sie hörte, wie Remoras Zähne klapperten. Sie hatte bisher immer gedacht, das wäre nur eine Redewendung – wie die Haare, die einem sprichwörtlich zu Berge standen.

»Ihr habt Euer Angebot gemacht, und ich habe abgelehnt. Aber Ihr könnt mir trotzdem die Mühe ersparen, ihr die Augen zu waschen.«

»Ich … äh … ich will alles tun, was?«

»Ich werde Fragen stellen. Fragen, die der Aufklärung dienen. Wenn Eure Antworten und die der Generalin richtig sind, dann werden wir die Augenwäsche verschieben. Seid Ihr bereit? Spider, was ist mit Euch? Wenn ich Euch mit dem Kessel winke, dann haltet Ihr sie fest, und paßt auf Eure Hände auf.«

»Alles klar, Councillor.«

»Ich werde mit einer leichten Frage beginnen. Damit es am Anfang nicht zu schwer wird. Wie findet Ihr das? Wenn man Kindern etwas beibringen will, wenn man sie nicht nur beeindrucken, sondern sie wirklich etwas lehren will, dann sollte man mit leichten Dingen anfangen. Kennt Ihr Silks Freund Doktor Crane?«

Sie schloß die Augen, um nachzudenken. »Ihn kennen? Nein. Maytera Marble hat ihn einmal erwähnt. Ein freundlicher Arzt, der sie in seiner Sänfte mitgenommen hat. Ich selbst habe ihn, glaube ich, noch nie gesehen. Nein, ich bin ihm nie begegnet.«

»Das werdet Ihr auch nicht mehr. Er ist tot«, erklärte Potto vergnügt. »Ihr seid an der Reihe, Patera. Was ist mit Euch?«

»Crane, was? Ein Arzt? Nein, ich kann ihn nicht unterbringen.«

»Er war ein Spion. Ein Meisterspion, vielleicht sogar der beste der Rani, das muß man ihm lassen. Trivigaunte hatte mehr Spione in Viron als jede andere Stadt. Es ist heute noch so, auch wenn sie ihren Jefe verloren haben. Warum, glaubt Ihr, ist das so, Maytera? Warum haben sie mehr Spione hier als Urbs oder Palustria?«

»Ich kann nur raten.« Ihr Mund war trocken, sie schluckte unter Schwierigkeiten. »Die Rani ist eine Frau, aber alle anderen Städte haben männliche Herrscher. Vielleicht glaubte sie, ihr drohte von Euch und Euren Vettern Gefahr.«

»Nicht schlecht. Könnt Ihr das ergänzen, Patera?«

»Ich … äh … ein heimtückischer Angriff?«

Potto kicherte wieder. »Das ist nicht übel. Fahrt fort.«

»Seine Kogniszenz hat es mir … äh … hat es mir erklärt. Er machte nicht viele Worte, nein. Zuerst … äh …«

»Das Operationsziel«, half Potto ihm aus.

»Richtig. Im nächsten … äh … im nächsten Jahr. Im Frühling. Das ist nicht mehr lange, was, Councillor? Der Winter hat schon … äh … hat schon begonnen.«

»Generalin, dies ist Euer Fachgebiet. Sagen wir, eine andere, größere Armee greift die Eure an. Würdet Ihr lieber im Gebirge oder in der Wüste gegen sie kämpfen?«

»Ich würde lieber die Wüste sehen«, sagte sie vorsichtig.

»Ihr könnt überhaupt nichts sehen, und wenn Ihr nicht antwortet, dann werdet Ihr nie wieder etwas sehen.« Er kippte den Teekessel etwas weiter.

»Dann würde ich mich für die Wüste entscheiden«, sagte sie fester.

»Warum?«

»Weil der Kampf in den Bergen einem Kampf in den unterirdischen Gängen ähneln würde. Es gibt enge Schluchten, wo wir frontal auf den Feind stoßen würden. In der Wüste könnten wir ihn dagegen umgehen.«

»Korrekt. Patera, ich habe Euch noch nicht genug Gelegenheit gegeben, Euer Wissen zu zeigen. Nehmen wir an, zwei Städte, die ich Viron und Trivigaunte nennen will, sind durch einen See und eine Wüste voneinander getrennt. Ein großer See ist es, auch wenn er im Laufe der Zeit kleiner wurde und nur noch brackiges Wasser hat. So ist die Situation, und hier ist die Frage. Wenn die nächstgelegene Stadt, die Viron angreifen kann, Trivigaunte ist, welches ist dann die nächstgelegene Stadt, von der Trivigaunte angegriffen werden könne?«

»Also umgekehrt, was?« Remoras Stimme schwankte. »Wir sind es, würde ich sagen. Viron.«

»Stimmt Ihr zu, meine liebe Generalin?«

Während Remora an der Reihe gewesen war, hatte sie begonnen, ein kurzes Gebet an Echidna zu sprechen. Nachdem sie die letzte Zeile gemurmelt hatte, sagte sie: »Es könnte noch andere Antworten geben, aber dies ist die wahrscheinlichste. Also Viron.«

»Ich setze den Kessel wieder auf«, verkündete Potto. »Nicht weil Ihr bestanden habt, sondern weil Ihr immer noch scheitern könnt, und weil ich will, daß das Wasser für diesen Fall heiß genug ist. Jetzt paßt gut auf, weil wir von der Geographie zur Arithmetik wechseln werden. Hört zu und denkt nach. Seid Ihr bereit?«

Sie riß sich zusammen. »Ich denke schon.«

Potto kicherte wieder. »Und Ihr, Patera?«

»Äh, ich wünschte, Councillor ...«

»Hebt Euch das für später auf. Jetzt ist es Zeit für das Rechnen. Die Rani von Trivigaunte hat fünfundsiebzigtausend erstklassige Soldaten nach Viron geschickt. Die sogenannte Generalin des Caldé hat fünfzigtausend untrainierte Soldaten, und der Verräter, der die Wache des Caldé kommandiert, hat achtzehntausend, die zwar kämpfen können, deren Loyalität aber keineswegs gesichert ist. Wenn Euch diese Zahlen verwirren, dann will ich Euch das nicht zum Vorwurf machen. Soll ich sie noch einmal für Euch wiederholen, Generalin?«

»Laßt mich auch den Rest hören.«

»Wir kommen jetzt zum entscheidenden Punkt. Fünfundsiebzigtausend hat die Rani. Ihr habt fünfzigtausend. Oosik hat achtzehntausend. Alle diese Soldaten sind bewaffnete Biologische. Und das Ayuntamiento, das sich gegen alle drei zur Wehr zu setzen hat, verfügt über achttausendzweihundert Soldaten und eintausend Kämpfer unter der Erde. Weitere fünftausend sind in der Stadt. Die Frage ist nun, wer Viron beherrscht. Antwortet mir, Patera.«

»Die ... äh ... Ihr. Das Ayuntamiento.«

»Einen Tropfen dafür«, sagte Potto. »Ich hole gleich den Kessel.«

Maytera Mint kniff die Augen zu und biß die

Zähne zusammen, als ihr ein siedendheißer Tropfen auf die Stirn fiel. Fast besinnungslos vor Schmerzen und Angst, hörte sie kaum, wie die Tür geöffnet wurde. Doch dann ertönte die dünne Stimme eines alten Mannes. »Was geht hier vor?«

Und Remora, außer sich vor Freude, rief: »Euer Kogniszenz!«

Fast gelangweilt bemerkte Potto: »Das ist aber mal eine Überraschung. Dabei hatte ich doch draußen Männer postiert. Nun gut, ein weiterer Gefangener ist mir jederzeit willkommen.«

Maytera Mint schielte hoch. Das verwitterte alte Gesicht, das jetzt über ihrem hing, hatte sie bisher immer nur aus der Ferne gesehen. Sie hätte nicht gedacht, daß diese alten Augen so hell glühen konnten.

»Gebt sie frei!« herrschte Quetzal Potto an. »Laßt sie gehen! Auf der Stelle!«

Sie versuchte zu lächeln, als Spider fragte: »Councillor?«

Potto schien verärgert. »Die Schüler sind für den Augenblick entlassen. Aber wir werden den Unterricht sehr bald fortsetzen, denke ich.«

Spider stand auf, und sie fiel zu Boden.

»Ich habe mit Eurem Vetter Loris gesprochen«, sagte Quetzal zu Potto, »und ich bin gekommen, um Euch die gleichen Neuigkeiten zu überbringen wie ihm. Wenn Ihr mich danach festsetzen wollt, so sei es.«

Potto erklärte Spider: »Dieser alte Fuchs ist der Prolokutor. Falls Euch das Probleme bereitet, dann sagt es lieber gleich.«

»Ich stehe Euch zu Diensten, Councillor.«

»Er ist zwei Generalinnen und zehn von der Sorte des Schlächters dort wert. Vergeßt das nicht. Alter Mann, welche Ränke habt Ihr nun wieder ausgeheckt?«

Maytera Mint rappelte sich unterdessen auf und versuchte, nicht auf den Saum ihres Habit zu treten.

»Keine Ränke, Councillor. Während meines Opfers im Großen Manteion gab es eine Theophanie.« Maytera Mint hatte Quetzal noch nie so aufgeregt gesehen wie jetzt.

Potto schnaubte und setzte den dampfenden Teekessel auf den Tisch. »Schon wieder? Was war es dieses Mal? Sphigx?«

Quetzal schüttelte den Kopf. »Pas.«

»Pas ist tot.«

Quetzal wandte sich an Maytera Mint. »Der Große Pas, Maytera. Pas der Herr, der Vater der Sieben. Wenn er es nicht war, dann war es sein Geist. Genau das war es übrigens, was uns der Gott wissen ließ.«

2

Sein Name ist Hossaan

Er hatte persönlich von innen die Tür geschlossen und den Riegel vorgelegt. Das war die letzte Handlung der Teufelsaustreibung gewesen. Aber wenn diese Tür – die unauffällige Seitentür eines Gebäudes, das einmal ein Manteion gewesen war und das von vielen Passanten zweifellos nach wie vor für ein Manteion gehalten wurde – wenn diese Tür also benutzt wurde, um Gäste einzulassen, die es vorzogen, sich Orchids scharfen Augen zu entziehen, dann müßte doch jemand auf sein Klopfen antworten. Wie er es sich im Sommer angewöhnt hatte, kniff er die Augen zusammen und schätzte die Breite der langsam schmaler werdenden Sonne ab. Sie war durch dunkle Wolken verhüllt, die Regen oder Schnee verhießen, und davor war das ehrfurchteinflößende braune Luftschiff aus Trivigaunte zu sehen.

Er klopfte noch einmal. Seine Träger hatten die Sänfte abgestellt und ruhten sich aus. Konnte er es wagen, sich von ihnen dabei beobachten zu lassen, daß er an eine Tür klopfte, die ihm nicht geöffnet wurde? Würde Commissioner Newt wieder klagen, das Ansehen und die Beliebtheit des Caldé könnten darunter leiden? Was würde Oosik sagen? Würden die Leute in der Stadt nicht mehr über die Kämpfe, sondern über seinen vergeblichen Besuch schwatzen?

Er begann gerade, über diese Aussicht zu lächeln, als die Tür von einer bemerkenswert unansehnlichen kleinen Frau geöffnet wurde, die sich ein verblichenes Tuch über das graue Haar geknotet hatte. »Kommt herein – oh. Ihr seid hier sicher falsch, Patera.«

»Ich bin Orchids Beichtvater«, klärte Silk sie streng auf. »Laßt mich ein.« Die Frau wich zurück, und er trat ein und verriegelte hinter sich die Tür. »Führt mich zu ihr.«

»Ich mache hier gerade sauber.« Sie beäugte Oreb mißtrauisch.

Silk mußte ihr beipflichten. Das ehemalige Manteion konnte eine gründliche Reinigung durchaus vertragen. Er sah zur Bühne hinauf, wo eine neue Kulisse aufgezogen war – so blasphemisch wie die letzte, die er heruntergerissen hatte. Aus einem unerfindlichen Grund belustigt, musterte er die obszöne Szenerie.

»Sie wird in ihrem Zimmer sein. Wahrscheinlich ist sie noch nicht aufgestanden.«

»Führt mich zu ihr«, wiederholte er. »Auf der Stelle.«

»Ich werde aber nicht anklopfen.« Die kleine Frau schien Orchids Zorn zu fürchten.

»Schon gut. Ich weiß den Weg.« Er drängte sich an ihr vorbei und schritt rasch durch das ehemalige Manteion. Sein gebrochenes Fußgelenk stach fast nicht mehr. Dort war die Stufe, auf die er sich gesetzt hatte, um mit Musk zu reden. Musk war jetzt tot. Er mußte wieder an Musks gequältes Gesicht denken, als er starb.

Der Innenhof hinter dem Manteion war verlassen, aber keineswegs leer. Überall lagen Essensreste, um die sich Krähen und Tauben balgten. Aus umgekippten Flaschen lief Schnaps, und man sah zerbrochene Trinkgläser. Oreb, größer als die größten Krähen, legte den Kopf schief und sah dem Treiben fasziniert zu.

Orpines nackte Leiche hatte dort auf der Holztreppe gelegen. Nein, es war sinnlos, jetzt noch nach Blutflecken zu suchen, und er brauchte sich gar nicht erst zu bemühen, nicht auf etwa noch vorhandene Blutflecken zu treten. Die Augen fest auf die Galerie gerichtet, stieg Silk die Treppe hinauf.

Wie stark zu jener Zeit sein Glaube noch gewesen war! Jener Silk, hätte es ihn noch gegeben, würde auch jetzt wieder inbrünstig beten und arglos wie ein Kind hoffen, die Götter würden sein Flehen erhören. Ein Gebet für Molpe, die Schutzherrin des Tages, ein Gebet für Pas, der so tot war wie Crane, Orpine und Musk. Und vor allem hätte jener alte Silk ein ergebenes Gebet an den Außenseiter gerichtet, auch wenn der Außenseiter ihm offenbart hatte, daß er keine Hilfe schicken konnte.

Doch der Außenseiter war ihm beigesprungen und hatte ihn geheilt, als er schon fast im Sterben lag. Und, um es genauer zu sagen (Silk blieb über der Treppe einen Moment lang stehen und forschte in seiner Erinnerung), der Außenseiter hatte ja gar nicht prophezeit, daß Silk keine Hilfe bekommen würde. Er hatte nur gesagt, daß Silk nicht erwarten dürfte, Hilfe zu bekommen. Und das war ja etwas ganz anderes.

Von diesem Gedanken beflügelt, wanderte er über die krachende Galerie zu der Tür, aus der Crane gekommen war, um die ermordete Orpine zu untersuchen. Silk war gerade im Begriff, die Tür zu öffnen, als ihm von drinnen jemand zuvorkam.

Er blinzelte, keuchte, blinzelte noch einmal. Oreb, durch nichts zu erschüttern, stieß einen Pfiff aus und krächzte: »Schau mal, Mädchen.«

»Hallo, Oreb. Hallo, Patera. Mögt Ihr an diesem Nachmittag gesegnet sein, und so weiter.«

Silk mußte lächeln. Es fiel ihm erstaunlich leicht, und außerdem hätte es sowieso nichts genützt, sie zurechtzuweisen. »Chenille, es freut mich, Euch zu sehen. Ich habe mich schon gefragt, wo Ihr steckt. Ich habe Leute ausgeschickt, die nach Euch und nach Auk suchen.«

»Ihr dachtet wohl, ich hätte das Haus hier verlassen.« Ihr Gesichtsausdruck war schwer zu durchschauen, aber ihre Stimme klang etwas verzagt.

»Ja, das hatte ich gehofft«, sagte Silk behutsam. »Ich hoffe immer noch, daß Ihr bald hier herauskommt und daß der gestrige Abend der letzte war.« Doch andererseits, wenn es die Götter nicht kümmerte, was scherte es ihn? Er schob den Gedanken beiseite.

»Gestern hatte ich keinen Freier, Patera. Es waren nicht genug Gäste für alle Mädchen da. Aber Ihr denkt auch an Rost, nicht wahr? Ich sehe es Euch doch an. Nein, seit der Beerdigung habe ich nichts mehr genommen. Kommt herein.« Sie gab die Tür frei.

Er trat ein, ängstlich bemüht, nicht die vorspringenden Brüste zu streifen.

»Nun fragt Ihr Euch vielleicht, wie lange es noch dauern soll. Ich frage mich das auch. Ihr wußtet noch gar nicht, daß ich eine gute Gedankenleserin bin, was?« Sie lächelte, und ihr Lächeln schien ihn einzuladen, sie einfach in die Arme zu nehmen.

Er nickte nur. »Ihr habt wirklich sehr scharfe Sinne. Daran habe ich in der Tat gedacht.«

Oreb fühlte sich vernachlässigt. »Wo Auk?«

»Ich weiß es nicht. Wollt Ihr nicht ganz hereinkommen, Patera? Ihr könnt Euch setzen, und wir können wieder etwas reden, wie wir es vor kurzem getan haben.«

»Eigentlich will ich mit Orchid sprechen, aber wenn Ihr es wünscht, kann ich etwas Zeit erübrigen.«

»Es muß nicht sein. Wahrscheinlich ist sie inzwischen angezogen. Ihr Raum ist dort hinten.«

Chenille ging voraus, führte ihn über einen Flur, an den er sich nur vage erinnern konnte. »Vielleicht kann ich morgen zu Euch kommen, damit wir reden können? Aber Ihr wohnt ja nicht mehr in der Sun Street, nicht wahr?«

»Nein«, erwiderte Silk, »aber ich gehe dorthin, wenn ich hier fertig bin. Würdet Ihr denn gern mitkommen?« Als Chenille nicht antwortete, fügte er hinzu: »Ich habe eine Sänfte; ich muß meinen Knöchel noch etwas schonen.«

Sie war schockiert. »Aber Ihr könnt Euch doch nicht mit mir blicken lassen!«

»Wir werden die Vorhänge unten lassen.«

»Dann können wir in der Sänfte reden, meint Ihr? Also gut.«

Auch Silk hatte inzwischen eine Entscheidung getroffen. »Ich hätte Euch auch gern dabei, wenn ich mit Orchid spreche. Wollt Ihr das für mich tun?«

»Sicher, wenn Euch daran liegt.« Sie blieb vor Orchids Tür stehen. »Aber ich hoffe, Ihr werdet sie nicht zu sehr verärgern.«

Silk erinnerte sich, wie ängstlich die kleine Frau gewesen war. Er klopfte an. »Wolltet Ihr gerade ausgehen, Chenille? Wir können uns auch später treffen, wenn es Euch jetzt nicht paßt.«

Sie schüttelte den Kopf. »Ich habe Euch durchs Fenster kommen sehen und mir dieses Gewand übergestreift, das ist alles.«

Orchids Tür wurde zögernd geöffnet. Sie trug einen schwarzen Morgenmantel, der Silk lebhaft an das rosafarbene Exemplar erinnerte, das sie bei ihrer ersten Begegnung getragen hatte, als er mit Crane gekommen war. Auch dieses Kleidungsstück starrte ihn wie mit klaffenden Lippen an.

Er riß den Blick von den Fleischgebirgen los, die vom Stoff eher offenbart als verhüllt wurden. »Kann ich Euch sprechen, wenn Ihr Euch angekleidet habt, Orchid? Es ist dringend, sonst hätte ich Euch nicht belästigt.«

Die dicke Frau zog sich wortlos etwas zurück.

»Kommt, Patera.« Chenille übernahm die Führung. »Sie kann auch ein ... hmm ... Ihr wißt schon, einen etwas züchtigeren Mantel überstreifen.« An Orchid gewandt, fügte sie hinzu: »Er ziert sich immer so, vielleicht könntest du ihm einen Sitzplatz anbieten?«

Orchid hatte sich einigermaßen erholt und zupfte an den Spitzenbesätzen ihres Morgenmantels herum. Sie versuchte, ihr schwellendes Fleisch zu bedecken, das sofort wieder hervorlugte, sobald sie die Hand zurückzog. »Ich ... Ihr seid jetzt der Caldé. Der neue Caldé. Alle reden von Euch.«

Oreb kam ihr zu Hilfe.

»Heißt Silk.«

»Ich fürchte, der bin ich. Aber ich bin immer noch der gleiche, und ich brauche Eure Hilfe.«

Chenille drängte: »Setzt Euch doch, Patera.«

Jetzt reagierte auch Orchid. »Ja, setzt Euch. Wie soll ich Euch nun nennen? Caldé oder Patera?«

»Solange Ihr und Chenille noch steht, würde ich es vorziehen, ebenfalls zu stehen. Darf ich bemerken, wie ich mich freue, Euch wiederzusehen? Das gilt für Euch beide. Ich habe, wie ich ihr bereits sagte, nach Chenille suchen lassen, und ich habe so viele Menschen kennengelernt – Commissioner im Juzgado und so weiter –, daß Ihr mir vorkommt wie alte Freunde.«

»Gute alte Freunde«, bekräftige Chenille. Sie setzte sich auf eine mit grünem Samt bezogene Couch. »Ich werde nie vergessen, wie Ihr den Ratsherren in Bloods Haus entgegengetreten seid.« Sie wandte sich an Orchid. »Ich habe dir doch davon erzählt, nicht wahr?«

»Das schon, aber ich hätte nicht damit gerechnet, Euch noch einmal wiederzusehen. Ich meine, so wie jetzt, wo wir einfach miteinander plaudern können.«

Er ergriff die Gelegenheit beim Schopf. »Ihr habt

mich gesehen, als ich mit Hyacinth durch die Stadt gefahren bin, und wir haben Euch bemerkt. Habt Ihr Hyacinth seitdem wiedergesehen?«

Orchid schüttelte den Kopf. Sie setzte sich neben Chenille.

Dankbar setzte sich auch Silk. »Ich will ihr nichts Böses tun – überhaupt nicht. Ich möchte sie nur gern finden.«

»Das will ich Euch gern glauben, Caldé. Und wenn ich wüßte, wo sie ist, dann würde ich es Euch gewiß sagen.«

Chenille warf ein: »Ihr werdet mich sicher auch gleich fragen wollen. Also, ich kann mich gar nicht mehr erinnern, wie lange ich Hy nicht mehr gesehen habe. Es sind bestimmt schon ein paar Monate. Vielleicht sogar noch länger.«

»Kein Mädchen?« wollte Oreb wissen.

Silk sah sich zu ihm um. »Chenille ist ja eine der Personen, die wir gesucht haben. Und jetzt hoffe ich, auch noch die anderen zu finden.«

»Ja, ich werde Euch Caldé nennen«, entschied Orchid. »Das kommt mir angemessen vor. Übrigens war ein Grüner da und hat nach Hy gefragt. Wußtet Ihr das?«

»Gewiß. In gewisser Weise habe ich ihn ja sogar selbst geschickt, wenn auch indirekt.«

»Er hat sich auch nach Chenille und nach Auk erkundigt.« Orchid sah fragend zu Chenille, ob sie auch nicht zuviel verriet.

»Aber Ihr habt ihm nichts gesagt. Ich mache Euch deshalb keinen Vorwurf. Ich an Eurer Stelle hätte mich sicher nicht anders verhalten.«

Orchid stand mühsam wieder auf. »Ich vergesse meine guten Manieren. Darf ich Euch vielleicht ein Glas Wein anbieten? Ich weiß noch, wie Ihr einmal zu mir gesagt habt, Ihr hättet leider nur Wasser da, aber in jener Situation wollte ich ja auch nur Wasser haben.

Ihr habt für mich Wasser geholt, es war gutes Wasser. Ihr habt einen guten Brunnen.«

»Nein, danke, ich möchte keinen Wein. Ihr habt dem Gardisten, der Euch aufgesucht hat, erzählt, Ihr wüßtet nicht, wo Hyacinth, Chenille oder Auk sich aufhalten. Ich weiß das, weil ich es erfahren hätte, wenn Ihr ihm etwas Wichtiges hättet sagen können, und man hätte mich auch unterrichtet, woher die Informationen stammten. Wie ich schon sagte, hätte ich mich an Eurer Stelle nicht anders verhalten. Heute nachmittag ist mir nun eingefallen, daß Ihr mir selbst vielleicht mehr erzählen würdet als jemandem, den Ihr nicht kennt und dem Ihr nicht vertraut, und deshalb bin ich persönlich gekommen. Darf ich annehmen, daß Chenille bereits hier war, als der Gardist Euch aufgesucht hat? Wann war das? Gestern?«

Orchid nickte, und Chenille ergänzte: »Es ist meine Schuld, Patera. Ich habe sie gebeten, es niemandem zu verraten.« Sie schwieg ein paar Sekunden lang und nagte an der Unterlippe. »Es ist wegen des anderen Mannes. Ihr wißt schon, wen ich meine, Patera. Er war auch bei Blood, aber er wurde nicht erschossen wie der Dicke. Ich meine den großen. Er hat mich gesehen, und er hat meinen Namen gehört.«

Silks Zeigefinger beschrieb kleine Kreise auf seiner Wange. »Glaubt Ihr denn, er hat genug erfahren, um Euch hier zu finden?«

»Ich weiß es nicht. Ich habe versucht, mich an alles zu erinnern, was Blood gesagt hat, aber in dieser Hinsicht wollte mir einfach nichts einfallen, Nur, daß er vielleicht vorher oder hinterher noch etwas gesagt hat, oder daß ich vielleicht auch etwas vergessen habe. Jedenfalls hat er mich gesehen, und vielleicht weiß er auch, wer ich bin.«

»Wenn das so ist«, sagte Silk nachdenklich, »dann wundert es mich, daß Ihr überhaupt hierher zurückgekehrt sein.«

Orchid schenkte sich ein Gläschen Brandy ein. »Das ist nicht ganz so dumm, wie Ihr glaubt, Caldé. Wenn jemand kommt und nach ihr fragt, haben wir genug Zeit, ihr Bescheid zu geben, damit sie sich verstecken kann. So haben wir es ja auch bei dem Grünen gemacht, der hergekommen ist, nicht wahr, Chen?«

»Genau, Patera. Und irgendwie blieb mir ja sowieso nichts anderes übrig, weil ich kein Geld hatte, und ...«

»Darüber muß ich noch mit Euch sprechen. Erinnert mich bitte daran, wenn wir gegangen sind.«

»Ich hatte hier nur noch ein bißchen versteckt, und außerdem war mein Schmuck noch hier, abgesehen von dem Ring.« Sie hob die Hand und zeigte ihm den Ring. Der Rubin glühte wie ein Stück Kohle. »Ich glaube, der ist allein schon ein paar Karten wert. Orchid meint das auch.«

Orchid nickte lebhaft.

»Aber leider ist es so, daß Auk ihn mir geschenkt hat und daß ich ihm versprochen habe, ihn niemals zu verkaufen. Und das werde ich auch nicht machen. Wißt Ihr noch, wie wir im vorderen Zimmer Eures kleinen Hauses geredet haben, Patera?«

»Ja, ich erinnere mich. Aber ich wundere mich, daß Ihr es noch wißt.«

»Zuerst hatte ich es wirklich vergessen, aber nach einer Weile war die Erinnerung wieder da. Jedenfalls wollte ich sagen, daß ich da meine besten Stücke getragen habe, meine Ohrringe und die Halskette aus Jade. Aber das habe ich alles zusammen mit meinem Kleid verloren.«

Silk nickte. »Patera Incus und Maytera Marble haben Blood veranlaßt, Euch das Kleid aus Chenille zu geben, das Ihr dort getragen habt.«

»Hmm, ja. Ich werde Euch ein andermal erzählen, wie es kam, daß ich das andere Kleid und meine

Halskette verloren habe. Aber ich wollte noch sagen, daß mir da unten im Tunnel die Ohrringe weh getan haben. Ich habe sie abgenommen und Auk gegeben, und der hat sie in die Hosentasche gesteckt.« Sie verstummte, und ihre Brust hob und senkte sich schwer.

»Wenn wir Auk finden, werde ich ihn erinnern, sie Euch zurückzugeben.«

»Ich muß Euch aber noch etwas über Auk erzählen. Ihr werdet mir vielleicht nicht glauben, aber ich muß es Euch trotzdem erzählen. Aber nicht jetzt.«

»Also gut. Dann erzählt es mir, wenn der richtige Augenblick gekommen ist.« Silk wandte sich wieder an Orchid. »Darf ich noch einmal fragen, ob Ihr wirklich nicht wißt, wo Hyacinth ist? Habt Ihr überhaupt keine Idee?«

Orchid schüttelte den Kopf und gab den Brandy an Chenille weiter. »Trink das, es wird dir gut tun.« Kaum daß sie das Glas abgegeben hatte, faltete Orchid verlegen die Hände. »Patera, Ihr müßt mir unbedingt einen Gefallen tun, es ist sehr wichtig. Ich überlege mir schon die ganze Zeit, wie ich es am besten ausdrücken soll. Wenn ich irgend etwas wüßte, das Euch hilft, Hy zu finden, dann würde ich es Euch sagen und Euch auch um einen Gefallen bitten. Ich weiß nichts, aber ich habe meine Verbindungen, und ich höre Dinge, von denen nicht einmal die Grünen etwas erfahren. Sobald ich etwas höre, werde ich es Euch sagen.«

Oreb flatterte auf Chenilles Schulter. »Wo Auk?«

»Genau, das wollte ich auch gerade fragen«, sagte Silk. »Ihr sagtet dem Gardisten, Ihr wüßtet nicht, wo Hyacinth ist, und in dieser Hinsicht habt Ihr ihm die Wahrheit gesagt. Aber als Ihr ihm gesagt habt, Ihr wüßtet nicht, wo Chenille steckt, habt Ihr gelogen. Was ist nun mit Auk?«

Orchid schüttelte den Kopf. »Ich habe ein paar Kerle gebeten, sich für mich umzuhören. Er hat

Chenilles Klunker, wie sie schon sagte. Wir wissen, daß er irgendwo ist. Wir haben mit Leuten geredet, die ihn kannten. Stimmt das nicht?«

Chenille nickte.

»Aber niemand scheint zu wissen, wo er abgestiegen ist. Ein Freund hat ihm ausgerichtet, daß ich ihn sehen will, und er ließ mir sagen, daß er vielleicht später vorbeikommt, aber er ist nicht gekommen.« Orchid tippte sich an die Stirn. »Man sagt, er hätte sie nicht mehr alle. Redet dummes Zeug und so.«

»Laßt es mich bitte sofort wissen, wenn er hier auftaucht, ja?«

»Auf jeden Fall, Caldé. Ihr könnt Euch darauf verlassen. Soll ich ihn hier festhalten, bis Ihr da seid?«

»Er wird schon bleiben«, erklärte Chenille. »Er wird dann bei mir sein.«

»Ja«, stimmte Silk zu. »Es wäre schön, wenn Ihr ihn festhalten könntet. Ihr habt mir mehr als einmal einen Gefallen getan, und ich bin Euch dankbar. Ich will wirklich unbedingt wissen, wo Hyacinth ist, und ich möchte auch Auk wiedersehen und mit ihm sprechen, wenn er kommt. Ich weiß, daß er früher oft hier war. Ihr sagtet, Ihr wolltet auch mich um einen Gefallen bitten. Wenn ich kann, werde ich Euch helfen. Um was geht es?«

»Blood ist tot, wie Chenille mir erzählte. Inzwischen weiß es ja schon die ganze Stadt. Man sagt – wie war das noch?«

Chenille nahm einen herzhaften Schluck Brandy. »Man sagt, Ihr hättet ihn umgebracht, Patera. Das haben mir ein paar Leute dort draußen in der Villa erzählt, bevor die Kämpfe vorbei waren.«

Orchid trat nahe an Silk heran. »Es gehört mir.« Ihre Stimme klang belegt, sie war sehr nervös. »Dieses Haus hier, es gehört mir. Aber ich habe es mit Geld gekauft, das Blood mir gegeben hat, und ich mußte ein Papier unterzeichnen.«

Viel zu spät erhob sich auch Silk. »Was steht in dem Dokument?«

»Ich weiß es nicht. Er hat es in seinem Landhaus aufbewahrt. Ab und zu ist er mal in die Stadt gekommen, um mit verschiedenen Leuten zu reden, aber wenn er mich sprechen wollte, hat er meistens nur jemanden geschickt, und ich mußte zu ihm fahren. Wenn er gut gelaunt war, hat er sogar einen Schweber geschickt, einmal auch zu mir. Es war das erste Mal im Leben, daß ich mit einem Schweber gefahren bin.«

Silk erinnerte sich an die Rückfahrt von Bloods Villa zum Manteion in der Sun Street. Er nickte. »Fahrt fort.«

»Wir haben darüber gesprochen, was für ein Haus ich gefunden hätte, wo es wäre und welche Mädchen ich schon engagiert hätte. Dann hat er ein Dokument auf den Tisch gelegt und gesagt, ich müßte es unterschreiben. Das habe ich dann auch gemacht, und er hat es wieder weggesperrt und mir das Geld gegeben. Ich habe den Kaufvertrag abgeschlossen, und das Haus läuft auf meinen Namen, aber jetzt ist er tot, und ich weiß nicht, was mit diesem Dokument ist. Ich will mein Haus behalten. Es würde mich umbringen, wenn ich es verlöre, das ist klar. Und jetzt, wo er nicht mehr da ist, weiß ich nicht, wo ich stehe, aber mir wäre besser, wenn ich wüßte, daß der Caldé zu mir hält.«

»Das tut er.« Silk ging zur Tür. »Ihr habt mein Wort, Orchid. Aber ich muß jetzt gehen – wir müssen gehen. Chenille wird mich begleiten.«

»Ich muß noch meinen Mantel holen.« Chenille war schon aufgestanden. »Wartet Eure Sänfte an der Hintertür? In der Music Street? Dann komme ich gleich dorthin.«

Erst als er die klappernde Holztreppe hinunterlief, fiel Silk auf, daß sie nicht einmal seine Antwort abgewartet hatte.

»Wenn ihr nicht wollt, dann müßt ihr auch nicht«, erklärte Auk seinen Zuhörern. »Glaubt ihr etwa, die Götter wären so was wie ein Trupp Grüne? Nein, die stoßen niemanden herum. Warum sollten sie auch? Wenn sie dir einen Gefallen tun wollen, dann sagen sie dir, mach dies oder mach jenes, das ist gut für dich, das wird dir gefallen. Aber wenn man dann sagt, nein, das stinkt mir, das ist faul, dann sagen sie, auch gut, und schenken es jemand anders. Erinnert ihr euch an Kypris? Sie hat nicht gesagt, geh auf den Hügel und räume die Häuser da oben aus. Sie sagte, wenn du gehen willst, dann geh, und ich passe auf der Straße auf. So ist das. Ich bin nicht hier, weil ich irgend jemanden dazu zwingen will, irgend etwas zu tun. Und Tartaros auch nicht.«

Einer seiner Zuhörer fragte: »Was sollen wir denn jetzt machen?«

Der blinde Gott, der Auk die Hand auf die Schulter gelegt hatte, flüsterte: »Sag ihnen, sie sollen sich bereitmachen.«

»Zuerst einmal müßt ihr euch richtig vorbereiten«, sagte Auk. »Gewöhnt euch an den Gedanken. Ihr werdet an einen anderen Ort kommen. Es wird besser sein als hier, wirklich schön, aber all die Sachen, die ihr von hier kennt, werdet ihr verlieren. Sogar die Sonne wird anders sein. Eine kurze Sonne wird es sein, die niemals ausgeht. Darüber müßt ihr nachdenken, und deshalb bin ich hier: Damit ihr Kerle zu denken beginnt. Ihr sollt euch überlegen, was ihr mitnehmen wollt und wen ihr mitnehmen wollt, und mit den anderen Leuten reden. Wenn ihr seid wie ich, dann werdet ihr ein paar Kumpel mitnehmen wollen. Also sagt ihnen Bescheid. Außerdem wird jeder Mann eine Frau haben wollen, und jede Frau braucht einen Mann. Und die Kinder, die brauchen ihre Eltern.«

Eine Frau mit einer großen Nase rief: »Hier herüber!« Auks Zuhörer verstreuten sich und marschierten in zwei langen Reihen davon. Die meisten waren mit Musketen bewaffnet.

»Das war gut«, flüsterte Tartaros.

»Sie haben mir nicht geglaubt.« Auk kehrte müde wieder in den Tunnel zurück. Wie bei den meisten Gängen auf dieser Ebene konnte man auch aus diesem hinausblicken und den Himmel sehen. Es gab zwar massive Wände, aber sie hatten Türen und Fenster. Auk war sich immer noch nicht im klaren, ob das gut oder schlecht war.

»Es dauert lange, bis die Menschen wirklich etwas glauben«, flüsterte der Gott. »Aber das ist nicht schlimm. Einige haben bereits den ersten Schritt getan, und du hast sie dazu gebracht.«

Auk schöpfte neue Hoffnung. »Wenn du meinst, daß es gut war, was wir gerade gemacht haben, dann soll es für mich auch in Ordnung sein. Meinst du, ich sollte ihr was zu essen stehlen? Ich habe es versprochen.«

»Du mußt auch daran denken, noch mehr Karten zu stehlen.«

Auk dirigierte den blinden Gott um die Leiche eines Grünen herum. Fliegen drängten sich auf den Augen und dem Mund des toten Gardisten. »Aber du läßt mich sie ja nicht ausgeben, Schrecklicher Tartaros.«

»Wir brauchen viele Karten, und zwar schnell. Habe ich dir das nicht deutlich genug gesagt?«

»Ja, um ein Landungsboot zu reparieren.« Auk lächelte. »Doch, das hast du gesagt.«

»Das ist gut. Dein Verstand funktioniert allmählich wieder. Du kannst etwas zu essen stehlen, wenn du willst, und vergiß die Karten nicht.«

Als sie in der Sänfte die Sun Street hinunterschaukelten, bemerkte Chenille: »Könntet Ihr mir die Beichte abnehmen? Werden wir dafür lange genug unterwegs sein?«

»Das kommt darauf an, wieviel Ihr mir zu beichten habt.« Silk spürte zu seiner großen Beunruhigung, wie sich ihre Hüfte an die seine drückte. Es gab eine Regel, die es Sibyllen verbot, mit einem Mann in einer Sänfte zu reisen. Er bekam allmählich das Gefühl, man müßte eine weitere Regel einführen und streng durchsetzen: Es müßte auch Auguren verboten sein, mit einer Frau zusammen eine Sänfte zu besteigen. »Es wäre aber sicherlich besser, die Beichte im Manteion abzulegen, wo wir nicht unter Zeitdruck stehen.«

»Wißt Ihr, wovor ich Angst habe? Ich habe Angst, es könnte wieder eine der Göttinnen in mich fahren. Das mit Scylla wißt Ihr doch sicher, nicht wahr?«

»Ich habe mit Patera Incus gesprochen. Er sagte mir, Scylla hätte von Euch Besitz ergriffen – übrigens war das einer der Gründe dafür, daß ich Euch dringend finden wollte –, und sie hätte ihn durch Euch zum Prolokutor ernannt.«

Chenille nickte. In der düsteren Sänfte, deren Vorhänge vorgezogen waren, konnte man die Bewegung kaum sehen. »Inzwischen kommen so langsam auch meine Erinnerungen zurück. Aber nachdem sie mich wieder freigegeben hatte, hat er so viel darüber geredet, daß ich nicht mehr genau weiß, was sie durch mich gesprochen hat. Auk könnte es Euch sicher besser erklären.«

»Ich werde ihn fragen, wenn wir ihn finden. Aber das Amt des Prolokutors ist die Sache des Kapitels und nicht der zivilen Regierung. Anders ausgedrückt, habe ich in dieser Sache nicht mehr zu sagen als irgendein anderer Angehöriger des Kapitels. Als Caldé geht es mich überhaupt nichts an. War Auk der einzige, der außerdem noch zugegen war?«

»Dace war noch dabei, aber der ist ja tot.«

»Ich verstehe. Ich habe es vermieden, Patera nach Zeugen zu fragen. Wie ich schon sagte, ist dies eine Angelegenheit, die mich ausschließlich in meinem Amt als Augur betrifft, und da bin ich nur einer unter vielen. Außerdem ist es gut möglich, daß ich nicht mehr lange Augur bleibe, wenn die Angelegenheit vor dem Kapitel zur Sprache kommt.«

Silk schwieg einen Augenblick lang und starrte ins Leere. »Wenn Patera die Wahrheit sagt, und ich bin geneigt, ihm zu glauben, dann muß man bedauern, daß Scylla ihren Wunsch nicht in einem Moment äußerte, als weitere Auguren oder Sibyllen als Zeugen zugegen waren. Die Götter geben ihre Wünsche meistens ...«

Chenille unterbrach ihn. »Ich hätte ja überhaupt nichts einzuwenden, wenn es noch einmal Kypris wäre. Das wäre sicher ganz nett. Aber Scylla, das war ziemlich heftig. Dabei habe ich auch mein Kleid und das schöne Halsband aus Jade verloren. Ich wollte erst zum See fahren und die Sachen suchen, aber ich bin ziemlich sicher, daß sie längst von jemandem gefunden worden sind. Aber gibt es nicht irgendeinen anderen Ort, an den wir gehen können? Ich will nicht ins Manteion. Kypris hat mich dort übernommen, und Scylla hat von mir Besitz ergriffen, als ich in ihrem Schrein am See war. Ich würde mich in der nächsten Zeit lieber von solchen Orten fernhalten.«

»Ich verstehe. Doch solange Ihr nicht in das Heilige Fenster schaut, kann auch keine Gottheit von Euch Besitz ergreifen. Das hat mich jedenfalls Kypris wissen lassen.« Dann fiel Silk ein, daß es in Scyllas Schrein überhaupt kein Heiliges Fenster gab. »Es kann natürlich sein, daß es außerdem auch noch andere Wege gibt«, fuhr er unsicher fort. »Oder daß nur Kypris selbst in dieser Weise beschränkt ist.«

»Kommt es eigentlich nie vor, daß die Götter von Männern Besitz ergreifen?«

»Doch, das passiert durchaus. Genaugenommen geschieht es bei Männern sogar häufiger als bei Frauen. Jedenfalls steht es so in den Chrasmologischen Schriften. Männer werden normalerweise von männlichen Gottheiten ergriffen – wie etwa von Pas, Tartaros, Hierax und dem Außenseiter, oder auch von männlichen Nebengottheiten wie Cataminus. Das gleiche gilt für Erleuchtungen. Ich wurde vom Außenseiter und nicht von Pas erleuchtet, auch wenn es so scheint, als würden manche Leute meine Erleuchtung auf Pas zurückführen.« Silk verkniff sich die Bemerkung, daß Pas tot war.

»Ich habe ja nur gefragt, weil ...«

Die Sänfte hielt an und wurde sachte auf unebenem Untergrund abgesetzt. Oreb schob den Vorhang mit dem Schnabel zur Seite und verschwand nach draußen.

»Es wird sicher eine Weile dauern«, sagte Silk zu dem Ersten Träger. »Es ist wohl besser, ich bezahle Euch sofort.«

Der Erste Träger verneigte sich linkisch. Gleichzeitig behielt er seine Männer, die Chenille aus der Sänfte halfen, genau im Auge. »Wir werden warten, Caldé, das ist kein Problem.«

Silk zückte sein Kartenetui. »Darf ich Euch denn wenigstens eine Kleinigkeit geben, damit Ihr Euch etwas erfrischen könnt, während Ihr wartet?«

»Wir sind hier gut versorgt, danke«, lehnte der Erste Träger ab.

»Wie Ihr wollt.«

Das Gartentor war nicht verschlossen. Silk hielt es Chenille auf. »Ich hatte schon befürchtet, Ihr könntet ihnen zuviel geben«, flüsterte sie, als sie an ihm vorbei in den Garten ging. »Denn dann hätten sie sich wahrscheinlich nur betrunken.«

Das erklärte die kategorische Ablehnung des Ersten Trägers, dachte Silk, während er das Tor wieder schloß. Es war ja undenkbar, daß die Träger der Sänfte des Caldé betrunken waren. Er nahm sich vor, in Zukunft zu berücksichtigen, daß Arbeiter gelegentlich dazu neigten, dem Alkohol zu sehr zuzusprechen.

»Ist denn niemand hier?« Chenille sah sich im Garten um: ein Laubengang, Brombeeren, verwelkte Tomaten unter den Fenstern des Wohnhauses, ein verbrannter Feigenbaum, ein kleiner Birnbaum, der alle Blätter verloren hatte, die ausgedörrte schwarze Erde, in der Maytera Marble sich so bemüht hatte, einen Garten anzulegen.

»Jetzt im Augenblick? Ich kann es nicht sagen. Ich nehme an, Patera Gulo ist noch im Kampf – vielleicht beobachtet er gerade das, was von Ernes Brigade noch übrig ist. Maytera Marble ist vermutlich im Zönobium. Wir werden nach ihr suchen, nachdem ich Euch die Beichte abgenommen habe.«

»Mit Eurer Handvoll Männer könnt Ihr uns nicht lange aufhalten«, sagte Maytera Mint zu Spider. »Colonel Bison hat fünfhundert.«

Spider kicherte. Er war, wie sie schon vor einer halben Stunde entschieden hatte, viel zu gut gekleidet für seinen Namen, denn im Grunde war er nichts weiter als eine fette, behaarte Spinne, die in einer schmutzigen Ecke hockte und ihr Netz bewachte.

Quetzal erklärte: »Er bringt uns hinunter in die Tunnel.«

Noch während Quetzal sprach, öffnete Spider eine Tür, hinter der eine aus nacktem Stein gehauene Treppe in die Tiefe führte. »Was wißt Ihr darüber, alter Mann?«

»Ich bin gerade erst aus den unterirdischen Gängen wieder nach oben gekommen. Habt Ihr nicht gehört, wie ich zu Potto sagte, daß ich mit Loris gesprochen habe?«

»Councillor Potto für Euch.« Spider winkte ihm mit einem Nadler. Er war zwei Köpfe größer als der alte Mann. »Und jetzt hinunter mit Euch, ehe ich Euch einen Tritt gebe.«

»Ich kann nicht so schnell gehen, mein Sohn.« Quetzal wackelte zur Treppe. »Ich werde Euch und die anderen nur aufhalten.«

In der bebenden alten Stimme lag ein Unterton, der Maytera ein völlig irrationales Vertrauen einflößte. »Die Neun rächen die Missetaten, die man Auguren und Sibyllen antut«, ließ sie Spider wissen. »Und ihre Rache ist schrecklich und unausweichlich. Ich schaudere bei dem Gedanken, was sie erst mit einem tun könnten, der sich am Prolokutor vergreift.«

Spider grinste. Er hatte große, krumme Zähne. »Alles klar, Generalin. Also dürft Ihr ihn nicht einfach zur Seite stoßen und weglaufen. Los jetzt. Der große Kerl hinter Euch, und ich hinter ihm. Wir werden jetzt dort unten alle hübsch warten, bis Councillor Potto und meine Leute seine Leiche hergebracht haben.«

Sie wollte die Treppe hinunter, eine Hand auf das schmierige Holzgeländer gelegt, das ihr nicht besonders stabil vorkam. Hinter ihr sagte Remora: »Dies ist sicher der Ort, wo der … äh … wo der Caldé, was? Der Keller, wo er … äh …«

»Sergeant Sand«, erklärte sie ihm. Vor ihr verschwand gerade Quetzals haarloser, glänzender Schädel in der Dunkelheit. Sie ging etwas schneller, obwohl die Stufen hoch und steil waren und sie Angst haben mußte zu stürzen. »Sergeant Sand hat den Caldé hier unten sechs Stunden oder sogar noch länger festgehalten. Er hat es mir erzählt.«

Remora prallte von hinten gegen sie. »Entschuldigung … äh … ich wurde … äh … gestoßen.«

»Weiter da vorne«, knurrte Spider.

Ihre Stimmen hatten irgendwo ein Stück weiter

unten ein trübes grünes Licht aufflammen lassen. Im Halbdunkel sah sie Reihen staubiger Krüge und eingelagerte Maschinen. Unwillkürlich murmelte sie: »Er ist weg.«

Spider hatte es gehört. »Wer ist weg?«

»Seine Kogniszenz.« Sie blieb stehen und drehte sich halb um. »Überzeugt Euch selbst. Er sollte doch eigentlich direkt vor mir hier auf der Treppe sein, aber er ist verschwunden.« Und während sie diese Worte sprach, begann ein kleiner Vogel namens Hoffnung in ihr zu singen.

»Da seid Ihr ja!« rief Maytera Marble, als Silk aus dem kühlen, von Weinranken überwucherten Laubengang trat. »Ein Mann wollte Euch sprechen, Patera. Ich sagte ihm, daß Ihr nicht hier seid, aber er meinte, er hätte Eure Sänfte auf der Sun Street gesehen.«

Silk seufzte. »So geht es nun seit dem letzten Phaesday. Zweifellos ist es äußerst dringend.«

»Genau das sagte er, Patera.« Maytera Marble nickte lebhaft, und ihr Metallgesicht schimmerte im grauen Tageslicht. »Und ich muß sagen, ich glaube ihm. Er ist mit einem Schweber gekommen.«

Chenille sah die Sibylle erschrocken an. »Hallo, Maytera, was ist denn mit Eurer Hand passiert?«

»Wie freundlich, daß Ihr Euch meinetwegen Sorgen macht.« Sie hob den Armstummel. »Meiner Hand geht es gut, meine Tochter. Ich habe sie in ein sauberes Handtuch gewickelt und in eine Schublade gelegt. Es ist das letzte Teil, das ich von ... aber wir sollten jetzt gehen, Patera. Er wartet vor dem Zönobium auf Euch. Er ist durch den Garten gekommen und hat an Euer Pfarrhaus geklopft. Ich dachte zuerst, er sei auf der Suche nach Patera Gulo.«

»Ich habe Chenille gerade die Beichte abgenommen«, erklärte Silk. »Ich fürchte, wir haben ihn nicht gehört.«

»Ich habe ihn gehört«, wandte Chenille ein, »aber ich dachte, die Geräusche wären von der Straße gekommen. Das war, als ich Euch erzählt habe, wie …« Er legte einen Finger an die Lippen und brachte sie zum Schweigen.

»Sein Name ist Hossaan«, fuhr Maytera Marble fort. »Er ist nicht von hier, glaube ich, aber er sagt, er kennt Euch. Er hätte Euch einmal mitfahren lassen, und er wäre auf dem See mit Euch in einem Boot gefahren. Aber wohin wollt Ihr denn – oh, richtig, das hatte ich ganz vergessen. Ihr dürft ja nicht durch das Zönobium gehen.«

Die letzten Worte rief sie Silk hinterher, der sich bereits entfernte. Halb humpelnd, halb rennend, verschwand er in dem schmalen Durchgang zwischen der nordwestlichen Ecke des Manteions und der südwestlichen Ecke des Zönobiums.

»Dort ist ein Tor«, sagte Maytera Marble zu Chenille, »durch das man von der Silver Street aus zum Kinderspielplatz gelangt. Aber Ihr und ich, wir dürfen durch das Zönobium gehen.«

Sie stieg die Hintertreppe hinauf und öffnete die Küchentür. »Meine Enkelin ist auch hier. Ich hatte ihr gerade etwas zu essen gemacht, als der Mann kam. Kennt Ihr sie?«

»Eure Enkeltochter?« Chenille schüttelte den Kopf.

»Vielleicht möchtet Ihr auch ein wenig gekochtes Rindfleisch?« Maytera Marble senkte verschwörerisch die Stimme. »Ich glaube, es tut ihr gut, wenn sie mit anderen biologischen Mädchen reden kann. Sie war immer gut behütet, so nennt man das wohl. Und ich muß auch Patera noch etwas sagen, bevor er mit diesem Mann wegfährt. Ich muß ihn um einen großen Gefallen bitten.«

Draußen auf der Silver Street sprach Silk bereits mit ›diesem Mann‹. »Ich habe überhaupt nicht mehr an

Euch gedacht«, sagte er. »Das war dumm von mir, unglaublich dumm. Ich habe Gardisten die ganze Stadt nach Hyacinth und einigen anderen Leuten durchkämmen lassen, aber Euch hatte ich ganz und gar vergessen.«

»Wir können in meinem Schweber reden, Caldé.« Hossaan war ein schlanker, geschmeidiger Mann mit wachsamen Augen. »Wir können dort nicht belauscht werden, und wir wären auch aus diesem Wind heraus.«

»Vielen Dank.« Sie stiegen ein, und Silk setzte sich dankbar auf die schwarzen Lederpolster.

Mit einem gedämpften Seufzen glitt das durchsichtige Dach über die Kabine, und die eiskalten Böen, die Viron geißelten, waren ausgesperrt.

»Wenn Eure Gardisten nach mir gesucht hätten, dann hätten sie mich sicherlich gefunden.« Hossaan nahm lächelnd auf dem Vordersitz Platz. »Ein Fahrzeug wie dieses hier kann man nicht so ohne weiteres verstecken.«

»Allerdings. Als mir klar wurde, wer da auf mich wartet, bin ich sofort zu Euch geeilt, weil ich Euch fragen wollte, wo Hyacinth ist. Ihr habt sie am Hieraxday zu Ermine's Hotel gefahren, wo sie sich mit mir treffen wollte.«

Hossaan nickte.

»Aus Eurem Namen, den Maytera Marble mir genannt hat, schließe ich, daß Ihr aus Trivigaunte kommt. Ist das richtig? Doktor Crane sagte mir einmal, daß Ihr nach ihm der zweite Offizier seid. Die meisten Spione, die er eingesetzt hat, stammten wohl aus Viron selbst, aber er mußte natürlich auch einige Leute aus seiner Heimatstadt zur Verfügung haben, denen er absolut vertrauen konnte.«

»Nur mich, Caldé. Aber Ihr habt recht. Wir hätten viel wirkungsvoller arbeiten können, wenn wir mehr gewesen wären.«

»Wißt Ihr nun, wo Hyacinth ist?«

»Nein. Ich wünschte, ich wüßte es.« Hossaan holte tief Luft. »Wißt Ihr, Caldé, Ihr habt mir eine schwere Last von den Schultern genommen. Ich dachte, ich müßte herausfinden, wieviel Ihr wißt, und dafür sorgen, daß Ihr nicht mehr erfahrt, als unbedingt nötig ist. Nun stellt sich aber heraus, daß Ihr alles wißt.«

Silk schüttelte den Kopf. »Nicht alles. Crane und ich haben ein Übereinkommen getroffen. Ich habe ihm alles gesagt, was ich über seine Aktivitäten erfahren oder vermuten konnte, und er hat im Gegenzug meine diesbezüglichen Fragen beantwortet. Ich habe aber nur sehr wenig erraten, und er hat mir nicht viel mehr als das verraten, was ich ohnehin schon wußte. Ich weiß nicht einmal seinen richtigen Namen.«

»Sein Name war Sigada.« Hossaan lächelte bitter. »Das bedeutet, daß er gutaussehend und demütig sein sollte.«

»Aber er war keines von beiden. Ich danke Euch.« Silk nickte. »Sigada also. Ich werde ihn für mich immer Doktor Crane nennen, aber es freut mich zu wissen, unter welchem Namen andere ihn in Erinnerung behalten werden. Und Euer Name, denke ich, lautete auch nicht Hossaan, als Ihr in Bloods Diensten gestanden habt.«

»Nein, dort hieß ich Willet.«

»Ich verstehe. Ihr habt Maytera Marble Euren wirklichen Namen genannt. Ihr konntet aber da noch nicht wissen, daß Doktor Crane mir von Euch erzählt hatte, weil Ihr nach unserem Gespräch am Nachmittag des Tarsday bis zu seinem Tod am Morgen des Hieraxday nicht mehr mit ihm gesprochen habt.«

»Ich sagte Euch doch, daß ich nicht wußte, wieviel Ihr erfahren habt, Caldé.«

»Das ist richtig.« Silk suchte vergeblich in der Tasche seiner Robe herum. »Wißt Ihr, daß ich nicht einmal mehr eine Gebetskette habe? Früher, als ich noch ein armer Augur war, hatte ich die Gebetskette in der Tasche, aber kein Geld. Jetzt habe ich Geld und keine Kette.«

»Eindeutig eine Verbesserung, denn mit Geld könnt Ihr Euch eine Kette kaufen.«

»Falls ich die Zeit dazu finde, während die Geschäfte geöffnet sind, und falls ich in eines hinein und wieder heraus komme, ohne überfallen zu werden. Ihr sagtet, Ihr wolltet mir nicht mehr erzählen als unbedingt nötig, aber offenbar hattet Ihr die Absicht, mir zu offenbaren, daß Ihr ein Spion aus Trivigaunte seid.«

»Das ist richtig. Ich wollte es Euch sagen, weil Ihr es aus den Dingen, die ich Euch zu berichten habe, ohnehin entnommen hättet. Generalissima Siyuf kommt mit einigen tausend Soldaten zu Eurer Unterstützung. Ich habe es selbst eben erst erfahren.« Hossaan drehte sich ganz herum, bis er Silk gerade ins Gesicht sehen konnte. »Das bedeutet, daß Euer Sieg sicher ist, Caldé. Wenn Ihr nicht unterliegt, bevor sie eintrifft, könnt Ihr keinesfalls mehr besiegt werden …« Er brach ab, als jemand schüchtern an das Dach des Schwebers klopfte. »Das ist die Sibylle.«

Silk drehte sich herum, bis er, kaum eine Handspanne vor seinem eigenen, Maytera Marbles Metallgesicht sah. »Laßt sie bitte herein. Ich kann mir nicht vorstellen, daß ich etwas sagen könnte, das sie nicht hören darf. Und abgesehen von der Beichte kann ich mir auch nicht vorstellen, daß ich etwas erfahre, das sie nicht hören dürfte.«

Das Dach wurde zurückgezogen, und Maytera Marble stieg ein. Ihr langer schwarzer Rock und die weiten Ärmel knatterten im Wind. »Ich habe Euch angeredet, Patera, aber Ihr habt mich nicht gehört.«

»Nein«, sagte Silk. »Nein, Maytera. Ich konnte Euch hier drinnen nicht hören.« Er gab Hossaan ein Zeichen, und das Dach schloß sich wieder.

»Ich wollte Euch nicht stören, aber als ich Euch in dieser Maschine sah, dachte ich, daß Ihr vielleicht wegfahren wollt, und ich wollte … ich …«

»Ich denke, wir werden wirklich fahren, aber nicht ohne Chenille. Ich will sie mitnehmen. Ist sie im Zönobium?«

Maytera Marble nickte. »Ich kann sie gleich holen, Patera. Sie ißt gerade.«

»Aber zuerst wolltet Ihr mir noch etwas sagen. Geht es um sie, oder geht es …« – Silk zögerte einen Moment lang – »um Eure Enkeltochter, Maytera?«

»Genaugenommen wollte ich Euch um etwas bitten, Patera. Mir ist klar, daß Ihr mit diesem ausländischen Herrn hier ein wichtiges Gespräch zu führen habt, aber ich kann Euch versprechen, daß es nicht lange dauert. Ich möchte nur eine Bitte vortragen, dann werde ich wieder gehen.«

»Hossaan ist aus Trivigaunte«, erklärte Silk. »Genau wie unsere Freundin, Generalin Saba. Sie sind unsere Verbündeten, und ich habe gerade von Hossaan erfahren, daß man weitere Truppen schicken wird, die uns helfen sollen.«

»Das ist ja wunderbar!« Maytera Marble lächelte, indem sie den Kopf zurückbog und nach rechts neigte. »Aber angesichts solcher Neuigkeiten kommt mir mein kleines Problem wirklich ganz unbedeutend vor.«

»Das ist es ganz bestimmt nicht, Maytera. Es ist doch wirklich nicht Eure Art, andere Leute mit Nichtigkeiten zu belästigen.« An Hossaan gewandt, fügte Silk hinzu: »Ich sollte Euch vielleicht erklären, daß Maytera Marble für mich in etwa das ist, was Ihr für Doktor Crane seid, nur daß sie mir persönlich noch viel mehr bedeutet. Ich bin direkt aus der Schola hier in dieses Manteion versetzt worden, und ich war kaum ein Jahr hier, als Patera Pike gestorben ist. Maytera hat mir geholfen. Ohne sie hätte ich mich mindestens einmal pro Tag zum Narren gemacht.« Er hielt inne und besann sich. »Ich wünschte, sie hätte mir noch mehr helfen können, denn auch so habe ich mich noch oft genug zum Narren gemacht, trotz ihrer großen Hilfe.«

»Ich habe gegen Euch intrigiert«, gestand Maytera Marble. »Ich habe Euch nicht gehaßt, oder ich habe mir das wenigstens eingeredet. Aber ich habe Euch mit Kleinigkeiten in Verlegenheit gebracht und Euch Schwierigkeiten gemacht und mir vorgemacht, es wäre zu Eurem eigenen Besten.« Sie sprach eilig weiter. »Ich habe eigentlich gar nicht das Recht, Euch um einen Gefallen zu bitten, aber trotzdem ...«

»Natürlich habt Ihr das Recht dazu!«

»Ich schaffe es nicht allein. Ich wünschte, ich könnte es. Ich habe gebetet, aber ich schaffe es nicht. Kennt Ihr Marl, Patera?«

»Ich glaube nicht.« Silk, der nur wenige Chemische kannte, überlegte. »Nein, ich kenne sie nicht.«

»Ihn, Patera. Ihn.«

»Er nimmt bestimmt nicht an unseren Opfern teil. Ich weiß gar nicht, wie lange es her ist, daß ich das letzte Mal einen Chemischen in der Andacht gesehen habe. Euch natürlich ausgenommen, Maytera.«

»Es gibt auch nicht mehr viele«, warf Hossaan ein. »Weder hier noch in meiner Heimatstadt. Ist er ein Soldat?«

Maytera Marble schüttelte den Kopf. »Nein, er ist ein Diener. Er arbeitet für einen Mann namens Fulmar. Ich sehe ihn nicht oft, aber gestern bin ich zu ihm gegangen, zusammen mit meiner Enkeltochter, und ...«

»Fahrt fort, Maytera.«

»Ich habe ihm meine Hand gezeigt. Ihr wißt schon, die Hand, die ...«

Silk nickte; ermunternd, wie er hoffte. »Haltet Euch nicht weiter damit auf, Maytera. Ihr habt ihm also Eure Hand gezeigt.«

»Ich habe sie in ein Handtuch gewickelt und in einem kleinen Korb getragen, damit nicht die Flüssigkeit herausquillt. Es ist wirklich eine sehr gute Hand, aber ich kann sie einfach nicht allein anlegen.«

»Ich verstehe.«

»Marl sagt, es gäbe eine Werkstatt für so etwas, aber ich stelle mir vor, daß es wahrscheinlich sogar ein großes Werk ist, hinten jenseits der schiefen Brücke, wo sie Talusse herstellen und reparieren. Meist werden dort nur welche repariert, sagte er, weil es so lange dauert und so teuer ist, einen herzustellen. Wir Chemischen sind den Talussen eigentlich nicht sehr ähnlich. Wir wurden im Whorl der Kurzen Sonne hergestellt, und wir können viel besser denken und sehen, und wir laufen nicht mit Fischtran oder so etwas.« Sie lachte nervös. »Marl meinte jedenfalls, daß man mir dort helfen könnte, den Arm wieder anzusetzen, wenn ich das Geld dafür hätte. Es wäre nicht so teuer wie die Herstellung eines Chemischen oder eines Talus, sondern nur eine einfache Reparatur.«

»Ja, sicher, natürlich. Ich hätte schon längst daran denken sollen, Maytera. Muß es geschweißt werden? Heißt das nicht so?«

Hossaan schaltete sich wieder ein. »So nennt man es, wenn man einen Schweber repariert.«

»Nein, es geht ja nicht nur darum, das Metall wieder zusammenzufügen, Patera. Da drinnen sind kleine Röhren und Drähte und Fäden – Glasfasern, so nennt man das wohl, die Licht transportieren. Seht her.« Sie hob den verstümmelten rechten Arm und schob den Ärmel zurück, damit er den Stumpf sehen konnte. »Marl meinte, sie müßten es dort reparieren können. Er ist so alt, wie ich es war, Patera, und ich glaube, er denkt nicht immer ganz klar. Aber …«

Silk nickte. »Das ist unsere einzige Chance. Ich verstehe.«

»Marl hätte mir auch das Geld gegeben, wenn er es gehabt hätte, aber er ist ganz arm. Und selbst wenn ich etwas Geld hätte, würde es vielleicht doch nicht reichen, weil man wirklich sehr viel Geld dafür braucht, meinte Marl.«

»Euch soll geholfen werden, Maytera, ich verspreche es. Wir werden hinfahren, sobald es möglich ist. Ich gebe Euch mein Wort darauf.«

Sie hatte ein großes weißes Taschentuch aus dem leeren Ärmel gezogen. »Es tut mir leid, Patera.« Sie tupfte sich die Augen ab. »Eigentlich kann ich ja gar nicht weinen, ich kann es schon sehr, sehr lange nicht mehr. Trotzdem fühle ich mich, als müßte ich weinen. Es gibt so viel zu tun, weil Ihr und Patera Gulo nicht da seid, und Maytera Mint ist auch nicht mehr da, und ich muß mich ja auch noch um meine Enkeltochter kümmern, und ich habe doch nur eine Hand.«

Silk änderte seinen Entschluß. »Ich werde Euch auch mitnehmen, Maytera. Euch und Mucor. Ich brauche Euch beide, und es ist für Euch, besonders für Mucor, viel zu gefährlich, allein hierzubleiben. Wollt Ihr mitkommen, wenn ich Euch darum bitte? Und vergeßt nicht, ich bin immer noch der Augur dieses Manteions.«

Sie blickte zu ihm auf, und hinter den zerkratzten, trockenen Linsen ihrer mechanischen Augen schien neue Hoffnung zu schimmern. »Gewiß doch, Patera, wenn Ihr es mir sagt. Ich muß aber vorher noch aufräumen und einiges erledigen. Und ich muß einen Zettel an die Tür der Palaestra hängen, damit die Kinder Bescheid wissen.«

»Gut. Auf dem Palatinum gibt es einen Palast für den Caldé und einen für den Prolokutor. Ihr erinnert Euch doch sicher daran, daß der Caldé einst dort gewohnt hat?«

Sie nickte.

»Ich werde den Palast wiedereröffnen. Ich habe die

letzten Nächte im Juzgado verbracht, aber das ist nur ein Behelf. Wenn Viron einen neuen Caldé haben soll, dann muß er auch im Palast des Caldé wohnen. Ich brauche ja auch ein Haus, wo ich Generalissima Siyuf standesgemäß empfangen kann, wenn sie kommt. Wir müssen sie und ihre Truppen offiziell begrüßen, und ich muß auch Generalissimus Oosik so bald wie möglich verständigen. Er wird seine Pläne darauf abstimmen wollen, daß Tausende neuer Soldaten unterwegs sind.«

Silk wandte sich an Hossaan. »Wie lange haben wir noch Zeit? Könnt Ihr das annähernd sagen?«

»Nicht genau, Caldé. Ich bin nicht sicher, wann sie Trivigaunte verlassen hat, und Siyuf ist berühmt für ihre harten und langen Fußmärsche.«

»Eine Woche?«

»Ich denke nicht.« Hossaan schüttelte den Kopf. »Eher drei oder vier Tage, würde ich sagen.«

»Patera.« Maytera Marble zupfte Silk am Arm. »Ich kann nicht mit einem Mann unter einem Dach leben, nicht einmal mit einem Auguren. Ich weiß, daß nichts passieren wird, aber … aber das Kapitel …«

»Ihr dürft es, wenn der betreffende Mann krank ist. Dann dürft Ihr mit ihm unter einem Dach leben und ihn pflegen. Ich habe eine Brustverletzung. Ich kann sie Euch zeigen, sobald wir im Palast eingetroffen sind. Dann sollt Ihr mir die Verbände und die Wundauflage wechseln. Und mein Fußgelenk ist auch noch nicht ganz und gar verheilt. Ich bin sicher, daß Seine Kogniszenz es Euch erlauben wird, oder wenn er nicht da ist, der Koadjutor. Hossaan, könnt Ihr uns zum Juzgado fahren? Wir wären aber zu viert.«

»Kein Problem, Caldé.«

»Mir steht zur Zeit kein Schweber zur Verfügung, abgesehen von denen der Zivilgarde, und die braucht Oosik dringender als ich. Vielleicht könnte ich Euch und Euren Schweber anheuern. Wir werden noch darüber reden. Maytera, erledigt alles, was Ihr noch zu tun habt, und heftet den Zettel an die Tür, wie Ihr es vorgeschlagen habt. Eigentlich hatte ich gehofft, ich könnte hier ein Opfer darbringen und danach zum Cock fahren, aber das muß jetzt warten. Vielleicht habe ich morgen Zeit dafür. Hossaan, ich muß noch einmal ins Pfarrhaus, während sie ihre Besorgungen macht. Dann holen wir Mucor und eine junge Frau, die mich hierher begleitet hat, und dann muß ich auch noch meine Sänfte bezahlen.«

»Ich habe bereits gehört, daß Ihr einen Vogel als Schoßtier haltet«, sagte Saba, wobei sie Oreb kritisch musterte. Sie war eine kräftige Frau, die eine bemerkenswerte Ähnlichkeit mit einer wütenden Muttersau aufwies.

Silk lächelte. »Ich weiß nicht, ob ›Schoßtier‹ das richtige Wort für ihn ist. Ich habe versucht, ihn freizulassen, und die Folge war, daß er kommt und geht, wie er will, und sagt, was er will, und erheblich mehr vom Leben hat als ich. Heute bin ich mit ihm zum Manteion gefahren, um Maytera Marble holen, die mir helfen wird, dieses Haus hier auszulüften. Ich habe übrigens auch wichtige Neuigkeiten, die ich Euch bald mitteilen will.«

»Genau.« Saba schnippte mit den Fingern. »Ihr heiligen Männer könnt ja angeblich den Willen der Götter erkennen, indem Ihr in Eingeweide schaut, nicht wahr?«

»Ja. Manche können es natürlich besser als die anderen, und was mich angeht, so bin ich darin gewiß nicht besser als der Durchschnitt. Gibt es eigentlich bei Euch in Trivigaunte keine Auguren?«

»Kein Schnitt!« flehte Oreb.

»Du warst doch gar nicht gemeint, du alberner Vogel. Ganz bestimmt nicht.« Silk lächelte wieder. »Ich hatte ihn eigentlich als Opfertier gekauft, und obwohl ich ihm erklärt habe, daß er nicht geopfert wird, fürchtet er immer noch, ich könnte es mir anders überlegen. Nun, ich wollte Euch sagen, daß ich das Pfarrhaus aufgesucht habe, um zu sehen, ob ich am Abend des Phaesday vielleicht meine Gebetsketten dort zurückgelassen habe. Oreb ist fortgeflogen, als ich mit meiner Sänfte dort ankam. Ich bin also in die Küche gegangen, weil ich dort am Küchentisch manchmal meine Taschen ausleere, und richtig, dort lag auch meine Gebetskette. ›Vogel daheim‹, hat er mir dort erklärt, und er schien recht zufrieden. Aber als ich dann wieder aufbrechen mußte, hat er sich auf meine Schulter gesetzt und ist mitgekommen.«

»Das klingt, als wäre er ein tapferer Soldat.« Saba, die auf einem mit Elfenbein ausgelegten Lehnstuhl saß, lehnte sich bequem zurück. »Ihr habt hier viele männliche Kämpfer. Ich muß mich erst daran gewöhnen, auch wenn die meisten durchaus tapfer zu fechten wissen. Ich habe übrigens auch für Euch Neuigkeiten, Caldé, wenn Ihr mir die Euren übermittelt habt.«

»Gleich. Um die Wahrheit zu sagen, ich fürchte, Ihr werdet wütend davonstürmen, wenn Ihr es hört, aber zunächst möchte ich mich erkundigen, wie es in Trivigaunte um die Kunst der Auguren steht. Außerdem macht Chenille gerade Kaffee, und sie wird wohl enttäuscht sein, wenn wir ihn nicht trinken. Sie würde Euch auch gern kennenlernen – immerhin habt Ihr geholfen, sie zu retten, denn sie war eine der Geiseln in Bloods Haus.« Als er sah, daß Saba ihn nicht verstand, fügte er hinzu: »Die Villa auf dem Land.«

»Ach, dieses Haus. Richtig, wir wollten Euch dort herausholen, Caldé.«

»Aber Ihr habt dabei auch Chenille und Patera Incus und Meister Xiphias gerettet. Ihr und Generalissimo Oosik, und natürlich ein paar Tausend von Generalin Mints Leuten, sollte ich wohl sagen.«

Saba nickte. »Wir waren da etwas knapp mit Leuten, aber wir haben getan, was wir konnten. Wo ist Mint überhaupt?«

»Sie versucht wohl gerade, die mutigen, aber schlecht ausgebildeten und undisziplinierten Freiwilligen in eine gut funktionierende Truppe zu verwandeln. Ich habe in viel kleinerem Maßstab einmal etwas ähnliches versucht – beispielsweise mit den Müttern der Kinder, die unsere Palaestra besucht haben. Ich muß sagen, ich beneide sie nicht.«

»Manchmal muß man eben Klartext mit ihnen reden«, klärte Saba ihn auf. Sie machte durchaus den Eindruck, als wäre dies der Teil, der ihr den meisten Spaß machte. »Manchmal muß man nett zu den Soldaten sein, aber manchmal muß man ihnen auch den *karbaj* zeigen.«

Silk verzichtete darauf, sich zu erkundigen, was ein *karbaj* wäre. »Wie ist es nun mit der Kunst der Auguren? Muß ich aus Euren Worten schließen, daß diese Kunst in Trivigaunte nicht praktiziert wird?«

Saba neigte fast unmerklich den Kopf. »Ihr versucht, Euch die Götter gewogen zu machen, indem Ihr Tiere aufschneidet. Wir machen das nicht. Aber ich will Euch nicht beleidigen.«

»Keine Sorge, Generalin.«

»Ich bin eine alte Kämpferin, immer offen heraus, und ich halte nicht viel von Höflichkeiten. Ich bin einfach ein alter Haudegen, wenn Ihr wißt, was ich meine. Aber wie die Dinge jetzt stehen, muß ich mich hier gleichzeitig auch wie eine Art Botschafterin aufführen, und so versuche ich es eben, so gut ich es kann.« Sie lachte laut. »Aber besonders gut kann ich das nicht, also rede ich lieber gerade heraus. Eure Gebräuche kommen mir ein wenig rückständig vor, und ich rechne eigentlich damit, daß sich da bald einiges ändert. Seht Euch zum Beispiel nur mal die da an.« Sie deutete auf Chenille, die gerade mit einem Tablett hereinkam. »Wir sitzen hier, ein Mann und eine Frau, und reden, und eine Frau bedient uns. Ich will ja nicht sagen, daß man so etwas daheim bei uns niemals zu sehen bekommt, aber besonders häufig geschieht das nun auch wieder nicht.«

»Aber um noch einmal darauf zurückzukommen …« Silk nahm seine Tasse entgegen. »Danke, Chenille. Ihr hättet uns nicht bedienen müssen, und ich weiß nicht, ob Generalin Saba das bewußt ist. Freundlichkeit und Dienstbeflissenheit sehen manchmal sehr ähnlich aus, obwohl sie ganz unterschiedliche Dinge sind. Wollt Ihr Euch nicht zu uns setzen?«

»Wenn es Euch nichts ausmacht.«

»Natürlich nicht. Wir freuen uns über Eure Gesellschaft, und ich weiß doch, wie gern Ihr Generalin Saba kennenlernen wollt. Sie ist die Kommandantin des Luftschiffs der Rani.«

»Ich weiß.« Chenille begrüßte Saba mit einem bewundernden Lächeln.

»Und sie hat geholfen, Euch zu retten. Generalissimus Oosik sagte mir danach, er wäre froh, wenn auch nur eine Brigade unserer Garde so tüchtig wäre wie Eure Flugsoldatinnen.«

»Sie sind handverlesene Kämpferinnen«, erklärte Saba geschmeichelt. »Es ist schwer, in diese Truppe aufgenommen zu werden. Für eine, die wir nehmen, weisen wir zehn andere ab.«

»Ich wollte noch einmal auf die Kunst der Auguren zu sprechen kommen. Ich hoffe, Ihr werdet meine Beharrlichkeit entschuldigen. Ich wurde zum Auguren ausgebildet, und ich glaube, ich werde mein Leben lang das Interesse daran nicht verlieren. Aber zuerst einmal wüßte ich gern, ob ich einmal mit Eurem Luftschiff fliegen dürfte?«

Saba blinzelte Chenille belustigt zu, daß sich ihr ganzes kantiges Gesicht in Falten legte.

»Einer meiner Schüler – sein Name ist Horn, er hilft

zur Zeit als Bote hier aus –, sagte mir vor gar nicht so langer Zeit, er hätte vom Fliegen geträumt. Ich habe ebenfalls vom Fliegen geträumt, auch wenn ich das nicht einmal vor mir selbst zugeben wollte, als ich mit ihm sprach.«

»Vogel fliegt«, verkündete Oreb.

»Genau. Wann immer wir zum Himmel blicken, sehen wir Vögel, und jeden Tag entdecken wir auch Flieger, die uns beweisen, daß es möglich ist. Als ich noch ein kleiner Junge war, stellte ich mir immer vor, daß sie herunterriefen: ›Wir können fliegen, du nicht!‹, daß sie aber zu hoch wären, um drunten gehört zu werden. Ich wußte, daß es dumm von mir war, aber das Gefühl hat mich nie verlassen.«

»Flügel gut«, Oreb hüpfte auf Silks Kopf und zeigte seinen Flügel vor.

»Er konnte eine Weile nicht fliegen«, erklärte Silk. »Ich glaube, bevor er verletzt wurde, war ihm gar nicht richtig klar, wie schön es ist, fliegen zu können.«

»Ich habe eine Überraschung für Euch, Caldé«, erklärte Saba. »Ihr könnt jederzeit mein Luftschiff besichtigen. Sagt mir nur vorher Bescheid, damit ich mich auf Euren Besuch einrichten kann.«

»Natürlich«, stimmte Silk zu. Er trank einen Schluck, hielt inne und bewunderte das kostbare Porzellan. Der Rand der Tasse war vergoldet, und wenn man weit genug ausgetrunken hatte, tauchte am Boden ein Abbild Scyllas auf.

»Wenn das Wein wäre und wir genug getrunken hätten, dann würde ich Euch jetzt sagen, daß ich Euch am liebsten mit Flügeln ausrüsten werde wie meine Mädchen.« Saba grinste breit, daß die großen Hauer in ihrem Unterkiefer blitzten. »Und dann würde ich Euch einfach aus dem Luftschiff stoßen, und Ihr würdet ganz schnell das Fliegen lernen. Aber unter Diplomaten darf man sich ja solche Scherze nicht erlauben.«

Silk seufzte. »Ich werde darüber nachdenken. Ich bin nicht sicher, ob ich den nötigen Mut finden werde, aber ich kann es immerhin versuchen.«

»Laßt es ruhig. Ihr wärt für den Rest Eures Lebens verkrüppelt, wenn nicht sogar tot. Meine Mädchen beginnen das Training mit Sprüngen von einer Plattform, die in dieses Zimmer hier passen würde. Ich … wer ist das denn?«

»Wer?« Silk und Chenille sahen zur Tür.

»Dort im Spiegel war ein Gesicht.« Saba stand auf, die Tasse Kaffee in der Hand haltend. »Ich habe dort jemanden gesehen, der sich nicht hier im Raum befindet und den ich nicht kenne. Eine junge Frau, ich habe sie genau gesehen.«

»Ich glaube es Euch ja, Generalin.« Silk stellte die Kaffeetasse ab.

»Ihr habt den Palast doch gerade erst wiedereröffnet, nicht wahr?«

»Genaugenommen vor weniger als einer Stunde. Maytera Marble und …«

»Ein Geheimgang.« Sabas Tonfall duldete keinen Widerspruch. »Der Spiegel ist ein Guckloch, und jemand belauscht uns von der anderen Seite. Mindestens diesen einen Geheimgang gibt es hier, vielleicht sogar noch mehr. Ich habe so etwas auch schon zu Hause gesehen. Was macht das Mädchen da?«

Chenille stand schon vor dem Spiegel und hatte mit beiden Händen den geschnitzten Rahmen gepackt. »Er ist verstaubt«, erklärte sie Silk. »Die Möbel waren zwar alle mit Schutztüchern bedeckt, aber es ist trotzdem Staub durchgekommen.« Sie grunzte vor Anstrengung und nahm den Spiegel vom Haken. Dahinter war nichts als die glatte Wand zu sehen, allerdings etwas heller als die Umgebung.

Silk war zusammen mit Saba aufgestanden. Er humpelte zur Wand und klopfte mit dem Knöchel dagegen. Es klang massiv. Saba starrte die Wand an. Ihr

Mund bewegte sich, aber sie bekam keinen Ton heraus.

»Soll ich ihn wieder aufhängen, Patera?« fragte Chenille.

»Nein, lieber nicht. Noch nicht, jedenfalls. Ich werde es selbst tun, oder Meister Xiphias wird mir helfen. Könnt Ihr ihn auf den Boden stellen, ohne ihn fallen zu lassen?«

»Ich denke schon. Ich bin ziemlich kräftig.«

Saba knallte die Hacken ihrer makellos polierten Reitstiefel zusammen. »Ich muß mich entschuldigen, Caldé. Ich werde mich jetzt verabschieden. Verzeiht mir bitte die Unannehmlichkeiten, die ich Euch bereitet habe.«

»Nein, geht noch nicht«, sagte Silk hastig. »Eure Generalissima Siyuf kommt doch mit Tausenden von Soldaten ...«

Saba ließ die Tasse auf den kostbaren Teppich fallen. Der Kaffee spritzte heraus und benetzte ihre Stiefel. »Das ist genau die Mitteilung, die ich Euch machen wollte! Ihr ... habt Ihr das etwa aus den Eingeweiden von Tieren gelesen?«

3

Die erste Theophanie am Thelxday

Drei hektische Tage, nachdem Saba den Kaffee hatte fallen lassen, mußte Marrow, der Gemüsehändler, seine Vorfreude auf die Parade, derentwegen der Markt früher als sonst geschlossen werden würde, vorübergehend beiseite schieben. Er starrte den müden Propheten an, der sich seinem Stand näherte. »Auk?« Marrow strich sich die mit Obstflecken übersäte Schürze glatt. »Seid Ihr nicht Auk?«

»Der bin ich.« Der Prophet trat aus dem starken Wind heraus und lehnte sich an einen Tisch, auf dem Orangen gestapelt waren.

»Ihr seid ein Freund des Caldé, sagt man.«

»Ich denke, das stimmt wohl.« Auk kratzte sich am stoppelbärtigen Kinn. »Jedenfalls kann ich ihn gut leiden, und ich habe einen Widder geopfert, als Kypris erschienen ist. Ich weiß aber nicht, ob er mich auch mag. Wenn nicht, will ich ihm keinen Vorwurf machen.«

Marrow wischte sich die Nase am Ärmel ab. »Ihr seid auch ein Freund von Generalin Mint.«

»Wie ich hörte, ist neuerdings jedermann ihr Freund.«

»Scleroderma hat es mir erzählt. Kennt Ihr sie? Sie ist die Frau des Metzgers.«

Auk schüttelte den Kopf.

»Sie kennt aber Euch, und sie sagt, Ihr wärt früher immer in Silks Manteion in der Sun Street gekommen.«

»Yeah, ich weiß, wo es ist.«

»Sie sagte, Ihr hättet immer in dem kleinen Garten hinter dem Pfarrhaus gesessen und mit ihr gesprochen. Mit Generalin Mint, meine ich. Möchtet Ihr eine Orange?«

»Gern, aber ich habe nicht genug Geld. Nicht für Orangen, jedenfalls.«

»Nehmt nur ein paar. Wartet, ich hole Euch eine Tüte.« Marrow kramte hinter seinem Stand herum, und Auk steckte sich unterdessen einen Pfirsich in die Tasche.

»Und jetzt wandert Ihr durch die Stadt und erzählt allen Leuten vom Plan des Pas. Möchtet Ihr auch ein paar Bananen? Richtige Bananen aus Urbs?«

Auk sah auf das Preisschild. »Nein, lieber nicht«, sagte er.

»Sie sollen Euch nichts kosten, ich will kein Geld von Euch.«

Auk richtete sich auf und atmete tief durch, daß sich seine gewaltige Brust blähte. »Ja, ich weiß. Deshalb will ich auch keine. Paßt auf. Ich würde Eure Bananen stehlen, versteht Ihr? Das wäre in Ordnung. Ich würde sie stehlen und Euch die Kasse ausräumen, weil ich eben so bin. Ich bin ein guter Dieb, und Tartaros braucht Karten für etwas, das wir tun wollen. Aber Bananen will ich mir von Euch nicht schenken lassen. Die würden Euch zuviel kosten, und es wäre nicht richtig.«

»Aber …«

»Hört schon auf.« Auk hatte begonnen, eine Orange zu schälen. Er pellte die Rinde mit kräftigen, nicht ganz sauberen Fingern ab. »Ich habe in der Orilla eine Perle, auf die ich aufpassen muß. Sie hat Hunger, und sie ist nicht daran gewöhnt wie ich. Wenn Ihr mir Orangen und vielleicht ein paar Kartoffeln in den Sack stecken wollt, dann werde ich mich dafür bedanken und ihr die Sachen bringen. Nur keine Bananen, versteht Ihr? Seht lieber zu, daß ihr mit den teuren Früchten Geld verdient. Ich nehme den Sack, wenn Ihr fertig seid, falls Ihr ihn mir wirklich geben wollt.«

»Das ist Auk, der Prophet«, erklärte Marrow flüsternd den Leuten, die sich vor dem Stand gesammelt hatten. »Ein Dutzend gelbe Äpfel, Madame? Und zwei Kohlköpfe? Gern. Ganz frisch und sehr billig.«

Ein paar Minuten später sagte er zu Auk: »Ich will mit Euch zu Shrike gehen, sobald mein Junge wieder hier ist. Ihr kennt doch Sclerodermas Mann? Er kann Euch sicher auch ein oder zwei Stücke Fleisch überlassen.«

In der Orilla warteten zweihundert Menschen, wenn nicht sogar mehr, auf Auk, und mindestens hundert waren ihm gefolgt. Tartaros flüsterte: »Du bist müde, Auk, mein Noktolator, und dir ist kalt.«

»Da sagst du was Wahres, Schrecklicher Tartaros.«

»Deshalb könntest du rasch ungeduldig werden.«

»Aber ich doch nicht. Ich habe schon oft müde und unterkühlt auf einem Dach gelegen, wenn sie unten mit Hunden nach mir gesucht haben.«

»Sei gewarnt, dieses Mal geht es um eine größere Beute.«

Auk drängte sich durch die Menge und blieb vor der Tür des verrammelten Geschäfts stehen, das sein Ziel war. Dort stellte er die Beutel ab, die er getragen hatte. »Hört zu, Leute.«

Die Menge verstummte.

»Ich weiß nicht, was ihr wollt, aber ich weiß genau, was ich will. Ich muß diese Sachen zu der Puppe da drinnen bringen. Sie ist hungrig, und ein paar Leute auf dem Markt haben mir die Sachen für sie gegeben. Wenn ihr mich sehen wolltet, dann habt ihr mich jetzt gesehen. Wenn ihr mich reden hören wolltet, dann habt ihr mich jetzt reden gehört. Wenn ihr noch was anderes wollt, dann laßt mich ihr die Sachen geben und danach können wir darüber reden.«

Jemand in der Menge rief: »Ihr sollt opfern!«

»Ihr habt sie nicht alle. Ich bin doch kein Augur.« Auk klopfte an die verzogene Tür. »Hammerstone! Alles klar da drinnen?«

Die Tür wurde geöffnet, und als die Menge den riesigen Soldaten sah, wurden die Leute mucksmäuschenstill. »Das ist keiner vom Ayuntamiento«, rief Auk hastig. »Er arbeitet genau wie ich für die Götter, aber als wir hergekommen sind …« Er versuchte, sich zu erinnern, wann sie gekommen waren. Er wußte zwar noch genau, wie Hammerstone sich aus Tonnen von heruntergebrochenem Schiffsstein befreit hatte, aber mehr wollte ihm nicht einfallen. »Das war, als die Alambrera kapituliert hat. Die Gardisten haben auf ihn geschossen, und deshalb haben wir ihn hierher in Sicherheit gebracht.«

Hammerstone zischelte hinter ihm: »Fragt sie doch, ob Patera da ist.« Sein Tuscheln war ungefähr so laut wie ein Donnerschlag.

»Patera Incus«, rief Auk. »Wir suchen einen heiligen Auguren namens Patera Incus. Jemand hat ein Opfer verlangt. Ist Patera Incus dort draußen?«

Wieder rief jemand in der Menge: »Ihr sollt es machen!«

Hyacinth, die hinter Hammerstone getreten war, fragte drängend: »Ist da etwas zu essen drin? Bitte, gebt es mir.«

Tartaros flüsterte: »Sage ihnen, daß du opfern wirst.« Durch irgendeinen Zauber gelang es dem blinden Gott, die lauten Rufe der Menge zu übertönen.

Auk war so überrascht, daß er sich unwillkürlich umdrehte. »Was, zum Teufel – ich meine, ja, sicher doch, Schrecklicher Tartaros. Wie du meinst.« Er gab Hammerstone die beiden Säcke und legte die Hände wie einen Trichter vor den Mund. »Also gut, ich werde ein Opfer durchführen.«

»Wann?« Vier Männer hoben ein erschrecktes braunes Zicklein hoch. Man konnte sehen, daß es verängstigt schrie, aber man konnte wegen des Lärms nichts hören.

»Jetzt gleich, Auk, mein Noktolator.«

»Jetzt gleich!« wiederholte Auk.

Ein dünner Mann, dessen Mantel und Hut einst kostbare Kleidungsstücke gewesen waren, fragte: »Ihr sagt, daß Ihr im Namen der Götter handelt. Wird denn ein Gott erscheinen?«

Auk wartete, ob der blinde Gott an seiner Seite etwas sagte, aber Tartaros schwieg.

Andere griffen die Frage begierig auf: »Wird ein Gott erscheinen?«

»Was denkt ihr denn?« rief Auk herausfordernd zurück, und sofort entstanden hitzige Debatten.

Hyacinth, die sich hinter Hammerstones breitem Rücken gehalten hatte erkundigte sich: »Wo wollen wir es machen?«

»Ich dachte, Ihr wollt essen.«

»Sie ißt auch«, brummte Hammerstone. »Ich höre es.«

Der Lärm nahm noch zu, als mindesten fünfzig Männer und ein Dutzend mit lauten Organen ausgestattete Frauen Forderungen riefen. Auk murmelte: »Schrecklicher Tartaros, du mußt mir jetzt sagen, was ich ihnen verkünden soll, sonst bekommen wir hier Schwierigkeiten.«

»Habe ich das nicht gesagt, Auk, mein Noktolator? Du sollst ein Opfer darbringen. An mich oder an irgendeinen anderen Gott, wie du willst.«

Auk wandte sich wieder an Hammerstone. »Gebt die Tür frei. Ich muß mit euch beiden reden, und Ihr seid nicht durchsichtig.«

Der Soldat trat ganz auf die Straße heraus, und

wieder verstummten die Menschen ängstlich. Jetzt war auch Hyacinth zu sehen, die eifrig kaute und schluckte und sich die Hände am verschmutzten Kleid abwischte. »Das war eine Nektarine. Ich fürchte, ich habe den Kern verschluckt. Ich weiß jedenfalls nicht mehr, ob ich ihn ausgespuckt habe. Thelx, das war gut!«

»So, da habt Ihr etwas zu essen bekommen«, sagte Auk zu ihr. »Ich muß jetzt zur Sun Street.«

»Ich komme mit.«

Auk schüttelte den Kopf. »Ich bin kein Augur ...«

Tartaros flüsterte: »Nimm den Soldaten und die Frau mit.«

»Aber ich soll doch opfern. Die Sengende Scylla wollte es auch. Sie wollte, glaube ich, daß ich ihr Dace gab.«

»Ich brauche einen Mantel und ein Bad und Make-up – schlagt mich ja nicht! Wenn Ihr mich noch einmal schlagt, dann werde ich ...«

»Ihr kommt mit«, befahl Auk ihr, »und wir brechen sofort auf.« Er wandte sich wieder an die Menge. »He, hört her! Maul halten, ihr Kerle. Hört zu!«

Hammerstone gab aus seiner Muskete einen Schuß in die Luft ab.

»Es wird kein Gott kommen. Wenn ihr wollt, daß ich ein Opfer zelebriere, dann müssen wir in die Sun Street gehen und es ordentlich machen. Aber es wird kein Gott kommen.« Halblaut fügte er hinzu: »Und wenn einer käme, dann könntet ihr verrückten Hunde ihn sowieso nicht sehen.«

Sie folgten ihm dennoch durch die schmalen Straßen, eher von ihm selbst eingeschüchtert als von dem riesigen Soldaten, der neben ihm ging und die zitternde, zerzauste junge Frau, die ein rotes Kleid trug, eisern am Arm festhielt.

Auf der obersten Treppenstufe vor Silks Manteion angekommen, wandte Auk sich wieder an die Menge.

»Ich habe euch gesagt, daß kein Gott kommen wird. Ich lasse mich nicht gern herumkommandieren. Du mußt jetzt ein Opfer bringen, Auk, du mußt uns einen Gott zeigen, und so weiter. Glaubt ihr wirklich, ihr könntet mich so herumstoßen, wenn die Götter auf mein Kommando hören würden? Aber sie hören nicht auf mich, und auf euch hören sie auch nicht. Ich sage euch nur, daß es Zeit wird.«

Er zog seinen Hirschfänger mit dem Messinggriff. »Ich kann damit eure Ziegen aufschneiden. Das wäre überhaupt kein Problem. Aber kann ich mich mit einem Schnitt aus diesem Whorl befreien? Nur darauf kommt es an. Denkt darüber nach. Das Denken kann euch keiner abnehmen, nicht einmal die Götter.«

»Ein Opfer!« verlangte jemand.

»Nicht einmal die Götter können euch das Denken abnehmen«, brüllte Auk. »Aber sie können euch niedermachen, wenn ihr das Denken vergeßt, kapiert? Oder sie lassen euch einfach hier sterben, weil dieser Whorl am Ende ist. Tartaros hat es mir gesagt.«

Die Leute regten sich unbehaglich.

»Habt ihr schon einmal eine tote Hündin in der Gosse liegen sehen? Und die Jungen, die sie geworfen hat, wollen immer noch an ihren Zitzen trinken, obwohl sie längst tot ist? So seid ihr auch. Und so bin ich auch selbst.« Etwas leiser sagte Auk zu Hammerstone: »Öffnet die Tür, Hammerstone.«

Der Soldat schob einen Finger, der so dick war wie ein Brecheisen, durch den schmiedeeisernen Türgriff, und rüttelte an der Tür, bis sie fast aus den Scharnieren fiel. »Es ist abgeschlossen.«

»Dann brecht sie auf. Wir werden das Holz sowieso noch brauchen.«

Hammerstone ließ den Türgriff los und holte aus, doch Hyacinth rief: »Wartet! Da kommt jemand.«

Und richtig, ein paar Sekunden später hörte Auk das alte eiserne Schloß klappern und quietschen. Ein dumpfer Knall verriet ihnen, daß der Riegel zurückgezogen worden war. Auk packte den Türgriff, und dieses Mal öffnete sich die Tür.

»Patera!« Hammerstone kniete nieder, wie es ein Vater vor einem Jungen tut, der nicht auf den Arm genommen werden will. Er umfing Incus zärtlich mit Armen, die einen Bullen hätten erdrücken können.

Sogar Auk mußte lächeln. »Hallo, Patera, wo wart Ihr denn?«

Hyacinth unterdrückte den Impuls, die Gelegenheit zu nutzen und zu fliehen. Sie ahnte, daß ihre Freilassung ohnehin unmittelbar bevorstand. Sie gab Auk einen Rippenstoß. »Ist er das? Der Augur, von dem Hammerstone die ganze Zeit redet?«

»Das ist er. Wollt Ihr Euch mit ihm streiten? Ich würde es lieber lassen.«

Dann deutete er auf Incus und rief: »Das ist der Augur, nach dem ich vorhin gefragt habe. Jetzt kann ein richtiger Augur das Opfer durchführen, und vielleicht läßt er mich dabei helfen. Wir brauchen Holz für das Altarfeuer, verstanden? Ein paar von euch müssen es besorgen. Zedernholz ist am besten, aber zur Not geht auch anderes Holz.«

Incus löste sich mühsam aus Hammerstones Umarmung. »Aber *Auk*, mein *Sohn*!«

»Uns bleibt nichts anderes übrig, Patera. Wolltet Ihr nicht schon immer mal vor vielen Leuten ein Opfer durchführen? Ich habe Euch drei- oder vierhundert mitgebracht. Hammerstone, nun laßt ihn schon los, Ihr erdrückt ihn ja.«

So schnell und aufgeregt sprechend, daß sich ihre Stimme fast überschlug, ging Hyacinth dazwischen: »Patera, ich weiß, wie ich aussehe. Ich weiß, wie schrecklich ich aussehe. Aber ich bin nicht die Sorte, für die Ihr mich vielleicht halten könntet, wenn Ihr mich mit so einem Kerl hier seht. Nein, so einen würde ich niemals ranlassen, nicht einmal mit ihm reden würde ich, man weiß ja, wie das ist, erst reden sie, und dann. Aber so eine bin ich nicht, denn ich habe Geld und schöne Kleider, auch wenn man mir das nicht ansieht, und ich habe Schmuck und kenne viele Leute. Ich kenne Männer, die würden mir jederzeit jeden Gefallen tun, sogar Commissioner und Brigadiers, und ich kenne sogar den Caldé, ehrlich, er ist sogar ein guter Freund von mir, aber dieser Mann hier und der Soldat haben mich in einem kalten Dreckloch festgehalten, wo es Ratten gibt, und Ihr müßt mir helfen, Patera, Ihr müßt ihnen sagen, daß …«

Auk legte ihr eine Hand auf den Mund. »So kann sie noch eine ganze Weile weitermachen, wenn man sie nicht abwürgt, Patera. Wir haben keine Zeit dafür. Nun laßt ihn doch los, Hammerstone. Bringt ihn da rein, hinauf zum Altar. Wenn es Euch gefällt, könnt Ihr ihn ja meinetwegen tragen.«

»Ich habe darum *gebetet*«, keuchte Incus, als Hammerstone ihn hochhob, »ich habe den ganzen Morgen auf *Knien* gebetet und geweint und mir die *allergrößten Sorgen* gemacht – laßt mich nicht fallen, Hammerstone, mein Sohn, Eure Schultern sind so glatt –, ich habe *gebetet* um ein Zeichen der Gunst von der Aufbrausenden Scylla oder irgendeinem anderen Gott, ich habe um ein winziges Zeichen der *Unterstützung* gefleht, um ein kleines bißchen Hilfe bei meiner Mission, die mir von den Göttern selbst *auferlegt* worden ist.«

»Ich würde sagen, daß Ihr diese Hilfe jetzt bekommen habt«, erklärte Auk. »Oder was meinst du, Schrecklicher Tartaros?«

Der blinde Gott drückte kurz seine Hand. »Gib die Frau frei, Auk, mein Noktolator. Ich werde dich bald verlassen. Ich habe deinen Kopf repariert, so gut ich das konnte.«

Auk drehte sich unwillkürlich um, obwohl er wußte, daß der Gott unsichtbar war.

»Die Schäden, die jetzt noch da sind, werden von selbst verheilen. Ich habe dir deine Aufgabe erklärt, und du hast schneller gelernt, als ich hoffen konnte. Richte den Blick auf das Heilige Fenster, Auk, mein Noktolator.«

»Ich kenne den Großen Plan, Schrecklicher Tartaros: Wir müssen den ganzen Whorl ausräumen. Aber ich kann das nicht allein tun.«

»Blick zum Bildschirm, Auk. Zum Heiligen Fenster. Das ist der letzte Befehl, den ich dir gebe.«

Auk sank auf die Knie. Durch die offene Tür des Manteions konnte er jetzt ins Manteion hineinsehen. Weit hinten bemerkte er den silbrigen Schimmer des Heiligen Fensters. »Geh mir aus dem Weg, Hammerstone! Ich muß das Fenster sehen.«

»Lebewohl, Auk. Möge keiner von uns die Gebete vergessen, die du in der Nacht gesprochen hast, als ich dir unsichtbar in einem Glas erschienen bin.«

Auk stand auf, und er war wieder allein.

»Ihr weint ja«, sagte Hyacinth. Sie kam näher und sah ihn genau an. »Auk, Ihr weint ja!«

»Ja, so sieht es wohl aus.« Er wischte sich die Augen mit den Fingern trocken. »Ich hatte nie einen richtigen Vater.«

»Ich habe einen, aber er ist ein dummes Schwein.« Die Gläubigen drängten sich, mit Holz bepackt, an ihnen vorbei. Einige blieben stehen und starrten sie an.

»Ich muß jetzt da rein und es machen. Wenn Ihr gehen wollt, dann dürft Ihr gehen. Ich werde Euch nicht aufhalten.«

»Ich kann jederzeit gehen?«

»Ja, Hy. Haut ab.«

»Dann gehe ich – nein, das ist dumm. Macht's gut, Schläger.« Sie hauchte ihm einen Kuß auf die Wange.

»*Auk*, mein Sohn!« Incus stand neben dem Altar

und gab den Leuten Anweisungen, wie das Holz für das Feuer auszulegen wäre. »Wir haben mehr Holz, als wir brauchen. Sagt ihnen, sie sollen *aufhören*.«

Auk gab eine entsprechende Anweisung. Er war froh, etwas zu tun zu haben.

Incus richtete sich neben Silks Ambion zu seiner vollen, nicht sehr beeindruckenden Größe auf und stellte sich sogar auf die Zehenspitzen. »Den Segen eines heiligen *Auguren* für euch alle, meine Kinder. *Schweigt*, dort hinten! Dies ist ein *Manteion*, das Heim der unsterblichen *Götter*.« Es war ein Moment, wie er ihn sich seit seiner Kindheit erträumt hatte.

»*Hammerstone*, mein Sohn. Es wäre am besten, wenn wir unsere frommen Gaben auf einem *Feuer* darbringen könnten, das unmittelbar von den wohltätigen Strahlen der *Sonne* entzündet worden ist. Leider bleibt uns das an diesem trüben Tag jedoch *verwehrt*. Doch wenn Ihr hinter dem Heiligen Fenster in der Sakristei nachschaut, werdet Ihr einen *Feuerspender* finden, ein Gefäß aus *Metall* oder auch nur aus einfachem *Steingut*, in dem der Heilige Funke eigens für eine dunkle Stunde wie diese *aufbewahrt* wird.«

»Bin schon unterwegs, Patera.«

Incus wandte sich wieder an die Gemeinde. »In diesem Augenblick, meine Kinder, bin ich *sehr* in Versuchung, Euch meine eigene Identität zu *offenbaren* und Euch zu *berichten*, welch vielfältigen *Gefahren* und *Versuchungen* ich widerstehen mußte, bis ich *hier* und *heute* vor euch treten konnte. Ich werde jedoch darauf *verzichten*. Wie ihr seht, bin ich ein *Augur*. Ich bin der Augur, der von der *Unüberwindlichen Scylla* zum *Prolokutor* ernannt und beauftragt worden ist, das Ayuntamiento zu *zerstören* …«

Es dauerte eine halbe Minute, bis sich die Jubelschreie der Menge wieder gelegt hatten.

»Außerdem bin ich – darf ich *Kamerad* zu Euch sagen? Wenigstens aber ein Leidensgefährte Auks.«

Auk rief von unten zum Altar hinauf: »Ein echter Kumpel!«

»Ich *danke* Euch. Von meiner Sorge getrieben und *beseelt* von dem Wunsch, endlich Frieden zu finden, erschien mir dieses Manteion, das Manteion des neuen *Caldé*, als der richtige Ort, an den ich mich zurückziehen konnte, um zu *beten* und über die unergründlichen Pläne der Götter *nachzudenken*. Ich hatte es vorher noch nie *gesehen*, doch hatte ich in den wenigen Tagen, seit *Auk* und mein lieber Freund *Hammerstone* zu mir gestoßen sind, viel darüber gehört ...«

»Ich hab's gefunden, Patera.« Hammerstone schleppte einen durchlöcherten Tontopf an, in dem rote Glut schimmerte.

»Auk, wollt Ihr mir *helfen*? Wollen wir diese Zeremonie *gemeinsam* durchführen?«

Eine Stimme, deren Besitzer in der Menge nicht auszumachen war, ließ sich vernehmen: »Er soll sie töten!«

»Das soll er, mit meinem Segen, gern tun. Aber was ist mit der Liturgie, Auk?«

Auk stieg bereits die Stufen zum Altar hinauf. »Ich kenne nicht die Worte, Patera. Das werdet Ihr übernehmen müssen.«

»Das will ich tun. Und wenn Auk mir hilft, warum sollte ich meinen lieben Freund *Hammerstone* ausschließen? Haltet die heilige Flamme an diesen Brennstoff, Hammerstone. Ich habe den *Schlüssel* erhalten, ich bin hierher gereist und habe mich *eingeschlossen* und das gesegnete *Quietschen* des Schlosses wie einen *Schatz* in der Erinnerung bewahrt. Ich sage euch, ich bin gekommen, um die *Stille* zu suchen, um zu beten und in mich zu gehen. Und ich habe den *Frieden* gefunden, wie ich gehofft hatte, indem ich Stunden auf *Knien* verbrachte, als *demütigster* aller Bittsteller mich an die *unsterblichen* Götter wendend.

Es ist eine Übung, die ich euch allen vorbehaltlos *empfehlen* kann.«

Hammerstone fächelte das Holz auf dem Altar an, bis die ersten Flammen über die Zweige leckten.

»Ich war vor allen Störungen *geschützt*, so dachte ich, und dann seid *ihr* gekommen, eine lärmende *Menge*, um mich vor diesen heiligen *Altar* zu stellen. Wie *deutlich* doch die Worte der Götter bisweilen sind! Die *Erhebende* Scylla erhob mich ins Amt des *Prolokutors*. Nun wurde ich jedoch *ermahnt*, daß der Prolokutor, also ich, sich nicht zur heiligen Meditation zurückziehen darf, so sehr er sich auch nach *Abgeschiedenheit* sehnt. Betet für mich, meine Kinder, wie ich auch für mich selbst bete, daß ich *niemals* diese Lektion vergesse. – Auk, mein Sohn, habt Ihr das *Opfermesser*?«

Auk zog sein Wurfmesser aus dem Stiefel. »Etwas anderes habe ich nicht, Patera.«

»Dann soll es uns reichen. Bringt es mir, und ich werde es weihen.« Incus segnete das Messer und machte das Zeichen der Addition über der Klinge. Noch bevor er fertig war, loderten die Flammen auf dem Altar so hoch, daß Hammerstone zurückweichen mußte.

»In einer *normalen* heiligen Zeremonie würde ich jetzt die Spender fragen, welchem der Neun oder welchem der anderen unsterblichen Götter sie ihre schönen Opfer *darbringen* wollen. Heute aber …«

»Tartaros soll es sein«, rief jemand. »Tartaros ist immer bei ihm.«

»Die Opfertiere sind aber nicht schwarz«, erklärte Auk dem Sprecher.

Incus nickte feierlich. »In diesem Fall müssen wir auf solche Zuordnungen *verzichten*. Kein Tier ist weiß und keines ist schwarz, wie mein Kamerad hier richtig bemerkt hat. Deshalb werden wir *jedes* Opfer an alle Götter *zugleich* richten.«

Nachdem er das erste Opfer in Augenschein genommen hatte, wandte Incus sich zum Heiligen Fenster um. Er hob die Stimme und deklamierte: »Akzeptiert, ihr Götter, dieses schöne Ferkel als Opfer. Wir bitten euch, sprecht zu uns von den Zeiten, die kommen werden. Was sollen wir tun? Sprecht nur ein Wort, und wir werden es ehren wie einen großen …«

Weiter kam er nicht.

Im silbrig schimmernden Heiligen Fenster tauchten Farbflecken auf, Pastelltöne, die auf den ersten Blick vielleicht nur Schatten oder Trugbilder waren, die Produkte eines gestörten Gesichtssinns, rosafarbene und azurblaue Flecken, durchsetzt von Perlmutt und Elfenbein, die aufblühten und verschwanden.

Auk, der schon mit gezücktem Messer neben dem Ferkel gewartet hatte, ließ die Waffe fallen und sank auf die Knie. Einen Augenblick lang glaubte er sogar, links im Heiligen Fenster ein Gesicht zu erkennen, und dann ein ganz anderes Gesicht auf der rechten Seite. Eine Stimme, wie Auk sie noch nie gehört hatte, begann zu sprechen. In die Stimme mischte sich das Dröhnen gewaltiger Maschinen. Hin und wieder, wenn auch nicht sehr häufig, glaubte er Begriffe zu hören, die er kannte: *Gespenst, Augur, Plan.* Dann wurde es still.

Auch Incus war auf die Knie gesunken. Er hatte die Hände gefaltet und schaute selig wie ein Kind nach oben zum Heiligen Fenster.

Das Ferkel war unterdessen verschwunden, entweder angelockt vom Heiligen Fenster, oder im halbdunklen Manteion nach draußen in den zugigen Wintermorgen gerannt.

Hammerstone stand in steifer Habachtstellung, die Hand zum förmlichen Salut gehoben.

Als die Stimme zu sprechen aufgehört hatte und die tanzenden Farben verschwunden waren, dauerte es eine Weile, bis die Zuschauer sich wieder rühren konnten. Die Gemeinde schien aus Statuen zu bestehen, nur den gaffenden Augen und den klaffenden Mündern sah man an, daß es lebendige Menschen waren.

Dann begann der Tumult. Männer, die eben noch gesessen hatten, sprangen auf. Männer, die niedergekniet waren, tanzten durchs Gestühl. Ein paar heulten, als hätten sie große Schmerzen. Einige kreischten wie in Ekstase. Eine Frau bekam einen Anfall und stürzte, wild um sich schlagend, zu Boden und krümmte sich. Blutiger Schaum trat vor ihren Mund, als sie sich auf Lippen und Zunge biß. Niemand achtete auf sie, niemand kam ihr zu Hilfe.

»Er ist fort.« Auk erhob sich langsam, immer noch das jetzt wieder leere Heilige Fenster anstarrend. Lauter, laut genug, damit Hammerstone ihn hören konnte, wiederholte er: »Er ist nicht mehr da, er ist weg. Das war er, nicht wahr? Das war Pas.«

Hammerstones stählerner Arm, den der Soldat zum Salut gehoben hatte, kam krachend wieder herunter an seine Seite. Es knallte, als wären Schwerter zusammengeschlagen.

»Hat jemand … habt Ihr ihn verstanden, Patera? Es klang, als hätte er uns sagen wollen, was … wie …« Ein Mann, den er nicht kannte, berührte Auks Mantel, wie die Gläubigen sonst nur ehrfürchtig den Rand eines Heiligen Fensters berührten.

»Er mochte mich«, sagte Auk schüchtern. »Irgendwie mochte er mich. So kam es mir jedenfalls vor.« Aber niemand hörte auf ihn.

Incus war wieder aufgesprungen und trabte zum Altar. Er öffnete und schloß den Mund, ohne ein Wort herauszubekommen. Und selbst wenn er hätte sprechen können, seine Worte wären doch im Lärm, der im Manteion ausgebrochen war, ungehört untergegangen. Schließlich winkte er Hammerstone, der die Menge mit einem lauten Ruf zum Schweigen brachte.

»Es ist meine Aufgabe …« Incus war ganz aus dem Häuschen, und er begann vor Aufregung unwillkürlich zu quietschen. Er räusperte sich. »Es ist meine Aufgabe, euch die Worte der Gottheit mitzuteilen.« Allmählich wurde er sicherer und fand zu seinem alten Tonfall zurück. »Euch die Botschaft *mitzuteilen* und die Befehle des Gottes zu *übermitteln*.«

Ein Mann in der zweiten Reihe rief: »Es war doch Pas, nicht wahr?«

Incus nickte, daß seine Wangen schwabbelten. »Ganz recht, er war es. Es war *Pas der Herr*, der *Vater* des Whorl und der *Erbauer* der Götter.« Niemand bemerkte den Fehler.

»Er hat zu mir gesprochen«, sagte Hammerstone zu Auk. Seine Stimme klang fast fröhlich. »Ich habe ihn einmal, vor langer Zeit persönlich gesehen, als er die Parade abnahm. Dieses Mal hat er zu mir gesprochen. Genau, wie ich jetzt mit Euch spreche. Er hat mir einen Befehl gegeben.«

Auk nickte benommen.

»Patera hat es sicher verstanden, nicht wahr? Doch, er muß es verstanden haben. Wir werden noch lange darüber reden, wie Pas zu uns gesprochen hat und wie er mir den Befehl gegeben hat. Ich und Patera.«

»Hiermit beginne ich also die *Exegese*«, sagte Incus mit kräftigerer Stimme und mit einer Autorität, die die Gemeinde zum Schweigen brachte. »Ich werde euch etwas *anvertrauen*, das nicht allgemein bekannt war und das ich auch selbst erst *heute* erfahren habe. Es gab zwar keine offizielle *Verlautbarung*, aber da ich nicht zur *Geheimhaltung* verpflichtet wurde, darf ich es euch mitteilen. Am *Molpsday* hat der Große Pas dem … dem ehrwürdigen Auguren, der uns schon seit vielen Jahrzehnten als *Prolokutor* dient, die Gnade einer Theophanie gewährt. Sein Amt wurde mir von der Rettenden Scylla *übertragen*, die es gewiß gern sehen würde, wenn seine lange Hingabe mit einer

Freiheit *belohnt* wird, die ihn von allen Sorgen *entbindet*. Es soll sein verdienter *Ruhestand* nach so vielen aufopferungsvollen Jahren sein. Dieser Vorgang war es auch, der mich veranlaßt hat, die *Stille* zu suchen, wie ich bereits *erwähnte*. Ich *danke* dem gnädigen Vater der Sieben, daß er sich einem Auguren gezeigt hat, den ich nur zu leicht als *Rivalen* hätte betrachten können.«

»Hat er auch etwas über mich gesagt?« Halb flehend, halb drohend näherte Auk sich dem Ambion. »Er hat doch etwas gesagt, nicht wahr? Was hat er gesagt?« Hammerstone schob sich Auk in den Weg.

»Ich habe zu *Pas* gebetet«, fuhr Incus mit verwunderter Stimme fort. »Ich habe mit *Tränen* in den Augen um *Gerechtigkeit* gebetet. Jetzt aber sehe ich in aller *Deutlichkeit* seinen *kleineren* Plan, der den *größeren* Plan in Gang setzen soll. Zuerst hat er dem *ehemaligen* Prolokutor und dann erst dem *neuen* Prolokutor seine Gunst erwiesen.« Incus deutete auf seinen Bauch. »Es ist das Kennzeichen *aller* Handlungen der Götter, daß sie, so unergründlich sie für Sterbliche auch sein mögen, im Nachhinein als etwas *Vollkommenes* und *Unausweichliches* erscheinen. Und jetzt will ich Euch *übermitteln*, welche Worte der Große Pas zu uns *gesprochen* hat.«

Hoch über dem braunen Rumpf des Luftschiffs, das von Generalin Sabas befehligt wurde, aber immer noch unterhalb der niedrigen winterlichen Wolkendecke, zogen im eiskalten Nordwind Flieger am Himmel dahin, die Caldé Silk in diesem Augenblick mit einer Schar von Störchen verglich.

Sciathan, der in der Mitte flog, musterte seine Begleiter. Ihre Augen waren, wie er erwartet hatte, auf die Wolken oder auf die öden braunen Felder gerichtet, auf die silbernen Fäden der Ströme oder den schrumpfenden See. Kein Unglücksfall, wie schlimm auch immer, konnte die jahrelange Gewohnheit durchbrechen. Nicht einmal das Drängen eines Gottes konnte sie veranlassen, die unten wimmelnden Frachtler wichtig zu nehmen.

Sciathan blickte kurz zu den Wolken hinauf, dann las er seine Instrumente ab, bevor er sich wieder anderen Dingen zuwandte. Von Süden her näherte sich eine lange, gelbbraune Marschsäule von Soldaten der Stadt. Er hatte schon oft ähnliche Paraden gesehen und kaum darüber nachgedacht, was sie bedeuten mochten. Soldaten und Gardisten konnten von Erdrutschen aufgehalten und von Überschwemmungen und Waldbränden umgelenkt und von Stürmen genauso leicht zerstreut werden wie Geschwader der Flieger durch heftige Winde am Himmel. Aber keine Armee hatte es je vermocht, die Berge hinter den Bergen zu überwinden, und aller Wahrscheinlichkeit nach würde das auch niemals einer Armee gelingen. Hier im Laderaum spielten Armeen wie die dort unten dagegen eine wichtige Rolle.

4

Die Schwerter der Sphigx

In sein Amtsgewand, einen teefarbenen Mantel aus Samt, gekleidet, stand Caldé Silk steifbeinig da und verfluchte sich selbst, daß er nicht daran gedacht hatte, Stühle bereitstellen zu lassen. Er hatte vermutet – seiner Meinung nach ein deutliches Zeichen seiner beklagenswerten Unschuld und seiner Unfähigkeit, das Amt auszufüllen, das man ihm auferlegt hatte –, er könnte mit Quetzal, Oosik, Saba und Maytera Mint, falls sie sich finden ließe, auf die Plattform steigen, woraufhin nach kurzer Zeit die Streitkräfte auftauchen würden, die von Trivigaunte geschickt worden waren, um Viron zu helfen.

Natürlich kam es anders. Es war eben so, daß selbst Generalissima Siyufs disziplinierte Armee von fünfundsiebzigtausend Kämpfern aus Menschen bestand, die nicht immer bereitwillig und diszipliniert marschierten, wie ihre Vorgesetzten es von ihnen erwarteten – ganz zu schweigen von den Tausenden von Pferden und wer weiß wie vielen Kamelen.

Kamele!

Als frühreifer und frommer Junge hatte er Sphigx für die am wenigsten attraktive Göttin gehalten, eine Xanthippe mit blonder Mähne, eher Löwin als Frau. Jetzt erschien es ihm, als hätten echte Löwen mit dem Kriegshandwerk überhaupt nichts zu tun, denn Pferde, Maultiere und Kamele waren die Lieblingstiere der Durchbohrenden Sphigx, und er hätte diese

Tiere (und sogar Rennmäuse, Meerschweinchen und Gänse) mit Freuden akzeptiert, wenn die Armee nur endlich aufgetaucht wäre.

Eine eiskalte Bö zerrte am Triumphbogen. Das in aller Eile errichtete Ehrenmal würde sofort zusammenbrechen, wenn der schneidende Winterwind auch nur einen Hauch stärker wurde. Und falls Siyufs Kämpferinnen nicht bald auftauchten, würde es ohnehin bald niedergerissen werden.

In der Menge, die sich um die Tribüne versammelt hatte, mußte sich doch jemand finden lassen, der Stühle beschaffen konnte. Zuerst, überlegte Silk sich, könnte er einen Stuhl für Quetzal holen lassen, der alt war und schon länger als eine Stunde hatte stehen müssen. Und dann, als wäre es ihm erst im letzten Augenblick eingefallen, könnte er für Oosik und Saba und natürlich auch für sich selbst ebenfalls Stühle herbeischaffen lassen. Noch fünf Minuten, und er würde einfach von der Plattform heruntersteigen und, komme was da wolle, nach Stühlen verlangen. Das mußte er tun, das würde er tun, das war das Wichtigste.

Der Wind erhob sich wieder, und Silk biß die Zähne zusammen. Gelber Staub wirbelte hoch und verdichtete sich, bis feste Konturen zu entstehen schienen: Staubteufel, die über die Alameda tanzten. Ein Streifen grünen Papiers löste sich vom Triumphbogen und wurde vom Wind hochgewirbelt, um ein paar Sekunden später vor dem mächtigen Rumpf des angepflockten Luftschiffs zu verschwinden.

Von diesem Luftschiff aus, dachte er, sollte es eigentlich ganz einfach sein, genau abzuschätzen, wann Siyufs Truppen eintreffen würden. Wenn er noch einen Tag länger Zeit gehabt hätte, dann hätte er Signale verabreden können: Eine Flagge, die aus der vordersten Gondel gehängt wurde, könnte anzeigen, daß die Vorhut die Stadt erreicht hatte; oder ein Räuchertopf konnte mit seinem Qualm anzeigen, daß die Truppen sich wider Erwarten verspäten würden. Zu seiner Überraschung stellte er fest, daß er nach wie vor, trotz seiner vielfältigen Pflichten und des eiskalten Windes, liebend gern an Bord des Luftschiffs gegangen wäre. Genau wie Horn (er wäre genau der richtige gewesen, um Stühle oder wenigstens Kisten zu besorgen) sehnte auch Silk sich danach, wie die Flieger am Himmel zu schweben.

Heute waren ungewöhnlich viele Flieger unterwegs. Es waren mehr, als er je zuvor gesehen hatte. Eine ganze Schar, ähnlich einem Schwarm von Störchen, tauchte gerade hinter dem Luftschiff auf. Welche Stadt mochte sie ausschicken, daß sie die Sonne kontrollierten, und wozu sollten solche Kontrollen überhaupt gut sein?

Wieder fegte eine Bö über die Alameda und ließ die dürren Pappeln rauschen. Rechts neben ihm stählte Saba sich gegen den Wind, während er selbst hemmungslos bibberte. Der Mantel des Rechtmäßigen Regenten flappte wie die Wellen des Lake Limna um seine Waden, und hätte er den Mantel nicht mit beiden Händen festgehalten, der Saum hätte wie ein Banner hinter ihm geflattert. Vor Stunden, als er den Mantel im Juzgado angelegt hatte, war ihm das Kleidungsstück drückend schwer und erstickend warm vorgekommen. Er war sehr in Versuchung gewesen, die billigere und dünnere Augurenrobe gegen das luxuriöse schwere Kleidungsstück zu tauschen, doch Meister Xiphias und Commissioner Trematode hatten ihn glücklicherweise davon abbringen können. Inzwischen hätte sein Mantel schweißgetränkt sein sollen, doch in Wirklichkeit sehnte er sich nach einer Kopfbedeckung. Saba trug ihre sandfarbene Militärmütze, Oosik hatte einen hohen Helm aus grünem Leder aufgesetzt. Er selbst hatte gar nichts.

Der alte breitrandige Strohhut, den er getragen

hatte, um sich bei der Reparatur des Dachs vor der Sonne zu schützen, war fort. Er hatte ihn, genau wie Maytera Mint, bei Bloods Haus verloren. Der neue breitrandige Strohhut, den er sich danach am See gekauft hatte, war ebenfalls weg. Er hatte ihn in dem Raum zurücklassen müssen, wo der Talus ihn geschnappt hatte. Patera Pikes Mütze, die schwarze Kappe, die sein Vorgänger im Winter immer getragen hatte, war im Pfarrhaus geblieben. Patera Pikes Geist hatte die Kappe auf dem Treppenabsatz zurückgelassen, nachdem er ihm erschienen war, und seitdem hatte Silk es kaum noch gewagt, sie zu berühren.

Sie waren jetzt alle tot – Pike, Blood und der Talus. Der zweite und der dritte auf dieser Liste waren durch seine Hand gestorben.

Wollte Siyuf mit ihren Truppen denn überhaupt nicht mehr kommen? Er suchte die Wolken hinter dem Luftschiff ab, ob sich ein Stückchen Sonne sehen ließe. Der sterbende Flieger hatte gesagt, sie verlören die Kontrolle. Was für Ketten mochte man brauchen, um die Sonne zu steuern? Mit welcher Steuerpinne wurde sie gelenkt?

Aber zweifellos war die Sonne nur von den düsteren Wolken verdeckt. Es wäre kindisch, sich darüber zu beklagen, daß endlich der Winter gekommen war, der nach dem Kalender schon zur Hälfte hätte vorbei sein müssen.

Bald würde der Frühling beginnen, es sei denn, der Winter dehnte sich ebenso wie der ihm vorangegangene, viel zu lange Sommer. Wenn die Regenfälle ausblieben, wenn die neue Saat kurz nach dem Keimen verwelkte, dann würde er, der neu ernannte Caldé Virons, zusammen mit seiner Stadt Hungers sterben. Er stellte sich vor, wie er mit Hyacinth auf schnellen Pferden aus der Stadt fliehen würde; aber Hyacinth war ebenso verschwunden wie Maytera Mint, und er verstand nichts von Pferden – abgesehen davon, daß man sie Pas opfern konnte, ohne den Gott zu beleidigen. Allerdings war Pas ja tot.

Ob auch Hyacinth tot war? Silk schauderte wieder.

In der Ferne begann eine Kapelle zu spielen. Ganz schwach hörte er die klaren, durchdringenden Trompetenstöße, dann das Hufeklappern der Kavallerie.

Irgend jemand, vielleicht war es Oosik, sagte: »Ah!« Silk mußte lächeln. Er war gut zu wissen, daß er sich nicht als einziger elend fühlte und ungeduldig wurde. Zu seiner Rechten murmelte Saba: »Ich kann, wenn Ihr wollt, die Einheiten identifizieren, sobald sie näher sind, und Euch etwas über ihre Geschichte erzählen.«

Er nickte. »Bitte tut das, Generalin. Das würde mich sehr freuen.« Er war in Versuchung, sie auch nach den Fliegern zu fragen, denn als Kommandantin des Luftschiffs wußte sie vielleicht etwas Interessantes oder gar Wertvolles über sie. Aber es wäre ein Zeichen schlechter Manieren, wenn er in diesem Augenblick für irgend etwas anderes als die Präsentation von Trivigauntes militärischer Macht Neugierde zeigte.

Das dunkle Gesicht einer jungen Frau (nach kurzer Unsicherheit erkannte er sie als Horns Freundin Nettle) tauchte links neben der Plattform auf. Laut genug, daß auch Silk sie hören konnte, fragte sie: »Wollt Ihr Euch nicht setzen, Euer Kogniszenz? Da drüben ist ein Mann, der Klappstühle vermietet.«

Quetzal strahlte. »Wie freundlich von Euch, meine Tochter. Aber nein, ich habe meinen Hirtenstab, auf den ich mich stützen kann, und damit habe ich es sogar noch besser als die anderen.« Das entsprach nicht ganz der Wahrheit, denn Oosik hatte sein schweres Schwert auf den Boden gestemmt und stützte sich darauf, als wäre es ein Gehstock.

»Patera Caldé hat allerdings gar nichts«, fuhr

Quetzal fort. »Soll Euch dieses freundliche Mädchen einen Stuhl mieten, Patera Caldé?«

Es wäre schlechterdings undenkbar gewesen, daß er sich setzte, während der Prolokutor stand. So erwiderte Silk: »Vielen Dank, Nettle, aber nein. Das ist nicht nötig.«

»Ich habe mir gerade überlegt«, wandte Quetzal ein, »daß ich nicht *einen* Stuhl, sondern vielmehr *zwei* haben möchte. Einen für mich und den anderen für Patera Caldé. Habt Ihr genug Geld für zwei Stühle?«

Nettle versicherte ihm, daß sie genügend Geld hatte, und verschwand in der Menge.

Saba, rechts neben Silk, murmelte: »Ihr Männer habt nicht das Standvermögen einer Frau. Es liegt an der Biologie, und dessen muß man sich nicht schämen, aber es zeigt doch, warum wir die besseren Soldaten sind.« Silks Wangen brannten, und eine kleine Bewegung Quetzals verriet ihm, daß auch der Prolokutor die Bemerkung gehört hatte und auf Silks Erwiderung wartete.

Was hätte Quetzal selbst an seiner Stelle erwidert? Sabas Bemerkung war beinahe unverzeihlich arrogant gewesen, und solche Überheblichkeit wurde von den Göttern bestraft – jedenfalls hatte man ihn dies auf der Schola gelehrt. Er überlegte kurz und kam zu dem Schluß, daß dies unter all den Dingen, die er auf der Schola gelernt hatte, eins der wenigen war, die absolut der Wahrheit entsprachen.

Er lächelte. »Ihr habt völlig recht, Generalin, wie immer. Kein Beobachter kann bestreiten, daß Frauen weitaus mehr ertragen als Männer und mit größerer Tapferkeit.«

Rechts neben Saba murmelte Oosik: »Unser Caldé hat sich den Knöchel gebrochen. Habt Ihr nicht gemerkt, daß er humpelt?«

»Es war mir entfallen, Caldé.« Saba schien ehrlich zerknirscht. »Bitte akzeptiert meine Entschuldigung.«

»Ihr braucht Euch nicht zu entschuldigen, Generalin. Ihr habt eine unstrittige Feststellung gemacht. Sphigx und Scylla zeigen deutlich, wie recht Ihr habt, und da kann ich Sterblicher kaum widersprechen.«

»Wie auch immer, da kommen sie.«

Die ersten Reiterinnen, groß gewachsene Frauen auf feurigen Pferden, tauchten im Triumphbogen auf. Sie waren mit schlanken Lanzen bewaffnet, unter deren Spitzen gelbe Wimpel befestigt waren. »Die Erste Kavallerie«, erklärte Saba leise. »Alle Reiterinnen sind aus gutem Hause, und sie werden, abgesehen von ihren normalen Pflichten, auch als Leibgarde der Rani eingesetzt.«

»Ich weiß überhaupt nichts über militärische Fragen«, erwiderte Silk und er neigte den Kopf leicht zu ihr, »aber wären Musketen nicht viel wirkungsvoller als Lanzen?«

»Die Musketen werdet Ihr gleich zu sehen bekommen. Sie haben die Gewehre in Scheiden, die auf der linken Seite der Sättel befestigt sind. Im Nahkampf werden nur die Lanzen benutzt, denn die Pferde gehen durch, wenn man dicht über Ihren Köpfen Musketen abfeuert.«

Silk nickte, aber er erinnerte sich daran, daß nach den Berichten, die er gehört hatte, Maytera Mint und ihre Freiwilligen im Reiten mit Nadlern auf die Schweber in der Cage Street geschossen hatten. Wahrscheinlich verschreckte aber das vergleichsweise leise Knacken eines Nadlers die Pferde lange nicht so sehr wie der laute Knall einer Muskete. Es kam ihm so vor, als wäre selbst ein kleiner Nadler wie jener, den Hyacinth ihm gegeben hatte, mit fünfzig oder hundert Nadeln voll geladen, die überlegene Waffe.

Nettle tauchte wieder auf. Sie hob zwei Klappstühle mit Sitzflächen aus Leinen auf die Plattform, und Quetzal nahm sich einen. Dann reichte Nettle den zweiten Stuhl zu Silk hinauf.

Er nahm ihn an und zeigte ihn Saba. »Möchtet Ihr Platz nehmen, Generalin? Ihr seid herzlich eingeladen.«

»Auf keinen Fall!«

»Wir könnten uns abwechselnd setzen, wenn Ihr wollt«, beharrte Silk. »Ihr könntet eine Weile ausruhen und dann den Stuhl wieder mir überlassen.«

Sie schüttelte mit fest zusammengekniffenen Lippen den Kopf. So stellte Silk den Stuhl zwischen ihnen auf den Boden, ohne sich zu setzen.

Die Erste Kavallerie kam in Dreierreihen heran. Silk schätzte, daß es kaum mehr als zweihundert waren. Die Kämpferinnen, die hinter ihnen kamen, trugen keine Lanzen und waren lange nicht so gut gebaut und auch nicht so gut beritten wie die Vorhut, aber sie kamen in Zehnerreihen, angeführt von einer Offizierin, die einen verstaubten alten Mantel trug und dennoch auf einem der schönsten Pferde saß, das Silk je gesehen hatte.

»Generalissima Siyuf«, bemerkte Saba. »Sie ist über die väterliche und die mütterliche Seite der Familie mit der Rani verwandt.«

»Eure höchste militärische Kommandantin.«

Saba nickte. »Sie ist ein militärisches Genie.«

Während Silk das scharfkantige Gesicht musterte, dachte er sich, daß dies durchaus der Wahrheit entsprechen mochte. In jedem Fall war Siyuf eine wertvolle Verbündete, denn ob Genie oder nicht, sie strahlte Entschlossenheit und Klugheit aus. Er konnte nicht umhin, sich zu fragen, was man ihr über ihn erzählt hatte. Was mochte sie über ihn denken, über den unsicheren jungen Herrscher einer fremden Stadt? Er verspürte einen fast unwiderstehlichen Drang, sich mit den bloßen Fingern das störrische Haar zu kämmen, wie er es in einem vertraulichen Gespräch mit Quetzal ohne weiteres hätte tun können. Einen Moment lang begegneten sich ihre Blicke.

Dann salutierte Saba, und Siyuf erwiderte den

Gruß beinahe nachlässig. Oosik nahm Haltung an, wie es dem am Tarsday verabredeten Protokoll entsprach. Hinter Siyuf präsentierten die jungen Frauen, Reihe um Reihe, ihre Säbel, vom wirbelnden Staub und dem schneidenden Wind anscheinend völlig unbeeindruckt.

»Generalissima Siyuf führt ihr eigenes Regiment an. Sie ist vor achtzehn Jahren zum Leutnant ernannt worden und in dieses Regiment eingetreten. Es ist jetzt als die Leichte Kavallerie der Generalissima überall bekannt … und …«

Saba verstummte schaudernd. Silk murmelte: »Ja, bitte?«

»Eure Leute jubeln nicht, Caldé. Oder jedenfalls nicht laut genug. Das wird der Generalissima nicht gefallen.«

Er ergriff die Gelegenheit, die sich ihm bot. »Vielleicht fürchten sie einfach, Eure Pferde könnten scheuen.« Es war ein fast kindischer Schabernack, aber er genoß ihn.

Endlich kam die letzte Reihe der Leichten Kavallerie der Generalissima in Sicht. Danach kam eine Lücke in der Marschsäule, und dahinter war die gelbe, braune und rote Flagge Trivigauntes zu sehen. Sie wurde von einer Reiterin getragen und von einer Ehrenwache begleitet, die unverkennbar zur Ersten Kavallerie gehörte. Hinter der Flagge folgte die Kapelle, deren Marschmusik sie vor einer Weile als erstes Zeichen, daß sich die Truppe der Rani näherte, gehört hatten. Die Musiker, die im Takt marschierten wie auf dem Exerzierplatz, waren allesamt bärtige Männer. Die Jubelschreie der Zuschauer wurden erheblich lauter, als die Kapelle vorbeizog.

»Sie sind wirklich sehr gut«, sagte Silk zu Saba in der Hoffnung, ihrer leichten Verstimmung entgegenzuwirken. »Wirklich gute Musiker, und wie es scheint, liebt unser Volk die Musik.«

»Ich bin ein alter Haudegen, Caldé.«

Während er sich insgeheim fragte, was sie wohl alles gehauen haben mochte und wie sich beim Hauen und Stechen Generalissima Siyufs Genie gezeigt haben mochte, erwiderte Silk vorsichtig: »Ja, das sagtet Ihr schon.«

»Eure Leute jubeln, weil es Männer sind. Ihr glaubt, wir ketten unsere Männer im Keller an, aber das stimmt nicht. Die meisten Leute im Troß sind Männer.«

»Bärtige Männer, wie ich sehe.« Es schien ihm eine Bemerkung, mit der er nichts verderben konnte.

»Genau. Ihr rasiert Euch, damit Ihr mehr wie eine Frau ausseht. Ich kritisiere Euch nicht dafür, und ich würde in Eurer Position dasselbe tun. Aber wir lassen daheim nicht zu, daß unsere Männer sich rasieren. Sie können sich die Bärte mit Scheren trimmen, wenn sie das wollen, und für die Männer im Troß ist das sogar Vorschrift. Aber sie dürfen sich nicht rasieren oder die Haare ausreißen.«

Silk zuckte unwillkürlich zusammen. Er hoffte, sie hätte es nicht bemerkt.

»Wir gestatten ihnen den Gebrauch von Scheren erst seit zwanzig Jahren«, fuhr sie fort. »Als ich noch Lieutenant war, war dies nicht erlaubt, und damals hat man noch eine ganze Menge Männer mit Bärten gesehen, die bis zur Hüfte gereicht haben. Sie mußten sich die Bärte in die Gürtel stecken, und manch einer hielt das dann doch für etwas übertrieben. Denn einem Mann, der einen Bart trägt, kann man leicht die Kehle durchschneiden. Man packt ihn einfach am Bart und zieht ihm den Kopf zurück.«

»Ich verstehe«, sagte Silk. Damit war die Frage, ob er sich einen Bart stehen lassen sollte, ein für alle Mal erledigt.

»Das dort sind Prinzessin Silahs Dragoner. Ihr werdet bemerken, daß …«

Oosik unterbrach sie. »Ich will mich ja nicht mit Euch streiten, Generalin, aber ich frage mich, ob es wirklich vorkommt, daß Männer so getötet werden, wie Ihr es beschrieben habt. Ich denke doch, wenn überhaupt, dann geschieht dies bestimmt nicht sehr häufig. Männer sind schließlich stärker als Frauen.«

Saba deutete auf die Reiterinnen, die gerade an ihnen vorbeidefilierten. »Pferde sind ebenfalls stärker als Frauen, Generalissimus.«

Silk mußte kichern.

»Glaubt Ihr mir etwa nicht, Caldé?« Saba mußte sich beherrschen, um nicht zu lächeln. »Es ist wahr, ich schwöre es. Jedenfalls bei uns. Wir züchten Streitrösser, seit Pas den ersten Schiffsstein vermauert hat, und unsere Pferde sind stärker als die Frauen, und außerdem …«

»Klüger als Männer«, beendete Silk ihren Satz. »Daran zweifle ich keine Sekunde lang.«

»Wer ist klüger als ein Pferd?« erkundigte sich eine neue Stimme. »Doch wohl jeder Mensch, hoffe ich.«

Silk wandte sich zu Generalissima Siyuf um, die gerade auf die Tribüne stieg. »So, da seid Ihr also.« Er gab ihr die Hand »Ich war schon besorgt, Ihr könntet Euch verspäten. Es ist eine Ehre und eine große Freude, Euch begrüßen zu dürfen. Willkommen in Viron. Ich bin Caldé Silk.«

Sie schüttelte ihm linkisch und ohne sein Lächeln zu erwidern die Hand. »Es freut mich zu sehen Eure schöne Stadt, Caldé Silk. Ich habe den größten Teil meines Lebens verbracht im Süden, und Euer Viron war bis vor einer Woche für mich kaum mehr als auf den Karten ein Name. Mir ist bewußt, daß meine Parade kein schöner Anblick ist, denn nachdem die Leute mußten einen weiten Weg marschieren, hat ihr Aussehen etwas gelitten. Und wenn sie erst kämpfen, wird ihr Aussehen noch mehr leiden.«

Silk versicherte ihr, daß er von dem, was er gesehen

hatte, äußerst beeindruckt war, und stellte sie Quetzal und Oosik vor.

»Wir werden die Euren inspizieren nach meinen Truppen«, sagte sie zu Oosik. »Wir können die Parade gleich hier abnehmen. Oh, Ihr besorgt mir einen Stuhl, Caldé. Vielen Dank.« Sie setzte sich zwischen Silk und Saba. »Das ist sehr nett von Euch. Ich bin auf seit drei Uhr und seit fünf Uhr im Sattel. Ich habe zwei Pferde müde geritten. Ich brauche noch ein drittes bald, wenn das so weitergeht.«

»Es ist schön, daß Ihr nach dem anstrengenden Marsch gleich zu uns gekommen seid«, sagte Silk aufrichtig. »Wir haben viel von Euch gehört, und wir brennen darauf, Euch endlich kennenzulernen.«

Siyuf musterte ihre Truppen. »Ich bin Euretwegen nicht gekommen, Caldé Silk. Ich bin um meinetwillen gekommen. Bald werden wir zusammen kämpfen. Ist das richtig, nicht? Oder wollt Ihr mir sagen, daß wir gegeneinander kämpfen werden?«

»Nein, Ihr habt völlig recht. Zusammen werden wir das Ayuntamiento bekämpfen, wenn wir müssen. Aber es wäre mir lieber, wir müßten es nicht.«

»Mir auch, das sehe ich genau wie Ihr.« Siyuf nahm ihren Helm ab und strich sich den abgewetzten alten Mantel auf den Knien glatt.

Eine Zeitlang sagte keiner mehr etwas. Silk tat so, als beobachtete er fasziniert die Parade. Hinter der Kavallerie kam die Infanterie, attraktive junge Frauen, die zur Tribüne salutierten, indem sie die Musketen senkrecht neben die linke Schulter hielten. Sie marschierten im Stechschritt, was ihn irgendwie an den Opfertanz der Sibyllen erinnerte.

Vor allem aber musterte Silk Siyuf und ging im Geiste noch einmal den Wortwechsel zwischen ihnen durch. Ihr Helm war sauber und unbeschädigt, aber keinesfalls neu. Ihr Mantel trug deutliche Schmutzspuren. Zweifellos hatte sie, wie sie es erklärt hatte, mehrmals die Pferde gewechselt, doch offensichtlich nicht die Kleidung. Die Stiefel waren etwas angestoßen, die Sporen (er warf einen raschen, heimlichen Blick zu Sabas Hacken) erheblich größer als bei ihren Untergebenen.

Sie hatte keinen Moment gezögert, den leeren Stuhl für sich zu beanspruchen. Silk versuchte, sich an die Stelle einer der Frauen zu versetzen, die mit ausdruckslosen Gesichtern an der Tribüne vorbeimarschierten. Schämten sie sich für ihre Generalissima? Würden sie sie für schwach halten, weil sie saß?

Würde er sie für schwach halten, wenn er zu Siyufs Truppe gehören würde? Nachdem er eine Weile darüber nachgedacht hatte, kam er zu dem Schluß, daß er sie nicht für schwach halten würde. Zu sitzen, während andere standen, war eher ein Zeichen hohen Rangs. Ihre Kleidung verriet, daß sie sich vor nichts und niemandem zu verantworten hatte und daß kein Spieß und kein brüllender Colonel sie zurechtweisen konnte. In seiner Phantasie schwebte Silk mit dem Luftschiff hoch in der Luft und sah von oben auf die Parade herunter. Da war die Tribüne, auf der verschiedene Würdenträger aus Viron und Trivigaunte dem Zug der Soldaten zusahen. Wer war der erste unter ihnen, wer hatte mehr Macht als alle anderen?

Zweifellos Siyuf, die außer Quetzal als einzige saß. Links neben ihr stand Silk, rechts neben ihr waren Saba und Oosik – die religiösen und zivilen Würdenträger auf einer, die Militärs aus Trivigaunte und Viron auf der anderen. Wenn Virons eigene Truppen vorbeimarschierten, würden sie den gleichen Eindruck gewinnen.

»Ist es hier immer so kalt im Norden?« Siyuf zog sich den Mantel enger um die Schultern.

»Nein«, erklärte Silk. »Wir hatten dieses Jahr einen sehr langen und sehr warmen Sommer.«

»Ich wünschte, wir wären in Eure Stadt gekommen

im Sommer, Caldé. Als ich noch ein kleines Mädchen war, haben meine Lehrer mir gesagt, daß kalt wäre der Norden. Ich habe gelernt, es aufzuschreiben in Prüfungen, aber ich wollte es nicht glauben. Ich konnte es mir nicht vorstellen. Warum ist es so überhaupt?«

»Ich weiß es auch nicht.« Silk dachte nach. »Ich habe es genau wie Ihr gelernt, aber ich habe es nie in Frage gestellt. Um die Wahrheit zu sagen, ich habe so ziemlich alles akzeptiert, was man mir beigebracht hat, und darunter waren gewiß viele Dinge, die ich hätte in Frage stellen sollen.«

»Die Sonne.« Siyuf deutete nach oben, ohne hinaufzuschauen. »Sie beginnt im Osten und endet im Westen. Ich weiß aber, daß dies nur so ist, weil wir es so eingeteilt haben. Doch vom Ostpol bis zum Westpol oder vom Westpol bis zum Ostpol sich die Sonne erstreckt. Wenn Euer Tag in Viron zu Ende geht, hat bei uns in Trivigaunte gerade der Tag erst begonnen. Ist das nicht richtig?«

»Ja«, bestätigte Silk. »Natürlich.«

»Aber warum ist es dann bei euch so kalt?«

Saba lachte, und Silk und Oosik stimmten ein.

Quetzal schien es nicht gehört zu haben. Er musterte mit halb geschlossenen Augen die Reihen der vorbeimarschierenden Frauen. Als er ihn von der Seite ansah, spürte Silk in dem alten Mann eine Sehnsucht oder ein Verlangen, das er nicht begreifen konnte. Er grübelte darüber nach, bis ihm einfiel, daß Saba erklärt hatte, in ihrer Heimatstadt gäbe es keine Opfer. Das Kapitel sah dort sicherlich ganz anders aus und trug vermutlich auch einen anderen Namen. Damit war jede Frau, die vorbeimarschierte, eine potentiell zu bekehrende neue Anhängerin der würdevolleren Anbetungsweise in Viron. Kein Wunder, daß Quetzal sie so begierig ansah. Wenn man das religiöse Empfinden auch nur einiger weniger verändern könnte, dann wäre dies eine große Leistung und ein prächtiger Abschluß für seine lange, verdienstvolle Laufbahn. Immerhin gab es ja Tausende und Abertausende von ihnen, und die meisten waren jung und formbar, was man von Saba beispielsweise nicht gerade sagen konnte.

Wie durch Silks Gedanken zum Sprechen angeregt, wandte Saba sich an Oosik. »Nun, Generalissimus, was denkt Ihr? Ist das nicht eine vortreffliche Truppe?«

Oosik erklärte, er sei sehr beeindruckt.

»Wie alt sind sie eigentlich?« fragte Silk auf einmal. Er hatte eigentlich gar nichts sagen wollen.

»Wir nehmen sie mit siebzehn in die Truppe auf«, erläuterte Saba. »Sie werden ein Jahr lang ausgebildet, ehe sie ihrer Einheit zugeteilt werden. Danach bleiben sie vier Jahre im Dienst.«

»Wollt Ihr damit sagen, daß der Dienst in der Truppe obligatorisch ist? Was ist, wenn eine nicht eintreten will?«

Saba streckte den Arm aus. »Seht Ihr die da mit den großen Füßen? Und die Große da drüben mit dem Streifen auf der Kleidung?«

»Die Kämpferinnen, die am Ende der Reihe zu Fuß laufen? Ja, die sehe ich.«

Saba deutete wieder auf eine andere Frau. »Und die dort die kleine Dicke. Keine von ihnen wollte freiwillig eintreten.«

»Ich verstehe. Es wundert mich allerdings, daß Ihr die Leute so gut kennt, Generalin. Gehört jene Gruppe zur Besatzung Eures Luftschiffs?«

»Nein, Caldé.« Saba sah ihn über Siyufs Kopf hinweg mit dem halb unterdrückten Lächeln an, das er schon früher bei ihr bemerkt hatte. »Wenn es so kalt ist wie heute, müssen alle an Bord bleiben. Ich habe die Frauen dort drüben nur zufällig ausgewählt, aber was ich über sie sagte, ist wahr. Wer würde schon freiwillig bei der Infanterie dienen?«

Silk warf Oosik einen raschen Blick zu. Oosik erwiderte seinen Blick. In Viron war der Dienst in der Garde freiwillig.

Eine weitere Kapelle marschierte vorbei, dann kamen hunderte Pferde ohne Sättel und Zaumzeug, die von Berittenen getrieben wurden. Als sie Silks erstauntes Gesicht sah, begann Saba sofort zu erklären. »Das sind die Reservepferde. Wenn das Pferd einer Kämpferin erschossen wird, muß sie zu Fuß kämpfen, falls kein Reservepferd für sie da ist.«

Siyuf blickte zu ihm auf. »Habt Ihr denn keine Reservepferde für Eure eigene Kavallerie?« Er fand ihren durchdringenden Blick unangenehm.

Oosik schaltete sich ein. »Normalerweise geben wir jedem Berittenen zwei Pferde. Er ist für die Pflege verantwortlich, und er muß sie abwechselnd reiten, es sei denn, eines wird lahm. Im Frieden reiten unsere Leute täglich abwechselnd mal auf dem einen und mal auf dem anderen Pferd.«

»Wart Ihr auch ein Kavallerist, Generalissimus? Wir bei uns nennen sie Kavalleristinnen, aber das werdet Ihr hier wohl nicht tun. Also die Reiter heißen bei Euch Kavalleristen, nicht wahr?«

Oosik verneigte sich leicht. »Das ist korrekt, Generalissima. Nein, ich war kein Reiter, ebensowenig wie die meisten unserer anderen Offiziere. Wir besitzen nur eine berittene Kompanie pro Brigade. Lediglich die Zweite Brigade hat zur Zeit zwei Reiterabteilungen. Mein Sohn ist allerdings bei der Kavallerie.«

Zum ersten Mal überhaupt sah Silk Siyuf lächeln. Er konnte sich lebhaft vorstellen, daß ihre Untergebenen sich beide Beine ausrissen, um einmal dieses Lächeln zu sehen. Sie sagte: »Ich hoffe, auch ihn kennenzulernen gelegentlich. Vielleicht morgen oder übermorgen. Ich würde gern mit ihm über Pferde sprechen.«

»Er wird sich sicher sehr freuen, Generalissima.

Leider ist er aber derzeit nicht bei bester Gesundheit.«

»Ich verstehe.« Sie drehte sich wieder um, betrachtete einen Augenblick lang die Parade und sagte fast tonlos: »Wie ich hörte, hier müssen die Knaben kämpfen.«

Maultiere, die Kanonen zogen, folgten den Reservepferden. »Ich hatte eigentlich damit gerechnet, Kamele zu sehen«, warf Silk ein.

»Pferde und Kamele vertragen sich nicht«, sagte sie abwesend. »Es ist am besten, sie zu halten getrennt. Maultiere sind viel …« Sie schnippte mit den Fingern.

»Gefügiger«, half Saba ihr aus. »Sie haben keine so große Abneigung gegen Kamele wie die meisten Pferde.«

»Braucht es wirklich acht Maultiere, um diese großen Kanonen zu ziehen?«

»Gewiß nicht auf Euren gut gepflasterten Straßen. Aber in der Wüste, wo gibt es keine Straßen, man braucht manchmal sogar noch mehr. Dann müssen sich ausleihen die Gespanne gegenseitig die Maultiere und aufeinander warten. Ich habe einmal gesehen, daß nicht sechzehn Maultiere imstande waren, eine einzige Haubitze aus dem Schlamm zu ziehen. Das war allerdings nicht auf diesem Marsch, denn sonst wir wären hier noch nicht.«

Saba meldete sich wieder zu Wort. »Habt Ihr eigentlich die gemischten Scharfschützenabteilungen bemerkt, Caldé? Ich habe eigentlich damit gerechnet, daß Ihr Euch nach ihnen erkundigt.«

Die erste Kanone rumpelte bereits vorbei. Danach kam eine lange Kette von kleinen Karren in Dreierreihen, die von männlichen Fahrern gelenkt wurden. Vor jeden Karren waren zwei Maultiere gespannt.

Silk sagte: »Ich bin daran gewöhnt, mit Frauen zu arbeiten, Generalin. Ich habe mit Maytera Marble und Maytera Mint im Manteion gearbeitet, bevor ich

Caldé wurde – und natürlich auch mit Maytera Rose, bevor sie uns verließ. Eure gemischten Abteilungen kommen mir genauso normal vor wie«, er suchte nach dem richtigen Vergleich, der nicht beleidigend wirken durfte, »wie der umgekehrte Fall, also wie unsere eigenen gemischten Arbeitstrupps«, schloß er lahm.

»Männer treiben die Maultiere und schleppen die Munition. Das können sie fast so gut wie Frauen. Frauen richten dann die Kanonen aus und feuern sie ab.«

Siyuf fragte: »Wo eigentlich ist Generalin Mint? Habt Ihr sie nicht gerade Mutter Mint sogar genannt? Oder gibt es zwei Frauen des gleichen Namens?«

»Nein, es ist ein und dieselbe Person. Sie ist eine Sibylle, aber sie ist auch Generalin, genau wie ich ein Augur und gleichzeitig der Caldé bin.« Beinahe hätte er hinzugefügt, daß er hoffte, den ersten Titel bald ablegen zu können.

»Dann marschiert heute in der Parade sie mit ihren eigenen Truppen?«

»Ich fürchte nein.« An sich wäre es naheliegend gewesen, einfach zu lügen, aber das wollte er nach Möglichkeit vermeiden. »Die Kämpfe sind noch nicht völlig abgeflaut, Generalissima.«

Falls Siyuf Mißtrauen schöpfte, dann ließ sie es sich nicht anmerken. »Schade, daß nicht ich sie kennenlernen kann. So, als nächstes jetzt bekommt Ihr auch die Kamele zu sehen.«

Silk, der Kamele bisher immer nur einzeln oder in kleinen Herden von höchstens einem Dutzend Tieren gesehen hatte, war überwältigt, daß so viele Kamele im Whorl leben sollten – nicht nur Hunderte, sondern buchstäblich Tausende. Unzählige Kamele, mit Stricken zu jeweils dreißig oder mehr Tieren hintereinandergespannt, folgten jeweils einem einzelnen Führer, der das große Leitkamel ritt. Sie grunzten unablässig, während sie vorbeitrampelten und die Zuschauer mit hochmütigen Augen musterten, die irgendwie an Remora erinnerten.

»Sie haben zum größten Teil Lebensmittel getragen«, erklärte Saba, »und natürlich Hafer und Gerste für die Pferde und Maultiere. Jetzt sind die meisten nicht mehr beladen.«

Das war einer der delikaten Punkte. »Ich muß Euch leider sagen, daß wir in Viron nicht viele Lebensmittel zur Verfügung haben.« Es war ein mit Fallgruben gespickter Weg, den Silk jetzt gehen mußte. »Wir sind froh, daß Ihr gekommen seid, und wir werden uns nach Kräften bemühen, Euch und Eure Truppen zu speisen, aber die Ernte war schlecht, und unsere Bauern haben wegen der Kämpfe Lebensmittel zurückgehalten.«

»Wir wissen um Eure Schwierigkeiten.« Siyuf sprach, ohne sich zu ihm umzudrehen. »Ausschicken werden wir Trupps, die uns das Nötige beschaffen.«

»Danke«, sagte Silk. »Das ist äußerst freundlich von Euch.«

Oosik starrte ins Leere.

»Da fällt mir gerade ein, daß ich für heute abend ein kleines, informelles Abendessen im Palast des Caldé anberaumt habe.« Irgendwie konnte er es nicht über sich bringen, »mein Palast« zu sagen. »Ihr seid alle eingeladen, und ich hoffe sehr, daß Ihr alle kommen könnt. Wir haben noch keine reguläre Küche eingerichtet, aber ich habe Ermine's Hotel gebeten, das Essen anzuliefern. Das Restaurant dort hat dem Vernehmen nach die beste Küche in der ganzen Stadt.«

»Einen Stabsoffizier muß ich allerdings mitbringen.« Jetzt drehte Siyuf sich zu ihm um. »Das ist bei uns so üblich. Ist das die Möglichkeit?«

»Natürlich. Sie ist jederzeit willkommen.«

»Dann werde ich am Essen teilnehmen. Saba auch, wenn Ihr es wünscht.«

»Aber natürlich«, stimmte Silk sofort zu.

Saba nickte widerstrebend.

Oosik sagte: »Ihr könnt auf mich zählen, Caldé.«

»Danke. Und Ihr, Euer Kogniszenz?«

Mit Hilfe seines Hirtenstabes erhob Quetzal sich mühsam. »Ich weiß im Augenblick auch nicht, wo das Essen herkommen soll, Patera. Das ist es doch, was Ihr besprechen werdet, nicht wahr?«

»Unter anderem, ja. Und natürlich noch viele andere Dinge. Ihr seid ein weiser Mann, Euer Kogniszenz, und vielleicht brauchen wir Eure Weisheit sogar noch dringender als Lebensmittel.«

»Dann werde ich kommen. Und vielleicht habe ich sogar ein paar Vorschläge für Euch.«

5

Der Mann vom Mainframe

Auf sein Handsignal hielt sich der Trupp parallel zum Strom der Menschen drunten, und dann präzisierte er die Anweisung über den Helmcom: »Noch etwas weiter nach Osten.« Sie akzeptierten bereitwillig den Befehl: Grian, Sumaire, Mear und Aer.

Dann streckte er den rechten Arm aus und bewegte die flache Hand in Richtung der Stroh- und Schindeldächer Virons. »Ich gehe jetzt runter.« Wieder legten sie kurz den Zeigefinger an die Stirn und bestätigten das Kommando. »Ihr könnt folgen, wenn ihr wollt.«

Aer würde ganz bestimmt mitkommen.

Befand sich dieser Auk unter den Leuten, die dort unten, zu Rechtecken gruppiert, marschierten? War er einer der Zuschauer, deren Jubelrufe hier oben nur noch als dünnes Zirpen ankamen? Wie auch immer, dieser Auk war ein einsamer Mann, auch wenn seine Mitbürger nach Zehntausenden zählten. Wie schon so oft, sagte sich Sciathan auch jetzt wieder, daß er eigentlich vor Stolz fast platzen müßte, da man im Mainframe ausgerechnet ihn für diese gefährliche, fast unmögliche Mission ausgewählt hatte.

Die Möglichkeit, daß der Mainframe sie zu vernichten suchte, mußte energisch zurückgewiesen werden, genau wie die Möglichkeit, daß er und Aer und die anderen ausgewählt worden waren, weil man sie für entbehrlich hielt.

Den rechten Arm ausgestreckt und die andere Hand an den Mund gelegt, rief er: »Ich fliege nach Osten.«

Vier Bestätigungen. Sie kamen alle mit.

Er hatte mit einer Umkreisung der Stadt begonnen. Bald würden sie landen müssen, sie mußten die Flügel abnehmen und verstecken und die Einwohner in der Gemeinen Sprache befragen und überzeugen. Ob er nun als Wundertäter gelten oder als Unzufriedener beseitigt werden sollte, seine fließende Beherrschung dieser Sprache hatte mit Sicherheit eine Rolle gespielt, als man ihn ausgewählt hatte.

Wo gab es nun ein schönes großes Feld, wo Menschen zwar nahe, aber nicht zu nahe waren? Direkt unter ihm war ein Haus mit einem Dach in der Farbe der Wüste zu sehen.

Wieder streckte er den rechten Arm aus bewegte die flache Hand nach unten. »Tiefer.«

Es schien ihm fast, als könnte er das Temperament seiner Begleiter schon an ihren Bestätigungen ablesen: Grian, der immer sorgfältig das Für und Wider abwog, Sumaire mit ihren schmalen Augen, deren Hände still verharren konnten wie bei einer Toten, Mear, der sich nichts sehnlicher wünschte als aufregende Abenteuer; Aer, die sich um alles sorgte außer um die eigene Sicherheit.

In dieser Höhe waren sie bereits in Reichweite kleinerer Feuerwaffen, und drunten waren überall solche Feuerwaffen zu sehen. Die Aufseherinnen, die eine große Zahl bärtiger Männer beim Errichten von Zelten beobachteten, schienen solche Waffen zu besitzen. Er sagte sich, daß das Vorhandensein oder Fehlen von Waffen keine Rolle mehr spielen würde, sobald sie gelandet waren. Sie konnten ohne weiteres von ein paar Frachtlern mit Stöcken oder Steinen getötet werden. Eigentlich waren die Waffen, die diese Frachtler besaßen, sogar ein Vorteil, denn wenn die Leute bewaffnet waren, fühlten sie sich nicht so schnell bedroht.

Die Hand zur Faust geballt und wieder den Arm ausstreckend, rief er: »Nord.« Zwei abgespreizte Finger deuteten nach unten. »Und landen.«

»Aye, Sumaire.« Gespanntes Gesicht, trockene Lippen, verhangene Augen.

»Aye, Mear!« Er sank zu schnell und war darüber noch begeistert.

»Aye, Grian.« Suchte sich den Landeplatz sorgfältig aus.

»Aye, Aer.« Machte sich um ihn Sorgen und nicht darum, daß sie selbst abstürzen könnte.

Grasland, ein wenig uneben. Keine Zeit, weitere Charakterstudien zu treiben und große Pläne zu schmieden. Gegenschub einschalten, Beine hinunter, die Füße zusammennehmen, die Hände in die Vorhalte, um den fast unvermeidlichen Sturz abzufangen.

Mear war schon unten, hatte im richtigen Augenblick ein Stück hochgezogen und war im Laufen gelandet. So leichtsinnig er auch war, es gab unter der Sonne keinen zweiten Flieger wie ihn. Jetzt mußte auch er selbst landen, ohne zu stürzen, denn sonst hätte er das bißchen Autorität verloren, das er noch besaß. Vier Ellen noch, leicht hochziehen, den Wind einberechnen, das letzte Stück im freien Fall, mit den Beinen abfedern. Geschafft!

Dann hätte ihn eine Bö beinahe doch noch umgeworfen.

Grian, Sumaire und Aer landeten, während er seine Flügel und das Antriebsaggregat abschnallte. Aer kam ihm viel zu nahe, Sumaire war vorsichtig und landete freiwillig auf allen vieren, Grian kam ganz langsam herunter und machte eine makellose Punktlandung.

Große Frauen kamen vom Zeltplatz herübergerannt, doch eine einzelne berittene Frau überholte sie rasch und traf als erste bei den Fliegern ein.

»Frieden!« Er hob beide Hände und zeigte ihr die leeren Handflächen. »Wir, die wir den Göttern dienen, wollen Euch nichts zuleide tun.«

Die Reiterin zügelte ihr Pferd und zog eine Faustfeuerwaffe. »Es gibt nur eine Göttin!«

Ob die Datenbank fehlerhaft gewesen war? »Wir sind ihre Helfer und Diener.«

Ein Dutzend Riesinnen umgab sie jetzt. Einige starrte nur, einige richteten Waffen mit großen Mündungen auf sie, alle warteten offenbar auf die Anweisungen der berittenen Frau.

»Wir kommen vom Mainframe«, erklärte Sciathan. »Mainframe, dem Heim der Göttin. Auf ihren Befehl kommen wir, um Auk zu suchen.« Insgeheim fragte er sich, welche Göttin wohl gemeint war.

»Wir werden Euch helfen, aber zuerst müßt Ihr uns Eure Waffen geben.« Die berittene Frau sah sie abschätzend an.

Aer sagte: »Keine Pistole, kein Messer.«

Die berittene Frau wandte sich sofort an Aer. »Seid Ihr die Anführerin?«

Aer schüttelte den Kopf. »Flieger.« Sie berührte ihr Kinn. »Ich bin Aer. Alle Flieger.«

Mear gesellte sich mit seinen Flügeln und seinem Antriebsaggregat zu ihnen. Einige der großen Frauen kicherten. »Jeder ist einer. Fünf von uns.«

»Gebt Eure Waffen ab«, verlangte die berittene Frau.

Sumaire trat vor und hob die Hände. »Meine. Mit diesen töte ich.«

Wieder der berechnende Blick. »Dann seid Ihr die Anführerin.«

»Ja. Meine eigene.«

Mear sagte: »Ich bin mein Führer. Keine Waffe. Kein Gewehr. Ihr gebt mir?« Eine der großen Frauen lachte laut, und das Pferd scheute. Es warf den Kopf zurück und tänzelte nervös.

»Still, du!« Die berittene Frau zog hart an den Zügeln und beäugte die Flieger. *»Marhaba! Betifham 'arabi?«*

Aer und Mear blickten zu Sciathan, der nur die Achseln zucken konnte.

Die Riesin steckte die Waffe ein und stieg ab. Ihr Lächeln konnte den etwas rachsüchtigen Ausdruck, der sich im Laufe der Jahre in ihren Gesichtszügen festgesetzt hatte, nicht ganz und gar überdecken. »Es hat einen unglücklichen Anfang genommen mit uns«, sagte sie zu Aer. »Laßt uns noch einmal beginnen und Freunde sein. Ich bin Major Sirka, Fliegerin Aer. Ich befehlige die Vorausabteilung des Heeres von Trivigaunte. Ich kann Euch in dieser Stadt nicht willkommen heißen, weil es nicht meine Stadt ist. Meine Stadt liegt im Süden. Ihr seid viele Male darüber geflogen, Ihr müßt es wissen.«

Aer nickte lächelnd. »Wunderschön.«

»Dieser Mann«, Major Sirka deutete mit einem Nicken auf Sciathan, »sucht anscheinend einen Einwohner Virons, einen anderen Mann. Sucht Ihr nach einer Frau?«

Sumaire sagte: »Denselben Mann. Wo können wir Auk finden?«

Grian, der erst jetzt zu ihnen aufschloß und gerade erst sein Antriebsmodul ablegte, sagte langsam: »Wir sind nicht wie Ihr, Frau.«

»Das hätte ich auch nicht erwartet, kleiner Mann. Jetzt hört mir zu, Ihr seid …«

Ihre Stimme erstarb, und sie wirkte auf einmal wie ein Bild auf einem Gemälde, ein graues, ausdrucksloses Gesicht. Sciathan spürte, wie jemand anders ihm die Lippen zurückzog und zu einem Grinsen verzerrte.

Aer starrte ihn mit aufgerissenen Augen an. Auch

sie verlor die Gesichtsfarbe, nur die Augen blieben strahlend blau. Jemand anders ließ Sciathans Arme nach ihr greifen, und weit entfernt schrie sie auf.

Das Blitzen und der Knall des Schusses erschreckten ihn so, daß er fast erwacht wäre. Die Farben wurden einen Moment lang wieder real, das hellrote Ding zu seinen Füßen war Aer. Er wurde brutal zu Boden geworfen und blieb benommen und am Rande der Ohnmacht liegen.

Sumaire nahm den Kampf auf, und Mear wehrte sich mit dem Mut der Verzweiflung, bis beide von weiteren Schüssen getroffen zu Boden gingen. Grian, der noch seine Flügel trug, sprang gerade nach oben. Er selbst, Sciathan, hätte auch fliegen sollen, aber sein Antriebsaggregat war fort, seine Hände inzwischen gefesselt. Er drehte sich um und sah, wie seine Flügel von trampelnden Füßen zerstört wurden.

»Laßt mich nachdenken, Patera.« Maytera Marble legte den Kopf schief. »Die Generalissima aus Trivigaunte und noch jemand, dessen Namen wir aber nicht kennen. Ich nehme an, es wird ebenfalls eine Frau sein.«

Silk nickte. »Das ist ziemlich sicher.«

»Wir wissen nicht, wieviel sie essen. Wahrscheinlich eine Menge. Dann wären da noch Generalin Saba und Generalissimus Oosik. Ich habe sie gesehen, die werden sicher einen gewaltigen Appetit mitbringen. Werden diese beiden auch noch von jemandem begleitet?«

»Das ist eine gute Frage.« Silk dachte darüber nach. »Oosik wird sicher jemanden mitbringen, weil auch Siyuf ihre Adjutantin mitbringen wird. Also wollen wir annehmen, daß beide jeweils noch von einer weiteren Person begleitet werden. Das wären dann bisher sechs.«

»Und alle haben einen herzhaften Appetit.«

»Da habt Ihr ganz sicher recht, Maytera. Aber dafür werden Seine Kogniszenz und ich nicht viel essen, und Ihr selbst werdet ja überhaupt nichts zu Euch nehmen.«

»Bin ich etwa eingeladen?« Es war nicht zu ergründen, was sie in diesem Augenblick dachte.

»Natürlich seid Ihr eingeladen. Ihr seid doch die Gastgeberin, die Hausherrin in diesem Palast.«

»Ich dachte, Chenille würde das übernehmen.«

»Nein, sie ist nur Gast in diesem Haus.« Silk setzte sich bequem in den großen Ohrensessel. Ihm war nur zu bewußt, daß er ihn sehr bald schon würde wieder verlassen müssen. »Sie ist nur hier, weil sie möglicherweise in Gefahr schwebt.«

»Das Mädchen ist mir wirklich eine große Hilfe. Sie macht bereitwillig alles, was ich ihr sage, und sie ist wirklich umsichtig. Manchmal muß ich sie sogar ein wenig zurückhalten, Patera.«

»Jetzt verstehe ich. Ihr hattet Angst, ich würde sie nicht einladen, sondern sie bitten, uns bei Tisch zu bedienen oder so. Nein, sie ist eingeladen, oder besser, ich werde sie einladen, sobald ich sie sehe. Ich will sie dabei haben, ebenso Eure Enkeltochter und Meister Xiphias. Ich habe Horn bereits nach ihm geschickt.«

»Ich unterrichte Mathematik«, sagte Maytera Marble seufzend, »und jetzt bin ich fast in Versuchung, mit den Fingern abzuzählen. Aber das geht ja auch nicht, weil ich nur fünf Finger habe, und wir waren zusammen mit Generalissimus Oosik und den anderen Leuten aus Trivigaunte schon bei sechs Gästen. Dann Ihr und Seine Kogniszenz, das wären acht. Der alte Fechtmeister, neun. Chenille, zehn. Mucor und ich, das wären zwölf. Falls Ihr noch jemanden einladen wollt, Patera, dann ladet lieber gleich zwei auf einmal ein, denn dreizehn an einem Tisch, das bringt Unglück. Ich weiß auch nicht warum, aber wenn es wirklich nicht anders geht, soll man sogar irgend jemanden von der Straße holen, damit es vierzehn werden.«

Silks stand auf. »Nein, das wären alle. Kommt jetzt mit mir. Ich habe Hossaan gebeten, mit dem Schweber vorzufahren, und ich glaube, ich habe ihn gerade gehört.«

»Aber nein – ich kann hier nicht fort, Patera. Nicht, wenn wir heute abend so viele Gäste zum Essen erwarten.«

Silk hatte damit gerechnet. Er stellte sich vor, er hätte es mit Siyuf zu tun, und sprach bewußt energisch. »Natürlich könnt Ihr. Ihr müßt sogar. Geht und holt Eure Hand.«

»Nein, nein.« Maytera Marble hielt sich mit der funktionierenden Hand am Stuhl fest, daß zwischen den Metallfingern das Polster hervorquoll wie Hefeteig. »Ihr versteht das nicht. Ihr seid ein guter Mann. Viel zu gut, um die Wahrheit zu sagen. Ihr wart immer viel zu gut zu mir. Aber ich habe vor dem Essen noch tausend Dinge zu erledigen. Wann wollen sie kommen? Um sechs Uhr?«

»Um acht. Ich verstehe Euch ja, Maytera, und genau deshalb werden wir zu der Werkstatt fahren, die der Diener erwähnt hat – wie hieß er noch gleich?«

»Marl. Patera, ich kann nicht.«

»Genau. Ihr könnt nicht, weil Ihr nur eine Hand habt. Ihr müßt Chenille sagen, was sie tun soll, und sie muß Euch helfen. Also werden wir lieber dafür sorgen, daß Eure rechte Hand wieder angeschlossen wird. Wie Ihr schon sagtet, ist noch eine Menge zu tun, und mit zwei Händen werdet Ihr doppelt so viel erledigen können wie Chenille, nicht nur halb so viel.«

Ohne ihre Antwort abzuwarten, ging er zur Tür. »Ich warte draußen. Ich will Hossaan fragen, warum die Generalissima so seltsam spricht. Wir erwarten

Euch in fünf Minuten mit Eurer Hand.« Als er in die Vorhalle trat, fügte er noch hinzu: »Ihr und Chenille und Eure Enkeltochter. Bringt auch sie mit.«

Maytera Marbles letzten Klageruf – »Aber, Patera!« – hörte er schon nicht mehr, weil er bereits die Tür hinter sich geschlossen hatte. Grinsend humpelte Silk durch die Halle und holte sich aus dem Ankleideraum neben dem Foyer einen Übermantel aus schlichter schwarzer Wolle.

Die Außentür wurde geöffnet, ehe er sie erreicht hatte, und Hossaan, auf dessen Schulter Oreb hockte, kam herein. »Euer Vogel war draußen, Caldé. Ich glaube, er konnte kein offenes Fenster finden, deshalb habe ich ihn mitgebracht.«

»Mädchen fliegen«, krächzte Oreb. Er schüttelte sich flatternd das Gefieder aus. »Vogel sehen.«

»Ja, und gerade noch rechtzeitig, du alberner Vogel. Komm her.«

Oreb hüpfte auf Silks Handgelenk. »Menschenkäfig.«

»Er ist hinauf zum Luftschiff geflogen«, erklärte Silk. »Inzwischen versteht er wahrscheinlich erheblich mehr davon als ich. Um Menschen heraufzuziehen und herunterzulassen, benutzen sie einen Kasten, der so ähnlich aussieht wie ein großer Vogelkäfig. Das hat ihn besonders interessiert.« Er zögerte, dann deutete er auf einen großen Diwan. »Laßt uns einen Moment Platz nehmen. Ich möchte Euch noch etwas fragen.«

»Aber gern, Caldé.«

»Wir könnten auch in Eurem Schweber reden, aber ich denke, dort wird mich der eine oder andere sprechen wollen, und ich möchte mich jetzt nicht stören lassen. Habt Ihr die Parade gesehen?«

Hossaan nickte. »Ich habe Euch, wie Ihr auf der Tribüne gestanden habt, im Auge behalten, Caldé, für den Fall, daß Ihr mich braucht.«

»Gut. Dann habt Ihr ja auch gesehen, daß ich mit Generalissima Siyuf und Generalin Saba gesprochen habe. Kennt ihr eine der beiden?«

»Nein, Caldé, persönlich kenne ich sie nicht. Ich wußte aber natürlich, wer sie sind und wie sie aussehen.«

»Also habt Ihr nicht mit ihnen gesprochen.«

Hossaan schüttelte den Kopf.

»Aber Ihr seid in der Welt herumgekommen. Ursprünglich stammt Ihr doch aus Trivigaunte, nicht wahr?«

»Ja, Caldé. Ich bin dort geboren. Ihr wärt dumm, wenn Ihr irgend etwas, das ich sage, ohne Prüfung glauben würdet. Ich bin sicher, das ist Euch so klar wie mir.«

»Guter Mann!« verteidigte Oreb ihn. »Leute fliegen, Käfig.«

»Natürlich. Mir ist klar, daß Ihr in erster Linie Eurer eigenen Stadt dienen wollt.«

»So ist es. Und Ihr habt recht. Ich bin weiter herumgekommen als viele andere Menschen. Ich kann Euch von einigen Orten erzählen, an denen ich war, aber ich kann Euch nicht in allen Fällen verraten, was ich dort getan habe.«

Silk nickte nachdenklich. »Hier in Viron sagen wir manchmal, daß jemand Vironesisch spricht, als wäre das eine eigene Sprache. Das trifft natürlich nicht zu. Aber wir haben gewisse idiomatische Ausdrücke, die, soweit ich weiß, in anderen Städten nicht benutzt werden. Es gibt auch einige Worte, die wir anders betonen. Ich weiß nicht sehr viel über andere Städte, aber es würde mich nicht wundern, wenn es dort ähnliche Eigenarten gäbe.«

»Das ist richtig. Ich glaube, ich weiß jetzt, was Ihr mich fragen wollt, aber fahrt fort.«

»Gibt es irgendeinen Grund, mir nicht zu antworten?«

»Nein, überhaupt nicht.«

»Also gut. Ich wollte gerade sagen, daß es ja wirklich andere Sprachen gibt, die sich stark von der unseren unterscheiden. Latein zum Beispiel, oder Französisch. Wir haben lateinische und französische Bücher, und es gibt gewisse Abschnitte in den Schriften, die in diesen Sprachen verfaßt sind. Daher sind diese Sprachen für Gelehrte und sogar für gewöhnliche Auguren wie mich von einem gewissen Interesse. Möglicherweise gibt es sogar Städte, in denen diese Sprachen genauso gesprochen werden, wie wir unser Vironesisch sprechen.«

»Die Gemeine Sprache«, erwiderte Hossaan. »So nennen Reisende diese Sprache im allgemeinen, und so nennen wir sie auch in Trivigaunte.«

»Ich verstehe.« Silks Zeigefinger beschrieb kleine Kreise auf der Wange. »In diesem Fall würdet Ihr aus Eurer Perspektive wohl sagen, daß in Viron und Palustria die Gemeine Sprache gesprochen wird? Das Palustrische ist dem Vironesischen so ähnlich, daß man einem Sprecher schon mehrere Minuten zuhören muß, ehe man erkennen kann, aus welcher der beiden Städte er kommt. So habe ich es jedenfalls auf der Schola gelernt.«

»Das ist völlig richtig, Caldé.«

»Nun gut. Ich kann mir also vorstellen, daß es andere Städte gibt, in denen ganz andere Sprachen gesprochen werden. Latein zum Beispiel. Und ich weiß andererseits, daß es Städte wie Palustria gibt, in denen die Gemeine Sprache gesprochen wird. Ich kann es nicht beweisen, aber ich vermute, daß es zwischen dem Vironesisch der Oberschicht und dem Vironesisch eines Bettlers oder Maurers größere Unterschiede gibt als zwischen der Sprechweise eines Händlers aus Palustria und eines Händlers aus Viron. Was ich mir aber nicht vorstellen kann, ist eine Stadt, in der einige Bürger die Gemeine Sprache sprechen und andere Leute Latein oder eine andere Sprache.«

Hossaan nickte nur, ohne etwas zu erwidern.

»Leute fliegen!« erklärte Oreb. Er schien die Geduld zu verlieren. Er flog auf und kreiste in immer höheren Spiralen im Raum. »Fliegen, fliegen! Mädchen! Männer!« Er streckte die Flügel weit aus und setzte zum Gleitflug an. »Landen!«

»Der Große Pas möge uns leiten.« Maytera Marble kam mit Chenille und Mucor die Treppe herunter. »Was ist nur in Euren Vogel gefahren, Patera?«

»Ich weiß es nicht«, sagte Silk, obwohl er es bereits ahnte. »Hossaan, Oreb ist doch zu Euch gekommen, als Ihr im Schweber gesessen habt, nicht wahr?«

»Er ist auf der Rückenlehne gelandet und begann zu sprechen, Caldé. Ich konnte ihn zuerst überhaupt nicht verstehen.«

»Also noch eine fremde Sprache oder zumindest eine andere Sprechweise als die Gemeine Sprache.« Silk lächelte nachdenklich. »Was hat er gesagt?«

»›Vogel raus, Vogel raus, Silk rein.‹ So ungefähr klang es, Caldé.«

Silk nickte. »Geht bitte schon hinaus und wartet auf uns. Klappt das Dach hoch. Ich weiß nicht, wie lange Ihr noch warten müßt, und Ihr sollt ja in der Zwischenzeit nicht frieren.«

Als Hossaan gegangen war, fragte Chenille: »Fahren wir nun doch nicht, Patera?«

»Gleich. Bitte kommt alle mit in die Bibliothek. Oreb, wo sind jetzt die fliegenden Männer und die fliegenden Mädchen, die gelandet sind?«

Oreb hüpfte auf den Rand einer dickbauchigen Vase und tippte fest mit dem Schnabel darauf.

»Im Nordosten, Mucor«, murmelte Silk. »Hast du das gesehen?«

Ihr Gesicht, das an einen Totenschädel erinnerte, wandte sich in seine Richtung wie eine Lilie, die bei einer Beerdigung die Blüte zur Sonne richtet. »Flieger, Silk?«

»Ja, ich denke, es waren Flieger. Die Leute, die Flügel benutzen, die aussehen wie eine Art Gaze.«

Chenille fügte hinzu: »Ähnlich den Flugsoldaten aus Trivigaunte, nur daß die Flügel länger und die Menschen zierlicher gebaut sind.«

Die Nachtdohle flog auf Silks Schulter.

»Noch eine Frage, Oreb. Waren dort, wo die fliegenden Leute gelandet sind, Häuser in der Nähe?«

»Jetzt Haus, schnelles Haus.«

Silk zog ein Taschentuch aus der Tasche, schüttelte es auf und legte es sich über die gespreizten Finger. »So wie das hier?«

»Ja, ja!«

»Bitte setzt Euch«, sagte Silk zu den drei Frauen. »Mucor, könntest du mir und deiner Großmutter einen Gefallen tun und herausfinden, was diese Flieger tun?«

Als sie nicht antwortete, sagte er: »Suche das Weideland nördlich und östlich der Stadt ab, wo die Leute der Rani die Zelte aufbauen. Ich glaube, Oreb meinte Zelte, als er von ›schnellen Häusern‹ sprach. Die Flieger werden wohl nach der Landung die Flügel abgenommen haben, und wahrscheinlich wird mindestens einer von ihnen Wache halten.«

»Wie Patera schon sagte, hilfst du damit uns beiden, Mucor«, bekräftige Maytera Marble, indem sie Mucors Knie tätschelte. »Ich weiß nicht, warum es so wichtig ist, aber ich bin sicher, daß Patera weiß, was er tut.«

Chenille warf ein: »Wißt Ihr, ich wollte mir das schon immer mal ansehen, seit die Frau aus Trivigaunte sie im Spiegel gesehen hat. Aber ich kann jetzt nicht einmal erkennen, ob sie es gerade macht. Ich dachte, man müßte singen und Parfüm auf Thelxiepeias Bild spritzen.«

»Das Wunder oder der Zauber, wenn Ihr das so nennen wollt, liegt in Mucor selbst«, erklärte Silk.

»Auk glaubt an die Götter, Patera. Er ist auf seine Weise wirklich religiös. Und er weiß, daß Scylla mich gesteuert hat. Aber wenn er das sehen würde, was ich sehe, dann würde er nicht daran glauben.«

»Auk«, wiederholte Mucor plötzlich.

Oreb legte den Kopf schief wie Maytera Marble. »Wo Auk?«

Mucors tonlose Stimme schien von irgendeinem verlorenen Ort jenseits des Universums zu ihnen zu dringen. »Wo ist Auk … Silk? Ketten an meinen Händen, Füße zertreten meine Flügel.«

6

Spione

»Sind wir hier wirklich … hmm … unter uns, Maytera? Sind wir allein? Oder gibt es hier noch andere Ohren, was? In dieser … äh … in dieser schrecklichen Dunkelheit? Das ist doch die Frage, was?«

»Ich weiß es nicht, ich kann es wirklich nicht sagen. Wißt Ihr es?« Die Frage, die Maytera Mint vor allem beschäftigte, war die, ob es ein Ausdruck von Respektlosigkeit wäre, wenn sie sich früher als Remora niederlegte.

»Ich … äh … nein. Ich weiß es auch nicht, muß ich gestehen.«

»Wißt Ihr denn ein Geheimnis, das Potto und die anderen Ratsherren den Göttern zum Trotz wieder an die Macht bringen könnte?«

»Ich möchte doch sagen … äh … Generalin? Daß es wohl sicherer wäre, was? Wenn wir … äh … wenn wir nicht über solche Dinge reden würden.«

»Falls Ihr so etwas wüßtet, dann wäre es sicher klüger, nicht darüber zu reden, Euer Eminenz. Aber wißt Ihr so ein Geheimnis?« Sie versuchte zu vergessen, wie durstig sie war.

»Ganz bestimmt nicht. Und erst recht weiß ich keine militärischen Geheimnisse.«

»Ich auch nicht, Euer Eminenz. Also können sie meinetwegen lauschen, soviel sie wollen.« Es war eine ungeheure Erleichterung, daß sie endlich die Schuhe abstreifen konnte. Eine halbe Minute lang rang sie mit sich, ob sie auch die langen schwarzen Strümpfe ausziehen sollte, aber die Selbstdisziplin trug den Sieg davon. »Inzwischen hat Bison das Kommando übernommen. Oder jemand anders, aber höchstwahrscheinlich ist es doch Bison. Er ist mein bester Offizier, absolut zuverlässig in allen Krisen, wenngleich nicht sehr phantasiebegabt. Wenn er jemanden als Berater finden kann, der ein wenig schöpferischer ist als er selbst, dann könnte Bison dem Ayuntamiento sehr zusetzen.«

»Ich ... äh ... ich bin äußerst erfreut über diese Aussichten.«

»Ich auch, Euer Eminenz. Ich hoffe nur, daß es auch wirklich so kommt.« Sie lehnte sich an die Wand.

»Ihr werdet ... äh ... Ihr werdet mir Vorwürfe machen.«

»Niemals, Euer Eminenz.«

»Wenn Ihr nicht, dann werden es andere tun. An Kritikern hat es ... äh ... hat es mir noch nie gemangelt. Leute wie Patera Feeler. Pedanten. Man wird mir ... äh ... vorwerfen, ich hätte mich als Vermittler ... äh ... nicht genügend eingesetzt.«

Sie stützte die Arme auf die Knie und legte den Kopf in die Hände.

»Ich ... äh ... ich unterstütze Euch aber, denn ich habe durchaus Partei ergriffen, was? Und ich unterstütze Euch weiterhin, was? Angesichts unserer augenblicklichen Lage, was? Es ist nicht Parteinahme, sondern Vernunft, die mein Verhalten diktiert, was? Ich bin ein Mann des Friedens. So habe ich mich immer gesehen. Ich bin mit der Waffenstillstandsflagge gekommen, was? Habe mich mit Brigadier Erne beraten, habe Caldé Silk konsultiert. Habe Euch, Generalin ... äh ... habe auch Euch veranlaßt, über einen Waffenstillstand zu verhandeln. Ein ... äh ... eine diplomatische Leistung, was? Ein Triumph. Aber unsere Personen. Respektiert man uns? Nein, das tut man nicht.«

»Ich möchte mich jetzt gern hinlegen, wenn Euch das nicht stört, Euer Eminenz. Ich werde mir den Rock um die Beine legen.«

»Nein, nein, Maytera – Generalin. Ich kann Euch in dieser … äh … in dieser Finsternis ja ohnehin kaum sehen. Nun, dies ist offenbar ein Kampf, in dem man einfach nicht vermitteln kann, was?«

»Nein, vermitteln konnten wir hier wirklich nicht.«

»Oh … äh … ich meinte den alten Kampf zwischen Gut und Böse. Ja, das Böse. Als Diener der Götter ist es einem Auguren ja vorbestimmt, was? Es ist ihm vorbestimmt … äh … Größe zu zeigen. Aber wenn ein Augur nun auch nur … äh … nur ein fehlbarer Mensch ist? Zuweilen sogar ein dummer Mensch, was? Der aber dennoch nach dem Höchsten streben muß? Ich kann nicht in den Streitigkeiten der Menschen vermitteln, weil ich in dieser einen zwischen Gut und Böse nicht zu vermitteln vermag. Ich habe mich dem Dienst für die Götter verpflichtet, was? Schon vor langer Zeit. Ich trete für das Gute ein. Ich kann die Augen nicht vor dem Bösen verschließen, was? Nein, das kann ich nicht und das werde ich nicht.«

»Das ist gut.« Maytera Mint schloß die Augen. Das einzige Licht im kahlen, dunklen Raum war ein trüber grüner Schimmer unter der Tür. Es hätte sich eigentlich nicht viel ändern sollen, als sie die Augen schloß, doch sie fand es unendlich erfrischend.

»Wenn … äh … falls – hmm …«, sagte Remora. Oder wenigstens kam es ihr so vor, als hätte er es gesagt. Langsam stürzte vor ihr die Fassade der Getreidebörse in sich zusammen, und sie war wie gelähmt und konnte nicht weglaufen.

»Euer Eminenz?« Sie fuhr erschrocken auf.

»Ja, Generalin?«

»Sagt man nicht, manche Träume würden von den Göttern geschickt?«

»Ja … äh … zweifellos.«

»Hat eigentlich einmal jemand die Vermutung geäußert, daß dies für alle Träume zutreffen könnte? Daß jeder Traum eine Botschaft von den Göttern sein könnte?«

»Ich … äh … kann mich nicht erinnern, was? Ich werde darüber nachdenken. Vielleicht. Doch, es ist gut möglich, daß es so ist, wie Ihr sagt.«

»Ich hatte gerade einen eher alltäglichen Traum, Euer Eminenz, aber ich hatte dennoch das Gefühl, daß er mir vielleicht von einem Gott geschickt wurde.«

»Ungewöhnlich, was? Außerordentlich. Wenn ich nicht zu unhöflich bin? Nicht, daß ich … äh … aufdringlich sein will. Aber wenn Ihr es wünscht, könnte ich meine … äh … könnte ich mich dazu äußern.«

»Ich habe im Traum vor der Getreidebörse gestanden. Das Haus ist über mir zusammengebrochen, aber ich konnte nicht fortlaufen.«

»Ich … äh … ich verstehe.«

»Das ist vor ein paar Tagen tatsächlich geschehen. Wir haben das Gebäude mit Ochsen und Seilen niedergerissen. Ich hätte da weglaufen können, aber ich wollte nicht. Ich wollte sterben, und deshalb bin ich stehen geblieben und habe zugesehen, bis Rook mich aus der Gefahrenzone geschleppt hat. Er wäre dabei, ebenso wie ich, beinahe ums Leben gekommen.«

»Und was wollt Ihr damit … äh … Generalin? Mir ist nicht klar, was Ihr damit sagen wollt.«

»Ich glaube, weil ich mich dort zum Sterben entschlossen habe, hat mir ein Gott gesagt, daß ich keine Angst vor dem Tod haben soll und daß nichts, was man mir antun kann, schlimmer sein könnte, als von dem Gebäude erdrückt zu werden, was ich ja vor gar nicht so langer Zeit als meine Todesart gewählt habe.«

»Welcher … äh … welcher Gott? Welcher Gott war es, Generalin? Habt Ihr eine Vorstellung?«

Sie konnte Remoras veränderter Stimme anmerken, daß er sich aufgesetzt hatte. Wenigstens vorübergehend war es ihr gelungen, ihn aus seinem Selbstmitleid herauszureißen. Sie wünschte, jemand könnte sie auch aus der Gefangenschaft herausholen. »Ich weiß wirklich nicht, welcher Gott mir da seine Gunst geschenkt hat, Euer Eminenz. Vorausgesetzt, es war wirklich ein Gott. Ich erinnere mich an nichts Bemerkenswertes, das mir in dieser Hinsicht weiterhelfen könnte.«

»Keine Tiere, was?«

»Keine Tiere, Euer Eminenz. Nur die Straße und die herabfallenden Steine. Es war nach der Abblendung, und ich erinnere mich noch genau, wie dunkel die Steine vor den Himmelsländern waren.«

»Also war es nicht … äh … es war nicht Pas, der den Tag regiert. Denn er ist ja der Sonnengott, was? Der Herr der Langen Sonne und so weiter. Tartaros, was? Der Gott der Nacht. Dunkle Steine, dunkler Gott. Sind … äh … sind Fledermäuse herumgeflattert?«

Maytera Mint drehte den Kopf, daß ihre spitze kleine Nase eifrig hin und her wackelte. »Keine Tiere, Euer Eminenz, wie ich schon sagte. Überhaupt keine Tiere.«

»Ich würde … äh … vielleicht müssen wir das vorerst aufschieben. Keine Tabelle. Eine Tabelle könnte uns jetzt sehr helfen. Aber vielleicht können wir improvisieren. Meiner … äh … meiner nicht unbeträchtlichen Erfahrung nach kann man die Signatur eines Gottes manchmal herausfinden, indem man sich einfach … äh … einfach umsieht. Wir wollen uns also umsehen, Maytera. Welchen Tag haben wir heute, was meint Ihr?«

»Heute?«

»Äh … ja. Und dann … äh … welcher Tag war es Eurer Meinung nach in Eurem Traum?«

»Wenn Ihr den Abend meint, an dem es geschehen ist …«

»Nein. Kam es Euch so vor, als wäre es ein bestimmter Tag? War Euch … äh … habt Ihr einen Kalender gesehen?«

»Nein, Euer Eminenz.«

»Welchen Tag haben wir heute? In diesem Augenblick, meine ich?«

Wie viele Male hatten diejenigen, die sie gefangen hatten, angehalten, um zu essen und zu schlafen? Dreimal? Viermal? »Ich bin nicht ganz sicher.« Maytera Mint bereute es schon wieder, den Traum erwähnt zu haben. Ihr fielen die Augen zu.

»Ratet, Generalin. Welchen Tag haben wir heute?«

»Hieraxday oder Thelxday, würde ich sagen.«

»Leichen? Oder Geier?«

»Nein. Nur die Himmelsländer, das Gebäude und der Stein.«

»Spiegel, Affen, Hirsche? Karten, Teetassen … äh … Bänder? Farbige Bänder? Geflügel? Nichts dergleichen?«

»Nein, Euer Eminenz, nichts dergleichen.«

»Raum … äh … große Räume? Ja, die Himmelsländer, was? Ihr wart … äh … ihr wart von ihrem Anblick beeindruckt?«

»Ich wußte einfach, daß sie da waren, Euer Eminenz. Sie schienen mir auf irgendeine Art und Weise wichtig zu sein, wenn ich auch nicht sagen kann, warum.«

»Wir … äh … wir machen Fortschritte. Ja, wir machen Fortschritte. Und es ist vorher wirklich passiert? Das Gebäude ist eingestürzt, Ihr wurdet gerettet?«

»Ja, es war am Beginn der Kämpfe. Ich wollte sagen, Euer Eminenz, es war zu einer Zeit, die wir jetzt als den Beginn bezeichnen. In der Situation selbst hatten wir jedoch das Gefühl, schon lange zu kämpfen und daß diejenigen von uns, die von Anfang an gekämpft hatten, schon sehr lange im Kampf standen.« Maytera Mint hielt inne und dachte nach.

»Wir waren wie Kinder, die das erste Jahr die Palaestra besuchen. Wenn das zweite Jahr beginnt, fühlen sich so kleine Kinder schon wie alte und erfahrene Veteranen. Sie geben den neuen Kindern Ratschläge und sind herablassend zu ihnen, obwohl doch auch ihre eigene Ausbildung gerade erst begonnen hat.«

Remora grunzte zustimmend. »Ich habe ... äh ... ich habe dergleichen auch schon bemerkt.«

»Und jetzt – ich meine, bevor wir zu diesem Haus hinausgezogen sind, wo der Caldé gerettet wurde, da hatte sich die Lage etwas beruhigt. Wir hatten die Vierte Brigade umzingelt, aber für den Augenblick wollte niemand sie angreifen. Wir hatten den Eindruck, Erne könnte schwanken, und das habt Ihr bestätigt. Das Ayuntamiento war unten in den Gängen, und die von uns, die richtig darüber nachdachten, erkannten schnell, wie schwierig es gewesen wäre, die Soldaten dort herauszuholen. Wir wagten zu hoffen, daß sich irgendeine andere Lösung finden würde. Deshalb bin ich mit Euch zusammen in Bloods Haus gegangen.«

Sie wartete, ob Remora etwas erwidern wollte, doch er schwieg.

»Dann sind neue Leute gekommen. Sie haben uns erzählt, wie tapfer sie gekämpft hätten und was sie alles gemacht hätten, und ich dachte nur, wer seid ihr überhaupt? Warum habe ich euch nicht bemerkt, wenn ihr doch so tapfere Kämpfer wart? Bison hatte alles in die Hand genommen, er war bei fast allen Kämpfen dabei. Wool ebenso, glaube ich. Wool hat viel geleistet, hat sich nie gedrückt und sich nie in den Vordergrund gespielt. Aber als wir zurückgeworfen wurden und ich mich umgesehen habe, wer außer mir noch weitergekämpft hat, wer immer noch geschossen hat, wenn die anderen sich schon zurückgezogen hatten, weil die Grünen – die Gardisten, Euer Eminenz, die Kämpfer der Zivilgarde – weil sie schon so nahe waren, nun ja, da war nur noch Wool bei mir. Dann ist Wool gefallen, und ich frage mich heute, wo sie alle geblieben sind, die mit mir geritten sind. Wo ist Kingcup, die uns ihre Pferde brachte, ihren einzigen Besitz? Ich hoffe, sie lebt noch. Euer Eminenz, ich konnte sie aber nicht ausfindig machen, ich konnte sie einfach nicht finden, und all die Neuankömmlinge haben mir unterdessen erzählt, was für wundervolle Dinge sie geleistet hätten, an die ich mich überhaupt nicht erinnern kann. Skink hat den Angriff auf das Palatinum geführt, und ihm wurden beide Beine abgeschossen. Wo war er? Und wo ist dieser Riese mit den Zahnlücken geblieben? Ich kann mich nicht einmal an seinen Namen erinnern, aber ich weiß noch, wie ich zu ihm aufgeblickt habe. Er muß doppelt so groß gewesen sein wie ich, und ich habe mich gefragt, wie jemand da hinauflangen und ihm die Zähne hat ausschlagen können und womit er geschlagen worden war und was danach mit dem Angreifer passiert ist.«

»Wie war sein Name?«

»Der Name des Riesen, Euer Eminenz? Ich weiß es nicht mehr. Cat? Oder Tomcat, etwas in dieser Art. Nein, Gib. Das war sein Name. Er hieß Gib. Das ist ein anderes Wort für eine männliche Katze, Euer Eminenz, also käme damit die Zähnefletschende Sphigx ins Gespräch, die Schutzherrin von Trivigaunte. Sie ist die Schutzherrin der Katzen und Löwen. Aber Gib ist nicht in meinem Traum erschienen.«

»Der Mann, der Euch gerettet hat?«

»Oh, der. Das war Rook, aber Krähen sind ja überhaupt keinem Gott heilig, nicht wahr, Euer Eminenz? Pas ist der Schutzherr der Adler und der Falken, weil Falken fast wie kleine Adler sind, oder sie sind ihnen immerhin ähnlich. Drosseln und Lerchen unterstehen

Molpe, aber Krähen können ja nicht singen. Thelxiepeia ist die Göttin des Geflügels, wie Euer Eminenz selbst gerade noch gesagt haben, aber Krähen – halt! Ich hab's, Euer Eminenz. Ich dachte an die Listen mit den Tieren, aber ich habe nicht an die Tiere selbst gedacht und daran, wie sie aussehen. Eine Krähe sieht doch einer Nachtdohle sehr ähnlich, nicht wahr? Das Schoßtier des Caldé. Der Caldé hat das Tier gekauft, um es dem Gott zu opfern, der ihn erleuchtet hat. Die Leute glauben, das wäre Pas gewesen, fast alle scheinen das zu glauben, aber ich habe den Caldé danach gefragt, und er sagte mir, daß dies nicht stimmt. Es sei einer der Nebengötter gewesen, der Außenseiter. Ich weiß nicht viel über ihn, Euer Eminenz. Ihr wißt sicher viel mehr als ich, aber Nachtdohlen müssen ihm jedenfalls heilig sein. Oder wenn nicht, dann sind sie von jetzt an mit ihm verbunden, weil eine Nachtdohle das Opfer war, das der Caldé für ihn erwählt hat. Ist das korrekt, Euer Eminenz?«

Remora antwortete nicht.

Maytera Mint überlegte schon, ob sie aufstehen und nachsehen sollte, ob er noch da wäre. Es schien ihr, als wäre er eingeschlafen, während sie gesprochen hatte, aber sie lag viel zu bequem, es war viel zu köstlich, hier zu liegen, mit Bison auf der einen Seite, der leise schnarchte, und Auk in der Nähe, der Wache hielt. »Auk?« rief sie leise. »Auk?«

Auk konnte ihnen Wasser bringen, er würde ihnen bestimmt Wasser bringen, wenn sie ihn darum bat. Eine Karaffe kaltes, klares Wasser, frisch aus dem Brunnen gepumpt, und Gläser dazu.

Ja, Mutter. Jetzt gleich.

»Auk, mein Sohn?«

»Es tut mir leid, Patera.« Trotz des nachmittäglichen Sonnenscheins schaudernd, wandte Auk sich wieder an Incus. »Ich dachte, ich hätte etwas gehört.«

»Ihr wolltet mich sprechen?«

»Richtig. Im Manteion habt Ihr erklärt, was er gesagt hat.« Auk fühlte sich zwischen den prächtigen, aus grauem Stein gemauerten Wohnhäusern auf dem Palatinum nicht wohl. Bisher hatte er diese Gegend immer nur aufgesucht, wenn er etwas stehlen wollte.

»Ich habe *versucht,* es zu erklären, gewiß. Es war meine heilige *Pflicht,* es zu versuchen, und deshalb habe ich mich *bemüht,* die göttlichen Äußerungen zu *übermitteln.*«

»Ihr wart glasklar, Patera«, beruhigte ihn der treue Hammerstone. »Als Ihr fertig wart, hatte ich das Gefühl, ich könnte jedes Wort verstehen, das Pas je gesprochen hat.«

Stimmen riefen sie an, sie sollten stehenbleiben, und sie gehorchten.

»Biologische mit Musketen, Patera. Ich habe sie hinter uns gehört, aber ich hatte gehofft, sie würden uns nicht in die Quere kommen.«

Auk, der fürchtete, die Bewaffneten könnten ihn festnehmen, knurrte: »Kann man denn nicht einmal mehr den Hügel hinaufgehen, ohne belästigt zu werden?«

Inzwischen hatte der Anführer der Streife Incus' schwarze Robe bemerkt. »Entschuldigt, Patera. Es ist wegen des Soldaten. Man sagt ja, einige seien auf unserer Seite. Ist er einer von uns?«

Hammerstone nickte. »Genau.«

»In der Tat, mein Sohn.« Incus wandte sich mit salbungsvollem Lächeln an den Bewaffneten. »Ihr habt mein heiliges Wort als *Augur,* daß Corporal Hammerstone sich genauso sehr wie ich danach sehnt, das Ayuntamiento zu *bezwingen.*«

»Ich bin Sergeant Linsang«, sagte der Anführer der Streife. »Wollt Ihr ins Große Manteion, Patera?«

Incus schüttelte den Kopf. »Wir wollen zum Palast des *Prolokutors,* mein Sohn. Ich *wohne* dort.« Er senkte verschwörerisch die Stimme. »Die Götter haben mir die Gunst einer *Theophanie* erwiesen. Der Große Pas *selbst* hat mir seine Gunst geschenkt. Es ist nicht das erste, sondern sogar schon das *zweite* Mal, daß ich derart von den Göttern *bevorzugt* werde. Ihr werdet es wohl nicht für wichtig halten, und ich *persönlich* halte es auch nicht für sehr wichtig, aber meine beiden Begleiter waren bei der letzten Theophanie *anwesend* und können sie daher sicherlich *bezeugen*.«

Einer von Linsangs Kämpfern hob seine Waffe, damit sie nicht mehr auf Auk zielte. »Seid Ihr nicht Auk? Auk der Prophet?«

»Der bin ich.«

»Er läuft in der ganzen Stadt herum«, erklärte der Bewaffnete seinem Vorgesetzten Linsang, »und erzählt allen Leuten, sie müßten sich auf Pas' Großen Plan vorbereiten. Er sagt, Tartaros hätte ihm den Auftrag dazu gegeben.«

»Das hat er«, fügte Auk energisch hinzu. »Und Pas selbst will, daß ich damit weitermache. Was ist mit Euch, Kämpfer? Seid Ihr bereit zu gehen? Seit Ihr bereit, diesen Whorl aufzugeben?«

Linsang fragte: »Was hat Pas gesagt? Falls das nicht ...«

»Eigentlich ist das nicht ganz *zulässig*«, räumte Incus ein, »aber andererseits steht es auch nicht in offenem *Widerspruch* zum Kanon. Wollt Ihr alle die Worte des *Vaters der Götter* hören?«

Die Männer versicherten ihm, daß sie es hören wollten.

»Und werdet Ihr«, fuhr Incus, seinen Vorteil nutzend, fort, »werdet Ihr uns dann auch erlauben, *weiterzugehen* und unseren heiligen *Auftrag* auszuführen, nachdem Ihr die Worte des Pas *vernommen* habt?«

Linsangs Bewaffnete nickten. Sie waren noch sehr jung, manche nicht einmal zwanzig, und nur an den Musketen und Armbinden als Kämpfer zu erkennen.

Linsang erhob Einwände. »Ich muß aber zuerst noch den Soldaten befragen. Hammerstone? Ist das Euer Name, Corporal?«

»Genau, das ist mein Name.« Hammerstone präsentierte das Gewehr, den Kolben an die Hüfte gelegt.

»Seid Ihr für das Ayuntamiento oder für den Caldé«

»Für den Caldé, Sergeant.«

»Wie steht Ihr zum Ayuntamiento?«

»Wenn der Caldé oder Patera hier sagt, daß ich nicht auf sie schießen soll, dann werde ich nicht schießen. Ginge es nach mir, dann wären sie schon längst tot.«

Einer der Kämpfer fügte hinzu: »Wir haben gehört, daß Potto von einem Soldaten getötet wurde.«

Hammerstone grinste, indem er den Kopf zurücklegte und das Kinn vorschob. »Ich war es nicht, aber wenn ich den Kameraden sehe, werde ich ihm die Hand schütteln.«

»Also gut.« Auch Linsang setzte die Muskete ab. »Ihr könnt zum Palast des Prolokutors gehen, Patera. Eure Begleiter auch. Aber jetzt erzählt uns, was Pas zu sagen hatte.«

»Ich fürchte fast«, sagte Incus kopfschüttelnd, »Ihr würdet mir nicht *glauben*, obwohl ich Euch mein heiliges *Wort* darauf geben könnte. Ihr würdet sicher darauf *bestehen*, daß Hammerstone für sich selbst spricht. Wie es der Zufall wollte, obwohl natürlich nach dem Willen der unsterblichen Götter *nichts* dem Zufall überlassen bleibt, hat Hammerstone gerade eben noch erklärt, daß er die ganze Botschaft des Gottes *verstanden* hat, während mein zweiter Gefährte, Auk, fast im gleichen Augenblick um eine ausführliche Erläuterung *gebeten* hat.«

Incus wandte sich zum Propheten um. »Ist das nicht richtig, Auk? Stimmt es nicht, was ich sage?«

»Genau, Patera. Vielleicht bin ich ja blöd. Es gibt

nicht viele, die es wagen würden, das zu sagen, wenn ich in Hörweite bin, aber vielleicht bin ich wirklich blöd. Aber die Botschaft des Gottes war wichtig, und ein Teil davon war für mich bestimmt, und deshalb muß ich sicher sein, daß ich es auch richtig verstanden habe, damit ich tun kann, was der Gott verlangt.«

»Wäre das, was Ihr Dummheit nennt, doch *weiter* verbreitet. Die Chrasmologischen Schriften lehren uns, daß die Weisheit der *unsterblichen Götter* in den Ohren sterblicher Menschen oft *närrisch* klingt. Haltet an Eurer Dummheit fest, und Ihr werdet eingehen in den *Mainframe*.« Incus nickte dem großen Soldaten zu. »Nun *erzählt* es uns, Hammerstone, mein Sohn, und habt keine Angst, eine heilige Anrufung falsch vorzutragen. Ich werde solche unschuldigen Irrtümer, so Ihr sie begeht, *berichtigen*, auch wenn ich kaum glaube, daß es *nötig* werden wird.«

»Ich kann nicht so gut erzählen wie Ihr, Patera, aber ich werde es versuchen. Laßt mich nachdenken, damit ich es auf die Reihe bekomme.« Acht oder zehn Sekunden lang blieb Hammerstone leblos wie eine Statue stehen.

»Also gut, jetzt habe ich es. Es war, als der Biologische das Schwein zum Altar gebracht hat. Zuerst waren die Farben zu sehen, nicht wahr? Dann sein Gesicht. Er hat als erstes einen Segen für die ganze Gemeinde gesprochen und dann gesagt, daß alle, die anwesend wären, weil sie mit Auk gekommen waren – das galt für alle außer für Euch, Patera –, doppelt gesegnet wären. Einmal, weil sie gekommen wären und außerdem, weil sie Auk gefolgt wären. Habe ich das richtig gesagt?«

Incus nickte. »*Bewundernswert*, Hammerstone, mein Sohn.«

»Dann sagte er, daß er uns die Theophanie schenkte, weil sein Sohn ihm erzählt hatte, was in dem Manteion, in dem wir waren, passiert ist, aber er hat nicht erwähnt, welcher Sohn das war.«

»Der Schreckliche Tartaros«, warf Auk ein.

Incus ermahnte ihn mit erhobenem Zeigefinger. »Das hat er aber nicht *gesagt*.«

»Das mag sein, aber ich hatte gerade vorher mit Tartaros gesprochen, und deshalb konnte es kein anderer sein.«

»Er sagte, sein Sohn hätte Auk Befehle gegeben, und es wären die richtigen Anweisungen gewesen. Er und sein Sohn würden dafür sorgen, daß es jeder erfuhr. Wir hatten gedacht, es wäre ein weit in der Zukunft liegender Plan, aber in Wirklichkeit ist es schon fast Zeit, den Whorl zu verlassen ...«

»Fahrt *fort*, mein Sohn.«

»Es tut mir leid, Patera. Dann hat er über mich zu sprechen begonnen, und ich konnte gar nicht mehr klar denken. Es war einer der schönsten Augenblicke in meinem ganzen Leben. Ich meine, wenn ich zum Sergeant befördert werden würde oder so, dann würde ich mich ziemlich gut fühlen, aber dort hatte ich auf einmal Pas vor mir. Ich verstand, was er wollte, und später habt Ihr es noch einmal erklärt, und es war genau das, was ich gefühlt hatte, ganz genau. Als ich Euch hörte, wie Ihr es ausgesprochen habt, da war mir, als hörte ich noch einmal Pas' Worte. Ich glaube, es gibt einen Krieg, und die guten Leute kämpfen auf seiner Seite. Dieser Sohn ...«

»Der Schreckliche Tartaros«, half Auk ihm.

»Und der Caldé und Auk und natürlich Ihr, Patera – das ist auch die Seite, auf der ich stehe. Er sagte, daß Auk verletzt wurde, als er mit uns in den Gängen war, und wie schwer Auk für den Großen Plan arbeitete, und er wollte ihm sogar jemanden aus dem Mainframe schicken, der ihm helfen sollte.«

»Vom *Pol*, Corporal. Das ist der Begriff, den der Gott selbst zu wählen beliebte. Der *Mainframe* befindet sich allerdings am Pol, wie ich gern einräumen will.«

Auk schob sich etwas näher an ihn heran. »Jemand, der mir helfen soll? Ich soll Hilfe bekommen?«

»Jawohl, Ihr seid auserwählt. Und ich soll Euch auch helfen. Pas sagte, er wollte Euch für das auszeichnen, was Ihr geleistet habt, sobald Ihr Eure nächste Aufgabe ausgeführt habt. Aber an dieser Stelle hat Pas etwas gesagt, das ich jetzt wiederholen muß, damit die anderen Biologischen es verstehen. Pas ist der Gott von uns Chemischen. Er ist der Gott aller digitalen, nuklearen und chemischen Dinge. Ihr müßt das jetzt glauben, denn sonst könnt ihr nicht erkennen, wer Pas wirklich ist. War das richtig, Patera?«

Incus nickte feierlich.

»Denn Pas hat uns gesagt, wie Auks Auszeichnung aussehen wird. Sobald er etwas wie mich sieht, wird er es auf den ersten Blick verstehen können. Wie es funktioniert und was es machen soll und wie es arbeitet. Pas will Auk all diese Daten geben, weil Auk den Plan ausführen muß.«

Linsang und seine Kämpfer starrten Auk mit offenen Mündern an. Auk gab sich Mühe, demütig zu wirken.

»Dann hat er mir einen direkten Befehl gegeben, und der Grund war nicht einfach der, daß ich zufällig gerade in der Nähe war. Ich hätte nie gedacht, daß mir so etwas mal passieren würde. Ich habe Patera schon im Manteion danach gefragt, und er sagte, wenn ich nicht derjenige gewesen wäre, den Pas haben wollte, dann wäre ich nicht dabei gewesen. Aber ich war ja dabei, und deshalb bin ich der richtige. Patera meinte, der Grund wäre wahrscheinlich, daß er und ich, nun ja, so etwas wie Brüder wären, nur noch ähnlicher, und er ist ein heiliger Augur. Und sobald er das gesagt hatte, wußte ich, daß er recht hatte. Pas brauchte einen Soldaten, aber welchen sollte er nehmen? Es gibt ja Tausende von Soldaten. Aber warum nicht den Freund des Auguren nehmen? Das wäre doch das Einfachste. Der Freund des Auguren, den Scylla zum neuen Prolokutor ernannt hat, das ist der richtige Soldat für die Aufgabe. Ein Gott muß über solche Sachen nicht nachdenken, er weiß es einfach. Er sprach dann zu mir und sagte, Auk könnte zuerst Schwierigkeiten bekommen. Ich sollte also bei Auk bleiben und ihm beistehen. Du bist ein Mechanismus, sagte er zu mir, also hilf Auk, und er wird dir helfen. Also versuchen wir zwei, Patera und ich, zu helfen, so gut wir können.«

Linsang fragte Incus: »War das alles, Patera?«

»Ob das *alles* war? Ich würde doch meinen, daß dies mehr als *genug* war, mein Sohn. Aber nein, es war noch *nicht* alles. Erzählt uns nun auch den *Rest*, Hammerstone.«

»Er sagte, vor einer Weile, vor etwa vierzig Jahren, hätte er schon gewußt, daß er sterben mußte.«

»Sterben?« fragte Linsang ungläubig.

»Das sagte er. Er hat es kommen sehen, und deshalb hat er verschiedene Stücke aus sich selbst herausgenommen und in Biologischen versteckt, wo sie nicht gefunden werden konnten. Dann ist er gestorben, und er war eine ganze Weile tot.«

Incus räusperte sich. »Ihr alle, und ich auch, wir müssen versuchen zu *verstehen*, welche Schwierigkeiten es für einen Gott mit sich bringt, wenn er versucht, sich menschlichen Wesen *mitzuteilen*. Er kann nur in Worten zu uns sprechen, die von sterblichen Wesen auch *verstanden* werden. Wenn er sagt, er sei *gestorben*, dann meint der Vater der Götter damit, daß er sich *erneuert* hat. Der edelste aller Bäume, die *Goldrute*, ist dem Großen Pas geweiht. Diese elementare Tatsache ist Euch sicherlich bewußt.«

Linsang und mehrere seiner Kämpfer nickten.

»Angenommen, ein Wald voller Goldruten könnte

zu uns *sprechen*. Würde dieser Wald uns nicht sagen: ›Damit ich, der heilige Wald, *jung* und *stark* bleiben kann, müssen meine alten Bäume *fallen*, nachdem sie Jahrhunderte *überdauert* haben, auf daß junge Bäume an ihrer Stelle *wachsen* können, damit ich, der Wald, *überdauern* kann.‹ Hammerstone?«

»Ja, ich erzähle weiter. Er sagte, wenn sein Plan in Gang kommt, dann wird er sich wieder zusammensetzen. Er sagte, im Augenblick wäre er nicht mehr als sein eigenes Gespenst. Pas ist also ein Geist, aber wenn mehr und mehr Stücke von ihm wiedergefunden würden, dann wäre er wieder der alte Pas. Er wollte, daß wir ihm dabei helfen, ganz besonders Auk, aber auch alle anderen. Wir müssen einen ganz bestimmten Biologischen finden, er heißt Patera Jerboa, denn er hat in Viron das betreffende Stück. Im Manteion waren vielleicht vier- oder fünfhundert Biologische, aber nachdem Patera ihnen die Sache erklärt hatte, war nicht ein einziger darunter, der wußte, wer dieser Patera Jerboa war oder wo man ihn finden könnte. Also hat Patera ihnen aufgetragen, nicht zusammenzuhocken, sondern sich zu verteilen und überall herumzufragen und den Patera zu Auk zu bringen, wenn man ihn gefunden hätte. Dann sagte er Auk, das Kapitel hätte Akten über alle möglichen Dinge, wo die Auguren eingesetzt werden und was sie gerade machen, aber die Akten wären im Palast, und nur Patera selbst wüßte, wie man sie lesen muß. Er hat ja jahrelang mit diesen Akten gearbeitet, nicht wahr, Patera? Also sind er und Auk und ich losmarschiert, um es uns anzusehen, und jetzt sind wir hier.«

»Auch wenn Euer Vortrag sich nicht durch eine geschliffene *Sprache* auszeichnet, Hammerstone, mein Sohn, so ist er doch der *Sache* gerecht geworden.« Incus betrachtete Linsang und seine Kämpfer. »Und was ist mit Euch? Wir wollen natürlich den Geboten des Vaters der Sieben *gehorchen*, aber könnt Ihr uns dabei *unterstützen*? Kein heiliger Augur kann alle seine Amtsbrüder mit *Namen* kennen. Wir sind viel zu *zahlreich* dafür. Kennt Ihr vielleicht einen Patera Jerboa? Wenn Ihr ihn kennt, dann sprecht.«

Aber niemand sagte etwas.

Maytera Mint wurde wach, als Schüsse knallten. Zuerst lag sie nur blinzelnd in der Dunkelheit und wußte die Geräusche nicht einzuordnen. Sie hatte Hunger und Durst und spürte die Kälte nur noch unbewußt, weil sie schon viel zu lange unterkühlt war. Sie hatte noch im Schlaf geschaudert. Ihr Hinterteil und die Schulterblätter, von ihrem leichten Gewicht auf den harten Schiffsstein gedrückt, waren taub, die Füße eiskalt.

Sie setzte sich auf. Ihre Kammer im alten Zönobium an der Silver Street war die kleinste und schlichteste gewesen, und bei jedem Regenschauer hatte es durch die Decke getropft, aber es hatte doch immerhin ein Fenster gegeben, durch dessen verschlissene Vorhänge noch an den dunkelsten Tagen etwas Licht hereingefallen war.

Es knallte dreimal, in unregelmäßigen Abständen. Waren Bilder von der Wand gefallen? Sie erinnerte sich an ein Erlebnis in ihrer Kindheit: Ein altes Aquarell war heruntergefallen, weil der Faden, an dem es gehangen hatte, morsch geworden war. Dabei hatte es ein zweites Bild mitgerissen und eine kleine Vase umgeworfen. Einmal hatte sie auch gehört, wie ein Pferd versuchte, sich mit Tritten aus dem Stall zu befreien. Die Geräusche hatten sehr ähnlich geklungen.

»Äh … Generalin?«

Die nasale Stimme gehörte Remora, und als sie ihn sprechen hörte, fiel ihr alles wieder ein. »Ja, Euer Eminenz?«

»Ihr seid … äh … Ihr seid doch mit den Geräuschen

von Schüssen vertraut, nicht wahr? Weil Ihr … äh … weil Ihr gekämpft habt, was?«

»Ja, Euer Eminenz, ich kenne mich einigermaßen aus.« Gegen ihren Willen begann sie sich zu fragen, ob viele Auguren und Sibyllen so waren wie Remora. Wie viele hatten auf Echidnas Theophanie reagiert und sich an den sichersten Ort zurückgezogen hatten, den sie finden konnten, um sich zu verstecken? Patera Silk war dem Ruf nicht gefolgt, was ihm aber natürlich ganz ähnlich sah. Patera Silk war in die Brust geschossen und gefangen worden, aber er hatte es dennoch irgendwie geschafft, Oosik und die ganze Dritte Brigade auf seine Seite zu ziehen, und das hatte mehr als jede andere Tat den Verlauf ihres Aufstandes beeinflußt. Aber wie viele waren sonst noch …

»Äh … Generalin?«

»Ja, Euer Eminenz, ich denke bereits darüber nach. Die Tür ist dick und sitzt sehr eng im Rahmen, die Wände bestehen aus Schiffsstein. Diese Faktoren müssen den Klang der Schüsse, die wir gehört haben, stark beeinflußt haben.«

»Ihr … äh … Ihr glaubt also, daß es Schüsse waren?«

»Ich ziehe mir gerade die Schuhe an, Euer Eminenz.« Sie tastete im Dunklen danach. »Falls wir an einen anderen Ort geschafft werden sollen …«

»Ganz recht.« Remoras Stimme klang auf einmal fast fröhlich. »Quetzal, was? Der alte Quetzal. Seine Kogniszenz, wie ich wohl sagen sollte.«

Durstiger denn je, leckte Maytera Mint sich die trockenen Lippen. »Seine Kogniszenz, Euer Eminenz?«

»Er wird … äh … er wird mich … äh … wird uns retten, was? Oder er schickt jemanden. Gerissen, was? Spielt ein gerissenes Spiel, der alte Quetzal, was? Hat alle seine Sinne … äh … beisammen. Das hat er.«

Sie versuchte, sich vorzustellen, wie der ältliche

Prolokutor, eine Muskete in der Hand, gegen Spider und seine Spionfänger kämpfte. Es gelang ihr nicht.

»Ich denke, Bison hat inzwischen Späher in die Tunnel geschickt, Euer Eminenz. Wenn das Glück auf unserer Seite ist, dann haben wir sie vorhin gehört. Aber selbst wenn sie diese Tür bemerken, sind sie vielleicht nicht in der Lage, sie zu öffnen.«

Wieder ein Schuß. Ja, es war eindeutig ein Schuß gewesen.

»Sie werden uns bemerken, Generalin. Ich ... äh ... ich gebe Euch mein Wort darauf. Mein ... äh ... mein Gammadion, was?«

»Euer Gammadion, Euer Eminenz?«

»Nicht, Ihr ... äh ... Ihr Sibyllen, Ihr habt keines. Aber wir Auguren. Wir heiligen Auguren, wir haben eines, was? Wir tragen Pas' verlassenes Kreuz. Man kann es zerlegen. Es wird benutzt, um die Heiligen Fenster zu testen, was? Verbindungen nachziehen, Einstellungen vornehmen und so weiter. Solche ... äh ... für solche Operationen wird es gebraucht, was? Meines ist aus Gold, was? Der Koadjutor hat Edelsteine auf seinem Kreuz. Meines ist nicht ganz so schön wie das des alten Quetzal, was? Aber immerhin, Edelsteine. Amethyste vor allem. Eine Goldene Kette. Normalerweise trage ich es unter der Tunika. Nur bei Opfern hole ich es hervor.«

»Das ist mir bekannt, Euer Eminenz.«

»Ich ... äh ... ich habe es unter der Tür hinausgeschoben, Maytera, und wieder hereingezogen. Ein bewegliches, blitzendes Objekt, was? Fängt das Licht ein, zieht das Auge an.«

Sie ging zur Tür (wobei sie fast über Remora gestolpert wäre) und trat fest mit einer Hacke dagegen.

»Bewundernswert, wirklich bewundernswert. Aber so grob, so – ah!«

Draußen klapperte der Riegel, und die Tür schwang nach innen auf, bis sie gegen Remora prallte. Der stämmige Spider knurrte: »Was soll der Krach?«

Das Licht im Tunnel war so trüb, daß Maytera Mint nicht einmal blinzeln mußte. »Ich habe mit der Hacke gegen die Tür getreten. Wir haben Schüsse gehört und gehofft, wir würden befreit.«

»Kommt mit.« Spider winkte mit seinem Nadler.

»Wir ... äh ... wir brauchen etwas zu essen«, sagte Remora vorsichtig. »Wasser oder ... äh ... etwas anderes zu trinken.«

»Das bekommt Ihr nicht, wenn Ihr Euch nicht in Bewegung setzt.«

»Ihr werdet es nicht wagen, uns zu erschießen«, erklärte Maytera Mint. »Wir sind wertvolle Geiseln. Was würdet Ihr Euren Vorgesetzten ...«

Er faßte sie am Arm und riß sie durch die Tür auf den Gang heraus. »Ich bin kräftig, seht Ihr?«

»Daran habe ich nie gezweifelt.« Sie bewegte prüfend den Arm, ob er ihn ihr ausgerenkt hätte.

»So stark wie ein Chemischer. Vielleicht nicht so stark wie ein Soldat, aber gewiß so stark wie ein normaler Chemischer. Kommt Ihr nun mit, Sibylle? Ich müßte Euch gar nicht erschießen. Es gibt mindestens zwanzig oder dreißig andere unangenehme Dinge, die ich mit Euch tun könnte.« Einer von Spiders Männern lümmelte im Tunnel herum. Er war mit einer funkelnden Muskete bewaffnet. »Und ich habe nicht übel Lust, ein paar davon auszuprobieren«, fuhr Spider fort. »Hat Euch Councillor Pottos Kessel gefallen? Das war noch gar nichts. Er hat nur herumgespielt, das ist so seine Art. Ich spiele nicht herum. Wir nehmen viele Spione fest.«

»Das freut mich zu hören.« Maytera Mint hatte gefürchtet, er würde sie ihren zweiten Schuh nicht holen lassen, aber sie konnte ihn unbehelligt anziehen und richtete sich danach mit einem eigenartigen kleinen Triumphgefühl wieder auf.

»Ich habe eine Menge erfahren, wenn ich die gefangenen Spione bearbeitet habe. Mir ist noch keiner begegnet, der so hart gewesen wäre, daß er mir nicht früher oder später alles verraten hätte, was ich von ihm wissen wollte. Geht dort entlang, und beeilt Euch.«

»Ich … äh … ich bin geschwächt und durstig. In meiner körperlichen Verfassung … aua!«

Der zweite Mann mit der Muskete hatte Remora von hinten einen harten Stoß gegeben. »Ich habe mal einen Toten getreten, daß er wieder aufgestanden und gerannt ist.«

»Die Götter … äh … Pas. Oder Tartaros, was?« Remora ging mit raschen, ungleichmäßigen Schritten los und war einen Augenblick später schon drauf und dran, Maytera Mint zu überholen.

»Langsamer!«

»Ich … äh … ich habe gebetet. Mit meiner Gebetskette, was? Die … äh … die Generalin hat geschlafen.«

»Ihr hättet mich wecken sollen«, protestierte sie und bekam zum Dank einen Stoß von Spider.

»Niemals! Ich hätte Euch doch nicht …« Remora erstarrte, bis er von hinten wieder einen Stoß bekam. Etwas kurzsichtig blinzelte Maytera Mint und versuchte, das trübe Zwielicht zu durchdringen.

»Ein Toter«, erklärte Spider ihr. »Einer von meinen.«

»Waren das die Schüsse, die wir gehört haben?«

Spider gab ihr wieder einen Stoß. »Ja.« Noch einen Stoß. »Er hat Eure Tür bewacht. Sibylle, Ihr solltet Euer verdammtes Hinterteil lieber in Bewegung setzen, sonst werdet Ihr noch eine Menge Sachen hören, die Ihr lieber nicht hören wollt.«

Sie wirbelte herum und sah ihm ins Gesicht. »Etwas habe ich schon gelernt, und zwar etwas, das ich unbedingt wissen wollte. Es war mir sehr wichtig, es zu erfahren.«

Er schlug sie mit der flachen Hand, daß sie sich um sich selbst drehte und zu Boden ging. Es klatschte so laut, als wäre eine Muskete abgefeuert worden. »Hebt sie auf!« befahl er Remora.

Remora gehorchte und trug sie wie ein Kind, während er durch den Tunnel stolperte. Als sie die Leiche erreichten, hielt ihn der Mann mit der Muskete am Arm fest und befahl ihm, stehenzubleiben und Maytera Mint wieder auf den Boden zu setzen. »Ihr weint ja«, sagte Spider zu ihr.

»Das stimmt. Ich sollte nicht weinen« – sie wischte sich die Augen trocken –, »weil ich weiß, daß wir am Ende doch siegen werden. Vielleicht sollte ich besser um Euch weinen, aber das wird später kommen, wenn überhaupt.«

Remora kniete sich neben die Leiche, dann stand er kopfschüttelnd wieder auf. »Die Seele hat … äh … hat sich bereits aus der fleischlichen Hülle entfernt.«

Der Mann mit der Muskete sagte: »Wolltet Ihr etwa die Worte für ihn sprechen?«

»Das wollte ich, aber … äh … es ist zu spät.«

»Er hat sowieso nie daran geglaubt.«

Maytera Mint warf ein: »Dann sollte ich um ihn weinen. Ein kurzes Leben und ein gewaltsamer Tod an einem elenden Ort. Ihr könnt auf seinen Stein schreiben: Hier liegt einer, der den Trost der Götter nicht wollte und ihn daher nicht erhielt.«

Der Mann mit der Muskete kicherte. »Vielleicht sollte man das wirklich machen. Wie wäre das, Spider?«

»Sicher, warum nicht? Sie kann das machen, während wir warten.«

Remora sagte. »Dürfen wir uns setzen? Meine Beine … äh … sind schwach.«

»Nur zu. Sie werden gleich kommen.«

»Wenn Ihr Bisons Späher meint, so denke ich, daß Ihr recht habt«, klärte Maytera Mint ihn auf.

Er nahm die Mütze ab und fuhr sich mit einem schmutzigen Kamm durch das fettige, ergrauende Haar. »Glaubt Ihr, Bisons Jungs hätten ihn umgebracht? Ihr seid nicht richtig im Kopf.«

»Ich glaube, Ihr wißt nicht einmal, wer Bison ist.«

»Und ob ich das weiß. Ich habe eine Menge Leute in Eure Organisation eingeschleust, ist Euch das nicht klar?«

»Vielen Dank.« Sie wischte sich die letzten Tränen ab. »Wir heißen jeden willkommen, der zu uns stößt.«

Er lachte. »Ihr heißt sie willkommen? Sie verraten uns, was Ihr tut, was Ihr plant.«

»Und inzwischen müssen sie für uns kämpfen und arbeiten, wenn sie nicht entdeckt werden wollen.« Sie setzte sich neben Remora. »Sie möchten natürlich bei uns befördert werden. Also geben sie sich Mühe, sie arbeiten und kämpfen gut.«

»Ihr könnt glauben, was Ihr wollt«, brummte Spider.

»Und Ihr seid … äh … seid Ihr wirklich sicher, daß es keiner von Colonel Bisons Männern war? Keiner von seinen Kämpfern, meine ich? Der diesen … äh … diesen hier erschossen hat?«

»Klar. Sibylle, wie kommt es, daß meine Spione Euch nicht beunruhigen?«

»Ist das nicht offensichtlich? Wir haben nichts zu verbergen. Ihr wollt unsere Geheimnisse erfahren, aber unsere Geheimnisse sind Tugendhaftigkeit und Umsicht. Seine Eminenz und ich hatten gehofft, einen Frieden zu schließen, der es Euch und Euren Leuten ermöglicht hätte, am Leben zu bleiben. Diese Möglichkeit besteht jetzt nicht mehr. Wir …«

»So haltet doch endlich den Mund!«

»Wir werden Euch besiegen. Wir werden in dieses dreckige Loch hier vorstoßen und kämpfen, wir werden das Unterseeboot finden, auf dem …«

Er gab ihr einen Tritt.

»… der Caldé gefangen war.«

Noch ein Tritt, und sie schrie.

Remora sprang auf. »Wirklich, ich kann nicht … es ist einfach so … äh … ich will … ich kann das nicht ertragen. Tretet mich, wenn Ihr wollt.« Spider gab ihm einen Stoß, und Remora taumelte, stolperte über die Leiche und stürzte hin.

»Wir werden von der Oberfläche aus Steine hinabwerfen oder es mit einem Netz fangen«, fuhr Maytera Mint fort. »Wenn Ihr unsere Pläne wissen wollt, so sehen sie aus. Eure Spione können Euch auch nicht mehr berichten als das.«

»Ihr seid ein tapferes kleines Mädchen.«

»Ich bin ein schrecklicher Feigling«, erklärte sie ihm. »Das habe ich ungefähr eine Stunde, nachdem Echidna mich zu ihrem Schwert gemacht hatte, erkannt. Wir haben da gerade die Alambrera gestürmt. Oder besser, wir haben es versucht. Ich … soll ich es Euch erzählen?«

»Ich breche Euch sämtliche Knochen im Leib.« Spider steckte seinen Kamm weg.

»Das habt Ihr sowieso schon gemacht. Habt Ihr mich nicht schreien hören? Was braucht Ihr noch, um Euren Triumph auszukosten? Meinen Tod?« Sie warf die Arme hoch. »Dann erschießt mich doch.«

»Vielleicht ein anderes Mal.« Spider wandte sich an Remora, der sich gerade aufrichtete und sich dabei den Hinterkopf rieb. »Ihr, Patera. Euer Eminenz. So werdet Ihr doch genannt, nicht wahr?«

»Ich könnt mich mit beiden Titeln anreden. Oder mit keinem, was? Ich … äh … ich würde mich für keinen der beiden entscheiden, wenn ich die Wahl hätte. Ich erwarte … äh … keine Ehrenbezeugungen von Euch.«

»Auch Ihr könnt sterben, Patera.«

»Das ist mir … äh … das ist mir durchaus bewußt. Ich kann an nichts anderes denken, was? Ich mußte schon daran denken, als ich die Generalin getragen habe. Ich bin nicht tapfer, was? Ganz im Gegensatz … äh … im Gegensatz zu ihr.«

»Euer Eminenz, ich bin überhaupt nicht tapfer!«

»Doch, das seid Ihr, Maytera … äh … Generalin. Doch, das seid Ihr. Aber es mag ja sein … äh … daß Ihr selbst das anders seht. Ich … äh … ich bin jedenfalls kein mutiger Mann. Das habe ich gemerkt, als ich Ernes Gefangener war, was? Ich habe es doch erzählt, was?«

»Ihr habt mir berichtet, daß Ihr Euch mit ihm beraten hättet, aber nicht, daß Ihr sein Gefangener gewesen seid.«

Remora blickte zu Spider und suchte mit einem Blick seine Erlaubnis. Spider sagte: »Sicher, ich würde sagen, wir haben genug Zeit.«

»Das war im Palast, was? Ich war gerade beim Essen. Wir wurden gewarnt, was? Von einem Laufburschen. Er hat uns gewarnt, daß Gardisten kämen. Er dachte, sie wollten mich … äh … sie wollten mich konsultieren. Ich habe auf meinen Nachtisch gewartet. Und dann kamen diese … äh … diese Kämpfer hereingetrampelt. Wo ist der Prolokutor? wollten sie wissen. Ich nahm es auf mich, es ihnen zu erklären. Der Prolokutor kommt und geht … äh … nach Belieben. Sie haben mich einfach verhaftet, was? Die Hände gebunden, als wäre ich ein Verbrecher. Aber unter der Robe, immerhin. Ich … äh … ich bat sie um diese Gefälligkeit, und sie wurde mir gewährt. Dann haben sie mich hinausgetrieben.«

Remora hielt inne und schluckte. »Ich hatte Angst, Generalin, ganz schreckliche Angst. Ganz fürchterliche Angst hatte ich. Ja, ich bin ein Feigling. Dann haben sie mich befragt. Fragen, Fragen, immer nur Fragen. Haben Antworten herausgelesen, die ich nicht gegeben hatte. Ich habe versucht, mich zu verteidigen. Sie haben mich geschlagen. Sagten, ich hätte gelogen. Haben mich wieder geschlagen, was? Immer weiter und weiter ging es mit dieser Tortur.«

Maytera Mint nickte. Ihre Wange schwoll allmählich an, und sie konnte es ihm nachfühlen. »Es tut mir leid, Euer Eminenz. Es tut mir wirklich leid.«

»Sie sagten, sie würden mich umbringen, was? Haben mir einen Nadler an den Kopf gesetzt. Mein Magen war schon ganz leer, ich hatte mir die Kleidung beschmutzt. Ich wollte mit dem Brigadier sprechen. Ich sagte das immer wieder. Ich ... äh ... ich kannte ihn. Ich wußte, wer er war, ich kannte ihn von früher, aus besseren Zeiten. Ja, aus besseren Zeiten. Endlich durfte ich ihn sehen. Waffenstillstand, was? Ein Waffenstillstand, eine Feuerpause. Ich sagte ihm, ich könnte das bewerkstelligen, was? Der Caldé ist ein Augur. Laßt mich gehen. Er hat durch das Glas mit Councillor ... äh ... mit Councillor Loris gesprochen, der ihm sagte, daß er mich gehen lassen sollte. Und das haben sie dann auch gemacht. Brigadier Erne hat mich freigegeben. Der Mann, mit dem ich schon früher mal gesprochen hatte. Bestimmt zehn oder zwanzig Mal. Bei Partys, Abendessen, Empfängen. Klatsch und Plaudereien beim Wein. Man hatte mich geschlagen, und ich war naß und ich ... äh ... ich stank, aber endlich war ich frei.«

Spider lachte.

»Dann ging ich zurück in den Palast. Ich hatte ... äh ... ich hatte immer noch schreckliche Angst. Sie hatten auf Auguren geschossen, was? Auf Sibyllen auch. Ich ... äh ... ich hatte es aber nicht selbst gesehen. Dafür bin ich ... äh ... dafür danke ich Tartaros. Ja, ich habe mich beim Zählebigen Tartaros dafür bedankt, daß er mir die schlimmsten Anblicke erspart hat. Aber ich wußte es, was? Man hatte es mir berichtet. Ich hätte beinahe auch selbst eine Musketenkugel abbekommen. Und in mehreren Straßen, in drei Straßen hat man mit Nadlern auf mich geschossen. Ja, dreimal. Ich hätte zwanzigmal tot sein können. Ich ging also zurück zum Palast und habe mich gewaschen, habe die ganze Zeit gelauscht. Habe gelauscht, ob sie kämen, was? Ich weiß nicht warum, weil es doch eigentlich sinnlos war zu lauschen, was?« Remora verflocht die knochigen Finger, löste die Hände voneinander, verflocht sie von neuem.

»Mein … äh … mein Aufstieg. Als Junge war ich selbst Laufbursche. Ich ging zur Schola, wurde Augur. Meiner Mutter wegen, was? Eines Tages wirst du Prolokutor sein, was? Sagte meine Mutter, sagten ein paar Tanten. Der Vater genauso, was? Ein Akoluth wurde ich, bekam meinen Schreibtisch im Palast. Bin jedes Jahr oder so befördert worden, was? Mein Vater ist gestorben. Ein umsichtiger Mann. Umsichtig war er, hat schwer gearbeitet. Immer vorsichtig, hat sich keine Feinde gemacht, war sehr fleißig. Dann ist eine Tante gestorben. Arbeiten und abwarten, was? Der Koadjutor ist gestorben, dabei war er noch jünger als der alte Quetzal, was? Lag tot auf seinen … äh … seinen Dokumenten. Bin Koadjutor geworden, Mutter hat sich gefreut. Sie war da schon sehr alt, was? Aber ihre Augen haben gestrahlt, Maytera … äh … Generalin. Ihre Augen haben gestrahlt.« Remora hatte allerdings Tränen in den Augen.

»Es ist nicht nötig, daß Ihr Euch selbst so quält, Euer Eminenz.«

Spider sagte zu dem Mann mit der Muskete: »Schau mal nach, wo sie so lange bleiben.« Der Mann stand auf, nickte Maytera Mint zu und verschwand im Tunnel.

»Meine Mutter …« Remora hustete, es war ein rasselndes Geräusch, tief in seiner Brust. »Entschuldigung. Meine … äh … ich konnte nichts machen. Meine Mutter ist auch gestorben, was? Meine Mutter war tot, Generalin. Alle waren tot, Mutter, Vater, ihre beiden … äh … ihre Schwestern. Aber ihre … äh …

ihre Vision lebte weiter. Ihre Vision für mich. Daß ich Prolokutor würde. Ich hatte nur Angst vor Schlägen und Knüffen, habe ich immer noch, aber ich habe die Vision … äh … meine Vision nicht aus den Augen verloren.« Er verstummte.

Maytera Mint, die dringend das Thema wechseln wollte, fragte Spider: »Wohin ist dieser Mann gegangen? Worauf warten wir hier?«

»Auf eine Bahre.« Spider verlagerte sein Gewicht auf den anderen Fuß. »Für ihn da.« Er deutete mit dem Kinn zur Leiche.

»Wollt Ihr ihn hinausbringen und bestatten?«

»Habe aufgeräumt, was?« Remora hatte nicht zugehört. »Mich wie ein Laie gekleidet und den Palast verlassen, so bald ich konnte. Bin zu Ermine's Hotel gegangen, weil der Caldé womöglich dorthin kommen würde. Ich wußte es … äh … wußte es aus seinem … äh … aus seinem Brief.«

Maytera Mint nickte, denn sie nahm irrtümlich an, Remora und nicht Silk wäre der Empfänger des Briefes gewesen.

»Ich bin zu Ermine's Hotel gegangen. Dort gibt es eine Bar. Hatte Laienkleidung an, damit man nicht auf mich … äh … schoß. Habe da gewartet. Wenn ich gestorben wäre, dann hätte ich nicht mehr Prolokutor werden können. Ihr Wunschtraum, was? Ihr Herzenswunsch. Ihre Vision für mich.«

»Ich bin gar nicht auf die Idee gekommen, daß Ihr auf ein Transportmittel für die Leiche wartet«, sagte Maytera Mint zu Spider. »Eigentlich hätte ich ja daran denken können, aber andererseits habe ich auch viele gesehen, die einfach liegen gelassen wurden, wo sie gefallen waren.«

Er räusperte sich. »Wir haben einen Platz, um sie zu bestatten. Ihr werdet es sehen.«

»Hier unten?«

»Ja. Acht oder zehn Ketten von hier.«

Maytera Mint deutete auf den Toten. »Mochtet Ihr ihn, Spider? Ihr müßt ihn gemocht haben.«

»Er war in Ordnung, ich habe zehn Jahre mit ihm zusammengearbeitet.«

»Dann hättet Ihr nichts dagegen, wenn ich sein Gesicht bedecke?«

»Nein, tut es nur.«

Sie stand auf, glättete den schwarzen Rock ihres Habit, trat neben die Leiche, kniete sich hin und legte ein schmutziges Taschentuch, das sie aus dem Ärmel gezogen hatte, über sein Gesicht.

»Möge der Große Pas deiner Seele gnädig sein.«

»Keine ... äh ... keine Vision mehr«, erzählte Remora weiter. »Ein Posten in der Verwaltung, was? Finanzwesen. Höchstwahrscheinlich Finanzwesen, ja. Aber nein, das war nicht das Richtige.«

»Hört endlich auf damit!« sagte Spider zu ihm. »Ihr müßt wissen, Sibylle, daß es eine Stelle gibt, wo sie begonnen haben, einen Tunnel wie diesen hier zu graben. Sie haben eine große Tür eingesetzt, wie sie es überall gemacht haben. Ihr habt sicher schon ein paar gesehen.«

Maytera Mint nickte.

»Ein Märtyrer sollte ich sein, was? Aber Märtyrer gibt es nicht mehr, seit ...«

»Sie haben fünfzig, sechzig Schritt weit gegraben und dann wieder aufgehört. Ich weiß nicht, warum. Sie haben mitten im Erdreich einfach aufgehört. Wir sind unter der Stadt, und über uns ist zum größten Teil Erde.«

»Unter der Stadt? Ich dachte, Ihr wolltet uns zum See bringen.«

»Das werden wir vielleicht noch tun, aber zuerst einmal haben wir Euch hierher gebracht. Wir treffen uns manchmal hier unten mit Councillor Potto, und wenn wir jemanden gefangen haben, dann sperren wir ihn normalerweise dort ein, wo Ihr wart. Ich glaube, der Raum war früher ein Lager, aber ganz sicher bin ich ...« Sie hörten den lauten Knall einer Muskete, etwas gedämpft durch die Entfernung, aber unverkennbar.

»Guan muß auf etwas geschossen haben«, erklärte Spider.

»Oder er wurde selbst erschossen.«

»Er ist ein harter Bursche, er kann auf sich aufpassen. Wo war ich gerade?«

»Ihr habt mir erklärt, wie Ihr die anderen harten Burschen beerdigt.« Sie seufzte. »Es war interessant. Ich würde gern mehr darüber erfahren.«

»Sicher.« Spider setzte sich vor ihr hin, den Nadler nach wie vor in der rechten Hand haltend. Als er richtig saß, richtete er die Waffe auf sie. »Ich will das mal so sagen: Ihr zwei solltet mich lieber nicht angreifen.«

»Ich ... äh ... ich hätte durchaus Lust dazu«, murmelte Remora.

»Ach, laßt es lieber.« Spider steckte sich den Nadler in die Tasche. »Wie ich schon sagte, Sibylle, gibt es dort eine große Tür, und ich habe das Paßwort dafür. Councillor Potto hat es mir schon vor langer Zeit gesagt. Ihr geht also da rein, und der Tunnel endet im Erdreich. Hinunter zum See, wo die Tunnel tiefer liegen, verlaufen sie durch Fels oder Schiffsstein, aber hier oben ist es Erdreich.«

»Ich verstehe.«

Er berührte die Wand aus Schiffsstein. »Hinter der Wand hier ist Erde. Ich sehe das an der Art, wie die Wand gebaut ist. Manchmal, wenn einer in der Stadt getötet wird und sich niemand um ihn kümmert, bringen wir ihn hier herunter. Oder wenn jemand hier unten stirbt, dann bleibt er gleich hier. Das ist auch schon einmal vorgekommen.«

Maytera Mint, die sich inzwischen wieder gesetzt hatte, deutete mit einem Nicken auf den Toten.

»Ja, klar. Inzwischen also zweimal. Aber vorher

wurde einer aus meiner Blase oben verletzt, und wir haben ihn hergebracht, aber er ist gestorben. Wir haben ihm ein Loch gegraben. Wir haben Rollen mit Plastikplane, die haben wir ins Loch gelegt, und dann haben wir ihn zusätzlich in Plastik eingewickelt und ihn ins Loch gelegt.« Er sah sie fragend an, und sie nickte.

»Dann haben wir etwas Erde daraufgeschüttet, um das Loch wieder aufzufüllen. Wir haben alle Messer wie dieses hier.« Er nahm ein großes Klappmesser aus der Tasche. »Wir schreiben seinen Namen und ein paar andere Sachen über ihn auf ein Stück Papier, und dann stecken wir den Zettel mit seinem Messer auf dem Grab fest, damit wir nicht noch einmal an der gleichen Stelle für jemand anders graben.«

»Und als eine Art Denkmal«, ergänzte Maytera Mint, »aber das würdet Ihr wohl nicht zugeben wollen.«

»Ganz recht, Sibylle, das würde ich nicht zugeben wollen. Aber als Erinnerung dient es schon, das kann man sagen. Wir älteren Männer erzählen manchmal den jüngeren, wie es früher war. Früher gab es zum Beispiel mal einen, der hieß Titi. Der hat immer Kleider angezogen und sein Gesicht angemalt, wie die Frauen das machen. Nicht wie Ihr, Sibylle. Ihr wißt schon, mit Puder und Rouge und so weiter. Und Parfüm hat er benutzt.«

Sie nickte. »Doch, mir ist bekannt, daß es so etwas gibt, und ich bin keineswegs peinlich berührt. Fahrt fort.«

»Wenn man Titi eine halbe Stunde Zeit gegeben hat, dann konnte er sich in die beste Schlampe in der ganzen Stadt verwandeln. Er hat sich die Haare lang wachsen lassen, und wenn er sich ein bißchen zurechtgemacht hat, dann sah er aus wie eine Perle mit kurzen Haaren. Nicht so kurz wie Eure Haare, aber immer noch ziemlich kurz. Man hätte es für eine

Frauenfrisur halten können. Wenn Titi sich etwas Mühe gegeben hat, dann konnte er alle Männer verrückt machen.«

»Ein Mitarbeiter wie er muß für Euch äußerst wertvoll gewesen sein.«

»Und ob, das war er. Und er war ein prima Kerl. Zum Beispiel, als wir uns eine Blase aus Urbs vorgenommen haben. Wir wußten, wer sie waren und was sie vorhatten, und wir hatten sie schon eine Weile beobachtet und zugesehen, was sie gemacht haben und mit wem sie geredet haben. Wir machen das oft so. Wir haben dann dafür gesorgt, daß sie die Dinge erfahren haben, die Councillor Potto Urbs wissen lassen wollte, und wir haben ihnen die Sachen passend serviert, so daß sie es geschluckt haben. Und dann haben wir einen von ihnen auffliegen lassen. Wißt Ihr, was ich meine, Sibylle?«

»Ich glaube schon.«

»Wir hätten ihn erledigen können. Umlegen, wißt Ihr. Aber das machen wir nicht, wenn wir es nicht unbedingt müssen.«

Remora blickte auf. »Äh … unwiderruflich. Der Tod ist unwiderruflich, man kann ihn nicht ungeschehen machen, was?«

»Ihr habt's kapiert, Patera. Ihr habt es geschnallt. Die einen sind so, die anderen so. Einer ist ein Geizkragen, der andere treibt sich bis zum Morgengrauen herum. Aber das ist egal. Sobald ein Kerl kalt gemacht wird, ist alles vorbei, und Urbs schickt einen neuen. Deshalb wollte ich ihn lieber von den Grünen hochnehmen lassen. Ich habe Titi also gesagt, du gabelst ihn jetzt auf und gehst mit ihm in zwei, drei Kneipen, damit die Leute euch zusammen sehen. Und danach ist Titi zu den Grünen gegangen und hat erzählt, der Kerl hätte ihn vergewaltigt. Der aus Urbs hätte es gemacht. Sie haben Titi mitgenommen, damit er ihnen zeigen konnte, wo es passiert war. Ich und

Titi, wir haben natürlich gewußt, wo der Kerl gesteckt hat, er war nämlich in einer Kneipe, wo ich ihn festgehalten habe. Ich hatte ihm gute Karten untergemischt, damit er obenauf blieb. Keine richtigen Hämmer, einfach nur gute Karten, damit er bei der Stange blieb.«

»Ich … äh … ein gezinktes Kartenspiel, sagt Ihr? Ihr habt ihn betrogen?«

»Ja, Spider, habt Ihr das gemacht?«

»Klar doch. Aber ich habe ihn nicht ausgenommen. Ich habe ihm sein Geld abgenommen, und dann ließ ich es ihn zurückgewinnen und noch etwas mehr dazu. Er mußte zuerst verlieren, damit er in die Klemme kam, und später mußte er wieder gewinnen, damit er am Spieltisch sitzen blieb. Ich sagte zu ihm, jetzt hast du mich aber sauber ausgemistet, du kennst dich aber aus, und er sagte, na gut, noch eine Runde. Ich wußte, daß Titi die Grünen zu zwei oder drei Läden führen würde, bevor er sie in den richtigen brachte. Und dann kamen sie herein, Titi hat auf den aus Urbs gezeigt und echt gut geheult, und dann haben sie ihn festgenommen und in Ketten gelegt.«

»Vergewaltigung ist ein sehr schweres Verbrechen«, protestierte Maytera Mint. »Der Mann hätte in die Gruben geworfen werden können.«

»Sicher doch, aber Titi sollte die Sache ja nicht bis zu Ende durchziehen. Ich wollte nur verhindern, daß der Kerl sich am Pasday mit seinen Leuten traf. Nun ja, der Kerl reißt sich aber los und springt Titi an. Petal, was machst du da mit mir und so weiter, und dann schnappt er sich eine Kanne und haut sie ihm auf die Rübe.«

»Ihr meint, er hat einen Wasserkrug als Waffe benutzt?« Es war eine Welt, die Maytera so fremd war wie ein anderes Universum.

»Einen Humpen, Sibylle, aber es läuft auf das gleiche hinaus.« Spider kicherte. »Titi schlägt so fest zurück, daß der Kerl zurückkippt und fast über mein Knie gefallen wäre, wenn ich nicht aufgesprungen wäre. Aber so fällt er nur über meinen Stuhl, und die beiden gehen zu Boden. Und das ist so eine Situation, wo man froh ist, wenn man ein Messer hat. Titi blökt also wie ein Kalb, das keine Milch mehr im Euter findet, aber die Grünen haben nichts gemerkt. Nur mich haben sie dann rausgeworfen. Titi mußte ja bleiben und erzählen, was der aus Urbs gemacht hätte, und die Grünen haben alles geschluckt. Ich habe versucht, wieder so einen wie Titi zu finden, aber so gute Leute findet man heute nicht mehr.«

»Und jetzt ist er tot«, sagte Maytera Mint nachdenklich. »Er ist tot und an dem Ort beerdigt, von dem Ihr uns erzählt habt, weil es außer Euch niemanden gab, der sich um seine Beerdigung hätte kümmern wollen. Er muß tot sein, denn sonst würdet Ihr nicht so über ihn reden. Wie ist er gestorben?«

»Ich hatte gehofft, Ihr würdet mich das nicht fragen, Sibylle.«

»Wenn Ihr mich Maytera nennt, werde ich die Frage zurückziehen«, sagte sie lächelnd. »Wollt Ihr so freundlich sein?«

»Aber klar.« Spider massierte sich mit der flachen Hand das kantige Kinn. »Ich werde es Euch trotzdem sagen. Der Punkt ist, daß er versucht hat, Leute übers Ohr zu hauen. Also gut, er hat das nicht sehr oft gemacht. Aber trotzdem …«

»Aber er war doch Euer Freund.«

»Nein, mein Freund war er nicht. Aber ich vermisse ihn trotzdem. Ich habe ihn zu uns geholt, ich habe ihn gefunden und aufgenommen, ich habe ihm aus einer blöden Sache geholfen, in der er da gerade gesteckt hat, und es hat sich ziemlich schnell herausgestellt, daß er ein guter Mann war. Das wußten alle, die bei mir gearbeitet haben. Sie haben ihn respektiert. Das kann man vielleicht kaum glauben, und am Anfang war es auch nicht so, aber nach einer Weile haben sie ihn respektiert. Ich habe Euch doch gesagt, daß er den Grünen erzählt hat, der aus Urbs hätte ihn vergewaltigt.«

»Ja, das sagtet Ihr.«

»Also, einmal hat das wirklich mal ein Kerl versucht, Maytera. Titi hatte ihn angebaggert, und der Kerl hat ihn festgehalten und ihm die Sachen vom Leib gerissen, und als er dann sah, was Titi unter der Wäsche hatte, hat er ihn abgemurkst.«

»Das ist traurig. Ich kann gut verstehen, daß Ihr es nicht mögt, wenn jemand über ihn lacht. Darf ich auch nach ihm fragen?« Sie deutete zum Toten. »Wie war noch sein Name?«

»Paca.« Einige Sekunden vergingen schweigend, und Spider starrte nachdenklich das von Maytera Mints Taschentuch verhüllte Gesicht an. »Er war ein guter Mann, den man für fast alles einsetzen konnte, wenn Ihr wißt, was ich meine. Zum Abstechen von Leuten, zum Einbrechen, für Überfälle, für alles mögliche, was wir so machen. Für Schiebereien oder zum Knacken von Siegeln ...«

Remora schaute auf.

»Was Ihr auch wollt, er hat das Handwerk beherrscht. Natürlich hat jeder so seine Macken, und die hatte er auch. Manchmal hat er sich besoffen, oder er hat Rost genommen. Manchmal ist er mir aber auch auf den Wecker gegangen.«

Spider wandte sich an Remora. »Patera, könnt Ihr vielleicht für ihn quatschen?«

»Ihr meint, ich soll ... äh ... ich soll für ihn beten? Für Paca, meint Ihr? Ich ... äh ... ich habe das bereits getan. Still, nur für mich, was? Während wir ... äh ... hier gesessen haben.«

»Nein, wenn ich ihn ins Loch lege«, erklärte Spider ungeduldig. »Mögest du eingehen in den Mainframe, und so weiter.«

»Ich ... äh ... ja, sicher. Gut.«

»Was ist mit Guan?« fragte Maytera Mint. »Sollen wir nicht auch ihn begraben? Soll seine Eminenz auch für ihn beten? Vielleicht könnten wir hier unter uns sogar eine kleine Zeremonie abhalten.«

»Guan ist nicht im Eimer.«

»Gewiß ist er das.« Sie seufzte. »Wo bleibt er denn mit der Bahre?«

»Er wird jeden Augenblick zurückkommen.«

»Durstig, was? Vielleicht könnten wir … und wir … äh … sind auch hungrig.«

»Ganz recht«, stimmte Maytera Mint zu. »Ihr sagtet doch, Ihr hättet irgendwo eine Bahre, Spider. Wenn es dort auch Essen und Wasser gibt, könnten wir es dann nicht holen?«

»Ich … äh …«

»Ich nehme an, Ihr habt gestern abend und heute morgen gegessen und getrunken. Ihr, Guan, Paca und die anderen. Wir haben nichts bekommen.«

Spider stand auf. »Also gut, ihr zwei. Meinetwegen. Kommt mit. Ich muß sowieso nachsehen, wo diese Trottel so lange bleiben.«

»Äh, Wasser? Und … äh … etwas zu essen?«

»Sicher. Wir haben Futter da. Es gibt da auch einen Brunnen. Ich hätte Euch schon gestern abend etwas geben sollen. Soll ich Euch aufhelfen, Patera? Und wie ist es mit Euch, Maytera?«

»Ich komme zurecht. Danke, Spider.«

»Ich … äh … ich muß Euch warnen«, sagte Remora, als Spider ihm auf die Beine half. »Beim nächsten Mal … äh … wenn Ihr die Generalin schlagt. Oder mich, was? Dann werde ich angreifen, was? Auch wenn mich das zum Märtyrer macht, was? Tot, aber unvergessen. Unvergessen und geehrt.«

»Er wird es nicht wieder tun«, sagte Maytera Mint scharf zu Remora. »Wir sind mit Spider über das Stadium des Schlagens und Hassens hinaus. Versteht Ihr das, Euer Eminenz?«

»Los, kommt jetzt!« sagte Spider. Er drehte sich um und marschierte los. »Wenn ihr was zu essen haben wollt, dann kommt mit. Und ich gehe jede Wette ein, daß man sie nicht kalt gemacht hat.«

»Äh … es ist verboten …«

»Wetten widersprechen den Bestimmungen des Kapitels«, erklärte Maytera Mint. »Aber ich bin bereit, die Regeln zu verletzen und die Strafe in Kauf zu nehmen, die mich dafür ereilen mag. Ich sage, daß sie tot sind. Alle. Die Männer, die Ihr nach der Bahre geschickt habt genauso wie Guan. Alle sind genauso tot wie Paca. Nehmt Ihr die Wette an?«

»Sicher doch«, sagte Spider. Er hatte wieder seinen Nadler gezogen. »Ich habe in meiner Tasche eine Karte, die sagt, daß ich recht habe.«

»Ich will Eure Karte nicht. Was ich will, sind die Antworten auf drei Fragen. Ihr müßt mir versprechen, meine Fragen vorbehaltlos zu beantworten. Keine Lügen, keine Ausflüchte. Keine Halbwahrheiten. Was werdet Ihr von uns nehmen, wenn wir verlieren? Wir haben kein Geld. Ich jedenfalls habe keines.«

Spider blieb stehen und wartete, bis sie ihn eingeholt hatten. »Keine Ahnung, Sibylle. Maytera, meine ich. Ist das besser? Aber Ihr nennt Euch doch untereinander Sibyllen.«

Sie nickte. »Wir nennen uns Sib, das ist die Kurzform für Sibylle, weil der Titel Maytera der Sibylle vorbehalten bleibt, die dem Zönobium, in dem wir leben, vorsteht. Seit Maytera Rose von uns gegangen ist, lebt in meinem Zönobium nur noch eine einzige weitere Sibylle. Es ist Maytera Marble. Sie ist die ältere von uns beiden, deshalb hat sie jetzt die Leitung. Ich werde sie Maytera nennen, wenn wir uns das nächste Mal sehen. Vorausgesetzt, Maytera Rose ist bis dahin bestattet.«

»Ach so. Das tut mir leid, Maytera. Kommt jetzt, Euer Eminenz, bewegt Euch.«

»Seine Eminenz hat ein mit Edelsteinen besetztes Gammadion«, vertraute Maytera Mint ihm an. »Vielleicht ist er bereit, es als Wetteinsatz aufs Spiel zu setzen. Ich kann versuchen, ihn zu überreden.«

Spider schüttelte den Kopf. »Ich könnte es ihm sowieso jederzeit abnehmen.«

»Gewiß könntet Ihr das tun, aber dann hättet Ihr es ihm geraubt und nicht gewonnen. Auch wenn der Zähe Tartaros, in dessen Reich wir uns hier befinden, der Schutzherr der Diebe ist, möchte ich bezweifeln, daß er es gutheißt, wenn jemand einem Auguren etwas stiehlt. Die anderen Götter verurteilen es mit Sicherheit. Wenn Ihr das Gammadion Seiner Eminenz gewonnen hättet, dann wäre es rechtmäßig Euer Eigentum, und Ihr hättet keinen Grund, den Zorn der Götter zu fürchten.«

»Ja, aber Ihr glaubt nicht, daß ich gewinne.«

Maytera Mint schüttelte den Kopf. »Nein, das glaube ich nicht. Ich will Euch nicht täuschen, Spider. Ich bin so sicher, wie ich es nur sein kann, ohne sie gesehen zu haben, daß Eure Männer tot sind. Wenn Ihr die Wette akzeptiert, dann müßt Ihr meine Fragen beantworten, eine für jeden Toten.«

»Also gut, ich werde mich darauf einlassen, Maytera. Aber ich werde Euch Generalin nennen. Ich will mit der Generalin der Aufständischen wetten. Ist das in Ordnung? Patera nennt Euch auch so.«

»Gewiß. Es ist mir sogar lieber.«

»Ihr glaubt vielleicht, ich wäre ein Dieb. Ich habe es an der Art und Weise gemerkt, wie Ihr gerade über mich gesprochen habt. Es ist doch so, nicht wahr, Generalin?«

»Ihr redet jedenfalls wie ein Gauner, Spider, und die Gaunersprache wird vor allem von Dieben gesprochen. Außerdem von Prostituierten, mit denen ich hin und wieder geredet habe, aber die stehlen nur, wenn sie sich absolut sicher fühlen.«

»Das macht doch fast jeder«, sagte Spider überzeugt.

»Vielleicht. Wenn es so ist, dann wundere ich mich nicht, daß die Götter uns so selten ihre Zuneigung zeigen.«

»Also, ich bin jedenfalls kein Dieb. Ich rede wie ein Dieb, weil wir viel mit Dieben zu tun haben. Spione kommen selten mit Leuten wie Euch zusammen, Generalin, oder mit dieser anderen Sibylle, die Ihr Maytera nennt. Ihr wißt ja nichts, was wir gebrauchen könnten, versteht Ihr? Ihr selbst wißt einiges, aber wenn sich ein Spion an Euch heranmachen wollte, dann brauchte er einen verdammt guten Grund dafür, weil Ihr Euch sonst fragen würdet, was er die ganze Zeit in Eurer Nähe will.« Spider hielt inne und holte tief Luft.

»Ihr geht also in eine andere Stadt und seht Euch um, und Ihr braucht natürlich Leute vor Ort, die Euch helfen, und da sind Diebe einfach am besten geeignet. Wenn wir neue Leute rekrutieren, dann suchen wir als erstes unter den Dieben. Nicht immer, aber häufig.«

»Ich verstehe, Spider.«

»Sagt es nur.«

»Also gut.« Jetzt holte auch Maytera Mint tief Luft. »Wart Ihr vorher ein Dieb? Seid Ihr deshalb ein Spionfänger geworden?«

Er grinste sie an und zeigte ihr die krummen, verfärbten Zähne. »Wie kommt Ihr auf die Idee, daß Ihr glauben könnt, was ich antworte, Generalin?«

»Ich habe eine gute Menschenkenntnis.«

»Ich könnte Euch anlügen.«

»Damit rechne ich sogar, und Ihr könntet es durchaus so geschickt tun, daß ich glauben würde, Ihr sagt die Wahrheit. Aber in dieser Sache und in diesem Augenblick werdet Ihr mich nicht anlügen. Wart Ihr nun ein Dieb? Es geht mich nichts an, und um ehrlich zu sein, ich habe sogar früher einmal einen Dieb unterrichtet, den ich heute noch sehr mag. Sein Name ist Auk.«

»Ich kenne ihn«, sagte Spider.

»Wirklich? Diese Möglichkeit war mir noch gar nicht in den Sinn gekommen, aber jetzt, da Ihr es sagt, erkenne ich natürlich, wie naheliegend das ist. Hat er … ist er einer von Eurer Blase, wie Ihr das nennt?«

»Das würde Euch vom Hocker hauen, was? Nein, er gehört nicht zu uns. Auk arbeitet für niemanden außer für sich selbst, und er ist für mein Gewerbe sowieso viel zu temperamentvoll. Ich war übrigens früher kein Dieb. Ich war ein Grüner. Glaubt Ihr das?«

»Wenn Ihr sagt, daß es wahr ist, dann glaube ich es Euch. Darf ich Euch fragen, warum Ihr die Garde des Caldé verlassen habt?«

»Heißt sie jetzt wieder so? So hieß die Truppe, als ich eingetreten bin, aber dann wurde der Name geändert. Sie haben mich hinausgeworfen, aber über den Grund will ich nicht reden.«

Remora, der sie eingeholt und den letzten Teil ihrer Unterhaltung mitgehört hatte, murmelte: »Habt Ihr denn noch nie … äh … noch nie die Beichte abgelegt? Das wäre aber traurig.«

»Ich werde nicht fragen«, versprach Maytera Mint.

»Sie haben mir die Streifen heruntergerissen und auf dem Rücken mit Messer nachgemalt. Die Narben kann man heute noch sehen. Ein Kerl namens Desmid hat mich angeworben. Er ist jetzt weg vom Fenster. Ich fange jetzt seit zweiundzwanzig Jahren Spione für Viron. Ich weiß nicht, wie viele ich hochgenommen habe, es waren mindestens dreißig oder vierzig. Es hätten mehr sein können, und es gibt immer ein paar, die wir nicht hochnehmen, obwohl wir es jederzeit könnten. Ich sage Euch das, weil ich unsere Wette gewinnen will. Ich werde zu Councillor Potto halten, versteht Ihr? Ich arbeite seit zweiundzwanzig Jahren für ihn, und er hat mich aufgenommen, als ich kein Geld und nichts zu essen hatte. Ich bin sein Mann, und ich werde es immer sein.«

»Dann laßt uns hoffen, daß ein Frieden geschlossen werden kann, der es Councillor Potto erlaubt, seinen Sitz wieder in Anspruch zu nehmen.«

Spider nickte. »Genau. Also gut, dann laßt uns über diese Wette reden. Zuerst einmal diese drei Fragen. Angenommen, Ihr fragt mich, wer meine Leute sind – diejenigen, die bei Euch sind. Die Namen kann ich Euch nicht sagen. Versteht Ihr das? Ich will Euch nicht anlügen, Generalin, aber ich kann Euch die Namen nicht verraten.«

»Ich verstehe. Nein, ich würde Euch nicht auffordern, Eure Freunde zu verraten.«

»Also gut. Ich will folgendes: Wenn Ihr gewinnt und ich verliere, dann sollt Ihr mich und meine Leute nicht hochnehmen, weil ich Euch ausspioniert habe oder weil ich Euch hier unten festgehalten habe.«

Maytera Mint wollte etwas sagen, aber Spider hob die Hand. »Das ist noch nicht alles. Ihr laßt uns weiterhin für Viron machen, was wir schon immer für Viron gemacht haben. Ihr werdet uns nötiger brauchen, als Ihr es Euch im Augenblick vorstellen könnt. Wenn Ihr das macht, dann werde ich Euch verraten, was vorher alles passiert ist, und Euch die Akten übergeben.«

»Das kann ich nicht zusagen. Wenn ich könnte, würde ich fröhlich und ohne zu zögern die Wette akzeptieren, aber eine solche Entscheidung muß vom Caldé und vom neuen Ayuntamiento getroffen werden. Ich darf es nicht.«

»Die … äh … die Bedingungen. Er … äh … wie er sie formuliert hat? Ihr selbst sollt es ja zusagen, Generalin, Ihr seid aber nicht für das … äh … für das neue Ayuntamiento und den Caldé verantwortlich, was?«

»Aber er meint unsere Seite. Den Caldé, den Generalissimus Oosik und sogar die Trivigauntis. So meint Ihr es doch, Spider, nicht wahr? Ginge es nur um mich, dann würde ich Euch sofort mein Wort geben. Ich würde es Euch auch so geben, ganz egal, ob wir gewinnen oder verlieren. Aber ich kann nicht den Caldé und ein Ayuntamiento binden, das noch gar nicht existiert.«

»Aber Ihr selbst versprecht es mir? Ihr persönlich, Generalin?«

»Absolut. Ich habe es ja bereits gesagt.«

Spider deutete mit dem Daumen zu Remora. »Er soll mal den Klunker rausholen. Pas' Kreuz. Darauf könnt Ihr schwören.«

»Wenn Ihr es wünscht. Werdet Ihr mir die drei Fragen beantworten, wenn ich gewinne? Vollständige, aufrichtige Antworten?«

»Sicher doch. Ich kann auch schwören, wenn Ihr wollt.«

»Nein, das wird nicht nötig sein.«

Remora hatte sein Gammadion hervorgeholt, und Maytera Mint legte die Hand darauf. »Ich, Generalin Mint von der Truppe Virons, die von manchen als Rebellen oder Aufständische bezeichnet werden, die ich zugleich Maytera Mint vom Manteion in der Sun Street bin, gelobe hiermit feierlich, daß wir, falls wir siegen, Spider und seine Untergebenen wegen ihrer Spionage für das bisherige Ayuntamiento nicht bestrafen werden und daß ich nicht versuchen werde, sie zu bestrafen. Außerdem schwöre ich, daß ich, abgesehen von roher Gewalt, alles in meinen Kräften Stehende tun werde, um zu verhindern, daß andere sie bestrafen. Des weiteren werde ich mich dafür einsetzen, daß sie ihre Funktionen beibehalten dürfen, daß sie also weiter in der Spionageabwehr arbeiten können, in der sie unserer Stadt auch bisher schon treu gedient haben. Ich werde dies alles unabhängig davon tun, ob ich meine Wette mit Spider gewinne oder verliere.«

Sie holte Luft. »Reicht das?«

»Das sollte eigentlich reichen, ja.«

»Großer Pas, sei mein Zeuge! O Echidna, Herrin der Schlangen, deren Schwert ich bin, sei meine Zeugin! Funkelnde Scylla, Schutzherrin unserer Heiligen Stadt Viron, sei meine Zeugin!«

»Das ist gut.« Spider streckte die Hand aus. »Also, dann schlagt ein.« Feierlich gaben sie sich die Hand und besiegelten die Wette. Ihre Hand wurde von seiner großen, muskulösen Pranke völlig umschlossen.

»Gut. Jetzt kann ich Euch erklären, was hier los ist. Da drüben ist eine Tür, wir sind gleich da.« Er deutete nach vorn. »Seht Ihr die Tunnelwand dort? Da ist die Tür. Wir gehen dort hinein, es ist ein alter Wachraum. Er ist nur vier oder fünf Schritte groß. Wenn meine Leute im Eimer wären, dann hätten wir sie davor liegen sehen.«

Sie schüttelte den Kopf. »Ganz im Gegenteil. Obwohl ich wünschte, Ihr hättet recht. Sie hätten inzwischen unsere Stimmen gehört und gerufen.«

Hundert Schritte weiter, und sie hatten einen abzweigenden Seitentunnel erreicht. Sobald sie eingebogen waren, sahen sie die Füße eines am Boden liegenden Mannes aus einer Tür ragen. »Das dürfte Guan sein«, murmelte sie.

Spider hielt sie zurück und breitete die Arme aus, um Remora aufzuhalten. »Das ist Hyrax. Ich kann die meisten Kerle an ihren Schuhen erkennen. Weiber auch. Schuhe verraten mehr über einen Kerl als alles andere. Viele Leute wissen das nicht, aber es ist trotzdem wahr.«

»War nicht noch ein Mann bei Hyrax? Wo ist der zweite?«

»Da drin.« Spider atmete schwer. »Knapp außer Sicht, würde ich sagen. Wenn einer zur Tür hereinkommt, erschießt man ihn nicht sofort. Man läßt ihn eintreten. Auf die Weise kann man zweimal schießen, wenn er zu fliehen versucht.«

Er wandte sich an Remora. »Geht Ihr vor, Patera. Nehmt das Kreuz des Pas und haltet es so, daß sie es sehen können, tragt es vor Euch her. Ihr seid ein

Augur, und Ihr seid mit Eurer Robe bekleidet. Bei Euch wird man nicht fürchten, Ihr könntet eine Muskete oder so etwas unter der Kleidung verstecken. Sie werden nicht auf Euch schießen, denke ich. Sagt ihnen, daß ich die Generalin habe. Sie sollen uns gehen lassen, sonst ist sie erledigt.«

Remora war entsetzt.

»Ihr wolltet hier unten sterben, nicht wahr? Das ist Eure Chance. Bleibt stehen, dann erschieße ich Euch. Die dort werden Euch nicht erschießen.«

»Sie müssen inzwischen wissen, daß wir hier draußen sind«, sagte Maytera Mint. »Sie müssen uns gehört haben. Wenn nicht schon vorher, dann spätestens jetzt.« Spider antwortete nicht, er sah Remora schweigend an.

»Also gut … äh … ich … äh … ich gehe.« Remora wich zurück, hob die Hände und drehte sich zur Tür um.

»Vergeßt nicht Pas' Gammadion«, erinnerte Maytera Mint ihn. »Nehmt es heraus, damit sie es sehen können.«

Wenn Remora sie gehört hatte, dann ignorierte er es. Sie sah, wie er auf der Schwelle stehenblieb, dann trat er ein. Kein Schuß fiel.

»Sie haben hier unten Soldaten aufgeweckt und in Bereitschaft gehalten, falls es Schwierigkeiten gibt«, erklärte Spider ihr, die heisere Stimme zu einem Flüstern gesenkt. »Schon bevor die Garde zu Euch übergelaufen ist. Councillor Potto hat es mir einmal erzählt, und der muß es ja wissen.«

Danach standen sie schweigend nebeneinander. Kein Geräusch drang aus der Wachstube nach draußen, und außer dem fast unmerklichen Seufzen des kühlen Windes, der durch den Tunnel wehte, war es totenstill.

Schließlich sagte Spider: »Ich hätte ihm sagen sollen, daß er sich drinnen umsehen muß. Aber vermutlich macht er das sowieso.«

»Ich gehe auch«, sagte Maytera Mint. Sie wollte aufstehen und zur Tür gehen.

»Einen Dreck werdet Ihr!« Spider hielt sie am Arm fest. »Ihr werdet machen, was ich Euch sage, und ich sage Euch, daß Ihr nicht geht.«

»Euer Eminenz!« rief sie. »Geht es Euch nicht gut?«

Ein paar Sekunden lang hallte ihre Stimme im endlos langen Tunnel nach, und sie glaubte schon, sie und Spider wären weit und breit die einzigen lebenden Menschen. Dann kam Remora wieder heraus. Er wich dem Toten aus. Er hob eine dickbäuchige, gesprenkelte Glasflasche. »Wasser, Maytera. Generalin. Trinkbar. Und … äh … soweit ich die Qualität beurteilen kann, ist es sauber.«

»Ist denn niemand da drinnen?« fauchte Spider.

»Nur … äh … nur Tote. Zwei weitere außer dem, den Ihr im Eingang sehen könnt. Mit Musketen erschossen, würde ich sagen. Oder nur mit einer einzigen Muskete. So kann es gewesen sein. Eure … äh … Eure Gefährten, was? Gestern waren sie es noch. Einer, der … äh …«

»Guan.«

»Äh … ja. Diesen Namen habt Ihr genannt. Gut ausgerüstet? Er hatte Vorräte dabei.« Er war jetzt nahe genug und gab Maytera Mint die Flasche. »Er hat die Flasche fallen lassen, denke ich mir, Generalin. So … äh … so kam es mir vor. Als er … äh … als er das traurige Ende seines Lebens erreichte. Ein Jammer ist es, was?«

Sie trank begierig und schenkte sich die Antwort. Das Wasser war kühl und sauber und schmeckte frisch und unglaublich köstlich. Ihr ganzes Leben hatte man sie gelehrt, daß die Aufbrausende Scylla, die Göttin des Wassers, die erste unter den Sieben war, doch erst jetzt erkannte sie, wie wahr und wie wichtig diese Weisheit war.

7

Die Braunen Mechaniker

Silk sah sich neugierig um. Er konnte kaum glauben, daß in diesen Schuppen, in dieser Ansammlung von windschiefen Gebäuden, die von einem Zaun umgeben war, Talusse hergestellt wurden. Oreb, der auf seiner Schulter hockte, krächzte mißmutig.

»Es beginnt zu regnen«, sagte Chenille. Sie schob sich die himbeerfarbenen Locken aus dem Gesicht und spähte nach oben.

»Ich habe versucht, mich zu entsinnen, woher ich gekommen bin«, erklärte Maytera Marble. »Ich glaube nicht, daß ich von hier komme.« Sie schob Mucor in den Schutz eines Wachhäuschens, während sie sprach.

Wenn die Flieger ein Zeichen waren, daß es Regen geben würde, was kündigten dann Flieger an, die gelandet waren? Die letzten Tage des Whorl? Silk zog es aber vor, diese Spekulationen vorerst für sich zu behalten. »Ich hätte Euch das schon vor langer Zeit fragen sollen, Maytera. Erzählt mir doch davon.«

»Ich konnte mich zuerst überhaupt nicht erinnern, das weiß ich ganz genau. Die Erinnerungen kamen erst, als mir die arme Maytera Rose ein paar neue Teile überlassen hat. Ich glaube, ich habe Euch davon erzählt.«

Silk nickte.

»Das war letzten Tarsday vor einer Woche. Die neuen Teile sind viel besser als die alten, aber nachdem ich sie angelegt hatte, konnte ich kaum noch auseinanderhalten, welche Erinnerungen Maytera Marble gehörten und welche mir.«

Chenille korrigierte sie: »Andersherum, Maytera.«

»Ihr habt ganz recht, meine Liebe. Wie auch immer, ich erinnere mich an einen großen Raum mit grünen Wänden. Es gab Liegen oder vielleicht auch Metalltische. Kleine Podeste, ungefähr so hoch wie ein Bett.«

»Da kommt ein Wächter«, warnte Chenille.

»Ich habe auf einer Liege gelegen, und ich hatte nicht viel an. Vielleicht sollte ich besser nicht darüber sprechen, Patera.«

»Fahrt nur fort. Es ist nicht unmoralisch, und vielleicht ist es sogar wichtig.«

»Ich versuchte, mich zu starten, und ich weiß noch, wie sich das Mädchen neben mir aufgerichtet hat und sagte, daß sie nackt sei, und das war sie ja auch. Als sie das gesagt hatte, kam jemand und brachte ihr ein Kleid.«

Der Wächter blieb vor ihnen stehen, knallte die gepanzerten Hacken zusammen und legte eine Hand quer über die Muskete. »Folgt mir, Caldé.«

»Nicht naß«, murmelte Oreb.

»Da hat er recht«, bemerkte Silk, als sie weitergingen. »Könnten wir vielleicht irgendwo Schirme borgen? Wenn wir zwischen den Gebäuden herumlaufen müssen, wie es vermutlich geschehen wird, können wir sie bestimmt gebrauchen.«

»Ich werde Euch welche besorgen, während Ihr mit dem Direktor sprecht«, versprach der Wächter. Er lief voraus, um ihnen die Tür eines Ziegelbaus aufzuhalten, der sich kaum von einem normalen Wohnhaus unterschied.

»Wir können aber auch draußen warten«, sagte Chenille zu Silk. »Ich meine, irgendwo in einem Flur oder so, solange wir nur nicht im Regen stehen müssen.«

Er schüttelte den Kopf, und so betraten sie gemeinsam ein Vorzimmer, über das eine Frau wachte, die für das kleine Zimmer viel zu groß schien. Sie lächelte. »Geht bitte gleich durch, Caldé.«

»Sind dort drinnen genug Stühle für uns? Wir sind zu viert.«

Aus dem nächsten Zimmer tauchte ein kleiner Mann mit schütterem Haar auf. »Drei Stühle und ein Hocker. Kommt nur herein.« Er bot Silk seine Hand. »Mein Name ist Swallow, Caldé.« Silk schlug ein und stellte ihm Maytera Marble, Mucor und Chenille vor.

Swallow begrüßte sie nickend und lächelnd. »Bitte, meine Damen, setzt Euch. Caldé, nehmt doch Platz. Wie ich hörte, seid Ihr lahm, und ich kann tatsächlich sehen, daß Ihr humpelt.« Er schloß die Tür. »Jeder weiß die eine oder andere Geschichte über Euch zu erzählen, Caldé. Ihr seid lahm, Ihr habt einen zahmen Vogel, Ihr habt den Sturz des Ayuntamiento vorausgesagt. Ich bin sicher, daß Ihr diese Gerüchte auch selbst schon zur Genüge gehört habt.«

Silk setzte sich vor Swallows Schreibtisch in einen ledernen Sessel. »Und jetzt seid Ihr überrascht zu sehen, wie jung ich noch bin, und Ihr würdet mich gern nach meinem Alter fragen.«

»Aber nein, das geht mich doch überhaupt nichts an, Caldé.«

»Ich bin dreiundzwanzig. Und Ihr«, er sah Swallow abschätzend an, »Ihr müßt fünfundvierzig oder sechsundvierzig sein. Liege ich richtig?«

»Ich bin froh, daß Ihr nicht ganz richtig liegt, Caldé. Ich bin dreiundvierzig.«

»Also genau zwanzig Jahre älter als ich. Ihr müßt glauben, ich sei ein sehr junger und unerfahrener Mann, der nun die Regierung der Stadt übernehmen will. Ich bin es, und es ist mir bewußt. Ich muß mich auf das Urteil erfahrenerer Männer und Frauen verlassen. Das ist einer der Gründe dafür, daß ich heute

Maytera Marble mitgenommen habe. Und es ist der Grund dafür, daß ich mit Euch sprechen will, mit einem Mann, der älter ist als ich und der Erfahrungen besitzt, die ich nicht habe, die ich mir aber zunutze machen möchte.«

»Ich will Euch gern in jeder Weise behilflich sein, Caldé. Kann ich Euch etwas anbieten, bevor wir beginnen? Kaffee, Wein, Tee? Und die jungen Damen? Chamomile kann uns etwas zubereiten.«

Chenille schüttelte den Kopf, und auch Silk lehnte ab. »Nein, danke. Ihr baut hier Talusse, nicht wahr?«

»Ja. Das ist unser einziger Geschäftszweig.«

Oreb ließ die anderen wissen, was er von Talussen hielt. »Böse Dinger!«

»Sei still, du dummer Vogel.« Silk lehnte sich bequem an und legte die Fingerspitzen beider Hände wie ein Spitzdach gegeneinander. »Ich verstehe nichts von Eurem Geschäft, aber ich kann mir denken, daß es eine großartige Tätigkeit ist.«

»In meinen Augen nicht«, erwiderte Swallow lächelnd. »Ich bin ja damit groß geworden, ich bin von Kindheit an in unseren Werkstätten herumgelaufen. Aber Ihr habt schon recht, in gewisser Weise ist es einzigartig. Das ist das Wort, das wir selbst benutzen. Nennt es meinetwegen Reklame, aber es paßt auf uns.«

»Weil ein Talus eine Person ist«, fuhr Silk fort, »sowohl vor dem Gesetz als auch in Wirklichkeit. Am Seeufer, wo ich vor ein paar Tagen war, gibt es Bootswerften. Wenn ein Bootsbauer dort ein Boot fertiggestellt hat, dann malen die Fischer Augen darauf und geben ihm einen Namen. Es sind immer weibliche Namen.«

Swallow nickte.

»Ein Boot hat genauso einen ganz eigenen Charakter wie zum Beispiel dieser Sessel. Er ist massiv, braun und bequem und so weiter. Ein Boot könnte schwer oder leicht zu segeln sein, es läuft stabil, oder es beginnt rasch zu schwanken. Aber ein Boot ist keine Person.«

Maytera Marble räusperte sich. Es war ein kratzendes Geräusch, das klang, als hätte jemand die Kruste aus einer Pfanne geschabt. »Wollt Ihr fragen, ob man einen Talus mit einem bestimmten Charakter bauen kann, Patera? Ich glaube nicht, daß das geht. Ich habe noch nie …«

»Fahrt fort, Maytera.«

»Ich habe noch nie ein Kind gebaut. Mit einem Mann, wißt Ihr. Aber … aber nach allem, was ich darüber weiß, können wir das auch nicht. Wir bemühen uns, unseren Kindern das Allerbeste mitzugeben, aber danach ist es den Göttern überlassen. Der Formenden Molpe vor allem und Pas dem Herrn.«

Swallow nickte wieder. »Das ist hier ganz ähnlich, Maytera. Die Laien glauben, Talusse wären alle gleich. Aber nur für den Unwissenden sehen sie alle gleich aus. Denn wenn man oft genug mit ihnen geredet hat, dann stellt man fest, daß sie einander zwar ähnlich sind, daß sie sich aber dennoch ganz unterschiedlich verhalten. Wenn es um Dinge wie Erfindungsgeist oder Ehrlichkeit geht, dann gibt es große Unterschiede zwischen ihnen. Wie Ihr schon sagtet, liegt das an der Seele, die sie von den Göttern bekommen.«

»Sie sind alle langweilig«, warf Mucor ein. Swallow wollte etwas erwidern, doch als er Mucors starren, toten Blick sah, schlug er rasch die Augen nieder.

»Es gibt noch einen Unterschied, nach dem ich fragen wollte«, schaltete Silk sich ein. »Einen Unterschied zwischen Talussen und Booten oder jedem anderen von Menschen gemachten Objekt, meine ich. Wenn ich mit einer Schatulle voller Karten zum Lake Limna fahren würde, dann könnte ich ein Boot kaufen, und wenn ich es bezahlt hätte, würde es mir gehören. Ich könnte damit segeln oder es am Ufer festgebunden lassen. Ich könnte es verbrennen oder versenken, wenn ich das wollte, oder ich könnte es Maytera hier oder Chenille oder sonst jemandem schenken. Ein Talus ist aber eine Person, und ich nehme zwar an, daß in den Städten, in denen die Sklaverei erlaubt ist, jeder zu einem Geschäft wie dem Euren gehen und sich einen Talus bauen lassen kann ...«

»Das könnt Ihr auch hier bei uns, Caldé«, unterbrach Swallow.

»Ach, das ist aber interessant.«

»Gute Sache?« wollte Oreb wissen.

Maytera Marble sagte: »Es scheint mir, als hätte das alles früher einmal auch für mich gegolten, Patera. Ich habe niemandem gehört, ich war immer frei. Da bin ich ganz sicher. Trotzdem habe ich aber das gemacht, was man mir gesagt hat. Ich mache das heute noch. Meistens jedenfalls. Ich achte die Autorität, und als ich noch jünger war, ist es mir nicht im Traum eingefallen, sie jemals in Frage zu stellen.« Sie senkte nachdenklich den Kopf und legte ihn leicht nach links.

Um sie zu ermuntern, krächzte Oreb: »Weiterreden.«

»Die meisten Biologischen – wollt Ihr das wirklich hören, Patera? Ich kann es Euch auch später erklären, wenn Ihr wollt.«

»Natürlich will ich es hören. Erzählt es uns.«

»Ich wollte sagen, daß die meisten Biologischen im Grunde genauso sind. Ich meine nicht, daß es überhaupt keine bösen Kinder gäbe, auch wenn dumme Leute so etwas sagen, weil sie sich damit besser fühlen. Aber es gibt wirklich nur sehr wenige böse Kinder. Ich habe lange Jahre Kinder unterrichtet, und die meisten kann man recht gut im Griff behalten, wenn man an den richtigen Stellen ein wenig schimpft oder ein paar lobende Worte sagt.« Sie hielt inne, hob den Kopf und zog die Schultern etwas hoch. »Das gleiche gilt für die meisten Erwachsenen. Bei ihnen ist es nicht ganz so leicht, aber viel schwieriger ist es auch nicht.«

Swallow kicherte. »Sie hat recht, Caldé. Ich beschäftige hier fast zweihundert Leute, und im allgemeinen braucht es nicht mehr als gelegentlich eine Standpauke und hier und dort ein freundliches Schulterklopfen für die gute Arbeit, die sie machen. Es kommt nur sehr selten vor, daß wir jemanden einstellen, der nicht ordentlich arbeitet, der Werkzeug stiehlt und so weiter. Solche Leute müssen wir natürlich hinauswerfen. Aber es kommt wirklich selten vor.«

»Ich habe gerade an Marl gedacht, Patera.«

Silk nickte. Die ersten großen Tropfen des Regenschauers, der sich angekündigt hatte, klopften behutsam, aber mit zunehmendem Nachdruck an die Fensterscheiben.

»Marl nimmt aber keinen Lohn. Ich habe es Euch doch schon gesagt.«

Swallow hob eine Augenbraue. »Schwarzmechaniker, Maytera? Das klingt mir ganz danach.«

»Ich weiß es nicht. Ich habe noch gar nicht richtig darüber nachgedacht. Ich wollte nur sagen, daß Marl mir vorkommt wie jemand, der extrem – nun ja, beeinflußbar ist. So könnte man das wohl nennen.«

Maytera Marbles verbliebene Hand verkrampfte sich um den Griff des kleinen Korbes, den sie im Schoß hatte. »Und wenn Ihr diese Fügsamkeit benutzen könnt, um andere zu kontrollieren, wie Ihr es macht, Direktor, mit nur wenig Geld und mit Schelte und Lob, dann scheint es mir, als würden Menschen wie Ihr überhaupt keine Sklaven mehr brauchen, außer um ihrem Ego zu schmeicheln. Ich weiß, daß ich dies jetzt sehr unhöflich formuliert habe, aber ich glaube, Ihr versteht schon, was ich meine. Und was die Schwarzmechaniker angeht, sind das nicht bloße Gerüchte? Überwiegend Gerüchte, sollte ich vielleicht sagen. Ich weiß natürlich, daß manche Leute früher die schwarze Kunst praktiziert haben.«

»Meiner Meinung nach gibt es immer noch solche Leute, Maytera. In meiner Branche hört man gewisse Dinge, und dies ist eine der Geschichten, die wir immer wieder hören.« Swallow wandte sich an Silk. »Es liegt mir nicht, lange um den heißen Brei herumzureden, Caldé. Ich will Euch deshalb gerade heraus etwas fragen. Möchtet Ihr einen neuen Talus für die Garde bestellen? Seid Ihr deshalb hier?«

»Ich habe darüber nachgedacht«, gab Silk zu. »Vielleicht sogar mehrere.«

Swallow lächelte. »Gut, sehr gut. Das freut mich zu hören. Ich habe unseren Leuten immer wieder gesagt, daß diese Unruhen uns sicher neue Aufträge einbringen werden, und ich bin froh zu sehen, daß ich recht hatte. Ihr fragt Euch nun vielleicht, warum die Stadt für etwas bezahlen soll, das der Stadt am Ende doch nicht gehört, nicht wahr?«

»Gewiß. Und ich frage mich, wie man sicherstellen kann, daß die Talusse, für die Viron bezahlt, der Stadt treu und gehorsam dienen.«

»Das ist eine berechtigte Frage.« Swallow rückte mit dem Stuhl näher an seinen Schreibtisch und stemmte die Ellbogen auf die Tischfläche. »Zuerst einmal muß ich sagen, daß es so etwas wie absolute Sicherheit nicht gibt. Die kann niemand gewährleisten. Wie ich hörte, gibt es in Wick eine Fabrik, die so etwas zusagt, aber sie lügen. Angenommen, Ihr fahrt zu einer Reederei in Limna. Könnten die Leute, die dort die Boote bauen, Euch eine absolute Garantie geben, daß ein Boot, das sie Euch verkauft haben, niemals sinkt oder kentert? Unter keinen Umständen?«

»Ich glaube nicht.«

»Seht Ihr? Wenn sie das tun würden, dann würden

sie genauso lügen wie die Leute in Wick. Hier ist die Garantie, die ich Euch geben kann. Wenn einer unserer Talusse Euch betrügt oder einen legitimen Befehl nicht ausführt, dann werden wir Euch das Geld zurückgeben, das Ihr für ihn bezahlt habt, und dies gilt innerhalb der ersten zwei Jahre, nachdem Ihr ihn gekauft habt. Wenn ich ›Ihr‹ sage, meine ich damit die Stadt Viron. Im dritten Jahr sinkt die Erstattung um ein Viertel. Ihr bekommt dann immer noch drei Viertel von dem, was Ihr bezahlt habt, von uns zurück. Im vierten Jahr bekommt Ihr die Hälfte, danach ein Viertel.«

»Und nach dem fünften Jahr überhaupt nichts mehr?« wollte Maytera Marble wissen.

»Genau. Aber vergeßt nicht, daß Euch der Talus bis dahin schon fünf Jahre gedient hat.«

Silk nickte nachdenklich.

»Ich möchte gern Euren Auftrag bekommen«, fuhr Swallow fort. »Ich kann das nicht leugnen. Wir bekommen nur selten Aufträge über mehr als einen einzigen Talus. Und es wäre eine gute Reklame für uns, wenn wir sagen könnten, daß wir von der neuen Regierung bereits einen großen Auftrag bekommen haben. Also möchte ich Euch folgendes vorschlagen. Ich sagte, Ihr bekommt während der ersten beiden Jahre eine volle Erstattung, wenn der Talus Euch ernsthafte Schwierigkeiten macht. Ich erhöhe die Garantie um ein weiteres Jahr. Sagen wir, Ihr bestellt drei Talusse. Ist das die Größenordnung, über die Ihr nachgedacht habt, Caldé?«

»Vielleicht.«

»Dann sagen wir also, es könnten drei Talusse sein. Das sind zwei mehr als einer, also würdet Ihr eine volle Erstattung bekommen – ich meine natürlich, die Erstattung für den Talus, der nicht gehorcht, und nicht für alle drei auf einmal.«

»Ich verstehe«, sagte Silk.

»Eine volle Erstattung also, wenn Euch ein Talus in den ersten vier Jahren Schwierigkeiten macht. Danach drei Viertel, dann die Hälfte und dann ein Viertel, wie ich es Euch bereits dargelegt habe. Ihr seid ganz oder teilweise abgesichert über einen Zeitraum von – wie lange, Maytera?«

»Fünfundzwanzig Prozent im siebten Jahr«, erklärte sie Silk, »danach gar nichts mehr.«

»Guter Handel?« fragte Oreb, während er eine Haarlocke aus Silks Mähne herausfischte und daran zupfte.

»Ich denke schon«, gab Silk zu. »Ihr müßt wohl nicht oft zahlen, nicht wahr, Direktor Swallow?«

Swallow entspannte sich. Er lächelte selbstzufrieden. »Nein, ganz bestimmt nicht. Wenn wir oft zahlen müßten, wären wir längst bankrott. Vor fünfzehn Jahren haben wir einmal ein Viertel bezahlt – nein, das ist schon sechzehn Jahre her. Ich war damals Aufseher in der Gießerei, und mir kam der Fall sehr zweifelhaft vor. Das wußte damals jeder, und wenn wir vor Gericht gegangen wären, dann hätten wir wahrscheinlich sogar gewonnen. Aber es war nur ein Viertel, und der Kunde hat Krach geschlagen, und der Direktor, den wir damals hatten, wollte allen deutlich machen, daß wir unsere Versprechungen einhalten. Ich sage damit nicht, daß er eine falsche Entscheidung getroffen hat, aber es war wohl wirklich so, daß der fragliche Talus falsch eingesetzt worden war. Der Kunde hatte ihm befohlen, Ziegelsteine aufzutürmen, und das ist eben nicht natürlich für einen Talus.«

»Was ist denn natürlich?« fragte Silk.

»Kämpfen und schützen vor allem. Genau das, was man von einem Wachhund erwartet.« Swallow räusperte sich. »Darf ich etwas Persönliches sagen, Maytera? Ich möchte Euch nicht zu nahe treten, aber Ihr habt ein wichtiges Prinzip zur Sprache gebracht, nämlich den Gehorsam gegenüber Autoritätspersonen. Was Ihr gesagt habt, war sehr weise, und ich würde Eure Worte gern für ein Beispiel benutzen.«

»Ich glaube, das solltet Ihr nicht machen«, warf Chenille ein, »sagt ihm, er soll es lassen, Maytera. Ich glaube, das war keine gute Idee.«

»Weil es deutlich machen wird, wie ich bin, meine Liebe? Ich glaube nicht, daß sich in dieser Hinsicht etwas ändern wird, und ich bin mir ohnehin bewußt, wie ich bin. Ich habe viele, viele Stunden mit Nachdenken darüber verbracht, wer ich bin und was die Götter von mir erwarten. Und wenn es mir beim Nachdenken auch nur ein bißchen weiterhilft, dann werde ich dem Direktor für seine klugen Worte sehr dankbar sein.«

»Nicht reden«, riet Oreb.

Swallow kicherte. »Also gut, ich werde nicht sagen, was ich eigentlich sagen wollte. Aber eines will ich dennoch erwähnen. Was ich sagen wollte, hätte ich über mich selbst oder über jeden anderen in diesem Raum sagen können. Ich dachte nur, daß es angesichts der Kleider noch deutlicher wird.«

»Meint Ihr die Kleider, die mir gegeben wurden, als ich aufgewacht bin? Ich habe sie nicht erwähnt, aber Ihr habt recht. Nach einer Weile habe auch ich mich aufgesetzt, und ein anderes Mädchen gab mir meine ersten Kleider. Wolltet Ihr mich fragen, was für Kleider das waren?«

Swallow nickte. »Genau das wollte ich fragen.«

»Ein kleines schwarzes Kleid, sehr einfach, mit einer Art kurzem Rock. Unterwäsche.« Maytera Marble hielt inne und lächelte. »Ich wollte gerade sagen, daß ich auf eine Beschreibung lieber verzichten möchte, aber sie waren so schlicht, daß es eigentlich gar nichts zu beschreiben gibt. Schwarze Schuhe mit flachen Absätzen, und ich glaube, ich bekam keine Socken dazu. Eine hübsche kleine Schürze mit Spitzen und eine passende Haube. Es fällt mir leicht, diese Kleidung zu beschrieben, weil kurz bevor wir gegangen sind Leute von Ermine's Hotel in Pateras Palast gekommen sind, und die jungen Frauen waren genauso gekleidet wie ich damals, nur daß sie Socken trugen.«

»Sind sie zum Putzen gekommen?« frage Swallow. »Zum Aufwischen und Abstauben?«

»Das hatten die liebe Chenille und ich bereits erledigt. Nein, sie sind gekommen, um das Geschirr zu spülen, das sie heute abend brauchen, und um die Tafel vorzubereiten und um die Wände abzuscheuern, wofür wir keine Zeit mehr hatten. Wenigstens hoffe ich, daß sie die Wände abwaschen werden, und die Fenster im Erdgeschoß sollen sie auch putzen. So habe ich es ihnen aufgetragen.«

Swallow nickte wieder. »Seht Ihr, Caldé, jeder von uns ist geboren, um bestimmte Dinge zu tun. Maytera wurde geboren, um zu wischen und Staub zu putzen und um Wände und Böden zu reinigen, und sie macht es heute noch. Mußtet Ihr sie auffordern, es zu tun?«

Silk schüttelte den Kopf.

»Es hätte mich auch gewundert, wenn Ihr etwas anderes geantwortet hättet, und es zeigt genau jenes wichtige Prinzip, das ich Euch erklären wollte. Wenn Ihr geboren seid, um etwas Bestimmtes zu tun, und jemand gibt Euch die Möglichkeit, es zu tun, dann reicht das völlig aus. Aber da Ihr Angst habt, ich könnte Maytera in Verlegenheit bringen, rede ich lieber über Euren Vogel.«

»Oreb«, klärte Oreb ihn auf.

»Niemand hat ihm gesagt, daß er fliegen muß. Er fliegt, weil es seiner Natur entspricht. Niemand hat ihm gesagt, daß er reden muß. Er wurde dazu geboren, es zu tun.«

»Gut reden!«

»Genau, er sagt es selbst. Also schön. Es entspricht

der Natur eines Talus, zu kämpfen und den Besitz seines Herrn zu beschützen. Gebt Eurem Talus die Gelegenheit, diese Dinge zu tun, und er wird sie tun. Ihr fürchtet, die Talusse, die wir Euch bauen, könnten Euch Schwierigkeiten machen, aber Ihr seid der Caldé, und wenn Euch einer Schwierigkeiten macht, dann würdet Ihr ihn Euch vornehmen, nicht wahr? Ihn verhaften und entwaffnen, nicht wahr? Und ihn wahrscheinlich anschließend auch noch vor Gericht stellen.«

»Ich denke schon.«

»Natürlich würdet Ihr das tun. Aber warum sollte ein Talus Schwierigkeiten machen, wenn das, was Ihr von ihm verlangt, dem entspricht, was er sowieso tun möchte? Wenn er tun möchte, wozu er geboren ist?«

»Ich war vor kurzem in einem Landhaus, das von einem Talus bewacht wurde, und Mucor sagte mir, der Talus könnte bestochen werden, auch wenn man dazu viel Geld braucht.« Silk bat sie mit einem Blick um Bestätigung.

»Musk hat das gesagt.«

Chenille warf ein: »Was sollte ein Talus denn mit Geld anfangen?«

Maytera Marble gab ihr murmelnd die Antwort: »Genau das gleiche wie Ihr oder ich, würde ich sagen.«

»Ihr habt gefragt, warum Ihr etwas kaufen sollt, das Ihr hernach doch nicht wirklich besitzen könnt, Caldé.« Swallow hob einen Bleistift und tippte auf das Tablett, das vor ihm stand. »Ich will Euch nun etwas über die finanziellen Rahmenbedingungen sagen. Wenn ein Talus fertig ist, dann schuldet er uns laut Gesetz die Kosten seiner Herstellung plus fünfzehn Prozent.«

»Auch wenn die Stadt für ihn bezahlt hat?«

»Genau. Die Stadt macht nichts anderes, als uns das Geld vorzustrecken, das wir sonst vom Talus bekommen würden. Wir verdienen daran nicht mehr als an Talussen, die wir ohne Auftrag bauen. Das tun wir übrigens sowieso nur sehr selten, denn wenn wir auf Bestellung bauen, bekommen wir unser Geld viel früher. Aber noch wichtiger ist, wir brauchen uns keine Sorgen zu machen, daß der Talus getötet werden könnte, bevor er uns ausgezahlt hat.«

Silk nickte, während sein Zeigefinger kleine Kreise auf seiner Wange beschrieb. »Ich verstehe.«

»Wir verlangen die volle Bezahlung im voraus, bevor der Talus fertig ist. Wenn wir ihn dann fertiggestellt haben, erklären wir ihm, daß er gebaut wurde, weil es einen Auftraggeber gibt, der ihn einstellen will. Das wärt dann Ihr, Caldé. Wir erklären dem Talus auch, was es mit dem Sold auf sich hat und welchen Sold und welche Zulagen er vernünftigerweise erhalten kann.«

»Aber der Lohn wird nicht wirklich ausbezahlt, nicht wahr?«

»Ich sehe, Ihr versteht die Idee hinter alledem. Richtig, Ihr zahlt den Lohn nicht aus. Nehmen wir an, Ihr einigt Euch mit Eurem Talus auf fünf Karten im Monat, das wäre ein angemessener Sold. Davon zieht Ihr Eure Ausgaben ab, also Treibstoff, Wartung und Reparaturen, falls das nötig sein sollte. Die meisten Arbeitgeber stellen die Munition umsonst zur Verfügung. Das ist so üblich.«

Silk nickte wieder.

»Ihr meldet den Nettobetrag an uns, oder der Talus kann das auch selbst tun. Die Beträge werden dann von der Schuld des Talus abgezogen. Nach einer Weile sind seine Schulden beglichen, und er kann den Sold, den er verdient, behalten.«

»Vorausgesetzt, er lebt überhaupt so lange.«

»Ihr habt es begriffen.« Swallow sah sich über die Schulter zum Fenster um. Der Regen prasselte jetzt kräftig und ohne Unterlaß gegen die Scheiben. »Vielleicht wollt Ihr Euch lieber an einem anderen Tag in den Werkstätten umsehen?«

»Patera«, begann Maytera, »ich möchte nicht …«

Silk ließ sie nicht ausreden. Er stand auf und sagte: »Ich würde sie wirklich gern sehen, und ich bin sicher, daß mir ein kleiner Schauer nicht viel ausmachen wird. Ich wurde gestern vor einer Woche von einem Guß überrascht, und wie Ihr seht, bin ich ganz unbeschädigt. Aber Ihr braucht Euch wirklich nicht verpflichtet zu fühlen, uns persönlich herumzuführen, Direktor. Das kann auch jemand anders tun.«

»Den Caldé herumführen?« Mit breitem Grinsen stand jetzt auch Swallow auf. »Das würde ich um keinen Preis verpassen wollen. Die Damen können ja hier drinnen warten, wenn sie möchten.«

»Ich komme mit«, erklärte Maytera Marble. »Meine Enkeltochter kann mit Chenille hierbleiben.«

»Ich komme auch mit«, widersprach Chenille. »Ich will mir das ansehen.«

»In diesem Fall wird auch Mucor mitkommen müssen, Patera.«

»Ich kann fliegen«, erklärte sie Swallow wichtig. »Sogar im Regen. Aber sie können es nicht.«

Die versprochenen Regenschirme lagen schon auf einem Stuhl im Vorzimmer bereit. Chenille hob einen hoch. »Hier wäre ein schwarzer für Euch, Patera, wenn Ihr wollt.«

Silk schüttelte den Kopf. »Den soll Maytera nehmen.«

Maytera Marble hängte sich den Korb an den verstümmelten rechten Unterarm und nahm den schwarzen Schirm. Sie schüttelte ihn aus, bevor sie ihn öffnete. »Es bringt Unglück, in einem Haus einen Schirm zu öffnen, sagt man, aber jetzt ist es zu spät. Ich muß daran denken, mich bei dem netten jungen Mann zu bedanken, der sie uns besorgt hat.«

»Das war einer der Wächter«, erklärte Silk. »Da

fällt mir gerade ein«, fuhr er fort, »daß es mir seltsam vorkommt, daß Ihr Euer Gelände von Biologischen und nicht von einem Talus bewachen laßt.«

»Wir haben einen Talus.« Swallow nahm von Chenille einen gelben Schirm entgegen. »Wir haben sogar zwei, wegen der Unruhen. Sie sind in der Wachstube.«

Er ging zur Tür und spannte den Schirm auf. »Ihr seid auf dem Weg hierher an ihnen vorbeigekommen. Es gibt dort Fenster, durch die sie das Tor überwachen können, aber die meiste Zeit lauschen sie nur, ob jemand schießt oder ruft. Im allgemeinen werden die biologischen Wächter allein mit allem fertig, und viele Dinge kann ein guter Biologischer sogar besser erledigen als ein Talus. Würdet Ihr auf den Straßen Talusse an Stelle Eurer Kämpfer patrouillieren lassen, Caldé, dann würden jede Nacht ein Dutzend Leute erschossen und nicht nur einer oder zwei in der Woche wie jetzt.«

Silk öffnete den grünen Schirm, den Chenille für ihn ausgewählt hatte, und folgte Swallow in den Regen hinaus. »Ich hatte ein paarmal mit Talussen zu tun, und ich muß sagen, daß Ihr damit völlig recht habt.«

»Sie beschützen nachts die Fabrik, und wir halten sie hier bereit, damit sie sofort eingreifen können, wenn es einen Kampf gibt. Doch bisher haben sich die Kämpfe eher am Palatinum und der Alambrera abgespielt; aber das wißt Ihr ja sicher selbst.«

Silk nickte.

»Möchtet Ihr sie gern ansehen? Dort drüben ist die Wachstube.« Swallow deutete auf einen verwitterten Holzschuppen.

»Nein, das ist nicht nötig, vielen Dank.« Silk mußte lauter sprechen, weil der Regen heftig auf seinen Schirm prasselte. »Vielleicht später. Jetzt würde ich mir zunächst gern ansehen, wie die Talusse hergestellt werden.«

»Gut. Dorthin wollte ich Euch auch führen. Entschuldigt mich einen Moment, ich muß nur die Tür öffnen.«

Swallow ging durch den Regen davon, und Silk folgte ihm, so schnell humpelnd, wie es ihm möglich war. Er trat in tiefe Pfützen, und das Wasser lief ihm in die Schuhe, die auch vorher schon naß gewesen waren.

Die breite Tür, die Swallow geöffnet hatte, offenbarte einen höhlenartigen Raum, dessen Boden mit grobem Sand bedeckt war. Drei Männer arbeiteten, nur wenige Schritte von der Tür entfernt, in einer Grube, die von einem einzigen, grellen Licht weit droben erhellt wurde. »Das ist die Gießerei«, erklärte Swallow, als Maytera Marble und Mucor, unter einem schwarzen Schirm vereint, hereingekommen waren. »Ich beginne mit den Besichtigungen immer hier, denn hier habe ich auch selbst einmal angefangen. Ich habe Sand geschaufelt und gesiebt und Werkzeug geholt und Botengänge erledigt, alles mögliche. Es ist eine schwere, schmutzige Arbeit, aber ich habe ein wenig Geld nach Hause gebracht, um meiner Familie über die Runden zu helfen, und ich bin stolz darauf, daß ich mit dieser und mit keiner anderen Arbeit begonnen habe.«

Chenille rief: »Was denn, Ihr macht diese großen Dinger aus Sand? Ich kann es nicht glauben!« Oreb flog ins Halbdunkel davon, um den hinteren Teil des Gebäudes zu erkunden.

»Einige Teile bestehen aus Glas, und Glas wird im Grunde aus Sand hergestellt. Allerdings nicht von uns.« Swallow klappte den Regenschirm zu und tippte mit der Spitze auf den mit Sand bestreuten Boden. »Das hier ist Sand, wie er üblicherweise zum Ausstreuen von Gießereien benutzt wird. Aus ihm könnte man kein gutes Glas herstellen. Allerdings gießen wir einige große Bauteile im Sand, und das werden diese Männer bald tun.«

Er deutete mit dem Regenschirm auf die Arbeiter. »Seht Ihr die Grube, die zurückgeblieben ist, nachdem die Gußform herausgenommen wurde? Diese runden Stücke heißen bei uns Kerne. Sie bestehen aus komprimiertem Sand, der mit Stärke abgebunden wird, und wenn sie nicht genau in der richtigen Position angebracht und fest genug fixiert werden, so daß sie an Ort und Stelle bleiben, wenn das Eisen gegossen wird, dann ist das ganze Stück ruiniert. Die Arbeiter bereiten hier gerade das Gießen eines Maschinenblocks vor, Caldé.« Als er das letzte Wort gesprochen hatte, blickten die Arbeiter auf.

Silk hatte versucht, Oreb in der Dunkelheit wiederzufinden. »Dies hier scheint mir für nur drei Arbeiter ein sehr großer Raum zu sein.«

»Wenn wir mit voller Besetzung arbeiten, wie wir es morgen tun könnten, wenn wir heute Euren Auftrag bekämen, dann würden hier achtzehn Männer und sechs Jungen arbeiten, Caldé. Ich mußte alle bis auf die besten Männer entlassen, auch wenn mir das nicht gefallen hat.«

Indem er Silk höflich am Arm berührte, führte Swallow ihn tiefer in das Gebäude hinein. Seine Stimme ließ eine zweite Lampe aufflammen. »Es sind, um die Wahrheit zu sagen, allesamt gute Männer, und die Jungen sind kluge Kerlchen, die eines nicht zu fernen Tages gute Arbeiter sein werden. Wir können hier auch nur die besten gebrauchen, und ich hasse es, Leute zu entlassen, weil ich weiß, daß sie dann nicht so leicht eine andere Stellung finden. Aber wenn sie eine andere Arbeit finden, dann ist das wieder für mich schlimm, weil ich sie dann ganz und gar verloren habe, und man kann einfach nicht unausgebildete Männer hier hereinholen und erwarten, daß sie gute Arbeit leisten. Es dauert Jahre, bis man hier richtig angelernt ist.«

Maytera Marble fragte: »Wie alt sind die Jungen?«

»Wir nehmen sie heute mit vierzehn bei uns auf. Ich war zwölf, als ich begonnen habe.« Silk hörte, wie Swallow leise schnaufte. »Es gab auch damals Entlassungen, aber es war nicht so schlimm wie heute. Normalerweise nicht. Ich war nie auf der Palaestra, aber in unserer Straße lebte eine Frau, die zur Schule gegangen war. Sie hat mich Lesen und Schreiben und Rechnen gelehrt, während ich nicht beschäftigt war. Ich kann heute sehr gut rechnen, wenn ich das sagen darf. Sie war eine Freundin meiner Mutter und wollte kein Geld dafür nehmen, aber ich dachte immer, daß ich eines Tages gut verdienen würde und ihr das Geld nachträglich noch geben könnte. Aber ich hatte es hier gerade erst bis zum Vorarbeiter gebracht, als sie starb.«

Silk fragte: »Darf ich zur Abwechslung einmal als Augur und nicht als Caldé zu Euch sprechen?«

»Gewiß. Ich bin zwar kein gläubiger Mensch, aber vielleicht sollte ich es sein.«

»Dann will ich Euch erklären, daß die Frau, die Euch aus Freundschaft zu Eurer Mutter geholfen hat, in ihrer Jugend selbst von jemandem Hilfe bekommen hat, dem Ihr nie begegnet seid.«

Swallow nickte. »Ja, das darf man sicher annehmen.«

»Sie konnte die betreffende Person so wenig ausbezahlen, wie Ihr das mit ihr machen konntet, aber als sie Euch geholfen hat, hat sie dennoch ihre Schulden beglichen. Wenn Ihr jemandem helft, dann tilgt Ihr damit auch Eure Schulden. Vielleicht habt Ihr das sogar schon getan – ich kann es nicht wissen.«

»Ich habe es ein oder zweimal versucht, Caldé.«

»Ihr sagt, Ihr seid kein gläubiger Mensch. Ich bin es auch nicht mehr, auch wenn ich es vor kurzem noch war. Und da ich es nicht mehr bin, werde ich Euch nicht sagen, daß dieses Weitergeben von einer Generation zur nächsten die Art und Weise ist, auf die wir dank der Voraussicht der Götter unsere Schulden begleichen können, obwohl dies vielleicht sogar zutreffen mag. Auf jeden Fall ist es aber ein guter Brauch, der es den Menschen ermöglicht, mit dem Gefühl zu sterben, daß sie ihre Schulden in der Welt beglichen haben.«

Maytera Marble warf ein: »Vielleicht hat er seine Schulden sogar schon beglichen, Patera, indem er die Jungen eingestellt hat.«

Swallow zuckte die Achseln. »Sie machen sich nicht bezahlt, das ist leider wahr. Wir geben ihnen eine Karte im Monat, aber das sind sie nicht wert. Doch wir machen das nicht aus reiner Barmherzigkeit. Wir müssen dafür sorgen, daß sie sich hier umsehen und die Arbeit kennenlernen. Würden wir das nicht tun, dann hätten wir eines Tages keine neuen Gießer mehr, egal wieviel Lohn wir anbieten.«

»Dann war es doch gut, wenn Ihr sie entlassen habt. Denn jetzt können sie die Palaestra besuchen. Ich glaube, wenn Ihr sie selbst unterrichtet hättet, dann hättet Ihr sie doch gewiß erst als allerletzte nach Hause geschickt.«

»Sie waren die letzten«, erwiderte Swallow knapp.

Chenille und Silk hatten unterdessen die größte Schöpfkelle betrachtet, die sie je gesehen hatten, ein riesiger Becher aus rauhem Steingut, in dem ein Mann hätte aufrecht stehen können.

»Ist das der Behälter, in dem Ihr das Eisen schmelzt?« fragte Silk.

»Genau.« Swallow war gleich wieder ganz der alte, energisch und sehr geschäftlich. »Das Eisen wird hier in diesem aus Ziegeln gemauerten Ofen erhitzt.« Er ging zum Ofen hinüber. »Wir verbrennen hier Holzkohle unter künstlichem Zug, und wir brauchen eine Menge Holzkohle, das kann ich Euch sagen. In den Bunkern, die Ihr an der Wand gesehen habt, als wir hereingekommen sind, wird der Sand gelagert. Bei jedem Gießen verbrauchen wir etwas, und dort ist der Nachschub gelagert. Jene Bunker dort drüben enthalten Holzkohle und Stahlabfälle. Wir füllen also den Behälter mit Abfällen, senken ihn in die Holzkohle ab und schieben den Deckel darüber. Wenn er lange genug im Feuer war, je nachdem, wieviel Abfälle wir hineingegeben haben, heben wir ihn wieder heraus und gießen.«

Auf der anderen Seite des Ofens stand ein kleinerer Behälter. Chenille griff hinein und holte ein unregelmäßiges Stück eines gelben, glänzenden Metalls heraus. »Das sieht fast aus wie Gold«, sagte sie.

Oreb flog zu ihr und nahm die Sache in Augenschein.

»Es ist Messing«, erklärte Swallow. »Es ist eine ziemlich knifflige Angelegenheit, den Kopf eines Talus zu gießen, und Messing ist leichter zu gießen als Eisen, deshalb benutzen wir Messing für den Kopf.«

Silk sagte: »Manche Talusse tragen Helme, wie mir aufgefallen ist. Allerdings nicht alle.«

»Der Helm ist im Grunde ein Teil des Kopfes«, erläuterte Swallow. »Oder besser gesagt, der Helm ist das, was bei Euch das Schädeldach ist. Möchtet Ihr für die Talusse, die wir für die Stadt bauen, Helme vorsehen? Wir könnten das im Vertrag festlegen.«

»Ich weiß es nicht. Ich habe mich nur gefragt, ob ein Helm dem Kopf einen besseren Schutz bietet.« Vor seinem inneren Auge sah Silk den Talus, den er getötet hatte. Die schimmernde Diskontinuität, die Klinge des Azothen, den Hyacinth ihm gegeben hatte, war unter dem Auge in den Kopf des Talus eingedrungen, hatte das Metall verdampfen lassen und dem Ungetüm eine tödliche Wunde zugefügt.

»Nein, eigentlich nicht.« Swallow klatschte in die Hände, damit die Lichter aufflammten. »Hier drüben haben wir die Formen für unterschiedliche Köpfe. Sie sind so konstruiert, daß man die Teile untereinander austauschen kann. Wenn Euch von einem Kopf die Nase gefällt und von einem anderen der Mund, dann könnt Ihr beides kombinieren, wie Ihr wollt. Wir können Euch diese Wünsche ohne zusätzliche Berechnung erfüllen. Wir gießen die Nase, die Ihr haben wollt, und dazu den Mund, den Ihr haben wollt, und wenn die Gußstücke gereinigt sind, passen sie zusammen.«

»Wie dick ist das Metall?« wollte Silk wissen.

»Zwei bis vier Finger, je nachdem, wo man mißt. Es müssen mindestens zwei Finger sein, damit genug Schmelzgut durch den Spalt fließt.« Stolz deutete Swallow auf eine Reihe abgenutzt aussehender Holzköpfe, die beinahe so groß waren wie er selbst. »Dort sind die Formen, Caldé. Neunundzwanzig sind es. Da man fast alle Teile untereinander austauschen kann, ist die Anzahl der verschiedenen Gesichter, die wir herstellen können, fast unbegrenzt.«

»Ich verstehe. Ist das Metall denn mit zwei Fingern Dicke stark genug, um Musketenschüsse abzuhalten?«

»Nicht schießen«, bat Oreb, der auf Chenilles Schulter saß.

»Es kommt darauf an, Caldé. Unter anderem darauf, wie weit der Soldat entfernt ist, wenn er schießt. Die Entfernung spielt eine wichtige Rolle, genau wie der Winkel, in dem die Kugel aufprallt. Bei einem direkten Treffer könnte die Kugel durchschlagen, wenn der Soldat nahe genug ist. Ich weiß, daß dies gelegentlich passiert ist. Aber der Talus hat natürlich auch selbst Kanonen, und solange er noch Munition hat, wird ein feindlicher Soldat, der ihm so nahe kommt, nicht lange genug leben.«

Chenille grinste. »Kann ich mir denken.«

»Wir haben jedenfalls festgestellt, daß die Kämpfer nur selten direkt auf den Kopf schießen. Die Brustplatte und der vordere Bauchraum sind größere Ziele, aber die sind aus Stahl. Ich kann es Euch in der Schweißerei zeigen.«

»Kann eine Kugel auch die Brustplatte durchdringen?«

Swallow schüttelte den Kopf. »Das ist meines Wissens noch nie passiert. Ich würde nicht sagen, daß es völlig ausgeschlossen ist, aber ich würde das erst glauben, wenn ich es sehe. Auf jeden Fall ist es sehr ungewöhnlich, falls es überhaupt einmal passiert.«

Silk wandte sich an Chenille. »Ihr und Auk seid doch auf dem Rücken eines Talus gefahren, als Ihr im Tunnel auf Soldaten des Ayuntamiento gestoßen seid. Das habt Ihr mir erzählt.«

Sie nickte. »Patera Incus und Oreb hier waren auch dabei, Patera.«

»Und später war dann ein verletzter Soldat bei Euch, nicht wahr?«

Chenille nickte noch einmal. »Der Talus hatte angehalten, um zu schießen. Ich glaube jedenfalls, daß er deshalb angehalten hatte. Auk hat Patera vorgeworfen, daß er einem Toten nicht die Vergebung des Pas übermittelt hätte. Wir sahen hinter uns ein paar Tote liegen. In dem Tunnel gab es Licht, und ein paar der Toten haben sogar gebrannt.«

»Ich verstehe.«

»Also hat Patera es gemacht. Er ist vom Talus heruntergestiegen. Auk war ... er konnte es kaum glauben. Dann hat der Talus gesehen, was passiert war, und sagte, Patera müßte wieder aufsteigen, aber Patera sagte, er würde nur kommen, wenn auch dieser Soldat mitkommen würde. Das war Stony, aber seinen Namen haben wir erst später erfahren.«

Maytera Marble fragte: »Wurde dieser freundliche Talus, der Euch auf sich reiten ließ, mein Kind, denn nicht danach getötet? Ich glaube, Ihr habt mir von seinem Tod erzählt und wie der heilige Augur, der bei Euch war, ihm die Vergebung des Pas übermittelte.«

Silk nickte. »Das war genau das, was ich hören wollte, Chenille. Wie wurde denn der Talus getötet? Wo hat ihn die Kugel getroffen?«

»Ich glaube, es war überhaupt keine Kugel, Patera. Stony sagte, es sei eine Rakete gewesen. Ein paar Soldaten hatten Werfer – ich hatte später auch selbst einen –, und damit haben sie auf ihn geschossen.«

»Ihr müßt meine Unwissenheit entschuldigen«, sagte Silk. Um den schmerzenden Knöchel zu entlasten, ging er zum kleineren Schmelztiegel und setzte sich auf den Rand. »Aber ich bin mit alledem nicht vertraut. Was ist der Unterschied zwischen einem Werfer und einer Rakete?«

»Der Werfer feuert die Raketen ab, Caldé.«

»Ach, so ist das. Genau wie eine Muskete Kugeln abfeuert. Jetzt verstehe ich es. Und Ihr hattet so eine Waffe, Chenille? Wo ist sie jetzt?«

»Ich weiß es nicht. Stony hat sie mir abgenommen, um auf die Flugsoldaten aus Trivigaunte zu schießen. Auk und ich waren in dieser Grube, und von oben kamen all die Flugsoldaten herunter, und Ihr habt aus einem Schweber, der hoch am Himmel flog, zu uns gesprochen. Irgend jemand hat dann gerufen, wir sollten wieder im Tunnel verschwinden, und das hielt ich da für eine sehr gute Idee.«

Swallow schaltete sich ein. »Eine Rakete ist etwas ganz anderes als eine Kugel, Caldé. Eine Kugel ist nichts weiter als ein schwerer Metallzylinder. Sie trifft das Ziel härter als eine Nadel oder ein mit einer Schleuder geworfener Stein, aber das nur deshalb, weil sie schwerer ist als eine Nadel und schneller fliegt als ein Stein. Raketen tragen jedoch eine Explosivladung und richten daher viel mehr Schaden an.«

»Raketen sind, glaube ich, auch schwerer«, sagte

Chenille zu Silk. »Ich habe gesehen, wie Kämpfer vierzig oder fünfzig Kugeln geschleppt haben …«

»Patronen«, berichtigte Swallow sie.

»Was auch immer. Sie hatten sie in einem Streifen aus Segeltuch stecken, und sie konnten ohne weiteres damit herumlaufen. Aber ich glaube, wenn man einem Kämpfer vierzig oder fünfzig Raketen aufladen würde, dann könnte er kaum noch aufstehen. Mein Raketenwerfer war leicht, als ich ihn fand, aber nachdem Stony ihn für mich geladen hatte, fand ich ihn ziemlich schwer.«

»Direktor Swallow.«

»Ja, Caldé?«

»Ihr habt ein Bauteil erwähnt, das Ihr als Brustpanzer bezeichnet habt. Das ist vermutlich die Platte, die den Brustkorb des Talus schützt.«

»Richtig, Caldé.«

»Chenille sagt, dieser Soldat, mit dem Patera Incus sich angefreundet hat, hätte erzählt, ihr Talus sei von einem dieser Dinger getötet worden – von einer Rakete, die aus einem Raketenwerfer abgefeuert wurde. Habe ich das richtig formuliert?«

Swallow nickte. »Genau richtig, Caldé.«

»Aber wenn ich Chenille recht verstehe, dann hat der Soldat doch auf dem Rücken des Talus gesessen, als die Rakete abgefeuert wurde. Wie konnte er es da wissen?«

Swallow knetete sich nachdenklich das Kinn. »Er hat es überlebt, nicht wahr? Er muß es überlebt haben, denn die junge Dame hier sagte, der Soldat hätte später den Raketenwerfer an sich genommen. Wenn er später noch einmal den Talus untersucht hat, dann …«

»Mann sehen«, verkündete Oreb entschieden. »Eisenmann.«

»In diesem Fall, Caldé, wäre es ihm nicht schwergefallen, den Unterschied zwischen der Wunde von einer Muskete und dem Einschlag einer Rakete zu unterscheiden.«

Silk nickte wieder. Er dachte nach. »War es eine Gesichtsverletzung, Chenille?«

Sie schüttelte den Kopf. »Der Talus hat später noch zu uns gesprochen. Ich bin nicht sicher, wo er getroffen wurde, aber es war weiter unten.«

Silk stand wieder auf. »Ihr habt die Schweißerei erwähnt, Direktor. Ich würde sie gern sehen und Euch um einen Gefallen bitten. Können wir jetzt gehen?«

Als sie hinausgingen, ließ Silk sich etwas zurückfallen, um Mucor eine Frage zu stellen. »Du hast erwähnt, daß du auch im Regen fliegen kannst.« Etwas verspätet öffnete auch er seinen Regenschirm. »Aber daß sie es nicht können. Meintest du mit ›sie‹ die Flieger?«

Sie starrte ins Leere.

»Ist es vielleicht so, daß es jetzt regnet, weil sie über uns vorbeigeflogen sind? Weil sie den Regen irgendwie verhindern, solange sie fliegen?«

»Antworte ihm nur, meine Liebe«, drängte Maytera Marble, aber Mucor schwieg.

Als sie auf einem unebenen Pfad zwischen tropfenden Holzbauten, die eher aussahen wie Scheunen, durch die Pfützen platschten, sagte Swallow auf einmal: »Ich wünschte, Ihr hättet besseres Wetter für die Besichtigung gehabt, Caldé, aber die Bauern brauchen den Regen wirklich dringend.«

Silk mußte lächeln. »Sie brauchen ihn so dringend, daß der Anblick und das Geräusch des Regens mein Herz mit Freude erfüllen. Die ganze Zeit, während wir uns in Eurer Gießerei aufgehalten haben, habe ich gelauscht, und die schönste Musik des ganzen Whorl hätte mich nicht so ergreifen können. Ich glaube, Chenille oder Maytera mögen es nicht so sehr wie ich – und daß Oreb hier den Regen nicht mag, weiß ich genau. Ich mache mir auch etwas Sorgen um Mucor, deren Gesundheit angegriffen ist. Aber was mich selbst angeht, so laufe ich im Augenblick lieber durch den Regen als durch den strahlendsten Sonnenschein.«

Swallow öffnete die Tür eines weiteren windschiefen Holzschuppens. Eine Wolke beißenden Qualms kam heraus, und drinnen hinter der Tür war ein großer, schmutziger Vorhang aus Segeltuch zu sehen. »Das Gießen ist eine sehr grobe Arbeit, Caldé. Früher wußte man noch viele Dinge, die heute verloren sind, aber ich habe einen großen Teil meines Lebens damit verbracht, die alten Geheimnisse zu ergründen. Was ich Euch jetzt zeigen werde, kommt schon recht nahe an das heran, was Ihr vielleicht vom Whorl der Kurzen Sonne kennt. Aber bevor ich Euch einlasse, muß ich Euch warnen. Ihr dürft nicht direkt in die Flamme sehen, in die blaue Schweißflamme. Das Licht ist zu grell, und Ihr könnt dabei erblinden.«

Silk schüttelte seinen Schirm aus. »Schmiede verbinden Eisenteile miteinander, indem sie sie erhitzen und daraufschlagen. Ich habe ihnen als kleiner Junge oft zugesehen. Davon bin ich aber nicht blind geworden, also muß das, was Ihr hier tut, ein ganz anderer Prozeß sein.«

Chenille wischte sich die nassen, himbeerfarbenen Locken aus dem Gesicht. »Wir sollten vielleicht dafür sorgen, daß auch Oreb nicht hineinsieht, Patera.«

»Darauf werde ich achten.« An Swallow gewandt, fügte er hinzu: »Gelegentlich richten wir alle den Blick auf Dinge, die wir besser nicht hätten sehen sollen. Auch Vögel tun das hin und wieder.«

Swallow blinzelte und riß sich von Chenille los, deren Kleid naß geworden war und eng am Körper lag. »Manche Leute glauben, wir hätten hier ganz andere Verfahren, weil wir mit Stahl und nicht mit Eisen arbeiten, aber das stimmt nicht. Wir benutzen diese Methode nur, wenn wir Bauteile verbinden wollen, die Euer Schmied nicht zusammenfügen könnte, weil sie zu groß sind, um mit dem Hammer bearbeitet zu werden.« Hinter dem Segeltuchvorhang war ein grelles Licht zu sehen, trotz des Stoffs immer noch hell genug, um scharfe Schatten unter das Dach zu werfen.

»Einer unserer Männer schweißt gerade etwas. Wenn es Euch nichts ausmacht, Caldé, dann wollen wir hier warten, bis er fertig ist. Danach können wir hineingehen, und dann werde ich Euch zeigen, was er tut und wie er es tut. Ich glaube, er schweißt gerade eine Brustplatte fest.«

Mit der einzigen verbliebenen Hand schloß Maytera Marble den schwarzen Schirm, den sie sich mit Mucor geteilt hatte, und warf Silk einen fragenden Blick zu.

Er nickte. »Ich möchte es gern sehen. Ich bin sogar sehr gespannt darauf, Direktor. Ihr habt gesagt, die Brustpanzer und andere Teile seien relativ dick. Wie dick sind sie genau?«

»Drei Finger.« Swallow hob die Hand und zeigte es ihm.

»Ich möchte, daß meine dicker sind. Mindestens sechs. Könnt Ihr das machen?«

Swallow sah ihn verblüfft an. »Was denn – ob wir dickere Platten zusammenschweißen können, meint Ihr? Natürlich können wir das, aber es wird länger dauern. Es ist viel mehr Arbeit.«

»Dann macht es«, entschied Silk.

Oreb pfiff.

»Schreibt es in unseren Vertrag: sechs Finger dicke Brustplatten. Wie heißt noch gleich das andere Teil? Unterhalb der Brust?«

»Der Bauchpanzer?« half Swallow.

»Genau. Wie dick ist diese Platte?«

»Ebenfalls drei Finger, Caldé.« Swallow zögerte, dachte nach. »Wollt Ihr diesen Panzer auch dicker machen lassen? Ich glaube, das wäre möglich, aber es könnte eine Weile dauern, bis wir einen Stahl gefunden haben, der dick genug ist und sich trotzdem noch entsprechend formen läßt.«

Oreb rief: »Nicht, nein!«

»Wir können uns keine Verzögerungen leisten, Direktor. Viron braucht die Talusse sofort. Wie ich sehe, könnt Ihr sie nicht heute noch liefern. Wenn Ihr das könntet, dann würde ich sie akzeptieren, wie sie sind, und sofort dafür bezahlen und mich bei Euch bedanken. Ihr fügt hier Stahl zusammen, sagtet Ihr – das ist es doch, was der Arbeiter auf der anderen Seite dieses Vorhangs tut, nicht wahr?«

Swallow nickte.

»Dann macht meine Brustplatten und die Bauchpanzerung aus zwei Stücken Stahl, die Ihr habt, jeweils drei Finger dick. Maytera hier kann den Stoff doppelt nehmen, wenn ich sie bitte, mir eine besonders dicke Robe zu machen. Warum könnt Ihr das nicht auch tun?«

»Ich glaube, das können wir.« Swallow räusperte sich. »Es wird aber einige Probleme geben. Bei allem Respekt, Caldé, Stahl zu schweißen ist nicht so einfach wie Nähen, aber ich glaube, es läßt sich machen. Darf ich fragen …?«

»Wozu ich sie brauche? Um die Soldaten des Ayuntamiento in den Gängen zu bekämpfen, natürlich. Ich war unten in diesen Gängen, Direktor, und ich habe dort sogar gegen einen Talus gekämpft. Zwischen den Wänden des Gangs und dem Talus war nur ein Schritt Platz. Ein Soldat, der dem Talus so nahe kommt, ist ihm in der Tat gefährlich nahe, und die Talusse, die Ihr mir bauen sollt, werden in ihrem Rücken Kämpfer als Unterstützung haben. Die Gefahr wird von vorn kommen, denn dort werden Soldaten mit den Waffen sein, von denen Chenille eine bekommen hat.«

»Raketenwerfer«, warf sie ein.

»Genau. Raketenwerfer, die Raketen verschießen.« Silk dachte kurz nach. »Ich bin auch wegen der Köpfe etwas besorgt. Ihr sagt, Ihr könnt sie nicht aus Eisen gießen?«

»Nein, Caldé. Normalerweise malen wir sie schwarz an. Fast immer jedenfalls, denn dadurch kommen die Augen und Zähne besser zur Geltung. Wenn wir sie aus Eisen gießen könnten, dann brauchten wir sie nicht anzumalen oder aus Stücken zusammenzubauen. Wir haben es versucht, Caldé. Wenn man Eisen nimmt, kommen die Details nicht so gut heraus. Wir müssen erst noch mehr über das Gießen von Eisen lernen.«

»Schade!« Das Licht hinter dem Vorhang war erloschen, und Oreb flog hoch, um hinüberzulugen.

»Ja, das ist wirklich schade«, bestätigte Silk.

»Aber es geht Euch ja um die Widerstandskraft, Caldé. Um die Widerstandskraft gegenüber Geschossen und so weiter. Um Euch die Wahrheit zu sagen, Eisen wäre da auch nicht viel besser. Vielleicht sogar schlechter. Gußeisen ist ein wundervolles Material, aber es ist recht spröde. Deshalb benutzen wir ja für den Bauch und die Brust Stahlplatten.«

»Patera, Direktor?« Maytera Marble blickte zwischen Silk und Swallow hin und her. »Könnte sich der Talus nicht etwas vor das Gesicht halten? Ein Stück Stahl mit einem Griff wie ein Schirm?«

Silk nickte. »Und er könnte über den Rand hinwegsehen. Ja, das ließe sich bestimmt machen, Maytera.«

»Es gibt noch eine andere Möglichkeit, Caldé.« Swallow zögerte etwas. »Es ist ein Verfahren aus den alten Tagen, aber soweit ich weiß, wurde es auch hier bei uns früher angewendet. Wir könnten es mit Bronze versuchen.«

Silk sah ihn scharf an. »Benutzt Ihr denn keine Bronze?«

Chenille schüttelte den Kopf. »Sie nehmen Messing, Patera. Als ich das Stück Metall hoch gehalten habe, sagte er, es sei Messing.«

»Bronze ist erheblich stabiler, Caldé.« Swallow räusperte sich noch einmal. »Und härter, Caldé. Ich meine richtige Bronze. Aber das ist ziemlich schwer zu erklären.«

»Fahrt nur fort«, bat Silk ihn. »Ich werde mir alle Mühe geben, Euch zu verstehen, denn es ist wichtig.«

»Laßt mich mit Eisen beginnen, damit kann ich es besser beschreiben. Wir haben über Eisen gesprochen, über das Gießen von Eisen und so weiter.«

Silk nickte.

»Was die Leute Eisen nennen, besteht in Wirklichkeit aus drei verschiedenen Stoffen, Caldé. Ein Teil davon ist weicher Stahl. Irgendeine Stahlsorte, die nicht viel Kohlenstoff enthält. Die Leute nennen das Material auch Blech, wenn es ausgerollt und in Form von dünnen Platten verkauft wird, aber das ist nicht ganz richtig. Manchmal wird das Blech mit Zinn beschichtet. Die meisten Menschen haben noch nie einen Brocken reines Zinn gesehen.«

»Weiter.«

»Als Ihr Eurem Schmied zum Beispiel bei der Herstellung von Hufeisen zugesehen habt, da habt Ihr genau dieses Material gesehen. Er hat es wahrscheinlich Eisen genannt, aber in Wirklichkeit war es weicher Stahl; Eisen mit einem geringen Gehalt an Kohlenstoff. Wenn viel Kohlenstoff darin ist, dann heißt es Gußeisen. Das ist das Material, das wir hier einschmelzen. Gußeisen kann man nicht mit dem Hammer bearbeiten, wie es ein Schmied tut. Es würde brechen.«

»Ich erinnere mich. Ihr sagtet ja, es sei spröde.«

»Genau. Man kann es für viele verschiedene Zwecke verwenden, aber für Panzerungen oder den Kopf eines Hammers oder so etwas eignet es sich nicht.«

Swallow holte tief Luft. »Das dritte Material ist Schmiedeeisen, und das ist nun endlich echtes Eisen, in dem allerdings meistens etwas Schlacke enthalten ist. Wenn wir dieses Material brauchen, nehmen wir Gußeisen und brennen den ganzen Kohlenstoff heraus. Es ist ziemlich weich, und man kann es fast beliebig biegen. Meistens wird es für Fenstergitter oder ähnliche Dinge verwendet.«

»Ihr wolltet mir doch etwas über Bronze erzählen.«

»Ich wollte es anhand dieser Beispiele erläutern, Caldé. Seht Ihr, es gibt ein paar Dutzend Legierungen, die man als Bronze bezeichnet, weil sie alle wie Bronze aussehen. Die meisten enthalten verschiedene Metalle, aber überhaupt keinen Zinn. Echter Zinn ist zu teuer.«

Silk machte eine ungeduldige Geste.

»Deshalb ist auch echte Bronze sehr teuer. Echte Bronze – ich meine jetzt nicht das Zeug, das Ihr bekommt, wenn Ihr die Bronzefigur einer Gottheit kauft – besteht zur Hälfte aus Zinn und zur Hälfte aus Kupfer.«

»Ist das alles?«

Swallow nickte. »Es ist eine ziemlich einfache Legierung, aber sie hat wundervolle Eigenschaften. Sie ist härter als Stahl und fast so elastisch, und Ihr könnt sie hämmern und schmieden und leichter verarbeiten als alles andere, abgesehen höchstens von Gußeisen. Ich weiß das, weil wir auch heute noch kleine Teile aus diesem Material herstellen, überwiegend Achslager und die Schnecken für große Schneckengetriebe. Aber als ich noch ein Junge war, haben die älteren Männer gesagt, daß sie früher ganze Köpfe aus Bronze gegossen haben, und ich habe damals tatsächlich noch einige alte Talusse mit Bronzeköpfen gesehen.«

Silk lehnte sich an den Türrahmen. Er war schrecklich müde. Er war bereits müde gewesen, bevor die

Parade zu Ende gewesen war, und ihm stand noch das Abendessen bevor. Er mußte unbedingt vorher noch eine Stunde schlafen, ganz egal, was passieren mochte. Er fragte: »Könnt Ihr die Bronze – die echte Bronze, meine ich – so gut gießen wie Messing?«

»Sogar besser, Caldé. Wir gießen damit ja die Schnecken, die ich erwähnte, und dann bearbeiten wir die Teile, die belastet werden, maschinell nach. Daher weiß ich es. Es würde die Arbeiten sehr beschleunigen, weil die Teile sauberer herauskämen und nicht so intensiv nachgeformt werden müssen. Aber es würde teuer, Caldé, weil Zinn so teuer ist.«

»Habt Ihr denn genügend Zinn vorrätig?«

Swallow nickte. »Ja, weil wir die Bronze für die Schneckengetriebe und für andere Dinge brauchen.«

»Dann tut es. Benutzt Bronze.«

»Ich muß dann aber den Preis erhöhen, Caldé. Es tut mir leid, aber das läßt sich nicht vermeiden, auch wenn Ihr zwei oder drei Talusse bestellt.«

»Dann erhöht den Preis.« Er sehnte sich nach dem braunen Ledersessel, in dem er vorher gesessen hatte. »Wir können über den Preis verhandeln, wenn wir wieder in Eurem Büro sind. Und vergeßt nicht die Brust- und Bauchplatten in doppelter Dicke. Offensichtlich braucht Ihr dafür mehr Material als üblich; und dazu die Stahlschilde, die Maytera vorgeschlagen hat.«

Mucor sagte: »Das Unwetter wird bald vorbei sein.« Die anderen sahen sie erstaunt an. Dann fügte sie hinzu: »Ich bin müde.«

»Sie muß sich setzen«, sagte Silk zu Swallow. »Und ich möchte mich auch ausruhen. Aber vorher muß ich Euch noch nach Mayteras Hand fragen. Sie hat sie im Korb mitgebracht. Maytera, könntet Ihr sie ihm bitte zeigen?«

»Mann schneiden«, verkündete Oreb, der sich auf

den Vorhang gehockt hatte. Silk war nicht klar, ob der Vogel meinte, daß Blood den Arm der Sibylle abgetrennt hatte, oder daß Blood von Silk auf ganz ähnliche Weise getötet worden war, wie die Auguren sonst ihre Opfertiere töteten.

Maytera Marble gab den Korb an Swallow weiter, der das weiße Tuch abnahm, mit dem sie die abgetrennte rechte Hand bedeckt hatte. Er hob die Hand hoch. Allem Anschein nach handelte es sich um die Hand einer älteren Frau. Ein kurzer Zylinder eines silbrigen Metalls ragte aus dem Handgelenk heraus. »Ich habe etwas Flüssigkeit verloren«, erklärte sie ihm, »aber nicht sehr viel. Es gibt Ventile und Sperren, mit denen ich das kontrollieren kann. Aber das wißt Ihr sicher selbst.«

Er nickte abwesend.

»Aber die Schläuche müssen irgendwie verbunden werden. Der Schlauch, der die Flüssigkeit in die Finger preßt, damit ich sie bewegen kann, und der zweite, der sie zurücktransportiert.«

Silk sagte: »Wir wären Euch sehr dankbar, Direktor, wenn Ihr alles in Euren Kräften Stehende tun könntet, um Maytera zu helfen. Sie kann leider nicht dafür bezahlen, aber vielleicht kann ich einspringen, wenn der Preis nicht zu hoch ist. Wenn er für mich zu hoch ist, kann ich aber gewiß dafür sorgen, daß Ihr auf andere Weise bezahlt werdet.«

»Macht Euch deshalb keine Sorge, Caldé.« Swallow legte die abgetrennte Hand in den Korb zurück. »Wir werden Maytera hier gern helfen, das betrachten wir als Kundendienst. Wir könnten die Schläuche wieder miteinander verbinden, auch wenn es eine Feinarbeit ist.«

Maytera Marble lächelte, ihr Metallgesicht glänzte.

»Die Metallteile, die zur Verstärkung eingesetzt sind, stellen überhaupt kein Problem dar. Jedenfalls denke ich das. Ich glaube, es wird danach aber nicht mehr ganz so hübsch aussehen wie vorher. Das ist eben so, wenn man etwas repariert.«

»Das macht mir überhaupt nichts aus«, versicherte Maytera Marble ihm.

»Das Problem ist nur – verzeiht, Caldé.« Swallow schloß die Tür, die auf ihrer Seite des Segeltuchvorhangs die einzige Lichtquelle darstellte. »Maytera, könntet Ihr Euren Arm heben? Ich möchte dem Caldé etwas zeigen.«

Sie hob den Arm, und Swallow deutete auf den Stumpf. »Schaut hier hinein, Caldé und Maytera. Und jetzt versucht bitte, die Finger zu bewegen. Tut so, als wolltet Ihr meine Nase fassen.«

Im dunklen Loch des Armstumpfes begann etwas zu schimmern. Winzige Lichtpunkte flammten auf, die Silk an die verstreuten Diamanten erinnerten, die er durch das Fenster im Bauch des Whorl hatte sehen können.

»Dort, Caldé! Seht Ihr das? Das sind Glasfasern. Sie sind wie sehr dünne Drähte, nur daß sie Licht leiten. Wie Maytera sagte, werden ihre Finger von einer Flüssigkeit bewegt, aber gesteuert werden sie durch diese Lichtblitze. Sie übermitteln den verschiedenen Gelenken in der Hand die Befehle, wie sie sich zu bewegen haben.«

Silk nickte zögernd.

»Nehmt an, Ihr postiert in zwanzig Meilen Entfernung einen Mann auf einen Hügel und sagt ihm, daß er losreiten soll, sobald am Fahnenmast des Juzgado eine Laterne aufgezogen wird. Es ist das gleiche Prinzip.«

»Ich verstehe.«

»Wenn normale Drähte durchgeschnitten werden, dann kann man sie reparieren, indem man die Enden umeinander zwirbelt. Das ist bei Glasfasern, wie sie in Chemischen verwendet werden, nicht möglich. Man braucht dazu ein spezielles Werkzeug, das als

Optiksynapter bezeichnet wird. Wir haben keinen hier, weil wir keine Glasfasern verwenden, und wir haben keine Möglichkeit, ein solches Werkzeug herzustellen.«

Silk wandte den Blick ab, er konnte es nicht ertragen, Maytera Marble enttäuscht zu sehen. »Dann müssen wir also eines dieser Werkzeuge finden, und dazu jemanden, der damit umzugehen weiß und fähig ist, die Glasfasern wieder zu verbinden. Ist das richtig? Und dann könnt Ihr die Reparatur durchführen?«

Swallow schüttelte den Kopf. »Wenn die Glasfasern verbunden werden, und die Hand hängt daran, dann werden sie wahrscheinlich reißen. Wir können die Hand sofort wieder anschweißen, und meiner Meinung nach sollten wir das auch tun. Wenn Ihr den Optiksynapter findet, dann kann sie die Hand auf die übliche Art und Weise abnehmen. Der Handwerker sollte dann keine Schwierigkeiten haben, die Leitungen herauszufischen und zu verbinden.«

»Wo können wir so jemanden finden?«

»Da bin ich überfragt, Caldé. Ein Arzt, der auf Chemische spezialisiert ist, könnte so ein Gerät besitzen, aber ich kenne hier in Viron niemanden.«

Chenille schnippte mit den Fingern. »Ich weiß jemanden.«

»Wirklich, meine Liebe? Wirklich?« Maytera Marbles Stimme, die normalerweise völlig ruhig war, zitterte merklich.

»Allerdings. Stony wurde eine dieser Fasern durchgeschnitten, als unser Talus ihn angeschossen hatte, und Patera Incus hat es wieder repariert, damit er sich wieder bewegen konnte. Er hatte ein Gerät, mit dem er das gemacht hat, und er hat genau den gleichen Ausdruck benutzt. Es war ein Optiksynapter. Ich habe ihm zugesehen.«

Silk wandte sich an Bloods ausgemergelte Tochter.

»Mucor, du warst vor ein paar Minuten fort. Bist du jetzt wieder bei uns? Bitte antworte mir, wenn du kannst.«

Sie nickte. »Ich war bei dem Flieger, Silk. Frauen haben ihn gefangen. Sie wollen etwas über das Ding wissen, mit dem er fliegt.«

»Ich verstehe. Vielleicht wäre es klüger, im Augenblick nicht weiter darüber zu sprechen. Ich möchte, daß du Patera Incus, Hyacinth und Auk für mich suchst. Kennst du Incus?«

Nach langem Schweigen sagte Mucor: »Nein, Silk.«

»Er war zur gleichen Zeit wie ich eine Weile im Haus deines Vaters gefangen. Auch er ist ein Augur. Klein, rundes Gesicht und vorstehende Zähne. Ein paar Jahre älter als ich. Mir ist klar, daß du die Dinge nicht so siehst wie wir, aber so sehen wir ihn.«

Mucor antwortete nicht, und Maytera Marble wedelte, ohne daß sie reagierte, mit ihrer funktionierenden Hand vor ihrem Gesicht hin und her. »Sie ist fort, Patera. Ich glaube, sie sucht ihn schon.«

»Wollen wir hoffen, daß sie alle drei bald findet.« Silk blickte zu Oreb. »Ist der Mann dort drüben mit der Arbeit fertig? Mit dem Verbinden von Eisen, oder wie es auch heißt?«

»Kein Feuer, nicht mehr!«

»Danke. Kommt, Direktor. So interessant und wertvoll dies alles auch ist, ich habe leider keine Zeit mehr dafür. Euer Arbeiter muß mit Mayteras Reparatur beginnen. Ihr und ich, wir können über unseren Vertrag sprechen, während er arbeitet. Wie viele Talusse könnt Ihr zur gleichen Zeit bauen, wenn Ihr alle Arbeiter, die Ihr entlassen habt, wieder einstellt? Aber übertreibt nicht.«

»Nein, keine Sorge. Ich wünschte nur, ich hätte meine Unterlagen hier. Ihr wißt schon, der Umschlag der Bauteile und die Zeit, die für ihre Herstellung erforderlich ist.«

»Wie viele?« Silk trat um den Vorhang herum in ein Gewirr von Metalltischen. Im letzten Augenblick dachte er daran, den mit einer Lederschürze bekleideten Arbeiter mit einem freundlichen Lächeln zu begrüßen. »Guten Tag, mein Sohn. Möge Thelxiepeia Euch segnen.«

»Vier, Caldé.« Swallow folgte ihm. Er schnaufte erleichtert. »Zuerst wollte ich sagen, daß wir fünf bauen können, aber das kann ich nicht garantieren. Wir könnten allerdings mit einem fünften beginnen, sobald der Bau der ersten vier weit genug fortgeschritten ist.«

»Dann wird die Stadt vier bestellen«, entschied Silk. »Mit den doppelten Frontplatten, die ich beschrieben habe, mit Köpfen aus echter Bronze und mit den Schilden. Wir müssen auch über die Bewaffnung nachdenken und wie sie sich auf den Preis auswirkt. Wie lange braucht Ihr für vier Talusse?«

Swallow nagte an seiner Unterlippe. »Zwei Monate, würde ich sagen, Caldé. Das ist das Äußerste, was ich versprechen kann.«

»Sechs Wochen. Stellt neue Leute ein und bildet sie aus. Es gibt in dieser Stadt Tausende arbeitsloser Männer und Frauen. Arbeitet Tag und Nacht.« Silk hielt inne und dachte nach. »Die Stadt zahlt für jeden Tag, den Ihr unter der Frist von fünfundvierzig Tagen bleibt, eine Prämie von sechs Karten. Darauf habt Ihr mein Wort.«

Swallow leckte sich die Lippen.

Oreb oben auf der Trennwand quakte: »Silk gewinnt.«

8

Um Euch das Leben zu retten

Maytera Mint unterdrückte ein Schaudern. Sie mußte über das Bein des toten Mannes hinwegsteigen, ehe sie die Wachstube betreten konnte. Es war nur Hyrax' Bein, sagte sie sich energisch. Es war nur das Bein eines toten Mannes und kein Ding aus einem Alptraum. Hyrax hatte der Mann geheißen. Beinahe so wie der Gott Hierax. Dieser Name wurde oft Knaben gegeben, deren Mütter bei der Geburt gestorben waren.

Jetzt, überlegte Maytera Mint sich, war Hierax gekommen, um Hyrax zu holen.

»Sie … äh … die …«, begann Remora. Dann verstummte er wieder.

»Es waren Soldaten.« Spider setzte sich auf einen Hocker. »Soldaten haben sie getötet.« Er zog seine Tunika hoch und steckte sich den Nadler in den Hosenbund. Dann ließ er die Tunika wieder hinunterfallen und wischte sich die Hände an den Oberschenkeln ab. »Seht Ihr, wie gut sie geschossen haben, Patera? Das waren drei Volltreffer. So schießen nur Soldaten.«

»Ich hätte doch gedacht, daß Hierax' Leiche Guan hätte warnen müssen«, grübelte Maytera Mint. Sie betrachtete den Toten, während sie sprach. »Er muß es doch genauso gesehen haben wie wir.«

Spider nickte. »Deshalb hat er ja wohl auch gedacht, er liefe nicht in einen Hinterhalt. Er dachte sich, wenn es ein Hinterhalt wäre, dann hätte man die Leichen entfernt. Außerdem hatte er ja eine Muskete, nicht wahr? Er wollte wissen, was hier passiert war, nicht wahr? Also ging er vorsichtig hinein und sah sich um. So hätte ich es gemacht, und Guan hat es sicher genauso gemacht. Dann hat er die Muskete abgestellt, wahrscheinlich dort in die Ecke, und hat das Wasser geholt. In diesem Augenblick müssen sie ihn erwischt haben. Sie haben ihn von hinten erschossen. Seht Ihr, wie er liegt? Er hat die Tür beobachtet, während er trank. Er konnte die Tür nicht schließen, ohne Hyrax zu bewegen, und das hatte er noch nicht gemacht. Er hat sich umgesehen, aber hier drinnen hat ein Soldat gesteckt, von dem er nichts wußte, und der hat ihn erschossen.«

»Darf ich mich auch setzen?« Maytera Mint fand einen zweiten Hocker. »Darf Seine Eminenz sich setzen?«

»Sicher.«

»Wir ... äh ... Waffen? Sie sollten doch bewaffnet sein.« Remora suchte in der Wachstube herum. »Musketen, was? Musketen für Soldaten ... äh ... für Chemische, für chemische Personen, was? Alle bekommen Musketen. Wo sind die Musketen der ... äh ... der Verstorbenen?«

»Alle weg«, informierte Spider ihn. »Sie hatten alle Musketen. Ich meine Guan, Hyrax und Sewellel. Eine Muskete kann einen Soldaten töten, und Soldaten mögen es nicht, wenn solche Waffen herumliegen.«

»Es tut mir leid«, sagte Maytera Mint. »Es tut mir wirklich leid. Das müßt Ihr verstehen. Ihr seid bekümmert, und ich fühle mit Euch, und ich sage das nicht einfach so. Ich meine es ehrlich.«

»Also gut, danke.«

»Aber trotzdem habe ich unsere Wette gewonnen. Ihr habt mir Euer Wort gegeben, mir auf drei Fragen ehrliche Antworten zu geben. Wenn Ihr lieber warten möchtet, dann kann ich das verstehen. Aber vielleicht haben wir nicht mehr lange Zeit.«

»*Ich* habe vielleicht nicht mehr viel Zeit«, korrigierte Spider. »Das meintet Ihr doch, nicht wahr? Also fragt nur.«

Sie schüttelte den Kopf. »Nein, das meine ich nicht. Ich verstehe die Situation noch nicht gut genug. Wenn Ihr meine Fragen beantwortet habt, dann verstehe ich vielleicht mehr. Hier ist die erste Frage: Die Soldaten der Armee sind keineswegs die einzigen, die Musketen benutzen. Bisons Kämpfer haben sie auch, genau wie viele andere. Aber Ihr wart völlig sicher, daß es keiner von Bisons Kämpfern war, der Paca getötet hat. Wie konntet Ihr das so genau wissen?«

Remora schaltete sich ein. »Das hat er doch schon beantwortet. Die … äh … die Präzision der Schüsse.«

»Ja, das ist richtig. Aber außerdem haben wir die Soldaten auch gesehen, und meine Männer haben auf die Soldaten geschossen. Ihr sagtet, Ihr hättet Schüsse gehört, als Ihr eingesperrt wart. Da habt Ihr richtig gehört. Es waren Soldaten, zwei oder drei vielleicht. Wenn sie gewußt hätten, daß wir nicht mehr als fünf oder sechs waren, wobei ich selbst noch nicht einmal eine Muskete hatte, dann hätten sie uns weiter angegriffen und uns besiegt, aber sie konnten nicht sicher sein, ob wir nicht vielleicht doch ein Dutzend Männer waren. So denke ich mir das jedenfalls. Also haben sie sich zurückgezogen, um uns der Reihe nach zu töten.« Er seufzte. »Wir hätten zusammen bleiben sollen, aber das war mir da noch nicht klar.«

»Danke.« Maytera Mint faltete die Hände im Schoß und dachte nach. »Wenn sie gekommen sind, um Seine Eminenz und mich zu retten, dann hätten wir keinen Grund, auf sie zu schießen, selbst wenn wir Musketen hätten, mit denen wir schießen könnten. Das ist keine Frage, Spider, das ist ein Kommentar.«

»Auch egal, Ihr habt jedenfalls recht damit. Aber

wenn Ihr herauszufinden versucht, wer sie aus welchem Grund geschickt hat, dann seid Ihr bei mir an der falschen Adresse. Ich weiß es nicht. Die Armee gehört uns, dem Ayuntamiento. Inzwischen sollten eigentlich alle Soldaten über uns Bescheid wissen.«

»Vielleicht ... äh ... vielleicht aber auch Euer Councillor, was?« Remora hatte sich einen Hocker geholt. »Wenn er nun ... äh ... wenn er unsicher geworden ist? Ihr habt Informanten, was? Die gegen die Truppen des Generals arbeiten, was? Könnte der Councillor nicht fürchten, daß der Caldé ... äh ... das gleiche getan hat? Daß Ihr ... äh ... daß Ihr für die andere Seite arbeitet?«

»Vielleicht.« Spider stand auf und ging zur Tür, um Hyrax an den Handgelenken zu packen und hereinzuziehen. »Aber ich glaube es nicht.«

»Ich auch nicht«, murmelte Maytera Mint, als Spider die Tür verschloß und verriegelte.

»Ihr riskiert viel, nicht wahr? Ihr setzt Euch der Gefahr aus. Und damit auch uns. Wenn die Soldaten, mit denen Ihr rechnet, sich nun versteckt haben, was? Wenn es noch weitere ... äh ... weitere Kammern gibt? Außer der, in der wir uns jetzt gerade befinden?«

»Das dort ist die Latrine«, erwiderte Spider. Er nickte in Richtung einer Tür, die sich hinten im Raum befand. »Da steht eine tragbare Toilette drin. Die andere Tür dort ist das Lager. Ja, die Soldaten könnten sich in einem dieser Räume befinden. Oder ich habe sie jetzt gerade ausgesperrt. Für den Augenblick will ich das als gegeben annehmen.«

Er wandte sich wieder an Maytera Mint. »Ihr habt noch zwei weitere Fragen, Generalin. Werdet Ihr sie jetzt stellen? Oder wollt Ihr Wasser und etwas zu essen haben? Ihr könnt auch erst essen, wenn Ihr wollt.«

Als sie Remoras Gesichtsausdruck sah, sagte

Maytera Mint: »Wir können ohne weiteres essen, während ich frage. Wir sind Erwachsene.«

»Gut. Patera, Ihr seid hier der hungrigste, nicht wahr?«

»Ich … äh … möglicherweise.«

»Dann geht Ihr dort hinein und holt die Lebensmittel. Die Tür ist nicht verschlossen. Geht dort hinein, seht Euch an, was es gibt, und bringt hier heraus, was Ihr essen wollt. Bringt auch für die Generalin etwas mit, und vergeßt nicht eine Flasche Wein und Wasser, wenn Ihr trinken wollt.«

Remora schluckte schwer. »Wenn sie aber … äh … wenn sie nun dort drinnen sind?«

»Höchstwahrscheinlich werden sie auf Euch nicht schießen. Sagt ihnen, daß sie auch mich nicht zu erschießen brauchen. Sagt ihnen, daß ich nur einen Nadler habe. Als wir oben in Bloods Haus waren, dachte ich, ein Nadler wäre mehr als genug, und ich hätte noch eine Hand frei. Wenn ich kann, benutze ich sowieso am liebsten Nadler.«

»Ich werde das … äh … ich werde das mit gebotenem Nachdruck zur Sprache bringen.« Remora sah sich um und senkte den Kopf.

»Dann geht. Öffnet die verdammte Tür.«

»Er betet«, erklärte Maytera Mint. »Er weiß, daß er erschossen werden kann, sobald er die Tür öffnet. Er begibt sich in die Hände des Hohen Hierax und schickt den Göttern Gebete, die möglicherweise seine letzten als lebender Mensch sind.«

»Macht schnell!«

»Danke, daß Ihr meine erste Frage beantwortet habt«, sagte Maytera Mint, um Spider abzulenken. »Ich würde sagen, daß Ihr sie, wie verabredet, ausführlich und wahrheitsgemäß beantwortet habt. Meine zweite Frage könnte etwas schwieriger sein. Ich möchte aber vorher feststellen, daß es mir nicht um vertrauliche Angelegenheiten unserer Stadt oder des Ayuntamiento geht, soweit man die beiden überhaupt auseinanderhalten kann. Aber bevor ich frage, möchte ich wissen, ob Ihr vielleicht auch beten wollt? Falls dort drinnen wirklich Soldaten sind, was Ihr ja für möglich haltet, dann werden sie wohl eher Euch als Seine Eminenz erschießen. Und wenn sie Seine Eminenz erschießen, dann werden sie als nächstes uns erschießen.«

Spider grinste schief. »Und Ihr, Generalin? Ihr seid eine Sibylle. Wollt Ihr nicht beten?«

Sie nahm die Gebetskette heraus und ließ die Kugeln durch die Finger laufen, während sie nach den richtigen Worten suchte. »Ich habe in den letzten Tagen viel gebetet. Ich war fast unablässig in Gefahr, und ich habe andere in viel schlimmere Gefahren schicken müssen. Ich habe für sie und für mich selbst gebetet. Ich würde jetzt nur Bitten wiederholen, die ich ohnehin schon ausgesprochen habe. Außerdem habe ich den Göttern immer wieder versichert, daß ich bereit bin zu sterben, wenn sie dies für mich vorherbestimmt haben. Wenn ich jetzt beten würde, dann würde ich nur darum beten, daß seine Eminenz und Ihr verschont werdet. So sei es, dann bete ich. Großer Pas, höre meine Bitte!«

Spider grunzte.

»Außerdem glaube ich nicht, daß sich dort drinnen Soldaten versteckt haben. Ich glaube, es muß eher so gewesen sein, daß einer von ihnen zufällig hier drinnen war, weil er etwas gesucht hat. Er hat Guan kommen hören und sich versteckt, dann ist er wieder herausgekommen und hat Guan erschossen, nachdem Guan ihn bei der ersten, wahrscheinlich oberflächlichen Erkundung nicht gefunden hatte. Hat Guan sich das Wasser aus dem Lagerraum geholt?«

Spider nickte. »Richtig.«

»Dann würde ich vermuten, daß der Soldat in der Latrine war. Da Chemische keine Latrinen benutzen, könnte er sich gedacht haben, daß Guan ihn dort nicht vermuten würde.«

Spider schwieg. Er lehnte sich mit halb geschlossenen Augen an die rohe Wand aus Schiffsstein.

»Hier ist meine zweite Frage. Ihr werdet Euch erinnern, daß Councillor Potto vor einer Weile Seiner Eminenz und mir die Lage geschildert hat. Er hat mich gefragt, wer der Herr der Stadt wäre. Aus seiner Beschreibung wurde deutlich, daß seiner Meinung nach die Rani die Herrin der Stadt wäre. Ich nehme an, Ihr habt ihn genauso verstanden. Ihr wart ja dabei.«

»Klar. Als ihre Kämpfer aus dem Luftschiff kamen, haben einige von Euren Leuten auf sie geschossen. Wußtet Ihr das?«

»Ich weiß es. Aufgrund dieses tragischen Irrtums sind viele Menschen gestorben.«

»Die Kämpfer glaubten, Viron sollte erobert werden, und sie hatten ja recht damit. Sicher, die Trivigauntis helfen Euch, uns zu bekämpfen. Klar, sie werden dafür sorgen, daß Silk Caldé wird. Aber sobald er sich gegen sie stellt, wird er seine Position wieder verlieren. Wie lautet Eure Frage?«

»Ihr habt sie, teilweise zumindest, bereits beantwortet. Ich hatte fragen wollen, was Ihr über die Pläne der Truppen aus Trivigaunte wißt.«

Remora räusperte sich. »Ich … äh … ich bin jetzt bereit. Und entschlossen. Und Ihr? Seid Ihr … äh …«

»Geht nur«, sagte Spider.

Remora machte zwei rasche Schritte nach rechts und riß die Tür weit auf.

»Das ist die Latrine, Trottel!«

Remora drehte sich gelassen um. »Ich … äh … das war mir durchaus bewußt. Ich … äh … ich habe gelauscht. Ich konnte es nicht verhindern. Die Generalin meinte, dieser nützliche Raum hier wäre möglicherweise derjenige, von dem die größten Gefahren drohten. Ich bewundere ihren scharfen Verstand. Sie ist klüger, als Ihr es seid, wenn ich so … äh … so unhöflich sein darf.«

»Normalerweise bin ich auch etwas besser in Form«, informierte Spider ihn. »Und jetzt geht endlich ins Lager, und vergeßt nicht, mir eine Flasche mitzubringen.«

»Ihr wollt mich also wirklich dem Risiko aussetzen … äh … auch diese Tür noch zu öffnen.« Remora öffnete die Tür des Lagerraums, während er sprach. »Also füge ich mich. Ich überantworte mich den unsterblichen Göttern, wie man … äh … wie man so sagt. Aber ich wollte das … äh … das größere Risiko zuerst hinter mich bringen.«

Er betrat den Lagerraum. »Was diese … äh …« Er klatschte in die Hände, um das einsame trübe Licht in der Decke zum Leuchten zu bringen. »Was diesen Raum hier angeht, so ist er … äh … genauso unschuldig, was? Menschenleer, meine ich.«

»In diesem Fall hätte ich gern auch eine Flasche Wasser, Euer Eminenz«, sagte Maytera Mint. »Falls es Euch nicht zuviel Mühe macht. Und etwas Brot, falls Ihr etwas findet, und ein bißchen Fleisch dazu. Ich wäre Euch dafür sehr dankbar.« An Spider gewandt, fuhr sie fort: »Ihr werdet bemerken, daß ich nach dem gefragt habe, was Ihr wißt und nicht nach dem, was Ihr vermutet. Wißt Ihr sicher, was Ihr da sagt, oder ist es nur Spekulation?«

»Ich weiß es. Und jetzt werdet Ihr wohl gleich hören wollen, woher ich es weiß.«

Sie schüttelte den Kopf, und einen Augenblick lang wunderte sie sich über sich selbst, daß sie, die kleine Maytera Mint aus der Sun Street, mit so einem Mann über so eine Angelegenheit diskutierte. »Ich will nicht von Euch verlangen, Eure Quellen offenzulegen.«

»Ich kann es Euch trotzdem sagen. Councillor Potto hat es mir gesagt, bevor wir hierher kamen. Und er selbst ist in dieser Hinsicht nicht auf Vermutungen angewiesen.«

Remora kehrte mit einer verstaubten Weinflasche, zwei noch staubigeren Wasserflaschen und mehreren kleinen Paketen, die in buntes Plastik gewickelt waren, aus dem Lager zurück.

Spider nahm den Wein. »Braun ist Brot, rot ist Fleisch. Aber anscheinend habt Ihr das schon selbst herausgefunden.«

»Es war … äh … es war nicht sehr schwer.« Remora setzte sich wieder. »Dieses Päckchen hier ist noch unversehrt, Maytera. Vom anderen habe ich bereits gekostet. Vielleicht … äh … vielleicht ein wenig salzig, aber es schmeckt.«

Sie nahm das rote Päckchen entgegen und öffnete es mit fliegenden Fingern. Es enthielt flache Streifen, die ihr vorkamen wie getrocknetes Rindfleisch. »Wir danken allen Göttern für dieses gute Essen«, murmelte sie. »Wir danken besonders der Schönen Phaea, und wir preisen den Vorsorglichen Pas, der das Vieh auf der Weide beschützt.« Sie biß in das ledrige Fleisch. Es schmeckte süß wie Zuckerrohr.

»Councillor Potto kann lügen, daß vor Schreck die Vögel aus den Bäumen fallen«, erläuterte Spider, während er den Korken mit einem Knall aus dem Flaschenhals holte. »Ich habe mehr als einmal erlebt, wie er mir um ein Haar Lügen aufgebunden hätte. Als wir im Tunnel geredet haben, sagtet Ihr, ich könnte Euch hereinlegen, wenn ich es wollte. Ich bin da nicht so sicher, aber Councillor Potto könnte mich leicht hereinlegen, und das weiß ich. Aber in diesem Fall war es anders. Er hat es beiläufig gesagt, mehr zu sich selbst als zu mir. Ich glaube, in diesem Augenblick hat es ihn einen Dreck geschert, ob ich ihm geglaubt habe oder nicht. Aber ich glaube es ihm, und ich kenne ihn, wie ich schon sagte, seit zwanzig Jahren.«

Maytera Mint nickte und kaute ihr Essen. »Danke.

Und ich danke Euch, Eminenz, für dieses Essen. Ich fürchte, ich habe mich bei den Göttern bedankt und darüber vergessen, mich auch bei ihrem Helfer zu bedanken, der hier neben mir sitzt.«

»Ist schon gut, was? Ich … äh … danke. Hier, nehmt Brot.« Remora gab ihr ein in braunes Plastik gewickeltes Päckchen. »Das stärkt. Ah, das tut gut.«

»Ich danke Euch noch einmal. Vielen Dank. Mein Dank gilt auch der Früchtetragenden Echidna, deren Schwert ich bin.«

Dann riß sie schweigend die Verpackung auf. »Spider, ich werde jetzt meine letzte Frage stellen, wenn ich darf. Wenn ich erst in dieses gute Brot gebissen habe und den Mund voll habe, kann ich nicht mehr reden, also will ich es vorher tun. Es kann aber sein, daß Ihr die Antwort nicht kennt.«

»Wenn ich die Antwort nicht kenne, dann kenne ich sie eben nicht.« Er wischte den Hals der Weinflasche am Ärmel ab und hielt sie ihr hin. »Könntet Ihr auch den Wein segnen, wenn Ihr schon dabei seid?«

»Gewiß.« Maytera Mint legte das Brot und das restliche Fleisch in ihren Schoß und machte das Zeichen der Addition über der Flasche. »Gelobt seist du, Erhebende Thelxiepeia, und Dank sei auch dir, du dunkler Sohn Thyones.«

»Wollt Ihr auch etwas Wein? Bedient Euch nur.«

Sie nippte vorsichtig, dann nahm sie einen etwas größeren Schluck.

»Ich möchte wetten, das ist der erste Wein, den Ihr je getrunken habt. Habe ich recht?«

Sie schüttelte den Kopf. »Laien – übrigens tun das fast nur Männer – schenken uns hin und wieder eine Flasche. Wenn wir Wein haben, trinken wir ein Glas zum Abendessen, bis er aufgebraucht ist.« Sie zögerte. »Vielleicht sollte ich besser sagen, daß wir es so gehalten haben, Maytera Rose und ich, aber daß wir es jetzt nicht mehr tun. Sie ist letzten Tarsday gestorben, und ich hatte noch kaum eine Sekunde Zeit, über sie zu trauern. Sie war ...«

»Eine ... äh ... eine exzellente Sibylle«, warf Remora ein. Er kaute und schluckte. »Zweifellos, das war sie. Ich hatte ... äh ... hatte leider nicht das Vergnügen, ihre Bekanntschaft zu machen. Aber zweifellos war sie hervorragend, ganz hervorragend, was? Kein Zweifel.«

»Eine gute Frau, die das Leben grob behandelt hatte, so daß sie manchmal dazu neigte, zuzuschlagen, bevor sie selbst getroffen wurde«, beendete Maytera Mint nachdenklich den angefangenen Satz. »In der letzten Zeit hat sie beinahe gewohnheitsmäßig zugeschlagen, würde ich sagen. Es konnte unangenehm sein, aber im Grunde diente ihre Schärfe nur der Verteidigung. Das ist ein guter Wein. Darf ich noch etwas haben, Spider?«

»Aber sicher.«

»Danke.« Sie trank wieder einen Schluck. »Vielleicht möchte auch Seine Eminenz etwas haben?«

»Ich habe nichts dagegen, er soll sich bedienen.«

Maytera Mint wischte den Flaschenhals trocken und gab den Wein an Remora weiter. »Also, meine dritte Frage. Wie ich schon sagte, könnte es sein, daß Ihr die Antwort nicht wißt. Was war der ursprüngliche Zweck dieser Tunnel? Ich frage mich das schon, seit der Caldé sie mir beschrieben hat, und es könnte wichtig sein, das zu wissen.«

Spider lehnte sich zurück, sah sinnend zur Decke und schloß die Augen. »Das kann ich Euch sagen, aber ich muß vorher nachdenken.«

»Wie ich schon sagte ...«

Er beugte sich wieder vor, bis sein kantiges, aber keineswegs häßliches Gesicht dicht vor ihrem war. Die Augen wieder geöffnet und mit einer Hand den Stoppelbart reibend, sagte er: »Ich wollte Euch damit nicht zu verstehen geben, daß ich es nicht weiß.

Councillor Potto hat es mir einmal erzählt. Er sagte zum Beispiel, daß es nicht nur einen Tunnel gibt. Es gibt vielleicht drei oder vier Gangsysteme, die sich unter dem ganzen Whorl erstrecken. Wußtet Ihr das?«

Maytera Mint, die mit vollen Backen kaute, schüttelte nur den Kopf.

»Wenn Ihr in dem Tunnel, den wir gerade verlassen haben, weitergeht«, Spider deutete mit dem Daumen zur Tür, »wenn Ihr dort weit genug geht, dann kommt Ihr vielleicht sogar geradewegs bis zu den Himmelsländern. Ich weiß nicht, ob das schon einmal jemand versucht hat, aber so hat Councillor Potto es mir jedenfalls erklärt. Wenn man weit draußen auf dem Land ist, wo es nur Bäume und Büsche gibt, kann es sein, daß man direkt auf einem Tunnel steht. Er könnte hundert Ellen weit unten sein oder so dicht unter der Oberfläche, daß Ihr ihn trefft, wenn Ihr einen Zaunpfahl in die Erde stecht.«

Sie hoffe, daß ihr Gesicht nicht ihre Skepsis verriet, und sagte: »Es muß eine unglaublich mühselige Arbeit gewesen sein, die Gänge anzulegen.«

»Pas hat sie gebaut. Es ist schon komisch, daß ich das ausgerechnet Euch beiden erklären muß. Eigentlich solltet Ihr das doch sogar besser wissen als ich. Aber es war wirklich so. Pas hat sie gebaut, als er den Whorl gemacht hat, also war es vielleicht doch nicht so mühselig, wie Ihr glaubt.«

Die Weinflasche kehrte wieder zu Spider zurück, der trank und sich den Mund mit dem Handrücken abwischte. »Der Councillor meinte aber, die Männer des Pas hätten die Hauptarbeit gemacht. Wenn wir sagen, daß Pas die Gänge gemacht hat, dann meinen wir damit, daß er die Idee hatte und dann die Arbeiter beaufsichtigt hat.«

»Seine göttliche … äh … seine Allmacht hat seine Diener belebt.«

»Wenn Ihr das so ausdrücken wollt. Aber es waren viele Arbeiter, versteht Ihr? Er wollte, daß die Arbeit schnell erledigt wird. Darf ich mir davon etwas nehmen?«

Spider nahm zwei Streifen getrocknetes Fleisch von Maytera Mints Schoß. »In gewisser Weise kann ich ihn gut verstehen, ich bin da genauso wie er. Wenn man will, daß eine Arbeit erledigt wird, dann muß man sich darum kümmern. Man muß die Leute an die Kandare nehmen. Wenn man die Zügel schleifen läßt, dann geht mit Sicherheit etwas schief.« Er schob sich beide Streifen gleichzeitig in den Mund und begann zu kauen.

»Wenn die Tunnel wirklich von Pas konstruiert wurden, dann muß es einen triftigen Grund dafür gegeben haben. Es ist eines der Rätsel der Isagogik ...« Maytera Mint fragte Remora mit einem Blick, ob sie über überhaupt über diese gelehrten und heiligen Themen sprechen dürfe, und er gab ihr nickend die Erlaubnis. »Es ist ein Rätsel, daß Pas die große Macht, die ihm zur Verfügung stand, sehr sparsam eingesetzt hat. Er tut nichts ohne Grund, und er versteht es, aus einer einzigen Handlung vielfältige Wohltaten entstehen zu lassen.«

Sie hielt inne und wartete ab, ob Spider ihr widersprechen wollte. »Wir Sibyllen gehen nicht zur Schola, aber wir bekommen die gleiche Ausbildung wie die Postulanten, und natürlich lesen wir auch in den Schriften. Wenn wir wollen, können wir natürlich auch unsere Auguren fragen, aber ich muß gestehen, daß es nur selten geschieht.«

»Das habt Ihr ... äh ... das habt Ihr bewundernswert akkurat dargestellt, Maytera. Generalin, was?«

Spider nickte. »Councillor Potto hat mir über die Tunnel etwas ganz ähnliches gesagt. Wir haben uns einmal über die Frage unterhalten, wann sie wohl gebaut worden sind.«

»Ich würde es gern hören.«

»Sie wurden, wie ich schon sagte, gebaut, während der Whorl erschaffen wurde. Zuerst war der Whorl ja nichts als ein großer Felsbrocken. Wußtet Ihr das?«

»Gewiß. So steht es unmißverständlich in den Chrasmologischen Schriften.«

»Wie konnten aber die Arbeiter hineinkommen und den Felsen aushöhlen? Sie haben Gänge gegraben. Dann mußten sie Erde und Bäume hineinschaffen, aber es bestand ja die Gefahr, mit den Wagen beim Herumfahren gleich wieder alles zu zerstören. Also mußten sie noch mehr Gänge graben. An vielen Stellen, besonders hoch droben, bestehen die Gänge aus reinem Schiffsstein. Habt Ihr das gesehen?«

»Ich glaube, ich erinnere mich daran. Ja, sie haben fast alle gleich ausgesehen.«

»Gut. Pas' Arbeiter haben also die Gänge gemacht, bevor sie die Erde hereingebracht haben, versteht Ihr? Wo heute die Erde ist, war ja zuerst nur nackter Fels, aber jetzt ist dort zehn, zwanzig Ellen tiefes Erdreich. Dank der Gänge konnten die Arbeiter an verschiedenen Punkten gleichzeitig anfangen, ohne Gefahr zu laufen, sich mit den Wagen gegenseitig wieder alles zu zerstören.«

Maytera Mint schluckte einen Bissen Brot hinunter. »Aber die tieferen Tunnel sind durch den Stein gebohrt? Das hat uns der Caldé so beschrieben.«

»Sicher, sie haben Löcher in den Fels gebohrt und den Abraum hinausgeschafft. Wenn Ihr das nächste Mal im Freien seid, dann seht zu den Himmelsländern hinauf. Seht Euch um und überlegt Euch, wieviel Platz dazwischen ist. Nur Wolken und Luft und die Sonne und die Blende, nicht wahr? Was sind ein paar Tunnel verglichen damit?«

Remora nickte lebhaft. »Wie großartig sind doch die Werke des Pas! So lautet die … äh … die erste Zeile der Chrasmologischen Schriften, was? Deshalb wissen es ... äh ... wissen es auch alle. Auch die Laien. Wir ... äh ... wir Kirchenleute neigen manchmal dazu, es zu vergessen.«

»Er hat auch Wasser durch sie gepumpt«, fuhr Spider fort. »Nehmt mal den See. Das ist eine ungeheure Menge Wasser. Stellt Euch nur vor, der alte Pas hätte das Wasser mit Fässern hereinbringen müssen. Unmöglich. Also hat er für die kleinen Gewässer Rohre durch die Gänge gelegt, und dann hat er Tore eingebaut, damit die Gänge trocken blieben, die trocken bleiben sollten, und hat das Wasser hereingepumpt. Ich könnte Euch eine Höhle in der Nähe des Sees zeigen, wo man diese Tore noch erkennen kann. Dort hat Pas das Wasser hereingepumpt, um den See zu füllen. Dann, als er fertig war, hat er die Tür eingesetzt, damit das Wasser aus dem See nicht wieder herauslief in die Gänge. Übrigens hat auch diese Höhle hier unter Wasser gestanden, als der See noch größer war.«

Spider verstummte, und Maytera Mint sagte: »Ihr macht Euch über irgend etwas Sorgen.«

»Ich habe nur über ein paar Sachen nachgedacht. Ich sagte Euch doch, daß ein Gang hier im Erdreich aufhört und daß wir dort unsere Toten begraben, nicht wahr?«

Sie nickte.

»Vor der Erde ist eine dieser Türen. Ich glaube, der große Tunnel war derjenige, durch den sie das Wasser hereingepumpt haben und der danach aber nicht überflutet sein sollte. Der Teil, in dem wir uns jetzt befinden, wurde vermutlich erst später gebaut. Wie auch immer, als wir über Türen gesprochen haben, fiel mir ein, daß wir meine Männer beerdigen müssen, und das Graben ist eine anstrengende Arbeit.«

»Ich hatte bereits angenommen, daß wir es tun würden«, sagte sie. »Aber Ihr habt angedeutet, daß

Ihr Euch über mehrere Dinge Sorgen macht. Darf ich fragen, was es außerdem noch ist? Und zu welchem Zweck diese Gänge sonst noch dienen?«

»Das ist zweimal die gleiche Frage, nur unterschiedlich formuliert«, sagte Spider achselzuckend. »Ihr habt mich aber nicht gefragt, warum der See kleiner wird.«

»Um die Wahrheit zu sagen, ich bin gar nicht auf die Idee gekommen, daß Ihr das wissen könntet. Vermutlich ist das Wasser einfach an eine andere Stelle gelaufen. Hinunter in die Tunnel, nehme ich an.«

»Nein, da habt Ihr Euch ganz und gar geirrt, Generalin.«

Remora stellte die Wasserflasche zwischen seinen Füßen auf den Boden. »Aber Ihr wißt es, was? Ihr seid ... äh ... Ihr seid eingeweiht?«

»Ja, ich würde es gern erfahren, wenn es Euch nichts ausmacht«, sagte Maytera Mint. »Und ich habe sicher noch eine Weile mit Essen zu tun.«

»Es läuft alles auf dasselbe hinaus. Ihr wolltet wissen, wozu die Tunnel sonst noch gut sind, und dann noch etwas, das ich schon wieder vergessen habe.«

»Was Euch außerdem noch Sorgen macht.«

»Das ist genau das gleiche. Die Sonne scheint die ganze Zeit, nicht wahr?«

»Gewiß.«

»Aber wegen der Blende liegen wir die Hälfte der Zeit auf der Nachtseite. Dann kühlt alles ab. Wenn es heiß ist, seid Ihr froh, wenn die Blende sich über die Sonne legt, weil Ihr dann wißt, daß es kühler wird. Im Winter findet Ihr das dagegen nicht so schön.«

»Das weiß ... äh ... das weiß jedes Kind. Was ... äh ... was wollt Ihr damit sagen?«

»Seht Ihr diesen Raum hier, Patera? Drei Türen. Sagen wir, sie sind alle geschlossen. Fenster gibt es nicht. Angenommen, die Sonne beginnt dort drüben in der Ecke, läuft bis zu der Ecke da drüben und wäre so dick wie ein Seil. So ungefähr sieht der Whorl aus, versteht Ihr? Es dürfte mit der Zeit ziemlich warm hier drinnen werden, nicht wahr?«

»Das kann ich soweit nachvollziehen«, sagte Maytera Mint. »Aber ich kann immer noch nicht verstehen, was Ihr damit meint. Der Whorl ist doch sehr groß.«

»So groß nun aber auch wieder nicht. Er existiert ja schon seit dreihundert Jahren oder sogar noch länger. So heißt es jedenfalls.«

»Die ... äh ... das ist Tatsache, was? Auf vielerlei Weise beweisbar.«

»Gut, Patera. Nachdem Pas den Whorl gemacht hatte, mußte es im Whorl warm genug sein, damit Menschen hier leben konnten.«

Weder Remora noch Maytera Mint erhoben Einwände.

»Aber die Temperatur durfte andererseits nicht zu weit ansteigen, weil die Menschen sonst gebraten worden wären. Es mußte eine Möglichkeit geben, die Temperatur zu senken, obwohl die Sonne die ganze Zeit scheint. Es mußte einen Weg geben, die überschüssige Hitze loszuwerden.«

»Die ... äh ... die Außenseite, was? Jenseits des Whorl. Die ... äh ... die Schriften besagen, daß es ... äh ... daß dort draußen eiskalte Nacht herrscht.«

»Ihr habt es verstanden. Bemerkt Ihr, wie hier unten die ganze Zeit der Wind weht? Es ist hier unten viel kühler als an der Oberfläche.«

»Ich ... äh ... ich verstehe nicht, wie ...«

Maytera Mint unterbrach ihn. »Ich verstehe es! Die Luft zirkuliert durch diese Tunnel, nicht wahr, Spider? Ein paar müssen mit warmer Luft gefüllt sein, die in Richtung der kalten Nacht dort draußen strömt. Diejenigen, in denen wir waren, transportieren die kalte Luft zur Oberfläche zurück.«

»Volltreffer, Generalin. Aber es funktioniert jetzt

nicht mehr so gut wie früher. Ihr habt ja gesagt, daß das Wasser des Sees in die Tunnel geflossen ist.«

Sie nickte.

»Angenommen, ein Tunnel ist zur Hälfte gefüllt. Dann wird auch der Wind schwächer. Wenn der ganze Tunnel an einer Stelle überflutet ist, kann der Wind überhaupt nicht mehr wehen. Es gibt auch einige Stellen, wo der Schiffsstein zerstört ist, und auch dort kann der Wind nicht mehr wehen. Also wird es wärmer. Wir haben es nicht bemerkt, weil es zu langsam vor sich geht. Aber wenn Ihr mit alten Leuten redet, dann werden die Euch berichten, daß es früher im Winter kälter war und daß die Winter länger gedauert haben.« Spider stand auf. »Ich grabe jetzt die Löcher für die Toten. Wenn Ihr noch etwas essen wollt, dann müßt Ihr es mitnehmen.«

»Das werde ich tun.« Maytera Mint sammelte das restliche Fleisch und Brot ein, nahm ihre Wasserflasche und stand auf. Mit einem Klicken öffnete sich der Riegel, und sie konnten in den düsteren Tunnel hinaussehen. Er war still und verlassen.

»Sie sind weg.« Spider warf ihr über die Schulter einen raschen Blick zu. »Ich würde wirklich gern wissen, warum sie auf meine Leute geschossen haben.«

Sie seufzte. »Weil sie das Ayuntamiento unterstützt haben, würde ich meinen. Vier tapfere Männer, die Viron seit Jahren beschützt haben, getötet von anderen, die es seit Jahrhunderten bewachen. Zu diesem Schluß bin ich gekommen.«

»Aber nicht alle, was?« Remora schloß hinter ihnen die Tür. »Nicht alle sind … äh … gefallen …« Sein Mund bewegte sich weiter, aber er bekam kein Wort mehr heraus.

Maytera Mint drehte sich überrascht zu ihm um. Die Augen schienen plötzlich eingefallen, die Nase wirkte dünner und schmaler. Und während sie ihn anstarrte, wichen die Lippen zurück und entblößten die Zähne, bis das ganze Gesicht zu einem entsetzlichen Grinsen verzerrt war. »Verdammt, was ist das?« rief Spider.

»Er ist nicht der richtige«, sagte Remora zu Maytera Mint.

Sie zwang sich zu lächeln.

»Das hier ist der, der mit dem anderen spricht, der nicht hier ist. Der richtige war mit dem großen Mädchen hier unten. Er könnte noch irgendwo sein.«

»Das ist Mucor«, erklärte Maytera Mint. »Sie ist Mayteras Enkeltochter. Wir kennen uns bereits. Erinnerst du dich, Mucor? Du bist zu mir gekommen, um mir zu sagen, daß der Caldé gefangengenommen werden sollte, und ich habe das Palatinum erstürmt. Danach sind wir uns im Juzgado noch einmal persönlich begegnet.«

Remora nickte, der Kopf wackelte hin und her wie bei einer Puppe. Das lange schwarze Haar fiel ihm in die Stirn und verdeckte die entsetzlichen Augen. »Incus ist sein Name. Ein kleiner Augur.«

»Ich kenne ihn nicht, aber Seine Eminenz hat mir von ihm erzählt. Mucor? Mucor?«

Das Grinsen verschwand, Remoras Gesicht normalisierte sich langsam wieder.

»Mucor, komm bitte zurück! Wenn du Bison oder unseren Caldé siehst, dann sag ihnen, wo ich bin und daß dieser Mann uns hier festhält, um Councillor Potto zu schützen.«

»Nicht mehr lange.« Das letzte Wort war fast zu leise, um gehört zu werden. Das Grinsen war jetzt verschwunden. Remora strich die Haarsträhne zurück, wie er es oft tat, und die Augen, die darunter hervorschauten, waren nicht mehr schrecklich. »Ein paar Soldaten sind hier unten … äh … und sie sind auf unserer Seite.«

Als niemand etwas sagte, fügte er hinzu: »Auf der Seite der Generalin, was?«

»Wollt Ihr meinen Nadler haben?« fragte Spider Maytera Mint.

»Sicher, wenn Ihr ihn mir geben wollt.«

Er gab ihn ihr mit dem Griff zuerst. »Ihr werdet mich doch hoffentlich nicht mit meinem eigenen Nadler erschießen, den ich Euch gegeben habe?«

Sie nahm die Waffe, sah sie kurz an und steckte sie in eine Seitentasche ihres Habit. »Nein. Nur wenn ich dazu gezwungen wäre, und vielleicht nicht einmal dann.«

»Gut. Ich muß jetzt die Gräber ausheben, versteht Ihr? Ihr zwei könnt weiter essen und mir zusehen.« Spider übernahm die Führung. »Aber wenn ich umgelegt werde, bevor ich fertig bin, dann ist das erste Grab für mich. Dann wickelt Ihr mich ein und legt mich hinein. Das Messer steckt in meiner Tasche.«

Sie folgten ihm den Tunnel hinunter, bis sie auf eine massive Barriere aus rostigem Eisen trafen. »Councillor Potto will nicht, daß es jemand hört«, vertraute Spider ihnen an, »aber ich glaube, das spielt jetzt keine Rolle mehr. *Fraus!*«

Eine Sekunde oder länger geschah überhaupt nichts.

Dann erbebte die große Barriere, es krachte, und das Tor begann langsam nach oben zu kriechen und rollte sich quietschend auf. Maytera Mint stach sofort ein Verwesungsgestank in die Nase, Übelkeit erregend, aber so flüchtig, daß sie beinahe glaubte, sie hätte es sich nur eingebildet. Remora schnaubte wie ein Pferd und wischte sich die Nase am Ärmel ab.

»Da kommt nur frische Luft hinein, wenn die Tür offen ist«, bemerkte Spider, als er sie in die Sackgasse hinter dem Tor führte. »Aber die Luft zirkuliert ziemlich schnell.« Er blieb stehen und deutete auf eine Stelle auf dem Boden. »Genau hier hört der Schiffsstein auf. Seht es Euch an.«

Maytera Mint ging weiter, bis sie auf loser Erde

stand, in der ihre abgestoßenen schwarzen Schuhe leicht einsanken. »Ich bin sehr froh, daß Ihr uns das Wort für diese Tür habt hören lassen. Es würde mir überhaupt nicht gefallen, hier eingesperrt zu sein und sie nicht öffnen zu können.«

»Ich bin nett zu Euch, damit Ihr mich ordentlich beerdigt, wenn alles vorbei ist. Seht Ihr dort die Rollen mit Folie?«

»Gewiß.« Sie untersuchte die Kante, wo der Schiffsstein aufhörte. »Die Wand ist ja gar nicht so dick, wie ich dachte.«

»Aber trotzdem ziemlich stark. Es sind Eisenstäbe eingesetzt.«

»Die … äh … die Bestatteten.« Remora deutete auf Papierschnitzel, die am Ende des Tunnels auf dem schrägen Hang aus nackter Erde verteilt waren. »Sind das … äh … sind das alle?« Leicht die Lippen bewegend, zählte er stumm. »Elf insgesamt, was?«

Spider nickte. »Es ist noch viel Platz, aber jetzt kommen noch die drei aus der Wachstube dazu, und Paca liegt noch weiter hinten im großen Tunnel. Als letzter dann noch ich selbst.«

»Ihr … äh … Ihr leidet an Depressionen. Ein Geisteszustand, der … äh … der vorübergehen kann, was? Nur Gefühle, was?«

»Ja«, stimmte Maytera Mint aus ganzem Herzen zu. »Ihr dürft nicht so reden, als wäre Euer Tod unausweichlich, Spider. Ich meine, es muß ja nicht sein, daß Ihr von diesen Soldaten getötet werdet. Wirklich nicht, und ich will dafür beten, daß es nicht geschieht.«

»Diese Teufelin, die Ihr als Enkeltochter Eurer Sibylle bezeichnet habt, Generalin – was hat sie gesagt?«

»Sie ist keine Teufelin«, widersprach Maytera Mint entschieden. »Sie ist ein lebendiges Mädchen, das auf schändliche Weise mißbraucht worden ist.«

Spider grunzte nur und nahm den Spaten mit dem langen Stiel in die Hand, der zwischen zwei Rollen Plastik gelegen hatte.

»Diese … äh … die Enkeltochter, Generalin, ist sie ein schwieriges Kind?« Remora biß in einen Streifen Dörrfleisch.

Maytera Mint nickte abwesend. Sie starrte unverwandt einen der schmierigen Papierfetzen an. Sie bückte sich und schielte und konnte schließlich einen Namen und ein Datum und ein paar Angaben zum Leben des hier begrabenen Mannes erkennen. »Ist das hier der letzte, Spider? Das Papier scheint sauberer zu sein als die anderen.«

»Ja, das war im letzten Frühling.«

Es war noch ein halber Laib Brot übrig. Gedankenverloren riß sie Stück um Stück davon ab und trank einen Schluck Wasser aus der Flasche.

»Ich bin hier fast fertig.« Spider hörte mit Graben auf und lehnte sich auf den Spaten. »Glaubt Ihr, Ihr zwei könntet einen der toten Männer herholen? Die Tür der Wachstube ist nicht verschlossen.«

»Ich wollte das gerade selbst vorschlagen«, erwiderte Maytera Mint.

»Wir … äh … Vertrauen gegen Vertrauen, was? Ehrenwort?«

»Ich habe seinen Nadler, Euer Eminenz. Wir könnten jederzeit gehen, und ich könnte ihn erschießen, wenn er versucht, uns aufzuhalten.«

»In diesem Fall und angesichts der Umstände …«

»Aber er selbst hat ihn mir gegeben, Euer Eminenz, erinnert Ihr Euch? Außerdem kennt er sich, im Gegensatz zu uns, in diesen Gängen aus.«

»Ah … aber die Soldaten.«

»Ich bin sicher, daß sie uns helfen würden, wenn wir sie finden würden, aber was, wenn wir sie nicht finden? Spider, wir werden gern einen Eurer toten Kameraden herschaffen, damit Ihr ihn bestatten könnt. Danke, daß Ihr uns so vertraut. Wir werden Euch nicht enttäuschen.«

Er nickte. »Schneidet ein großes Stück Plastik ab. Ihr könnt ihn darauf legen und ihn ziehen. Es ist glatt und rutscht gut. Wenn Ihr hier seid, werde ich ihn darin einwickeln.«

»Darf ich Euer Messer ausborgen?«

Er zog es aus der Tasche und gab es ihr, dann grub er weiter. Remora hielt die Enden der kleineren Rolle Plastik fest, während Maytera Mint die Folie herunterzog und ein Stück abschnitt, das etwa doppelt so groß war wie ein ausgewachsener Mann.

Als sie mit dem Plastik in die Wachstube zurückkehrten, murmelte Remora: »Ihr … äh … Ihr habt bei ihm Wunder gewirkt, Maytera. Ich gratuliere Euch.«

Sie zuckte die Achseln. Abwesend schob sie die Hand in die Tasche und tastete nach Spiders Nadler. »Er hat keine Muskete, Euer Eminenz, und ohne die ist er den Soldaten schutzlos ausgeliefert. Er hofft, dank unserer Gegenwart lebendig hier herauszukommen.«

»Ich … äh …« Remora öffnete die Tür des Wachraumes und sah sich vorsichtig um. Die Hocker standen im Kreis, wie sie sie zurückgelassen hatten, die drei toten Männer lagen auf dem schmutzigen Boden aus nacktem Schiffsstein. »Man kann ja immer noch … äh … immer noch aufgeben, was? Sich ergeben, kapitulieren. Nicht, daß wir jetzt …«

»Wir könnten natürlich jederzeit die Hände heben und uns dem Feind zeigen, falls wir hier angegriffen würden«, erklärte Maytera Mint ihm. »Dabei haben aber schon viele Kämpfer den Tod gefunden. Nehmen wir zuerst diesen hier, Euer Eminenz, denn er ist der Tür am nächsten. Wenn Euer Eminenz das Plastik ausbreiten könnten, damit wir die arme Seele daraufrollen können?«

»Ihr … äh … Ihr macht Euch Sorgen, nicht wahr?«

Remora breitete das leichte Plastik auf dem Boden aus und hielt es mit den Knien fest, während er an der Schulter des Toten zerrte. »Ich habe Euer Verhalten hier beobachtet. Während Ihr … äh … während Ihr gegessen habt.«

»Ich bin verwirrt.« Sie zwang sich, den Blick von den starren Augen des Toten abzuwenden und wünschte, es wäre möglich, ihn herumzudrehen, daß er mit dem Gesicht nach unten lag. »An der Klinge des Spatens war frische Erde. Ich glaube jedenfalls, daß sie frisch oder ziemlich frisch war. Maytera hat hinter dem Zönobium einen kleinen Garten, Euer Eminenz. Ich habe ihr hin und wieder im Frühling beim Hacken und Umgraben geholfen, daher weiß ich es. Ich glaube, Spider hat es aber nicht bemerkt.«

»Mir … äh … mir ist nicht ganz klar, was das zu bedeuten hat. Ob jemand anders gegraben hat, was? Vielleicht Councillor Potto? Oder ein anderer menschlicher Untergebener?«

»Mir ist auch nicht ganz klar, was es zu bedeuten hat«, erklärte sie Remora. »Könntet Ihr das andere Ende dort nehmen?«

Als sie zurückkehrten, hatte Spider bereits das erste Grab vollständig ausgehoben und mit dem zweiten begonnen. »Das ist Hyrax.« Er zog einen Bleistiftstummel und einen verknickten Notizblock aus der Tasche. »Ich werde schreiben, und Ihr zwei könnt für ihn sprechen.«

Sie knieten nieder, und zu ihrer eigenen Überraschung hatte Maytera Mint den Impuls, die kalte Hand des Toten zu fassen. Wären die Dinge anders verlaufen, dachte sie, dann hätten wir zwei ohne weiteres Mann und Frau werden können. Wir müssen ungefähr im gleichen Alter sein.

Remora, der mit eintöniger Stimme bereits die Gebete sprach, erinnerte sie an die Kinder in ihrer Klasse, die im Chor die Multiplikationstabellen aufgesagt und Gebete für die Mahlzeiten oder Trauungen und für die Toten auswendig gelernt hatten. Hatte sie dieses Jahr eigentlich Mädchen oder Jungen unterrichtet? Sie konnte sich nicht mehr erinnern.

Wir hätten uns küssen und Händchen halten können, wir hätten getan, was Männer und Frauen eben tun, und ich hätte dir ein Kind geboren, mein eigenes Kind. Aber seit ich Bison begegnet bin …

»Generalin, Ihr könnt seine Hand jetzt loslassen. Ich will ihm über der Brust die Hände falten.« Plötzlich war Hyrax kein toter Mann mehr, sondern eine Statue oder ein Bild, wenngleich durch das Plastik nur noch verschwommen sichtbar und bläulich schimmernd.

»Sein Messer.« Sie stand auf und klopfte sich automatisch die lose Erde vom schwarzen Rock. »Ihr braucht sein Messer für das Stück Papier.«

»Ich habe es schon vorbereitet. Wollt Ihr mir dabei helfen, Patera? Ich könnte es auch allein tun, aber es ist einfacher zu zweit.« Sie bückten sich zu beiden Seiten des Toten, und Spider sagte: »Hebt ihn gleichzeitig mit mir an. Eins – zwei – und drei!«

Sie hoben die verhüllte Leiche bis in Hüfthöhe an und ließen sie ins Grab gleiten. Dann schaufelte Spider Erde hinterher. Ab und zu hielt er inne, um die Erde festzutreten. Er sagte: »Ihr fragt Euch sicher, warum wir die Toten nicht genauso bestatten wie Ihr, sondern schräg im Hang.«

»Wegen der Zettel, was?« mutmaßte Remora. »Damit niemand darauftritt.«

»Das ist ein Grund. Aber der zweite Grund ist, daß man hier am Hang viel leichter graben kann. Außerdem müssen wir hier nicht über die alten Gräber laufen, wenn wir neue anlegen.«

Als sie Guan auf ein neues Stück Plastik gelegt hatten und gerade mit ihm die Wachstube verlassen wollten, hörten sie ein leises, irres Gelächter im Haupttunnel hallen. »Wartet!« Maytera Mint hielt Remora auf. »Habt Ihr das gehört? Ihr müßt es doch gehört haben.«

Er schauderte. »Ich … äh … ja, da war etwas.«

»Wollt Ihr mir einen Gefallen tun, Euer Eminenz?« Sie wartete nicht auf seine Antwort. »Geht in den Lagerraum und holt noch zwei Packungen Trockenfleisch. Eine für Euch und eine für mich. Wir können sie in die Taschen stecken.«

»Die … äh … warum das Lachen?«

»Ich habe keine Vorstellung, Euer Eminenz. Aber ich habe ein Gefühl, ein sehr ungutes Gefühl. Ich glaube, wir werden die Lebensmittel noch brauchen.«

»Wenn wir … äh … nun gut.« Remora verschwand wieder in der Wachstube.

Als er zurückkehrte, gab Maytera Mint ihm einen Nadler.

»Aber ich bin … äh … mit solchen Dingen kennt Ihr Euch doch viel besser aus, Generalin, was? Ihr … äh … seid tapferer.«

»Das ist nicht Spiders Waffe«, erklärte sie ihm. »Die hier hat Guan gehört. Spider sagte, daß er normalerweise nur einen Nadler benutzte. Ich habe mir, als er es sagte, nichts weiter dabei gedacht, aber später fiel mir der arme Mann ein, der sich als Frau verkleidet hat, und mir wurde klar, daß es die anderen Spionfänger wahrscheinlich genauso halten. Sie brauchen eine Waffe, aber vor dem Aufstand war außer den Gardisten niemand berechtigt, eine Muskete mitzuführen. Dann habe ich mich gefragt – das war, als wir Hyrax transportiert haben –, was sie wohl mit den Nadlern gemacht haben, nachdem sie die Musketen bekommen hatten. Die meisten, überlegte ich mir, dürften sie einfach unter der Tunika in den Hosenbund gesteckt haben, wo sie sie auch sonst immer aufbewahrt hatten.«

»Sehr … äh … das ist äußerst scharfsinnig.«

»Danke, Euer Eminenz. Jedenfalls war das, was wir da gerade gehört haben, bestimmt kein Soldat. Stimmt Ihr mir zu?«

»Ich … äh … ja, natürlich.« Remora starrte den Nadler in seiner Hand an.

»Und es war auch kein anderer Chemischer. Also dürfte ein Nadler eine zweckmäßige Waffe sein, die wir wahrscheinlich genauso dringend brauchen werden wie das Fleisch hier, für das ich mich noch nicht bedankt habe. Vielen Dank also, Euer Eminenz. Es war sehr entgegenkommend von Euch, mir meinen Wunsch so bereitwillig zu erfüllen.«

»Ihr wißt doch sicher … äh … wie diese Waffen funktionieren? Was ich machen muß, um zu schießen?« Remora hatte anscheinend überhaupt nicht zugehört.

»Es ist nicht schwer. Drückt diesen Hebel hier herunter.« Sie deutete auf die Sicherung. »Dann ist die Waffe entsichert. Ihr zielt einfach und zieht den Abzug durch. Wenn Ihr noch einmal schießen wollt, zieht Ihr noch einmal ab. Ich will Euch jetzt nicht zeigen, wie man nachlädt, denn wir haben nicht genug Zeit, und außerdem haben wir sowieso keine Reservemunition.«

Remora schluckte schwer und nickte.

»Steckt die Waffe unter der Robe in den Hosenbund«, schlug sie vor. »Ich glaube, dort trägt auch unser Caldé seinen Nadler.«

»Ich … äh … aber das … äh … das wäre doch nicht sehr klug, wenn wir zu ihm dort … äh … wenn wir zurückgehen.«

»Ich werde es niemandem verraten, wenn Ihr es auch nicht tut.« Maytera Mint bückte sich und griff nach einer Ecke der Folie, auf der Guans Leiche lag. »Wir sollten besser sofort gehen und uns beeilen, denn sonst wird Spider sich Gedanken machen, was uns aufgehalten hat.«

Am Ende des Seitengangs kniete sie noch einmal nieder, wie sie es zuvor schon getan hatte, und konzentrierte sich, so gut es ging, auf die angemessenen Gebete. Guan hatte sie getreten, bevor Spider sie und Remora eingesperrt hatte, damit die Männer schlafen konnten. Ihr rechter Oberschenkel war immer noch etwas steif und tat weh. Sie hatte danach kaum noch daran gedacht, oder sie hatte die Schmerzen verdrängt. Jetzt, da Guan tot vor ihr lag, stellte sie fest, daß sie die Erinnerung an den Tritt einfach nicht fortschieben konnte. Es war leicht, die Worte zu sprechen und ihm scheinbar zu vergeben und die Götter, besonders Echidna, zu bitten, ihm den Tritt nicht anzulasten; aber sie fühlte, daß ihre vergebenden Worte nicht von Herzen kam, so sehr sie sich auch bemühte.

Wie zuvor schon Hyrax wickelten sie auch Guan in ein Stück Folie von der kleineren Rolle ein. Dann stand Maytera Mint auf. Wie war noch der Name des dritten Mannes gewesen? Er war der schweigsamste ihrer Häscher gewesen. Sie hatte ihn als düsteren Mann empfunden und als den wahrscheinlich gefährlichsten Gegner in Spiders Trupp eingeschätzt. Aber auch er war tot, und sie würde nicht mehr erfahren, ob ihre Einschätzung richtig gewesen war.

»Wollt Ihr vielleicht das Grab für Sewellel ausheben, Patera? Ich kann dann mit Maytera Mint zur Wachstube gehen und ihn holen.«

»Warum … äh.«

Sie sah, daß Remora sich mit einer raschen Bewegung des Unterarms unwillkürlich vergewisserte, ob der Nadler noch an Ort und Stelle war, und schaltete sich sofort ein: »Er wird mich nicht angreifen, Euer Eminenz. Ich glaube, er will unter vier Augen mit mir sprechen.«

Remora lächelte etwas gezwungen. »In diesem … äh … in diesem Fall werde ich … äh, ja. Werde ich mich fügen. Dem Willen der Götter fügen.«

»In Wirklichkeit«, erklärte Spider ihm, »geht es mir darum zu sehen, ob Ihr damit zurechtkommt. Ihr müßt später nämlich auch mein Grab ausheben, versteht Ihr? Ihr habt ja gesehen, wie ich es gemacht habe. Jetzt tut Ihr es für Sewellel und Paca, damit hätten wir jeder zwei Gräber ausgehoben. Laßt uns gehen, Generalin.«

Gehorsam folgte sie ihm durch den Seitengang. »Was ich Patera gesagt habe, ist keine Verlade«, sagte Spider, während sie gingen. »Kennt Ihr das Wort? Keine Verlade heißt, daß ich ihm die Wahrheit gesagt habe.«

»Ja, ich kenne das Wort, auch wenn ich es immer für ein Wort gehalten habe, das eher Kinder benutzen. Meine Schüler benutzen es manchmal.«

»Aber was Ihr gesagt habt, Generalin, das war auch keine Verlade.«

Sie nickte.

»Es tut mir leid, daß ich so rede, wie ich rede. Manchmal fluche ich sogar, auch wenn ich es gar nicht will. Ich bin eben so.«

»Glaubt mir, ich kann das gut verstehen.«

Er blieb abrupt stehen. »Das Problem ist nur, daß ich Euch nicht glaube. Und ihm dort erst recht nicht. Diesem Patera – wie heißt er noch?«

»Remora.«

Spider machte eine ungeduldige Handbewegung. »Echidna hätte Euch zur Generalin ernannt, sagt Ihr? Sie hätte mit Euch darüber geredet?«

»Das hat sie ganz gewiß getan.«

»Konntet Ihr sie sehen, wie Ihr mich jetzt seht? Konntet Ihr genau hören, was sie gesagt hat? Hat sie durch eins dieser großen Gläser in einem Manteion mit Euch gesprochen?«

»Genau. Wenn Ihr wünscht, kann ich alles wiederholen, was sie gesagt hat. Ich will es gern tun, wenn Ihr es hören wollt.« Das war ein Gebiet, das ihr vertraut war, und Maytera Mint fühlte sich zum ersten Mal, seit sie und Remora durch das zerstörte Tor in Bloods Villa eingedrungen waren, wieder ganz in ihrem Element.

»Ich kenne jemanden, der gesagt hat, daß man die Worte eigentlich gar nicht hören konnte. Er sagte, er hätte nur verstanden, was sie gemeint hat.«

»Er hat Frauen gekannt«, erklärte Maytera Mint. Sie hoffte, Spider würde verstehen, was sie mit dem Wort ›gekannt‹ hatte sagen wollen. »Oder er hat – entschuldigt bitte, es ist ein wenig peinlich.«

»Sicher.«

»Oder er hat einen anderen Mann gekannt oder einen Knaben, so wie Männer Frauen kennen. Ich meine, wie dieser Mann, von dem Ihr erzählt habt. Titi war doch sein Name, nicht wahr? Ich denke …«

»Ja, so war es, und es stimmt, was Ihr sagt. Sicher hat er Männer und Frauen gekannt. Ist das der einzige Grund?«

»Ja. Echidnas Wille ist es, daß diejenigen, die die Fleischeslust erfahren haben, die Götter nicht mehr sehen dürfen. Sie können auch die Götter nicht mehr klar hören, obgleich sie in den meisten Fällen verstehen, was die Götter von ihnen verlangen. Das ist jedoch von Mensch zu Mensch verschieden, wofür man verschiedene Erklärungen vorgeschlagen hat. Wenn es Euch nichts ausmacht, will ich es Euch nicht in allen Einzelheiten erklären. Es geht da um die Häufigkeit und die spezifische Natur gewisser sexueller Beziehungen. Ihr könnt Euch sicher denken, was ich meine, und ohne weiteres ähnliche Theorien entwickeln.«

»Sicher, Generalin. Das könnt Ihr ruhig überspringen.«

»Ich hatte nie etwas mit einem Mann zu tun. Deshalb habe ich das Gesicht der Göttin genauso gesehen, wie Ihr jetzt meines seht. Deutlicher sogar, weil ihr Gesicht sehr hell war. Ich konnte alles verstehen, was sie gesagt hat, und ich könnte es Wort für Wort wiederholen, wie ich bereits erklärt habe. Wenn ich aber erst mit einem Mann zusammen gewesen bin …«

Die Worte waren ihr unwillkürlich entglitten, und sie sprach hastig weiter. Sie spürte, wie ihre Wangen flammend rot anliefen. »Dann werde ich Echidna nicht mehr sehen können, genauso wie Euer Freund sie nicht sehen konnte. Falls ich also einmal einen Mann habe … ich meine, wenn ich eine Beziehung zu … wenn ich heirate. Sobald ich einen Ehemann habe. Dann werde ich die Worte der Göttin so wenig wiederholen können, wie Ihr es könnt.«

»Das war's, über was ich mit Euch sprechen wollte.«

»Die Worte der Göttin? Sie sagte …«

Spider unterbrach sie mit einer ungeduldigen Handbewegung. »Ihr wollt heiraten und einen Mann haben, sagtet Ihr. Deshalb muß ich Euch etwas sagen.«

Ihre Hand schloß sich um den Nadler, den sie in der Tasche hatte. »Meint Ihr Euch selbst, Spider? Nicht freiwillig, das kann ich Euch versichern.«

Er schüttelte den Kopf. »Bison. Ich bin nicht dumm, versteht Ihr? Ich erkenne es an der Art, wie Ihr über ihn redet. Ihr habt Euch Sorgen gemacht, als ich sagte, daß ich Leute bei Euch eingeschleust habe. Ihr hattet Angst, Bison könnte einer von ihnen sein.«

»Aber gewiß nicht!« Maytera Mint atmete dreimal tief durch, um sich zu beruhigen. Sie ließ den Nadler wieder los. »Doch, ein bißchen vielleicht schon.«

»Ja, ich weiß. Ihr habt Euch immer wieder gesagt, es könnte doch nicht sein, und habt Euch an die Dinge zu erinnern versucht, die Ihr mit ihm besprochen habt.«

Sie war einen Schritt zurückgewichen, und auf einmal drückte ihr die harte Wand des Gangs in den Rücken. »Ich habe noch nichts zu ihm gesagt, Spider, und er hat nichts zu mir gesagt. Kein Wort haben wir darüber verloren, kein Wort! Aber ich habe gesehen – oder ich glaube gesehen zu haben –, was er fühlt. Und Bison, er hat zweifellos – er hat mich gesehen. Und er hat mich gehört. Meine Stimme. Er hat es vielleicht auch ohne Worte mitbekommen.«

»Ja, das kann ich verstehen.« Zu ihrer Überraschung lehnte Spider sich neben ihr an die Wand und ersparte ihr die Peinlichkeit, ihm in die Augen sehen zu müssen. »Wie alt seid Ihr?«

»Das geht Euch nichts an.« Sie sprach so energisch wie möglich.

»Vielleicht nicht, vielleicht doch. Was würdet Ihr sagen, wie alt ich bin?«

Sie schüttelte den Kopf. »Da ich mich geweigert habe, Euch mein Alter zu nennen, wäre es ganz und gar unschicklich, jetzt Euer Alter zu raten.«

»Ich bin achtundvierzig«, sagte er, »und das ist wahr. Ich würde sagen, daß Ihr ungefähr dreiunddreißig oder vierunddreißig seid. Wenn ich da schief liege, tut es mir leid, aber Ihr wolltet es mir ja nicht verraten.«

»Ich will es immer noch nicht.«

»Ich wollte nur sagen, daß das alles verdammt schnell geht. Das Leben geht verdammt schnell vorbei. Ihr glaubt, Ihr wüßtet inzwischen alles über mich. Einen Dreck wißt ihr. Ich erinnere mich an alle möglichen Dinge, die passiert sind, als ich noch ein Kind war.«

»Ich verstehe, Spider. Ich verstehe genau, was Ihr mir sagen wollt.«

»Nein, das denkt Ihr nur. Ich hatte vielleicht hundert Frauen. Ich wünschte, ich hätte mitgezählt, aber ich habe nicht darauf geachtet. Darunter waren nur zwei, denen ich nichts bezahlen mußte, und eine davon war ekelhaft, wenn man sie näher kennengelernt hat.«

»Es ist ganz normal, daß Männer glauben, die Frauen …« Maytera Mint suchte nach einem Wort, das einigermaßen diplomatisch klang. »Wenn Männer glauben, Frauen wären irrational. Umgekehrt halten auch viele Frauen die Männer für irrational.«

»Um Euch die Wahrheit zu sagen, ich hätte eigentlich auch die andere bezahlen müssen. Ich habe ihr den Kies nicht gegeben, aber sie wäre verdammt teuer gewesen. Jedenfalls teurer, als sie eigentlich wert war.« Spider sah Maytera Mint schräg von der Seite an. »Ich muß Euch etwas Wichtiges sagen, aber ich weiß nicht, ob Ihr mir glauben werdet.«

»Ist es denn wahr, Spider?«

»Verdammt, ja doch! Jedes Wort.«

»Dann werde ich Euch glauben, auch wenn Ihr mir nicht geglaubt habt, was ich über die Götter gesagt habe. Worum geht es?«

»Erst noch was anderes. Eigentlich hätte ich das schon längst sagen sollen, versteht Ihr? Also, es gab mal eine Zeit, da hätte ich eine Frau wie Euch bekommen können, aber das ist vorbei. Aus und vorbei, klar? Das ist gelaufen. Letztes Jahr habe ich eine kennengelernt, die mir ganz gut gefallen hat, und ich habe sie gemocht und sie hat mich gemocht, versteht Ihr? Und dann hat sie gesehen, daß es mir ernst war mit ihr, und sie hat gemauert. Sie hat mich nur angesehen, und ihre Augen haben gesagt: *Zu alt, zu alt*. Es geht so schnell. Ich habe gar nicht gemerkt, wie ich älter wurde. Ich fühle mich immer noch nicht alt.«

Sie schwiegen eine halbe Minute.

»Also gut, jetzt kommen wir zu diesem Bison.«

Maytera Mint zwang sich zu nicken.

»Ich muß sterben. Wahrscheinlich wird es nicht mehr lange dauern. Da hinten, wo wir die Toten begraben, da habe ich mir gedacht, wenn sie mich schon bald erschießen werden, dann will ich wenigstens noch die Gelegenheit bekommen, es Euch zu sagen, bevor ich alle bin, weil ich dachte, daß Ihr mir eher glauben würdet, wenn ich im Sterben liege. Aber dazu schießen die viel zu genau. Wenn es mich so erwischt, wie es meine Jungs erwischt hat, dann bin ich auf der Stelle tot. Also sage ich es Euch lieber jetzt. Er war einer von meinen Leuten, versteht Ihr? Euer Bison. Ein guter Mann.«

Sie war sich nicht sicher, ob sie etwas geantwortet hatte. Wahrscheinlich nicht.

»Er sollte sich jeden Abend bei mir melden. Ich habe mich immer an einem bestimmten Ort mit ihm getroffen. Aber er ist nur einmal gekommen, nur am ersten Abend.«

Sie konnte wieder atmen.

»Deshalb habe ich jemanden geschickt. Ich habe den Mann geschickt, den wir jetzt gerade holen. Sewellel heißt er. Bison hat ihm gesagt, daß er draußen wäre. Er wollte Euch nichts über uns sagen, aber er wollte uns auch nichts mehr über Euch sagen. Das ist die Wahrheit, Generalin. Ich mache Euch keinen Vorwurf, wenn Ihr das nicht glauben wollt, aber genau so war es. Und weil ich genau weiß, daß ich heute noch abtreten werde, möchte ich, daß Ihr für mich betet, wenn ich alle bin.«

»Ich bete für Eure Seele.« Sie versuchte immer noch zu verarbeiten, was sie gerade gehört hatte.

»Ja, das ist die reine Wahrheit. Ich sagte Euch, ich würde Euch nicht verraten, welche von meinen Leuten sich bei Euch eingeschlichen haben. Aber er ist ja nicht mehr mein Mann, und deshalb kann ich es Euch sagen.«

Sie konnte sich nicht erinnern, daß sie weitergegangen waren, aber auf einmal standen sie wieder vor der Wachstube. »Soll ich zurücklaufen und ein Stück Plastik abschneiden?« sagte sie. »Ich habe ganz vergessen, daß wir es brauchen. Wenn Ihr Sewellel auf den Schultern tragt, werdet Ihr von seinem Blut verschmiert.«

»Ich habe Folie mitgenommen«, sagte Spider. Er hob sie hoch.

»Aber ich habe Euer Messer. Ihr habt es mir doch gegeben, als ich …«

»Ich habe Guans Messer benutzt, bevor ich seinen Zettel geschrieben habe.« Spider lächelte. Es war ein kleines, trauriges Lächeln, das in seinem rohen Gesicht wie ein Fremdkörper wirkte. »Drei Messer braucht man nicht, man braucht nicht einmal zwei. Ich war vorher schon ein paarmal allein hier unten und habe Männer begraben, und wenn ich das mache, suche ich als erstes immer das Messer des Toten.«

»Ja«, sagte sie, »ja. Ihr seid sicherlich der einzige Mensch, der je um diese armen Männer trauern wird.« Sie schob die Hände in die Taschen, fand den Nadler und die Gebetskette und dann auch sein Messer. »Hier nehmt es. Ich will Euch nicht begraben, Spider. Wirklich nicht. Ich will Euer Leben retten, und wenn es irgendwie möglich ist, werde ich das auch tun. Ich werde es mit allen Kräften versuchen, und ich werde Erfolg haben.«

Er schüttelte den Kopf, aber sie drückte ihm den rauhen Griff des Klappmessers in die Hand. »Bitte, schließt die Tür. Ich glaube, es wäre besser, wenn wir Seine Eminenz nicht erschrecken.«

Sie wanderte zielstrebig durch die Wachstube und betrat das Lager. »Ich hätte schon vorher hier nachsehen sollen«, rief sie zu Spider zurück. »Ich ließ es beide Male Seine Eminenz tun, und das war feige von mir. Dieser Spind hier – so nennt Ihr doch diese Schränke, nicht wahr? Ich meine diesen hier mit dem Zeichen der Addition in Rot. Ist das der Schrank, in dem die Bahre aufbewahrt wird?«

Spider, der ihr langsam gefolgt war, sagte: »Ja, das ist der richtige.«

Sie drehte sich um und zog seinen Nadler. »Hebt beide Hände, Spider. Ihr seid mein Gefangener.«

Er starrte sie an und riß die Augen auf.

»Es kann sein, daß er uns sehen kann. Ich bin nicht sicher. Hebt die Arme! Hebt sie hoch, bevor er Euch tötet.«

Als Spider die Hand hob, schwang die Spindtür auf, und ein Soldat trat heraus und salutierte, die Muskete streif senkrecht haltend und die stählernen Hacken zusammenknallend. Maytera Mint sagte: »Ihr seid nicht Sergeant Sand. Wie ist Euer Name?«

»Soldat Schist, Sir!«

»Danke. Im vorderen Raum liegt ein Toter. Habt Ihr ihn getötet?«

»Jawohl, Sir.«

»Nehmt das Plastik, das dieser Mann dort hat, und wickelt ihn ein. Den Toten da draußen, meine ich. Wickelt den Toten darin ein. Ihr könnt ihn für uns tragen.«

Schist salutierte wieder.

Spider sagte: »Ihr habt die ganze Zeit gewußt, daß er dort drinnen war.«

Maytera Mint schüttelte den Kopf. Plötzlich wurde sie ganz schwach vor Erleichterung. »Ich wünschte, ich wäre so … ich weiß nicht, wie man es nennt. So ähnlich wie ein Gott. Die Leute glauben, daß ich so wäre, aber ich bin es nicht. Ich muß oft nachdenken, was richtig ist.«

Sie blieb stehen und wartete, bis Schist hinübergegangen war und neben Sewellels Leiche kniete. »Und selbst wenn ich nachgedacht habe, muß ich noch Bison und den Captain um Rat fragen. Oft stelle ich dann fest, daß sie das Problem viel besser durchschauen als ich. Ich glaube, es ist jetzt wohl sinnlos, Euch zu fragen, ob Ihr mir in bezug auf Bison die ganze Wahrheit gesagt habt. Ihr könnt die Hände herunternehmen, glaube ich.«

»Doch, ich habe die Wahrheit gesagt.« Man konnte Spider ansehen, daß auch er erleichtert war. »Wie habt Ihr herausgefunden, daß er dort drinnen ist?«

»Es war die Erde am Spaten. An dem Blatt war frische Erde. Habt Ihr das nicht bemerkt?«

Er schüttelte den Kopf.

Schist rief aus der Wachstube herüber: »Ich habe ihn, Sir.«

»Gut. Ihr geht besser vor uns, Spider, und hebt die Hände hoch. Hier sind noch mehr Soldaten, müßt Ihr wissen. Sie hätten Euch schon vor Stunden überwältigen können, aber sie müssen gefürchtet haben, Seine Eminenz und mich zu gefährden.«

Hundert Gedanken schossen ihr gleichzeitig durch den Kopf. »Außerdem, wenn wir Euch hinter uns gehen lassen, könntet Ihr auf die Idee kommen, daß Euer Pflichtbewußtsein Councillor Potto gegenüber es gebietet, daß Ihr flieht. In diesem Fall müßte der Soldat schießen.«

»Und ich würde treffen«, bekräftigte Schist. »Ich verfehle nicht oft.« Er klopfte auf Sewelles eingewickelten Leichnam, den er sich über die linke Schulter gelegt hatte.

»Kann ich die Hand herunternehmen, um die Tür zu öffnen?«

»Natürlich«, sagte Maytera Mint, und Schist stimmte zu: »Klar.«

»Ich sollte noch erklären, daß ich mit Soldat Schists Sergeant gesprochen habe«, fuhr Maytera Mint fort, als sie die Wachstube verließen. »Das war am Sphigxday, am Tag nachdem unser Caldé gerettet wurde. Sein Name ist Sand, und er ist mit seinem ganzen Zug auf unsere Seite übergelaufen, auf die Seite des Caldé. Oder genauer gesagt, mit dem, was von seinem Zug noch übrig ist, nachdem mehrere seiner Leute von einem Talus getötet worden waren.«

»Ich weiß, wie das ist.«

»Das ist mir klar, Spider. Weder Ihr, noch ich, noch Sergeant Sand haben den Krieg gewollt. Was ich Euch damit sagen will, ist, daß unser Caldé und ich, und auch Sergeant Sand und Generalissimus Oosik und Generalin Saba beraten haben, wie wir Schist hier und die anderen am besten einsetzen könnten. Wie wir die wenigen Soldaten, die wir hatten, am wirkungsvollsten benutzen. Es war keine lange Debatte, weil wir alle sofort fanden, daß die Antwort auf der Hand lag. Die Soldaten kennen diese Tunnel, aber keiner von uns kennt sich hier unten aus. Nur unser Caldé war eine Weile hier. Außerdem könnten sie hier anderen Soldaten begegnen, die sie möglicherweise auf unsere Seite ziehen könnten. Also war es offensichtlich am besten, sie hier herunterzuschicken, um auszuspähen, welche Pläne der Feind hatte, und um, soweit möglich, neue Soldaten für uns zu rekrutieren.«

»Also gut, aber wie konntet Ihr von der Erde an meinem Spaten schließen, daß er sich hier versteckt hatte?«

»Wie ich schon sagte, war die Erde frisch. Sogar noch etwas feucht. Ich habe Euch nach dem jüngsten Grab gefragt und mir das Datum auf dem Papier angesehen. Es war bei weitem nicht frisch genug. Also muß jemand anders irgendwo aus einem anderen Grund etwas vergraben haben. Ich dachte an ein Ohr, wie diese Abhörgeräte wohl genannt werden, oder etwas ähnliches, auch wenn Sand meines Wissens so etwas nicht gehabt hat.« Sie verstummte, und sie gingen eine Weile schweigend weiter.

»Fahrt doch fort«, drängte Spider sie.

»Schließlich wurde mir dann klar, daß jenes Lager dort ein ausgezeichnetes Versteck wäre. Ein intelligenter Soldat wie Sand konnte leicht voraussehen, daß wir dort rasten würden, um zu essen und zu reden. Er würde wissen wollen, was wir besprechen, denn Ihr könntet ja etwas verlauten lassen, das für ihn von Wert wäre. Er hatte recht, denn wir waren kaum angekommen, da begann ich, Euch meine Fragen zu stellen. Sand hatte also Schist befohlen, sich dort zu verstecken und zu lauschen, und als wir dann fortgegangen sind, haben wir uns in diese Richtung bewegt, zu der Stelle, wo Ihr Eure Toten begrabt.«

Viel zu schnell, so kam es Maytera Mint vor, erreichten sie die große Eisentür, und Remora starrte Schist an. Sie rief vorsichtshalber: »Es ist gut, Euer Eminenz. Wir sind gerettet, und Spider ist unser Gefangener.«

Links und rechts neben Remora flog die Erde in alle Richtungen davon, als sich zwei weitere Soldaten aus ihren Verstecken befreiten.

9

Ein Stück von Pas

Auk klopfte mit dem Kolben seines Nadlers an die Tür des alten Wohnhauses in der Brick Street. Incus, der sich dicht hinter ihm hielt, räusperte sich verhalten. Es war ein leises, fast unhörbares Geräusch, wie es sonst ein Kaninchen oder ein Eichhörnchen machen würde. Hinter Incus begannen zweiundzwanzig Männer und Frauen leise miteinander zu tuscheln.

Auk klopfte noch einmal an.

»Er ist da drin, Kämpfer«, erklärte Hammerstone. »Oder besser gesagt, irgend jemand ist da drin. Ich habe es gehört.«

»Ich nicht«, bemerkte Auk, »obwohl ich gute Ohren habe.«

»Sie sind nicht gut genug. Soll ich die Tür aufbrechen, Patera?«

»Aber auf *gar* keinen Fall, Auk, mein Sohn. Bitte, laßt *mich* es versuchen.«

Müde trat Auk einen Schritt zurück und gab die Tür frei. »Wenn Ihr glaubt, daß Ihr besser anklopfen könnt als ich, Patera, dann macht nur.«

»Mein *Klopfen* wäre sicherlich nicht wirkungsvoller als das *Eure*, mein Sohn, da habe ich keinen Zweifel. Vielleicht sogar *weniger* wirkungsvoll. Doch könnte in dieser Situation vielleicht mein *Verstand* von Nutzen sein.«

»Patera hier ist der klügste Biologische, den es

gibt«, erklärte Hammerstone der Menge. »Er ist der Klügste im ganzen Whorl.« Die Leute drängten sich nach vorne, um ja nichts zu verpassen.

Incus richtete sich zu seiner ganzen, freilich nicht eben beeindruckenden Größe auf. »Gesegnet sei dieses Haus im Namen des *Pas*, des Vaters der Götter, in dessen Namen wir *gekommen* sind. Gesegnet sei es im Namen der Gnädigen *Echidna*, seiner Gefährtin, und im Namen ihrer *Söhne* und ihrer *Töchter*, heute und immerdar bis die Pläne des Pas *erfüllt* sind. Gesegnet sei dieses Haus auch im Namen der *Scylla*, der Schutzherrin unserer heiligen Stadt *Viron*.«

Hammerstone beugte sich zu ihm hinunter und flüsterte ihm rauh und lauter, als es seine Absicht war, ins Ohr: »Sie haben drinnen aufgehört, sich zu bewegen, Patera.«

Incus atmete noch einmal tief ein. »Patera *Jerboa*! Wir sind mit der höchsten, heiligsten Ehrerbietung zu Euch gekommen. Das sage ich Euch, der ich hier als *heiliger Augur* spreche. Und ich bin sogar noch *mehr* als das, denn ich bin der Augur, den die Schillernde Scylla selbst zum *Leiter des Kapitels* unserer Heiligen Stadt ernannt hat. In meiner Begleitung befinden sich zwei Laien, die auch *selbst* die *allergrößte* Hochachtung verdient haben, denn es handelt sich um *Auk* und *Hammerstone*, den Biochemischen und den Chemischen, die heute erst gemeinsam von Pas dem Herrn bei einem heiligen Opfer *auserwählt* wurden, um seinen Willen zu …«

Die Tür wurde eine Handbreit geöffnet, und das bleiche, verängstigte Gesicht von Patera Shell erschien. »Ihr … seid Ihr wirklich ein Augur?«

»Das *bin* ich, mein Sohn. Aber wenn Ihr Patera Jerboa seid, der Augur dieses Manteions, dann seid Ihr der *falsche* Patera Jerboa, dann seid Ihr nicht der, den wir suchen.«

Der vorwitzigste unter Auks Jüngern, die sich hinter Hammerstone drängten, rief: »Er ist gar kein Augur! Seht doch nur sein Hemd an!«

Incus wandte sich zu dem Mann um, während er gleichzeitig einen kleinen Fuß vorschob, um die Tür zu blockieren. »Oh, aber das *ist* er, mein Sohn. Sollte ich denn einen von meiner eigenen Art nicht *erkennen* können? Nein, eine gewöhnliche Tunika, wie Laien sie tragen, kann mich nicht über den *Mann* täuschen, der *in* ihr steckt.«

»Richtig«, warf Auk ein. »Er ist ein Augur, soweit ich das sehen kann. Kommt her, Patera.« Er faßte Shell am Handgelenk und zog ihn durch die Tür nach draußen. »Wie ist Euer Name?«

Shell starrte ihn nur mit großen Augen an. Sein Mund klappte auf und zu, aber er bekam keinen Ton heraus.

»Er ist Patera Shell, mein Akoluth«, verkündete ein alter Mann mit weißem Bart, der hinter Shell in der Tür aufgetaucht war. Seine alte Stimme quietsche und krächzte wie das Rad eines überladenen Wagens. Er trug eine völlig unpassende leuchtend blaue Tunika, die einem jungen Mann sicher gut gestanden hätte. »Ich bin Patera Jerboa, und ich bin hier der Augur.« Kurzsichtige Augen hefteten sich auf Incus. »Ihr sucht offenbar mich. Ich kann nicht mehr gut hören, aber soviel habe ich verstanden. Nun gut.«

Jerboa trat ganz heraus und machte zwischen Incus und sich selbst das Zeichen der Addition. Er machte es größer und energischer, als es normalerweise der Brauch war. »Nun gut, dann tut, was Ihr tun müßt, aber laßt Shell in Frieden.«

Auk hatte Shell bereits losgelassen. »Schön, dann seid Ihr der Richtige. Ihr habt doch ein Fenster in Eurem Manteion, Patera?«

»Ohne Heiliges Fenster wäre es kein Manteion. Ich ...« – Jerboa hustete und mußte ausspucken – »Ich diene dem Heiligen Fenster jetzt seit einundsechzig

Jahren. Ich würde …« Er verstummte, spielte mit der Zunge am Zahnfleisch herum und sah nervös zwischen Auk und Incus hin und her. »Wer hat hier das Sagen?«

»Ich«, erwiderte Auk und gab ihm die Hand. »Ich bin das, was man wohl als Theodidakten bezeichnen könnte, Patera. Patera Incus hier hätte es Euch gleich sagen sollen. Ich wurde von Tartaros erleuchtet. Im Augenblick habe ich hier was für seinen Alten zu erledigen. Die hier auch.« Er deutete mit dem Daumen auf Incus und Hammerstone, dann streckte er wieder die Hand aus.

Jerboa schlug mit seiner trockenen, kalten Hand ein, doch der Händedruck war trotz der Größe seiner Hand seltsam kraftlos. Einen kurzen Moment lang flammte in seinen Augen ein Funke auf. »Ich wollte gerade sagen, daß ich am liebsten betend vor meinem Heiligen Fenster sterben würde, mein Sohn, aber Ihr seid ja nicht gekommen, um uns zu töten.«

»Natürlich nicht. Es ist so, Patera, daß Ihr ein Stück von Pas habt.«

Shell, der sich gerade wieder entspannt hatte, zuckte zusammen.

»Er will es jetzt zurückhaben. Er hat uns geschickt, um es für ihn zu holen.«

»Mein Sohn …«

»Das ist die Aufgabe, die ich gerade erwähnt habe, Patera. Das war der Auftrag, den er mir in der Theophanie gegeben hat.«

Einer von Auks Jüngern rief: »Heute nachmittag erst, Patera! Wir waren dabei!«

»Es hat noch eine Theophanie gegeben?« Jerboa hob das faltige alte Gesicht zu dem dünner werdenden Faden der Langen Sonne. In diesem Augenblick schien er fast so groß wie Auk zu sein.

»In Silks Manteion!« bekräftigte derselbe Jünger.

Auk nickte. »Nur, daß dieses Mal Pas erschienen

ist, Patera. Ihr kennt ihn doch, oder? Ihr habt ihn einmal sogar selbst gesehen, wie er sagte.«

»Ja, er hat ihn gesehen«, erklärte Shell.

»Also, dann ist ja alles klar.« Auks letzte Zweifel lösten sich auf, und er grinste. »Das ist gut, Patera. Das ist wirklich gut. Die Leute reden darüber, wie lange es her ist, daß mal ein Gott in einem Fenster erschienen wäre, oder jedenfalls haben sie darüber geredet, bis Kypris erschienen ist und uns gesagt hat, daß wir an diesem Abend ausräumen könnten, was wir nur wollten. Aber keiner hat gesagt, wann dieses letzte Mal denn überhaupt war und wem der Gott erschienen ist. Pas hat uns jetzt aber erklärt, daß Ihr es wart, er hat Euren Namen genannt. Wir wußten bloß nicht, wo wir Euch finden konnten.«

Shell blickte flehend zu Incus. »Ich verstehe das nicht, Patera. Der Frieden des Pas? Patera hat gewiß Tausenden den Frieden des Pas übermittelt, aber ...«

»Ein Stück von ihm«, erklärte Hammerstone. »Wie eine Scheibe, oder als würde ich ein Stück von meinem Finger abschrauben.«

»Wir brauchen ein paar Tiere zum Opfern«, verkündete Auk laut. »Eine ganze Herde. He, hört her, Leute! Wir haben ihn gefunden! Das hier ist der richtige Kerl, das ist der heilige Augur, der ein Stück von Pas im Kopf hat, das Pas jetzt zurückhaben will. Unsere Aufgabe war es, ihn zu finden. Soll heißen, meine und Hammerstones und Pateras Aufgabe.«

Neben Jerboa tauchte wie ein Schatten eine ältere Sibylle auf, gebeugt und fast so alt wie er. »Werden sie Euch weh tun, Patera? Ich bin durch das Pfarrhaus gekommen. Ich habe die Regeln verletzt, aber das ist mir einerlei. Wenn Ihr ... wenn sie Euch etwas antun wollen, dann ...«

»Es wird mir nichts geschehen, Maytera«, versicherte der alte Augur ihr. »Es wird alles gut werden.«

Immer noch an die Jünger gewandt, fuhr Auk fort:

»Wir haben unsere Aufgabe erfüllt, und jetzt seid ihr an der Reihe. Wollt ihr mitmachen? Bei dem größten Ereignis, das jemals passiert ist? Wollt ihr Pas den Leuten im ganzen Whorl zurückbringen? Dann müßt ihr uns jetzt die Tiere besorgen, und zwar gute Opfertiere. Besorgt sie und bringt sie her.«

»Ihr könnt doch nicht selbst an die Tür gehen«, schimpfte Maytera Marble. »Das gehört sich einfach nicht.«

Silk setzte sich wieder, etwas unglücklich darüber, daß er den Papierstapeln auf dem Schreibtisch vorläufig doch nicht entkommen würde. Auf den verschiedenen Konten der Stadt beim Fiskus waren nicht viel mehr als vierhunderttausend Karten. Das wäre für einen Privatmann ein ungeheures Vermögen gewesen, aber die Garde mußte ebenso bezahlt werden wie die Commissioner, die Schreiber und andere Funktionäre, ganz zu schweigen von Hunderten von Lieferanten und Firmen, die beispielsweise die Straßen reinigten und in Stand hielten.

Er verzog den Mund und erinnerte sich an sein leichtfertig gegebenes Versprechen, die zu belohnen, die tapfer gekämpft hatten, egal auf welcher Seite.

Die vier Talusse mußten bezahlt werden, noch bevor Swallow auch nur den ersten liefern würde. So stand es in dem Vertrag, den er vor weniger als einer Stunde unterzeichnet hatte. Lange bevor die Talusse fertiggestellt waren, würde die Garde Lebensmittel, Munition und Geld brauchen, um die fünf bewaffneten Schweber zu reparieren. Zum zehnten oder zwölften Mal an diesem Tag überlegte Silk, ob man die Schweber in den Gängen einsetzen konnte, und verwarf den Gedanken wieder. Inzwischen wollten auch die beiden verbliebenen Talusse, die derzeit noch bei der Garde im Dienst waren, nachdem während der

Kämpfe einige zerstört worden waren, bezahlt werden.

Maytera Marble schaute wieder herein und verneigte sich. »Es ist Generalissimus Oosik, Patera. Er möchte dringend mit Euch sprechen.« Oosiks massiger Körper war durch den handgeschnitzten Türrahmen in der Empfangshalle zu sehen. Er trat ungeduldig von einem Bein auf das andere.

»Natürlich«, sagte Silk freundlich. »Laßt ihn nur herein, Maytera. Und vielen Dank, daß Ihr für mich die Tür geöffnet habt.«

»Das hat mir keine Mühe gemacht, Patera. Ich war froh, das für Euch tun zu können.«

Oosik hatte es nicht mehr ausgehalten und war hinter ihr eingetreten. Er marschierte herein, baute sich vor Silks Schreibtisch auf und salutierte formvollendet, daß die polierten Hacken klaut zusammenkrachten. »Ich hoffe, Eure Verletzungen bereiten Euch keine großen Probleme, Caldé?«

»Nein, überhaupt nicht, Generalissimus. Danke, Maytera, das wäre dann alles.«

»Kaffee, Patera? Oder Tee?«

Oosik schüttelte den Kopf. »Nein, vielen Dank.« Silk wehrte mit einer Geste ab. »Zieht Euch doch einen Stuhl heran, Generalissimus. Setzt Euch, entspannt Euch. Habt Ihr sie …«

Oosik schüttelte den Kopf. »Ich fürchte nein, Caldé.«

»Setzt Euch. Was gibt es dann?«

»Ihr habt genau wie ich die Parade abgenommen.« Oosik trug einen Stuhl ohne Armlehnen, der viel zu klein für ihn schien, zum Schreibtisch.

»Angesichts der Tatsache, daß sie kurz vorher noch im Kampf gestanden hatten, war die Abteilung der Garde sehr gut in Form.«

»Pah!« Oosik tat das Lob mit einem Schnaufen ab. »Trotzdem danke ich Euch, Caldé. Ihr seid sehr großzügig. Aber was ist mit den Truppen aus Trivigaunte? Das war mal ein Anblick, Siyufs Truppe, nicht wahr?«

Silk, der sich schon überlegt hatte, wie er am besten die Dinge zur Sprache bringen konnte, die ihm schon den ganzen Nachmittag durch den Kopf gingen, ergriff sofort die Gelegenheit. »Am wichtigsten schien mir jedoch das, was ich *nicht* gesehen habe. Nun setzt Euch doch endlich. Ich schaue nicht gerne zu Euch auf.«

Oosik setzte sich. »Ihr habt die Infanterie gesehen, und ich denke, Ihr wart so beeindruckt wie ich.«

»Natürlich.«

»Auch die Kavallerie. Viel Kavallerie war dabei, Caldé. Doppelt so viel, als ich erwartet hätte.« Oosik wickelte sich eine Spitze seines weiß durchsetzten Schnurrbarts um den Finger und zupfte daran.

»Die Kavallerie war sicherlich wunderschön, aber vor allem sind mir die Gewehre aufgefallen. So große Gewehre habe ich noch nie gesehen. Haben wir ... habt Ihr solche Waffen, Generalissimus?«

»Einige wenige Exemplare, mehr nicht. Niemals so viele, wie ich gern hätte. Was haltet Ihr von ihren Schwebern, Caldé?«

»Ich habe keine gesehen.«

»Was ist mit ihren Talussen? Ich würde dazu gern Eure Meinung hören, Caldé.«

Silk schüttelte den Kopf. »Ich kann Euch meine Meinung dazu nicht sagen, Generalissimus, denn ich habe keine Talusse gesehen. Das ist aber gerade die Angelegenheit, über die ich mit Euch ...«

»Genau, das ist der Punkt!« Oosik ließ den Schnurrbart los und zielte mit dem Zeigefinger auf Silk, um seinem Argument mehr Nachdruck zu verleihen. »Ich wollte Euch nicht in Verlegenheit bringen, Caldé. Jeder Mann weiß eine Menge über bestimmte Dinge, aber über andere weiß er wieder weniger oder gar nichts. Das kann auch nicht anders sein. Niemand weiß vorher, was in einem Krieg geschehen kann, aber ein Kommandant muß versuchen, sich auf alle Möglichkeiten vorzubereiten. Welche Kämpfe erwartet Siyuf hier? Eine Truppe kann mal so und mal so gerüstet sein, genau wie sich ein Mann zur Jagd und für eine Theatervorstellung jeweils unterschiedlich kleidet. Ich habe also die Truppe aus Trivigaunte gesehen, und jetzt würde ich Euch gern berichten, was ich mir dabei denke.«

Silk, der gerade selbst eine längere Bemerkung hatte machen wollen, hielt sich zurück und sagte nur: »Bitte fahrt fort, Generalissimus.«

»Sie will oben kämpfen, nicht in den Gängen. Auch nicht in der Stadt, oder jedenfalls nicht sehr heftig. Zum Kampf in der Stadt und für deren Verteidigung braucht man Infanterie. Die Gewehre, die Euch so beeindruckt haben, dienen ebenfalls der Verteidigung. Vor allem aber will sie angreifen. Deshalb hat sie soviel Kavallerie mitgebracht, die sie rasch von einem zum anderen Ort schicken kann, der vom Luftschiff ausgewählt wurde, so daß sie ohne Vorwarnung angreifen kann. Sie hat davon gesprochen, daß sie Maultiere eingesetzt hätte, um Kanonen aus dem Schlamm zu ziehen. Ich habe Euer Gespräch angehört, ich hoffe, Ihr werdet mir verzeihen.«

»Oh, das ließ sich ja gar nicht vermeiden, denn Ihr habt direkt neben Generalin Saba gestanden.«

»Genau. Warum hat sie keine Talusse, Caldé? Wir in der Garde benutzen Talusse, um festgefahrene Kanonen und sogar Wagen freizuschleppen. Ein Talus ist stärker als dreißig Maultiere. Warum hat sie nicht die Talusse benutzt und es Euch danach entsprechend beschrieben?«

»Weil sie keine hat. Es ist mir auch gleich aufgefallen, und noch bevor die Parade ganz vorbei war, wußte ich Bescheid. Es konnte ja sein, daß in Trivigaunte niemand weiß, wie man sie herstellt, aber beschäftigungslose Talusse würden trotzdem nach Trivigaunte gelangen und sich eine Anstellung suchen.«

»Sie haben die Talusse zur Verteidigung ihrer Stadt daheim gelassen, Caldé. Die Schweber auch. Schweber sind ideal für die Straßen in der Stadt. Ich würde meinen, das sie auch für Tunnel hervorragend geeignet sind.«

»Ich bin ganz Eurer Meinung.«

»Aber die Schweber wären in den Gängen beim Kampf gegen die Soldaten und die Talusse des Ayuntamiento zerstört worden, versteht Ihr?«

Silk, der fürchtete, daß er es nur allzu gut verstand, sagte: »Nicht so klar, wie ich es gern verstehen würde. Fahrt bitte fort, Generalissimus.«

»Meine Frau kennt eine Frau, die angeblich die Zukunft vorhersagen kann.« Oosik zupfte wieder an seinem Schnurrbart herum. »Sie sagt, sie glaubt nicht daran, aber das stimmt nicht, denn sie glaubt es. Ich habe sie schon oft ermahnt, aber sie will einfach nicht hören. Einem Mann ohne Frau bleibt die Hälfte aller Unannehmlichkeiten des Lebens erspart.«

»Wir Auguren«, erklärte Silk vorsichtig, »nehmen ebenfalls für uns in Anspruch, die Zukunft vorhersagen zu können. Das bedeutet, daß wir den Willen der Götter aus den Eingeweiden der Opfertiere lesen. Ich muß zugeben, daß die Eingeweide von Schafen manchmal selbst für einen Gott wie die Landkarte eines unbekannten Landes erscheinen mag, aber es gibt viele Beispiele für verblüffend akkurate Weissagungen.«

Oosik lächelte leicht. »Wie ich sehe, hat es Euch nicht gestört, daß ich das Thema gewechselt habe, Caldé.«

»Nein, keineswegs.«

»Gut. Ich habe diese Frau erwähnt, weil sie und viele andere wie sie Betrügerinnen sind, und ich möchte nicht, daß Ihr mich für einen falschen Propheten haltet wie sie. Wenn ich eine Voraussage mache und damit richtig liege, werde ich dann in Eurer Achtung steigen?«

»Meine Achtung für Euch ist bereits jetzt so hoch, daß eine Steigerung kaum möglich wäre, Generalissimus.«

»Dann werde ich Euch damit beweisen, daß ich das Vertrauen verdient habe, das Ihr in mich setzt. Siyuf wird eine beachtliche Streitmacht in die Tunnel schicken. Sie wird tapfer den Feind angreifen, und es wird schreckliche Kämpfe geben. Ihr, Caldé, werdet wohl, wenn Ihr es wollt, danach zu den Schlachtfeldern geführt werden, um sie zu besichtigen. Ihr werdet einen Tunnel vorfinden, der vor Leichen kaum passierbar ist.«

Silk nickte nachdenklich.

»Wieder im Juzgado, werdet Ihr darauf bestehen, daß die Truppe, die aus so schönen jungen Mädchen besteht, zurückgezogen werde. Das wird man dann auch tun, und Siyuf wird von Stund an nicht mehr in den Gängen kämpfen.«

»Ihr seid ein falscher Prophet, Generalissimus«, erwiderte Silk. »Nachdem ich Eure Prophezeiung gehört habe, werde ich nicht zulassen, daß es dazu kommt.«

»In diesem Fall müssen wir selbst in den Gängen kämpfen, und weil sie schmal sind, können die Männer in den Gängen nur hintereinander vordringen. Nacheinander werden wir unsere Schweber und Talusse verlieren, und Dutzende von Kämpfern dazu. Es wird ein langwieriger Kampf werden, und während wir kämpfen, werden unsere Zahlen mit jedem Tag kleiner. Tausende und Abertausende Kämpfer befehligt Generalin Mint, eine prächtige Streitmacht. Aber könnt Ihr es Euch leisten, sie zu bezahlen?«

Silk schüttelte den Kopf.

»Was wird sie halten, wenn es kaum noch Kämpfe gibt? Ein Kämpfer kämpft für die Ehre, Caldé, ob er für General Skate kämpft oder für Generalin Mint. Oder aus Treue. Manchmal auch, weil er sich Beute erhofft. Aber auf jeden Fall wird er auch auf seinen Sold warten. Ohne Sold wird er nicht passiv im Dienst bleiben, denn wenn es keine Kämpfe gibt, kann man keine Ehre erwerben, es gibt keine Fahne, für die man sterben kann, es gibt nichts zu plündern.«

»Die Truppen aus Trivigaunte sind jetzt schon stärker als die unseren«, sagte Silk nachdenklich. »Ich glaube es wenigstens nach allem, was ich heute gesehen habe.«

Oosik schüttelte den Kopf. »Noch nicht, Caldé, auch wenn Mints Reihen sich vielleicht schon ein wenig gelichtet haben. Aber am Ende des Winters ...« Oosik wurde von einer Glocke unterbrochen, und dann waren Horns eilige Schritte zu hören.

Die drei Auguren waren übereingekommen, daß Jerboa das erste und größte Opfer darbringen sollte. Die anderen Opfer – insgesamt acht Tiere waren bisher durch die unangenehm kühle Dämmerung zum alten Manteion in der Brick Street geführt worden, und weitere wurden jeden Augenblick erwartet – sollten zwischen Incus und Shell aufgeteilt werden. Incus würde das zweite, vierte, sechste und achte Tier nehmen, und jeder sollte, solange er nicht das größte nahm, frei aus den angebotenen Tieren wählen können.

Auk, der die Diskussion schweigend verfolgt hatte, sah interessiert zu, wie Jerboa zum Ambion wackelte. Dieser gebrechliche Körper, dieser halbnackte Schädel mit ein paar spärlichen schneeweißen Haaren sollte ein winziges Fragment vom Großen Pas, dem Herren des Whorl und dem Vater der Sieben enthalten? Ob dieses Bruchstück wußte, daß es nun abgerufen werden sollte?

Verdammt, natürlich wußte es das, sagte Auk sich selbst. Das ging ja gar nicht anders. Immerhin hatte er selbst, Auk, dem alten Jerboa die ganze Sache erklärt, nicht wahr? Er hatte erklärt, daß die Götter Stücke aus sich selbst herausnehmen und in Menschen hineinstecken konnten. Das Stück konnte dann den betreffenden Kerl beherrschen, aber es mußte nicht so sein. Es konnte auch, wie er unter viel Mühen erläutert hatte, einfach da sein und sozusagen mitreiten. Wie ein Kerl, der auf einem Esel saß. Klar, der Reiter konnte dem Esel Befehle geben und ihn traben oder anhalten lassen oder ihn hierhin und dorthin lenken, aber er mußte es nicht tun. Er konnte auch einfach die Zügel loslassen und den Esel grasen oder nach Wasser suchen lassen, ein Bein quer über den Sattelknauf legen und dösen, was auch immer. Pas hatte es seit Jahren so gemacht, aber das sollte sich jetzt ändern.

»Meine lieben neuen Freunde«, begann Jerboa, »ich weiß, daß Ihr nicht… daß keiner von Euch…« Er mußte husten und hätte sicherlich gern ausgespuckt, aber er schluckte nur. »Daß Ihr alle gekommen seid und den Göttern so schöne Opfer gebracht habt, wie wir sie nicht mehr hatten, seit – ich weiß nicht, wie lange.«

Wohlwollend blickte er zu den Sibyllen, die sich am Feuer versammelt hatten. Die jüngste war noch mit dem Altarfeuer beschäftigt. »Maytera Wood, Ihr habt ein besseres Gedächtnis. Man hat gerade wieder ein Kalb gebracht, damit wären es drei. Nein, vier sogar. Vier schöne Kälber und vier Lämmer und einen Einjährigen. Ich würde sagen, noch bevor wir fertig sind, wird man uns auch einen Stier bringen – was wollte ich gerade fragen, Maytera?«

»Wann wir schönere Tiere hatten?« erwiderte die älteste Sibylle. »Das war, als Ihr von der Schola gekommen seid, Patera. Eure Eltern und Eure Tante haben einen Ochsen und einen Pfau gekauft, und – o du meine Güte! Es war Maytera Salvia, die es mir erzählt hat. Was hat sie außerdem noch gesagt?«

»Einen Affen«, informierte Jerboa sie. »Ich erinnere mich noch an einen Affen, Maytera.« Es hatte ihm nicht gefallen, den Affen zu opfern, und das war ihm auch jetzt, einundsechzig Jahre später, noch anzumerken. »Es spielt keine Rolle. Es waren neun, ein Opfer für jeden der Neun.«

Als wären sie eine Gruppe zurückgebliebener Schüler, fixierte er Auk und Hammerstone und diejenigen von Auks Jüngern, die inzwischen zurückgekehrt waren. »Es gibt neun große Götter, wie Ihr jungen Leute eigentlich wissen solltet – es sind Pas und Echidna und ihre Kinder. Mein Vater und meine Tante haben für jeden Gott ein Opfer gekauft, damit ich den Göttern, wenn ich das erste Mal als Augur ein Opfer leitete, auch etwas anzubieten hätte. Ich habe die Zeremonie genau hier am Altar durchgeführt. Die meisten Opfertiere waren nur klein. Ein Singvogel für Molpe, ein Maulwurf für Tartaros und der Affe. Daran kann ich mich noch erinnern.«

Incus, der mit Shell wartete, regte sich ungeduldig.

Wenn Jerboa es gesehen hatte, ließ er sich nichts anmerken. »Sie haben damit etwas sehr Wichtiges getan. Sie haben einem jungen Mann bei seinen ersten Schritten in ein neues Leben …-« wieder mußte er husten. »Entschuldigung. Die Götter werden Verständnis haben, da bin ich sicher. Ich wollte nur sagen, daß das, was wir heute abend tun werden, noch viel wichtiger ist. Ein Gott, nicht irgendein Gott, sondern Pas der Herr selbst, hat diesen Herren und Patera … Patera …?«

»Incus«, half Hammerstone, der ganz vorne saß, ihm aus.

»Was ist eigentlich ein Incus für ein Tier? Ich

glaube, in all den Jahren ist mir noch nie ein Incus als Opfer angeboten worden. Aber egal. Wahrscheinlich eins von diesen keinen Viechern, die in Bäumen leben und Vogeleier fressen.« Er hustete wieder. »Pas hat ihnen also gesagt, wenn sie mich finden, dann sollten sie … ist das richtig so?«

Incus, der schon drauf und dran gewesen war, die Sache durch Einsatz körperlicher Gewalt zu beschleunigen, übte sich in eiserner Selbstbeherrschung. »Ihr seid in der *Tat* der Augur, der von *Pas* selbst ausgewählt wurde, Patera, falls Ihr der Jerboa seid, den wir *suchen* sollten.«

Shell fügte ermunternd hinzu: »Ich bin sicher, daß Ihr es seid, Patera.«

»Wenn sie mich finden und ein Opfer darbringen, dann würde Pas wiederkommen, hätte er gesagt. Habe ich das richtig verstanden?«

Hammerstone, Incus und sogar Shell nickten bestätigend, genau wie die meisten Gläubigen. Hinten im Manteion gab es eine kleine Unruhe, als ein ungeheuer großer Neuankömmling einen zahmen Pavian hereinführte.

»Was ich sagen wollte, während unsere braven Sibyllen hier das Feuer in Gang bringen, ist, daß dies keine Kleinigkeit ist. Nein, ganz und gar keine Kleinigkeit. Erst die Theophanien drüben in der Sun Street, und jetzt erfahre ich sogar noch von einer weiteren. Aber das ist mir nicht fremd, nein, das kann man wirklich nicht sagen, daß Theophanien mir fremd wären.«

Er drehte sich um und schlurfte hinter den Ambion, um sich an Incus zu wenden. »Ihr habt mit Pas gesprochen, nicht wahr?«

»In der *Tat*«, verkündete Incus mit stolzgeschwellter Brust.

Jerboa sah sich wieder um. »Er sagte, er würde kommen. Nun, wir werden sehen. Es wäre schön, es wäre wirklich ein gewaltiges Erlebnis, wenn das wahr werden würde.«

Maytera Wood gab ihm das Opfermesser. Es war das Signal, daß das Opferfeuer bereit war. »Ich werde das schwarze Kalb mit dem weißen Gesicht nehmen«, entschied er.

»Vogel wieder da!«

Bison blieb vor Silks Tisch stehen und salutierte, und im gleichen Augenblick landete Oreb, der auf Horns Schulter gesessen hatte, auf Silks Kopf. Bison schaffte es, nicht amüsiert zu grinsen, obwohl es Silk so vorkam, als hätten Bisons dunkle, hellwache Augen kurz geflackert. »Ich bin früh dran, Caldé«, gestand Bison. »Ich so früh gekommen, weil ich mit Euch reden wollte. Wenn Ihr jetzt keine Zeit habt, dann werde ich eben warten. Sagt es mir nur. Aber ich muß mit Euch reden, und ich hoffe, ich werde die Gelegenheit bekommen, wenn Ihr hier fertig seid.«

»Wir können beim Essen reden.« Silk dachte über Bisons Salut nach. Er hatte versucht, nicht mit Hackenknallen und Gewehrpräsentieren zu salutieren, wie es die Gardisten taten, denn damit hätte er einigermaßen lächerlich ausgesehen. Dennoch hatte sein Gruß verraten, welche Achtung er für die Ordnung und das Amt des Caldé empfand.

»Da wären wir nicht ungestört. Einiges von dem, was ich Euch sagen will ...« Bison ließ den Satz unvollendet.

Oosik stand auf. »Wir müssen uns noch weiter über dieses Thema unterhalten, Caldé. Nicht jetzt, aber bald. Ich hoffe, Ihr seid meiner Meinung.«

Silk nickte, was Oreb veranlaßte, vom Kopf auf die linke Schulter zu hüpfen.

»Mit Eurer Erlaubnis möchte ich jetzt nach meinem Sohn sehen. Ich hoffe, es geht ihm gut genug, damit er kommen kann. Ich werde um acht Uhr wieder hier sein.«

Silk sah auf die Uhr: kurz nach sieben. »Natürlich. Richtet Eurem Sohn bitte aus, daß wir alle ihm eine baldige Genesung wünschen.« Oosik salutierte und machte eine Kehrtwendung.

Horn wich Oosik aus und sagte: »Willet ist mit Meister Xiphias zurückgekommen, Caldé. Er bat mich, es Euch auszurichten.«

Silk hatte den Impuls, Horn zu bitten, Hossaan bei seinem richtigen Namen zu nennen, doch dann überlegte er es sich anders. Wenn Hossaan sich Willet nannte, dann gab es zweifellos einen guten Grund dafür.

»Meister Xiphias ist jetzt im Blauen Zimmer«, fuhr Horn fort. »Er sagt, er muß Euch vor dem Essen nicht unbedingt sprechen, es sei denn, Ihr wollt ihn sehen.«

»Das ist gut.« Silk lächelte. »Leute, die mich nicht unbedingt sprechen wollen, kann ich gut gebrauchen. Ich wünschte, ich hätte mehr davon. Du solltest jetzt lieber nach Hause gehen, Horn, sonst versäumst du noch das Abendessen.«

»Nettle und ich werden hier aushelfen. Dabei fällt auch etwas für uns ab.«

»Fischköpfe?« fragte Oreb hoffnungsvoll.

»Wenn es welche gibt, dann heben wir sie für dich auf«, versprach Horn.

»Sehr gut, Horn, und vielen Dank.« Silk wandte sich wieder an Bison. »Als ich hörte, daß Ihr früher gekommen seid, habe ich zuerst gehofft, Ihr wärt gekommen, um mir zu berichten, daß Maytera Mint gefunden wurde. Wie es aussieht, ist das aber nicht der Fall.«

»Nein, Caldé, aber genau das ist das Thema, über das ich mit Euch sprechen wollte.«

»Dann setzt Euch und redet. Wir haben nicht mehr lange Zeit bis zum Essen – die anderen Gäste werden bald eintreffen –, aber wenn nötig, können wir nach dem Essen weiterreden.«

Bison setzte sich, und genau wie Oosik schien auch er für den Stuhl zu groß zu sein. »Ihr habt über ein Glas mit Loris und Potto gesprochen, Caldé.«

Silk nickte.

»Sie wollen nicht mit mir reden. Ich weiß es, weil ich es versucht habe, bevor ich hergekommen bin. Aber sie haben mit Euch gesprochen, und vielleicht sprechen sie wieder mit Euch. Ich möchte Euch bitten, sie zu fragen, ob Ihr Generalin Mint selbst sehen könnt. Sie behaupten, sie hätten sie gefangen. Fordert sie auf, es zu beweisen.«

»Gibt es einen Grund, ihnen nicht zu glauben, Colonel?«

Bison seufzte und lehnte sich an. »Ich wußte, daß Ihr das fragen würdet. Ich kann Euch keinen Vorwurf machen, ich würde die gleiche Frage stellen. Aber trotzdem, ich wünschte, Ihr hättet nicht gefragt.«

»Armer Mann!« sagte Oreb mitfühlend.

»Wenn ich sie bitte, sie sehen zu dürfen, dann werden sie wissen wollen, warum ich das will. Ich muß ihnen etwas anbieten, und je verlockender ihnen mein Angebot erscheint, desto wahrscheinlicher ist es, daß sie uns Maytera Mint sehen lassen. Vorausgesetzt natürlich, daß sie sie wirklich haben.«

»Laßt Ihr mich zusehen?«

»Natürlich.« Silk hielt inne, sein Zeigefinger kreiste langsam auf der Wange. »Ihr seid hier auch gefühlsmäßig engagiert. Oreb spürt es, und auch ich kann es sehen. Ich hoffe, Ihr laßt Euch durch eine Verbundenheit mit Maytera Mint, wie auch ich sie empfinde, nicht zu voreiligen Handlungen hinreißen.«

»Das hoffe ich auch, Caldé.« Bison ballte die großen, behaarten Hände zu Fäusten. »Ihr wart unten in den Gängen, wie Ihr gesagt habt.«

»Böses Loch«, warf Oreb ein.

»Ich war auch dort, Caldé. Vielleicht hätte ich es Euch gleich sagen sollen, aber ich habe es nicht getan, weil es mir nicht wichtig schien und weil ich nicht wollte, daß Ihr den Eindruck bekommt, ich wollte mich aufspielen. Es gibt in der Orilla einen Eingang, und ich bin ziemlich sicher, daß es außer dem Eingang unter dem Juzgado, den Sand und seine Soldaten benutzt haben, noch weitere Eingänge gibt.«

Silk nickte. Er war noch gar nicht auf die Idee gekommen, daß Bison, da er sich in der Orilla auskannte, möglicherweise ein Dieb war. Er mußte sich auf die neuen Informationen einstellen, während Bison weitersprach.

»Nach einer Weile hatte ich eine Idee. Ich erinnerte mich an einen Ort dort unten, an eine alte Wachstube, die man früher benutzt hat, als noch ständig Soldaten unter der Stadt aktiv waren. Ich hatte das Gefühl, daß man Maytera Mint vielleicht dorthin geschafft hatte, und deshalb bin ich mit dreißig Kämpfern hinunter, um es zu überprüfen.«

»Böses Loch!« wiederholte Oreb, und Silk nickte wieder. »Es ist ein böses Loch, und ich bin keineswegs sicher, ob ich klug finde, was Ihr getan habt, Colonel, auch wenn ich Eure Beweggründe verstehen kann.«

»Wir haben die Wachstube gefunden.« Er verflocht die dicken Finger und zog sie wieder auseinander, als wollte er sie sich einzeln ausreißen. »Die Tür stand auf, und überall auf dem Boden waren Blutflecken. Es war frisches Blut, Caldé.«

»Das könnte von irgend jemandem stammen.« Silk hoffte, sein Gesicht verriete nicht seinen Schrecken. »Horn! Horn! Würdest du bitte mal einen Augenblick hereinkommen?«

»Als wir wieder an die Oberfläche zurückgekehrt waren, habe ich versucht, über ein Glas mit dem

Ayuntamiento zu sprechen«, fuhr Bison fort. »Ich glaube, es hat früher mal eins in der alten Wachstube gegeben, aber wenn, dann wurde es schon vor langer Zeit gestohlen. Wie auch immer, ich habe versucht, mit Potto zu sprechen, und als der nicht wollte, habe ich es bei Loris versucht. Dann bei Tarsier und Galago. Keiner wollte mit mir reden. Und deshalb bin ich jetzt hergekommen.«

»Habt Ihr Euer Glas aufgefordert, Maytera Mint für Euch zu suchen?«

Bison schüttelte den Kopf. »Das ist mir nicht eingefallen. Glaubt Ihr denn, sie wird irgendwo festgehalten, wo es ein Glas gibt?«

Horn kam hereingestürmt. »Ja, Patera? Caldé, meine ich?«

»Es ist spät«, sagte Silk, »und ich bin müde. Es scheint mir, als hätte ich den ganzen Tag lang Leute zum Abendessen eingeladen und mich darauf verlassen, daß Maytera Marble Ordnung schafft. Würdest du sie bitte fragen, ob sie, sobald sie Zeit hat, eine komplette Liste der Gäste für mich schreibt, die wir heute abend erwarten?«

»Das kann ich Euch auch sagen, Caldé. Ich kann es für Euch auch noch einmal notieren, wenn Ihr wollt. Ich habe die Platzkarten geschrieben und verteilt, daher weiß ich es.«

»Dann sag es mir. Wenn ich später noch eine geschriebene Liste brauche, kannst du sie ja für mich anfertigen.«

»Ihr, Caldé, sitzt am Kopfende. Zu Eurer Rechten Generalissima Siyuf. Maytera sagte, wir müßten sie dort plazieren, weil das Essen doch ausgerichtet wird, um sie in der Stadt willkommen zu heißen.«

Silk nickte. »Das ist richtig.«

»Dann Seine Kogniszenz. Damit wird sie zwischen ihm und Euch sitzen.«

Oreb flatterte unruhig. »Weiter«, sagte Silk.

»Dann Generalin Saba, denn sie ist Kapitän des Luftschiffs. Dann Colonel Bison.«

»Ich bin Colonel Bison«, stellte Bison sich ihm vor. »Ich bin etwas früher gekommen, um mit dem Caldé zu reden.«

»Guter Mann«, erklärte Oreb.

»Horn ist einer der Schüler unserer Palaestra«, sagte Silk zu Bison. »Er ist, genauer gesagt, der Anführer unserer Jungen, und er hat sich wirklich sehr nützlich gemacht. Fahr doch bitte fort, Horn.«

»Klar. Also Colonel Bison, dann Generalissima Siyufs Adjutantin, von der ich aber den Namen noch nicht weiß. Dann Maytera am Fußende des Tisches, aber ich denke, sie wird sich gar nicht hinsetzen und mit den Leuten reden wollen, Caldé. Sie ist viel zu aufgeregt, daß in der Küche etwas schiefgehen könnte. Ihr Platz ist von allen der Küche am nächsten.«

»Natürlich, das ist vernünftig.«

»Zu ihrer Rechten wird Generalin Sabas Adjutantin sitzen, dann kommt Chenille, neben ihr Meister Xiphias.«

»Ich verliere so langsam die Übersicht. Wo sitzt Generalissimus Oosik?«

»Zu Eurer Linken, Caldé. Neben ihm sitzt sein Sohn. Als er kam, bat er mich, seinen Sohn neben ihn zu setzen, weil sein Sohn krank ist. Er macht sich Sorgen um ihn.«

»Natürlich«, stimmte Silk zu.

»Dann also Meister Xiphias links neben dem Sohn des Generalissimus.«

»Wenn ich dir richtig gefolgt bin, dann sitzen fünf Personen auf der linken und fünf Personen auf der rechten Seite des Tisches.« Silk zählte mit den Fingern ab. »Rechts wären dann Siyuf, Seine Kogniszenz, Saba, Colonel Bison und Siyufs Adjutantin. Links hätten wir Oosik, seinen Sohn, Xiphias, Chenille und Sabas Adjutantin.«

»Genau, Caldé. Mit Euch und Maytera zusammen wären es dann zwölf.«

»Vogel essen?«

»Ja, du sollst etwas bekommen«, sagte Silk lächelnd zu Oreb. »Ich käme nicht im Traum auf die Idee, ohne dich zu essen. Leider bist du aber, wie es jetzt aussieht, der dreizehnte am Tisch. Das will ich dadurch verhindern, daß ich Horn bitte, Maytera zu sagen, sie möchte doch einen weiteren Teller unmittelbar links von mir decken – einen Platz für Generalin Mint. Bitte beschrifte auch für sie eine Karte, Horn, und richte ihren Platz genauso her wie alle anderen. Dadurch wird die linke Seite zwar etwas stärker besetzt sein als die rechte, aber ich denke, das werden die Gäste auf der anderen Seite ertragen können.«

»Es ist ein sehr großer Tisch, Caldé, es wird kaum auffallen.«

»Ich weiß, ich habe ihn gesehen. Vielleicht kommt Generalin Mint ja sogar wirklich noch. Wir wollen es hoffen. Und wenn sie kommt, dann ist sie an der Tafel auf jeden Fall willkommen.«

»Sehr willkommen sogar«, knurrte Bison.

»So, das wäre dann – Moment mal. Was ist mit Mucor? Sie will doch sicher nicht in der Küche bleiben und dort helfen, oder? Will sie denn nicht mit uns essen?«

Horn machte ein etwas betretenes Gesicht. »Maytera hielt es für besser, wenn sie auf ihrem Zimmer ißt, Caldé. Sie ist nicht immer – nun ja, Ihr wißt schon.«

»Maytera Marbles Enkeltochter«, erklärte Silk an Bison gewandt. »Ich glaube, Ihr kennt sie noch nicht.«

Bison schüttelte den Kopf.

»Sie muß auf jeden Fall mit uns essen. Sage Maytera bitte, daß ich darauf bestehe. Aber sie soll vorsichtshalber in Mayteras Nähe bleiben. Setze sie also rechts zwischen Maytera und Generalissima

Siyufs Adjutantin. Damit wären wir wieder sechs auf jeder Seite und insgesamt vierzehn – sogar fünfzehn, wenn man Oreb mitrechnet. Und schreibe bitte auch für Mucor, genau wie für Generalin Mint, eine Tischkarte.«

Silk seufzte erleichtert. Er fühlte sich besser als am Morgen. Das Abendessen würde hoffentlich eher ungezwungen verlaufen, und wenn es vorbei war, würden auch die letzten Formalitäten, die er inzwischen hassen gelernt hatte, vorbei sein. »Sie ist vielleicht tot«, sagte er zu Bison. »Ich bete von ganzem Herzen, daß sie noch lebt, aber möglich ist es.«

Bison nickte düster.

»Doch selbst wenn sie tot ist, selbst wenn wir ihre Leiche finden und selbst wenn wir zweifelsfrei feststellen, daß sie gestorben ist – wir wollen den Leuten aus Trivigaunte nichts davon verraten und uns nicht anmerken lassen, daß wir es wissen. Sie hat mehr Siege errungen als jeder andere Kommandant auf unserer Seite, und je höher Siyuf und ihre Leute unsere Siegeschancen einschätzen, desto energischer werden sie uns helfen. Habe ich mich deutlich genug ausgedrückt?«

Wieder nickte Bison. »Wir dürfen es auch Ihre eigenen Kämpfer nicht erfahren lassen. Die Hälfte würde auf eigene Faust suchen, wenn sie wüßten, daß das Ayuntamiento sie hat.«

»Und das gleiche gilt für Eure Kämpfer. Ganz recht.« Silk schob den Stuhl zurück und stand auf. »Kommt mit, nebenan ist ein Glas.«

Patera Jerboa, der seine Handschuhe angelegt hatte, zog das Opfermesser zurück, und das Kalb ging in die Knie und kippte seitlich um. Das heraussprudelnde Blut wurde von einer jüngeren Sibylle in einer irdenen Schale aufgefangen. Erheblich geschickter, als Auk es ihm zugetraut hätte, schnitt Jerboa den Kopf des Kalbes ab und legte ihn ins Feuer. Der rechte Hinterhuf machte ihm einige Schwierigkeiten, aber er schaffte es.

Ein flüchtiger Farbfleck im Heiligen Fenster erregte Auks Aufmerksamkeit. Er keuchte, doch der Fleck verschwand wieder.

Als der letzte Huf des Kalbes ins Feuer geworfen wurde, stob ein Reigen scharlachroter Funken auf. Jerboa wandte sich zum Fenster um und hob beide Arme. »Akzeptiere nun, o Großer Pas …« Er mußte wieder husten. »Pas, du Vater aller Götter …«

Das Fenster strahlte jetzt hellrosa, violett und golden. Auks sah offenen Mundes zu, wie die tanzenden Farben zu einem Gesicht von übermenschlicher Schönheit gerannen – zu einem Gesicht, das er so deutlich sehen konnte wie das Gesicht irgendeiner anderen Frau, die er je gesehen hatte. »Du suchst meinen Geliebten«, sprach die Göttin.

»Ja, wir suchen ihn, o Große Göttin.« Jerboas pfeifende alte Stimme klang schriller denn je. »Wir suchen ihn, und wir wollen tun, was er von uns verlangt.«

Auk platzte heraus: »Er sagte, er würde kommen, wenn wir Patera hier gefunden hätten.«

Die violetten Augen der Göttin wanderten weiter zu Auk. »So viel Liebe … so viel Liebe ist hier. Du bist Auk? Finde sie, Auk. Halte sie fest. Lasse sie nie wieder gehen.«

»Gut«, sagte Auk, und noch einmal: »Gut.« Einer Göttin widersprach man besser nicht. »Das werde ich tun, Freundliche Kypris. Aber Pas hat uns diesen Auftrag gegeben. Wir mußten Patera suchen, das haben wir getan. Jetzt müssen wir Pas finden, um die beiden zusammenzubringen.«

»Im Großen Manteion, Auk.« Die Göttin richtete die Augen, die aussahen wie zwei unergründliche tiefe Seen, wieder auf Jerboa. »Wirst du gehen, alter

Mann? Mein lieber alter Mann, der du mit einer so großen Liebe erfüllt bist. Wirst du gehen und meinen Geliebten und deinen Gott wiederfinden? Jerboa?«

Der alte Augur konnte kaum sprechen. Shell schaltete sich ein: »Ich werde ihn führen, Große Göttin. Wir werden zusammen gehen.« Seine Stimme war kräftiger, als Auk es in Erinnerung hatte.

Ohne den Blick von ihr zu wenden, wich Incus, auf Knien rutschend, eilig zurück. »Ich bin *verpflichtet* …«

»… mich aufzuhalten, ich weiß.« Kypris' Lachen perlte wie ein Reigen eisiger Glöckchen. »Und jetzt wirst du fünfzig oder hundert Kinder als Opfer töten? Oder mehr sogar, wenn die kleine Scylla dich dazu drängt? Die niedliche kleine Scylla mit dem Temperament ihres Vaters und dem Verstand ihrer Mutter.«

Incus war wie vor den Kopf geschlagen.

»Du wirst ein Opfer brauchen. Auk? Aber keine Kinder.«

»Keine Kinder«, wiederholte Auk unendlich erleichtert.

»Mein Geliebter. Pas? Mein Geliebter ist gerade mit seiner Gattin beschäftigt. Im Augenblick.« Dieses Mal klangen die Glöckchen fröhlich und warm. »Aber nicht, um neue – Gören? Ihr nennt sie Kinder. Nicht um neue Kinder zu machen. O nein. Er fegt sie aus dem Kern. Weißt du, was das bedeutet? Auk?« Kypris wandte sich lächelnd an Shell. »Sag ihm …«

»Schon gut, Freundliche Kypris. Ich habe es verstanden.«

»Du brauchst ein Opfer. Um die Aufmerksamkeit meines Geliebten zu erregen. Kein Kind. Auk? Etwas Ungewöhnliches. Denk darüber nach.«

»Ein Opfer im Großen Manteion«, wiederholte Auk benommen.

»Mehrere. Vielleicht. Auk. Ich mache keine … Vorschläge. Aber heute abend. So bald wie möglich.« Eine halbe Sekunde legte sie die hohe, helle Stirn nachdenklich in Falten. »Das Stück, das der alte Mann hat, könnte beim Kampf helfen. Ich hoffe es.«

Als Silk in den Raum humpelte, zog ihm einer der Kellner, die von Ermine's Hotel geschickt worden waren, höflich den Stuhl zurück. Silk legte die Hände auf die Lehne und blieb dahinter stehen. Bison lächelte breit und ging am Tisch entlang, um seinen Platz am anderen Ende einzunehmen.

»Willkommen«, sagte Silk. Er hatte die Absicht gehabt, die Gäste im Namen der Götter willkommen zu heißen, aber jetzt verzichtete er darauf. »Willkommen im Namen der Stadt Viron. Ich bedaure sehr, daß ich die meisten von Euch nicht sofort bei der Ankunft begrüßen konnte, aber ich hatte noch etwas mit Colonel Bison zu besprechen. Maytera Marble wird Euch jedoch, da bin ich sicher, in Scyllas Namen willkommen geheißen haben.«

Maytera Marble, die am anderen Ende der Tafel saß, nickte.

Xiphias flüsterte: »Setzt Euch doch, Junge. Soll denn Euer Bein noch schlimmer werden?«

»Da dies bereits geschehen ist«, fuhr Silk fort, »will ich Euch nur noch im Namen des Gottes begrüßen, der mich erleuchtet hat. Es ist der Außenseiter, der einzige Gott, dem ich vertraue.«

»Er hat recht, Caldé.« Oosik schob seinen Stuhl zurück. »Wenn Ihr Euch nicht setzt, müssen mein Sohn und ich wieder aufstehen. Wir können nicht sitzen bleiben, während unser Vorgesetzter spricht.« Der bleiche Junge an seiner Seite bemühte sich schon, auf die Füße zu kommen.

»Natürlich, das war gedankenlos von mir, Generalissimus. Ich bitte Euch und Euren Sohn um Verzeihung.« Silk setzte sich und stellte fest, daß sein mit Einlegearbeiten verzierter Stuhl aus Rosenholz zu hoch war. »Ich wollte gerade sagen, daß ich ihm jetzt vertraue, obwohl es mir sehr schwerfällt, überhaupt noch einem Gott zu vertrauen.«

»Wir sind wie Kinder, Patera Caldé«, erklärte Quetzal ihm, und Oreb flog von Silks Schulter auf und ließ sich auf der höchsten Etage des Kristallüsters nieder. »Ein Kind muß seinen Eltern vertrauen, auch wenn es ihnen eigentlich nicht trauen kann.«

Der bleiche Jüngling drehte zornig den Kopf herum, und sein Gesicht bekam auf einmal etwas Farbe. »Was wollt ihr zwei damit sagen?«

»Nichts, Mattak, überhaupt nichts.« Oosik legte die große Pranke auf die Hand seines Sohnes.

Siyuf lachte offen und völlig ungekünstelt. »So fühlen wir uns gegenüber der Göttin Sphigx, Caldé. Aber sollten wir untereinander wirklich in Streit geraten so schnell? Bei uns daheim gibt es eine Regel, daß man nicht zu streiten anfängt vor der vierten Flasche.«

»Eine gute Regel«, warf Bison, immer noch lächelnd, ein. »Und vielleicht schaffen wir es sogar bis zur zehnten.«

Der junge Offizier hatte sich schon wieder entspannt. Er sackte auf seinem Stuhl geschwächt in sich zusammen.

Auch Silk mußte jetzt lächeln. »Ich weiß nicht, welches die richtigen Formen wären, aber dies hier soll ja ohnehin ein eher informelles Abendessen sein. Generalissima Siyuf, habt Ihr Euch schon mit den anderen Gästen bekannt gemacht? Seine Kogniszenz und Generalissimus Oosik kennt Ihr ja bereits.«

»Eine besonders gibt es, die ich gern kennenlernen würde, Caldé Silk. Ich meine das gutaussehende Mädchen, das sitzt neben Major Hadale dort.«

Die Majorin, eine etwa vierzigjährige Frau mit harten Gesichtszügen, sagte: »Ihr Name ist Chenille, Generalissima. Sie lebt zur Zeit hier im Palast.«

Siyuf wandte sich mit hochgezogenen Augenbrauen wieder an Silk. »Es überrascht, daß Ihr nicht neben Euch sie gesetzt habt. Sie hätte ohne weiteres zwischen Euch und mir Platz nehmen können.«

»Gutes Mädchen!« krächzte Oreb herunter.

»Major Hadale hat recht«, sagte Silk zu Siyuf. »Ihr Name ist Chenille, und sie ist eine enge Freundin. Seit wir uns kennengelernt haben, ist soviel passiert, daß ich sie wirklich als gute alte Freundin bezeichnen würde. Sie hat Maytera geholfen, nicht wahr, Chenille?«

Sie starrte verlegen auf ihren Teller. »Ja, Patera.«

»Gibt es sonst noch jemanden, den ich Euch vorstellen darf? Das hier wäre zum Beispiel Meister Xiphias.«

»Ich hatte das Vergnügen noch nicht.« Siyuf sah unverwandt Chenille an.

»Meister Xiphias ist mein Fechtlehrer und mein Freund, und außerdem der beste Schwertkämpfer, den ich je gesehen habe.«

»Und reich, mein Junge, reich! Ihr habt mich gebeten, das Fenster zu öffnen, erinnert Ihr Euch? Oben Zimmer in Ermine's Hotel. Alle haben Euch zugehört. Was glaubt Ihr, was danach passiert ist? Sie haben mir das Haus gestürmt, ich habe seit Molpsday meine Gebühren verdoppelt, gestern sogar verdreifacht, und das ist die Wahrheit!«

»Mich freut das für Euch«, sagte Siyuf zu ihm. »Euer Caldé sagte, Ihr seid ein Schwertkämpfer – aber Schwertkämpferinnen hat er wohl noch nicht gesehen. Bald werden wir kämpfen für ihn.«

Silk erinnerte sich an Hyacinths Ungeschick mit dem Azothen. Um seine Gedanken zu verbergen, sagte er rasch: »Wir müssen auch den Junker begrüßen, Generalissimus Oosiks Sohn. Generalissima Siyuf und ich sind Euch noch nicht begegnet. Zu meinem großen Bedauern, wie ich jetzt sagen muß. Seid Ihr denn ein Schwertkämpfer? Als Kavallerieoffizier scheint mir das naheliegend.«

»Ich bin Junker Mattak, Caldé«, erwiderte der junge Offizier höflich. »Ich habe das Schwert gegen Euch gezogen. Daran müßt Ihr Euch doch erinnern. Jetzt sehne ich mich danach, es in Euren Diensten abermals ziehen zu dürfen.«

»Aber zuerst mußt du wieder ganz gesund werden«, sagte sein Vater.

Quetzal murmelte: »Ich werde für ihn beten, Generalissimus. Wir Auguren lehren die Menschen, für ihre Feinde zu beten. Wir versuchen es wenigstens. Nur selten haben wir die Chance, auch für die unseren zu beten. Ich bin dankbar für jede Gelegenheit.«

Maytera Marble dagegen ergriff dankbar die Gelegenheit, das Gespräch auf die Religion lenken zu können. »Es ist doch Pas der Herr, der uns dies lehrt, nicht wahr, Euer Kogniszenz?«

»Nein, Maytera.« Quetzals haarloser Kopf wackelte auf dem langen, faltigen Hals hin und her.

Mattak sagte: »Ich möchte mich entschuldigen, Euer Kogniszenz, ich habe Fieber und ...« Er brach ab, als Quetzal ihm tief in die Augen sah.

»Mein Sohn hat manchmal schreckliche Träume«, erklärte Oosik an alle gewandt. »Selbst wenn er wach ist ...« Er wurde unterbrochen, als ein Diener eine große Weinflasche brachte, die stark verstaubt und von Spinnweben überzogen war.

»Wir haben hier einen großartigen Weinkeller«, ließ Silk Generalissima Siyuf wissen. »Mein Vorgänger hat ihn angelegt. Die Fachleute sagten mir, daß ein Teil des Weins inzwischen jedoch gekippt sein könnte. Ich verstehe selbst leider nicht sehr viel davon.«

Der Kellermeister schenkte ihm einen Fingerbreit ein. Ein angenehmer Duft nach Wildblumen stieg auf. »Dieser hier ist nicht sauer, Caldé.«

»Nein, gewiß nicht.« Silk ließ die helle Flüssigkeit im Glas kreisen. »Ich brauche ihn eigentlich gar nicht zu kosten, das wäre überflüssig.« Dennoch probierte er und nickte.

»Genauso überflüssig«, schaltete Bison sich auf einmal ein, »wie diese Vorstellungen. Denn wenn der Verstand der Generalissima so scharf ist, wie ich glaube, dann wird sie längst wissen, wer ich bin. Colonel Bison, Generalissima.«

»Nein, sicher nicht überflüssig die Vorstellung«, erwiderte Siyuf. »Ich habe von Euch gehört natürlich, und ich stelle fest, daß die Beschreibungen exakt waren.« Sie ließ sich das Weinglas nur zur Hälfte füllen, dann unterbrach sie den Kellner mit einer Handbewegung. »Ihr seid Mints erster Stellvertreter. Vor gar nicht so langer Zeit wart Ihr noch vom gleichen Stand wie viele andere. Jetzt seid Ihr deren Vorgesetzter und verantwortlich nur Mint. Ist das richtig?«

»Ich bin nach ihr der zweite im Kommando, das ist richtig.«

»So angesehen, daß Caldé Silk sich mit Euch zurückzieht noch vor dem Abendessen. Ich gratuliere Euch.«

Siyuf schwieg, sah sich kurz am Tisch um. »Es gibt nur noch eine andere, die ich kenne nicht. Neben Colonel Abanja jenes dünne Mädchen dort. Lebt sie auch im Haushalt des Caldé? Schöne Chenille, kennen müßt Ihr sie. Sagt mir, wer sie ist.«

»Ihr Name ist Mucor, und sie ist Mayteras Enkeltochter«, erklärte Chenille. »Wir sorgen hier für sie.«

»Eine Adoption, nehme ich an?«

Chenille zögerte, dann nickte sie.

»Hallo, Mucor. Ich bin aus Trivigaunte Generalissima Siyuf. Dürfen wir hoffen, daß du eine starke Kämpferin bald sein wirst? Oder wie deine Großmutter eine heilige Frau?«

Mucor antwortete nicht. Der Kellermeister zögerte

und hielt die Flasche, ohne einzuschenken, über ihr Glas. Maytera Marble legte die linke Hand über Mucors Glas, und Silk schüttelte den Kopf.

»Ich verstehe. Ein Unglück ist es. Caldé Silk, Ihr kennt meine Generalin Saba, und ihr habt Colonel Abanjas und Major Hadales Namen gehört. Wollt Ihr mir nicht verraten, für wen reserviert ist der leere Stuhl zu Eurer Linken? Ich habe die kleine Karte nicht lesen können, bevor ich mich gesetzt habe. Halt, wartet!«

Siyuf hob die Hand. »Laßt mich raten. Ich habe hier bekommen den Ehrenplatz. Ich bin Euer wichtigster Gast. Aber an zweiter Stelle kommt nicht Colonel Oosik, wie ich vermutet hätte, sondern jemand anders. Es also muß jemand sein, der nicht zu uns gehört und dem zuteil wird eine außergewöhnliche Ehre. Und Crane, der Euch gerettet hat vor dem Feind, ist ja tot.«

Unwillkürlich machte Silk das Zeichen der Addition.

»Sagt es mir, wenn ich bisher geraten habe richtig. Falls Crane aber noch lebt und ich mich irre, dann würde ich es gern erfahren.«

»Nein, er ist tot. Ich wünschte, es wäre nicht so gekommen.«

Ein Kellner, dessen Livree sich von den anderen unterschied, kam mit einem Tablett mit Hors d'œuvres herein. Als er den ersten kleinen Teller vor Siyuf abstellte, erkannte Silk ihn. Es war Hossaan.

Wenn Siyuf ihn ebenfalls erkannt hatte, dann ließ sie sich nichts anmerken. »Dann also Crane scheidet aus. Jeder Offizier hier hat einen Adjutanten dürfen mitbringen, wie es unserem Brauch entspricht, und ich glaube, es ist ein guter Brauch. Colonel Abanja begleitet mich, Major Hadale meine Generalin Saba. Euer Generalissimus hat mitgebracht seinen Sohn.

Und dann ist dort noch Colonel Bison. Mint selbst ist nicht da.«

»Ihr habt völlig recht«, sagte Silk zu Siyuf. Aus dem Augenwinkel beobachtete er Hossaan, während er Siyuf Mints Tischkarte gab. Er hatte Bison selbst eingeladen, ihm aber zu sagen vergessen, daß Bison ebenfalls einen Adjutanten hätte mitbringen dürfen. Doch es schien ihm sinnlos, jetzt noch darauf zu sprechen kommen.

»Vogel essen?« Unter den Vorspeisen waren Muscheln aus dem Lake Limna, die Oreb hungrig beäugte.

»Natürlich«, sagte Silk zu ihm. »Komm herunter und nimm dir, was du haben möchtest.«

Oreb flatterte nervös. »Mädchen sagen.«

»Ich?« Chenille sah zu ihm hoch. »Das ist aber reizend von dir, Oreb. Wirklich. Ich bin geschmeichelt. Ich hätte immer gedacht, daß du Auk lieber magst.« Sie schluckte, und Maytera Marble warf ihr einen prüfenden Blick zu. »Aber ich mache dir da keinen Vorwurf, weil ich ihn auch mag. Ich nehme mir jetzt selbst ein paar, und dann kannst du, wie Patera es gesagt hat, alles nehmen, was du haben möchtest.«

Siyuf fragte Silk: »Ist er tot, dieser Auk?«

Silk schüttelte den Kopf.

»Nein, er ist nicht tot, und deshalb diese Karte hier«, Siyuf hob sie hoch, »müßte eigentlich seinen Namen tragen. Ist es nicht so? Er lebt, wie Ihr sagt. Aber Eure Generalin Mint ist wie mein Doktor Crane so tot.«

Quetzal schaltete sich ein. »Seid Ihr da sicher, Generalissima? Ich habe guten Grund für die Annahme, daß dies nicht zutrifft.«

»Habt Ihr Schafe aufgeschnitten?«

»Viele, fürchte ich.«

»Auch zu uns eine Göttin spricht. Die Kluge Sphigx sorgt besser für uns als für jede andere Stadt. Unter den Göttern als einzige spricht sie in der alten Sprache zu uns. Sie spricht, wie wir gesprochen haben im Haus meiner Mutter und wie wir in meinem sprechen.«

»Meint Ihr die Hochsprache von Trivigaunte?« fragte Silk. »Ich habe davon gehört, aber ich glaube nicht, daß ich die Sprache schon jemals gehört habe. Könntet Ihr ein paar Worte für uns sagen? Ein Gebet vielleicht oder ein Gedicht?«

Siyuf schüttelte den Kopf. »Die Sprache nicht der Abendunterhaltung dient, Caldé. Aber ich will Euch dafür etwas anderes sagen. Keine andere Stadt ihrer Göttin ist so nahe wie die unsere. Seht Euch nur an. Ihr habt eine Göttin, wie Ihr sagt. Scylla wäre es. Aber trotzdem Eure Frauen sind Sklavinnen. Wenn Scylla wirklich auf Eure Stadt achtgeben würde, dann würde sie auch sorgen für die Frauen.«

Mattak wollte protestieren, doch Siyuf sprach mit erhobener Stimme weiter und ließ ihn nicht zu Wort kommen. »Wir, die wir nahe sind dem Herzen der Sphigx, schlachten keine Tiere, um ihren Willen im Gekröse zu lesen. Jeden Tag wir beten zu ihr, aber belästigen wir sie nicht mit Fragen, sondern wenden uns in echter Andacht an sie. Wenn wir etwas erfahren möchten, dann gehen wir hin und schauen nach. Eure Maytera Mint ist erschossen worden.« Sie blickte fragend zu Saba, die sofort nickte.

»Nicht angenehm das ist, und ich wünschte, diejenige wäre ich nicht gewesen, die es Euch mitteilen muß. Mint ging, um mit dem Feind zu verhandeln, ist das richtig nicht?«

Bison, der rechts neben Saba saß, sagte: »Ja, das stimmt.«

»Mit einem heiligen Mann, der für sie garantieren sollte. Der Feind beide hat getötet. Gefangen, muß ich wohl sagen, aber ich habe gesprochen mit ihrem Anführer, mit diesem Loris, und er kann sie nicht vorzeigen.« Siyuf wartete, ob jemand ihr widersprechen wollte, dann fuhr sie fort.

»Eure Mint war äußerst tapfer, und ich hätte gern mit ihr gesprochen. Vielleicht hätte ich sie auch gefordert zu einem Trainingskampf mit dem Schwert, wobei Euer alter Mann hier den Schiedsrichter gemacht hätte. Alles, was habe ich gehört, deutet darauf hin, daß sie war eine mutige Frau, und ich bin sicher, daß sie, als gefangen sie wurde, obwohl sie doch einen Frieden aushandeln wollte, heftigen Widerstand geleistet hat. Ein Narr hat erschossen sie und den heiligen Mann, ein abscheuliches Verbrechen. Erfahren habe ich es direkt nach unserer Parade, und unsere Arbeitstrupps unverzüglich zum Graben eingeteilt. Wir werden die Gänge suchen, einen neuen Eingang anlegen in der Nähe des großen Sees, und bald jenen Gang finden, der führt uns zum Ayuntamiento von Viron. Dann soll Mint gerächt werden.«

Bison blickte zu Silk. Silk nickte, und Bison sagte: »Ich muß Euch aber sagen, Generalissima, daß der Caldé und ich mit Generalin Mint im Glas gesprochen haben, bevor wir uns an die Tafel gesetzt haben. Der Caldé hat als eine Art Zeichen einen Platz für sie herrichten lassen, weil er verdeutlichen will, daß sie immer noch lebt.«

»Und daß sie bald zu uns zurückkehrt«, ergänzte Silk.

»Dieser Stuhl hier«, fuhr Bison fort, »ist mehr als ein Symbol. Caldé Silk hat einen Monitor beauftragt, uns zu zeigen, was er gesehen hat, bevor wir ihn befragt haben, und daraus ging hervor, daß Generalin Mint mit vier anderen Leuten und ein paar Soldaten und Tieren durch einen Tunnel geeilt ist. Sie könnte bei uns sein, noch bevor der Abend zu Ende ist.«

Siyuf schürzte die Lippen. »Wenn Eure Mint ist in der Hand von Soldaten, dann heißt das doch, sie ist in Feindeshand.«

Saba stellte das Weinglas ab. »Vironesische Soldaten schützten den Caldé, als einige private Wächter ihn töten wollten, Sir. Ich erwähne das nur …«

Ihre Stimme veränderte sich, und ihr Mund verzerrte sich zu einem häßlichen Grinsen. »Ich habe sie gefunden, Silk. Sie war auf dem Markt. Sie hat ein kleines Tier gekauft, das sprechen kann. Sie bringt es in das Haus, wo man Tiere tötet.«

10

Ein Leben für Pas

Sergeant Sand war als erster hinaufgeklettert. Maytera Mint, erschöpft und wegen der Asche, die im Tunnel in der Luft schwebte, dem Ersticken nahe, fragte sich, wie der wuchtige Körper des Soldaten durch die enge Öffnung passen würde. Sie hatte schon viele Male den Altar des alten Manteions in der Sun Street gereinigt, und obwohl sie sich sagte, daß sie sich irren mußte, schien es ihr, als wäre dessen Ascherutsche höchstens halb so weit wie diese hier.

»Diese Opfer, was?« sagte Remora hustend, während er die jungen Tunnelgötter beäugte, um die Eland sich kümmerte. »Für … äh … für Pas. Sein … äh … sein Gespenst?«

Schist nickte. »Das sagte der Prolokutor.«

»Ihr sagt, Pas sei tot.« Maytera Mint war sich alles andere als sicher, ob sie das glauben wollte, aber ganz ausschließen konnte sie es auch nicht. »Ist er jetzt als Gespenst zurückgekehrt?«

»So ist es, Generalin.«

Shale fügte hinzu: »Wir sagen nicht, daß es passiert ist, aber das ist das, was er erklärt hat.« Er deutete mit einem Nicken zu der Rutsche, wo gerade Sands Hacken verschwunden waren. »Sand glaubt es ihm. Ich wohl auch, denke ich.«

Urus rückte näher an Maytera Mint heran. »Sie sind verrückt, diese Chemischen, Lady. Wir dagegen sind Biologische. Ihr und ich und Spider und Eland hier. Sogar der lange Metzger da ist einer.«

Sie konnte Urus' Gesichtszüge in dem von Ascheflocken getrübten Licht kaum ausmachen, aber sie glaubte, seinen kriecherischen Gesichtsausdruck nur zu gut zu erkennen.

»Wir müssen doch zusammenhalten, wir Biologischen, was? Müssen uns zusammentun. So wie die da reden, klingt es fast, als wäre es ihnen egal, wenn wir tot umfallen.«

»Das wäre Nummer Eins«, knurrte Spider.

Sand rief von oben durch die Rutsche herunter, daß es laut hallte: »Schickt als nächstes den Auguren. Reicht ihn rauf.«

Remora spähte nach oben. »Da oben ist ein Manteion, was?«

»Ein großes, Patera. Und ziemlich dunkel. Wartet mal.«

Slate hatte sich vor Remora hingehockt. »Ich fasse Euch an den Beinen, seht Ihr, Patera? Ich hebe Euch in die Rutsche hinein. Streckt die Arme über dem Kopf aus, um den Weg zu finden. Wenn Ihr drinnen seid, schiebe ich Euch an den Füßen hoch, so weit es geht. Vielleicht müßt Ihr Euch noch etwas hocharbeiten, ehe der Sergeant Euch packen kann.« Abrupt verwandelte sich die Rutsche in ein Rechteck aus hellem Licht.

Es ist groß, dachte Maytera Mint. Es muß sehr groß sein. Sie haben viele Opfer, und sie verbrennen bei jeder Opferung eine ganze Wagenladung Holz.

Sand rief herunter: »Die haben hier oben Öllampen. Ich habe ein paar angezündet, damit Ihr etwas seht.«

»Danke!« rief Remora hinauf. »Meine … äh … meine tiefsten … äh … ich bin Euch dankbar, mein Sohn.« Er blickte zu Slate hinunter. »Dann wäre ich also bereit, was? Hebt mich hoch.«

»Es wird schon gutgehen, Euer Eminenz«, beruhigte Maytera Mint ihn.

»Ihr … äh … denkt, ich hätte Angst, was?« Remora lächelte, und die großen Zähne blitzten im Licht, das aus der Rutsche fiel. »Aber wenn ich den Whorl wiedersehen darf, in dem es … äh … wo Licht ist, dann – was?«

Slate hatte seine Fußgelenke gefaßt und stand auf. Remora schwankte einen Augenblick gefährlich hin und her, und es sah fast so aus, als könnte er stürzen, doch dann drückte Spider gegen seine Hüften, um ihn auszurichten, und eine Sekunde später verschwanden Remoras Arme und sein Kopf im Loch.

»Jetzt kommt er, Sarge.«

»Es ist doch so«, sagte Urus, Maytera Mint fast ins Ohr flüsternd, »daß die Leute glauben, sie müßten Pas etwas schenken. Das hat ihnen Euer Jefe in die Köpfe gesetzt.«

»Seine Kogniszenz, meint Ihr.« Hustend wandte sie sich wieder an Urus. »Ich kann mir nicht vorstellen, daß Seine Kogniszenz sich hier in diesen gräßlichen Gängen aufhält, obwohl ich doch weiß, daß er mit dem Caldé hier war.«

»Ich auch nicht. Aber Ihr müßt doch …«

»Seid still.« Maytera Mint betrachtete Elands Tiere. »Wie wollen wir diese Tiere hinaufbekommen, Slate?«

»Darüber habe ich schon nachgedacht«, erklärte Slate. »Seht her.« Er bückte sich, sprang in die Rutsche hoch und kletterte hinauf.

»Ihr zwei bleibt besser hier, um die Generalin und mich hochzuheben«, sagte Spider zu Shist und Shale.

»Sicher doch.« Nachdem Slate verschwunden war, lehnte Schist sich an die Tunnelwand aus Schiffsstein. »Wir reichen sie einfach hoch wie Musketen. Ihr werdet schon sehen.«

Shale machte eine verächtliche Geste zur Öffnung in der Decke. »Slate haut rein, weil er einen Ärmelstreifen haben will. Wir hatten mal einen Corporal in der H-Kompanie, aber den hat es neulich bei dem großen Kampf mit dem Talus erwischt. Dieses Mal werden sie wahrscheinlich einen von uns befördern, und Slate glaubt, er wäre vielleicht dran.«

Slates Stimme drang von oben durch die Röhre. »Hört zu quatschen auf und reicht die Gewehre hoch.«

Schist sagte: »Alles klar.« Er hob die zu einem Bündel verschnürten Musketen in die Rutsche. Shale rief: »Ich habe sie mit einer Schlinge verknotet, damit man sie leichter anfassen kann.«

Das Bündel Gewehre verschwand unter Scharren und Klappern in der Rutsche. Schist legte den Kopf zurück und wandte sich nach links, um Maytera Mint anzugrinsen. »Jetzt hängt er in der Rutsche, seht Ihr? Der Sarge hat ihn an den Füßen gepackt.«

Spider hustete. »Vielleicht solltet Ihr als nächste gehen, Generalin.«

»Ich würde ja gern«, gestand sie, »aber ich werde die letzte sein. Das ist, da ich die ranghöchste Offizierin bin, meine Pflicht.«

»Ich glaube, Ihr könnt da nicht hochspringen«, wandte Shist ein.

Sie drehte sich zu ihm rum. »Ich glaube, Ihr könnt da nicht hochspringen, *Sir.* Oder *Generalin.* Das dürft Ihr Euch aussuchen, Soldat, und die Wahl, die ich Euch lasse, ist bereits mehr, als ich vielen anderen zugestehen würde.«

»Ja, Sir. Nur glaube ich, daß Ihr es nicht könnt, Sir, und daß ich froh wäre, wenn ich hier unten bleiben und Euch helfen könnte, Sir.«

»Das wird nicht nötig sein.« Maytera Mint wandte sich an den anderen Soldaten. »Soldat Shale.«

»Ja, Sir!« blaffte Shale und knallte die Hacken zusammen.

»Die Idee mit der Schlinge war hervorragend. Nachdem Ihr und Soldat Shist die Tiere hinaufbefördert und Spider, Urus und diesem anderen Sträfling geholfen habt ...«

»Eland«, warf Eland ein. Zum ersten Mal, seit sie dieses dunkle Tunnelstück erreicht hatten, machte er den Mund auf.

»Danke. Wenn sie alle oben sind, sollt Ihr aus den Riemen der Gewehre ein Seil knoten, in das Ihr am Ende eine Schlinge macht, in die ich den Fuß setzen kann. Werdet Ihr das schaffen?«

»Sicher, Sir.«

»Gut, dann macht es. Damit könnt Ihr mich dann als letzte hochziehen.«

Spider wandte ein: »Aber Ihr werdet dann für ein oder zwei Minuten hier unten allein sein.«

»Diese ...« – ein heftiger Hustenanfall erschütterte ihren ganzen Körper – »Diese Tiere da, wie heißen sie noch?«

»Köter«, erklärte Eland.

»Danke.« Sie wandte sich ab und spuckte aus. »Ich will sie nicht als Götter bezeichnen. Das muß unterbunden werden. Vielleicht kommen ein paar dieser Köter und greifen mich an, aber ich hoffe nicht. Ich bete, daß keine kommen. Aber wenn, dann werde ich sie erschießen. Wenn ich sie nicht rechtzeitig sehe oder nicht gut genug ziele, dann werde ich sterben.«

»Ich werde bei Euch bleiben«, sagte Spider.

Sie schüttelte den Kopf. »Nur ein ...«

Slate rief durch die Rutsche herunter: »Reicht einen Gott rauf.« Shale hob ein heftig zappelndes Tier über den Kopf und warf es mit den Hinterbeinen voran in die Rutsche hinauf. Es starrte ihn mit wilden Augen an, und zwischen den Sehnen, die ihm die Schnauze verbanden, quoll Blut hervor.

»Ich weiß nicht, ob ich sie in dieser Größe noch trainieren kann«, murmelte Eland, »aber es wäre eine Schande, sie einfach zu töten.«

»Ich habe sie gefangen, Generalin«, erklärte Shale. »Die Biologischen und ich waren da hinten bei dem toten Biologischen, den Ihr zurückgelassen habt. Wir wußten, daß der Geruch sie anlocken würde.«

Schist fügte hinzu: »Deshalb sind Slate und der Sarge auch so schnell aus der Erde hochgesprungen, denke ich. Sarge dachte, Sir, Ihr könntet sie verscheuchen, wenn Ihr zurückgeht und den Toten holt.«

»Vielleicht. Ich kann verstehen, wie ein Soldat so ein Tier zu fangen vermag. Was ich nicht begreife, Eland, ist, wie Ihr so ein Wesen ohne die Hilfe eines Soldaten erwischen konntet.«

»Meine waren kleiner, als ich sie gefangen habe.« Er sah zu, wie das zweite Tier durch die Rutsche nach oben verschwand. »Wir haben die Alten getötet, es ging nicht anders. Ich habe mich dann an die Kleinen angeschlichen und ihnen eine Schlinge über die Schnauze geschoben.«

»Es muß trotzdem noch gefährlich gewesen sein.«

Er zuckte die Achseln. Die kleine Bewegung seiner dürren Schultern war kaum zu sehen. »Ich will als nächster hoch, damit ich bei ihnen sein kann. Geht das?«

Von oben rief Slate herunter: »Jetzt die anderen Biologischen.«

»Gewiß«, sagte Maytera Mint zu Eland. Sie deutete zur Rutsche, und Schist hob ihn hoch.

»Normalerweise kann man sie nicht dazu bringen, daß sie einen mögen«, erklärte Eland, als schon sein Kopf in der Rutsche verschwand. »Aber bei meinen habe ich das geschafft. Ein bißchen wenigstens.«

Von oben rief Slate: »Festhalten.«

»Wenn die Köter Pas nicht erscheinen lassen, Lady, und ich weiß genau, daß sie nichts nützen werden ...«

Maytera Mint schüttelte den Kopf. »Das kann man nicht vorher wissen.«

»Dann nehmen sie als nächstes uns als Opfer. Mich und Eland, dann ihn.« Urus deutete auf Spider. »Wenn Ihr sie laßt. Dieser Sergeant ...«

»Mein Sohn.« Maytera Mint trat nahe an Urus heran und drückte ihm die Mündung des Nadlers in die Rippen. »Ich war äußerst nachsichtig mit Euch. Ich habe mich von Euch ›Lady‹ nennen lassen, obwohl mir das nicht gefallen hat. Ich darf nicht vergessen, das bei meiner nächsten Beichte zu erwähnen, falls es für mich eine nächste Beichte gibt. In Zukunft werdet Ihr mich jedoch Maytera nennen. Das bedeutet ›Mutter‹. Werdet Ihr es tun?«

»Ja, klar. Alles klar, Maytera.«

»Gut.« Sie sah lächelnd zu ihm hoch. Sie war einen ganzen Kopf kleiner als er. »Als Eure Mutter, eure geistliche Mutter, muß ich Euch etwas erklären. Bitte paßt genau auf.«

Urus nickte leicht. Durch die Rutsche rief Slate herunter: »Den nächsten.«

»Geht, Spider«, sagte Maytera Mint. Dann wandte sie sich wieder an Urus. »Ich hatte nicht viel Zeit, um Euren Charakter einzuschätzen, aber ich denke, ich liege dennoch richtig. Ihr kommt bei meiner Einschätzung nicht sehr gut weg.«

Als er schwieg, fuhr sie fort: »Überhaupt nicht gut kommt Ihr dabei weg. Ich will Euch nicht mit einem Mann wie Sergeant Sand vergleichen. Obwohl nicht fromm, ist er entschlossen, zielstrebig, loyal und recht ehrlich. Ihn mit Euch zu vergleichen, wäre ihm gegenüber äußerst ungerecht. Ich will Euch auch nicht mit Seiner Eminenz vergleichen. Seine Eminenz hat, glaube ich, weniger physischen Mut als viele andere Männer. Doch er hat mehr, als ein flüchtiger Beobachter annehmen könnte, wie ich selbst beobachten durfte, und seine Beharrlichkeit und Frömmigkeit haben ihm mit Recht eine hohe Position im Kapitel eingetragen. Außerdem ist er intelligent, und er bemüht sich mit großem Eifer, seinen Scharfsinn in den Dienst der Götter zu stellen, die ihm seine Geistesgaben ja geschenkt haben.«

»Habt Ihr den Sicherungshebel von dem Ding da umgelegt, Lady?«

»Nennt mich Maytera. Ich bestehe darauf.«

»Also gut, also gut«, sagte er mit bebender Stimme. »Habt Ihr den Sicherungshebel umgelegt?« Er schluckte. »Maytera?«

»Nein, mein Sohn. Die Waffe ist nicht gesichert. Und jetzt seid still und hört mir zu.« Sie holte tief Luft. »Euer Leben hängt davon ab, und wir haben nicht viel Zeit. Ich bin Generalin und Sibylle. Als Sibylle versuche ich, in jedem Menschen etwas Gutes zu entdecken, und obwohl das etwas unbescheiden klingen mag, muß ich doch sagen, daß es mir meistens gelingt. Ich finde viel Gutes in Seiner Eminenz, wie es auch zu erwarten ist. Ich finde mehr, als ich erwartet hätte, in Sergeant Sand. Ich finde Gutes hier in den Soldaten Shale und Shist. Vielleicht nicht gerade religiöses Streben nach Höherem, aber immerhin viel Gutes. Ich habe versucht, Gutes in Spider zu finden, und ich fand mehr, als ich zu hoffen gewagt hätte. Der Funke des Guten in Eland ist kaum erkennbar, aber auch in ihm ist er vorhanden.« Sie seufzte. »Ich rede zuviel, wenn ich müde bin. Ich hoffe, Ihr könnt mir folgen.«

Urus nickte. Auf seinen Wangen spielte ein kleiner Lichtfunke. Es dauerte einen Augenblick, bis sie erkannt hatte, daß er schwitzte. Es war kalter Schweiß, auf dem die Ascheflocken kleben blieben und zu kleinen Bächen aufgelöst seine Wangen hinunterliefen wie frische Farbe.

»Als Generalin ist es meine Pflicht, den Feind zu besiegen. Ich muß dazu Männer und Frauen töten. Ich finde das abstoßend, aber so ist es nun einmal. Ihr seid ein Feind, Urus. Könnt Ihr mir immer noch folgen?«

Slate rief durch die Rutsche herunter: »Fertig für den nächsten.«

»Das seid Ihr«, sagte Maytera Mint zu Shale. »Vergeßt nicht, was ich Euch über die Schlingen gesagt habe.«

Er salutierte krachend. »Ich mache mich gleich an die Arbeit, Sir.«

Sie konzentrierte sich wieder auf Urus. »Ihr seid ein Feind, sagte ich. Sollte ich, die ich Schwert der Echidna genannt werde, Euch am Leben lassen, wenn Ihr mir ausgeliefert seid?«

»Ihr kämpft gegen das Ayuntamiento, Generalin? Generalin, ich schwöre bei jedem verdammten Gott, den es gibt, daß ich niemals etwas getan habe, das ...«

»Schweigt!« Wütend stieß sie ihm die Mündung des großen Nadlers, der Spider gehört hatte, in die Rippen. »Was Ihr sagt, ist wahr, ich glaube Euch. Ihr habt nie dem Ayuntamiento gedient. Aber letzten Endes ist das Böse der Feind. Das Böse ist unser allergrößter Feind.«

Sie verstummte und lauschte dem leisen Klappern, als Shale die Rutsche hinaufkletterte. Ein leichter Wind wehte, und sie hörte Urus' angestrengten Atem. »Die Ascheflocken in der Luft sind nicht mehr so dicht wie vorhin«, sagte sie.

Schist nickte. »Es sind nicht mehr so viele Leute da, die sie aufwirbeln.«

»Das wird der Grund sein. Und diese häßlichen Tiere haben sich ja heftig gewehrt.« Wieder stieß sie Urus hart den Lauf der Waffe in die Rippen, daß er japste.

»Allmählich habe ich genug. Ich bin müde, Urus. Ich bin schrecklich müde. Ich habe auf dem Boden geschlafen und bin Meilen um Meilen gelaufen. Manchmal beginne ich schon zu vergessen, was ich gesagt habe und was ich sagen wollte. Ihr habt gerade eben daran gedacht, Euch meinen Nadler zu schnappen.«

Schist kicherte, es war ein trockenes, metallisches Rasseln.

»Zweifellos könntet Ihr das tun. Das ist keine Frage. Einer müden Frau, die viel kleiner ist als Ihr selbst, einer Frau, die so nahe vor Euch steht, daß Ihr den Nadler erreichen könnt, so einer Frau könntet Ihr ohne weiteres die Waffe abnehmen. Das wäre für Euch und für die meisten anderen Männer kein Problem.« Sie wartete.

»Wenn Ihr das aber nicht tun wollt, dann solltet Ihr besser die Hände heben. Denn sonst könnte mich die kleinste Bewegung von Euch veranlassen, auf Euch zu schießen.«

Urus hob langsam die Hände.

»Wie Ihr sagtet, habt Ihr dem Ayuntamiento nicht gedient. Ich habe mit Councillor Potto gesprochen, Urus. Wußtet Ihr das?«

Er schüttelte den Kopf.

»So war es aber. Ich sprach auch mit Spider, der dem Ayuntamiento gedient hat und der ihm immer noch dienen würde, wenn er könnte. Und mit einer Reihe von Gardisten, ganz besonders mit Generalissimus Oosik, der dem Ayuntamiento so viele Jahre gedient hat. Ich habe auch Gefangene verhört. Und bei keinem einzigen ist es mir mißlungen, einen Funken des Guten zu entdecken. Councillor Potto ist, glaube ich, der schlimmste von allen. Aber selbst Councillor Potto ist nicht ganz und gar böse.«

Slate rief durch die Rutsche herunter: »Jetzt als nächste die Generalin und der andere Biologische?«

Maytera Mint trat etwas zurück, dann deutete sie zur Rutsche. »Laßt es Euch eine Warnung sein, Urus. Ich will etwas Gutes in Euch sehen, und zwar bald.«

Sein Lächeln war zugleich bemitleidenswert und entsetzlich. »Wollt Ihr mich hier herauslassen, Lady? Laßt Ihr mich da hinaufsteigen?«

»Nennt mich Maytera!«

»M-Maytera. Maytera. Ja. Ich dachte, ich dachte schon einmal, ich wäre hier herausgekommen. Aber es war nur die Grube, die verdammte Grube, und dann sind wir mit dem alten Mann wieder in die Gänge …«

Schist hob ihn an den Fußgelenken hoch. »Er hat keine Verletzungen an den Beinen wie der andere, Sir. Vielleicht habt Ihr es gesehen.«

Maytera Mint betrachtete nachdenklich ihren Nadler und nickte nachdenklich.

»Ich mußte mir die Hände mit Asche abreiben.« Ziemlich heftig stieß Schist Urus' Kopf und Schultern in die Rutsche hinauf. »Ich meine, nachdem ich ihn hochgehoben hatte, Sir. Ich hatte Eiter daran.«

»Zweifellos haben ihn die Tiere, die er früher gehabt hat, hin und wieder mal gebissen«, erwiderte Maytera Mint abwesend. »Das waren vielleicht diejenigen, die, wie unser Caldé berichtet hat, von Patera Incus getötet wurden.« Eland und Urus waren in diesem Fall vielleicht sogar Auk begegnet. Sie nahm sich vor, sie danach zu fragen, und dann nahm sie sich vor, Urus nicht zu töten, bevor sie ihn nicht danach gefragt hatte.

»Wollt Ihr wirklich hier unten bleiben, Sir?«

»Bis Soldat Shale die Schlinge herunterläßt. Ja, das werde ich tun. Steigt nur hoch, Schist. Sie werden gleich soweit sein.«

Der Sicherungshebel war gelöst, wie sie es gesagt hatte. War sie nun ein besserer Mensch, weil sie die Wahrheit gesagt hatte? Oder war sie ein schlechter Mensch, weil sie drauf und dran gewesen war, Urus zu töten? Sie steckte den Nadler in eine große Seitentasche ihres zerrissenen, schmutzigen Habit und sah Schist nach, dessen Füße gerade in der Rutsche verschwanden. Dann setzte sie sich in die Asche und wartete darauf, daß Shale die Schlinge herunterließ, oder auf die Tiere, die er Götter nannte und die von Eland Köter genannt wurden.

Bison legte eine Fasanenkeule zur Seite, ohne sie überhaupt probiert zu haben. »Zwei Karten für jeden, Caldé?«

Die Augen auf Mucor gerichtet, nickte Silk. »Ja. Ich hatte es Euch eigentlich noch nicht heute abend sagen wollen, Colonel. Genauer gesagt, wollte ich meine Entscheidung erst morgen treffen.«

Saba setzte an: »Ich muß doch sagen …«

»Aber wenn Mucor das Manteion ausfindig machen kann, in dem die Frau, nach der ich sie suchen ließ, ihr Opfer darbringt, dann werde ich morgen viel zu tun haben. Außerdem ist es besser, wenn ich es jetzt schon verkünde, damit Generalissimus Oosik und Generalissima Siyuf es hören. Wir werden morgen die Freiwilligen nach Hause schicken, und jeder soll einen Kreditbrief bekommen, den er beim Fiskus gegen zwei Karten eintauschen kann.«

»Caldé …« Oosik langte über Maytera Mints leeren Platz hinweg und berührte Silk am Arm. »Es wird länger als einen Tag dauern, allein die Waffen einzusammeln.«

Silk schüttelte den Kopf. »Wir werden sie nicht einsammeln. Die Leute sollen sie behalten. Es sind jetzt ihre Waffen.«

Saba blickte zu Siyuf, und als Siyuf nichts sagte, erklärte sie: »Das ist ein einmaliger Vorgang. Närrisch ist es. Dumm.« Chenille, die Silks Blick bemerkt hatte, nickte. »Sie hat recht, Patera. Es ist keine gute Idee.«

Er wandte sich an Maytera Marble am anderen Ende des Tisches. »Ihr habt mir vor einer Weile etwas gesagt, Maytera, das auf mich großen Eindruck gemacht hat. Wie Ihr wißt, gibt es niemanden, dessen Urteil ich mehr Gewicht beimesse als Euch. Würdet Ihr wiederholen, was Ihr zu mir gesagt habt?«

»Ich kann es nicht, Patera. Ich weiß nicht mehr, was es war.«

Xiphias sagte: »Könntet Ihr Ihnen nicht die Schwerter lassen, sonst aber alle anderen Waffen abnehmen, Junge?«

»Die Schwerter könnte ich ihnen sowieso nicht abnehmen, weil die ihnen gehören. Chenille, auch Ihr seid der Meinung, daß ich ihnen die Waffen nicht lassen sollte. Warum nicht?«

Saba fuhr dazwischen: »Weil es Männer sind. Neunzig Prozent von ihnen sind Männer, und sie sind instabil wie alle Männer.«

Chenille bestätigte: »Sie werden sich gegenseitig umbringen, Patera.«

»Natürlich werden sie das tun – das tun sie schon immer.« Silk wandte sich an Siyuf. »Mein Manteion ist in einem Viertel, das man das Sun Street-Viertel nennt. Ich sollte Euch vielleicht erklären, daß unsere Stadt mehr als nur vier Viertel hat. Ein Viertel, wie wir das Wort benutzen, bedeutet nichts weiter als einen Bezirk, der einem bestimmten Manteion zugerechnet wird.«

Sie neigte fast unmerklich den Kopf. »Fünfzigtausend Leute, Caldé Silk? Und bewaffnet sind alle mit Musketen?«

»Es sind sicherlich mehr als fünfzigtausend, aber nicht alle haben Musketen. Es sind etwa fünfzigtausend Musketen oder ein paar mehr.«

Als sie keine weitere Frage stellte, sagte er: »Es ist ein Viertel, in dem es viele Gewalttaten gibt. Die meisten Auguren würden sogar sagen, es sei das schlimmste in der ganzen Stadt. Es grenzt an die Orilla, und die ist, wie wir es nennen, ein leeres Viertel – ein Viertel, in dem es kein Manteion gibt. Ein paar Leute aus der Orilla besuchen unser Manteion, wie ein paar Leute aus unserem Viertel in die Orilla gehen, um Diebesgut zu kaufen. Ich will damit sagen, daß kaum eine Woche vergeht, in der nicht ein oder zwei Menschen getötet werden, manchmal sogar drei oder vier. Wenn ein Mann beschließt, einen anderen

Mann zu töten, dann tut er es. Wenn er eine Muskete oder einen Nadler hat, dann benutzt er ihn. Wenn nicht, benutzt er einen Dolch oder ein Schwert. Oder ein Beil, eine Axt oder sogar ein Scheit Feuerholz.«

Auk fiel ihm ein, und so fuhr Silk fort: »Ein großer, kräftiger Mann kann einen schwächeren einfach niederschlagen und schon dadurch töten. Eine Gruppe von Männern könnte das gleiche tun, und ich weiß von einem Fall, wo ein Mann, der ein Kind vergewaltigt hatte, von einem Dutzend Frauen getötet wurde. Sie haben ihn mit Stöcken geprügelt und mit Küchenmessern und Scheren erstochen.«

Hadale gab zurück: »Eine Frau allein kann einen Mann schon töten, Caldé. Es kommt bei uns daheim recht häufig vor, und hier an diesem Tisch sitzt eine Frau, die schon mehrere Männer getötet hat.«

»Auch bei uns kommt es gelegentlich vor, Major, und das bringt mich zu den Worten, die Maytera gesagt hat und die mich so beeindruckt haben. Heute nachmittag ist eine Frau aus unserem Viertel hergekommen, um sie zu sprechen, und Maytera hat sie gefragt, ob sie keine Angst hätte, so weit durch die Stadt zu laufen, wo doch jeder eine Muskete oder einen Nadler hat. Die Frau sagte, sie hätte keine Angst, weil sie auch eine Waffe besitze.«

Silk hielt inne und wartete, ob jemand etwas sagen wollte, und tatsächlich knurrte Saba: »In einem halben Jahr oder weniger wird man Euch stürzen, Caldé.«

»Vielleicht habt Ihr damit recht.« Er spreizte die Finger. »Aber nicht durch Gewalt, denn das wird nicht nötig sein. Ich habe nicht die geringste Lust, im Amt zu bleiben, wenn unser Volk mich nicht mehr haben will. Das ist eigentlich auch der wichtigste Unterschied zwischen dem Ayuntamiento und unserer Seite. Aber ich glaube, Ihr habt da einen wichtigen Punkt erwähnt. Der Grund dafür, daß das Ayuntamiento unseren Leuten keine Musketen oder Raketenwerfer wie den, von dem Chenille mir heute nachmittag erzählt hat, zugestehen wollte, ist der, daß es wirkungsvolle Waffen sind, um Soldaten und gepanzerte Kämpfer zu besiegen. Das Ayuntamiento glaubte, solange es sich der Loyalität der Armee und der Garde sicher sei, könne es ein Volk, das über solche Waffen nicht verfügt, beliebig lange regieren.«

»Sehr vernünftig«, erklärte Saba.

»Theoretisch vielleicht, aber es hat nicht sehr gut funktioniert. Vor ein paar Tagen hat unser Volk Hunderte Gardisten überwältigt und ihnen die Waffen abgenommen. Ich sehe, ich habe Euch nicht überzeugt.«

Saba schüttelte den Kopf.

»Dann will ich es so sagen. Generalissimus Oosik meint, es würde länger als einen Tag dauern, die Waffen einzusammeln, die Generalin Mints Freiwillige jetzt haben.«

Bison fügte hinzu: »Falls sie sie überhaupt abgeben.«

»Genau. Die zuverlässigen Kämpfer würden die Waffen abgeben, wenn sie dazu aufgefordert werden, aber die unzuverlässigen würden ihre Waffen verstecken – und genau das Gegenteil von dem, was wir eigentlich wollen, würde eintreten. Außerdem würde es mindestens genauso lange dauern, die Waffen danach wieder auszugeben, denn es könnte ja sein, daß wir die Freiwilligen jederzeit wieder brauchen.«

Quetzal, der nickend vor seinem Teller saß, den er noch nicht angerührt hatte, murmelte nun: »Einhunderttausend Karten, das ist eine sehr große Summe, Patera Caldé. Könnt Ihr es Euch leisten?«

Silk schüttelte den Kopf.

Xiphias rief: »Dann laßt es, Junge, dann tut es nicht!«

»Wir können es uns nicht leisten, es zu tun, Meister Xiphias«, sagte Silk mit traurigem Lächeln, »aber wir können es uns noch weniger erlauben, es *nicht* zu tun. Zuerst einmal habe ich versprochen, all jene, die tapfer gekämpft haben, egal auf welcher Seite, zu belohnen. Bisher habe ich nichts dergleichen getan. Es mag tausend Dinge geben, die wir uns nicht leisten könne. Zweifellos gibt es die. Aber was wir uns am allerwenigsten leisten können, was wir uns keinesfalls erlauben dürfen, das ist, die Leute auf die Idee zu bringen, meine Versprechungen wären wertlos. Also werden morgen, wie ich schon sagte, alle Kämpfer, die unter Generalin Mint oder Colonel Bison gedient haben, zwei Karten erhalten und die Erlaubnis bekommen, nach Hause zurückzukehren und sich wieder ihren normalen Berufen zu widmen. Diejenigen, die Musketen oder andere Waffen erhalten haben, sollen die Waffen als ihr Eigentum mitnehmen dürfen. Niemand soll sich beschweren können, daß diejenigen, die für uns gekämpft haben, ohne Belohnung geblieben wären.«

Siyuf lächelte. »Wie Ihr denke ich, Caldé, daß wir sehr bald schon die Truppe der Generalin Mint wieder brauchen werden. Wenn Ihr sie ruft, dann sie werden kommen, weil sie auch beim ersten Mal großzügig sind belohnt worden.«

»Danke. Der größte Teil unserer finanziellen Schwierigkeiten beruht auf verschiedenen Geschäften ...«

Hossaan war gerade wieder hereingekommen. Er trug einen großen Braten auf einem prächtigen goldenen Tablett. »Um das Servieren können sich auch die Leute aus Ermine's Hotel kümmern, Willet«, sagte Silk zu ihm. »Bitte bereitet doch Euren Schweber vor, ich werde ihn bald brauchen.«

Oreb flog den Tisch hinauf und drehte vorsichtshalber eine Runde, eher sich auf Silks Schulter niederließ. »Vogel auch!«

»Natürlich kannst du mitkommen, wenn du willst.«

»Laßt mich auch den Rest hören, Caldé Silk. Neugierig bin ich sehr.«

»Ich wollte gerade sagen, daß unsere Stadt sehr wohlhabend wäre, wenn die überfälligen Steuern eingetrieben würden, Generalissima. Generalin Mints Kämpfer werden die Karten, die sie bekommen, zum größten Teil schnell wieder ausgeben, und das sollte auch einen gewissen Wohlstand schaffen. Wenn wir uns wirklich anstrengen, die überfälligen Steuern einzutreiben, dann könnten wir unseren anderen Verpflichtungen wahrscheinlich nachkommen.«

Siyuf blickte zu Saba. »Ihr sagt mir, verrückt wäre er. Er nicht ist verrückt. Er ist nur klüger als Ihr. Nicht dasselbe ist das.«

Konnten nicht die Toten auferstehen und wieder unter den Lebenden wandeln? Es gab Geschichten, die von solchen Ereignissen handelten, und diese Geschichten gingen Maytera Mint durch den Kopf, als sie die Rutsche hinaufgezogen wurde.

Ich wurde geopfert, dachte sie. Ich hätte es gleich erkennen können, als Spider mich auf Councillor Pottos Befehl auf dem Knie festhielt. Aber jetzt kehre ich nach oben zurück. Wie wundervoll wäre es, wenn auch all die anderen auf die gleiche Weise wieder heraufkommen könnten wie ich.

Der obere Ausgang der Rutsche war ein strahlendes Rechteck über ihr, ein so helles Licht, daß sie glaubte, es müßte gewiß Mittag sein, und Pas' lange Sonne strahlte mit aller Kraft und in ganzer Länge durch die Fenster des Manteions herein, in das sie jetzt emporstieg. Fasziniert beobachtete sie Slates Metallhände, die als dunkle Silhouetten vor dem hellen Licht hin und her sprangen und Hand um Hand das Seil einholten, an dem sie hing.

Dann tauchte eine Hand aus Fleisch und Blut auf: Remoras lange, von blauen Adern überzogene Hand, die nach ihr griff. Sie faßte sie und ließ sich von ihm aus der Seilschlinge helfen. »So, da seid Ihr, Maytera«, sagte er, als sie wohlbehalten auf dem Mosaik des Fußbodens stand. »Ich … äh … wir haben schon auf Euch gewartet. Der Sergeant brennt darauf, möglichst rasch voranzukommen, was?« Remoras Gesicht war sauber, der verschmutzte Übermantel war verschwunden, die kostbare Robe war durch eine andere ersetzt, die, wenn möglich, sogar noch kostbarer war.

Sie sah sich nach den Fenstern um, die sie sich vorgestellt hatte, und rechnete damit, in grellen Sonnenschein zu blicken, aber es gab keine Fenster. Nur Dutzende von heiligen Lampen aus Stein und Kristall, in denen lange, helle Flammen tanzten. Auf dem Altar brannte ein Feuer.

»Ich … äh … ich habe es angezündet«, erklärte Remora, als er ihren Blick bemerkte. »Es schien … äh … ich dachte, es wäre nützlich.«

»Gewiß. Ihr habt Euch auch gesäubert. Darf ich fragen, wo Ihr die Gelegenheit dazu gefunden habt, Euer Eminenz?« Als sie sah, daß Urus sich in den hinteren Teil des Manteions verdrücken wollte, rief sie: »Sergeant! Haltet den Gefangenen dort auf!«

»Ein … äh … ich habe eine Ankleidekammer gefunden, was? Ein Cubiculum, was? Hinter der Sakristei. Für Sibyllen. Schränke … äh … mit Kleidung darin. Also wird … äh … es wird sich auch für Euch etwas finden.«

»Ich könnte auch Wasser und Seife gebrauchen«, ergänzte sie. »Warmes Wasser, wenn sich das machen läßt. Ihr habt Euch ja auch selbst gewaschen.«

Spider mischte sich ein. »Der Sergeant möchte jetzt sofort mit dem Opfer beginnen. Er …« Sand, der sich zwischen Urus und der Tür aufgebaut hatte, sagte mit kratzender Stimme: »Der Prolokutor hat uns gesagt, daß Pas kommen würde, Sir. Ich habe das gemeldet. Das ist der Große Plan, und unsere ständigen Befehle besagen, daß dieser Plan eine höhere Priorität hat als alles andere.« Slate nickte bekräftigend.

»Es ist wirklich sehr wichtig. Aber es ist dennoch möglich, daß Pas nicht kommt. Wir müssen uns auch auf diese Möglichkeit vorbereiten. Ich sage es, obwohl ich mich damit, was ich sehr ungern tue, auf die gleiche Seite begebe wie Urus, der anscheinend meint, Pas würde nicht kommen. Aber wenn er kommt, wie wir es hoffen, dann müssen wir natürlich bereit sein, ihn zu empfangen. Nicht nur ich, sondern auch Ihr alle hier.« Sie folgte Remora hinter den Altar, auf dem das Feuer flackerte.

»Dieser Ort hier, was?« Remoras Gesichtsausdruck kam einem Grinsen so nahe wie noch nie.

»Was ist damit, Euer Eminenz? Wenn Ihr fragen wollt, ob ich weiß, wo wir hier sind«, sie sah sich kurz um, »dann muß ich gestehen, daß ich nicht die leiseste Ahnung habe. Ich wußte nicht einmal, daß überhaupt irgendwo ein Manteion wie dieses existiert.«

Sie betraten die Sakristei, die dreimal so groß war wie die in Silks Manteion in der Sun Street. Auf einem Regalbrett stand eine lange Reihe kostbarer, mit Edelsteinen besetzter Pokale, man sah einen Klotz duftendes Sandelholz und ein Dutzend Opfermesser, deren Griffe aus Gold oder Elfenbein ebenfalls vor Edelsteinen blitzten.

»Ich habe … äh … ich habe hier unzählige Opfer dargebracht«, informierte Remora sie. »Fünfhundert, was? Oder gar tausend. Eher sogar noch mehr, auch wenn ich mit einer so hohen Zahl nicht prahlen sollte. Es ist die private Kapelle unterhalb des Palastes. Zum Gebrauch für Seine Kogniszenz, was? Und für die Auguren, die … äh … die in der Verwaltung beschäftigt sind. Wir … äh … wir führen unsere Opfer hier … es ist meist nicht öffentlich, was? Unser heimlicher Dienst für die Götter, was?«

Er wollte sich schon zum Gehen wenden, doch sie hielt ihn am weiten Ärmel seiner Robe fest. »Wo ist hier ein Raum, in dem ich mich waschen kann? Wo es vielleicht auch einen sauberen Habit gibt, den ich überstreifen kann?«

»O ja, richtig, richtig. Dort ... äh ... dort drüben, jene Tür.« Er öffnete ihr die Tür. »Da müßte es auch innen einen Riegel geben. Zweifellos, zweifellos. Wasser auch. Ein Tank, was?« Er deutete zur Decke. »Unter dem ... äh ... unter der Westkuppel.«

Der Raum war doppelt so groß wie ihr Schlafzimmer im Zönobium, nach dem sie sich so sehr sehnte. Dankbar schloß sie die Tür und legte den Riegel vor. Zwei große Kleiderschränke und ein Waschbecken, ein Wäschekorb aus verflochtenen schmalen Kupferbändern, ein körpergroßer Spiegel an einer Wand, ein Glas an der anderen Wand. In einer Ecke ein Tisch.

Sie öffnete einen der Kleiderschränke und fand ein halbes Dutzend saubere Habits in verschiedenen Größen. Sie hängte den größten über das Glas, leerte ihre Taschen auf dem Tisch aus, zog den eigenen Habit aus und warf ihn in den Wäschekorb. Wahrscheinlich lohnte sich eine Reparatur nicht mehr, und das Kapitel war ihr mindestens hundert neue Habits schuldig.

Sie stieg grimmig aus dem schmutzigen Unterrock und streifte Hemd und Stirnband ab. Sie würde die Habits nachher mitnehmen, dachte sie, und an andere Sibyllen verteilen, die so arm waren wie sie.

Es war wie im Mainframe, als sie endlich die Schuhe und Socken ausziehen konnte, auch wenn sie sich dazu auf den Boden setzen mußte. Wahrscheinlich gab es hier auch keine sauberen Socken. Sie spülte die alten Socken aus und wrang sie aus, so gut es ging, und hängte sie über die offene Tür des Kleiderschranks.

Aus dem linken Wasserkran kam lauwarmes und

nach ein paar Sekunden dampfendes, heißes Wasser. Irgendwo im Palast mußte es einen Warmwasserbereiter geben. Maytera Mockorange, die aus einer wohlhabenden Familie stammte, hatte solchen Luxus gelegentlich erwähnt, auch wenn Maytera Mint sich nie hätte träumen lassen, daß er Sibyllen zugute kommen könnte.

Sie mußte sich dreimal die Hände waschen (mit Duftseife!), bevor der Schaum, den sie abspülte, nicht mehr schwarz war. Auch so blieben noch schwarze Halbmonde unter den Fingernägeln zurück, die sie jedoch mit der Spitze einer Nadel aus ihrem Nadler entfernen konnte.

Ihr kleines, müdes Gesicht schien so schmutzig zu sein wie ihre Hände, wenn nicht sogar schlimmer. Vorsichtig tupfte sie sich die Prellungen und Kratzer ab, spülte sie immer und immer wieder aus und wusch sich danach auch das kurze braune Haar. Mit einem Schwamm säuberte sie sich dann den ganzen Körper, auch wenn sie dabei Pfützen auf dem Boden hinterließ.

Remoras quengelnde Stimme drang durch die Tür: »Der Sergeant … äh … Sergeant Sand wünscht …«

Sie lächelte unwillkürlich, dann bemühte sie sich, das Lächeln zu unterdrücken. »Sagt ihm, daß ich mir vor allem ein Sandwich wünsche, Euer Eminenz, und fragt ihn, was er über Kriegsgerichtsverhandlungen weiß.«

»Ihr – Ihr scherzt!«

»Keineswegs. Sagt es ihm und fragt ihn.« Sie sah sich im Spiegel an, und was sie sah, fand sie abstoßend. Wehe, wenn Bison sie einmal so sehen würde!

Nicht, daß er oder irgendein anderer Mann sie irgendwann einmal würde nackt sehen können; aber Männer mochten keine Frauen mit mageren Beinen, schmalen Hüften und kleinen Brüsten, und all dies besaß sie in einem Maße, das sie einfach abstoßend fand. Vor zwanzig Jahren war sie hübsch gewesen, das hatten damals viele Leute gesagt, auch viele Männer.

Ein hübsches Mädchen, dessen Locken beinahe kastanienbraun gewesen waren. Manche jener Männer hatten vielleicht sogar gelogen. Ein paar ganz bestimmt. Aber alle wohl nicht. Das war ganz unwahrscheinlich.

Der zweite Schrank war durch viele kleine Fächer unterteilt. Die meisten waren leer, aber in einem fand sie zwei saubere Hemden und zwei saubere Unterröcke. Die Unterwäsche war ihr ein paar Nummern zu groß, aber wenn sie die Kleidungsstücke fest genug zuschnürte, konnte sie sie tragen. Jetzt mußte sie noch ihr Stirnband ausspülen, dann die Socken …

Auf einmal rebellisch gestimmt, warf sie das Stirnband in den Wäschekorb. Ein Stirnband für ihre kurzen Haare? Sie hatte es nur ihrer Mutter wegen getragen, und später hatte Maytera Rose ihr gesagt, daß sie eines tragen müsse. Aber in diesem vergilbten Hemd, das sie jetzt trug, sah sie auch ohne Stirnband genauso aus wie früher im Zönobium in ihren eigenen Sachen.

Sie zog den Habit vom Glas und klatschte in die Hände. »Monitor? Monitor?« Sie hatte in den letzten Tagen mehrmals Gläser benutzt, sich aber noch nicht ganz daran gewöhnt.

»Ja, Madame.« Das schwebende graue Gesicht wirkte zugleich distanziert und unterwürfig.

»Sieh mich an. Mir fehlt ein wichtiger Bestandteil weiblicher Bekleidung. Welcher ist es?«

»Es sind mehrere, Madame. Ein Kleid, Madame. Eine Hose vielleicht, und Schuhe.«

»Fehlt außerdem noch etwas?« Sie drehte sich zur Seite und stellte sich auf die Zehenspitzen. »Fehlt noch etwas?«

»Es tut mir leid, Madame. Aber ich könnte vielleicht raten, wenn Ihr darauf besteht.«

»Nicht nötig.« Sie nahm die kleinste Kutte aus dem vorderen Kleiderschrank. »Weißt du, wer ich bin« Einen Augenblick verhedderte sie sich im Innern des Habits, dann saß er richtig. Keine Haube, dachte sie. Wie lange trage ich jetzt keine Haube mehr?

»Jetzt erkenne ich Euch, Madame. Ihr seid Generalin Mint. Ich war mir bis eben über Eure Identität nicht im klaren. Würdet Ihr es vorziehen, wenn ich Euch Generalin nenne?«

»Wie du willst. Hat jemand versucht, mit mir Verbindung aufzunehmen?«

Einen Augenblick wurde das Gesicht des Monitors durch zuckende Linien ersetzt. »Mehrere Personen, Madame. Im Augenblick versucht es gerade Captain Serval. Wollt Ihr mit ihm sprechen?«

Sie hatte den Eindruck, daß ihr der Name bekannt sein müßte, aber es wollte ihr nicht einfallen. Sie nickte. Es war besser, sie fand heraus, wer der Mann war und was er wollte und brachte es hinter sich.

Der Monitor zog sich wieder zurück, ein Gesicht zeichnete sich ab und bekam Farbe, und dann war auch ein kleiner Schnauzbart zu sehen. »Meine Generalin!« Ein forscher militärischer Gruß, den sie automatisch erwiderte.

»Meine Generalin, ich wurde von Generalissimus Oosik angewiesen, Euch über eine Situation zu informieren, die sich hier ergeben hat.«

Sie nickte. Wo war »hier«?

»Es ist eine Abteilung der Ersten Kavallerie, meine Generalin. Sie haben Wachtposten aufgestellt, die jetzt in diesem Augenblick neben meinen postiert sind. Ich habe ihre Offizierin gebeten, Generalissimus Oosik gegenüber eine Erklärung abzugeben, aber sie weigert sich.«

»Ich verstehe.« Maytera Mint sehnte sich nach

einem Stuhl. Sie atmete tief durch. »Laßt mich als erstes sagen, Captain, daß es mich freut, Euch wiederzusehen.«

»Ich freue mich ebenfalls, meine Generalin. Es ist mir eine Ehre.«

»Danke, Captain. Es tut mir übrigens leid, daß Ihr immer noch Captain seid. Ich werde mit dem Generalissimus darüber reden. Ihr habt die Erste Kavallerie erwähnt. Ist das der Name der Einheit?«

»Ja, meine Generalin.«

Die Erinnerung an Pottos Teekessel kehrte zurück. »Ihr müßt mir verzeihen, Captain. Ich war in den letzten Tagen nicht zu erreichen.« Es kam ihr vor, als wären es Wochen gewesen. »Ich habe erfahren, daß eine Armee aus Trivigaunte in unsere Stadt einmarschiert ist. Darf ich annehmen, daß diese Erste Kavallerie zu dieser Armee gehört?«

»Ja, meine Generalin. Es ist ein Eliteregiment.«

Der Begriff ›Regiment‹ war ihr neu, aber sie ging darüber hinweg. »Was sollte die Offizierin aus Trivigaunte Eurer Ansicht nach dem Generalissimus erklären?«

»Sie soll ihm erklären, warum sie und ihre Frauen eine Wache vor unserem Juzgado aufstellen, meine Generalin, wo doch der Juzgado bereits von mir und meinen Männern bewacht wird.« Aha, dachte sie, damit wäre klar, was er mit ›hier‹ gemeint hatte. »Ich habe sie aufgefordert, sich zu erklären, wer diese Befehle zu welchem Zweck gegeben hat.«

»Vermutlich wollte sie Euch das auch nicht sagen.«

»Nein, meine Generalin. Sie sagt nur, daß sie Anweisung hat, unseren Juzgado zu bewachen, bis sie abgelöst wird. Mehr nicht.«

»Generalissimus Oosik hat Euch gebeten, mich auf diese Situation aufmerksam zu machen. Wo hält er sich jetzt auf?«

»Im Palast des Caldé, meine Generalin. Er diniert

mit dem Caldé. Er informierte mich, daß der Caldé Euch, meine Generalin, in seinem Glas gesehen hat. Er hat befohlen, Euch einen Platz am Tisch zu reservieren. Generalissimus Oosik hat mich angewiesen, Euch zu bitten, ihnen Gesellschaft zu leisten, falls Euch dies genehm wäre.«

»Schlaf brauche ich dringender als Essen«, entfuhr es ihr.

»Ihr treibt Euch zu hart an, meine Generalin. Das ist mir schon früher aufgefallen.«

»Mag sein. Könnt Ihr mir nun auch sagen, welche Befehle Ihr von Generalissimus Oosik hinsichtlich dieser Trivigauntis bekommen habt?«

»Er ist der Ansicht, daß sie von einer Bedrohung des Juzgado erfahren haben, meine Generalin. Ich soll kooperieren. Es soll keine Spannungen zwischen meinen und ihren Leuten geben.« Der Captain machte eine bedeutungsschwangere Pause. »Oder jedenfalls so wenig wie möglich. Ich soll die Situation erkunden und mich wieder melden, sobald ich etwas Wichtiges in Erfahrung bringe.«

»Und mich verständigen.«

»Ja, meine Generalin. Wie ich es hiermit getan habe.«

»Ich hoffe, Ihr werdet außerdem auch noch Colonel Bison unterrichten. Wenn Generalissimus Oosik Euch nicht aufgetragen hat, auch Colonel Bison zu informieren, dann hole ich dies jetzt nach. Sagt ihm, daß ich Generalissimus Oosiks Entscheidung für klug halte.«

Jemand klopfte an die Tür.

»Colonel Bison ist ebenfalls beim Abendessen des Caldé, meine Generalin. Generalissimus Oosik sagte, er würde ihn selbst informieren.«

»Gut. Das wäre dann alles, Captain. Danke, daß Ihr mich unterrichtet habt.« Sie erwiderte seinen Salut.

»Monitor, war Colonel Bison einer der Leute, die mich sprechen wollten?«

Das Gesicht des Captains verschwand, und der Monitor tauchte wieder auf. »Ja, Madame.«

»Ich möchte jetzt gleich mit ihm sprechen. Er ist im Palast des Caldé.« Sie erinnerte sich vage an das Gebäude, das sie im vergangenen Jahr auf dem Weg zu einer Opferung im Großen Manteion einmal gesehen hatte. Es war ein großes Haus, dessen schmale und hohe, mit Läden verschlossene Fenster sie an Särge erinnert hatten. Sie hatte sich damals schaudernd abgewandt. »Ich komme gleich, Euer Eminenz!«

Der Monitor sagte: »Das ist mir bekannt, Madame. Ich werde jemanden bitten, ihn dort zum Glas zu rufen, Madame.«

Sie würde ihn sehen – und er würde sie sehen: die müden Augen und den blutleeren Mund, den der Spiegel ihr gezeigt hatte, das nasse Haar an den Schädel geklebt, das Gesicht übersät mit schwarzen und blauen Prellungen, ein großer Kratzer. »Monitor?«

»Ja, Madame?«

»Laß mich mit dem sprechen, der zuerst zum Glas kommt.« Das war eine schwere Entscheidung. So schwer war es ihr nicht einmal gefallen, während Kypris' Theophanie die Augen zu schließen. »Ich muß nicht unbedingt mit dem Colonel persönlich reden.«

»Sehr wohl, Madame.«

Ein paar Minuten verstrichen. Die grauen Gesichtszüge schmolzen, dann tauchte ein schlanker Mann auf, der sie vorsichtig ansah. »Ja, Generalin Mint?« sagte er. »Ich bin Willet, der Fahrer des Caldé. Wie kann ich Euch behilflich sein?«

Als Generalin Saba sprach, sah sie nicht mehr so aus wie eine wütende, sondern eher wie eine tote Sau. »Sie kommt hierher, Silk. Sie kommt den Hügel herauf.«

»Das ist Hexerei«, erklärte Siyuf.

»Ich bin da anderer Meinung, aber ich habe keine

Zeit, mit Euch darüber zu diskutieren.« Silk stand so abrupt auf, daß Oreb nur mit heftigem Flattern das Gleichgewicht halten konnte. »Euch jetzt zu verlassen, ist äußerst unhöflich. Das ist mir bewußt, und Ihr alle habt jedes Recht, auf mich zornig zu sein. Dennoch werde ich jetzt gehen. Maytera Marble wird als meine Vertreterin hierbleiben. Ich bitte Euch aufrichtig und inbrünstig um Verzeihung, aber ich muß fort.« Er war schon zur Tür unterwegs.

Xiphias sprang auf, als Silk an ihm vorbeiging. »Allein«, sagte Silk. Unbeeindruckt eilte Xiphias ihm hinterdrein. Einen Augenblick später knallte hinter den beiden die Tür zu.

Saba sah sich um, als hätte sie ein schlechtes Gewissen.

»Darüber wir müssen reden«, zischelte Siyuf. »Erklären müßt Ihr mir dies. Aber nicht jetzt.«

Major Haldane leerte ihr Weinglas. »Ich werde mich an dieses Abendessen erinnern, solange ich lebe. Was für ein schöner Abend!«

Maytera Marble wandte sich flüsternd an Chenille. »Ich hätte mitgehen müssen. Er ist verletzt, und …«

Siyuf unterbrach sie. »Mir hat Generalin Saba gesagt, daß er gebrochen hat ein Fußgelenk, Maytera. Maytera? Ist das der richtige Titel?«

Sie nickte. »Ja, er hat sich das Fußgelenk gebrochen, das stimmt. Am Phaesday vor einer Woche, glaube ich. Er ist gestürzt. Aber … aber …«

»Er humpelt. Gesehen habe ich es. Er war in großer Eile, er hat große Schritte gemacht. Mit dem rechten Bein jedoch waren die Schritte etwas kleiner. Der alte Schwertkämpfer – Schwertmann. Er ist auch gehumpelt, aber auf dem linken Bein.«

»Der Caldé wurde außerdem auch angeschossen.« Maytera Marble deutete mit der funktionierenden Hand auf ihre Brust. »Das war noch viel schlimmer.«

Oosik zuckte die Achseln und spreizte die Finger.

»Ja, Generalissima, ein Nadler, den einer meiner Offiziere auf ihn gerichtet hat. Wir bemühen uns sehr, solche schrecklichen Fehler zu vermeiden, aber sie geschehen, wie Ihr sicher auch selbst wißt, gelegentlich trotz aller Bemühungen.«

»Ein bemerkenswerter junger Mann ist er. Solche wie ihn gibt es in Trivigaunte nicht, würde ich sagen. Wißt Ihr – wie sagt man gleich? – Wißt Ihr, was Colonel Abanja meint?«

Oosik nickte Siyufs Adjutantin ermunternd zu. »Ich würde gern Eure Gedanken erfahren, und ganz besonders natürlich, wenn sie unseren Caldé betreffen. Was denkt Ihr also, Colonel?«

»Ich bin in gewisser Weise eine Amateurhistorikerin, Generalissimus. Spezialisiert auf Militärgeschichte, wenn ich so frei sein darf.«

»Damit sollte sich jeder gute Offizier auskennen.«

»Danke. Man wirft mir vor, meine Theorie nur entwickelt zu haben, um Generalissima Siyuf zu schmeicheln, aber das ist nicht der Fall. Ich habe den Erfolg studiert. Nicht den Sieg allein, weil der Sieg manchmal auch vom Zufall abhängt, und oft nur von Zahl und Material. Ich habe mir Fälle herausgesucht, in denen eine kleine Truppe einer anderen erfolgreich Widerstand geleistet hat, obwohl sie binnen Tagen oder gar Stunden hätte besiegt werden können.«

Saba hatte die Fassung wiedergewonnen. »Ich möchte dennoch einwenden, daß man sich über militärische Brillanz und militärisches Genie auch schrecklich täuschen kann.«

Maytera Marble schniefte empört. Siyuf sagte: »Anderer Meinung ist Colonel Abanja hier. Brillanz kommt dort zum Vorschein, wo brillante Befehle auf brillante Weise umgesetzt werden. Ich spreche hier nicht von Genialität, denn davon verstehe ich nichts. Ich weiß nur, daß letztere selten ist und daß man sich nicht auf sie verlassen kann.«

Bison sagte: »Ich habe auch eine Theorie, die auf dem beruht, was ich bei Generalin Mint beobachten konnte. Ich bin gespannt zu sehen, wie das mit Colonel Abanjas Theorie zusammenpaßt.«

»Ich erwähnte Abanjas Theorie«, fuhr Siyuf fort, »weil ich glaube, daß ein gutes Beispiel dafür Caldé Silk ist. Sie meint, daß es nicht sein Genie noch irgendeine andere Qualität seines Geistes ist, sondern Energie vielmehr, die durch die klarsten Gedanken gelenkt wird in eine bestimmte Richtung. Erklärt es uns, Abanja.«

»Erfolgreich sind die Kommandeure«, begann Colonel Abanja, »die am vierten Tag immer noch zielgerichtet handeln können. Sie überdauern. Es gibt bei uns ein Spiel, das wir mit Pferden spielen. Ich glaube, Ihr kennt es hier nicht, aber ich habe im letzten Jahr durch Wetten auf dieses Spiel eine Menge Geld gewonnen.«

Oosik schmunzelte. »Dann müßt Ihr es unbedingt schildern, Colonel.«

»Wie die meisten Spiele ahmt es den Krieg nach. In diesem Fall ein Kavalleriegefecht. Die Spieler dürfen nach jedem Treffer die Pferde wechseln, aber die Spieler selbst dürfen nicht ausgewechselt werden. Nicht einmal, wenn einer verletzt ist.« Oosik und sein Sohn nickten.

»Sie dürfen aber zwischendurch zwanzig Minuten ausruhen. Es gibt also eine erste und zweite Hälfte des Spiels, die durch diese Pause getrennt sind. Ich habe festgestellt, daß man nicht an den Treffern in der ersten Halbzeit ablesen kann, welche Mannschaft siegen wird, weil es dabei ohnehin keine großen Abweichungen gibt. Die Mannschaft, die am Ende siegen wird, ist diejenige, die in der zweiten Hälfte besser und aggressiver spielt. Wenn ich sehe, daß das Team, für das ich mich entschieden habe, dies tut, dann verdopple ich, wenn möglich, meinen Wetteinsatz.«

Siyuf nickte. Ihr Kopf bewegte sich fast unmerklich, aber das Nicken verkündete, daß die Zeit der Kontroversen vorbei war. »Laßt uns vergessen die Felder, wo *killi* gespielt wird, und uns zuwenden der Stadt Viron, wo gerade ein Kampf im Gange ist. Wer wird der Sieger sein? Nicht leicht zu sagen ist das. Versteckt hat sich eine Seite in Löchern. Oben in der Stadt marschiert und wacht die Streitmacht Virons neben meiner Truppe, die geschickt wurde von der Rani. Ein zweites Mal bitte ich Euch, achtzugeben genau und meine Frage zu hören.« Sie hielt inne und machte eine dramatische Pause. »Wer wird hier der Sieger sein?«

Niemand sagte ein Wort.

»Ein Mann? Caldé Silk vielleicht? Ist das möglich? Seht Euch an sein gebrochenes Bein und die Brustverletzung, von der unsere Gastgeberin Maytera spricht. Und doch er läßt durch Magie eine Frau suchen, die er braucht, und wenn sie durch Magie gefunden wird, dann vergißt er Essen und Freunde, um sie aufzusuchen. Es gibt nicht viele Frauen, die tun würden so etwas.«

Chenille sagte: »Er wird mehr Hilfe brauchen als nur den alten Mann. Ich wünschte, ich hätte ihn begleiten dürfen.«

Mattak blickte zu Xiphias' verlassenem Platz, dann sagte er: »Zwei alte Männer. Auch Seine Kogniszenz ist fort.« Siyuf starrte überrascht den leeren Stuhl an.

»Ich bin froh, daß er fort ist«, fügte Mattak leise hinzu.

Sergeant Sand sprach aus, was sie alle dachten. »Er ist nicht gekommen.«

Remora, der vor dem enthaupteten, seiner Pfoten beraubten Tier hockte, blickte auf. »Ich will ... äh ... ich werde weitermachen. Ich habe mich ablenken lassen. Vor Begeisterung. Das ist ansteckend, was? Aber ich … äh … ich habe, seit ich Koadjutor wurde, keinen Gott mehr gesehen. Vielleicht kann uns das Opfer Erleuchtung schenken.« Als das heilige Messer den Tierleib der Länge nach geöffnet hatte, sagte Spider: »Ja, lest es für uns, das kann nicht schaden.«

Das arme Tier mußte große Schmerzen erlitten haben, dachte Maytera Mint, aber wenigstens war sein Tod schnell gekommen, und jetzt waren die Schmerzen vorbei.

Sand legte die Muskete an, als er Urus entdeckte, der hinten im Manteion die eiserne Wendeltreppe hinaufrannte, immer drei Stufen auf einmal nehmend. Sie rief: »Nicht schießen!« und Sand gehorchte. Einen Augenblick später wurde die Tür am oberen Ende der Treppe zugeknallt. »Er dachte, wir wollten ihn opfern«, erklärte sie Eland. »Habt Ihr das auch gedacht? Nein, wir werden es nicht tun. Ich werde es nicht erlauben.«

Remora, der vor dem zweiten Opfertier gekniet hatte, stand auf und schritt zum Ambion. »Außergewöhnlich, was? Wirklich außergewöhnlich, meine Söhne. Und … äh … und meine Tochter. Zuerst gar nichts, und jetzt das hier.« Sand setzte sich mit gesenktem Kopf wieder hin.

»Eine … äh … eine Weissagung. Eine notwendige, denke ich. Früher wurden hier … äh … wurden hier auch Menschen geopfert. Die meisten werden es wissen. Es mußte sein. Wurde aber verboten vom … äh … vom derzeitigen Hüter des Hirtenstabes.«

O ihr Götter, dachte Maytera Mint. Jetzt wird er gleich sagen, daß die Eingeweide uns befehlen, Eland zu opfern. Was soll ich dann machen?

»Meistens Kinder, was? Eigentlich immer. Es ist sinnlos, einen Boten zu schicken, der … äh … der den Empfänger der Botschaft nicht sehen kann, was? Nur in großer Not, nur dann, gab es … äh … gab es Ausnahmen.«

Slate schob sich langsam hinter Eland.

»Das war vor meiner Zeit ... äh ... bevor ich Augur wurde. Ich hätte dies nicht ...« Remora hielt inne, tastete mit einer knochigen Hand nach der harten Kante des Ambions, die Blicke auf das geköpfte Opfertier geheftet.

»Niemals hätte ich ... äh ... hätte ich das zugelassen. Hätte es nicht tun können. Kein Kind. Nein. Nicht einmal ... äh ... nicht einmal Urus. Nun gibt es – in den Eingeweiden sind zwei Seiten, was? Könnt Ihr mir folgen? Eine Seite für die Gemeinde und die Stadt. Die andere für den Spender des Tiers und den Auguren. Für die ... äh ... für unsere Heilige Stadt steht dort Tod und Zerstörung. Das ist schlimm. Verhängnisvoll, was? Für die ... äh ... für mich selbst steht dort, ich soll einen Menschen opfern. Einen Mann. Das will Pas. Ich soll opfern.«

Maytera Mint sagte entschlossen: »Eland, könnt Ihr die Götter sehen?«

Einigermaßen verblüfft antwortete er: »Ich weiß es nicht, Generalin. Ich habe noch nie einen gesehen.«

Es war keine Zeit für Feingefühl. »Habt Ihr einmal eine Frau gehabt?«

»Sicher. Oft sogar, bevor ich in die Grube geworfen wurde.«

Sie wandte sich an Remora. »Er ist nicht geeignet, das könnt Ihr selbst sehen. Euer Eminenz, Ihr müßt ...«

Sand stand auf. »Ich aber.« Er tippte sich mit dem stählernen Daumen auf die Brust. Es klirrte laut, als hätte jemand mit einer Kette gerasselt.

»Das kann nicht Euer Ernst sein!«

»Doch, Sir, wirklich.« Mit überraschend geschmeidigen Bewegungen stieg Sand die Treppe zum Altar hinauf. »Er ist gekommen. Der Große Pas ist ins Große Manteion gekommen.«

Maytera Mint nickte widerstrebend.

»Er hat mit dem Prolokutor geredet, und er hat ihm gesagt, er sollte mit uns reden. Mit mir. Er sagte, wir müssen heraus, weil es ein Teil des Großen Plans ist. Der Plan ist das Wichtigste, was es überhaupt gibt, Sir.«

»Gewiß.«

»Ihr sagt das«, fuhr er fort, mit seinen fünfhundert Pfund Gewicht auf sie eindringend wie ein Talus, »weil Ihr das so auf der Palaestra gelernt habt. Ich sage es, weil ich es in mir weiß. Er sagte, wir sollen Euch holen und dann opfern, und dann würde er wiederkommen und uns sagen, was wir als nächstes tun müssen. Pas hat das gesagt.«

Sie nickte schwach.

»Also haben wir die Biologischen gefangen, und dann dachte ich, daß es vielleicht nicht reicht, und deshalb habe ich sie die beiden Götter fangen lassen.«

»Köter, Sergeant.«

»Was auch immer. Aber die Köter haben nichts genützt, und jetzt sagt Ihr, daß die Biologischen auch nichts nützen.« Sand drehte sich zu Remora herum und drückte ihm die Muskete in die Hand. »Ich wußte es, Patera. Ich habe es schon gewußt, bevor Ihr es gelesen habt. Wolltet Ihr schon einmal sterben?«

»Ich … äh … nein.«

Er lügt, dachte Maytera Mint. Ich weiß, was er denkt, und ich denke wie er.

»Ich aber.« Sand deutete auf Schist, Slate und Shale. »Sie auch. Vielleicht wollen sie es nicht sagen, aber sie sind bereit zu sterben. Ich will für Pas sterben, und das werde ich jetzt tun.« Er kniete nieder, starrte den Boden an, und Remora betrachtete hilflos die Muskete.

Maytera Mint murmelte: »Falls Ihr es lieber nicht tun wollt, Euer Eminenz, dann wäre es sicher statthaft, wenn das jemand macht, der mit der Waffe besser vertraut ist als Ihr.«

»Ihr … äh … würdet Ihr einspringen, Generalin?«

Sie seufzte. »Manchmal brauchen Generalinnen Sergeanten, um sie an ihre Pflichten zu erinnern, wie es mir scheint. Ob ich es auf der Palaestra gelernt habe oder nicht, Sergeant Sand hat jedenfalls recht. Der Plan ist das Wichtigste im ganzen Whorl, und das Opfer ist einverstanden.«

Sand murmelte: »Danke, Sir.«

Sie kniete sich neben ihn. »Ich habe gehört, daß es auch Chemischen möglich ist, sich … sich fortzupflanzen. Habt Ihr das nie gemacht?«

Slate sagte: »Keiner von uns hat das gemacht, Generalin. Es gibt ja kaum noch weibliche Chemische.« Auch Sand bestätigte: »Nein, nie.«

Sie wandte sich wieder an Remora und streckte die Hände aus, um ihm die Muskete abzunehmen. »Ich habe auch noch nie mit so einem Gewehr geschossen, Euer Eminenz, aber ich weiß, wie sie funktionieren, und ich habe sie seit dem Beginn der Kämpfe tausendmal im Kampf gesehen.«

»Nein, Mayt … nein, Generalin.«

»Bitte, Euer Eminenz. Es ist besser für Euch.«

Er brachte sie zum Schweigen, indem er Sands Muskete hob und ungeschickt auf Sand hielte. »Exakt … äh. Exakt auf den Punkt, was? Um meinetwillen, Generalin. Wenn ich schon … äh … die heilige Pflicht erfüllen muß, was? Dann … äh … dann will ich es richtig machen. Es ist meine Verantwortung, meine Pflicht. Könnt Ihr mir folgen, was? Es gibt öffentliche Strafen für Fehlverhalten. Aber auch religiöse, was? Aus dem aktiven … äh … aktiven Dienst entfernt werden.«

Sein pfeifender Atem erfüllte das ganze Manteion. »Aber für ihn … äh … für den höchsten Gott, für Pas. Ich muß es tun.« Er zog ab.

»Nicht so, Euer Eminenz. Es gibt da einen Sicherungshebel, und wenn Ihr das Gewehr so haltet, dann wird Euch der Rückstoß verletzen. So hat man es mir jedenfalls erklärt.« Sie richtete die Muskete richtig aus. »Haltet das Gewehr ganz fest und preßt es fest gegen Eure Schulter. Dann wird es Euch nur etwas zurückstoßen. Wenn Ihr es nur locker anfaßt und vom Körper abhaltet, dann wird es zurückzucken und Euch treffen wie eine Keule.«

Sand sagte: »In den Kopf, Patera. Das ist am besten.«

»Ich bin hier der Augur«, sagte Remora und schoß.

Das Krachen des Schusses war im geschlossenen Manteion ohrenbetäubend laut. Sand bäumte sich auf, und zuerst konnte Maytera Mint nicht sehen, wo ihn die Kugel getroffen hatte. Er drehte sich zum Heiligen Fenster herum und warf die Arme hoch, machte ein gespenstisches Geräusch, das ein Schmerzensschrei oder auch ein grimmiges Lachen hätte sein können. Eine schwarze Flüssigkeit spritzte aus Sands Hals, die Tropfen flogen bis auf den sauberen schwarzen Habit, den sie gerade erst angezogen hatte.

Die Heiligen Farbtöne flammten auf, noch bevor Sand ganz zu Boden gesunken war.

Sie blinzelte und starrte, blinzelte wieder. Nicht eines, sondern zwei Gesichter waren im Fenster zu sehen. Eines mit offenem Mund und keuchend, das andere strahlend vor Macht und Majestät und – zugleich auch erbarmungslos und behütend. »Mein treues Volk«, sagte der doppelköpfige Pas, »empfangt den Segen Eures Gottes.«

»Ich sehe ihn!« Der Stimme nach konnte es Spider gewesen sein, der den Ruf ausgestoßen hatte, aber sie drehte sich nicht um.

Pas' Stimme dröhnte wie Donner und ein alles zerstörender Sturm. »Tragt diesen edelmütigen Soldaten in das Große Manteion. Dort werde ich sprechen …«

Die Gesichter verblaßten, und auf einmal überwucherten gelbe und schwarze Flecken das Fenster des

Mainframe. Schlangen wanden sich und Skorpione huschten herum, und dahinter konnten Spider und Maytera Mint, Eland und Remora und Slate und Shale und Shist noch etwas erkennen. Einen Augenblick lang schälte sich deutlich das gequälte Gesicht Echidnas heraus.

Pas kehrte zurück, als hätte Echidna ihn nicht unterbrochen. »… und dort wird unser Prophet Auk ihn für uns wiedererwecken.«

11

Liebende

Als der Schweber aufstieg, sagte Hossaan: »Ich habe Euch ein Dutzend Dinge zu berichten, Caldé. Ich weiß, daß wir nicht für alles Zeit haben werden. Es sind nur vier Straßen.«

»Ich weiß, wo es ist«, erwiderte Silk knapp. »Beeilt Euch!« Xiphias legte ihm eine Hand auf den Arm. »Immer mit der Ruhe, mein Junge.«

Hossaan sah in den kleinen Rückspiegel und begegnete Silks Blick. »Also werde ich Euch das Wichtigste zuerst erzählen. Ihr glaubt, wenn Hy im Großen Manteion eintrifft, wird niemand dort sein, und Ihr fürchtet, sie könnte dann wieder gehen, und Ihr könntet sie verpassen.«

»Ja.«

»Das ist nicht richtig. Ich sagte Euch doch, daß ich von Generalin Mint an Euer Glas gerufen wurde. Das war es, was mich aufgehalten hat.« Der Schweber überholte schwankend wie ein schnelles Boot eine vergoldete Sänfte mit acht Trägern.

»Ich würde sagen, darüber können wir auch später noch diskutieren.«

»Richtig. Aber aufgrund dessen, was Maytera Mint mir gesagt hat, dachte ich, es könnte klug sein, auch einen Blick ins Große Manteion zu werfen. Dort sind inzwischen drei Auguren und ein paar tausend Leute versammelt.«

»Habt Ihr Hyacinth gesehen?«

Hossaan schüttelte den Kopf. »In dieser Menschenmenge hätte ich sie nicht so leicht finden können, Caldé. Sie ist nicht so groß wie die Rothaarige, und dort waren viele Frauen mit Tieren.«

»Nicht schneiden«, murmelte Oreb.

»Sie ist wahrscheinlich noch nicht einmal drinnen, Caldé. Wenn sie, wie Mucor sagte, zum Palatinum hinaufsteigt, dann kann sie das Große Manteion noch gar nicht erreicht haben.«

Xiphias fragte: »Warum sind denn all die Leute dort, mein Junge?«

»Weil es eine weitere Theophanie gegeben hat, das ist der Grund. Wißt Ihr nicht, daß Pas Seiner Kogniszenz erschienen ist?«

»Nein, mein Junge, davon habe ich noch nichts gehört.«

»Ich aber«, gab Hossaan zurück. »Es gibt jedenfalls Gerüchte, und das muß der Grund dafür sein, daß sich all die Leute dort versammelt haben.«

Silk schüttelte den Kopf. »Die Theophanie war am Molpsday, das hat sich längst herumgesprochen.« Mehr zu sich selbst als zu den anderen fügte er hinzu: »Was mag es zu bedeuten haben, wenn ein toter Gott wiederaufersteht?«

Niemand antwortete ihm. Der Schweber raste dahin.

In der Gold Street wogte eine Menschenmenge. »Halt!« rief Silk. »Nein! Höher, wenn Ihr könnt. Ich habe sie gesehen. Dreht um.«

»Hier in der Nähe, Caldé?« fragte Hossaan. Er ließ den Schweber höher steigen, die Gebläse dröhnten laut.

»Schneiden!« rief Oreb. »Weg abschneiden!«

»Zwei oder drei Straßen den Hügel hinunter. Kehrt um!«

Doch der Schweber schoß weiter geradeaus. »Euer

Vogel hat recht«, sagte Hossaan zu Silk. »Es würde zu lange dauern, durch diese Menschenmenge zu fahren, aber wir können hier hinunter …« Er bog in eine steile, schmale Straße ab, die zwischen hohen Mauern verlief. »Und dann von der anderen Seite wieder auf die Gold Street, so daß wir hinter ihr sind. Damit bewegen wir uns mit dem Strom der Menschen, und das macht das Fahren viel leichter.«

Silk holte tief Luft, atmete langsam wieder aus. Das taube Gefühl in der Brust ließ langsam nach, aber es kam ihm vor, als hätte er seit Tagen nicht mehr ordentlich durchatmen können. »Ihr habt Horn gesagt, Euer Name sei Willet. Wie es scheint, habt Ihr irgendwo im Palast des Caldé Kleidung gefunden, die aussieht wie die eines Kellners, und beim Auftragen geholfen.«

»Ich mache mich gern nützlich, Caldé.«

»Ich weiß das, und Ihr könntet mir besonders nützlich sein, wenn Ihr mir, noch bevor wir Hyacinth finden, verratet, warum Ihr das alles gemacht habt – falls wir sie überhaupt finden. Ihr sagtet, Ihr hättet ein ganzes Dutzend Dinge zu berichten. Als nächstes sagt mir also dies.«

Gekonnt den Schweber steuernd, warf Hossaan über die Schulter einen kurzen Blick zu Xiphias.

»Wenn ich Meister Xiphias und Maytera Marble nicht trauen kann, dann kann ich überhaupt keinem mehr trauen«, beruhigte Silk ihn. »Falls ich Eure Handlungsweise erklären kann – und ich glaube, ich kann es –, werdet Ihr mir dann sagen, ob ich richtig geraten habe?«

Sie fuhren um eine Ecke, und der Schweber legte sich schräg. »Ich fürchte, das werde ich nicht tun können. Generalin Mint sagte jedenfalls, Siyuf hätte den Juzgado umstellen lassen. Deshalb dachte ich, ich sollte vielleicht besser auch im Großen Manteion nachsehen.«

»Wo war Maytera Mint und wie hat sie es erfahren?«

»Ich weiß es nicht, Caldé. Sie hat es nicht gesagt, und ich habe nicht gefragt. Sie meinte, einer von Oosiks Offizieren hätte es ihr gemeldet. Oosik hatte ihm aufgetragen, mit ihr Verbindung aufzunehmen.«

Der Schweber bog wieder auf die Gold Street ein und schlängelte sich zwischen schwatzenden Fußgängern durch.

»Ihr wißt, wie sie aussieht«, murmelte Silk. »Sie trug einen schwarzen Mantel und hatte, glaube ich, ein großes Kaninchen dabei.«

»Katze reden«, informierte Oreb ihn. »Schlecht reden.«

»Der Vogel hat recht, Junge! Das dürre Mädchen sagte, daß ihr Tier reden kann.« Noch bevor Xiphias ganz ausgesprochen hatte, bremste der Schweber ab und hielt an, und das Verdeck fuhr zurück.

Einen Augenblick lang fürchtete Silk, es wäre nur ein Irrtum gewesen. Die junge Frau, die vor ihnen über die Straße eilte, irgendein Tier mit orangefarbenem Pelz unter den Arm geklemmt, schien ihm zu groß und zu schlank zu sein. Doch dann, als sie direkt hinter ihr waren, drehte sie sich zum Schweber um, und er sah ihr Gesicht.

»Hyacinth!« Er stand automatisch auf. Sie beugte sich halb in den Schweber, und er beugte sich vor, damit sie sich küssen konnten.

Sie lösten sich erst wieder aus der Umarmung, als sie eng nebeneinander auf dem weichen Lederpolster eher lagen als saßen. Xiphias hatte den Säbel gezogen, um neugierige Passanten auf Abstand zu halten. Sie setzten sich wieder auf, doch ihre Hände wollten sich nicht voneinander lösen. »Ich hatte Angst, du wärst tot«, gestand Silk.

Und Hyacinth bestätigte: »Beinahe wäre es auch so

weit gekommen, aber ich … ich …« Sie war den Tränen nahe. »Können wir nicht das Verdeck schließen?«

»Ich weiß nicht, wie das geht.«

»Ich weiß es.« Sie befreite ihre Hand, Röcke flogen und Unterröcke rauschten, ein langes Stück Bein und rote Schuhe mit hohen Hacken waren zu sehen, und schon saß sie auf Hossaans Fahrersitz. Xiphias duckte sich, als das Verdeck wieder hochstieg und sich verdunkelte, bis es fast undurchsichtig war.

Sie wischte sich die Augen trocken. »Jetzt komme ich zurück. Fang mich auf.« Sie rollte sich über die Lehne des Vordersitzes, so daß Silk gar nichts anderes übrigblieb, und dann lag sie in seinen Armen, und sie küßten sich wieder. Worte waren nicht nötig. Ihr Kuß sagte alles: Laß mich nie wieder los. Mach was du willst, aber laß mich nicht mehr los. Nein, antwortete sein Kuß, ich lasse dich nie mehr los.

Als sie sich endlich trennten, keuchte er: »Wo fangen wir an?«

Sie lächelte. »Das *war* der Anfang. Ich liebe dich. Laß uns damit anfangen. Ich habe nicht mehr so empfunden, seit – seit du aus meinem Fenster gesprungen bist.«

Er lachte, und sie wandte sich an Xiphias. »Jetzt erkenne ich Euch. Ihr seid ein Fechtlehrer, und ich möchte Unterricht nehmen. Fahrt Ihr immer mit ihm zusammen?«

»So oft es geht, Mädchen.«

Silk fragte sie: »Wo bist du nur gewesen? Ich habe überall nach dir suchen lassen.«

»Ich war in einem schrecklichen alten Haus in der Orilla, und ein Soldat, der so groß war wie ein Schweber, hat mich auf Auks Befehl dort bewacht. Du kennst doch Auk, oder? Er sagt, daß er dich kennt. Tartaros hat mich befreit.«

Hyacinth grinste wie ein zwölfjähriges Mädchen. »Du glaubst ja an die Götter, aber das willst du anscheinend doch nicht glauben. Ich glaube nicht an die Götter, und trotzdem weiß ich, daß es so war. Macht es dir was aus, wenn ich dich nicht Liebling nenne?«

Silk schüttelte den Kopf. »Nein, überhaupt nicht.«

»So habe ich schon viel zu viele Männer genannt. Ich werde schon etwas anderes finden, ein schönes Wort, aber es kann eine Weile dauern.« Sie wandte sich wieder an Xiphias. »Aus der Rücklehne dort könnt Ihr Euch einen Notsitz herausklappen. Das ist bestimmt bequemer für Euch.«

»Ich fühle mich am wohlsten, wenn ich draußen bin, Mädchen. Wißt Ihr, wie ich diese verdammte Tür hier aufbekomme?«

Sie legte ihre Hand auf die seine. »Ihr bleibt hier, sonst sind wir gleich nackt und verschwitzt, und wir müssen doch noch an einen feinen Ort fahren. Wo ist überhaupt der Fahrer geblieben?«

»Auf die Jagd gegangen.« Xiphias klappte einen Notsitz auf und versuchte, den Säbel in die Scheide zu bekommen. »Er jagt zusammen mit Silks Vogel Eure Katze.«

»Richtig, ich habe Tick fallen lassen, dabei hat er fünf Karten gekostet.«

Silk sagte: »Als du befreit wurdest – wofür ich Tartaros ewig dankbar sein werde –, hättest du gleich zu mir kommen müssen.«

Hyacinth schüttelte den Kopf.

»Ich verstehe. Du hast nicht gewußt, wo ich war.«

»Doch, ich wußte es. Ich wußte ganz genau, wo du warst. Im Juzgado oder im Palast des Caldé. Jeder, den ich gefragt habe, hatte mir etwas über dich zu erzählen, und die Leute haben immer diese beiden Orte genannt. Aber ich habe, nun ja, ich habe ausgesehen wie irgendeine Schlampe aus der Orilla, sogar noch schlimmer, und ich habe gestunken. Ich konnte mich da nicht waschen, oder kaum. Ich habe es versucht, aber wenn das Wasser schmutziger ist als das Gesicht, dann kommt nicht viel dabei heraus. Ich wollte Parfüm und Puder haben und mir das Haar zurechtmachen, aber vorher mußte ich es noch waschen und trocknen. Ich wollte zu Bloods Haus fahren. Weißt du das mit Blood?«

»Daß du zu seinem Haus fahren wolltest? Nein, das wußte ich nicht.«

»Und ich brauchte ja auch frische Kleider und ein paar andere Sachen. Kannst du dir vorstellen, wie ich ohne diese Sachen aussehen würde?«

»Ja«, sagte Silk. »Wie Kypris.«

»Danke. Nein, ich würde aussehen wie ein Junge, nur mit Titten, die mir bis zur Hüfte herunterhängen. Du hast mich ja nackt gesehen.«

Silk wurde rot. »So weit haben sie aber nicht heruntergehangen. Ganz bestimmt nicht.«

»Das ist das Problem, wenn man so große Dinger hat«, erklärte Hyacinth an Xiphias gewandt. »Je größer sie sind, desto weiter hängen sie herunter, wenn man nichts hat, um sie hochzuhalten. Wird mir das eigentlich Schwierigkeiten beim Schwertkampf machen?«

»Nur wenn sie hüpfen, Mädchen. Aber da gibt es Möglichkeiten. Glaubt Ihr, ich wüßte nicht, wie man so etwas hinbekommt? Ich war ja auch mal jünger, müßt Ihr wissen.«

»Ich verlasse mich da ganz auf Euch, Meister Xiphias.« Sie lächelte ihn schüchtern und von der Seite an, dann pflanzte sie Silk einen Kuß auf die Wange. »Ich wollte mich schon um Fechtstunden kümmern, direkt nachdem wir uns kennengelernt hatten. Ich meine, bevor du in Bloods Haus aus meinem Fenster gesprungen bist. Als wir aus meinem Bett aufgestanden sind, sagte ich, daß ich eine gute Schwertkämpferin werden könnte, und du hast gesagt, daß du einer Frau mit kürzeren Beinen, die nicht so auf ihr Aussehen versessen wäre, bessere Chancen im Kampf einräumen würdest, oder so etwas ähnliches. Also dachte ich mir, ich lerne es und überrasche dich damit.«

Es hatte ihm die Sprache verschlagen, und er konnte nur nicken.

»Ich bin auch eine gute Tänzerin, wirklich, und das, obwohl ich nie Unterricht hatte. Also denke ich mir, daß ich auch das Fechten lernen kann, wenn ich Stunden nehme. Aber es ist so weit bis zu Bloods Haus, und Auk hat mir das Geld abgenommen, und ich sah aus wie eine Schlampe, also bin ich erst einmal zu Orchid gefahren. Sie hat mir Geld geliehen, und dort konnte ich mich auch waschen und wieder frisch machen. Sie sagte mir dann, Blood habe ins Gras gebissen. Danach bin ich dann zum Markt gegangen. Wußtest du das schon? Daß Blood tot ist? Sie sagt, das wäre schon am Phaesday passiert.«

»Ja, ich weiß es, denn ich habe ihn getötet.« Hyacinth riß die Augen auf, und Silk war stolz und schämte sich zugleich. »Ich habe ihn mit einem Schwert getötet, das Meister Xiphias mir geliehen hatte. Das Schwert wurde dabei auch zerstört. Ich möchte aber lieber nicht über die Einzelheiten sprechen. Ich verstehe, warum du zurückkehren wolltest, oder wenigstens glaube ich es.«

»Alle meine Sachen sind dort draußen! Meine Kleider, mein Schmuck, alles, was ich besitze!«

»Und du hast sicher auch gedacht, dein Fahrer wäre vielleicht dorthin zurückgekehrt. Ich kann auch verstehen, warum du zu Orchid gegangen bist. Du hast geglaubt, sie würde dir helfen, und das hat sie ja auch getan. Ich habe sie vor ein paar Tagen noch selbst aus dem gleichen Grund aufgesucht, und auch mir wurde geholfen, denn ich habe Chenille dort gefunden. Das bringt mich zu einem Punkt, den ich eigentlich schon früher ansprechen wollte. Wie war der Name des Soldaten, der dich auf Auks Befehl hin bewacht hat?«

»Hammerstone.« Zwei schmale Linien zeichneten sich auf Hyacinths Stirn ab. »Es war Corporal Hammerstone. Er hatte Ärmelstreifen wie ein Corporal von den Grünen, nur daß sie bei ihm aufgemalt waren. Ich sehe, daß du dir auf einmal Sorgen machst. Was ist denn los?«

»Es würde eine Stunde dauern, das alles zu erklären«, erwiderte Silk achselzuckend. »Ich mach es kurz. Ich liebe dich von ganzem Herzen.«

»Ich liebe dich auch.«

»Und weil ich dich liebe, habe ich auch Angst, dich zu verlieren, und deshalb will ich dich beschützen. Die meisten Männer kennen ihr Leben lang nichts anderes, aber für mich ist dieses Gefühl noch ziemlich neu.«

»Es tut mir leid. Ich will versuchen, dir zu helfen. Ich will mich wirklich bemühen.«

»Das weiß ich. Und dabei wirst du dich erst recht in Gefahr begeben, und das macht mir mehr Sorgen als alles andere.«

Jemand klopfte ans Verdeck.

»Siehst du? Schon habe ich meine Verpflichtungen vergessen. Ich habe Chenille versprochen, ich würde ihr helfen, Auk zu finden, und Auk hat dich mir weggenommen. Weißt du, wo Auk ist oder wo ich diesen Corporal finde? Patera Incus will ihn, soweit ich weiß, ebenso dringend finden wie ich.«

Xiphias unterbrach. »Meint Ihr nicht, es könnte Willet sein, der da anklopft?«

»Laßt ihn bitte herein.«

»Ich weiß nicht, wie man diese verdammte Tür öffnet!«

»Dann haben wir noch ein wenig Zeit. Ich bin sicher, Ihr werdet das Problem bald gelöst haben.«

Hyacinth kicherte. »Du warst in der letzten Zeit zuviel mit Leuten wie mir zusammen. Ja, ich weiß, wo Auk ist. Oder besser, ich weiß, wo er war. Es war ein dreckiges altes Manteion in der Sun Street. War es deines? Als wir dort hingegangen sind, hat jemand so etwas gesagt.«

»Ja, es war meines.« Silk mußte lächeln. »Es ist alt und heruntergekommen, wie du ganz richtig sagst, aber ich habe es geliebt, oder jedenfalls kam es mir so vor. In gewisser Weise liebe ich es, glaube ich, immer noch.«

Hinter dem verdunkelten Dach kaum zu erkennen, klopfte Hossaan abermals an. Er wurde ungeduldig, das Klopfen klang lauter als beim ersten Mal.

»Ist es das Manteion, in dem Kypris dir in einem Fenster erschienen ist? Orchid hat mir davon erzählt. Sie sagte, es sei bei Orpines Beerdigung passiert. Ich kannte Orpine, und ich wünschte, ich wäre dabei gewesen. Ich habe einen Schrein, der Kypris geweiht ist ...« Sie brach ab und biß sich auf die Lippen. »Oder besser, ich hatte ihn früher mal. Ist das Haus wirklich zerstört? Orchid hat mir von den Kämpfen dort erzählt.«

Silk erinnerte sich, wie Bloods Villa ausgesehen hatte, als er gerettet worden war. »Es ist sicherlich stark beschädigt.«

»Wenn es nur beschädigt ist, dann können wir doch hinfahren.«

Er deutete zum Verdeck. »Wir sollten erst einmal Willet hereinlassen. Erinnerst du dich an ihn? Willet war einer von Bloods Fahrern. Du müßtest ihn eigentlich kennen, denn er hat dich in die Stadt gefahren, als wir uns in Ermine's Hotel treffen wollten.«

»Das ist doch wundervoll! Er kann uns hinbringen.«

Xiphias rief: »Ich glaube, ich hab's jetzt. Soll ich ihn hereinlassen, Junge?«

Silk nickte, und die Tür ging auf. Hossaan griff herein, um die vordere Tür zu entriegeln, und Oreb schoß herein und landete, empört und aufgeregt flatternd, auf Silks Schulter. »Böse Katze! Katze schneiden!«

Hossaan rutschte auf den Fahrersitz, und das orangeweiße Tier, das er festhielt, spuckte: »Nimm Vogel.«

»Er hat mir ganz schön Mühe gemacht, Hy«, sagte Hossaan. »Aber in einer Straße, wo er sich durch ein Loch quetschen wollte, haben wir ihn dann erwischt.«

»Ihr blutet ja.«

»Er hat sich gewehrt. Wenn jemand ihn inzwischen halten will, dann hole ich den Verbandkasten.«

»Nimm Vogel, nimm Vogel!« schnatterte der kleine orangeweiße Katachrest. »Hibsche Lady! Lassie bich nich abburksen.«

»Nein, sie wird dich nicht töten lassen. Mindestens nicht in den nächsten ein oder zwei Stunden«, erklärte Silk dem Tier. »Willet, ich möchte, daß Ihr uns zu Bloods Haus fahrt und uns helft, Hyacinths Sachen zu holen.« Einen Moment lang ruhte sein Blick nachdenklich auf Hyacinth. »Dann fahren wir zum Palast des Prolokutors.« Als der Schweber sich in Bewegung setzte, fügte er hinzu: »Es kann sein, daß wir Waffen brauchen, aber um sie zu holen, müßten wir vorher zum Palast des Caldé fahren, und dazu haben wir nicht genug Zeit. Ich würde dort nicht mehr fortkommen.«

Xiphias nahm den kleinen Katachrest von Hossaan entgegen. »Ich habe doch mein Schwert, Junge!«

Silk nickte abwesend, als das Geräusch der Gebläse zu einem gedämpften Röhren anschwoll. »Wir wollen hoffen, daß es reicht.«

»Wir können auch in der Bar die Drinks nehmen«, sagte Siyuf zu Chenille, »aber sicher bequemer wäre es in meinen Gemächern, nicht wahr?«

»Ich hatte schon drei zum Essen.« Chenille sprach absichtlich etwas zu laut. »Wenn ich schon umfalle und mir die Kleider vor Müdigkeit vom Leib reiße, dann will ich das lieber gleich in meinem Zimmer tun.« Sie sah sich interessiert in der Sellaria von Ermine's Hotel um. »Aber vorher müssen wir uns noch ein Zimmer nehmen, nicht wahr?«

»Darum gekümmert haben sich meine Adjutanten, während ich mit Eurem Freund, dem Caldé, die Parade abgenommen habe.« Siyuf hielt einen livrierten Kellner auf. »Über diese große Treppe hier komme ich zu meinen Gemächern hinauf? Nummer neunundsiebzig?«

Er schüttelte den Kopf. »Wir haben hier in Ermine's Hotel leider kein Zimmer mit der Nummer neunundsiebzig, Generalin.«

»Generalissima. Wartet, ich werde Euch zeigen.« Chenille versuchte, möglichst unschuldig zu lächeln, während Siyuf einen Schlüssel aus der Tasche fischte.

»Ah«, sagte der Kellner nickend. »Zimmer Siebenneun. Das ist ein Doppelzimmer, wir nennen es den Lyrichord Room, Generalissima. Gleich hier rechts und die große Treppe hinauf. Ihr könnt es nicht verfehlen.«

»Ein Zimmer, sagt Ihr? Nein, mehrere Zimmer?«

Der Kellner senkte verschwörerisch die Stimme. »Wir haben, je nachdem, Suiten mit vier, fünf oder sechs Zimmern. Wir nennen sie alle Zimmer, weil das einfacher ist. Euer Zimmer, der Lyrichord Room, der nach dem Instrument im Musikzimmer benannt ist, besteht aus einem Doppelzimmer mit elf weiteren Räumen und drei Bädern. Außerdem gibt es dort einige Balkone und so weiter. Drei Schlafzimmer, Sellaria, Cenatiuncula für formelle Essen, Frühstücksnische, Ankleidezimmer ...«

Sie brachte ihn mit einer Geste zum Schweigen. »Ihr habt hier einen Weinkellner, der von seinem Fach versteht etwas?«

»Das wäre dann der Kellermeister, Generalissima.

Er ist im Augenblick, wie ich glaube, noch im Palast des Caldé.«

»Von dort ich komme gerade zurück. Er müßte inzwischen auch hier sein. Schickt ihn zu mir, sobald er ist da.«

Siyuf wandte sich ab und winkte Chenille zu sich. »So schrecklich dumm sind die Männer, findet Ihr nicht auch? Unattraktiv macht sie das oft, auch wenn sie gut aussehen. Aber nur einer von vielen Kritikpunkten ist das, würde ich sagen. Männer sind für die Pflicht da. So lernen wir es daheim. Für das Vergnügen gibt es Mädchen.«

Chenille nickte verzagt und blinzelte, um ihr zu zeigen, daß sie begriffen hatte, worauf Siyuf hinauswollte. »Ihr meint, in Trivigaunte? Dort, wo Ihr herkommt? Ich kann mich immer noch nicht recht mit dem Gedanken anfreunden, jemanden zu mögen, der aus einer so weit entfernten Stadt kommt.«

»Ganz natürlich ist das. Dort habe ich ein Haus, das größer ist als Ermine's. Meiner Mutter hat es früher gehört. Außerhalb unserer Stadt liegt es, ein Farmhaus, das ausgebaut worden ist, damit ich dort finde Ruhe und kann meine Pferde ausbilden. Außerdem habe ich zwei Jagdhäuser. Eines ist in eine Höhle gebaut, damit es kühl bleibt. Auf die Jagd geht Ihr gern? Ich werde es Euch zeigen. Ich glaube, es wird Euch Spaß machen. Aber es gibt Stellen, wo Ihr nicht aufrecht stehen könntet wie hier.«

»Ich würde es gern lernen. Aber ich dachte, Euer Lager wäre im Osten vor der Stadt. Der Caldé, ich nenne ihn aber lieber Patera, hat gesagt, Ihr hättet dort Zelte. Jedenfalls ist es schön, daß Ihr außerdem auch diese Suite habt, das hätte ich gar nicht gedacht.«

Untergehakt stiegen sie die breite Treppe hinauf. »Mein Zelt und mein Hauptquartier sind außerhalb der Stadt, aber verlegen werde ich es wohl bald, damit es näher ist. Dies hier ist recht bequem, wie wir gerade sehen. Ich habe auch meine Jagdwaffen mitgebracht, vielleicht muß ich Euch also gar nicht mit zu mir nach Hause nehmen, um Euch zu lehren. Wir haben bereits drei Geflügelte getötet und einen gefangen.«

»Vier Flieger?« Chenille war so erstaunt, daß sie ganz vergaß, ihrer Stimme einen bewundernden Unterton zu geben. »Ich hätte nicht gedacht, daß das überhaupt möglich ist.«

Siyuf lachte. »Vor neun Jahren in Trivigaunte eine andere hat einen Geflügelten abgeschossen, aber sie hat nicht das runde Ding auf dem Rücken getroffen, das sie antreibt. Ich habe das Wort dafür vergessen.«

»Ich weiß nicht, was Ihr meint.«

»Wir haben meinen Flugsoldaten Flügel gegeben, dieses Mal habe ich selbst einen Flieger getötet und auch das Ding gefangen, das ihn antreibt, aber er nicht will mir verraten, wie es funktioniert.«

Siyuf leckte sich die Lippen, und nicht zum ersten Mal an diesem Abend bekam Chenille es mit der Angst. »Noch will er es nicht sagen, aber bald wird er reden. Er ist dumm wie alle Männer, und nicht einmal gut gebaut, sondern schmal und dünn. Weggenommen haben wir ihm die Kleider und machen einiges mit ihm, bis er unser Freund ist. Ich hoffe, ich verwirre Euch nicht?«

»Ich glaube, ich habe es verstanden.«

»Wir haben ihm die Kleider weggenommen, aber an ihm ist nichts dran. Ich habe fünf Ehemänner, und alle sind schöner als er. Vielleicht möchtet Ihr ihn haben? Wenn wir mit ihm fertig sind, schenken werde ich ihn Euch.«

»O nein! Ich will ihn nicht, Siyuf.«

»Gut.«

»Ich mag eigentlich gar keine Männer, abgesehen von Patera und einem einzigen anderen.«

Sie hatten das obere Ende der breiten, mit dicken Teppichen ausgelegten Treppe erreicht. Siyuf sah nach rechts, dann betrachtete sie den Schlüssel. »Manchmal meine Männer mag ich, aber so, wie ich einen Jagdhund mag. Für mich gehen große und starke Mädchen über alles. Ein wenig Widerstand am Anfang gefällt mir sehr.«

Maytera Marble blieb stehen und betrachtete die seltsame Prozession, die die Manteion Street überquerte. Es war ziemlich weit entfernt, aber Maytera Roses Vermächtnis hatte ihr Augenlicht ungeheuer verbessert. Im Schein der Straßenlaternen sah sie einen großen, kantig aussehenden Mann, der von einem kleineren begleitet wurde. Der kleinere war so dürr, daß man ihn beinahe für eine Vogelscheuche halten konnte. Hinter ihnen kamen drei Soldaten, groß und schmuck wie alle Krieger. Zwei von ihnen schienen einen vierten Soldaten zu tragen. Hinter den Soldaten folgte ein großer Augur und ... und ...

»Sib! O Sib! Generalin, Generalin Mint! Ich bin es, Sib!« Vor Freude machte Maytera Marble einen regelrechten Luftsprung. Die zierliche Sibylle, die neben dem großen Auguren ging, sah sich um und sperrte den Mund auf.

Nicht nur die Augen waren dank des Vermächtnisses von Maytera Rose verbessert worden. Maytera Marble rannte auf die Manteion Street hinaus, als hätte sie Flügel, und nicht einmal Oreb hätte die Distanz schneller überwinden können als sie. Mit der unversehrten Hand hielt sie die Haube fest, schoß zwischen den großen Männern hindurch, prallte mit dem Anführer der Soldaten zusammen, daß das Metall laut schepperte, stieß einige hastige Entschuldigungen hervor und schloß endlich, endlich Maytera Mint in die Arme.

»Ihr seid es, Ihr seid es wirklich! Wir haben uns solche Sorgen gemacht! Ihr könnt es Euch überhaupt nicht vorstellen! Nein, das könnt Ihr Euch gar nicht vorstellen, und als Patera sagte, daß Ihr wohlauf seid, da dachte ich mir, immer wenn jemand so etwas sagt und wenn man glaubt, die Gefahr wäre vorbei, immer dann werden die besten getötet, und … und … o Hierax, o Scylla! O Thelxiepeia! Ihr bin ganz außer mir vor Freude. Ihr wart das Licht in meinem Leben, Sib! Ich weiß, ich habe es Euch nie gesagt, aber so war es, so war es! Wenn ich nur mit Maytera Rose und dieser Chemischen hätte allein im Zönobium leben müssen, ich hätte es nicht ertragen. Ich wäre verrückt geworden!«

Maytera Mint lachte und umarmte sie und versuchte, die ältere Sibylle hochzuheben, was aber so lächerlich war, daß Maytera Marble sagte: »Hört doch auf, Sib, Ihr verletzt Euch noch!« Aber es spielte überhaupt keine Rolle. Maytera Mint war wieder da, sie lachte und war genau die gleiche gute alte Maytera Mint, oder sogar noch besser, weil sie ja aus dem Reich des Tartaros zurückgekehrt war. Wer weiß, wo sie gewesen war, und es hätte keine Mutter und Tochter und keine Großmutter und Enkeltochter geben können, die einander so nahe gewesen wären wie sie.

»Ich bin so froh, wieder hier zu sein«, sagte Maytera Mint, als sie endlich zu lachen aufhören konnte. »Ich merke erst jetzt, wie glücklich ich früher mit Euch war.«

»Wo wart Ihr nur? Meine liebe, liebe Sibylle, mein liebes Mädchen! Patera sagte, sie hätten Euch gefangen und an einem schrecklichen Ort unter der Stadt eingesperrt, aber dann hieß es, das wäre gar nicht wahr, und dann meinte die Generalissima aus Trivigaunte, Ihr wärt tot, und – o Sib! Ich habe Euch so sehr vermißt! Ich wollte Euch mit Chenille bekannt machen. Das würde ich wirklich gern tun, weil Chenille mir wie eine zweite Enkeltochter geworden ist, aber niemand, niemand im ganzen Whorl wird mir jemals so viel bedeuten wie Ihr.«

Der große Augur sagte: »Die … äh … die anderen. Ganz Viron … äh … ganz Viron fühlt wie Ihr, was? Seht Euch nur um.«

Und richtig, die ersten Passanten drehten sich zu ihnen um, deuteten auf Maytera Mint und begannen zu tuscheln.

»Ihr … äh … wollt Ihr vielleicht zu ihnen sprechen, Generalin? Oder soll ich … äh?«

Maytera Mint winkte mit beiden Händen und warf den Zuschauern ein halbes Dutzend Kußhände zu. Dann ertönte wieder die silberne Trompete, die Trompete, die Maytera Marble in der Sun Street an jenem unvergeßlichen Hieraxday gehört hatte, als die Königin des Whorl sich während des letzten Opfers gezeigt hatte – jene Stimme, die auch jetzt wieder von allen Wänden und vom Straßenpflaster widerhallte wie ein Schlachtruf: »Ich bin Generalin Mint! Seine Eminenz und ich waren unten in den Gängen, wo sich das Ayuntamiento versteckt, und Pas selbst hat uns Anweisungen gegeben. Wir gehen zum Großen Manteion! Ihr alle geht auch dorthin, nicht wahr?« Sie machte eine ausholende Geste, als wollte sie ein Schwert aus der Scheide ziehen.

Es gab Hochrufe, und einige antworteten ihr: »Ja!«

»Auk, der Prophet des Großen Pas, wird ebenfalls dort sein. Wir wissen es, weil Pas der Herr es uns gesagt hat. Bitte, wer von Euch kennt Auk?«

Ein Riese, größer noch als Remora, winkte. Er hatte sich einen Widder unter den linken Arm geklemmt, und ein zahmer Pavian trottete hinter ihm her, während er sich durch die Menge schob. Maytera Mint war sicher, noch nie einen so großen Biologischen gesehen zu haben. Der Mann war fast so groß wie ein Soldat.

»Ich kenne ihn.« Seine Stimme dröhnte wie eine

Kesselpauke. »Ich kenne auch Euch, Generalin, auch wenn Ihr mich vielleicht nicht bemerkt habt, aber ich und Auk, wir sind alte Kumpel.« Beine wie zwei Säulen überwanden die Distanz zwischen ihnen mit riesigen Schritten.

Zum zweiten Mal binnen kurzer Zeit riß Maytera vor Staunen Mund und Augen auf. »Gib! Ihr müßt Gib sein! Wir haben zusammen die Schweber in der Cage Street angegriffen.«

»Genau so war das, Generalin.« Der Riese sank auf ein Knie, worauf der Widder mit einem empörten Quieken reagierte. »Ich bin Gib aus dem Cock, und ich habe versucht, in Eurer Nähe zu bleiben, aber mein lahmer Gaul konnte mit Eurem nicht mithalten. Ich wäre zu schwer, hat Kingcup mir gesagt. Dann hat mein Gaul auch noch einen Schuß abbekommen, und ich bin gestürzt.« Er hob den freien Arm, um ihr seinen Gipsverband zu zeigen, dann deutete er sich mit den Fingern, die vorne herausragten, auf die Augenbrauen. »Deshalb kann ich auch nicht salutieren, wie es sich gehört, aber Bongo hier kann es. Bongo, begrüße die Generalin. Bongo, Salut!«

Der Pavian stellte sich auf die Hinterbeine und hob die Vorderpfote an die verblüffend menschenähnlichen Augen.

Maytera Mint fragte: »Sagtet Ihr nicht, Ihr kennt Auk, Gib? Ich meine jetzt den Propheten des Pas namens Auk?«

Maytera Marble spürte ihre Unsicherheit und kam ihr mit einer Erläuterung zu Hilfe. »Sie kennt einen Mann namens Auk, der früher unsere Palaestra besucht hat, aber ich glaube, sie ist nicht sicher, ob es derselbe ist, der Pas dient – hat Pas Euch von diesem Auk erzählt, Sib?«

»Ja!« Maytera Mint nickte lebhaft, daß ihr kurzes braunes Haar nur so flog. »Gerade jetzt, vor ein paar Minuten erst, in der Kapelle unter dem Palast. Er ist dort ans Fenster gekommen, Maytera, und wir alle konnten ihn sehen, sogar Spider und Eland. Es war wundervoll.«

Der Soldat, der die Füße des vierten Soldaten trug, sagte: »Er hat über unseren Sergeant gesprochen. Wir haben ihn Pas gegeben.«

Der dritte Soldat wandte ein: »Er hat sich selbst Pas gegeben, so war das. Jetzt will Pas ihn wieder in Ordnung bringen. Nicht weil er ihn nicht haben will, sondern weil wir ihn brauchen. Pas wollte ihn nicht auf den Müll schmeißen.«

Der Augur warf eine lange schwarze Haarsträhne zurück. »Ich … äh … ich habe ihn Pas übergeben. In gewisser Weise, was? Ich habe selbst …«

Aber Maytera Mint ließ sich nicht ablenken. »Kennt Ihr Auk den Propheten, Gib? Ja oder nein?«

»Sicher kenne ich ihn, Generalin.«

»Beschreibt ihn mir!«

»Er ist Teilhaber in meinem Laden, aber vielleicht hat er das jetzt vergessen. Ein ziemlich großer Kerl.« Gib winkte mit dem Gipsarm in Richtung der stämmigen Männer. »Ungefähr so wie der da, aber nicht ganz so alt. Hat noch reichlich Haare und Ohren, die irgendwie abstehen.«

»Ein starkes, gerades Kinn.« Sie hätte vor Ungeduld und Aufregung fast zu tänzeln begonnen.

»Das ist er, Generalin. Jede Wette, das ist er.« Gib kicherte. Es klang wie ein fröhlicher Oger. »Ich wollte gerade sagen, daß er ein bißchen aussieht wie Bongo hier. Auk ist mein alter Kumpel, und er würde mir das nicht übel nehmen. Aber Ihr vielleicht, und vielleicht auch der Gott, der ihn angezapft hat. Tartaros wäre das angeblich, sagt er.«

»Diese … äh … diese Unterbrechung, Generalin …«

Maytera Mint nickte energisch. »Er hat recht, Gib. Steht auf. Ihr braucht nicht mit mir zu reden, als wäre ich ein Kind, nur weil ich kleiner bin als Ihr.«

Sie trottete rasch weiter, und der Riese folgte ihr, als wäre sie ein Magnet. »Laßt mich überlegen – Ihr kennt niemanden hier außer mir. Auch die arme Maytera, die ich hätte vorstellen müssen, kennt sonst niemanden. Oder hat man Euch schon Seiner Eminenz vorgestellt, Maytera? Nein? Also gut. Euer Eminenz, dies hier ist meine älteste und teuerste Freundin Maytera Marble. Maytera, dies hier ist Seine Eminenz, der Koadjutor, Patera Remora.«

Maytera Marble, die sich eilte, den Anschluß nicht zu verlieren, blieb kurz stehen, um sich artig zu verneigen.

»Eine Ehre, was? Für mich, Maytera, für mich ist es eine Ehre. Sehr sogar. Äh ... ein Privileg. Unsere Bekanntschaft beginnt unter höchst ... äh ... unter höchst vorteilhaften Begleitumständen. Ihr ... äh ... Ihr seid doch sicherlich meiner Meinung, was?«

»Ganz gewiß, Euer Eminenz.«

Maytera Mint ging weiter, ohne auch nur einen Augenblick zu zögern. »Dies hier ist Gib, wie Ihr schon gehört habt. Ein Freund von Auk und ein Waffenbruder von mir. Der Soldat, der die Muskete auf unsere Gefangenen richtet, heißt Slate. Slate, das ist nicht nötig. Sie werden nicht weglaufen.«

Dann wandte sie sich wieder an Maytera Marble. »Wo war ich? O ja. Das dort ist Corporal Slate, der diesen Trupp führt. Ich habe ihn als Vorgesetzten über seine Soldaten eingesetzt, bis der Große Pas, wie er es versprochen hat, mit Auks Hilfe Sergeant Sand wiedererweckt.«

Maytera Marble holte sie ein und fragte: »Dann muß das der arme Sergeant Sand sein, den sie da tragen?«

»Genau. Schist und Shale tragen ihn. Unsere Gefangenen – eigentlich sind sie jetzt Freunde, oder jedenfalls sind es meine Freunde, und da kann ich wohl auch Seine Eminenz einschließen – unsere Freunde also heißen Spider und Eland.« Sie hatten die Menschenmenge vor dem Großen Manteion erreicht, und Maytera Mint stellte sich auf die Zehenspitzen und hoffte, irgendwo Auk zu entdecken.

Xiphias hatte eine Kerze gefunden und angezündet. Silk zog Hossaan aus dem Lichtkreis und in die Dunkelheit des Flurs hinaus. »Meister Xiphias kann ihr bei der Suche helfen. Er kann ihr die Kerze halten, und mehr braucht sie nicht. Ihr und ich, wir haben noch einiges zu bereden.«

»Guter Mann«, versicherte Oreb.

»Ich habe Euch eingestellt, obwohl ich wußte, daß Ihr ein Agent der Rani seid, weil Trivigaunte mit uns verbündet ist. Ich denke, das ist Euch klar.«

»Gewiß, Caldé.«

»Ihr seid Viron nichts schuldig und mir persönlich auch nicht. Aber wenn Ihr in meinen Diensten bleiben wollt, dann müßt Ihr etwas entgegenkommender sein, als Ihr es bisher wart.«

»Ich war nur zurückhaltend, weil der alte Mann zugehört hat, Caldé. Ich weiß, daß Ihr ihm traut, und wahrscheinlich habt Ihr recht damit. Aber ich muß das anders sehen. Ich versuche, niemandem mehr zu vertrauen als unbedingt nötig.«

»Ich verstehe. Vertraut man denn Euch? Ich meine die Vorgesetzten, denen Ihr Bericht erstattet.«

Es gab ein kurzes Schweigen. In der Dunkelheit konnte Silk das Gesicht des Spions nicht erkennen, aber er hatte das Gefühl, daß er sowieso nichts hätte darin erkennen können. Nach ein paar Augenblicken sagte Hossaan: »Nicht mehr als unbedingt nötig, Caldé. Aber es macht mir nichts aus. Ich bin daran gewöhnt.«

»Ich nicht. Zweifellos werde ich mich daran gewöhnen müssen, aber es gefällt mir nicht. Ihr täuscht Eure Vorgesetzten. Das war der Grund dafür, daß Ihr

Euch von Horn und sicher auch von anderen habt Willet nennen lassen; das ist der Name, den Ihr hier bei uns angenommen habt. Deshalb habt Ihr auch beim Auftragen des Essens geholfen. Ihr wolltet irgendwie den Eindruck vermitteln, Ihr hättet Euch bei mir eingeschlichen, und Ihr wolltet Euch jemandem zeigen, der Euch sofort erkennen konnte. Ist das richtig?«

Hossaans Antwort bestand aus einem unbehaglichen Schweigen. Oreb regte sich unruhig auf Silks Schulter und flatterte ein wenig.

»Diese Person, der Ihr Euch zeigen wolltet, wird natürlich annehmen, ich wüßte nichts davon, daß Ihr aus Trivigaunte kommt …«

»Laßt uns nicht um den heißen Brei reden, Caldé. Ich bin ein Spion, und das wißt Ihr, seit Ihr mich auf dem Boot gesehen habt.«

»Man wird Euch loben und belohnen.«

Hossaan wollte etwas sagen, aber Silk kam ihm zuvor. »Ich bin noch nicht fertig. Als Ihr uns hier herausgefahren habt, dachte ich über Eure Täuschung und über Eure Position als mein Fahrer nach. Bitte sagt mir nicht, daß Eure Lüge ja im Grunde die Wahrheit war, weil ich der einzige bin, der Eure wahre Identität kennt und weil Ihr die Absicht habt, Eure Vorgesetzten entsprechend zu unterrichten. Es wäre nichts als eine neue Lüge.«

»Also gut, dann schweige ich.«

»Dann laßt mich weiterreden. Ihr könnt Euren Vorgesetzten alles berichten, was Ihr erfahrt. Ich habe angenommen, das würdet Ihr ohnehin tun, und da ich nicht die geringste Absicht habe, die Rani zu hintergehen, kann es Viron nicht schaden, wenn Ihr Bericht erstattet. Aber Ihr müßt mir die gleiche Höflichkeit erweisen wie Doktor Crane – Ihr müßt mir alles sagen, was Ihr tut und berichtet. Als Gegenleistung werde ich Euer Geheimnis hüten.«

Eine, zwei Sekunden verstrichen. »Also gut, Caldé. Aber ich hätte Euch auch so jederzeit alles gesagt, was Ihr wissen wollt.«

»Danke. Ich habe Euch ja schon gefragt, ob Generalissima Siyuf oder Generalin Saba Euch vom Sehen kennen. Ihr habt es verneint, und ich habe Euch geglaubt.« Es kam Silk so vor, als bewegte sich irgend etwas heimlich durch die Dunkelheit. Er hielt inne und lauschte, aber er hörte nur Oreb flattern, der plötzlich von seiner Schulter abhob.

»Ich frage noch einmal – war das die Wahrheit? Kennt Euch eine der beiden?«

»Es war die Wahrheit, Caldé. Ich habe nie mit ihnen gesprochen, und ich glaube nicht, daß sie wissen, wie ich aussehe.«

»Aber es muß jemand an der Tafel gewesen sein, der Euch kennt. Wer war es?«

»Colonel Abanja. Habt Ihr Euch nicht gefragt, welche Aufgabe sie in Siyufs Stab hat? Sie ist für den Nachrichtendienst zuständig.«

»Habt Ihr Abanja Bericht erstattet?«

»Ich werde es jetzt wahrscheinlich bald tun. Aber Ihr versteht immer noch nicht ...«

Weicher Kerzenschein drang aus Hyacinths Tür. Oreb verkündete: »Katze kommt.« Er landete auf Xiphias' Schulter.

Silk fragte: »Wie kommt Ihr voran, Meister Xiphias?«

Der alte Mann schüttelte den Kopf. »Absolut nichts, mein Junge. Wollt Ihr ein Stück von einer Silberkette? Einen Ring, der eine halbe Karte wert ist?«

»Nein, danke.«

»Ich auch nicht. Aber das ist es, was wir gefunden haben. Meint Ihr, sie soll die Sachen behalten? Sie hat sie auf den Boden geworfen, unglaublich!«

Oreb vertraute Silk an: »Mädchen weint.«

»Ihr hättet sie nicht im Dunkeln allein lassen sollen«, murmelte Silk.

»Sie hat mich rausgeworfen, Junge, mitsamt der Kerze!«

Silk, der auf einmal Hossaans Hand im Rücken spürte, sagte: »Ihr habt natürlich recht, Willet. Ich muß zu ihr hinein. Ich weiß nicht, ob ich ihr helfen kann, aber ich werde es versuchen.«

Allein wanderte er durch den dunklen Flur und trat durch die noch dunklere Tür in die Suite, die Hyacinth gehören mußte. Hier hatte eine mit Gold und Elfenbein belegte Kommode gestanden, dort waren die mit teuren Kleidern und Mäntel vollgestopften Schränke, da war das Glas, das damals noch funktioniert hatte. Nur Dunkelheit war geblieben und der traurig-süße Duft von verschüttetem Parfüm. Eine Tür hatte in Hyacinths Balneum geführt, wie Silk sich erinnerte, und die zweite in ihr Schlafzimmer. Vergeblich versuchte er sich zu erinnern, welche die richtige war. Doch dann hörte er ihr Schluchzen, das ihm den Weg wies. Er tastete sich zur richtigen Tür und stellte fest, daß sie offen war.

Nur noch ein Geist seines alten Selbst, betrat der Mann, der einmal Patera Silk gewesen war, den Raum.

»Halt!« Eine Männerstimme ertönte, eine Schleuder wurde gespannt, ein Sicherungshebel klickte. Siyufs Nachrichtenoffizier hob die Hände und versuchte, den Wachtposten im Zwielicht, das durch die tief hängenden Wolken fiel, auszumachen. »Ich bin Colonel Abanja, ich stehe im Dienst der Rani.«

Flüstern. Offenbar waren dort noch zwei weitere Wachtposten. »Tretet vor und nennt das Paßwort.«

Abanja ging langsam weiter, die Hände über dem Kopf haltend. Wenn die nervösen Männer da zur Garde des Caldé gehörten, dann waren es disziplinierte Kämpfer; oder sie sollten es wenigstens sein. Falls sie zu Generalin Mints Freiwilligenarmee gehörten, dann war es möglich, daß sie ohne Warnung schossen.

»Halt im Namen der Rani!«

Wieder blieb Abanja stehen und identifizierte sich. Irgendwo hinter ihr zischte eine Stimme: »Sie sind ziemlich durcheinander, Lady. Ich würde nicht zwischen sie treten.«

»Danke«, murmelte sie. »Das ist bestimmt ein guter Rat.«

Eine groß gewachsene Kämpferin der Ersten Kavallerie trat aus dem Schatten. Abanja nahm erleichtert zur Kenntnis, daß die Mündung ihrer Muskete auf den Boden gerichtet war. »Ihr müßt auch mir das Paßwort nennen, Colonel.«

»Boraz.« Gleich würde sie sehen, ob diese Kämpferin tatsächlich mit der Gemeinen Sprache kaum vertraut war, was bedeutete, daß sie aus einer Adelsfamilie stammte, oder ob sie sich nur verstellt hatte.

»Ihr dürft passieren, Sir.«

Sie hatte sich verstellt.

»Halt!« Wieder die Männer des Caldé. Abanja sagte: »Ich bin doch schon kontrolliert worden.«

»Habt Ihr das Paßwort?«

Sie seufzte innerlich. »Ich wußte nicht einmal, daß ich hier eines brauche. Ich möchte mit der Kommandantin unserer Abteilung hier sprechen.«

»Ihr dürft den Juzgado ohne Paßwort nicht betreten.«

»Dann müßt Ihr es mir nennen.«

Wieder eine flüsternde Besprechung. »Das verstößt gegen die Vorschriften, Colonel.«

Ihre Augen hatten sich inzwischen an die Dunkelheit angepaßt. Sie konnte jetzt die beiden männlichen Wachen sehen, auf deren polierten Lederzeug der Uniformen das Himmelslicht blinkte. »Wenn es gegen die Regeln verstößt, mir das Paßwort zu nennen, dann könnt Ihr auch nicht von mir erwarten, daß ich es kenne.« Sie wandte sich an die Kavalleristin. »Holt die Kommandantin her. Ihr habt meine Erlaubnis, Euren Posten zu verlassen.«

Leise, um von den Männern nicht gehört zu werden, zischelte die Stimme hinter Abanja: »Es gibt ein schönes Lokal, Trotter's heißt es. Die Straße hinunter, dann nach Westen. Wir könnten da etwas trinken gehen. Sagt den Grünen, sie sollen sie hinschicken, wenn sie kommt.«

Abanja schüttelte den Kopf.

»Lady, Ihr braucht mich dringender als ich Euch.«

Ohne sich umzudrehen, murmelte Abanja: »Wirklich? Das wußte ich noch gar nicht.«

»Ich könnte Euch ohne weiteres dort hineinbringen. Verdammt, ich kann es immer noch machen. Sagt ihnen das Wort *Charta.* Das ist umsonst.«

»Wachtposten!« rief Abanja. »Ich erinnere mich gerade an das Paßwort. Euer Caldé hat es mir beim Abendessen genannt.«

Die beiden kamen mit angelegten Musketen näher. »Dann sagt es.«

Sie lächelte. »Wenn es nicht jemand geändert hat, ohne Euren Caldé zu unterrichten, dann lautet es Charta.«

»Ihr könnt passieren.«

»Danke, vielen Dank auch«, murmelte Abanja.

Das Zischen war kaum noch hörbar. »Also dann, im Hinterzimmer. Mein Name ist Urus.«

»Alles w-weg.« Hyacinth hatte zu schluchzen aufgehört und schniefte nur noch ab und zu. »All die schönen Sachen. Meine Cremes, meine Lotionen. Bettelwurz und Rost, alles, was ich hatte. Alles weg. N-nichts mehr da.« Sie begann wieder zu schluchzen. »O K-kypris! Erbarme dich meiner!«

Silk murmelte: »Ich dachte, das hat sie längst getan.«

»Bach sie aufhörn.« Es war der Katachrest. »Kußkuß geb.«

Er befolgte den Rat und küßte Hyacinths Ohr und ihre Halsbeuge, und als sie das Gesicht hob, auch ihre Lippen.

»Hibsch! Behr Kußkuß!« Der kleine Katachrest versuchte sich an einem schmatzenden Geräusch, das aber eher als Quietschen herauskam.

Als der dritte Kußkuß nach längerer Zeit vorbei war, sagte Hyacinth: »Wisch dir das Gesicht ab. Ich habe dich mit meinem Rotz verschmiert.«

»Tränen.« Silk zog sein Taschentuch hervor.

»B-beides. Ich habe so heftig geweint, daß meine Nase gelaufen ist. Aber wenn ich w-will, dann kann ich auch hübscher weinen.«

»Hiebsche Lady, gut jetzt, aufhörn.«

»Mir fällt manchmal etwas ein, und dann muß ich weinen. Weißt du, was ich hatte, als ich von zu Hause w-weggegangen bin?«

Er schüttelte den Kopf. Dann, als er erkannte, daß sie die Bewegung nicht sehen konnte, sagte er: »Was denn?«

»Zwei Kleider, die m-meine Mutter mir gemacht hatte, und einen Regenschirm. Sie hatte s-sonst nichts, was sie mir geben konnte, also hat sie mir das gegeben, was sie hatte. Einen großen grünen Regenschirm. Ich habe ihn jahrelang behalten, aber ich weiß nicht, was dann aus ihm geworden ist. Und jetzt habe ich nicht mehr als damals. Nur die Kleider, die ich trage, und ein Kleid, das Orchid mir reinigen lassen wollte. Tick hier und eine Karte. Aber ich bin Orchid immer noch sieben Karten schuldig. Das ist v-viel mehr als das, was ich besitze, wert ist. Was soll ich jetzt bloß machen?«

Silk stand auf. »Sage ihr, daß du ihr das Geld später geben wirst. Was du mir gesagt hast, kannst du auch ihr sagen.«

»W-weißt du ...« Ein ersticktes Schluchzen. »Du lernst schnell, wirklich. Aber ich bin noch nicht mit W-weinen fertig. Ich m-muß noch weiter weinen.«

»Buss aufhörn!«

»Heute abend werde ich wieder weinen. Bevor ich einschlafe. Vor dem Einschlafen weine ich meistens. Manchmal sogar, während ich schlafe. O Thelx, was ist das jetzt wieder!«

»Was ist denn?« fragte Silk.

»Geh, stell dich vor die Tür. Mach sie von innen zu. Frag nicht, mach es, schnell!«

Er tat es, und dann hörte er Stimmen im Dunkeln: »Tick? Tick, bist du noch da?« »Bin hier.« »Also gut, hör auf, an meinem Rock zu ziehen.« »Bach ich gar nich.« »Silk, habe ich dir eigentlich erzählt, warum ich ihn gekauft habe? Du kannst jetzt die Tür wieder öffnen. Ich wollte ihn Kypris opfern und sie bitten, dich mir zu geben.«

Wieder einmal war Silk sprachlos.

»Der Markt war schon geschlossen, aber ein paar Tierhändler übernachten da oft, und ich habe dem Wachmann eine Karte gegeben, damit er mich hereinließ. Dann habe ich Tick gekauft. Der Mann sagte, sprechende Tiere wären die besten.«

»Das hat man mir auch gesagt. Es war bestimmt der gleiche Händler.«

»Tick hat eine Leine, und die habe ich gerade gehalten, als ich meine Sachen gesucht habe. Manchmal habe ich die Leine auch mit den Zähnen festgehalten. Als ich zu weinen anfing, habe ich den Fuß daraufgestellt, aber er hat sich losgerissen. Er hat die Leine aufgeknotet oder durchgebissen oder so.«

»Binnich nich weglaufen.«

»Nein, du bist nicht weggelaufen, obwohl du wußtest, was ich mit dir machen wollte, denn du hast mich ja gebeten, es nicht zu tun.« An Silk gewandt, fühlte Hyacinth hinzu: »Und dann sind all die Leute zum Großen Manteion auf dem Hügel gegangen, also bin ich den Leuten gefolgt.«

»Ich verstehe.«

»Aber als er frei war, ist er nicht abgehauen. Warum nicht, Tick?«

»Weil nich machen versprochen.«

»Ach, das hast du verstanden.« Sie wandte sich wieder an Silk. »Ich wollte dir eigentlich sagen, daß ich ja weiß, wie gläubig du bist. Ich bin nicht so gläubig wie du, aber du könntest es mich ja lehren.«

Er konnte bei sich nicht ganz ausschließen, daß es vielleicht sogar besser wäre, wenn sie ihn einige Dinge lehren würde. »Ich bin bestimmt nicht der beste Lehrer, den du bekommen könntest, aber wenn du willst, will ich es gern versuchen.«

»Du sagtest, wir würden zum Prolokutor fahren, wenn wir hier fertig sind. Also, wenn es nach mir geht, müssen wir nicht mehr hin.«

Er lächelte. »Du willst Tick nicht mehr opfern, nicht wahr?«

»Nur wenn du es verlangst.«

Tick protestierte: »Nich machen!«

»Ich würde es für sinnlos halten«, erwiderte Silk. Etwas Großes, Weiches preßte sich an sein Bein. Er tastete im Dunklen danach, aber es war nicht mehr da. »Wenn du willst, daß ich dich unterweise, dann muß ich dir vor allem eines sagen. Die Götter – das habe ich selbst herausgefunden – lassen sich durch unsere Gaben kaum beeinflussen. Wenn sie uns geben, was wir erbitten …« Wieder drückte etwas Weiches fest gegen sein Bein. Er hatte Mühe, das Gleichgewicht zu halten.

»Was ist?«

»Das frage ich mich auch schon die ganze Zeit, aber ich glaube, ich weiß es jetzt. Oreb hat versucht, es mir draußen auf dem Flur zu sagen, und ich hätte es erraten können, als er vorhin aufgeflogen ist. Mucor nennt sie Luchse. Einer davon ist hier zu uns ins Zimmer gekommen.«

»Sind sie wie Fledermäuse?« Hyacinths Stimme klang beunruhigt.

»Es sind Katzen.«

»Hast du – eine hat mich gerade berührt. Sie ist so groß wie ein Hund.«

»Genau, das sind sie. Aber ich brauche sie nicht weiter zu beschreiben, du kannst sie auch selbst sehen.« Und etwas lauter sagte er: »Meister Xiphias, bringt uns bitte die Kerze herein.«

»Sind das die großen Katzen, die der Talus nachts in den Garten gelassen hat?« Hyacinth klang ängstlicher denn je.

»Mucor kontrolliert sie. Uns wird nichts passieren.« Er versuchte, seiner Stimme einen beruhigenden Klang zu geben. »Ich glaube, dieser hier möchte mit uns zum Palast des Caldé fahren, wo Mucor sich aufhält.«

Er hörte ein leises Maunzen, viel zu voll und tief, als daß es von Tick hätte kommen können.

Abanja sah sich im Trotter's um. Abgesehen von einem alten Mann, der an einem Tisch eingeschlafen war, und einem dicken Mann, der hinter der Theke irdene Krüge auswusch, war die Schenke völlig leer. »Wirt?«

»Ja, Schwester? Braucht Ihr was zu trinken?«

Sie schüttelte den Kopf. »Redet mich als Colonel an. Da ich aber etwas von Euch will, dürft Ihr mich jetzt Schwester nennen. Wenn Ihr etwas von mir wollt, nennt mich Colonel. Vielleicht bekommt Ihr, was Ihr wollt, wenn Ihr Euch zu benehmen wißt.«

Der Dicke schaute auf. »Na gut, dann werde ich Euch eben ab sofort Colonel nennen, Schwester.«

»Laßt gut sein. Ihr habt einen Gast namens Urus.«

»Ein paar sogar«, sagte der Dicke. »Ich kenne mindestens drei, nur daß einer in die Gruben gesteckt worden ist.«

»Urus sitzt in Eurem Hinterzimmer, und er wartet auf mich. Zeigt mir bitte, wo er ist.«

»In meinem Hinterzimmer sitzt niemand, Schwester.«

»Dann werde ich dort auf ihn warten. Die gelbe Flasche da.« Sie deutete auf das Regal hinter der Theke. »Ist das nicht ein Sauternes?«

Der Dicke zuckte die Achseln. »Ja, so heißt das Zeug.«

»Dann bringt ihn mir und zwei saubere Gläser dazu.«

»Ich hätte auch noch einen besseren, aber der kostet Euch siebenundzwanzig Bits. Da oben das Zeug kostet sechzehn.«

»Dann bringt mir den besseren. Laßt Ihr die Stammgäste hier anschreiben? Richtet mir ein Konto ein. Mein Name ist Abanja.«

»Ihr meint, Ihr wollt später zahlen? Schwester, das geht nicht – he, legt das Ding da weg!«

»Ihr Männer.« Abanja trat lächelnd hinter die Theke. »Wie wollt Ihr Euch in der Schlacht bewähren, wenn Euch schon ein kleiner Nadler in Angst und Schrecken versetzt? Gebt mir den guten Sauternes und die Gläser. Wollt Ihr etwa nach der Garde des Caldé schicken? Sie würden einen Offizier der Rani nicht verhaften, aber ich glaube, meinem Freund Urus würde es trotzdem nicht gefallen.«

»Ich habe nicht im Traum daran gedacht, Schwester.«

»Dann brauche ich Euch ja auch nicht verhaften zu lassen, wenn sie kommen. Und ich brauche Euch auch nicht zu erschießen, auch wenn mir, wie ich zugeben muß, einen Augenblick lang danach zumute war.« Abanja lächelte breiter und registrierte amüsiert das Klingeln der Gläser, die der Dicke in die Hand genommen hatte. »Nun führt mich. Wenn Ihr Euch ordentlich benehmt, habt Ihr keinen Grund, Euch zu fürchten.«

Mit ihrem Nadler im Rücken schob er den grünen Vorhang zur Seite, der den Zugang zu einem schmalen, dunklen Flur verdeckt hatte. Sie sagte: »Wißt Ihr, ich glaube, ich kann gut verstehen, was in diesem Trotter's hier vor sich geht. Seid Ihr Trotter?«

Er nickte.

»Eure Gerichtshöfe kommen im Juzgado zusammen, und hier trinken die Angeklagten sich Mut an, bevor sie hineingehen. Oder sie trinken hier, nachdem sie freigesprochen worden sind. Heute ist es leer, weil es heute keine Gerichtssitzungen gibt.«

»Das Hinterzimmer ist ganz bestimmt leer.« Trotter war vor einer Tür stehen geblieben. »Ihr könnt ja meinetwegen warten, wenn Ihr unbedingt wollt, aber ich schließe um ...«

Sie schüttelte den Kopf.

»Wenn Ihr geht. Also gut, ich schließe erst, wenn Ihr geht. Und wenn jemand namens Urus herkommt, dann sage ich ihm, daß Ihr hier seid.« Trotter öffnete die Tür und starrte den schmierigen, bärtigen Mann an, der drinnen am Tisch saß.

Mit übertriebener Höflichkeit stand Urus auf und zog Abanja einen Stuhl zurück. Als sie saß, murmelte Trotter: »Ich habe ganz vergessen, daß der Caldé sie freigelassen hat. Die meisten konnten kaum noch laufen.«

»Ich bin aus eigener Kraft abgehauen«, sagte Urus. »Besorgt mir was zu essen. Setzt es auf ihre Rechnung.«

Immer noch lächelnd, nickte Abanja.

Als Trotter die Tür hinter sich zugezogen hatte, sagte Urus: »Danke für die Flasche und für die Einladung zum Essen. Ihr seid eine prima Puppe, Lady.« Er senkte die Stimme zu einem vertraulichen Flüstern. »Was ich sagen wollte, ist, daß auch Urus in Ordnung ist. Seid nett zu ihm, und er ist nett zu Euch. Wollt Ihr nicht Eure Kanone wegstecken?«

»Nein. Trotter wußte übrigens nicht, daß Ihr hier seid.«

»Er hätte gewollt, daß ich mir was zu trinken bestelle, aber dazu hatte ich kein Geld. Seht Ihr, ich bin ehrlich mit Euch. Ja, ich war in den Gruben. Ich bin gerade erst rausgekommen. Ja, ich bin pleite. Aber Ihr braucht mich, Lady, also werdet Ihr mir zehn Karten geben …«

Sie lachte.

»… weil ich Euch eine Menge erzählen werde. Dann werde ich noch eine Menge mehr herausfinden, und dann werden wir uns wieder treffen. Alles klar?«

»Öffnet die Flasche und schenkt Euch ein«, forderte sie ihn auf. »Ihr tut mir leid, deshalb spendiere ich Euch etwas zu trinken und etwas zu essen, falls der Wirt etwas hat.«

»Wißt Ihr, wer Spider ist?«

»Sollte ich ihn kennen?«

»Verdammt, ja doch. Ihr habt doch Spione hier. Spider kennt sie alle. Er kennt auch mich, aber er weiß nicht, daß ich für Euch arbeite.«

»Ihr arbeitet nicht für mich. Noch nicht. Wem berichtet Spider, falls er überhaupt existiert?«

»Councillor Potto. Er ist Pottos rechte Hand. Habt Ihr von Guan gehört? Oder Hyrax? Sewellel? Paca?«

Abanja machte ein nachdenkliches Gesicht. »Einige dieser Namen könnten mir bekannt vorkommen.«

»Sie sind tot, alle tot, und ich weiß, was mit ihnen passiert ist. Spider war ihr Jefe, aber er ist nicht tot. Ich weiß, wo er ist und was er macht. Ich könnte Euch hinbringen. Wahrscheinlich wollt Ihr das nicht, aber ich könnte es machen. Wußtet Ihr, daß sie Generalin Mint entführt hatten?«

»Sie ist jetzt wieder frei.« Abanja steckte den Nadler ins Halfter. »Das habe ich jedenfalls gehört.«

»Aber Ihr glaubt es nicht.«

»Ich glaube nur, was ich sehe.«

Urus grinste. »Gut so, Lady. Also gut, es ist die Wahrheit, sie ist wieder frei. Ich könnte euch zeigen, wo sie ist, und Spider würde ich als Zugabe noch drauflegen, weil sie zusammen sind. Seht Ihr, ich bin wie Ihr. Aber jetzt will ich Geld sehen.«

Abanja zog eine Karte aus ihrem Etui und schob sie über den fleckigen, gesplitterten alten Tisch Urus zu.

Nach einem verstohlenen Blick in den Nebenraum tippte Chenille mit dem Zeigefinger auf das Glas. Ein schwebendes graues Gesicht erschien. »Ja, Madame.«

»Sprich bitte leise, ja?« Chenille flüsterte auch selbst. »Im großen Bett schläft jemand.«

»Generalissima Siyuf, Madame. Sie ist noch in meinem Gesichtsfeld.«

»Genau, und du willst sie doch nicht aufwecken, oder? Also sprich leise.«

»Das werde ich tun, Madame. Ich möchte jedoch vorschlagen, daß Ihr die Tür schließt. Das würde Euch zusätzliche Sicherheit bieten, Madame.«

Chenille schüttelte den Kopf, daß die himbeerroten Locken tanzten. »Ich muß es sehen können, wenn sie aufwacht. Jetzt hör zu. Du kennst doch den Palast des Caldé?«

»Sicherlich, Madame.«

»Ich habe dort drei- oder viermal das Glas benutzt. Er hat es mir erlaubt, der Caldé. Er ist mein Freund. Ich will jetzt wissen, ob du der gleiche bist? Bist du der Monitor, mit dem ich dort gesprochen habe?«

»Nein, Madame. Jedes Glas hat einen eigenen Monitor, auch wenn ich andere benutzen und deren Monitore konsultieren kann, wenn es nötig ist.«

»Das ist gut, weil er Auk nicht für mich finden konnte, und ich habe dein Glas hier gesehen, als ich mit Generalissima Siyuf hereingekommen bin, und seitdem wollte ich es versuchen, aber nicht, während sie es hören kann, damit sie nicht erfährt, daß ich Auk suche. Ich weiß, daß es viele Auks gibt. Du brauchst mir das jetzt nicht zu sagen. Der, den ich suche, wohnt in der Orilla. Man nennt ihn jetzt Auk den Propheten. Er ist ziemlich groß und sieht ganz gut aus, seine Nase ist gebrochen ...«

»Ja, Madame, ich habe ihn ausfindig gemacht. Es war kein Problem, denn das Wort *Prophet* hat mir den entscheidenden Hinweis gegeben. Möchtet Ihr mit ihm sprechen?«

»Ich ... nein, warte. Wenn ich mit ihm spreche, kann er mich sehen, nicht wahr?«

Wie eine leere Flasche auf einer Welle tanzte das graue Gesicht im Nichts auf und ab. »Ihr könntet Eure Unterhaltung vielleicht verschieben, bis Ihr angekleidet seid, Madame. Wenn Ihr das vorzieht.«

»Genau. Sage mir einfach nur, wo er ist.«

»Im Großen Manteion, Madame. Zwei Straßen nach Norden und eine nach Westen, wenn ich richtig informiert bin.«

»Ja, ich weiß. Hör zu, ist er jetzt da? Ist Auk jetzt gerade im Großen Manteion?«

»Das ist korrekt, Madame.«

»Geht es ihm gut? Er ist doch nicht tot oder so?«

»Er wirkt etwas ermüdet, Madame. Ansonsten ist er meiner Einschätzung nach bei bester Gesundheit. Ihr möchtet also jetzt nicht mit ihm sprechen?«

»Ich glaube, es wäre besser, er würde über mich und die Generalissima nichts erfahren. Ich will ihn nicht mit der Nase darauf stoßen, und selbst wenn ich die Tür schließe, wird er wissen wollen, was ich hier mache.«

Das graue Gesicht nickte weise. »Das ist sehr klug, Madame.«

»Ja, ich glaube auch. Warte, ich muß nachdenken.«

»Aber gern, Madame.« Fast eine Minute lang war im Lyrichord Room außer Siyufs schwerem Atem kein Geräusch zu hören.

Dann erklärte Chenille: »Ich habe eine schwierige Aufgabe für dich, Monitor.«

»Wir lieben es, uns bei schwierigen Aufgaben zu bewähren, Madame.«

»Gut. Hier ist die Aufgabe. Du sollst einer Dame namens Orchid eine Botschaft übermitteln. Versuche, sie selbst oder jemand anders zu erreichen, der ihr die Nachricht übermitteln kann. Wie spät ist es?«

»Zwei Uhr einundzwanzig, Madame. Es ist Phaesday, früh am Morgen, Madame. Die Aufblendung wird in weniger als vier Stunden beginnen.«

»Das hatte ich befürchtet. Wenn du es nicht kannst, dann sage es mir einfach. Ich werde dir keinen Vorwurf machen.«

»Ich werde mich gewiß sehr bemühen, Madame, aber Orchid ist ebenfalls ein häufiger Vorname. Zusätzliche Informationen könnten mir von Nutzen sein.«

»Sicher. Diese Orchid hat ein gelbes Haus. Es ist in der Lamp Street. Hinter dem Haus verläuft die Music Street, gegenüber ist eine Pastetenbäckerei. Gegenüber auf der Lamp Street, meine ich. Sie ist eine dicke Frau von ungefähr vierzig oder fünfundvierzig Jahren.«

»Das reicht, Madame. Ich habe sie identifiziert. In ihren Privatgemächern befindet sich ein Glas, und sie bereitet sich im Raum nebenan gerade darauf vor, zu Bett zu gehen. Soll ich sie zum Glas rufen?«

»Ich weiß, daß es da ein Glas gibt, aber es funktioniert nicht.«

»Ganz im Gegenteil, Madame, es ist völlig intakt,

auch wenn es … achtzehn Jahre außer Betrieb war. Möchtet Ihr jetzt mit Orchid sprechen?«

Chenille nickte, und eine halbe Minute später stand Orchid vor ihrem Glas. Sie trug ein schwarzes Spitzenhöschen und einen Morgenmantel, den sie sich hastig übergeworfen hatte. »Chen! Wie hast du das Ding nur in Gang bekommen?«

»Egal, Orchid, es funktioniert eben. Orchid, du mußt mir einen Gefallen tun, aber es ist auch etwas für dich drin. Vielleicht eine Karte, vielleicht sogar mehr.«

Orchid, die neugierig die kostbare Einrichtung des Lyrichon Room beäugt hatte, nickte. »Ich bin ganz Ohr.«

»Also gut. Siehst du die Frau da nebenan? Das ist die Generalissima aus Trivigaunte, ihr Name ist Siyuf.«

»Du hattest immer Glück, Chen.«

»Vielleicht. Das Problem ist jetzt, daß ich hier abhauen muß. Ist Violet frei?«

Orchid zuckte die Achseln. Die dicken Schultern hoben sich und sackten herunter wie Teigklöße. »Klar. Du weißt doch, wie die Geschäfte gehen. Wo bist du?«

»In Ermine's Hotel. Zimmer Sieben-Neun, das ist ein Doppelzimmer. Also sieben und neun. Direkt über der großen Treppe. Siyuf mag große Mädchen, und sie hätte mir ohne weiteres fünf gegeben. Fünf Karten, das ist keine Summe für sie. Violet müßte sogar noch mehr herausholen können, wenn sie ihr ein bißchen schmeichelt. Sag ihr, sie soll raufkommen und sich ins Bett legen und Siyuf sagen, daß sie meine Freundin ist. Ich hätte ihr gesagt, wie nett es gewesen wäre, und da hätte sie gedacht, sie wollte auch mal und wäre vorbeigekommen. Ich lasse die Tür unverschlossen, wenn ich gehe.« Chenilles Stimme wurde hart. »Aber ich kriege die Hälfte. Glaube nicht, du könntest mich abzocken.«

»Alles klar, Chen.«

»So wie ich jetzt beim Caldé angesehen bin«, sie hob das Stirnband auf, das direkt vor ihren Füßen auf dem Teppich lag, »wird es sicher öfter mal möglich sein, dir was zukommen zu lassen. Aber versuche ja nicht, mich hereinzulegen, Orchid. Ein Wort von mir, und dein Laden wird zugemacht.«

Halblaut sagte Hyacinth: »Willst du dir das wirklich antun?«

Es schien ihm zu dumm, um zu antworten, aber dennoch nickte Silk. »Euer Kogniszenz, Ihr und Seine Eminenz und Patera Jerboa und Patera Shell, das sind sicher mehr als genug.«

Aus Echidnas dunkler Kapelle hinter dem Wandelgang rief Maytera Marble herüber: »Nur noch einen Augenblick, Patera. Patera Incus arbeitet so schnell er kann, und … und …«

Wie ein Donnergrollen fügte Hammerstone mit tieferer Stimme hinzu: »Sie will dabei sein, und es gibt noch einen anderen Grund. Einen Moment noch, Caldé, Patera ist gleich fertig.«

Hyacinth flüsterte: »Das wäre aber wirklich nicht nötig gewesen. Wir können auch so einfach irgendwo hingehen und es die ganze Nacht machen. Es ist mir wirklich nicht so wichtig, ehrlich.« Tick fügte hinzu: »Bach jetzt.«

»Ich habe Euch von Eurem Keuschheitsgelübde entbunden«, sagte Quetzal. Es war unmöglich zu erkennen, ob er Hyacinth gehört hatte. »Ihr seid immer noch ein Augur. Ist das klar?«

»Vollkommen, Euer Kogniszenz.«

Remora lächelte, wie er meinte, beruhigend. »Kann er nicht, was? Nicht einmal Quetzal. Unaufhebbar, was?«

Der Prolokutor nickte bestätigend. »Ich könnte Euch von Euren Pflichten als Augur entbinden, aber Ihr wärt trotzdem noch ein Augur, Patera Caldé.«

»Ich verstehe, Euer Kogniszenz.«

»Ich werde das aber nicht tun. Ihr seid von den Beschränkungen des Amtes entbunden. Ihr müßt keine Andachten und Opfer mehr abhalten, aber wenn Ihr wollt, könnt Ihr es tun. Ihr dürft und sollt die Robe tragen. Unsere Bürger haben einen Auguren gewählt, weil sie glauben, die Götter hätten ihn für sie bestimmt. Wir müssen es dabei belassen. Wir dürfen ihren Glauben nicht enttäuschen. Wenn nötig, müssen wir ihn sogar bestärken.«

Er warf einen raschen Blick zu Maytera Mint, die sofort die Gelegenheit ergriff. »Euer Kogniszenz fragen sich, wie es um meinen Glauben bestellt ist, nachdem Pas nicht erschienen ist. Ich weiß es nicht. Vielleicht werden Wochen vergehen, bis ich wieder glauben kann. Vielleicht sogar Jahre. Ich wünschte, Bison wäre hier.«

Spider nickte. »Ich auch.«

Oreb, Sprecher für seinen Herrn, krächzte: »Mach jetzt.«

In der Hoffnung, daß sein Vogel richtig verstanden worden war, sagte Silk: »Ihr habt mir gesagt, was sich ereignet hat, Generalin, aber ich fürchte, ich habe nicht so gut zugehört, wie ich hätte zuhören sollen. Ich konnte nicht weiter denken als bis zu meinem Wunsch, den Dispens Seiner Kogniszenz zu bekommen und von Hyacinth genommen zu werden. Hat Pas tatsächlich gesagt, er würde Euch eine zweite Theophanie gewähren, wenn Ihr hier seid?«

»Ich …« Maytera Mint seufzte und barg das Gesicht in den Händen. »Um Euch die Wahrheit zu sagen, ich bin nicht ganz sicher. Ich habe es aber so verstanden.«

Slate sagte: »Nein, das hat er nicht gesagt, Sir. Er sagte nur, bringt den Sarge zum Großen Manteion, weil Auk mein Prophet dort ist, dem ich dann sagen will, wie ihr den Sarge wieder in Ordnung bringt.

Aber er hat nicht gesagt, daß er gleich wieder erscheinen würde.«

Remora nickte.

Auk erklärte: »Er hat mir gesagt, er würde mich lehren, und das wird er machen. Aber er hat noch nicht angefangen.« Auk räusperte sich. »Das kam mir genauso komisch vor wie Maytera. Noch schlimmer, weil ich ja zusehen mußte, wie es ihr dabei ging. Pas hat uns Patera Jerboa hier holen lassen – er hat mich und Hammerstone und Patera Incus geschickt, meine ich. Also haben wir das gemacht, aber bisher ist überhaupt noch nichts passiert. Ich habe meine Leute herkommen lassen, aber sie sind inzwischen wieder weg, und ich glaube, Ihr könnt Euch vorstellen, was sie jetzt von mir denken.«

Oreb konnte es nachfühlen. »Armer Mann.«

»Nur, daß das keine Rolle spielt.« Auk sah trotzig von einem Gast der improvisierten Hochzeitsfeier zur nächsten. »Sie halten immer noch mehr von mir, als ich selbst von mir halte. Aber was sie von Pas denken, das macht mir Bauchschmerzen, und das finde ich noch schlimmer als das, was sie jetzt womöglich über Maytera denken. Aber ich bleibe hier. Und wenn alle anderen gehen, dann ist mir das egal, ich bleibe hier. Ich bleibe hier, weil Pas es gesagt hat. Ganz einfach.«

Weit hinten im großen Kirchenschiff, weit entfernt vom sterbenden Licht des Altarfeuers, brummte eine tiefe Stimme: »Das ist meine Schuld, Caldé.« Ein Mann, sogar noch größer als Auk, erhob sich, und als er stand, sprang eine verwachsene Gestalt vor ihm auf das Gestühl.

Patera Jerboa, der rechts hinter Quetzal und Remora stand, sagte mit bebender Stimme: »Mein Sohn ...«

»Ihr könnt Euch sicher nicht an mich erinnern, Caldé. Ich habe Euch in meiner Kneipe mal einen ausgegeben, weil Ihr für Kalan die Worte des Pas gesagt habt. Ich bin Gib vom Cock.«

Silk nickte lächelnd. »Natürlich erinnere ich mich an Euch, Gib. Allerdings muß ich zugeben, daß ich nicht erwartet hätte, Euch hier zu treffen, obwohl ich angenommen habe, daß sonst praktisch jeder kommen würde. Habt Ihr gebetet?«

»Ich habe es versucht.« Gib kam durch einen Seitengang nach vorn, und sein zahmer Pavian hüpfte über die Bänke.

Auk sagte: »Erzähl doch nichts, Gib. Du hast überhaupt nicht gebetet.«

Silk nickte wieder. »Wenn Ihr mit ›Schuld‹ meint, daß Ihr für die Verzögerung verantwortlich wärt, dann muß ich sagen, daß es gewiß nicht Eure Schuld ist, Gib. Wenn hier überhaupt jemand schuldig ist, dann bin ich es. Ich hätte mich viel intensiver darum kümmern müssen, daß Mayteras Hand repariert wird.«

Tick sagte: »Du nich. Keinschuld.« Und Hyacinth: »Du machst dir immer Vorwürfe. Glaubst du denn, du bist der einzige im ganzen Whorl, der Fehler macht?«

»Ich bin Auk gefolgt, als er zu Eurem Haus in der Sun Street ging«, erklärte Gib. »Er und ich, wir sind ja alte Kumpel. Ich habe Bongo hier gekauft, als ich mir die Flosse gebrochen habe, Caldé. Seht Ihr? Ich kann nicht richtig zupacken, aber Bongo macht das, wenn ich es ihm sage. Ich wollte ihn wieder verkaufen, sobald ich wieder gesund wäre.«

»Ich glaube, so langsam verstehe ich«, sagte Silk.

»Dann hat Auk gesagt, wir sollten Tiere holen, also habe ich ihn geholt. Bongo hier, meine ich. Dann bin ich hergekommen, weil ich dachte, vielleicht …«

Jerboa gebot ihm mit zitternder Hand zu schweigen. »Ich war es, Caldé. Ich …« Seine dünne alte Stimme brach. »Ich habe eine Abneigung dagegen, sie zu opfern. Ich bin nur ein alter Narr.«

»Nein, das seid Ihr nicht, Patera«, sagte eine Sibylle, die mindestens so alt war wie er. »Caldé, Affen erinnern ihn an Kinder. Ich sehe das anders, aber ich weiß, wie er sich fühlt. Wir haben darüber gesprochen.«

Patera Shell trat vor. »Jemand hat einmal für Thelxiepeia einen kleinen schwarzen Affen mit weißem Kopf gebracht, Caldé. Patera hat mich gebeten, das Opfer darzubringen.«

Silk räusperte sich. »In Eurer Jugend hat man noch Kinder – ich verstehe, Patera Jerboa. Oder wenigstens glaube ich es. Wir wollen sagen, ich verstehe soviel, wie ich verstehen muß. Ihr habt Gib eines besseren belehrt.«

»Während wir liefen …« Jerboa hustete. »Es ist ein langer, langer Weg. Er hat mir unterwegs geholfen. Er ist ein freundlicher Mann, Caldé. Ein braver Mann, auch wenn er nicht danach aussieht. Ich habe ihn gebeten, um meinetwillen darauf zu verzichten. Er sagte, er würde meiner Bitte entsprechen, und dann ging er einen Widder kaufen. Den habe ich heute abend für ihn geopfert.«

Gib sagte: »Aber jetzt glaube ich, das ist der Grund dafür, daß Pas nicht gekommen ist. Aber bei Hochzeiten werden doch auch Tiere getötet. Sollen wir jetzt …«

»Auk!« Silk hörte Chenille, bevor er sie sah. »Auk, ist das hier etwa eine Hochzeit?« Sie raffte die Röcke hoch und rannte durch den Gang nach vorn. »Hallo, Patera, hallo, hallo! Meinen Glückwunsch. Also werdet Ihr die beiden trauen, Euer Kogniszenz?«

Quetzal antwortete nicht, sondern sah lächelnd zu, wie Hammerstone und Maytera Marble aus Echidnas Kapelle herüberkamen. Maytera Marble kniete vor ihm nieder. »Ich habe Euren Vorgänger gebeten, Euer Kogniszenz …«

Quetzals haarloser Kopf wackelte auf dem langen,

faltigen Hals vor und zurück. »Mein Vorgänger ist nicht mehr der Hüter des Hirtenstabes, Maytera.«

»Ich habe ihn so sehr gebeten, ich habe ihn angefleht, aber er wollte es nicht erlauben. Ich denke, das sollte ich Euch wenigstens sagen.«

Maytera Mint sah sie erstaunt an.

»Euer Eminenz, Ihr sagtet doch gerade, wenn ich recht gehört habe, nicht einmal Seine Kogniszenz könnte einen Auguren von seinem Amt entbinden. Ich weiß, daß es wahr ist. Aber ... aber ...«

»Die Gelübde, was?« sagte Remora zu Silk. »Die Gelübde sind nicht unaufhebbar, was? Nicht ... äh ... sie sind nicht ganz so bindend.«

Quetzal erkundigte sich: »Soll ich Euch von Euren Gelübden entbinden, Maytera? Ein Ja oder Nein ist mir genug.«

»Ja, aber ich sollte wirklich ...«

»Erklären? Ihr habt recht. Um Eures eigenen Seelenfriedens willen sollt Ihr erklären dürfen. Ihr seid klug, Maytera, das habe ich gleich erkannt. Aber sagt Euch Eure Klugheit nicht auch, daß nicht ich derjenige bin, dem Ihr eine Erklärung schuldig seid? Steht bitte auf. Sagt es Eurer Sibylle Maytera Mint. Und auch Maytera Wood hier und ihren Sibyllen. Macht es bitte kurz.«

Als Maytera Marble wieder stand, sagte Hammerstone: »Wir haben uns schon vor langer Zeit kennengelernt. Erinnert Ihr Euch, Caldé? Ich sagte es Euch, bevor Ihr mir entwischt seid. Damals hieß sie Moly.«

Maytera Marble wandte sich an Maytera Mint und die anderen Sibyllen. Ihre Stimme war so leise, daß Silk sie kaum verstehen konnte. »Ich war damals das Zimmermädchen der Sibyllen, als die ersten Biologischen in die Stadt eingezogen sind. Ich habe das Zönobium für sie vorbereitet, und in jenen Tagen habe ich – da habe ich ausgesehen wie Dahlia, hätte ich fast gesagt, Sib, aber die kanntet Ihr ja gar nicht. Wie

Teasel meinetwegen. Ein bißchen wie sie.« Sie lachte unsicher. »Könnt Ihr Euch vorstellen, daß ich mal wie Teasel ausgesehen habe? Aber es ist wahr.«

Maytera Mint konnte nur starren und nicken.

»Damals waren es sechs. Sechs Sibyllen in der Sun Street. Ich hatte kein eigenes Zimmer, müßt Ihr wissen. Ich habe auch keines gebraucht. Aber es waren nie mehr als sechs, und im Laufe der Zeit wurden es immer weniger. Zuerst fünf, dann vier, dann drei. Und dann waren es nur noch zwei, genau wie bei uns, liebe Sib, nachdem ich gestorben war.«

Die jüngste Sibylle aus der Brick Street wollte Einwände erheben, sah sich zu den anderen um und zog es dann doch vor zu schweigen.

Maytera Marble zeigte den anderen eine gelbe Gebetskette. »Nur noch Maytera Betel und ich. Die hier hat ihr gehört. Die Kugeln sind aus Elfenbein.« Sie hob den Kopf und legte ihn schräg, ein Lächeln und zugleich eine Bitte. »Die Kette selbst ist aus Silber. Sie war eine brave Frau.«

»Mädchen weint«, informierte Oreb Silk, auch wenn keine Tränen über Maytera Marbles glattes Metallgesicht rannen.

»Wir konnten nicht mehr alles schaffen. Wir waren ja nur noch zu zweit und dazu der junge Patera Pike. Und es waren so viele Kinder, und da hat Maytera mich … sie hat mich …«

Hammerstone beendete den Satz. »Sie hat Moly zur Sibylle berufen.«

»Sie hat mich dazugenommen, ja. Ich kannte mich mit dem Rechnen aus. Das muß man ja auch, wenn man den Haushalt führt. Wieviel Geld man für die Einkäufe braucht, wieviel man ausgeben kann, solche Dinge. Ich hatte … ich habe eine Art Tagebuch geführt. So würdet Ihr es wohl nennen. Um meine Handschrift zu üben, und nach einer Weile war sie wirklich gut. So konnte ich die jüngsten ihre Rechenaufgaben und das Schreiben lehren, und das habe ich dann auch gemacht. Manchmal haben sich die Eltern beschwert, aber – aber dafür gab es eigentlich keinen Grund. Ich legte die Hand auf die Schriften und legte die Gelübde ab, und Maytera und Maytera Rose waren Zeuginnen und küßten mich, und dann – dann habe ich neue Kleider bekommen.«

Sie sah zu Hammerstone, bat ihn mit ihrem Blick um Verständnis. »Und einen neuen Namen habe ich bekommen. Ich konnte ja als Sibylle nicht mehr Moly sein, nicht einmal Maytera Molybdenum. Wir nehmen alle neue Namen an, und du warst ja weg. Ich hatte dich ja seit Jahren nicht mehr gesehen.«

»Er hat *geschlafen*«, warf Incus ein. »Er hat den *Befehl* dazu bekommen.«

»Ja, ich habe geschlafen«, bestätigte Hammerstone. »Befehl ist Befehl. So war es schon immer. Aber jetzt sagt Patera, das ginge jetzt in Ordnung. Aber wenn er abgelehnt hätte, dann …« Slate klatschte ihm die flache Hand auf den Rückenpanzer, daß es laut durch das Große Manteion hallte.

Xiphias stieß Silk mit dem Ellbogen an. »Eine Doppelhochzeit, Junge.«

»Euer Kogniszenz müssen dies alles höchst eigenartig finden«, sagte Maytera Marble schüchtern.

»Nein, nein, vielmehr völlig natürlich«, versicherte Quetzal ihr.

»Wir – wir sind in dieser Hinsicht nicht wie Biologische. Bei Euch kommt es ja sehr darauf an, wie alt jemand ist. Ich weiß es, ich habe es oft genug gesehen.«

»Sie und ich, wir sind ungefähr im gleichen Alter«, vertraute Hammerstone der Runde an. »Nur, daß ich so lange geschlafen habe.«

»Bei uns kommt es – bei uns kommt es darauf an, ob wir können.« Maytera Marble hob die rechte Hand, um Quetzal die Schweißnaht zu zeigen. Sie bewegte die Finger. »Jetzt ist meine Hand wieder in Ordnung, und ich habe eine Menge Ersatzteile, und deshalb kann ich. Also werden wir es machen. Oder wir möchten es gerne, falls – falls Euer Kogniszenz ...«

»Ich gebe Euch frei«, sagte Quetzal zu ihr. »Ihr seid jetzt wieder im Laienstand, Molybdenum.«

»Und wie jede Geschichte«, sagte Xiphias verschmitzt, indem er sich langsam zu Hyacinth vorarbeitete, »muß auch diese ein Ende haben! Jetzt werden alle verheiratet. Wo ist nun der zweite Ring?«

12

Ich bin Auk

Es war, dachte Silk, keine Zeit, um wach zu sein.

Aber andererseits war es auch nicht die Zeit, um weiterzuschlafen. Vorsichtig, um Hyacinth nicht zu wecken, drehte er sich auf den Rücken und verschränkte die Hände hinter dem Kopf. Wie oft hatte er, genau wie jetzt, in der Nacht halb träumend und halb wach gelegen und den Traum wieder weggeschoben und sich gesagt, daß niemals wahr werden konnte, was er sich erträumt hatte. Und jetzt?

Nein, es war nicht die Zeit, um zu schlafen. So leise wie möglich glitt er aus ihrem Bett, um zu baden und sich zu erleichtern. Hyacinth hatte vor dem Einschlafen und auch später in der Nacht noch geweint. Auch er hatte geweint – vor Freude und Schmerzen und vor Freude über seine Schmerzen. Als ihre Tränen getrocknet waren und ihre Köpfe dicht nebeneinander auf dem Kopfkissen lagen, hatte sie gesagt, noch nie hätte ein Mann mit ihr geweint.

Zwei Stockwerke unter ihnen knieten ihre Spiegelbilder im Fischteich zu Thelxiepeias Füßen, unauslöschlich und doch unsichtbar. Dort würde sie länger für ihn weinen, als Menschen leben konnten. Er stieg langsam in das ansteigende warme Wasser. Auch das war romantisch.

Ermine's Hotel stellte ihnen, wie Silk bemerkte, als er wieder aus der Badewanne herausstieg, alles zur

Verfügung, was sie brauchten. Nicht nur Seife, Wasser, Handtücher, eine Reihe von Parfüms und duftendes Puder, sondern auch dicke, weiche Gewänder. Eines war hell, beige oder hellgelb, das andere länger und dunkler. Vielleicht war es blau, aber er wollte nicht in die Hände klatschen und die trüben Funken, die einander an der Decke umkreisten, zu hellerem Leuchten bewegen.

Nachdem er sich abgetrocknet hatte, zog er den längeren der beiden Hausmäntel an und band den Gürtel zu. Er kehrte ins Schlafzimmer zurück und deckte Hyacinths nackten, vollkommenen Körper unendlich zärtlich zu.

Auf einmal schien er draußen in der Luft zu schweben. Er sah sich selbst zu, wie er die Geliebte zudeckte, ein dunkler Schatten mit zotteligem Haar, der die Decke über die langen, weich gerundeten Beine und die breiten Hüften seiner Frau zog.

– Horn und Nettle zusammengekuschelt in einem kleinen, kalten Zimmer im Palast des Caldé.

– Patera Pike, der einem gescheckten Kaninchen, das er selbst gekauft hatte, die Kehle durchschnitt.

– ein zerlumptes Kind, das weinend auf einer Strohmatratze lag.

– ein blinder Gott, der sich durch eine Metamorphose aus einem blinden Mann entwickelte, der dennoch ein blinder Mann blieb und niedergeschlagen wurde.

– ein Mann, kaum größer als das Kind, lag nackend auf dem Boden. Halb verhungert war er, die Rippen zeichneten sich deutlich ab, das Gesicht war von Prellungen entstellt, die Arme an einen Zeltpfahl gekettet.

– ein Irrer zwischen den Gräbern, der heulte, daß die Sonne sterben würde.

– Violet, die im Zimmer unter dem ihren von Siyuf umarmt wurde.

– Auk, der vor dem noch rauchenden Altar im Großen Manteion, den zu reinigen man versäumt hatte, auf dem Rücken lag und schlief.

»Auk? Auk?«

Er setzte sich auf und rieb sich die Augen. Chenille lag neben ihm, den Kopf auf seine muskulösen Arme gebettet, den Rock bis zu den Knien hochgezogen. Sergeant Sand lag vor dem Heiligen Fenster im Schlaf des Todes, neben ihm lagen die Pateras Jerboa, Incus und Shell. Incus hatte sich auf den Rücken gedreht und schnarchte.

Auf der anderen Seite des hohen, aus Marmor gebauten Ambions schliefen Spider und Eland, bewacht von drei Soldaten. Slate nickte freundlich und berührte seine Stirn. In der dritten Reihe des Gestühls kniete Maytera Mint, im Gebet versunken.

»Hat mich jemand gerufen?« erkundigte Auk sich leise bei Slate.

Slate wackelte mit dem großen stählernen Kopf hin und her. »Das hätte ich gehört. Es muß ein Traum gewesen sein.«

»Wahrscheinlich habt Ihr recht.« Auk legte sich wieder hin. Er war müde wie noch nie im Leben, und es war gut, daß niemand ihn gerufen hatte.

Sciathan schwebte bei Sonnenaufgang über einer Ebene, auf der nichts Grünes wuchs. Weit voraus flog Aer ein wenig höher und etwas schneller. Er rief laut nach ihr, denn irgendwie wußte er, daß ihr Helmcom ausgeschaltet oder unbrauchbar war. Sie blickte zurück, und er sah ihr Lächeln, ihre rosigen Wangen, eine Strähne hellblonden Haars, die sich unter ihrem Helm hervorgestohlen hatte. Aer! rief er. Aer, komm zurück! Aber sie drehte sich nicht wieder um, und sein Antriebsmodul war längst überlastet. Eine ganze Stunde lang mußte er zusehen, wie sie sich immer weiter entfernte, bis sie schließlich im dunklen Himmel vor ihm verschwand.

»Auk? Auk?«

Er setzte sich steif auf. Ihm war bewußt, daß er mehrere Stunden geschlafen hatte. Die weiten Spitzbogenfenster im Großen Manteion, die in der Nacht nicht von der Wand zu unterscheiden gewesen waren, hoben sich jetzt grau schimmernd ab – Götter, Tiere und frühere Prolokutoren waren verschwommen zu erkennen.

Er stand auf, und Maytera Mint blickte kurz vom Gebet auf, als sie seine Stiefel auf dem Boden kratzen hörte. Er verließ den Altarraum und kniete sich neben sie. »Habt Ihr mich gerufen? Mir war, als hätte ich Euch gehört.«

»Nein, Auk.«

Er rieb sich nachdenklich das Kinn. »Habt Ihr etwa die ganze Nacht gewacht, Mutter?«

»Ja, Auk.« In ihren rot geränderten Augen war ein kleiner, glücklicher Funke zu sehen. Der Anblick erwärmte ihn wie ein Backofen. »Seht Ihr, Auk, ich habe geschworen, daß ich beten würde, bis Pas erscheint oder bis der Morgen kommt. Ich will das Versprechen halten.«

»Ihr habt es bereits gehalten, Mutter. Schaut, die Fenster.« Er deutete hinüber. »Ich war so müde, daß ich mir nicht einmal die Stiefel ausgezogen habe, als ich mich hingelegt habe. Ich möchte wetten, daß Ihr genauso müde seid, aber Ihr habt keine Minute geschlafen. Wißt Ihr, was ich jetzt machen werde?«

»Nein, Auk, woher sollte ich das wissen?«

»Ich werde mich wieder hinlegen und noch etwas schlafen. Aber vorher werde ich mir die Stiefel ausziehen. Und jetzt könnt auch Ihr Euch etwas hinlegen und schlafen, denn sonst schlage ich Krach und wecke alle auf. Ihr habt getan, was Ihr tun wolltet. Ihr habt gemacht, was Ihr versprochen habt.«

Kaum, daß sie erwacht war, trat Hyacinth an das offene Fenster und betrachtete im grauen Morgenlicht den Ring. Ein fleckiger silberner Ring war es, geformt wie eine Rose, in deren Herzen das von Blütenblättern umgebene winzige Antlitz einer Frau zu sehen war. Sie hatte ihn gekauft, weil ein Schreiber in Sards Pfandhaus gesagt hatte, daß die Frau ihr ähnlich wäre, aber sie hätte nie vermutet, daß sie in diesem Augenblick ihren Ehering gekauft hatte. Sie hatte ihn erst ein paarmal getragen und dann achtlos in eine Schublade geworfen und vergessen.

Nein, eigentlich sah ihr die Frau überhaupt nicht ähnlich, dachte sie. Die Frau in der Rose war älter, sie wirkte zugleich energischer als sie selbst und – sie suchte nach dem richtigen Wort. Nein, hübsch konnte man sie nicht nennen. Es war mehr als das.

Silk sagte immer, sie selbst wäre schön.

Sie küßte sanft ihren schlafenden Ehemann, ging ins Ankleidezimmer und tippte auf das Glas.

»Ja, Madame.«

»Zeige mir bitte ganz genau, wie ich jetzt aussehe. O mein Gott.«

Ihr eigenes Gesicht, das mit verheulten Augen und Schmierspuren der Kosmetika im Glas auftauchte, sagte zu ihr: »Ihr seid wirklich sehr attraktiv, Madame. Wenn ich vorschlagen dürfte …«

Sie wehrte mit einer Handbewegung ab. »Jetzt betrachte das Gesicht hier auf meinem Ring. Siehst du es? Mach mich dem Bild etwas ähnlicher.«

Ein paar Sekunden lang begutachtete sie das Ergebnis, drehte den Kopf nach links und nach rechts. »Ja, das ist gut. Halte das Bild fest.« Sie nahm eine Bürste und machte sich, von Tick dem Katachrest aufmerksam beobachtet, zurecht.

»Auk? Auk?«

Er setzte sich auf und starrte das Heilige Fenster

an. Die Stimme war von dort gekommen – dieses Mal war er ganz sicher. Er stand auf, faßte seinen Hirschfänger, damit die Messingspitze der Scheide nicht über den Boden klapperte, und tappte durch das Allerheiligste. Shell und Incus lagen noch in tiefem Schlaf, nur Jerboas Augen waren nicht völlig geschlossen. Alte Leute schlafen nicht viel, dachte Auk.

Er hockte sich neben Jerboa. »Schon gut, ich wollte Euch nicht das Kartenetui klauen, Patera. Habt Ihr das befürchtet? Keine Sorge, ich werde Euch nichts wegnehmen.«

Jerboa antwortete nicht.

»Aber irgend jemand ruft mich hier. Wart Ihr das? Vielleicht im Traum?«

Patera Shell grunzte etwas Unverständliches und drehte den Kopf weg. Jerboa rührte sich nicht. Mißtrauisch geworden, hob Auk Jerboas linke Hand hoch, dann fuhr er mit der eigenen Hand unter Jerboas Tunika.

Er stand auf und wischte sich abwesend die Hand an der Tunika ab. Es wäre wahrscheinlich gut, die Leiche des alten Mannes in einen Winkel zu tragen. Die Sibyllen schliefen anscheinend in der Sakristei. Dorthin war auch Maytera Mint verschwunden, nachdem er sie überredet hatte, sich wenigstens noch eine oder zwei Stunden hinzulegen. Auk glaubte sich zu erinnern, daß sich auch die alte Maytera Wood und die anderen, deren Namen er nicht gehört hatte, dorthin zurückgezogen hatten, als er sich auf den Fliesen niedergelegt hatte.

Er hockte sich wieder hin, hob den schlaffen Körper des alten Auguren hoch und trug ihn in den Wandelgang. Schist richtete sich auf, als er ihn kommen sah. »Ist er tot?«

»Ja«, flüsterte Auk. »Woher wißt Ihr das?«

Mit leisem Klappern hob und senkte Schist die Metallschultern. »Er sieht tot aus, ganz einfach.«

Shale fragte: »Wie soll Pas seinen Teil von ihm zurückbekommen, wenn er tot ist?«

Ohne zu antworten trug Auk den Toten in Hierax' Kapelle und legte ihn auf den Altar.

Slate fragte: »Wollt Ihr jetzt wieder schlafen?«

»Verdammt, ich weiß es nicht.« Auk bemerkte, daß er sich unwillkürlich schon wieder die Hände abwischte. Er zwang sich, damit aufzuhören. »Ich glaube, ich hole meine Stiefel und gehe ein bißchen spazieren.«

»Ich dachte, Ihr könntet vielleicht die anderen wecken«, schlug Slate vor. Länger, als es ein Biologischer getan hätte, wartete er auf eine Antwort. Dann fragte er: »Was seht Ihr da an? Das muß ja sehr interessant sein.«

»Ihn.«

Langsam stand Slate auf. »Wen denn?«

»Ihn.« Auk wandte sich ungeduldig ab und ging zum Heiligen Fenster. »Dieser Soldat hier. Es hat seinen Autofunktionsprozessor erwischt, seht Ihr?« Auk kniete sich neben Sergeant Sand. »Aber seine Zentraleinheit könnte das überbrücken. Da sind viele Schaltungen doppelt ausgelegt. Sogar sein Befehlscoprozessor könnte das übernehmen.«

Er tastete nach dem Messer, das er im Stiefel verborgen mit sich trug, und erinnerte sich, daß er die Stiefel nicht angezogen hatte. Er ging zum Altar zurück und holte das Messer. Dann rüttelte er Incus an der Schulter. »He Patera, aufwachen. Ich brauche das Ding, das Ihr da habt.«

»Auf!« Ein Stiefel wurde dem gefangenen Flieger in die Rippen gestoßen. »Weckappell war vor einer Stunde. Habt Ihr es nicht gehört?«

Blinzelnd und schaudernd setzte Sciathan sich auf.

»Ihr sprecht die Gemeine Sprache gut«, sagte die

uniformierte Frau, die sich vor ihm aufgebaut hatte. »Antwortet mir!«

»Besser als die meisten von uns, ja.« Sciathan hielt inne und mühte sich, die Schlaftrunkenheit abzuschütteln. »Aber was Ihr mit dem Wort meintet, habe ich nicht gehört. Ich habe überhaupt nichts gehört. Und wenn ich es gehört hätte, dann wüßte ich wohl nicht, was es bedeutet.«

Die Frau nickte. »Ich wollte Euch damit nur etwas verdeutlichen. Wenn ich Euch Fragen stelle, habt Ihr zu antworten. Wenn Ihr antwortet, und wenn mir Eure Antwort gefällt, dann bekommt Ihr vielleicht Eure Kleidung oder sogar etwas zu essen. Wenn mir Eure Antwort nicht gefällt oder wenn Ihr überhaupt nicht antwortet, dann werdet Ihr Euch wünschen, tot zu sein.« Sie klatschte in die Hände. »Posten!«

Eine jüngere, noch größere Frau kam geduckt ins Zelt, richtete sich steif auf und hielt die Muskete senkrecht vor die linke Schulter. »Sir!«

Die erste Frau deutete auf den Gefangenen. »Bindet ihn vom Pfosten los und fesselt ihn mit der Kette. Ich nehme ihn mit in die Stadt.« Als die junge Frau die Waffe schulterte und nach dem Schlüssel suchte, sagte die ältere: »Kennt Ihr meinen Namen? Dann sagt ihn.«

Der Gefangene schüttelte den Kopf. Er hätte gern gelächelt, aber dazu fehlte ihm die Kraft. »Mein Name ist Sciathan. Ich bin ein Flieger.«

»Wer hat Euch gestern befragt, Sciathan?«

»Zuerst eine Offizierin namens Sirka.« Seine Hände waren frei, und er streckte die Arme aus, damit die jüngere Frau die Handfesseln wieder anlegen konnte.

»Und danach?«

»Generalissima.«

»Generalissima Siyuf«, korrigierte ihn die ältere Frau. »Ich war dabei. Erinnert Ihr Euch an mich?«

Er nickte. »Ihr habt nicht mit mir gesprochen, nur hin und wieder mit ihr.«

»Warum haben Eure Leute Major Sirkas Leute angegriffen?«

Da kam es wieder. »Wir haben nicht angegriffen.«

Sie knallte ihm die Faust auf das Ohr. »Ihr habt versucht, ihre Waffen zu entwenden. Einer ist geflohen, drei wurden getötet, Ihr wurdet gefangen. Warum habt Ihr Eure Flügel zerbrochen?«

»So machen wir das eben.«

»Wie habt Ihr den Antrieb abgeschaltet?«

Er zuckte die Achseln, und sie schlug ihn auf den Mund. Er sagte: »Wir können nicht abschalten. Es wurden Mechanismen dafür erfunden, aber die würden nur das Gewicht erhöhen.«

Zu seiner Überraschung lächelte sie. »Wollt Ihr das nicht ablecken? Meine Ringe haben Euch die Lippe aufgerissen.«

Wieder zuckte er die Achseln. »Wenn Ihr es wollt.«

»Gebt ihm einen Fetzen, den er sich um die Lenden binden kann«, sagte sie zur größeren und jüngeren Frau. Dann, wieder an ihn gewandt, fuhr sie fort: »Ich bin Colonel Abanja. Warum habt Ihr Sirkas Kämpferinnen angegriffen?«

»Weil sie auf uns geschossen haben.« Er konnte sich eigentlich nicht mehr richtig daran erinnern, aber es schien ihm das Plausibelste. »Ich habe ein Gesicht gemacht. Den Grund weiß ich nicht.«

»Ach, wirklich?« Abanja riß erstaunt die Augen auf. »Was für ein Gesicht?«

Er schaffte es tatsächlich zu lächeln, denn er fand dieses Gespräch erheblich angenehmer als eine Unterhaltung über Antriebsmodule. »Die Lippen waren zurückgezogen.«

»Und ihr wißt nicht, warum Ihr es gemacht habt. Vielleicht weiß ich es. Wollt Ihr sagen, unsere Leute hätten auf Euch geschossen, weil Ihr das Gesicht verzogen habt? Auf Euch selbst hat man aber gar nicht geschossen.«

»Aer hat es gesehen und geschrien. Daraufhin haben sie auf sie geschossen. Wir haben versucht, ihnen die Waffen wegzunehmen, damit sie nicht mehr schießen konnten.«

Abanja trat einen Schritt näher an ihn heran und blickte auf ihn herab. »Sie hat geschrien, weil Ihr das Gesicht verzogen habt? Die meisten Leute würden das nicht glauben, aber ich und Generalissima Siyuf, wir glauben es vielleicht. Laßt es mich sehen. Macht so ein Gesicht für mich.«

»Ich werde es versuchen«, sagte er und versuchte es.

Das Klicken von Hacken, die in militärischen Stiefeln steckten, verriet ihr, daß die jüngere Frau zurückgekehrt war. Sie hatte ein Stück Baumwolltuch mitgebracht, das man benutzt hatte, um irgend etwas Schmieriges aufzuwischen. »Reicht das, Sir?«

Abanja schüttelte den Kopf. »Holt ihm den Overall, den er getragen hat. Bringt ein dickes Unterhemd und eine Decke mit und sagt den Köchen, sie sollen ihm etwas geben, das er beim Reiten essen kann.«

Sie wandte sich wieder an Sciathan. »Hört zu grinsen auf, Eure Lippe blutet. Wie Sirka uns berichtet hat, seid Ihr hergekommen, um einen Mann aus Viron zu suchen. Ihr habt den Namen genannt, und ich glaube, es war ein Name, den ich erst gestern abend gehört habe. Nennt ihn noch einmal.«

»Auk«, sagte Sciathan. »Sein Name ist Auk.«

Sergeant Sands Arm zuckte, dann knallte er so hart auf den Boden des Großen Manteions, daß eine Bodenkachel sprang. Chenille stieß einen erschreckten Ruf aus. »Keine Sorge«, sagte Auk zu ihr, »das waren nur statische Entladungen. Ich habe es schon in Ordnung gebracht.«

Eine Stimme, die er nicht erkannte, sagte hinter ihm: »Ich wünschte nur, Patera Shell könnte zusehen.

Er wird sehr enttäuscht sein, wenn wir ihm erzählen, was er verpaßt hat.«

»Seine Eminenz ebenso«, murmelte Maytera Mint. »Aber er ist ja selbst schuld, soweit man hier von Schuld sprechen kann, wenn er in den Palast zurückgekehrt ist. Wir werden hier wohl nicht weiter warten, um Pas' Befehle auszuführen, und Seine Eminenz wird das sicher nicht von uns erwarten. Habt Ihr Pas nicht gesehen, Auk? Seid Ihr sicher?«

»Nein, Maytera, ich bin nicht sicher.« Auk kniff die Augen zusammen und konzentrierte sich auf seine Arbeit. »Denn er muß mir, nachdem wir gesprochen hatten, auf irgendeine Weise diese Sachen hier gezeigt haben.« Dann fiel ihm etwas ein. »Maytera, wollt Ihr wissen, was ich denke?«

»Ja, sicher doch!«

»Ich denke, die Tatsache, daß Ihr Euer Versprechen gehalten habt, hat alles verändert. Ich glaube, er hat sich bis dahin noch gefragt, ob wir all die Mühe wert wären. Wartet mal, ich habe da einen Kurzschluß im Willensprozessor.«

Auk stellte die letzten Verbindungen her und lehnte sich zurück, um die verkrampfte Muskulatur zu entspannen. »Könnt Ihr mir vielleicht eine der heiligen Lampen herüberholen, Patera? Ich brauche mehr Licht.«

Incus eilte davon.

»Patera Shell versucht, einen Leichenwagen zu bekommen, mit dem wir Pateras Leiche zum Manteion zurückbringen können.« Die Besitzerin der unbekannten Stimme entpuppte sich als junge und ziemlich hübsche Sibylle. »Maytera sagte, die Läden wären noch zu, aber er meinte, bis sie dort wären, hätten sie geöffnet, oder wenn nicht, dann würde er warten. Es war eine große Versuchung, das hat Maytera mir gegenüber zugegeben, Seine Kogniszenz zu fragen, ob Pateras letztes Opfer nicht gleich hier im Großen Manteion stattfinden könnte, weil er ja von hier aus in den Mainframe heimgegangen ist. Aber die Gläubigen unseres Viertels würden nie …«

Incus, der inzwischen zurückgekehrt war, kniete sich neben Auk. »Reicht das hier? Ich kann auch noch den *Docht* herausziehen, falls Ihr *mehr* Licht braucht.« Er hob eine Kugel aus Kristall, auf der eine Flamme tanzte.

»Das ist in Ordnung«, sagte Auk. »Ich kann hier den Einschub und die Register sehen, das reicht.« Vorsichtig schob er die Spitze des Messers in Sands Gehirnschale. »Ruhig jetzt. Ich muß nachdenken.« Er zählte leise.

Maytera Mint fuhr erschrocken auf, als Sand auf einmal zu sprechen begann: »V-achtundfünfzig, null. V-achtundfünfzig, eins. V-neunundfünfzig, null. V-neunundfünfzig, eins.«

»Das sind die *Eingabekanäle* des Autonomieprozessors«, erklärte Incus ehrfürchtig flüsternd. »Er *aktiviert* sie gerade.«

Als Auk nicht reagierte, flüsterte die junge Sibylle aus der Brick Street: »Ich kann einfach nicht glauben, daß Eure Maytera – ich meine, daß sie, daß Molybdenum und der Soldat das machen werden. Wo wollen sie überhaupt all die Coprozessoren kaufen?«

»Sie müssen sie *herstellen*, Maytera«, erklärte Incus. »Und ich werde ihnen dabei *helfen*.« Maytera Mint brachte ihn mit einer ungeduldigen Geste zum Schweigen.

Auk steckte das Messer wieder in den Stiefel. »Keine Panik, Maytera, es ist alles wieder in Ordnung. Er weiß es nur noch nicht.«

Wie auf ein Stichwort hob Sand den Kopf und sah sich um.

»Haltet Euch ganz ruhig«, sagte Auk zu ihm. »Ich muß das Schädeldach wieder aufsetzen. Wie war es im Mainframe?«

Ein Nadler knackte, ein böses Knurren war zu hören, weitere Schüsse fielen, dann knallte eine Muskete. Hoch über ihnen im Chorgestühl fiel ein Relief von Tartaros mit einem lauten Knall von der Wand.

»Ist das warm genug?« fragte Abanja, als Sciathan sich den Fluganzug übergestreift hatte.

Jetzt fiel es ihm viel leichter zu lächeln. »Nicht ganz so warm, wie ich es gern hätte.«

»Dann zieht Euch besser noch das Unterhemd darüber. Es ist aus Wolle und dürfte viel wärmer sein als Euer Anzug. Wenn Ihr auf dem Pferd sitzt, könnt Ihr Euch außerdem in die Decke wickeln.« Sie tastete nach ihrem Nadler im Halfter. »Könnt Ihr reiten?«

»Ich habe es noch nie probiert.«

»Das ist gut«, erklärte Abanja ihm. »Das könnte Euch das Leben retten.«

Draußen im schneidend kalten Wind hielten bärtige Männer zwei nervöse Pferde bereit. Abanja sagte: »Das hier ist meines.« Zu Sciathans Erleichterung deutete sie auf das größere. »Das andere ist Eures. Steigt auf.«

Sie sah ihm fünf Minuten lang zu, während die beiden Bärtigen versuchten, sich das Lachen zu verkneifen. Schließlich sagte sie: »Ihr könnt wirklich nicht reiten, oder Ihr seid ein ausgezeichneter Schauspieler.« Dann befahl sie den Männern, ihm zu helfen. Sie hoben ihn in den Sattel, und sie stieg mit elegantem Schwung, wie man ihn nur durch viel Übung erwirbt, auf ihr großes Pferd. »Und jetzt will ich Euch etwas erklären.« Sie zielte mit dem Zeigefinger auf ihn. »Es sind zwei Landmeilen bis zur Stadt. Ihr könntet auf halbem Wege auf die Idee kommen, Ihr brauchtet dem Pferd nur die Hacken in die Flanke zu rammen, um zu fliehen.«

Er schüttelte den Kopf. »Das werde ich nicht tun.«

»Ich könnte Euch am Sattel festbinden, wie Ihr an

den Pfahl gefesselt wart. Aber wenn Ihr stürzt, würde Euch das Pferd wahrscheinlich zu Tode schleifen, und ich möchte Euch nicht verlieren. Also hört zu. Wenn Ihr das Pferd zum Galoppieren bringt, dann werdet Ihr stürzen und wahrscheinlich sterben. Wenn nicht, dann fange ich Euch wieder ein, und dann werdet Ihr wünschen, Ihr wärt gestorben. Sagt nicht, ich hätte Euch nicht gewarnt.« Sie klatschte ihrem Pferd die Zügel aufs Hinterteil, und es trabte erheblich schneller davon, als es Sciathan lieb war.

»Ich werde bestimmt nicht schneller reiten als Ihr«, versprach er.

Einen Augenblick schien es sogar, als würde er überhaupt nicht reiten. Dann rief einer der bärtigen Männer: »Hopp!« und schlug mit etwas, das ein schmatzendes Geräusch machte, nach seinem Pferd, und auf einmal hatte er das Gefühl, der wildeste Sturm, den es je im ganzen Whorl gegeben hätte, wehte ihm um die Nase.

Abanja holte ihn ein und warf ihm einen ernsten Blick zu. »Noch etwas. Meines ist ein gutes Pferd. Eures nicht. Eures ist alt. Ein gewöhnliches Ersatzpferd, das niemand haben will. Euer Pferd könnte nicht einmal, wenn ein Löwe hinter ihm her wäre, so schnell galoppieren wie meines.«

Viel zu sehr durchgeschüttelt, um nicken zu können, hielt er sich an der Decke fest.

»Wenn Ihr mich zum Narren halten wollt – falls Ihr wirklich reiten könnt und davongaloppiert, sobald Ihr eine Chance wittert –, dann werde ich Euer Pferd erschießen. Es ist nicht leicht, ein so großes Tier mit einem Nadler zu töten, aber mit einem halben Dutzend Nadeln dürfte es gehen. Ich werde versuchen, Euch nicht zu treffen, aber ich kann es nicht versprechen.«

Er keuchte: »Ihr seid eine sehr freundliche Frau.«

»Verlaßt Euch nicht zu sehr darauf.« Nach einem

Augenblick lachte sie. »Es ist nur so, daß Ihr möglicherweise nützlich seid. Mit Sicherheit wäre es nützlich, wenn Ihr Siyuf zeigt, was Ihr mir gezeigt habt. Sind die Frauen Eurer Art sonst nicht so freundlich?«

»O doch!« Er hoffte, sie könnte ihm seinen Schrecken nicht ansehen. »Sie sind sogar sehr freundlich.«

»Diese Aer, die geschrien hat, war das nicht eine Frau? Ihr habt ›sie‹ gesagt, die weibliche Form. Stellt Euch in den Steigbügeln auf, wenn Ihr nicht herumgeworfen werden wollt.«

Er versuchte es. »Ja, eine Frau. Eine freundliche Frau.«

»Ihr habt sie geliebt.« In Abanjas Stimme lag ein Unterton, den er bisher bei ihr noch nicht gehört hatte.

»Sehr sogar. Und wenn ich es sagen darf: Mear hat Sumaire geliebt. Gestern abend im Zelt habe ich über sie nachgedacht. Wie dumm ich war! Erst als sie gestorben sind, wurde mir klar, daß sie sich geliebt haben.«

»Mear? War das die Frau, die die Kämpfer getötet hat?«

Zum ersten Mal seit seiner Gefangennahme hätte Sciathan beinahe lauthals gelacht. »Mear ist der Name eines Mannes. Sumaire hat die Frauen mit den Musketen getötet, und diese haben sie getötet.«

»Als sie versucht haben, ihnen die Waffen wegzunehmen.«

Aer war erschossen worden, bevor Sumaire die Kämpferinnen getötet hatte, aber es war sinnlos, an dieser Stelle zu widersprechen. Sciathan schwieg.

»War sie Eure Anführerin?« Abanja zügelte ihr Pferd.

»Danke.« Er war ehrlich dankbar. »Es gibt keine Anführer, wenn wir fliegen. Jeder fliegt für sich selbst. Sumaire war die beste im *gleacaiocht*, das ist der Kampf mit Händen und Füßen. Ich weiß Euer Wort dafür nicht.«

»Ich habe ihren Leichnam gesehen«, erwiderte Abanja. »Aber ich habe ihn nicht gemessen. Ich wünschte, ich hätte es getan. War das die Blonde?«

Inzwischen konnte Sciathan sogar den Kopf schütteln. »Nein. Sie hatte dunkles Haar wie Ihr.«

»Die kleine Frau?«

Er nickte und erinnerte sich, wie fröhlich Sumaire immer gewesen war, und am fröhlichsten, wenn heftige Stürme im Frachtraum getobt hatten. Wenn der Mainframe Informationen und keine Entschuldigungen brauchte, dann hatte man Sumaire geschickt.

Jetzt würde sie nie mehr geschickt werden.

»Antwortet mir!«

»Entschuldigt. Ich wollte nicht unhöflich sein.« Unwillkürlich blickte Sciathan zur unbefestigten Straße und den windgepeitschten Feldern vor ihnen und suchte nach irgendeinem Fixpunkt, der ihm den Verlust etwas erträglicher machen konnte. »Die kleine Frau, ja. Sie war noch zierlicher als Aer.«

»Aber größer als Ihr.«

Er sah Abanja erstaunt an.

»War sie kleiner?«

»Ja, viel kleiner.« Er überlegte. »Aers Kopf ging mir bis zu den Augen. Ich glaube, Sumaires Kopf ging nur bis zu Aers Augen, oder sie war sogar noch kleiner. Also höchstens bis zu meinem Mund oder meinem Kinn.«

»Trotzdem hat sie Kämpferinnen getötet, die eine ganze Elle größer waren als sie.«

»Sie war eine gute Kämpferin. Wenn sie nicht geflogen ist, hat sie andere unterrichtet.«

Abanja dachte darüber nach, dann sagte sie: »Was ist mit Euch? Kennt Ihr Euch mit dieser Art des Kampfes aus? Ich habe das Wort vergessen, das Ihr benutzt habt.«

»*Gleacaiocht.* Ich weiß etwas darüber, aber ich bin lange nicht so geschickt und schnell, wie Sumaire es war. Nur wenige waren ihr gewachsen.«

Als Abanja schwieg, fuhr er fort: »Wir lernen es alle. Wir können keine Waffen tragen wie Ihr. Selbst ein kleines Messer wäre schon zu schwer.« Jetzt, da er nicht mehr so sehr durchgeschüttelt wurde, spürte er wieder die Kälte. Er schüttelte die grobe Decke auf, an die er sich bisher verzweifelt geklammert hatte, und wickelte sich ein, wie sie es vorgeschlagen hatte. Er schaffte es sogar, sich eine Ecke wie eine Art Haube über den Kopf zu legen.

»Das bedeutet ja auch, daß Ihr kein Essen und kein Wasser mitnehmen könnt, nicht wahr?«

»Richtig. Wir haben nur unsere Instrumente ...« Fast hätte er hinzugefügt: und unsere Antriebsaggregate. »Und uns selbst«, vollendete er den Satz.

»Habt Ihr unsere Flugsoldaten gesehen? Kämpfer mit Flügeln, die aus dem Luftschiff heruntersegeln?«

»Nein, die habe ich nicht gesehen. Man hat es mir aber erzählt, und ich glaube, ich habe auch Euer Luftschiff gesehen.«

»Ihr könnt es sogar jetzt noch sehen. Das braune Ding, das dort über den Hausdächern hängt. Unsere Flugsoldaten haben Musketen und zwanzig Patronen, aber kein Wasser. Wir haben versucht, ihnen Vorräte mitzugeben, aber die haben sie meist bei der erstbesten Gelegenheit liegen lassen.«

»Ja«, sagte Sciathan.

»Ihr meint damit wohl, Ihr würdet das gleiche tun. Ich glaube, auch ich würde es so machen, auch wenn ich noch nie geflogen bin. Ich denke, unsere Flügel sind nicht besser als Eure, vielleicht sogar schlechter. Ich hatte noch nicht darüber nachgedacht, wie Ihr kämpft, aber ich hätte es berücksichtigen müssen. Müßt Ihr immer Eure Flügel zerbrechen, wenn Ihr zur Landung gezwungen werdet? Ihr habt so etwas ähnliches gesagt.«

»Ja, das müssen wir.« Er nickte.

»Die anderen haben das aber nicht gemacht. Wir haben sie in die Hand bekommen. Siyuf schickt die Flügel nach Trivigaunte zurück, wo sie untersucht werden können. Die Flügel der blonden Frau und ihr Antriebsaggregat, meine ich. So nennt Ihr es doch, nicht wahr?«

»Das ist in der Gemeinen Sprache das Wort dafür, ja.«

»Und wie heißt es in Eurer Sprache?«

Er zuckte die Achseln. »Das spielt doch keine Rolle.«

Abanja zügelte ihr Pferd und zog den Nadler. »Für Euch spielt es eine Rolle, Männlein, denn ich werde Euch erschießen, wenn Ihr nicht antwortet. Wie nennt Ihr das Gerät?«

Er entschied sich für das Wort, das am wenigsten verriet. »Die *canna.*«

»Ihre *canna.* Ihr wißt aber nicht, wie sie funktioniert, sagt Ihr.«

»Nein, ich weiß es nicht. Erschießt mich und macht dem Leiden ein Ende.«

Wieder war er überrascht, als sie lachte. »Euch erschießen? Ich habe noch nicht einmal richtig angefangen mit Euch. Wer stellt sie her?«

»Unsere Wissenschaftler. Die Namen weiß ich aber nicht.«

»Also habt Ihr Wissenschaftler.«

»Vielleicht ist das auch nicht das richtige Wort dafür.« Er hatte zuviel verraten, und er wußte es. »Hersteller. Mechaniker. Oder wie lautet das Wort dafür?«

»Wissenschaftler«, sagte Abanja entschieden. Dann, so unvermittelt, daß es ihm die Sprache verschlug, wechselte sie das Thema. »Ihr habt Aer geliebt. Wolltet Ihr sie heiraten?«

»Nein, sie war doch eine Fliegerin.«

»Flieger heiraten nicht? Hier gibt es heilige Frauen, die nicht heiraten, aber das finden wir ziemlich albern.«

»Die Heirat hat zum Ziel, Kinder zu gebären, damit es in der nächsten Generation neue Flieger gibt.« Er hatte sich hoffnungslos verhaspelt. »Ich habe jetzt nicht von Euch gesprochen oder ...« – er deutete nach vorn – »oder von den Leuten auf dem kleinen Hügel da. Bei uns, bei der Crew, ist es so, daß wir heiraten, um Kinder zu bekommen. Aber eine Fliegerin kann nicht heiraten, weil sie dann nicht mehr fliegen kann. Sie könnte Kinder haben, wenn sie nicht mehr fliegt. Manche geben die Flügel ab, um zu heiraten.« Er zögerte, dachte nach. »Aber es dauert nicht lange, und sie sind unglücklich.«

»Aber Ihr könnt heiraten. Seid Ihr verheiratet?«

»Ja. Eine Frau.« Wenn er mit dieser Mission Erfolg hatte, würde ihm mindestens eine weitere erlaubt werden, vielleicht sogar bis zu vier. Er schob den Gedanken beiseite.

»Aber Ihr habt Aer geliebt. Sie muß hübsch gewesen sein, als sie noch lebte, das konnte ich sehen. Hat sie auch Euch geliebt?«

Er nickte. »Als sie noch gelebt hat, habe ich darüber nachgedacht. Sie war kein Mensch, der so etwas einfach ausspricht. Aber jetzt, wo sie tot ist, weiß ich, daß sie mich geliebt hat.«

»Ich weiß, daß Euch dies viel bedeutet, Patera, und es tut mir aufrichtig leid.« Chenilles Gesicht, eingerahmt vom Metallkasten, in dem das Glas hing, verzog sich zu einer fast komisch anmutenden Miene, die ihr schlechtes Gewissen zum Ausdruck bringen sollte.

»Warum tut es Euch leid?« Silk setzte sich vor dem Glas auf einen Stuhl mit niedriger Lehne. »Weil mein

Ei kalt wird? Die Küche hier kann mir jederzeit ein neues schicken, wenn ich es bestelle.«

»Wir haben uns alle versammelt.« Chenille schnaufte schwer, und ihre formidablen Brüste hoben sich wie kenternde Boote. »Also Auk und ich und Generalin Mint und Sandy und die anderen Soldaten und Spider und Patera Incus und die anderen Sibyllen. Maytera Wood und Maytera Maple und die übrigen. Ich habe die Namen der meisten vergessen.«

»Das spielt wahrscheinlich auch keine große Rolle«, sagte Silk. »Aber warum habt Ihr Euch denn nun versammelt?«

»Um alles zu besprechen, vor allem die Schießerei. Es ist soviel … oh, hallo, Hy! Es tut mir wirklich leid, aber Patera sagte, ihr wärt fertig und wolltet jetzt frühstücken.«

»Vogel essen«, verkündete Oreb von Hyacinths Schulter. Tick konterte: »Nich vordrängeln, Blödvogel.« Sie brachte die beiden zum Schweigen und stellte Silks Teller und einen Ständer mit Toastbrot vor ihm ab. »Hallo, Chen. Hast du Auk inzwischen auch geheiratet?«

»Wir haben darüber geredet, aber wir möchten, daß Patera uns traut, also haben bisher nur Moly und ihr Soldat geheiratet.«

»Ich kenne diesen Soldaten.« Hyacinth stellte Silks Eierbecher ab. »Und ich kenne auch deinen Auk. Kypris' Freundlichkeit möge euch beide beglücken. Ihr werdet es brauchen können.«

»Auk ist schon in Ordnung«, sagte Chenille blinzelnd. »Man muß ihn nur zu nehmen wissen.«

Silk räusperte sich. »Ihr habt eine Schießerei erwähnt, und das klingt ziemlich ernst. Wurde jemand erschossen?«

»Eland. Aber ich fange lieber vorne an, Patera …«

Er hob die Hand. »Eine Frage habe ich vorher noch. Wer war Eland?«

»Das war der Kerl, den Generalin Mint unten in den Gängen, wo ich mal mit Auk war, gefangengenommen hat.«

Oreb pfiff: »Vogel sehen!«

»Ja, Oreb war auch mal mit uns da unten. Sie hatte also diese Kerle, Spider und Eland, gefangengenommen, und die Soldaten haben auf ihren Befehl hin auf sie aufgepaßt. Spider ist der dicke Kerl, und der dünne war Eland. Der ist jetzt aber tot.«

Silks Zeigefinger beschrieb kleine Kreise auf seiner Wange. »Ich sagte, ich würde nur noch eine Frage stellen, aber ich möchte mir doch gerne noch über eine weitere Sache Gewißheit verschaffen. Als Ihr die Personen genannt habt, die an Eurer Konferenz teilgenommen haben, habt Ihr da nicht auch Sergeant Sand genannt?«

»Das habt Ihr gut durchschaut, Patera. Auk hat ihn wiederbelebt, genau wie Maytera Mint es gesagt hat. Pas hat ja auch versprochen, daß er es machen würde.«

»Ich verstehe. Ich hätte stärker an Pas glauben müssen, auch wenn ich den Eindruck hatte, daß Maytera Mint, obwohl ihr Glaube viel stärker war als der meine, trotzdem enttäuscht worden ist.«

»Ja, Auk war auch enttäuscht. Er hat all diese Leute um sich versammelt und gesagt, Pas würde kommen, aber als die Tiere dann aufgebraucht waren und Pas immer noch nicht kam, sind sie wieder weggegangen. Alle außer Gib. Dann seid auch Ihr und Hy gegangen, dann Moly und Hammerstone, und dann war auch Gib weg. Ich sagte, ich wollte am Anfang anfangen, und das habe ich jetzt wohl gemacht.«

Silk nickte. »Berichtet mir bitte alles, was Ihr wißt.«

»Als Ihr mit Hy weggegangen seid, ist der alte Mann Euch gefolgt. Meister Xiphias, meine ich. Ich glaube aber, er ist nicht nach Hause gegangen. Wahrscheinlich hat er sich in der Nähe herumgedrückt, um auf Euch aufzupassen. Dann sind Seine Kogniszenz und der Augur, der damals in Eurem Pfarrhaus mit uns gesprochen hat, auch noch gegangen. Vielleicht wäre es einfacher, wenn ich Euch erzähle, wer noch da war und nicht abgehauen ist.«

»Fahrt fort.«

»Also, ich versuche, es kurz zu machen. Auk ist geblieben, ich also auch. Wir haben auf dem Boden geschlafen, aber da ist gar nichts gelaufen. Alle aus der Brick Street sind geblieben, auch Patera Incus, wie ich schon sagte, und Generalin Mint und die Soldaten. Und Sandy, aber der war ja tot. Und dann noch die Kerle, auf die die Soldaten aufgepaßt haben. Ich glaube, das waren jetzt alle. Ich bin dann aufgewacht, als ein Soldat geschossen hat. Slate heißt er. Oben auf dem Balkon war jemand, und der hatte Eland erschossen. Patera Incus hat die Worte des Pas für ihn gesprochen. Slate hat ihn da oben gesehen und zurückgeschossen, aber er glaubt, er hätte ihn nicht erwischt. Er hat eine wunderschöne Statue zerstört, mehr nicht. Auk ging dann mit ihm nach oben, um nachzusehen, und sie haben eine große tote Katze mit heruntergebracht. Ich dachte zuerst, es wäre Gibs Pavian, aber das hat nicht gestimmt. Es war eine getigerte Katze, so ähnlich wie eine Hauskatze, aber mit einem kleinen Bart und einem kleinen kurzen Schwanz.«

Hyacinth sagte: »Wir haben das Tier im Schweber mitgebracht.« Tick fügte hinzu: »Bieze bitgenommen.«

»Also, ich hatte zwar Angst vor dem Tier«, fuhr Hyacinth fort, »aber Silk meinte, es würde uns nichts tun, und so war es auch.«

Silk stellte seine Tasse ab. »Sein Name war Lion, und er hat Mucor gehört. Wir haben am Palast des Caldé gehalten und ihn herausgelassen, weil wir dachten, er würde dann gleich zu Mucor gehen. Aber der Palast ist ja nur ein paar Straßenzüge vom Großen Manteion entfernt. Kann ich annehmen, daß Lion bei der Person war, die Eland erschossen hat, und daß dieser Slate Lion erschossen hat, als er auf Elands Mörder schießen wollte?«

Chenille schüttelte den Kopf, daß die Himbeerlocken tanzten. »Das Tier wurde nicht mit einer Muskete getötet, sondern mit einem Nadler. Wir glauben, als das Tier sah, daß der Kerl auf Eland schoß, hat es den Mörder angegriffen, und daraufhin hat er auch Lion erschossen. Auk meint, er hätte es gehört, bevor Slate geschossen hat. Ein Nadler hätte vier- oder fünfmal da oben geknallt. Deshalb sind auch alle anderen wach geworden. Wegen der Geräusche und wegen Pas, außer daß niemand ihn sehen konnte, und weil Auk Sandy zurückgeholt hat. Nur daß Sandy etwas durcheinander ist, weil er ja zwischendurch tot war.«

»Ich würde gern mit ihm sprechen«, sagte Silk. »Ja, das werde ich bei der ersten sich bietenden Gelegenheit tun. Aber bevor Ihr weitersprecht, möchte ich noch etwas von Euch wissen. Kanntet Ihr Eland, Chenille? Abgesehen von seiner Rolle als Maytera Mints Gefangener, meine ich? Kanntest du ihn, Hyacinth?«

Beide sagten, daß sie den Mann nicht kannten.

»Da Maytera Mint ihn gefangengenommen hat, nehme ich an, daß er einer der Bürger war, die dem Ayuntamiento treu geblieben sind. Falls das zutrifft, dann könnte er von jemandem erschossen worden sein, der diese Treue für Verrat hielt. Aber es gibt natürlich noch eine ganze Reihe weiterer Möglichkeiten. Was ist danach passiert?«

»Habe ich Euch schon erzählt, daß der alte Augur aus der Brick Street tot ist? Er war schon zum Mainframe heimgegangen, als ich wach wurde, aber man hat ihn nicht erschossen oder so was. Er ist wohl einfach eingeschlafen.«

»Als Pas erschienen ist«, murmelte Silk.

»Ja, das könnte sein, ja. Auk sagt, Pas hätte ihm gezeigt, was er mit Sandy machen mußte, aber er kann sich nicht erinnern, Pas gesehen zu haben.«

Silk brach sich eine Ecke von einer Scheibe Toastbrot ab und tauchte sie ins Eigelb. »Auch andere wurden von Göttern aufgesucht, ohne sie zu sehen. Patera Jerboa hat ein Stück von Pas gehütet. Das hat man jedenfalls Hyacinth und mir zu verstehen gegeben.«

Hyacinth sagte: »Du machst dir doch wegen irgend etwas Sorgen. Was ist los?«

Fast genauso, wie Sciathan beinahe im gleichen Augenblick auf Abanjas Frage die Achseln zuckte, hob und senkte auch Silk die Schultern. »Ich dachte mir, daß das Fragment des Pas, das Patera Jerboa gehütet hat, vielleicht dafür verantwortlich war, daß er so lange gelebt hat, und daß die Zurücknahme dieses Fragments seinen Tod verursacht hat – nicht, weil Pas es so wollte, sondern einfach, weil das Fragment des Pas danach nicht mehr in Jerboa war und sein Leben nicht mehr erhalten konnte.«

Silk schob sich das mit Ei getränkte Stück Brot in den Mund, kaute nachdenklich und schluckte es hinunter. Da die beiden Frauen nichts sagten, fuhr er fort: »Und dann, was ja naheliegend ist, habe ich mich gefragt, welcher Gott die anderen Menschen am Leben hält. Ich glaube, ich könnte es erraten, aber wir haben jetzt andere Dinge zu besprechen. Chenille, Ihr wart natürlich sehr aufgeregt. Zweifellos genau wie alle anderen.«

»Das ist richtig, und Generalin Mint sagte, wir müßten Euch suchen und Euch alles berichten, aber zuerst dachten wir ja noch, Ihr würdet selbst herkommen. Die Sibyllen aus der Brick Street …«

»Wartet. Ihr seid im Palast des Caldé?«

»Richtig. Wir dachten, Ihr und Hyacinth würdet

wahrscheinlich herkommen, und deshalb sind wir alle bis auf die Sibyllen hierher gelaufen. Die Sibyllen sind geblieben, um für den alten Mann die Totenwache zu halten und um auf den Leichenwagen zu warten, der bald kommen sollte. Aber Ihr und Hy, Ihr wart nicht da. Ich bin dann zu diesem Glas hier gegangen, weil ich dachte, der Monitor könnte mir vielleicht sagen, wohin Ihr gegangen seid.«

Hyacinth rief: »Das durfte er nicht!«

»Gestern abend hat Hyacinth unseren Monitor angewiesen, niemandem zu verraten, wo wir sind.« Er sah sich, Zustimmung heischend, zu ihr um, und sie nickte heftig.

»Er hat es ja auch nicht verraten. Violet hat's mir gesagt. Seht Ihr, der Monitor hier konnte Euch ja nicht finden, also habe ich mir zu überlegen versucht, wo Ihr mit Hy hingegangen sein könntet, Caldé. Aber das wird Euch jetzt nicht gefallen, Patera.«

»Ich verspreche Euch, daß ich nicht böse werde.«

»Also, als erstes ist mir die Sun Street eingefallen, dieses kleine dreieckige Haus, wo ich damals auf Euch gewartet habe. Aber der Monitor im Wohnhaus der Sibyllen meinte, Ihr wärt wohl nicht da.«

Chenille zögerte. Sie wich Silks Blicken aus. »Ja, und dann habe ich mir gedacht, wohin könnten sie sonst gegangen sein? Es war ja noch ziemlich früh, ungefähr zu der Zeit, als der Markt öffnet, als wir hierher gekommen sind.«

»Ich könnte mir noch einen anderen Ort vorstellen, auf den Ihr hättet kommen können«, erwiderte er, »und zwar meine Gemächer im Juzgado, denn dort habe ich geschlafen, bevor wir den Palast des Caldé wiedereröffnet haben.«

Chenille schüttelte den Kopf, und die feuerroten Locken hüpften wilder denn je. »Ich wußte, daß Ihr nicht dorthin gehen würdet, Patera. Ihr hättet nicht gewollt, daß Euch jemand auf die Nerven geht, wie ich es jetzt mache, also wäre das der letzte Ort gewesen, zu dem Ihr gegangen wärt. Ich dachte auch an Orchids Haus, und ich dachte, es kann ja nicht schaden, wenn ich es versuche. Ich dachte mir, sie schläft vielleicht, aber ich könnte ja den Monitor fragen oder vielleicht sogar selbst hingehen und in der kleinen Bäckerei etwas kaufen. Ich hätte dort auf Euch warten können, bis Ihr herausgekommen wärt. Also habe ich es versucht, aber Orchid war wach. Erinnert Ihr Euch an Violet?«

»Natürlich.«

»Sie hat die letzte Nacht bei Generalissima Siyuf verbracht. Aber nicht bei Orchid, sondern in Ermine's Hotel. Orchid war ein bißchen geschmeichelt, weil es ja immerhin Siyuf gewesen war, also ist sie aufgestanden und hat auf Violet gewartet, um von ihr zu hören, wie es gelaufen ist.«

»Und«, fuhr Hyacinth fort, »sie wollte natürlich auch wissen, ob für den nächsten Abend wieder ein Mädchen gebraucht würde, vielleicht ein neues, und ob die Generalissima vielleicht Freunde hätte, die auch ein Mädchen brauchten, und man könne selbstverständlich auch private Parties ausrichten und so weiter. Ich kann es mir vorstellen.«

»Ja, lauter so Sachen. Also, ich dachte mir jedenfalls, das ist ja interessant, und deshalb habe ich selbst mit Violet gesprochen.« Chenille wirkte etwas verlegen.

»Sicher doch«, beruhigte Hyacinth sie. »Warum auch nicht?«

»Ja, und dabei ist herausgekommen, daß die Trivigauntis einen Flieger gefangen haben. Vielleicht weißt du noch nichts davon, Hy, aber ich weiß es, weil ich dabei war, als Patera es erfahren hat. Wißt Ihr noch, Patera?«

Silk lächelte traurig. »Ja. Ich hatte gehofft, beim Abendessen mit Generalissima Siyuf darüber reden zu können.«

»Aber ihr wußtet nicht, daß sie dabei drei weitere getötet haben, nicht wahr? Drei Flieger haben sie umgebracht, sagt Siyuf. Violet hat's mir erzählt.«

»Nein.« Silk schürzte die Lippen. »Das habe ich noch nicht gewußt. Ich dachte, es wäre nur einer gelandet, aus welchem Grund auch immer, und die Truppen der Rani hätten ihn geschnappt. Ihr habt recht, Chenille, das ist ebenso ernst wie unangenehm.«

»Aber das Schlimmste kommt ja erst noch, Patera. Violet dachte sich, es könnte eine gute Idee sein herauszufinden, wo dieser Flieger ist. Ihr wißt schon – weil vielleicht jemand, der es wissen will, dafür etwas bezahlen würde.«

»Wenn sie ein Anrecht darauf hat, dann soll sie belohnt werden. Mir scheint es fast, als hätte sie dieses Anrecht.«

»Aber sie hat es Orchid erzählt, und Orchid meinte, das wäre nichts, womit man Geld herausschinden könnte, aber ich sollte es gleich Euch erzählen, und deshalb mache ich das jetzt auch. Und dann hat Violet mir auch noch gesagt, daß sie Euch und Hy in Ermine's Hotel gesehen hat. Sie hätte Euch gesehen, als sie angekommen wäre, und so wußte ich dann auch, wo ich Euch finden konnte.«

»So ist das also gewesen. Aber das ist doch gar nicht schlimm.«

»Nein, das kommt jetzt. Es ist wegen dieses Fliegers, Patera.« Chenille schluckte schwer. »Er ist in unserem Juzgado, und Siyuf verlegt ihr Hauptquartier dorthin. Sie übernehmen ihn einfach.«

Silk saß da wie vor den Kopf geschlagen.

»Und Violet hat etwas über Auk und mich erzählt, einfach nur so im Gespräch mit Siyuf, sagt sie. Und sie meinte, kaum daß sie Auks Namen erwähnt hatte, da hätte Siyuf alles mögliche über ihn wissen wollen. Ich glaube, deshalb war sie vielleicht auch gestern abend beim Abendessen so nett zu mir. Violet glaubt, Auk hätte irgend etwas mit diesem Flieger zu tun, und jetzt suchen ihn die Trivigauntis.«

Die aufsehenerregenden Brüste hoben und senkten sich schwer. »Für Euch ist ja der Juzgado das wichtigste, Patera, aber für mich ist Auk das wichtigste, und ich mache mir solche Sorgen. Nicht meinetwegen, sondern seinetwegen.«

Der kleine Katachrest sprang auf den Schminktisch, um Hyacinth besser sehen zu können. »Heul nich. Bach nich.«

Sie wischte sich die Augen aus. »Es waren so kurze Flitterwochen, Tick. Das ist alles.«

Sciathan öffnete die Augen, als der Schlüssel im Schloß quietschte. Dann schloß er sie sofort wieder. Der Neuankömmling war zweimal so groß und drei- oder viermal so schwer wie er. Der Mann hatte einen Bart, eine dunkle Hautfarbe und war schmutzig. Trotz der Kälte war die Zelle während der letzten Stunden fast himmlisch gewesen. Das, dachte Sciathan, war jetzt wohl vorbei, und jetzt begannen Probleme ganz neuer Art für ihn.

Der Wärter draußen sagte: »Ich kann Euch auch neues Bettzeug besorgen, wenn Ihr wollt.«

»Holt meinen Fraß«, brummte der Neuankömmling. Als die Eisentür zugeklappt wurde, sagte er zu Sciathan: »Hallo, Obermann! Seid Ihr hungrig?«

»Nein, bin ich nicht.« Sciathan drehte sich zur Schiffssteinwand. »Vielen Dank.«

»Also, ich habe Hunger.« Der Neuankömmling setzte sich schwer auf die untere Koje. »Verflucht hungrig und verflucht müde bin ich. Ich bin schon so lange hungrig, daß ich meinen Hunger fast wieder vergessen habe. Ich fühle mich einfach nur noch leer. Bin gestern spät ins Bett und heute früh raus, und vorher habe ich nur auf einem Steinboden schlafen können, aber ich war so verflucht müde, daß ich mich da immer noch besser gefühlt habe als jetzt.«

Er legte sich hin, worauf die Federung seiner Pritsche protestierend quietschte. »Aber jetzt kann ich's mir endlich bequem machen.«

»Dann wünsche ich Euch einen angenehmen Schlaf«, sagte Sciathan höflich.

»O nein, ich werde nicht schlafen. Wie ich schon sagte, habe ich auf dem Steinboden schlafen können, und ich will ja auch noch was essen.« Der Neuankömmling kicherte. »Und was ist mit Euch? Habt Ihr gut geschlafen?«

Sciathan sah rasch über die Bettkante zu dem Mann hinunter. »Ich habe schon bequemer gelegen.«

»Und außerdem hat Euch jemand die Fresse poliert, also bin ich viel besser dran als Ihr.«

Ungefähr zehn Minuten vergingen, dann hielt Sciathan es vor Neugierde nicht mehr aus. »Seid ihr hier aus Viron?«

»In der Wine Street geboren«, erklärte der Neuankömmling etwas schläfrig. »Ihr fürchtet wohl, ich wäre aus Trivigaunte. Nein, es ist nur drei oder vier Tage her, daß ich mich das letzte Mal rasieren konnte, das ist alles. Ich war zu beschäftigt.«

»Ich bin auch fremd hier«, sagte Sciathan vorsichtig.

»Ja, Peeper hat's mir gesagt.«

Sofort wurde Sciathan wieder vorsichtig. »Wer ist Peeper?«

»Der Schließer da draußen. Er ist beinahe schon ein alter Kumpel von mir. Ich war schon ein paarmal hier drin, und es hilft, wenn man hier Freunde hat. Ich habe auch etwas Geld, das hilft auch. Wir brauchen hier jedenfalls nicht zu verhungern.«

»Ich verstehe«, sagte Sciathan. Er schwieg wieder.

»Die Leute glauben, das wäre ein Spitzname, weil er hier hereinschaut und achtgibt, daß wir uns nicht gegenseitig umbringen.« Der Neuankömmling gähnte. »Aber er heißt wirklich so. Ein ›Peeper‹ ist nämlich eine Art kleiner grüner Frosch. Die meisten Leute in seiner Familie sind nach Fröschen oder Kröten benannt. Hört Ihr ihn kommen? Riecht gut.«

Sciathan schnüffelte. »Das riecht wirklich gut, und das ist der erste gute Duft, den ich hier drinnen wahrnehme.«

»Rinderbrust mit Nudeln. Die tun immer eine Art Soße aus Sauerrahm darüber. Sauerrahm und mit getrocknetem und geriebenem Chili und noch ein paar anderen Sachen, glaube ich.«

Die Schlüssel des Wärters klapperten im Schloß, und noch von draußen rief er: »So, hier kommt das Mittagessen.«

»Für mich ist es das Frühstück«, erklärte der neue Gefangene. »Ich habe gestern zum letzten Mal etwas gegessen, eine Art Frucht oder so, aber ich habe den Namen vergessen.« Wieder quietschte der Schlüssel im Schloß, und der Neuankömmling kicherte, als amüsierte er sich über das Geräusch.

»Ich habe mit dem Geld, das Ihr mir gegeben habt, das Bestmögliche versucht«, erklärte der Wärter. »Ich habe gesagt, für wen es wäre und daß Ihr großen Hunger habt, aber ich hätte nicht mehr als eine halbe Karte, und sie sollten es ordentlich machen. Ich weiß ja, wie Ihr reinhauen könnt, aber ich glaube, diese Portion hier werdet nicht einmal Ihr schaffen.«

»Ich will's wenigstens versuchen.« Der Neuankömmling setzte sich auf.

»Die große Schüssel hier ...« Es klingelte leise, als der Wärter den Deckel hob. Sciathan, der aus den Augenwinkeln zusah, konnte beobachten, wie eine duftende Wolke zur Decke stieg. »Das wäre die Rinderbrust mit Nudeln. Genug für drei starke Männer, hat er gesagt. Und hier in der kleinen Schüssel ist noch etwas Soße dazu.«

Ein helleres, leiseres Klingeln war zu hören, dann stieg ein unbeschreiblich köstlicher Duft auf. Sciathan setzte sich gerade rechtzeitig auf, um zu sehen, wie der Wärter den Deckel von einer dritten Schüssel nahm.

»Das hier ist Sauergemüse. Er meinte, das mögt Ihr.«

Der Neuankömmling rieb sich die Hände. »Ja, und ob.«

»Gut und scharf, sagt er, wie Ihr es mögt. Aber inzwischen ist es schon ziemlich ausgekühlt, und wenn Ihr es nicht aufeßt, könnt Ihr den Rest ja später essen.« Der Wärter hielt inne. »Die Grünen haben Euch nicht sehr hart angefaßt.«

»Ihr seid doch selbst einer«, erwiderte der Neuankömmling.

»Die anderen Grünen glauben das aber nicht.«

»Doch, das seid Ihr. Ihr tragt nur nicht die grüne Uniform wie sie.« Der Neuankömmling sah schräg zu Sciathan hinauf. »Wißt Ihr noch, was ich über seinen Namen gesagt habe? Alle in seiner Familie sind bei den Grünen, deshalb werden sie alle nach Fröschen benannt. Peeper und so weiter.«

Der Wärter sagte: »Ich habe einen Bruder, der Buffo heißt, und der ist wirklich bei den Grünen, aber ich doch nicht.«

»Verzeihung.« Sciathan lehnte sich über die Kante seiner Koje und betrachtete sehnsüchtig das Tablett mit dem Essen des Neuankömmlings. »Ich verstehe das nicht.«

»Er ist nicht von hier«, informierte der Wärter den Neuankömmling. »Die Leute aus Urbs und so weiter sind manchmal ein bißchen komisch.«

Der Neuankömmling wickelte Servietten von einem Brot, das so lang war wie Sciathans Arm. »Was juckt Euch, Obermann? Glaubt Ihr, hier würde nicht jeder so gut verpflegt?«

Der Wärter lachte.

»Euer Essen ist nicht hier zubereitet worden.«

Der Neuankömmling schüttelte den Kopf. »Drüben auf der anderen Straßenseite in der Cage Street ist ein Restaurant. Peeper hier ist rüber und hat ihnen gesagt, was ich will, und als er mich hier eingeschlossen hatte, ist er noch einmal rüber und hat es mir geholt. Ich habe ihm eine Karte gegeben, und er bekommt die Hälfte fürs Holen. So machen wir das hier.«

»Ihr seid gerade erst angekommen«, wandte Sciathan ein. »Es war doch gar nicht genug Zeit, eine so große Portion zuzubereiten.«

»Im Grill war er aber trotzdem schon«, erklärte der Wärter. »Aber sie wollten ihn nicht zu sehr rannehmen, wie es aussieht, und deshalb durfte ich ihn verlegen und ihn fragen, ob er was braucht.«

»Die kennen mich eben auch schon länger«, ergänzte der Neuankömmling.

Sciathan blickte zu den Schneeflocken hinaus, die vor dem kleinen, vergitterten Fenster tanzten. Er zog sich die Decke enger um die Schultern. »Ist es wärmer im Grill?«

Die beiden großen Männer lachten, und der Neuankömmling erklärte: »Das ist das Verhörzimmer, wo sie einem Fragen stellen, aber heute lassen sie es wohl bei allen ziemlich langsam angehen, denke ich.«

»Bei mir war es auch nicht so schlimm. Vielleicht habt Ihr recht. Aber ich bin sicher, daß es beim nächsten Mal schlimmer wird.«

Der Neuankömmling strich sich Butter über ein Viertel des langen Brotlaibs. »Wart Ihr den heute auch schon im Grill?«

Der Wärter schüttelte den Kopf.

»Im Grill war ich nicht. Ich wurde beim Reiten von einer gewissen Abanja verhört, die dann doch nicht so schlimm war, wie ich befürchtet hatte. Danach noch einmal von Siyuf und Abanja und einigen anderen, deren Namen ich nicht weiß. Das war schlimmer. Siyuf ist eine harte Frau.«

»Das ist die Frau aus Trivigaunte, die den Laden hier übernommen hat«, warf der Wärter ein. »Generalissima Siyuf heißt sie, und der Caldé tanzt nach ihrer Pfeife.«

»Die sollten uns doch eigentlich hier herausholen«, protestierte der Neuankömmling.

»Die helfen sich als erstes selbst, wenn Ihr mich fragt.«

Der Neuankömmling hob das gebutterte Stück Brot. »Hier, versucht mal, Obermann. Habt Ihr verstanden, was wir gerade geredet haben?«

»Danke. Ja, ich konnte ja nicht vermeiden, es zu hören.«

»Tja, das ist der Grund, daß die Grünen so freundlich mit mir umgegangen sind. Sie sind sich noch nicht sicher, wo sie stehen.«

»Meint Ihr Eure Polizei? Die Polizei in Viron?«

»Ja. Es sieht so aus, als würden sie auf einmal für die Rani arbeiten. Aber sie wissen es selbst nicht genau, und wir wissen es auch nicht.«

Der Wärter räusperte sich. »Nun ja, jedenfalls ist alles da. Da ist außerdem ein guter Tropfen, hier ist der Becher. Außerdem drei Schweinshaxen in dem Topf da, und eine Menge andere Sachen. Ruft einfach, wenn Ihr sonst noch was braucht.«

»Mach ich«, erwiderte der Neuankömmling. Er kicherte, als der Wärter die Tür zuzog. »Und behaltet mich gut im Auge, Peeper, damit ich nicht abhaue.«

»Das ist aber gutes Brot«, sagte Sciathan. »Wirklich sehr gut. Vielen Dank dafür.«

»Klar.« Der Neuankömmling schaufelte sich Nudeln und Rinderbrust auf seinen Teller.

»Ich wünschte, ich könnte Euch dafür irgendwie entschädigen, aber ich habe leider kein Geld.«

Der Neuankömmling schaute zu ihm hoch. »Ihr wart noch nie im Bunker, was?«

»Ich bin erst seit gestern abend hier. Vorher war ich mit den Armen an einen Pfahl gekettet und mußte auf dem Boden schlafen. Da war etwas Gras, also hatte ich es bestimmt etwas weicher als Ihr auf dem Steinboden.«

»Aber viel kälter. Es war bestimmt viel kälter. Ich hatte es ziemlich warm, obwohl ich auf dem Boden schlafen mußte.«

»Kalt war es, das stimmt.« Sciathan biß wieder ins Brot. Es war weich und weiß und hatte eine dicke braune Kruste, auf der er eine Weile herumkauen mußte.

»Mein Mädchen war übrigens bei mir, und die hat mich warm gehalten. Habt Ihr nicht gesagt, Ihr hättet schon etwas gegessen?«

Es dauerte einen Augenblick, bis Sciathan hinuntergeschluckt hatte und wieder sprechen konnte. »Im Reiten auf einem Pferd. Eine Scheibe graues Fleisch zwischen zwei Brotscheiben. Das Brot war lange nicht so gut wie dieses hier. Wir haben uns über die Gemeine Sprache unterhalten, die manchmal auch Gemeine Zunge genannt wird. Und mein Fleisch, meinte Abanja, wäre auch gemeine Zunge. Sie fand das wohl lustig.«

»Wartet mal.« Der Neuankömmling kippte sich aus dem kleinen Topf etwas Soße auf den Teller. »Soll ich Euch ein paar Nudeln hier hineinschütten? Ihr müßtet aber mit den Fingern essen, wir haben nur eine Gabel.«

»Lieber nicht.« Sciathan widerstand der Versuchung. »Ich muß Euch sagen, daß es viele, viele Tage gab, an denen ich weniger gegessen habe als dieses graue Fleisch. Wir essen immer nur sehr wenig, und oft essen wir überhaupt nichts.« Er schluckte wieder, aber dieses Mal nur, weil ihm das Wasser im Mund zusammenlief. »Ach, ich würde vielleicht doch gern ein paar Nudeln essen, und es macht mir überhaupt nichts aus, sie mit den Fingern zu essen.«

»Alles klar.« Der Neuankömmling füllte Nudeln in die Soßenterrine. »Wißt Ihr, ich habe mich schon gefragt, warum Ihr so dürr seid. Aber ich habe gehört, daß der Reis in Palustria schlecht ist. Seid Ihr gekommen, um Lebensmittel zu beschaffen?«

»Das Essen macht einen schwer.« Es war eine so einfache, grundlegende Tatsache, daß Sciathan Mühe hatte, sie zu formulieren. »Man fliegt dann nicht mehr gut. Ich bin ein Flieger. So nennt Ihr uns.«

Der Neuankömmling sah ihn skeptisch an. »Die kommen niemals herunter, und außerdem sind sie sowieso alle Spione. Das weiß hier jedes Kind.«

»Ich bin kein Spion. Das glaubt nicht einmal Siyuf.«

»Dann hört Ihr besser damit auf, Euch als Flieger auszugeben. Am Ende glaubt Euch das noch jemand.« Der Neuankömmling reichte Sciathan die Terrine hoch. »Ich habe noch ein bißchen geräucherte Schildkröte dazugelegt. Die haben mir etwas davon dazugegeben. Geräucherte Schildkröte mit Zwiebeln. Wenn Ihr davon Durst bekommt, können wir Peeper bitten, uns Wasser zu holen.«

»So etwas habe ich noch nie gegessen.« Sciathan tauchte zwei Finger in die braune Tunke und kostete. »Es schmeckt herrlich.«

»Vielleicht sollte ich das auch selbst probieren.«

»Ich sagte gerade, daß man vom Essen schwer wird«, murmelte Sciathan. »Aber warum sollte ich nicht schwer werden? Ich werde sowieso nicht mehr fliegen.«

Der Neuankömmling schielte zu ihm hoch. »Ihr seid wohl wirklich ein Flieger, was? Sind sie mit dem großen Luftschiff aufgestiegen, um Euch zu fangen?«

Sciathan schüttelte seufzend den Kopf. »Wir sind gelandet, um etwas zu fragen. Ich wußte, daß es gefährlich würde.« Schneller, als ein Zauberer einen Spruch aufsagen konnte, verzerrte sich das Gesicht des Fliegers. »Hallo, Auk.«

»Hallo. Anscheinend kannst du das wirklich machen. Jugs und Patera haben es mir erzählt, aber ich wollte es erst nicht glauben.«

»Brauchst du Hilfe?«

»Ach was.« Er fand das leere Starren in dem Gesicht, das gerade noch Sciathan gehört hatte, beunruhigend und wandte sich wieder seinem Teller zu. »Sage ihnen, daß es prima läuft. Ich gebe ein Zeichen, wenn ich weiß, ob er der richtige ist.« Er wischte mit einem Stück Rindfleisch die Soße auf und hoffte, sie würde bald wieder verschwinden. Der Anblick störte ihn beim Essen. »Ich werde dann Peeper bitten, etwas für mich zu besorgen. Es ist besser, er ist dann gerade nicht da.«

»Der kleine Mann ist so hungrig.«

Der Neuankömmling zerkaute ein Stück Rinderbrust. »Er hat mehr Fleisch auf den Knochen als du.«

»Ich hätte gern etwas Suppe. Ich werde Großmutter fragen.«

»Ja, mach das«, sagte der Neuankömmling.

Sciathan blinzelte und langte hastig nach der Soßenterrine, die ihm fast vom Schoß gerutscht wäre. Er atmete tief durch. »Das ist unerwartet.«

Der Neuankömmling schüttelte fragend den Kopf, ohne aufzublicken. »Was meint Ihr?«

»Wenn man zu hoch fliegt, wird einem schwindelig. Jetzt fühle ich mich auch etwas seltsam. Könnte es sein, daß Euer Essen mit Drogen versetzt ist?«

»Nein«, sagte der Neuankömmling einfach.

»Ihr habt mehrere Male mit mir gesprochen, und ich habe geantwortet, aber ich weiß nicht mehr, was Ihr gesagt habt und was ich geantwortet habe.«

»War wohl nicht so wichtig.«

Sciathan hatte seine geräucherte Schildkröte aufgegessen und machte sich über die Nudeln her. »Ich habe keinen Grund, Euch zu trauen. Ihr könntet ein Spion sein.«

»Sicher.«

»Ich weiß aber nicht mehr als das, was ich schon Siyuf und Abanja gesagt habe. Warum werde ich hier eingesperrt?«

Der Neuankömmling hob den Deckel von einem weiteren Topf. »Mögt Ihr Käse? Er hat mir auch etwas Käse mitgeschickt.«

»Ich habe schon mehr als genug gegessen. Ich habe nicht einmal das Brot aufessen können, das Ihr mir gegeben habt.«

»Hier.« Der Neuankömmling gab ihm einen blau gemaserten, weißlichen Klumpen. »Probiert das dazu.«

»Danke. Wir machen daheim guten Käse, aber ich habe lange keinen mehr gegessen.«

»Jetzt hört mal gut zu, Obermann.« Der Neuankömmling schenkte sich vier Finger hoch Brandy in sein Glas. »Diese Trivigauntis, die Ihr da erwähnt habt, Abanja und Siyuf, die habe ich nie im Leben gesehen. Ich könnte sie nicht von einem Straßenköter unterscheiden, aber ich kenne diesen Laden hier und den Grill und die Gerichtshöfe und die Richter und so weiter. Wenn Ihr mir sagen wollt, was Ihr gemacht habt und was mit Euch los ist, dann könnte ich Euch vielleicht ein paar Antworten geben. Wenn Ihr das nicht wollt, soll's mir auch egal sein. Aber fragt mich bloß nicht nach Sachen, die ich nicht weiß, zum Beispiel warum ich hier eingesperrt bin und so einen Mist.«

»Ihr wollt wissen, was ich verbrochen habe. Ich habe nichts verbrochen.«

»Dann halten sie Euch hier fest, weil sie vor dem Angst haben, was Ihr tun wollt, wenn Ihr wieder herauskommt. Was wolltet Ihr tun?«

»Wenn ich herauskäme, würde ich weiter nach einem Mann namens Auk suchen. Das ist alles. Das wissen sie auch schon.«

»Werdet Ihr ihn alle machen, wenn Ihr ihn findet?«

Sciathan beugte sich wieder über den Rand der Koje, um nach unten zum Neuankömmling zu blicken. »Heißt das, ob ich ihn umbringen will? Ist alle machen das gleiche wie umlegen?«

»Ja. Die heilige Sibylle hat uns beigebracht, daß beide Wörter genauso richtig und genauso unschön wären.«

»Nein, ich würde ihn nicht umbringen. Ich würde den Herrinnen des Luftschiffes, das über der Stadt schwebt, sagen, daß sie mich und diesen Auk und jene, die er auswählt, zum Mainframe bringen müssen.«

»Wartet mal.« Der Neuankömmling bohrte sich mit einem Zeigefinger im Ohr herum. »Zum Mainframe? Ich glaube, ich höre nicht recht. Sagt das noch einmal.«

»Ich komme vom Mainframe. Dort leben wir, die Crew. Der Mainframe ist unser Direktor, er schützt uns, und wir reparieren ihn nach seinen Anweisungen, falls Reparaturen nötig sind.«

»Also ist das ein realer Ort.« Der Neuankömmling trank einen Schluck Brandy.

»Ja, wir leben im Mainframe. Genau wie Ihr in Viron lebt.«

»Wenn Ihr da lebt, warum fliegt Ihr dann dauernd hier herum und laßt es regnen?«

»Weil der Mainframe es uns aufträgt. Er ist der Direktor des ganzen Whorl, nicht nur unser eigener. Wenn kein Regen fällt, geht die Fracht ein. Wenn zuviel Regen fällt, auch. Der Mainframe hat viele Datenquellen. Wir sind nur eine unter vielen, obgleich eine der wichtigsten.«

»Wollt Ihr etwas Fusel?« Der Neuankömmling hielt

ihm den Becher hin. »Ihr seht immer noch aus, als könntet Ihr gleich ohnmächtig werden. Das Zeug könnte Euch gut tun.«

»Nein, danke.«

»Also gut. Was war das jetzt mit der Fracht? Ist das so wie auf einem Boot?«

»Ihr, die Leute und die Tiere und die Pflanzen, ihr seid die Fracht. Ja, es ist das gleiche wie bei einem Boot, ja. Denn wir sind in einem Boot. Wir genauso wie Ihr.«

»Wir sind die Fracht?« Der Neuankömmling starrte erstaunt zu Sciathan hinauf und tippte sich an die Brust. »Ich und alle anderen, die ich kenne?«

»Das ist richtig.« Sciathan nickte lebhaft. »Abanja und Siyuf auch. Deshalb würde ich Auk auch nicht umbringen. Es ist unsere Pflicht, die Fracht zu beschützen, nicht sie alle zu machen.«

»Und das hat Euch der Mainframe gesagt, was?«

»Daß wir die Fracht schützen müssen? Sicher, das sagt er dauernd.« Sciathan senkte die Stimme. »Es wird aber immer schwieriger. Die Sonne reagiert nicht mehr gut. Das ist seit den Tagen meines Vaters immer schlechter geworden. Die Hitze staut sich, weil die Kühlung nicht mehr ordentlich funktioniert, auch das ist ein Problem. Der Mainframe könnte gezwungen sein, die Sonne auszuschalten. Wie drückt Ihr das aus? Die Energie unterbrechen. Er hat uns gewarnt, und wir haben alles mögliche getan, um uns darauf vorzubereiten.«

Der Neuankömmling stellte sein Glas ab. »Bei diesem Gerede wird mir ganz mau im Kopf.« Er stand auf und trat an die kleine vergitterte Öffnung in der Eisentür. »He, Peeper!«

»Ihr glaubt, ich belüge Euch, und jetzt wollt Ihr mich herauswerfen lassen.«

Der Neuankömmling drehte sich wieder zu ihm um. »Es hat mich zwei Karten gekostet, die Pritsche hier zu bekommen, und jetzt scheint es mir, als wärt Ihr nicht ganz richtig im Kopf. Es wird zu heiß, sagt Ihr. Der Whorl wird zu heiß.«

Sciathan nickte. »Es gibt noch andere Schwierigkeiten, aber das ist die schlimmste.«

»Also müßt Ihr die Kühlung abstellen ...«

»Nein, nein! Die Sonne. Bis der Whorl abgekühlt ist. Aber ich kann das nicht machen. Das muß der Mainframe selbst machen, der muß das erledigen. Es wird eine schreckliche Dunkelheit geben.«

»Weil der Whorl zu heiß wird.« Der Neuankömmling ging zum Fenster. »Aber jetzt seht mal da raus. Das ist Schnee.«

»Ihr wollt mir nicht glauben«, seufzte Sciathan. Er suchte im bärtigen, kantigen Gesicht des Neuankömmlings nach irgendeinem Zeichen, daß der Mann ihm glaubte. »Ich kann Euch das nicht vorwerfen, aber Ihr habt mir zu essen gegeben und wart freundlich zu mir, und ich will Euch nicht täuschen. Es war schwer, in diesem Jahr den Winter zu machen. Der Mainframe hatte sehr zu kämpfen, und wir mußten sehr oft fliegen.«

»Er mußte den Winter *machen*? Der Mainframe hat den Winter *gemacht*?« Der Neuankömmling deutete zum Fenster. »Ich dachte immer, der Winter käme ganz natürlich, einfach so.«

»Von Vorgängen, die man nicht versteht, sagt man meist, sie wären etwas Natürliches«, erklärte Sciathan ihm müde. »Einmal ist die Sonne sogar ausgegangen, als der Mainframe versucht hat, den Winter zu machen. Das hätte eigentlich nicht passieren dürfen.«

»Ja, ich habe davon gehört.« Der Neuankömmling klang nicht mehr ganz so streitlustig. »Dann ist die Sonne wieder zurückgekommen, aber sie war eine Minute oder so verflucht heiß. Ein paar Bäume und so weiter haben zu brennen begonnen. Ein Kerl, den ich kenne, hat Patera mal danach gefragt. Caldé Silk, meine ich. Er sagte, da hätte ein neuer Gott gesprochen, und er wußte auch, welcher es war, aber er hat es mir nicht gesagt.«

»Das war kein Gott«, erklärte Sciathan. »Das war die Sonne, die wieder gezündet wurde. Dabei gibt sie viel Energie ab.«

»Egal, jedenfalls ist das nicht der Grund dafür, daß Ihr hier seid.« Der Neuankömmling zog sich die Tunika über den Kopf. Darunter trug er ein rotes wollenes Unterhemd, das er ebenfalls abstreifte.

»Also hat Euch der Mainframe gesagt, Ihr sollt diesen Auk suchen.«

In der Öffnung in der Tür tauchte das Gesicht des Wärters auf. »Braucht Ihr etwas?«

»Ich möchte, daß Ihr für mich noch einmal zu Trotter's geht«, sagte der Neuankömmling. Er gab dem Wärter zwei Karten. »Sagt ihm, wenn Freunde von mir vorbeikommen, dann geht das erste Getränk auf meine Rechnung. Trotter soll ihnen sagen, daß ich bald wieder da bin und daß wir uns dann im Cock treffen. Habt Ihr das? Ihr müßt aber sofort gehen.«

»Klar. Wird es Euch zu warm da drinnen?«

»Es juckt mich, das ist alles. Sagt es Trotter, und dann habe ich vielleicht noch einen kleinen Auftrag für Euch.«

Als der Wärter fort war, begann Sciathan: »Ist hier eigentlich bekannt, daß … aber ich möchte nicht Eure religiösen Gefühle verletzen.«

»Keine Sorge«, gab der Neuankömmling zurück. »Ich habe keine. Ich bin religiös, aber das ist was anderes.«

»Ist hier bekannt, daß alle Götter der Mainframe sind?« Sciathan wartete einigermaßen besorgt auf einen Wutausbruch, doch als der nicht kam, fuhr er fort: »Und umgekehrt bringt der Mainframe alle Götter hervor. Die dunkle Seite des Mainframe, die in

Eurer Sprache Tartaros heißt, hat mir meine Anweisungen gegeben.«

Nachdem er die Ärmel um die Stangen geknotet hatte, schob der Neuankömmling sein Unterhemd aus dem Fenster. »Wißt Ihr, ich wünschte, Ihr hättet mir das früher gesagt, Kumpel.«

Er nahm seine Gabel und bog mit kräftigen Fingern die Zinken zurecht. »Wie ist eigentlich Euer richtiger Name, Obermann?«

»Ich bin Sciathan. Und wie heißt Ihr?«

»Das werde ich Euch nicht sagen, Sciathan. Später werde ich es Euch sagen, aber noch nicht jetzt, weil ich fürchte, daß uns das nur aufhält. Wißt Ihr, wo das Schlüsselloch in der Tür ist? Wißt Ihr die ungefähre Richtung?«

Sciathan nickte.

»Alles klar. Seht her. Seht Ihr, wie ich den einen Zinken verdreht und den anderen nach oben gebogen habe? Jetzt streckt Euren Arm durch das Loch da. Vielleicht könnte ich es auch selbst machen, wenn ich mir Butter auf den Arm reibe, aber für Euch ist es leichter. Tastet mit dem Dietrich, den ich hier gemacht habe, herum, bis Ihr das Schlüsselloch gefunden habt. Wenn Ihr es habt, dann steckt ihn hinein und dreht.«

Sciathan nahm die Gabel. »Ihr meint, damit könnte man die Tür öffnen. Aber sicher seid Ihr nicht.«

»Doch, ich bin sicher. Ich habe den Schlüssel gesehen, als er mich hereingeführt hat, und ich weiß, wie diese Schlösser funktionieren. Ich weiß, wie Dinge funktionieren, sobald ich sie ansehe. Also macht schon. Ich möchte sie da draußen nicht zu lange warten lassen.«

Sciathan nickte versonnen. »Dann werdet Ihr frei sein, und ich werde wieder nach Auk suchen können. Aber so, wie ich bekleidet bin und in Unkenntnis der Gebräuche Eurer Stadt werde ich wohl nicht weit kommen.«

»Wir werden uns um Euch kümmern«, sagte der Neuankömmling unwirsch. »Kleidung und so weiter, das ist kein Problem. Und wir werden Euch zeigen, wie Ihr Euch zu verhalten habt. Jetzt macht schon, los!«

Wenn er sich auf Zehenspitzen stellte, schaffte er es gerade, den Arm durch den Zwischenraum zwischen zwei Stäben zu schieben. Die seltsam verbogene Gabel kratzte an der Tür entlang, bis er das Schloß gefunden hatte, dann fummelte er herum, um das Schlüsselloch zu finden. »Ich fürchte, ich könnte sie fallen lassen«, sagte er zum Neuankömmling. »Aber ich versuche, es nicht dazu kommen zu lassen …« Er spürte, wie sich der Bolzen bewegte. »Ich habe aufgeschlossen!«

»Sicher.« Als Sciathan den Arm zurückgezogen hatte, drückte der Neuankömmling die Tür auf. »Kommt jetzt. Vor der Außentür haben sich schon ein paar Kämpferinnen versammelt, also sehen wir zu, daß wir wegkommen. Wickelt die Decke um Euch, damit sie Eure Beine nicht sehen.«

Er führte Sciathan durch einen Flur und eine Treppe hinunter, bis sie vor einer massiven Eisentür standen. »Sie hätten auch drinnen Wachen postieren sollen«, flüsterte er. »Aber sie dachten wohl, hier wären nur Penner und ehrliche Männer, von denen keiner ausbrechen würde. Es ist immer das gleiche, sobald man glaubt, alles wäre in Ordnung, passiert etwas.«

»Das kann ich verstehen«, erwiderte Sciathan, und beinahe hätte er hinzugefügt: Seit gestern sogar besonders gut.

»Nur, daß ich weiß, wie sie denken, weil ich sie kenne. Die haben Musketen da draußen, und wenn wir jetzt wegrennen, dann werden sie uns umlegen. Also gehen wir einfach raus und gehen ruhig weiter, bis wir über die Straße sind. Vielleicht passiert nichts dabei. Wenn sie rufen oder etwas sagen, dann haltet Ihr nicht an und seht nicht zurück. Verstanden?«

»Ich werde es versuchen. Ja.«

»Alles klar.« Der Neuankömmling preßte das Ohr an die Eisentür. »Solange Ihr ruhig bleibt, habt Ihr nichts zu befürchten. Um den Rest werden wir uns kümmern.«

Es folgte ein langes Schweigen. Dann sagte der Neuankömmling: »Ziemlich ruhig da draußen. Macht Euch bereit.«

Viel zu schnell für Sciathans Geschmack wurde die Tür aufgedrückt. Halb geblendet vom winterlichen Sonnenlicht, trat er neben dem Neuankömmling durch die Tür ins Freie. Aus dem Augenwinkel bemerkte er eine riesige Frau, an deren dickem, sandfarbenem Mantel seine Decke vorbeistrich.

Der Matsch auf der breiten Straße war überfroren, die Spuren von Karren und Wagen zeichneten sich tief ab. Die Straße war fast menschenleer. Schneeflocken tanzten vor seinen Augen, ein paar blieben ihm in den Wimpern hängen.

»Ihr zwei da!« knurrte eine Frau. »Halt!«

So schnell, daß er fast schon glaubte, sie würden überfahren, raste ein schwarzes Fahrzeug heran. Es donnerte wie ein Sturm. Er flog durch die Luft, aber ohne Flügel und ohne Kontrolle über seinen Flug. Einen Augenblick lang sah er das verblüffte Gesicht eines Mannes, der eine schwarze Robe trug, dann prallte er mit dem Mann zusammen. Und dann prallte etwas Großes, Schweres in seinen Rücken.

Ein Knall – als würde eine Tür zugeschlagen –, und das Röhren schwoll zu einem ohrenbetäubenden Brausen an. Der Druck der Beschleunigung preßte ihn gegen zwei Hindernisse, die er erst nach ein paar Sekunden als die Schienbeine des schwarz gekleideten Mannes erkannte. Wie durch ein geheimnisvolles Gerät aus dem Mainframe wurde das Röhren auf einmal gedämpft, und über und hinter ihm knurrte der Neuankömmling: »Nur ein einziger Schuß, das ist ziemlich gut.«

Eine neue Stimme, die dem schwarz gekleideten Mann gehörte, sagte: »Auch dieser eine ist schon einer zuviel.«

Dann, als ihn die bleichen Hände des schwarz gekleideten Mannes und die muskulösen Hände des Neuankömmlings auf einen gepolsterten Sitz hoben, fuhr der Mann fort: »Willkommen in der heiligen Stadt Viron im Namen ihrer Menschen, ihrer Schutzherrin, des Außenseiters und aller anderen Götter. Es tut mir leid, daß wir dies nicht mit weniger Gewalt und mehr Feierlichkeit vollbringen konnten. Seid Ihr verletzt? Ich bin Caldé Silk.«

Sciathan wischte sich den Mund mit den Fingern ab und stellte zu seiner Überraschung fest, daß er nicht blutete. »Etwas angeschlagen, aber nicht von der Flucht, sondern von den Schlägen, die ich vorher habe einstecken müssen. Ich bin Sciathan.« Draußen wirbelten die Schneeflocken, und buckelige Häuser mit verfrorenen Gesichtern huschten vorbei wie eine Karawane. Er blinzelte und sah unsicher zwischen dem bleichen Frachtler und dem Neuankömmling hin und her. »Sind wir jetzt in Sicherheit?«

»Vorläufig auf jeden Fall«, beruhigte ihn der bleiche Frachtler, der sich Caldé Silk genannt hatte.

»Bin ich jetzt Euer Gefangener und nicht mehr der Gefangene der großen Frau?«

Caldé Silk schüttelte den Kopf. »Natürlich nicht. Ihr dürft nach Belieben kommen und gehen.«

Der Neuankömmling fügte hinzu: »Wir hätten Euch aber gern bei uns.«

Sciathan lächelte. Jetzt war es sehr angenehm zu lächeln, fand er. »Dann darf ich also weitersuchen?«

»Ja«, erklärte ihm der Neuankömmling. »Aber das wird nicht nötig sein. Ich bin Auk.«

13

Frieden schließen

»Guter Mann!« versicherte Oreb allen Gästen am Tisch.

»Dies hier ist Sciathan.« Silk deutete auf den winzigen Mann, der links neben ihm stand. »Sciathan ist am Thelxday zusammen mit vier Gefährten – ich glaube, als die Parade noch im Gange war –, im Lager der Truppen aus Trivigaunte gelandet. Die Kämpfer haben drei seiner Gefährten erschossen und ihn gefangen. Einer seiner Gefährten konnte entkommen.«

Potto nickte. Sein rundes, fröhliches Gesicht spiegelte sich im gewachsten, polierten Holz. »Gestern ist er mit Eurer Hilfe geflohen. Ich will Euch zu der Operation nicht gratulieren, nur zum Erfolg. Wir hätten das allerdings viel eleganter durchführen können.«

Spider, der auf halber Höhe am Tisch saß, konnte es bestätigen. »Verdammt, ja doch!«

»Es war eine in aller Eile improvisierte Operation«, räumte Silk ein. »Wir wußten nur, daß Sciathan gekommen war, um Auk zu suchen, aber wir wußten nicht, warum er ihn sprechen wollte. Glücklicherweise konnte Generalissimus Oosik bis zu den Wächtern vordringen, die im Juzgado Dienst taten, und …«

Loris unterbrach ihn. »Sie wurden ersetzt.«

»Das ist gut. Ich bin froh, daß ihnen nichts Schlimmeres passiert ist. Auf Generalissimus Oosiks Anweisung hin taten sie so, als hätten sie Auk verhaftet, und

Auk konnte einen Wächter bestechen und dafür sorgen, daß er in Sciathans Zelle gesperrt wurde. Offengestanden hielten wir es für wahrscheinlich, daß Auk ihn wenigstens vorerst einfach zurücklassen würde, nachdem er mit ihm gesprochen hatte. Wir wollten ja auf keinen Fall unsere Beziehungen zu den Truppen aus Trivigaunte verschlechtern.«

Silk betrachtete die Gesichter der Gäste, die hinter Hyacinth saßen. Maytera Mint schien wütend, Bison, der neben ihr saß, war anscheinend sogar noch zorniger. Oosik, der aufmerksam und erwartungsvoll zuhörte, hatte sich eine Muskete über den Schoß gelegt. Er hatte die beiden Ratsherren umbringen wollen und hatte möglicherweise irgendwo sogar noch einen Untergebenen postiert, der den gleichen Auftrag hatte.

»Wenn alles so verlaufen wäre, wie wir erwartet haben«, fuhr Silk fort, »dann wäre es ganz einfach gegangen. Auk wäre von den Gardisten begleitet worden, und Siyufs Wachen hätten angenommen, daß er befragt und freigelassen worden wäre.«

Auk warf ein: »Aber das ging nicht. Wir müssen zum Mainframe. Er und ich und alle anderen, die uns begleiten wollen.« Zustimmung heischend, sah er sich zu Quetzal und Remora um.

Potto lächelte breiter denn je. »Ich beglückwünsche Euch noch einmal zu Eurem Erfolg. Es ist sogar mehr herausgekommen, als wir erhoffen konnten. Dennoch haben unsere Feinde vier Antriebsaggregate und drei Paar unbeschädigte Flügel in die Hände bekommen.«

Hyacinth sagte laut: »Ihr seid der Feind.«

Maytera Mint schüttelte den Kopf. »Bis zum Abend des Thelxday waren sie die Feinde. Jetzt sieht es so aus, als hätte man uns betrogen, und wir können nicht mehr sicher sein. Ich glaube, die Trivigauntis sind es auch nicht. Wir hier sind bis auf den Flieger alle aus Viron. Wenn Councillor Loris hier wirklich

Frieden schließen will, dann sollten wir das begrüßen.«

Sie schloß die Augen. »Ich begrüße es. Echidna, vergib mir.« Remora, der ihr gegenüber saß, nickte lebhaft.

Silk fragte: »Seit Ihr gekommen, um Frieden zu schließen, Councillor Loris? Councillor Potto?«

»Unsere Azothen sind konfisziert worden«, kicherte Potto. »Man hat mich durchsucht. Mich! Es war einfach lächerlich. Aber dies hier als Friedensverhandlung zu bezeichnen, ist sogar noch lächerlicher.«

»Ich habe nicht gesagt, daß es sich um Friedensverhandlungen handelt«, schnappte Maytera Mint. »Ich habe angedeutet, daß es welche werden könnten. Sollte das der Fall sein, dann besteht eine echte Chance, Frieden zu schließen. Was die Beschlagnahme Eurer Waffen angeht, so laßt Euch daran erinnern, daß Seine Eminenz und ich ohne Waffen zu Verhandlungen gekommen sind und schlecht behandelt wurden. Aus diesem Grund werden die Verhandlungen jetzt in unserem Gebiet geführt, wobei wir bewaffnet sind und Ihr entwaffnet seid. Falls es weitere Verhandlungen geben sollte, werde ich darauf bestehen, daß sie unter ähnlichen Bedingungen stattfinden.«

Loris knurrte: »Eure Truppen schmelzen dahin, während wir reden.« Potto unterstützte ihn: »Ihr hättet Euer Gesicht sehen sollen, meine teure junge Generalin, als ich Euch mit dem Teekessel bedroht habe. Ich würde es übrigens wieder tun. Aber Ihr habt nicht das Recht …«

Oosik unterbrach ihn, indem er den Nadler zog und auf ihn richtete. »Dies hier ist eine meiner Waffen. Sie könnte mich oder Generalin Mint oder sogar Caldé Silk töten. Wollt Ihr sie haben?« Er legte sie zwischen ihnen auf die polierte Tischplatte und gab ihr einen Stoß, bis sie mitten auf dem Tisch lag.

Drei Herzschläge lang sprach niemand. Potto starrte den Nadler an, dann schüttelte er den Kopf.

»Dann beschwert Euch nicht über unsere Waffen«, wies Oosik ihn zurecht.

Silk klopfte auf den Tisch, um die Gäste zur Ordnung zu rufen. »Wie Ihr, Generalissimus Oosik, bin ich nicht der Meinung, daß Councillor Potto irgendeinen Anlaß hätte, sich über den Verlust seiner Waffen zu beklagen. Wir könnten uns jedoch über den geplanten Verlust unserer Waffen beklagen, und ich bin überhaupt nicht sicher, daß Councillor Potto – obwohl er sonst so stolz auf seine Informationen ist – über diese Tatsache etwas weiß. Councillor Loris scheint, was Generalin Mints Freiwillige angeht, nicht auf dem laufenden zu sein.«

Dann wandte er sich direkt an Potto. »Councillor Loris sagte, daß unsere Truppen dahinschmelzen. Colonel Bison berichtet, daß sie völlig weggeschmolzen sind. Wir mußten uns beeilen, und wir haben uns beeilt. Wißt Ihr auch, warum?«

Loris sagte: »Er weiß es nicht, aber er würde es niemals zugeben. Aber so starrköpfig bin ich nicht. Warum, Caldé?«

Silk forderte Bison mit einem Nicken auf, das Erklären zu übernehmen, und Bison sagte: »Generalissima Siyuf hat die Garde angewiesen, die Musketen unserer Leute einzusammeln und im Juzgado zu lagern.« Bison beugte sich vor. Er sah Loris scharf in die Augen, und seine Kaumuskulatur spannte sich. »Es war exakt – ganz exakt der richtige Befehl, um einen Keil zwischen die Garde und unsere Leute zu treiben, und sie hat nicht einmal versucht, den Befehl über Generalissimus Oosik übermitteln zu lassen. Sie hat ihn direkt an die Offiziere gegeben, die die einzelnen Brigaden kommandieren.«

Potto warf ein: »Abgesehen von Brigadier Erne.«

»Abgesehen von Erne. Das ist richtig. Wir hatten

Glück, daß die Brigadiers sich vorher bei Oosik vergewissern wollten, ob die Befehle seinen Vorstellungen entsprechen. Er hat sie natürlich sofort widerrufen. Jetzt haben wir unsere Leute zerstreut, so daß die Truppen aus Trivigaunte sie nicht mehr selbst entwaffnen können.«

Pottos Kichern verwandelte sich in ein schrilles Lachen. Er klatschte sich auf die Schenkel. »Ihr könnt sie nicht gegen uns einsetzen, solange Ihr sie nicht wieder einberuft. Und wenn Ihr sie einberuft, dann werden Eure Freunde aus Trivigaunte sie entwaffnen. Eine herrliche Klemme ist das, in der Ihr da steckt!«

Maytera Mint warf ein: »Eure ist noch schlimmer.«

Sie blickte zu Silk, und Silk erklärte Potto die Lage. »Wir haben eine Strategie entwickelt, gegen die Ihr nichts ausrichten könnt. Euch ist sicherlich bekannt, daß die Truppen aus Trivigaunte eine große Offensive gegen Euch vorbereiten.«

Loris nickte.

»Ich durfte gestern abend zuhören, wie Generalissima Siyuf ihre Pläne vorgetragen hat, und ich habe heute den ganzen Tag über Eure Möglichkeiten nachgedacht. Um zu siegen, brauchen wir nichts weiter zu tun, als uns zurückzulehnen und sie diese Pläne ausführen lassen. Sie ist hervorragend organisiert, aber sie war noch nie unten in den Gängen. Außerdem macht sie sich um das Leben ihrer Kämpferinnen, besonders in der Infanterie, die zumeist aus Wehrpflichtigen besteht, keine großen Gedanken.«

Silk lehnte sich zurück und legte die Finger zu einem Spitzdach zusammen. »Wie ich schon sagte, brauchen wir nichts weiter zu tun, als sie ihre Pläne ausführen lassen. Es wird ein schrecklicher, blutiger Krieg werden, der unter der Stadt zwischen Fremden und Soldaten ausgetragen werden wird. Am Ende wird die eine oder die andere Seite siegen, aber es wird keinen großen Unterschied mehr machen, welche Seite es ist, denn der Sieger wird zu schwach sein, um Generalin Mints Truppen zu widerstehen, wenn sie wieder einberufen werden. So oder so werden wir die Herren der Stadt sein. Und so oder so werdet Ihr beide tot sein.«

Potto grinste höhnisch, und Loris sagte aalglatt: »Vor ein paar Minuten hat hier doch noch jemand gesagt, wir wären alle die Bürger Virons, von einem einzigen abgesehen. Wart Ihr es nicht, Generalin? Ihr, deren Truppen das Zerstörungswerk vollenden werden, sobald die Truppen aus Trivigaunte die Armee Virons geschlagen haben?«

»Ja«, sagte sie, »das war ich.«

Silk schaltete sich ein. »Es gibt gegen die Strategie, die ich gerade umrissen habe, mindestens drei wichtige Einwände, Councillor, auch wenn ich sicher bin, daß sie Erfolg hätte. Vorausgesetzt natürlich, wir beschließen, sie in die Tat umzusetzen. Ihr habt den ersten Einwand selbst formuliert: Wir würden die Zerstörung der Armee Virons in Kauf nehmen. Der zweite Einwand ist, daß dies alles mindestens ein halbes Jahr, vielleicht sogar mehrere Jahre dauern würde. Das wäre viel zu lange, wie ich gleich erklären werde. Der dritte Einwand ist der, daß es einen Teil von Siyufs Truppen gibt, den wir erwischen müssen, und das ist genau der Teil, der uns mit großer Wahrscheinlichkeit entkommen wird. Ich meine Generalin Sabas Luftschiff. Sciathan, könntet Ihr den Ratsherren bitte erläutern, was Ihr mir vorgetragen habt?«

Der Flieger nickte, das kleine, zusammengekniffene Gesicht feierlich ernst. »Wir aus dem Mainframe, wir von der Crew, wir wurden von dem Gott aufgesucht, den Ihr Tartaros nennt. Es war am Morgen des Tages, an dem ich gefangen wurde.«

Auk warf ein: »Direkt nachdem er mich verlassen hatte, seht Ihr?«

»Er hatte dringende Anweisungen für uns. Wir sollten diesen Mann hier namens Auk suchen und ihn und sein Gefolge zum Mainframe bringen, damit sie den Whorl verlassen und zu einer Welt mit einer kurzen Sonne außerhalb unseres Whorl reisen können.« Sciathan wandte sich an Silk. »Sie glauben mir nicht.«

»Sie brauchen nur das zu glauben, was ich Euch glaube«, beruhigte Silk ihn. »Und ich glaube Euch. Fahrt fort.«

»Der weise Mann hier namens Caldé Silk hat das Luftschiff erwähnt. Das große Fahrzeug, das ohne Flügel fliegen kann, indem es mit hölzernen Armen die Luft bewegt. Der Gott hat uns auch etwas über dieses Luftschiff gesagt. Wir sollen es benutzen, um diesen Mann, der jetzt mein Freund ist, und die anderen, die ihn begleiten wollen, zu befördern.«

Sciathan sammelte sich einen Augenblick, dann sprach er drängend weiter. »Auf andere Weise läßt sich das Ziel nicht erreichen. Nein, auch dann nicht, wenn ein Gott es verlangt. Auk kann nicht fliegen, wie wir es tun, und das können auch die anderen nicht, die ihn begleiten sollen. Sie würden viele Monate brauchen, wenn sie mit Tieren reiten oder laufen würden. Es gibt auf dem Weg Berge und Wüsten und viele reißende Ströme.«

»Wir brauchten genügend Kerle mit Musketen und Raketenwerfern, um uns an denen vorbeizukämpfen, die uns aufhalten wollen«, fügte Auk hinzu. »Und die haben wir nicht.« Als er Chenille mit einem Tablett hereinkommen sah, fragte er: »Was hast du da, Jugs? Tee und Gebäck?«

Sie nickte. »Maytera dachte, Ihr wollt vielleicht eine Kleinigkeit essen. Sie ist mit Stony und Patera beschäftigt, deshalb hat sie mich gebeten, zusammen mit Nettle etwas zu backen.«

»Hier wird zuviel gegessen und getrunken«, flüsterte Sciathan protestierend. »Seht Euch nur den da an!« Er deutete verstohlen auf Potto.

»Ich stimme Euch zu«, sagte Silk. Er nahm eine Tasse Tee. »Aber wir dürfen ja die Gastfreundschaft nicht vergessen.«

»Kurz und gut«, erwiderte Loris gerade, »wir sollen Euch helfen, das Luftschiff einzunehmen. Ich will über Eure Gründe, es zu versuchen, im Augenblick gar nichts sagen, denn das käme erst zur Sprache, wenn wir der Meinung wären, daß wir es erobern können. Ich denke, wir können es nicht.«

Potto wiegte sich hin und her und gluckste vor Schadenfreude. »Doch, man kann. Man kann, jawohl. Silk, ich mache Euch im Namen meiner beiden Vettern ein Angebot, aber Ihr müßt mir vertrauen.«

Maytera Mint schüttelte sofort den Kopf, aber Silk sagte zu ihr: »Ob wir akzeptieren oder nicht, es ist ein Fortschritt. Laßt es uns anhören.«

»Ich nehme binnen eines Monats das Luftschiff für Euch ein und nehme von den Technikern, die man zu seinem Betrieb braucht, so viele wie möglich gefangen. Ich übergebe sie Euch, sobald sie einverstanden sind, in jeder Beziehung mit Euch zusammenzuarbeiten.« Er kicherte. »Ich verspreche Euch, daß sie das tun werden, wenn ich sie ein paar Tage in meiner Obhut hatte. Fragt die Generalin dort.«

Er wandte sich an Chenille, die gerade Remora bediente. »Kann ich eine Tasse Tee haben, meine Liebe? Ich kann ihn nicht trinken, aber ich mag den Geruch.«

Maytera Mint schnaubte.

»Ich mag ihn wirklich, meine liebe junge Generalin. Ihr glaubt vielleicht, ich machte mich nur über Euch lustig, aber in Wirklichkeit gebe ich mich der einzigen Fleischeslust hin, die mir noch geblieben ist.« Als Chenille ihm einschenkte, sagte er: »Danke, vielen Dank. Fünf Bits? Wäre das akzeptabel?«

Chenille starrte ihn an. »Ist das … ich weiß nicht …«

Silk sagte: »Councillor Potto möchte nur einen Sachverhalt darstellen, Chenille. Wie Generalin Mint und ich bezeugen können, tut er dies gewöhnlich auf äußerst unfeine Weise. Bitte, Councillor, was möchtet Ihr uns zu verstehen geben?«

»Daß man selbst die einfachsten Dinge nur selten kostenlos bekommt«, erklärte Potto lächelnd. »Daß man einen Preis zahlen muß, auch wenn es vielleicht nur ein kleiner Preis ist. Wollt Ihr hören, was ich für das Luftschiff verlange?«

Silk nickte. Hyacinth faßte seine Hand und drückte sie.

Loris sagte: »Ich habe keine Ahnung, was er da im Sinn hat, aber ich will zuerst meinen Preis nennen. Ihr macht während des kommenden Monats nichts, was uns irgendwie stören könnte. Keine Angriffe auf unsere Stellungen, einschließlich Erne.«

Silk sagte: »Das würden wir ohnehin nicht tun, falls wir akzeptieren. Aber ich möchte jetzt zunächst wissen, welchen Preis Euer Vetter verlangt.«

»Zwei Männer.« Potto hob zwei Finger. »Einen will ich mir ausborgen, den anderen behalten. Könnt Ihr Euch denken, wer sie sind?«

»Ich glaube schon. Vielleicht sollte ich Euch erklären, daß ich von Anfang nicht die Absicht hatte, Euren Vorschlag zu akzeptieren. Auch wenn Ihr ihn als Geste des guten Willens gemacht hättet, ohne eine Gegenleistung zu verlangen, hätte ich nicht angenommen.«

Auk wollte protestieren, aber Silk ließ ihn nicht zu Wort kommen. »Laßt mich dies ein für alle Mal festhalten, Auk. Nicht nur Euch gegenüber und nicht nur den Ratsherren gegenüber, sondern alle hier im Raum sollen es zur Kenntnis nehmen. Trivigaunte ist unser Verbündeter. Es hat Spannungen zwischen uns gegeben, das ist richtig. Ich wage aber zu behaupten, daß es in jedem Bündnis Spannungen gibt, sogar im kleinsten nur denkbaren Bündnis, nämlich in dem zwischen einem Ehemann und seiner Frau.«

Hyacinths Lippen streiften seine Wange.

»Ich habe die Rani nicht gebeten, uns Hilfe zu schicken, aber ich habe sie mit offenen Armen aufgenommen, als sie kam. Ich habe nicht die Absicht, mich jetzt gegen sie und ihre Leute zu stellen, weil es ein paar Spannungen gibt. Maytera Marble erzählt mir oft, wieviel man lernen kann, wenn man Kindern beim Spielen zusieht, und ich habe während eines Spiels mit Kindern die wichtigste Lektion meines Lebens bekommen. Und jetzt möchte ich vorschlagen, daß auch wir hier ein Spiel machen. Laßt uns ein paar Minuten annehmen, ich wäre Generalissima Siyuf. Wollt Ihr Euch das, nur im Spiel, für den Augenblick vorstellen?«

Er ließ den Blick von einem Gesicht zum anderen wandern. »Also gut, ich bin Siyuf. Ich weiß, daß ein paar von Euch Klagen haben, obwohl ich einen weiten Weg schnell marschiert bin, um Euch zu retten und obwohl ich Euch geholfen habe. Laßt mich jetzt Eure Klagen hören. Ich bin sicher, daß ich alle ausräumen kann.«

Loris sagte: »Ich hoffe, Ihr versenkt Euch nicht so sehr in Eure Rolle, daß Ihr mich am Ende noch erschießt.«

Silk schüttelte lächelnd den Kopf.

»Also gut, Generalissima Siyuf. Ich habe eine Beschwerde, das seht Ihr ganz richtig. Ich spreche hier als Vorsitzender Ratsherr des Ayuntamiento, der legitimen Regierung unserer Stadt. Ihr mischt Euch mit Euren Truppen in innere Angelegenheiten ein. Das ist eine kriegerische Handlung.«

Silk seufzte schwer und beobachtete Chenille, die gerade Maytera Mint Tee einschenkte. »Councillor,

Eure Regierung war nie legitim, weil sie durch Mord am rechtmäßigen Caldé an die Macht kam. Ich kann nicht sagen, wer von Euch den Mord befahl oder ob Ihr gemeinsam gehandelt habt. Nehmen wir in dieser Diskussion hier einfach an, daß es Councillor Lemur war und daß er allein gehandelt hat. Dennoch habt Ihr …«

»Ich habe nicht die Absicht, mir das bieten zu lassen«, protestierte Loris und legte das Gesicht in grimmige Falten.

»Ihr habt das Thema selbst auf den Tisch gebracht, als Ihr über die Rechtmäßigkeit der Regierung gesprochen habt, Councillor. Ich wollte eigentlich fortfahren und sagen, daß Ihr zwar nach dem Adoptivsohn des Caldé Tussah, den er als seinen Nachfolger bestimmt hat, habt suchen lassen, wie es Eure Pflicht war, daß Ihr aber niemals neue Ratsherren habt wählen lassen, wie es die Charta verlangt. Mein Verbündeter Caldé Silk ist jetzt der Regent der Stadt, weil die Menschen in der Stadt es wünschen, und daher ist sein Anspruch höher zu bewerten als der Eure. Hilfe, die von einer freundlichen Macht gewährt wird, ist keine kriegerische Handlung. Wie könnte sie auch kriegerisch sein? Wollt Ihr behaupten, wir aus Trivigaunte hätten Eure Stadt angegriffen? Wir wurden mit einer Parade empfangen.«

Silk wartete, ob jemand antworten wollte, und als niemand sprach, fuhr er fort: »Ihr habt bereits gehört, daß ich den letzten Willen Eures früheren Caldé kenne. Ich habe eine Kopie im Juzgado gefunden. Ich will hinzufügen, daß meiner Meinung nach der Adoptivsohn, nachdem ihr so geduldig sucht, nicht existiert. Caldé Tussah hat ihn erfunden, um Eure Aufmerksamkeit von einem anderen Kind abzulenken, einem unehelichen Kind, das noch vor seinem Tod oder kurz danach zur Welt kam. Falls sie bereits geboren war, dann war die Erwähnung eines männlichen Kindes, also eines Adoptivsohns, doppelt irreführend, was zweifellos seine Absicht war.« Silk trank einen Schluck Tee. »Nein, geht nicht hinaus, Chenille.«

Potto sprang auf. »Ihr!«

»Habt ihr meinen Vater getötet, Councillor?« Chenilles dunkle Augen blitzten. »Meinen richtigen Vater? Ich weiß es nicht, aber ich glaube, es war gar nicht Councillor Lemur. Ihr wart es.«

Oosik hob die Muskete und gab Potto zu verstehen, er solle sich wieder setzen.

»Falls Ihr es getan habt und falls sich Beweise finden lassen«, fuhr Silk fort, »dann wird man Euch vor Gericht stellen. Bisher gibt es solche Beweise nicht.«

»Seid Ihr jetzt Silk oder Siyuf?« fragte Potto.

»Im Augenblick Silk. Ich werde das Spiel gleich wieder aufnehmen. Euer Kogniszenz, könntet Ihr jetzt sprechen? Ihr würdet mir damit einen großen Gefallen tun.« Oreb, der auf Silks Schulter hockte, flatterte unruhig.

»Gern, wenn Ihr es wollt, Patera Caldé.« Mit funkelnden Augen betrachtete Quetzal Potto. »Es gab nicht viele, die Tussah kannten. Patera Remora kannte ihn, Loris ebenfalls. Habt Ihr ihn gekannt, Generalissimus?«

Oosik schüttelte den Kopf. »Vor zwanzig Jahren war ich erst Captain. Ich habe ihn ein paarmal gesehen, aber ich glaube, er wußte nicht einmal meinen Namen.«

»Meinen wußte er, was?« Remora räusperte sich. »Ich hatte … äh … ich war auch damals Koadjutor, in jenen … äh … glücklicheren Tagen. Lebt Eure … äh … Eure Mutter noch? Sie … äh … sie könnte ihn gekannt haben, was? Meine Mutter hat ihn gekannt.«

Chenille, die das Einschenken unterbrochen hatte, murmelte: »Ich wünschte, ich könnte mehr über ihn erfahren.«

»Ich ... äh ... ich muß gestehen, daß ich ihn damals nicht mochte«, erklärte Remora. »Kein Haß, versteht Ihr. Und es gab Zeiten, was? Da war er durchaus erträglich. Aber ich ... äh ... ich muß zugeben, ich stand mit meiner Meinung ziemlich allein. Und es war falsch, was? Falsch war es. Ich ... äh ... heute gebe ich es zu. Er war laut, offenherzig, nahm kein Blatt vor den Mund ... äh ... und ich – ich war nur allzu bereit, leicht beleidigt zu sein. Aber ... äh ... für ihn stand immer die Stadt an erster Stelle. Immer. Und ich ... äh ... ich war ihm dabei eben nicht wichtig genug, was?«

»Er hat sich geweigert, meinem damaligen Koadjutor um den Bart zu gehen«, erläuterte Quetzal. »Mir dagegen hat er geschmeichelt, indem er mir ein Geheimnis anvertraute. Er war nie verheiratet, wußtet Ihr das?«

Silk und Chenille nickten.

»Beim Klerus gibt es ein Keuschheitsgelübde. Selbst mit dieser Unterstützung des Gelübdes ist die Keuschheit für manche schwer zu ertragen. Er hat es mir anvertraut, als ein Freund dem anderen. Seine Haushälterin war seine Geliebte.«

»Nicht ... äh ... aber nicht unter dem Schutz des Beichtgeheimnisses, was?«

Quetzals haarloser Kopf wackelte auf dem langen Hals hin und her. »Nein, von der Beichte rede ich nicht. Das wäre mir verboten. Ich habe ihm allerdings ein- oder zweimal die Beichte abgenommen. Nein, dies geschah bei einem Abendessen, bei dem nur er und ich zugegen waren. Er ist jetzt tot und kann nicht mehr für sich selbst sprechen. Er hat mir die Frau vorgestellt und mich gebeten, mich um sie zu kümmern, falls er sterben sollte.«

Chenille sagte: »Wenn sie meine Mutter war, dann habt Ihr es aber nicht getan.«

»Nein, ich habe es nicht getan, weil ich sie nicht finden konnte. Sie sah auf ihre Weise zwar gut aus, aber sie war eine unwissende Frau aus der Klasse der Diener. Ich wußte, daß sie mich nicht mochte, und ich glaube, sie hatte auch Angst vor mir. Sie hatte sich immer wieder des Ehebruchs schuldig gemacht, und sie konnte sich nicht vorstellen, daß ihr dies vergeben werden könnte.«

Silk sagte: »Habt Ihr sie denn gesucht, als Ihr erfahren habt, daß Caldé Tussah tot war?«

»Ich habe sie suchen lassen, Patera Caldé. Nicht so gründlich wie ich es hätte tun sollen, denn sie lebte noch, und trotzdem ist es mir nicht gelungen, sie zu finden.«

Loris sagte: »Ich erinnere mich jetzt an sie. Die Frau des Gärtners. Sie hat sich um die Küche und die Wäsche gekümmert. Eine Xanthippe.«

Quetzal nickte kühl. »Sie war die Frau, die er bewunderte, und er war der Mann, den sie haben wollte.«

Auk setzte an: »Und dieser Gärtner ...«

»Es war eine Zweckheirat, die mein Protonotar binnen fünf Minuten abgewickelt hat. Es hätte Gerede gegeben, wenn Tussah in seinem Palast mit einer alleinstehenden Frau zusammengelebt hätte. Sein Gärtner war kein intelligenter, aber ein braver Mann und ein guter Arbeiter. Er war stolz, daß man ihn als verheirateten Mann ansah, der es verstanden hatte, die Liebe einer attraktiven Frau zu gewinnen. Ich glaube, sie hatte ihn völlig in der Hand. Ich dachte, sie würden sich vielleicht nach Tussahs Tod nach einer neuen Stellung umsehen, und ich wollte sie eigentlich bei uns einstellen lassen. Aber sie haben es nicht getan. Dank Patera Caldé weiß ich jetzt, daß sie danach Bettler wurden. Damals habe ich angenommen, sie hätten etwas über Tussahs Tod erfahren und wären zum Schweigen gebracht worden.«

Chenille sagte: »Wir haben Wasserkresse verkauft. Aber wenn jemand uns Geld geschenkt hat, dann haben wir es genommen. Manchmal habe ich auch selbst gebettelt und kleine Botengänge erledigt und kleine Hilfsarbeiten übernommen.« Sie schluckte. »Nach einer Weile fand ich dann heraus, daß es Dinge gab, für die manche Männer mir eine halbe Karte geben wollten. Das war ein Glück für uns, denn es bedeutete genug Essen für eine ganze Woche.« Herausfordernd sah sie die Zuhörer an.

Loris lächelte. »Man sagt, Blood erkennt solche Mädchen auf den ersten Blick.«

»Jetzt nicht mehr«, erklärte Silk. »Blood ist tot – ich habe ihn getötet. Aber wäre Blood noch am Leben, dann könnte er Euch sagen, daß es ein gutes Geschäft war, den jungen Frauen in Orchids Haus zuerst Rost zu schenken, um ihn danach verkaufen zu können, so daß sie ständig Geld brauchten und blieben, solange er und Orchid sie brauchten. Das Ayuntamiento ließ ihn Rost und andere Drogen in die Stadt schmuggeln, und als Gegenleistung erwies er dem Ayuntamiento Dienstleistungen, die ich inzwischen nur noch als kriminell bezeichnen kann.«

Hyacinth sagte: »Ich nehme manchmal selbst Rost, aber ich sage mir, wenn Chen davon loskommt, dann schaffe ich das auch. Ich hoffe, es ist wahr. Aber es ist schwer, und man soll keinem glauben, der etwas anderes erzählt.«

Quetzal sah Loris mit einem kalten Lächeln an. »Bloods Zeiten sind vorbei, mein Sohn.«

»Obacht«, krächzte Oreb dazwischen. Es war nicht klar, wen er meinte.

Maytera Mint fragte: »Wißt Ihr, warum sie nicht versucht haben, eine andere Anstellung zu finden, Caldé?«

»Ich weiß es nicht, aber ich kann es mir denken. Chenilles Mutter hatte kurz zuvor das Kind des Caldé geboren, oder wenn nicht, dann trug sie es unter dem Herzen, und es war ja auch ihr eigenes

Kind. Sie muß erraten oder gar gewußt haben, daß der Caldé ermordet wurde. Zu dieser Zeit hat das Ayuntamiento überall nach dem Adoptivsohn gesucht, der im Testament des Caldé erwähnt wird. Sie dürfte angenommen haben, wie vermutlich die meisten anderen Leute auch, daß das Ayuntamiento den Sohn töten würde, sobald man ihn entdeckt hatte. Sie brauchte keine besonders gebildete oder phantasievolle Frau zu sein, um sich auszumalen, was passieren würde, wenn das Ayuntamiento erführe, daß ein zweites Kind des Caldé am Leben wäre.«

Silk atmete tief durch. Die Verletzung in der Brust stach etwas. »Wir sind weit vom Thema abgekommen, aber da wir schon einmal dabei sind, wollen wir beenden, was wir begonnen haben. Caldé Tussah hat ein ansehnliches Vermögen hinterlassen. Ich verwalte es jetzt als Treuhänder für seine Tochter, und ich werde es Chenille übergeben, sobald sie zwanzig Jahre alt und damit volljährig wird.«

»Gutes Mädchen«, erklärte Oreb allen Anwesenden.

Loris wandte sich an Silk. »Ich fürchte, dieses Testament muß zunächst vor Gericht geprüft werden.«

Er schüttelte den Kopf. »Unsere Regierung braucht dringend Finanzmittel, Councillor. Abgesehen von den üblichen zivilen Aufgaben haben wir im Augenblick auch noch einen Krieg zu bezahlen, und wir haben jedem von Generalin Mints Kämpfern zwei Karten gegeben und ihnen die Waffen gelassen, bevor wir sie nach Hause geschickt haben.«

Loris sagte: »Ihr geht mit dem Geld der Steuerzahler sehr großzügig um.«

»Wir sahen uns daher gezwungen, die Kontrolle über den Fiskus zu übernehmen. Die Stadt übernimmt die Verantwortung für inaktive Konten und für die Konten, die treuhänderisch verwaltet werden wie der Nachlaß von Caldé Tussah. Wie Ihr wißt, haben wir die Konten der Mitglieder des Ayuntamiento beschlagnahmt. Möchtet Ihr jetzt darüber reden?«

Sciathan sagte: »Wir müssen unbedingt über das Luftschiff reden. Es ist dringend. Dieser Potto sagt, er könnte es einnehmen, aber er würde einen Monat dazu brauchen. Uns bleiben aber höchstens einige Tage, nicht mehr.«

»Warum nicht?« fragte Hyacinth ihn. Sie mußte sich vorbeugen, um an Silk vorbei den Flieger ansehen zu können.

Auk beruhigte den Flieger. »Laßt sie nur zuerst über das Geld reden. Wenn Ihr das nicht macht, werden sie immer wieder darauf zurückkommen.«

»Kluger Mann!« rief Oreb.

Silk pochte auf den Tisch. »Was nun, das Luftschiff oder Eure Konten? Ich persönlich würde mich lieber mit Generalissimus Oosiks Beschwerden über Generalissima Siyuf beschäftigen, und mit dem, was Generalin Mint und Colonel Bison vorzutragen haben. Normalerweise ist es meiner Erfahrung nach das beste, zuerst die unwichtigeren Punkte abzuhaken, damit sie vom Tisch sind. Ansonsten vernebeln sie allen Beteiligten das Denken, wie Auk ganz richtig eingewendet hat.«

»Wir wußten, daß Ihr unser Geld gestohlen habt«, sagte Loris, »aber wir wußten auch, daß es sinnlos gewesen wäre, gegen den Diebstahl zu protestieren.«

Maytera Mint erklärte: »Also wollt Ihr doch Frieden schließen.«

»Kaum. Aber wir sind bereit, Euch neue Kapitulationsbedingungen anzubieten. Viel freizügigere als jene, die ich in Bloods Haus formuliert habe und die nichts weiter als ein Ansatzpunkt für Verhandlungen darstellen sollten.«

»Ihr habt damals gesagt, daß sie nicht verhandelbar wären«, erinnerte Silk ihn.

»Sicherlich. Das sagt man immer so. Ihr wart bereit, Pottos Vorschlag anzuhören. Wollt Ihr jetzt auch unseren anhören? Unseren gemeinsamen Vorschlag?«

»Selbstverständlich.«

»Laßt mich aber vorher begründen, warum Ihr ihn annehmen solltet. Ihr erklärt, Ihr hättet eine Strategie, die Euch den Sieg sichern könnte, die Ihr aber nur ungern in die Tat umsetzen wollt. Ihr irrt Euch, während wir die Lage richtig einschätzen. Wir haben eine eigene Strategie, die dazu führen wird, daß Ihr in weniger als einem Jahr verloren haben werdet.«

Oosik sagte: »Die habt Ihr ganz sicher nicht, sonst würdet Ihr sie längst umsetzen.« Silk nickend zustimmend.

»Ihr habt uns sogar dabei geholfen«, fuhr Loris lächelnd fort. »Dafür sind wir Euch natürlich sehr dankbar.«

Potto grinste. »Auch wir geben Musketen aus.«

»Ja, wirklich«, bestätigte Loris. »Und noch einige andere Waffen, überwiegend Nadler. Wir haben nach wie vor Zugang zu mehreren Waffenarsenalen. Ich hoffe, Ihr werdet verstehen, daß wir die genaue Lage nicht preisgeben können.«

»An wen gebt Ihr die Waffen aus?« wollte Bison wissen.

»Einen Moment noch. Ich muß vorher noch etwas klarstellen. Ihr wart vor nicht allzu langer Zeit noch selbst unten in den Gängen, Colonel. Die Gänge sind sehr weitläufig, wie Ihr sicher wißt. Ihr habt nicht einmal den tausendsten Teil von ihnen gesehen.«

»Ich habe erfahren, daß der Caldé am See durch einen Schrein in die Gänge eingedrungen ist. Generalin Mint drang in einem Haus im Norden der Stadt in sie ein und kam am Palatinum wieder heraus. Wenn die Gänge, die sie sah und jene, die der Caldé sah, zum gleichen Komplex gehören, dann ist er ziemlich groß.«

Maytera Mint ergänzte: »Nach dem, was ich von Spider erfahren habe, ist das Gangsystem noch viel größer.«

»Ich will ihn haben«, warf Potto ein. »Ich will ihn und den Flieger haben. Ich habe das Luftschiff angeboten, aber Ihr habt abgelehnt. Jetzt nennt Euren Preis.«

Silk seufzte. »Ich sagte, daß triviale Punkte oft die Diskussion vernebeln, und dies ist ein solcher Punkt. Also wollen wir ihn erledigen. Spider ist unser Gefangener. Wir werden ihn gegen einen Gefangenen von gleichem Wert austauschen, entweder während dieses Waffenstillstands oder bei anderer Gelegenheit. Habt Ihr uns einen Gefangenen anzubieten? Wer ist es?«

Potto schüttelte den Kopf. »Bald werde ich einen haben, bald schon. Gebt ihn zurück, und Ihr werdet den doppelten Wert zum Ausgleich erhalten, sobald ich soweit bin.«

»Nein!« Maytera Mint knallte die kleine Faust auf den Tisch, und Hyacinths Katachrest schob den Kopf über die Tischkante und sagte: »Nich so beese, Bädchen.«

»Das kommt natürlich nicht in Frage«, sagte Silk zu Potto, »aber ich hätte einen anderen Vorschlag, den ich für akzeptabel halte.«

»Laßt hören.«

»Gleich. Ihr wollt demnach auch Sciathan haben?«

»Nur vorübergehend.« Potto kicherte. »Ich werde Euch eine Strafgebühr für jeden Tag zahlen, den wir ihn länger als vierzehn Tage behalten. Wie wäre das? Wir machen es wie mit einem Buch aus der Bücherei. Ich habe immer noch erheblich mehr Geld als das, was Ihr mir gestohlen habt.«

Auk wandte ein: »Maytera hat mir von Euch erzählt. Ihr werdet ihn nicht bekommen.«

»Auk spricht in diesem Fall auch für mich«, fügte

Silk hinzu. »Für uns alle, genaugenommen. Sciathan ist ein freies Geschöpf ...«

»Ein freier *Mann*«, widersprach Loris.

»Ja, genau. Daher kann ich ihn nicht weggeben oder behalten. Er ist als mein Gast hier im Palast. Nicht mehr und nicht weniger. Wenn Ihr glaubt, er würde hier festgehalten, dann fragt ihn am besten selbst.«

Remora warf seine schwarze Haarsträhne zurück. »Heilig sind dem Großen Pas das Leben und der Besitz des Fremden, den du unter deinem Dach willkommen heißt.«

»Außerdem würde er Euch nichts Neues sagen können. Er ist bereits von Generalissima Siyuf geschlagen und verhört worden. Sie hoffte, von ihm zu erfahren, wie die Antriebsmodule der Flieger funktionieren. Councillor Lemur hat aus dem gleichen Grund Iolar getötet, einen anderen Flieger. Ich habe Iolar die Beichte abgenommen, bevor er starb. Da Lemur kurz danach gestorben ist, seid Ihr darüber möglicherweise nicht informiert. Oder wißt Ihr es?«

Loris zuckte die Achseln. »Wir wußten natürlich, daß er einen Flieger gefangen hatte. Was Lemur von ihm erfahren hat, ist leider zusammen mit Lemur gestorben.«

»Lemur hat überhaupt nichts von ihm erfahren. Deshalb hat Lemur ihn getötet. Ich habe heute mit Sciathan über die Antriebsaggregate gesprochen. Er hat freimütig eingeräumt, daß es wichtig sein könnte, etwas über ihre Wirkungsweise zu erfahren – für unsere Stadt oder für sonst jemanden. Das ist offensichtlich. Aber er kennt die Wirkungsweise so wenig, wie Iolar sie kannte. Die Wissenschaftler, die sie herstellen, kommen nie aus dem Mainframe heraus, damit sie nicht gefangen werden können. Die Flieger, die sie benutzen, werden über das Prinzip nicht aufgeklärt, damit sie nichts verraten können, und sie verstehen und billigen dies. Es ist eine grundlegende Vorsichtsmaßnahme, die Ihr und Eure Kollegen im Ayuntamiento hättet voraussehen können. Jedenfalls hätte das jeder, der nicht vom blinden Streben nach Macht verwirrt ist, voraussehen können. Wenn Ihr wissen wollt, wie sie funktionieren, könntet Ihr eins der Geräte stehlen, das die Truppen aus Trivigaunte haben, und es auseinandernehmen; aber ich fürchte, dabei würde wohl auch nicht viel herauskommen.«

»Habt Ihr es etwa schon selbst versucht?« Potto kicherte. »Habt Ihr eins? Nennt Euren Preis für Spider. Hundert Karten? Ich will den Preis wissen, und ich will Euren Preis für ein Antriebsmodul hören, falls Ihr eins habt.«

»Wir haben keines. Councillor Loris, Councillor Lemur sagte mir, er sei ein Biologischer, kein Chemischer. Gilt das auch für Euch?«

»Sicher.«

»Obwohl Ihr in Bloods Haus mit bloßen Fingern eine Buchstütze aus Marmor zerstört habt?«

»Dies hier ist nicht mein natürlicher Körper. Mein physischer Körper, meine ich. Ich bin auf unserem Boot, weit außerhalb Eurer Reichweite. Dieser Körper hier«, Loris tippte auf die schwarze, samtene Tunika, »ist das, was Ihr einen Chemischen nennen würdet. Um die Sache zu vereinfachen, will ich jedenfalls nicht widersprechen, wenn Ihr ihn so nennt. Ich steuere ihn von meinem Bett aus, ich sorge dafür, daß er sich bewegt und spricht, wie ich es selbst getan habe, als ich noch jünger war.«

Maytera Mint sagte zu Silk: »Ich glaube, das habe ich alles schon einmal erklärt.«

»Ja, das habt Ihr, Maytera. Ich bin Euch dankbar dafür. Spider sollte auch dankbar sein.«

»Nur, wenn ich dadurch befreit werde«, grunzte Spider.

»Das ist gut möglich. Nach dem, was Generalin

Mint mir berichtet hat, war Eure Hauptaufgabe die Spionageabwehr. Ich bin nicht so naiv zu glauben, daß Eure Organisation – das, was von ihr noch übrig ist – nicht auch für andere Zwecke eingesetzt werden könnte. Und mir ist natürlich nicht entgangen, daß Councillor Potto Euch just in dem Augenblick zurückbekommen will, in dem er plant, die Kontrolle über Generalin Sabas Luftschiff zu übernehmen.«

Potto sagte: »Das wird mir so oder so gelingen. Er ist aber ziemlich wertvoll für uns.«

»Das ist verständlich. Vor allem wohl, um eindringende Spione zu enttarnen?«

»Überwiegend, ja«, gab Loris zu.

»Spider, Generalin Mint hält Euch für einen anständigen Mann, der auf seine Weise wie wir alle um das Wohl unserer Stadt besorgt ist. Wenn ich Euch jetzt an Councillor Potto übergebe, wie Ihr es wünscht, werdet Ihr mir dann Euer feierliches Ehrenwort geben, soweit es unsere eigenen Kräfte betrifft, Eure Aktivitäten ausschließlich auf die Spionageabwehr zu beschränken? Mit unseren eigenen Kräften meine ich jene, die von Generalissimus Oosik und von Auk geführt werden – nicht nur die Garde, sondern auch Generalin Mints Freiwillige, einschließlich jener, die von ihrem Colonel Bison geführt werden.«

Spider leckte sich die Lippen. »Falls Councillor Potto mir nicht sagt, daß es nicht möglich ist, kann ich das garantieren.«

Potto hob die Hand. »Wartet, ich glaube, ich habe da gerade etwas Seltsames gehört. Heißt das jetzt, daß Euer Freund Auk inzwischen auch schon eine Privatarmee hat?«

Auk grinste. »Die besten Diebe der ganzen Stadt werden mich und Sciathan begleiten. Ihr sagtet, Ihr braucht einen Monat für das Luftschiff. Ich sage, wir könnten es erheblich schneller einkassieren.«

Sciathan stand auf. »Wir müssen! Wenn die Fracht

nicht freiwillig den Whorl verläßt, dann wird Pas alle heraustreiben, wie man einen Bär aus einer Höhle treibt. Er wird uns hungern lassen und Crew und Fracht zusetzen, bis wir gehen.«

Loris eiskalte blaue Augen blinzelten. »Ein Blutregen. Die Chrasmologischen Schriften kündigen solche Dinge ja an, wie ich hörte.«

Remora nickte feierlich. »Und ... äh ... und Schlimmeres, Councillor. Plagen, was? Hungersnöte auch, was?«

»Hört mir zu!« Sciathans ohnehin schon hohe Stimme schnappte fast über. »Wenn ein Landefahrzeug hinausfährt, und sei es nur eines, dann wird Pas warten, ob weitere kommen. Aber wenn keines fährt, dann wird er alle auf einmal hinaustreiben. Versteht Ihr es jetzt? Wir von der Crew haben ein Boot vorbereitet, aber wir können in einem so frühen Stadium des Großen Plans nicht so viele Leute entbehren. Aus diesem Grund hat Tartaros Auk für uns eingewiesen. Wir müssen diese Leute bekommen!«

»Mich und meine Kumpel«, erklärte Auk.

Chenille fügte hinzu: »Ich gehörte auch dazu. Ich hoffe, es macht Euch nichts aus, daß ich geblieben bin und gelauscht habe, Patera. Aber wenn Auk geht, dann gehe ich mit.«

»Ihr habt meinen Segen«, gackerte Potto. »O ja, Ihr habt meinen Segen. Ich werde froh sein, meine Anklägerin zu verlieren und zu sehen, wie der Feind sein Luftschiff verliert.«

Er wandte sich an Silk. »Wird Spider die Freiheit haben, in jeder Weise, die wir für nötig halten, gegen Eure geliebten Verbündeten zu arbeiten? So klang es nämlich, wie Ihr es formuliert habt. Ihr habt doch nicht erwartet, daß ich so etwas überhöre, nicht wahr?«

»Nein«, gab Silk vorsichtig zu. »Und wenn Ihr es überhört hättet, dann hätte ich ihn selbst darauf aufmerksam gemacht. Vielleicht ist es Euch nicht bewußt, aber Maytera Mint hat die Gänge mit zwei Gefangenen verlassen. Einer war ein Sträfling namens Eland. Eland wurde gestern morgen im Großen Manteion ermordet.«

»Ein Geheimnis!« Potto klatschte die Hände zusammen wie ein fröhliches, pummeliges kleines Kind. »Ich liebe Rätsel!«

»Ich nicht. Ich versuche, sie aufzulösen, sobald ich es vermag, und ich habe auch über dieses Rätsel bereits nachgedacht. Mein erster Einfall war, daß Eland von einem alten Feind getötet wurde – möglicherweise von jemandem, der am vergangenen Abend am Opfer teilgenommen und ihn gesehen hatte. Ich habe Auk gebeten herauszufinden, wer dieser Feind sein könnte, und ich habe auch einen von General Skates Offizieren herumfragen lassen.«

Silk wandte sich jetzt an Spider. »Je mehr sie sich umgesehen haben, desto unwahrscheinlicher erschien ihnen diese Theorie. Eland war kein Dieb gewesen, wie ich angenommen hatte, sondern ein Pferdetrainer, der seinen Arbeitgeber in einem Wutanfall erschlagen hatte. Wahrscheinlich hatte es in der Bevölkerung sogar eine gewisse Sympathie für ihn gegeben, weil er nicht hingerichtet wurde. Auk konnte jedenfalls niemanden finden, der sich vorstellen konnte, daß irgend jemand einen so großen Zorn auf Eland haben konnte.«

Maytera Mint fragte: »Habt Ihr auch an Urus gedacht, Caldé?«

»Wir haben an ihn gedacht, aber Urus konnte sehr schnell ausgeschieden werden. Eland hat sich in den Gängen nützlich gemacht, und Urus hätte dort ein Dutzend Gelegenheiten gehabt, ihn ohne Furcht vor Entdeckung zu ermorden. Warum hätte er da warten sollen? Warum das Risiko eingehen, von Corporal Slate erschossen zu werden? Wir wissen ja, daß Slate den Mörder nur knapp verfehlt hat. Außerdem habe ich eine grobe Beschreibung des Mörders bekommen, und wenn sie auch nur annähernd stimmt, dann war er weder schmutzig noch in Lumpen gekleidet. Ich werde Euch später verraten, wie ich sie bekommen habe.«

»Ja, man muß seine Quellen schützen«, stimmte Spider zu. »So ist das nun einmal, Maytera.«

»Die meisten Freunde und Verwandten, die Eland hinterlassen hatte, waren überzeugt, er wäre schon vor langer Zeit gestorben«, fuhr Silk fort. »Aber trotzdem ist irgend jemand mit einem Nadler ins Chorgestühl des Großen Manteions geklettert, um ihn zu erschießen. Warum? Nachdem ich eine oder zwei Stunden über diese Frage nachgedacht hatte, wurde mir klar, daß da wohl jemand einen Fehler gemacht hatte – daß der Mörder möglicherweise darauf aus war, eine ganz andere Person zu erschießen und Eland mit dieser Person verwechselt hat. Chenille hier konnte mir recht detailliert beschreiben, wie alle Anwesenden gekleidet waren. Auk und Spider waren demnach die wahrscheinlichsten Opfer des Anschlages.«

Oreb beäugte Spider und pfiff.

»Es waren auch eine Reihe von Sibyllen zugegen. Alle trugen ihre Habits, deshalb scheiden sie von vornherein aus. Ebenso Patera Incus und der verstorbene Patera Jerboa – beide trugen, wie ich jetzt, schwarze Roben. Chenille konnte man auf keinen Fall mit einem Mann verwechseln. Und so kam ich zu dem Schluß, daß Auk oder Spider die wahrscheinlichsten Opfer waren.«

Auk sagte: »Ich glaube aber nicht, daß da jemand auf mich schießen wollte.«

»Ich glaube das auch nicht«, erwiderte Silk. »Ihr habt in der Nähe des Altars gestanden und wart dem Mörder deshalb etwas näher. Außerdem habt Ihr Euch in einem relativ gut beleuchteten Bereich aufgehalten. Spider und Eland befanden sich in einer Kapelle hinter dem Allerheiligsten, also erheblich weiter weg und in einem schlechter beleuchteten Bereich. Ich würde sagen, daß man dem Mörder beschrieben hatte, wie Spider aussah, und daß man ihm außerdem erklärt hatte, Spider würde von Soldaten bewacht.«

Silk wandte sich wieder an Spider. »Wart Ihr und Eland wach, als geschossen wurde?«

Spider nickte.

»Habt Ihr gestanden?«

»Ich habe auf dem Boden gesessen. Der Soldat hat uns nur aufstehen lassen, wenn wir einen wichtigen Grund hatten.«

»Da haben wir es.« Silk zuckte die Achseln. »Jetzt wißt Ihr soviel wie ich. Im Sitzen kommt die unterschiedliche Körpergröße nicht so deutlich zur Geltung wie im Stehen. Slate hat Euch beide bewacht, und wie ich hörte, hattet Ihr beide Euch waschen und die Kleider wechseln dürfen, genau wie Generalin Mint und Patera Remora es getan haben. Im trüben Licht in der Kapelle hat Euch der Mörder wahrscheinlich nicht gut sehen können. Er wird gedacht haben, daß Eland der Beschreibung, die man ihm gegeben hatte, genau entsprach. Die Frage ist nun natürlich, wer einen Grund hätte, Spider zu töten. Höchstwahrscheinlich doch nur das Ayuntamiento oder Trivigaunte. Ersteres, weil Spider eine Menge über Spionage und Gegenspionage weiß, weil er die Gänge unter der Stadt kennt und die Informationen, die er hat, an Generalissimus Oosik oder Generalin Mint oder an mich verraten könnte.«

»Das müßte ich aber wissen, so einen Befehl hätte ich selbst geben müssen.« Potto kicherte. »Ich habe ihn nicht gegeben.«

Silk nickte. »Und Ihr hättet außerdem ohne weiteres einen Mörder finden können, der Spider vom

Sehen kennt, würde ich meinen. Die Trivigauntis sind unsere Verbündeten – aber sie sind Spiders Feinde, und angeblich weiß er eine Menge über ihre Spione hier in Viron.« Er verstummte.

Maytera Mint sagte: »Ihr könnt aber nicht sicher sein, ob das wahr ist.«

»Nein, ich kann nicht sicher sein. Aber ich halte es durchaus für möglich. Wir haben Generalissima Siyuf einen Gefangenen gestohlen. Ist da die Annahme, sie könnte versuchen, einen unserer Gefangenen zu töten, absurd? Da diese Möglichkeit also keineswegs auszuschließen ist, wäre es ungerecht, Spiders Aktivitäten in bezug auf Siyuf und ihre Leute einzuschränken.«

»Sie haben mich aufs Korn genommen, also nehme ich sie aufs Korn«, sagte Spider.

»Genau.«

Hyacinth berührte Silk am Arm. »Ich verstehe es nicht. Sind wir nun für sie oder gegen sie?«

Maytera Mint starrte Silk an. »Es kommt mir inzwischen so vor, als wäre es ewig lange her, aber bevor dies alles hier begonnen hat – bevor die arme Maytera Rose gestorben ist –, da hatte ich das Gefühl, ich könnte Euch so gut verstehen, wie ich mich selbst verstehe. In den letzten zehn Tagen seid Ihr jedoch jemand anders geworden. Jemand, den ich überhaupt nicht mehr verstehe. Und ich selbst habe mich auf ähnliche Weise verändert. Ihr seid jetzt verheiratet, ich war ja bei der Trauung dabei, und auch ich möchte heiraten.«

Ihr Gesichtsausdruck veränderte sich, und Silk wußte, daß Bison unter dem Tisch ihre Hand genommen hatte.

Nach kurzem Schweigen fügte sie hinzu: »Ihr habt, denke ich, Euren Glauben oder den größten Teil Eures Glaubens verloren. Was ist nur mit uns geschehen?«

Potto begann schallend zu lachen.

Quetzal, der zwischen Oosik und Loris am anderen Ende des Tisches saß, murmelte: »Die Begleitumstände haben sich verändert, Maytera. Das ist alles, oder beinahe alles. Es gibt in jedem Mann und jeder Frau einen Wesenskern, der sich kaum verändert, ganz egal, wie sehr die äußeren Lebensumstände umgewälzt werden. Aber dieser Wesenskern ist kleiner, als wir glauben mögen.«

Silk nickte zustimmend.

»Wenn es … äh … wenn es erlaubt ist.« Remora schob seine störrische Haarsträhne zurück. »Die Generalin und ich waren … äh … wurden gemeinsam in … äh … Kampfhandlungen hineingezogen. Das verändert das Bewußtsein ganz nachhaltig, was? Der unveränderliche Kern, wie Seine Kogniszenz … äh … ganz richtig gesagt hat, ist sehr klein. Der Geist überlebt sogar den Tod. Er wächst, wenn … äh … wenn man auf ihm herumtrampelt. Wie der Löwenzahn. Ich habe es gelernt, was? Also, wenn Ihr dies … äh … vielleicht bedenken wollt.«

Er starrte seine langen, knochigen Hände an. »Ich wollte Spider nicht in den Gängen töten, was? In jenen Gängen da unten. Das wäre … äh … das hätte ich nicht gekonnt. Aber ich wünschte jetzt, ich hätte es versucht. Beinahe wünschte ich es, was? Ich bin nicht länger Koadjutor. Ich habe ein eigenes Manteion, was? Nach all den Jahren. Bin heute eingezogen.«

Er wandte sich an Silk. »Ich … äh … es ist notwendig, mit Euch darüber zu sprechen, Caldé, was? Die Sun Street. Wegen der Buchhaltung und so weiter. Wir müssen eine … äh … eine richtige Übergabe machen.«

Silk quetschte heraus: »Gern, Patera.«

»Ich bin … äh … ich wurde meiner Macht beraubt. Ja, so ist der Ausdruck dafür, was? Draußen weniger, drinnen gewachsen. Ich ... äh ... ich fühle es.« Er hob sein Gammadion. Es bestand aus schlichtem Eisen.

Während Silk noch versuchte, über seine Verlegenheit hinwegzukommen, fragte Maytera Mint: »Ihr sagtet, alles, was Siyuf und ihre Truppe seit ihrer Ankunft hier getan haben, ließe sich verteidigen. Sie sei unsere Verbündete, sagt Ihr. Aber trotzdem laßt Ihr Spider gehen? Ihr laßt ihn frei, damit er auf jede nur erdenkliche Weise, wie Potto es sich vorstellt, die Trivigauntis angreift?«

Potto wiegte sich fröhlich hin und her. »Da hat sie recht, Silk. Warum erschießt Ihr Euch nicht gleich hier an Ort und Stelle?«

Er schüttelte den Kopf. »Jetzt werde ich nicht aufgefordert, Siyufs Handlungen zu verteidigen, sondern meine eigenen. Ich habe mich wohl wirklich verändert. Generalin, Ihr habt recht, wenn Ihr das sagt. Aber ich glaube nicht, daß ich mich so sehr verändert habe, wie Ihr es vielleicht denkt. Den Glauben, den ich hatte, den habe ich gelernt, wie man eine Lektion in der Schule lernt. Ich habe gelesen, ich habe Vorträge gehört, ich bin dem Beispiel meiner Mutter gefolgt und habe mit anderen Menschen gesprochen. Ich denke, ich bin gerade dabei, diesen Glauben durch einen neuen Glauben zu ersetzen, den ich aufgrund meiner Erfahrungen gewonnen habe – anhand der Begleitumstände, wie Seine Eminenz es ausgedrückt hat. Man muß das alte Gebäude des Glaubens zerschlagen, so stelle ich es mir vor, damit an dessen Stelle ein neues errichtet werden kann. Denn wenn man das nicht tut, wird das alte immer im Weg sein.«

Er streckte die Hand zu Hyacinth aus, die sofort einschlug.

»Wie Ihr gerade gesagt habt, sind wir verheiratet. Ich glaube nicht, daß meine Mutter je verheiratet war. Habe ich das schon einmal erwähnt?«

Maytera Mint schüttelte den Kopf.

»Ich habe es bestimmt Maytera Marble gesagt, da bin ich sicher. Ich weiß jetzt oder ich glaube zu wissen, wie – wie ich auf die Welt kam. Ich habe es erkannt, weil mir in den Gängen oder irgendwo unter der Erde gewisse Dinge zugestoßen sind. Aber ich fürchte, das könnt Ihr nicht verstehen.«

»Aber gewiß verstehe ich es! Ihr müßt es nicht eigens erwähnen, Caldé. Aber danach wollte ich gar nicht fragen.«

Silk schüttelte den Kopf. »Das habt Ihr auch nicht getan. Ihr glaubt, Ihr hättet versehentlich einen wunden Punkt berührt, aber so ist es nicht. Councillor Potto, hier ist ein Rätsel für Euch. Könnt Ihr es lösen? Ich muß Euch aber warnen, denn ich habe in dieser Beziehung heute abend schon einmal gelogen, und wenn es nötig ist, werde ich noch ein weiteres Mal lügen.«

Maytera Mint wandte ein: »Aber Ihr lügt doch nicht, Patera.«

Wieder schüttelte Silk den Kopf. »Jeder Mensch lügt, wenn er muß. Beispielsweise lügen wir, wenn wir nach Dingen gefragt werden, die wir in der Beichte erfahren haben. Dann sagen wir, daß wir es nicht wissen. Über solche Dinge muß ich lügen. Mindestens, bis sie keine Rolle mehr spielen. Und weil es diese Vorschriften gibt, würden ohnehin alle glauben, daß ich lüge, selbst wenn ich die Wahrheit sage.«

Maytera Marble überraschte ihn: »Ich aber nicht, Patera.«

Er drehte sich um und sah sie erstaunt an.

»Chenille hat Euch Tee und Gebäck gebracht, das sie mit Nettle zusammen gebacken hat, aber sie ist danach nicht zurückgekehrt. Horn scheint auch verschwunden zu sein. Ich dachte, hier ist vielleicht etwas nicht in Ordnung.«

»Hier ist einiges nicht in Ordnung, Moly«, erklärte Silk ihr, »aber wir sind gerade dabei, es in Ordnung zu bringen. Erinnert Ihr Euch noch, was ich Euch über meine Erleuchtung erzählt habe? Ich sah Patera Pike im Gebet. Ich sah, wie er Jahr um Jahr inbrünstig gebetet hat, man möge ihm Hilfe für sein Manteion schicken. Erinnert Ihr Euch?«

Sie nickte.

»Und dann hat der Außenseiter zu ihm gesprochen und ihm gesagt, sein Gebet sei erhört worden. Als ich das gesehen hatte, wurde ich neugierig und habe überlegt, welche Hilfe wohl geschickt werden würde.«

Maytera Marble nickte. »Ja, ich erinnere mich, Patera.«

»Die Hilfe, die geschickt wurde, war ich selbst. Das war alles. Ausgerechnet ich. Jetzt könnt Ihr lachen, Councillor.«

Potto lachte nicht.

»Aber einen Augenblick lang, einen kurzen Augenblick lang sah ich mich so, wie Patera Pike mich damals gesehen haben muß. Es war ein demütigendes Erlebnis. Nein, es war ein sehr heilsames Erlebnis. Jetzt macht mir die Erinnerung Mut, wenn ich mit Ratsherren und Generalissimas und anderen Leuten zu tun habe, mit denen ich noch nie zu tun hatte und deren Gegnerschaft ich beängstigend finde.«

Maytera Marble nickte. »Sie werden die Eure genauso empfinden, Patera.«

»Ich bezweifle es.« Kopfschüttelnd wandte Silk sich an Loris. »Wir sind bereit, Euch einen sehr guten Vorschlag zu machen – ein außergewöhnlich günstiges Angebot. Spider hat versprochen, sich hinsichtlich unserer Truppen auf die Gegenspionage zu beschränken, falls wir ihn freigeben. Wir verlangen keinen Eid auf die Schriften und keine Zeremonie. Entweder der Mann hält Wort, oder er tut es nicht. Generalin Mint ist der Meinung, daß er jemand ist, der sein Wort hält. Im Austausch dafür verlangen wir nur Euer gegenwärtiges Selbst. Ich sagte ausdrücklich, daß es nur auf Euer *gegenwärtiges* Selbst ankommt. Ich meine damit den Councillor Loris, der hier bei uns sitzt. Ihr könnt Euer Bewußtsein auf einen anderen Körper richten, sobald wir die Konferenz beendet haben, und wenn Ihr das tut, dann werden wir das nicht als Verletzung unseres Handels betrachten. Seid Ihr mit dem Austausch einverstanden?«

»Nein«, sagte Loris. »Ich habe keinen zweiten Körper zur Verfügung.«

Potto rief: »Einverstanden!«

»Ich fürchte, Councillor, für Euch gilt dies nicht. Wenn Ihr einen Gefangenen von ähnlicher Bedeutung habt, dann können wir einen weiteren Austausch vornehmen. Bis dahin bleibt Spider bei uns. Councillor Loris, seid Ihr sicher, daß Ihr nicht annehmen wollt?«

Loris schüttelte den Kopf, dann starrte er Remora an, der rechts neben Potto saß.

Quetzal murmelte. »Gelegentlich hat er diese Anfälle, der arme Kerl. Ich glaube, Patera Caldé hat es letzte Woche einmal gesehen.«

»Ich habe es gesehen. Es war kurz bevor ich mit meiner Braut in Ermine's Hotel eingezogen bin.« Er sehnte sich danach, Hyacinth zu umarmen. Er riß sich von ihrem Anblick los.

»Sie kommen, Silk«, kündigte Remora mit tonloser Stimme an. »Ein Colonel und hundert Kavalleristen.«

Oreb stieß einen schrillen Pfiff aus.

»Danke. Auk, ich fürchte, das bedeutet, daß wir nicht mehr viel Zeit haben. Ihr und Sciathan müßt uns sofort durch den Seitenausgang verlassen. Eure Anhänger treffen sich im Cock, nicht wahr? Warnt sie, daß Streifen der Trivigauntis nach ihnen suchen könnten. Chenille sollte Euch am besten begleiten, denn sonst könnten sie versuchen, Euch mit ihr zu erpressen.«

Loris stand auf. »Wir gehen dann besser auch.«

»Nicht mit uns«, beschied ihn Auk schroff. »Geht vorne hinaus, wenn Ihr gehen wollt. Kommt jetzt, Obermann! Los, Jungs!«

Potto stand kichernd auf. »Er scheint Silks Liebe für Euch, Vetter Loris, nicht zu teilen.«

Silk winkte den beiden, sich wieder zu setzen. »Ihr seid als Parlamentäre gekommen. Das werden sie respektieren.«

»Wir sind auch als Unterhändler gegangen«, erklärte Maytera Mint.

Er ignorierte den Einwand. »Ihr und Colonel Bison seid jetzt empört, weil Generalissima Siyuf die Waffen einziehen will, die Ihr Euren Kämpfern gegeben habt. Wenn sie hier wäre, dann könnte sie vielleicht vortragen, daß sie dies nur tut, um unsere Regierung zu unterstützen. Die Regierung, die sich dem Ayuntamiento entgegenstellt, die Echidna einzurichten befahl und die Ihr eingesetzt habt. Wahrscheinlich glaubt sie wie Generalin Saba und Chenille am Abend des Thelxday, Eure Leute könnten sich, sobald sie entlassen sind, gegen Euch wenden und die Waffen benutzen, um Euch zu stürzen. Vergeßt das nicht, wenn wir mit den Trivigauntis reden.«

Silk wandte sich an Oosik. »Ihr, Generalissimus, seid empört, weil Generalissima Siyuf Euch und Skate übergangen und direkt an die Kommandanten der Brigade Befehle gegeben hat.«

Oosik nickte grimmig.

»Vergeßt aber nicht, daß sie, als sie die Waffen eingesammelt hat, genau das tat, was Ihr auch getan hättet, wenn Euch nicht mein Befehl davon abgehalten hätte. Sie hat gezeigt, daß sie es für sinnlos hält, Eure Loyalität in Frage zu stellen.«

»Ich … äh … was?« Remora starrte Quetzals verwaisten Stuhl an.

»Seine Kogniszenz hat uns verlassen«, erklärte Silk. »Ich glaube, er ist mit Auk gegangen. Ich nehme an,

Ihr wart einen Augenblick eingenickt. Councillor Loris und Councillor Potto, Ihr sagtet, Ihr wärt gekommen, um mir neue Bedingungen für meine Kapitulation anzubieten. Wir wollen uns jetzt nicht über die genauen Bedingungen streiten. Erklärt mir bitte möglichst knapp, woher Ihr wißt, daß wir und unsere Verbündeten geschlagen werden.«

Loris nickte. »Kurz und knapp also, wie Ihr wünscht. Siyuf schickt Trupps aufs Land, um Lebensmittel zu beschaffen. Sie nehmen, was sie bekommen können, und lassen Quittungen zurück, in die unser Volk kein Vertrauen hat. Quittungen, die mit ziemlicher Sicherheit wertlos sind. Unsere Bauern haben bereits begonnen, die Lebensmittel, die sie noch haben, zu verstecken. Sie organisieren Banden, um Widerstand …«

Oosik unterbrach ihn. »Ihr habt bei der Parade Eure Erlaubnis dazu gegeben, Caldé. Ich war wie vom Donner gerührt.«

Hyacinth sagte: »Ihr haltet Euch wohl für sehr klug, Oosik. Was hättet Ihr denn in diesem Augenblick gemacht?«

Oosik setzte zum Sprechen an, doch dann schwieg er.

»Er hätte Generalissima Siyuf gesagt, daß sie das kaufen muß, was unsere Bauern ihr bringen, oder etwas ähnliches.« Silk zuckte die Achseln. »Sie hätten nicht genug gebracht, und sie hätten Versprechungen auf spätere Bezahlung nicht akzeptiert. Bald darauf hätte Siyuf selbst Patrouillen aussenden oder die Augen davor verschließen müssen, daß ihre Kommandantinnen auf eigene Faust Beschaffungstrupps losschickten. So oder so hätten wir sie aufhalten müssen, oder wir hätten es versuchen müssen. Nicht lange, und wir hätten auf der Straße gegen Trivigauntis kämpfen müssen. Ich hoffte das zu verhindern oder wenigstens aufzuschieben, aber ich fürchte, der

Zeitgewinn war doch nicht so groß, wie ich dachte. Vielleicht haben wir überhaupt nichts damit gewonnen.«

»Wir hätten selbst Trupps ausschicken können«, schlug Bison vor.

Maytera Mint schüttelte den Kopf. »Dann würden die Bauern jetzt uns und nicht sie hassen. Wenn sie schon jemanden hassen müssen, dann ist es besser, sie hassen Siyuf und die Trivigauntis.«

»Der entscheidende Punkt ist der«, nahm Loris den Faden wieder auf, »daß sie bereits Widerstand leisten. Ihr habt ihnen geholfen, und wir helfen ihnen weiter.«

Potto grinste Silk an. »Das festigt ihre Loyalität uns gegenüber, versteht Ihr? Wir sind die Regierung aus der guten alten Zeit, wir kommen mit Armen voller Musketen aus dem Untergrund und verschenken sie.« Er kicherte. »Wir bekommen reichlich Essen für unsere Biologischen. Wir haben ja sowieso fast nur Chemische da unten. Die brauchen nichts zu essen.«

»Wir schätzen, daß fünfzehntausend von Generalin Mints fünfzigtausend Kämpfern Leute vom Land waren«, fuhr Loris fort. »Dank Eurer Hilfe sind sie jetzt bewaffnet. Wir haben bisher weitere viertausend bewaffnet, und wir werden weiterhin Waffen verteilen. Diese Sibylle hier …«

»Ich bin wieder im Laienstand«, erwiderte Maytera Marble.

»Diese religiös gekleidete Frau im Laienstand hat einmal geprahlt, daß zwar andere Leute lügen könnten, daß ihre Zahlen aber exakt wären. Meine sind es auch. Binnen drei Monaten wird Siyuf nicht mehr fähig sein, ihre Truppen zu versorgen, ganz zu schweigen von den Pferden, Maultieren und Kamelen. Da sie keine Alternative hat, wird sie nach Trivigaunte zurückkehren. Bis dahin wird sich die Hälfte Eurer Leute von der Rebellion zurückgezogen haben.

Wir sind gekommen, um Euch darüber zu informieren und zu verlangen, daß Ihr unsere persönlichen Konten wieder freigebt.«

»Und laßt die Finger vom Fiskus«, fügte Potto hinzu.

»Das werden sie sowieso tun müssen, sobald sie sich ergeben haben.« Loris sah sich am Tisch um, ein an Erfahrung und Weisheit reicher Councillor, dessen Urteil sich sogar Maytera Mint würde beugen müssen. »Wollt Ihr nun unsere Bedingungen hören?«

»Nein.« Silk hielt inne und lauschte den eilig tappenden Füßen im Foyer. »Wir haben nicht genug Zeit. Ich akzeptiere. Wir kapitulieren. Wir können über die Bedingungen verhandeln, wenn wir mehr Zeit haben. Deshalb hatte ich auch gehofft, daß Ihr bleiben würdet, Councillor. Das hätte es erleichtert …«

In diesem Augenblick platzte Horn in den Raum. »Sie kommen, Caldé, wie Ihr gesagt habt. Ein paar hundert, einige beritten.«

»Danke, Horn.« Silk lächelte traurig. »Ich glaube, sie werden anklopfen. Ich hoffe jedenfalls, daß sie höflich sind. Wenn sie es tun, dann halte sie bitte so lange wie möglich auf.«

Potto stand wieder auf. »Wir akzeptieren Eure Kapitulation. Laßt uns gehen, Vetter.«

Maytera Marble stellte sich ihnen in den Weg. »Laßt mich Euch an das erinnern, was ich Euch im Haus meines Sohnes gesagt habe. Caldé Silks Kapitulation ist gültig und bindet uns alle. Patera Silks Kapitulation bedeutet überhaupt nichts. Erkennt Ihr ihn als Caldé an? Auf Lebenszeit?«

Die Küchentür flog auf, und Hossaan kam, in jeder Hand einen Nadler haltend, herein. Hinter ihm folgte ein Dutzend mit Musketen bewaffneter Frauen. »Dieses Leben könnte kurz sein«, sagte er zu Silk. »Es ist mit Sicherheit kurz, wenn Ihr nicht die Hände hebt. Die anderen auch.«

Einer nach dem anderen hoben Hyacinth, Silk, Remora, Potto, Spider und Horn die Hände. Maytera Marble und Bison waren die letzten. Silk sagte: »Ihr erkennt doch hoffentlich, daß dies im Grunde nur ein Mißverständnis ist, ein Streit unter Freunden, der sich beilegen läßt und der hoffentlich bald beigelegt sein wird.«

»Verteilt Euch«, sagte Hossaan zu den Frauen, die mit ihm hereingekommen waren. »Jede deckt einen Gefangenen.« Er lächelte Silk an, doch seine verhangenen Augen lächelten nicht. »Ich hoffe, Ihr habt recht, Caldé. Auf persönlicher Ebene mag ich Euch und Eure Frau. Ich führe jedoch Colonel Abanjas Befehle aus und ...«

Das Knacken eines Nadlers unterbrach ihn. Dann wurden Musketen ziellos abgefeuert, und der Stuck unter der Decke zerkrümelte und breitete sich als Staubwolke im Raum aus. Mit ohrenbetäubendem Krachen stürzte der größte Teil der westlichen Wand ein, aus dem Fundament gerissen vom Azothen, den Silk von Doktor Crane bekommen und an Maytera Mint weitergegeben hatte.

14

Die besten Diebe der Welt

»Patera?« fragte Horn leise. »Caldé?«

Silk setzte sich auf. »Was ist?«

»Nettle schläft, genau wie die meisten anderen, aber ich wußte, daß Ihr nicht schlaft. Ich habe Eure Augen gesehen.«

Silk nickte. In der Dunkelheit im eiskalten Zelt war die Bewegung kaum zu erkennen. »Du hast recht, ich habe nicht geschlafen. Du hast Angst wie wir alle, und du brauchst Trost. Ich werde dir soviel Trost spenden, wie ich kann, auch wenn es nicht viel sein wird.«

»Ich habe auch einige Fragen.«

Silk lächelte, daß im Zwielicht seine Zähne blitzten. »Ich auch, aber du kannst meine sicher nicht beantworten. Es ist aber möglich, daß ich ein paar deiner Fragen beantworten kann. Laß hören, dann werde ich es versuchen.«

Nettle flüsterte: »Ich schlafe nicht. Horn dachte nur, daß ich schlafe, aber ich habe nur so getan, damit er schlafen kann.« Horn nahm ihre Hand, als sie sagte: »Ich habe auch eine Frage.«

»Zuerst der Trost«, sagte Silk zu ihnen. »Den braucht ihr wahrscheinlich nötiger, als Euch selbst klar ist. Es ist äußerst unwahrscheinlich, daß Generalissima Siyuf Euch einsperren oder gar hinrichten läßt. Hossaan – das ist Willets richtiger Name, er stammt aus Trivigaunte – weiß, daß du mit Horn im

Palast warst, um Moly zu helfen. Außerdem seid ihr kaum mehr als Kinder. Siyuf ist eine harte Frau, aber nach allem, was ich gesehen habe, ist sie nicht vorsätzlich grausam. Sie würde nicht diese große Loyalität genießen, wenn es anders wäre. Ich kann da nur raten, aber ich vermute, man wird dich und Horn verhören und dann freilassen.«

Horn fragte: »Gibt es etwas, das wir ihr nicht sagen sollen?«

»Nein, sagt ihr alles. Nichts, was ihr sagen könnt, kann Hyacinth oder Moly oder mir irgendwie schaden. Je besser sie verstehen, wie wenig ihr im Grunde mit uns zu tun habt, desto eher werden sie euch freilassen, sobald sie alles von euch erfahren haben, was sie wissen wollten. So denke ich es mir wenigstens.«

Flüsternd fragte Nettle: »Heißt das, wir haben versagt, Patera?«

»Nein, natürlich nicht. Ich weiß auch nicht genau, was du damit meinst – ob du meinst, wir hätten als menschliche Wesen versagt ...«

»Nein, ich meine versagt vor den Augen der Götter.«

»Nein.« Silks Stimme klang entschlossen. »Wie alt bist du?«

»Fünfzehn.«

»Ich bin acht Jahre älter als du. Das scheint mir ein riesiger Altersunterschied zu sein, und dir selbst kommt es wahrscheinlich auch so vor. Aber was meinst du, wie dieser Unterschied für Seine Kogniszenz aussehen mag?«

Horn sagte: »Wie nichts. Seine Kogniszenz war schon ein sehr alter Mann, als wir geboren wurden.«

»Er war es sogar schon, als ich geboren wurde. Und jetzt überlegt euch, wie jung wir Pas erscheinen müssen, der den Whorl gebaut hat, oder dem Außenseiter, der unsere Vorfahren aus dem Lehm im Whorl der Kurzen Sonne gemacht hat.« Silk verstummte, lauschte den langsamen Schritten der Wachen draußen. Remora schnarchte leise.

»Da uns der Außenseiter erschaffen hat, wollen wir auch mit ihm beginnen. Ich habe ihn, außer im Traum, noch nie gesehen, und selbst da konnte ich sein Gesicht nicht gut erkennen. Aber er hat mich von Anfang an gesehen – noch bevor ich selbst überhaupt geboren wurde. Er kennt mich besser, als ich mich selbst kenne, und er hat mich ausgewählt, um eine Aufgabe für ihn zu vollbringen. Ich sollte unser Manteion vor Blood retten. Blood ist jetzt tot. Musk, der formal der Besitzer des Manteions war und den ich eine Zeitlang sogar für schlimmer als Blood gehalten habe, ist ebenfalls tot. Patera Remora, der da drüben schläft, ist der neue Augur in der Sun Street – ich glaube, das ist die Art und Weise des Außenseiters, mir zu sagen, daß meine Aufgabe dort beendet ist. Ihr zwei habt mir dabei geholfen, und ich bin sicher, daß er Euch so dankbar ist wie ich.«

Horn murmelte: »Aber wir haben doch gar nichts gemacht, Patera.«

»Natürlich habt ihr etwas gemacht – aber jetzt hört zu. Ich könnte mich irren, und vielleicht stimmt es gar nicht, daß ich das Manteion gerettet habe, und vielleicht habe ich mich auch in bezug auf seine Zeichen geirrt. Es ist gut möglich, daß ich am Ende doch noch scheitern werde. Absolute Sicherheit gibt es nicht. Aber eines ist mir völlig klar – er wird mir vergeben, wenn ich scheitere, und er würde ganz bestimmt auch euch vergeben. Ich kenne ihn gut genug, um mir dessen sicher zu sein.«

Nettle sagte: »Ich habe vor allem an Echidna gedacht. Ich habe sie gesehen, als sie mit Maytera Mint gesprochen hat. Ich war selbst dabei.«

»Ich auch. Echidna hat ihr befohlen, die Alambrera zu zerstören. Die Alambrera wurde zerstört, und die Sträflinge wurden befreit. Ich habe sie freigelassen.«

»Ja, aber …«

»Echidna hat auch die Zerstörung des Ayuntamiento befohlen. Es existiert noch, wenn man so will, aber bedenkt dies: Lemur, der so lange den Vorsitz geführt hat, ist tot. Ebenso Loris, der sein Nachfolger wurde.«

»Maytera sagt, das sei er gar nicht selbst gewesen«, wandte Nettle ein. »Sie sagt, Maytera Mint und Potto steuerten nur die Wesen, die wir für die Councillor hielten, wie man eine Puppe an den Fäden führt.«

Silk kicherte, ein kleines, fröhliches Geräusch in der Dunkelheit. »Wie die Holzfigur, die Horn als kleiner Junge hatte.«

»Genau, Patera.«

»Das ist richtig. Das ist bestimmt richtig, und ich bin sicher, daß dies einmal für alle fünf Ratsherren gegolten hat. Bevor Doktor Crane Lemur getötet hat, erfuhren wir jedoch, daß der echte Lemur schon vor einer Weile gestorben ist. Wahrscheinlich schon vor Jahren. Der gesteuerte Körper hatte sich in Lemur verwandelt, und er war dann der einzige Lemur, der überhaupt noch existierte, auch wenn er selbst dachte, er würde immer noch von der Leiche gesteuert, die in Lemurs Bett lag. Könnt ihr mir folgen? Horn? Nettle?«

Nettle sagte: »Ja, ich glaube schon, Patera.«

»Als ich Zeit hatte, darüber nachzudenken – das war aber erst, als Doktor Crane und ich aus dem See gefischt wurden –, habe ich mich gefragt, ob es nicht bei allen Ratsherren genauso sein könnte. Wenn Councillor Loris bei uns geblieben wäre, wie ich es verlangt habe, und wenn es ihm unmöglich gewesen wäre, seine Aufmerksamkeit auf einen anderen Chemischen zu verlagern, dann hätte ich gewußt, daß wir den Vorsitzenden Ratsherren in Händen haben. Ich habe vermutet, daß Loris dies auch selbst klar war, bevor er zu den Verhandlungen zu uns gekommen ist, denn sonst hätte er sich wohl kaum den Nadler geschnappt, den Generalissimus Oosik vorher Councillor Potto angeboten hatte. Er kannte Generalissima Siyuf gut genug, um zu wissen, daß sie ihn unter irgendeinem Vorwand hätte hinrichten lassen, und er wußte, daß er genau wie jeder andere nur dieses eine Leben zu verlieren hatte. Wie die Dinge dann verlaufen sind, hat er es sogar noch schneller verloren, als er dachte, aber er hatte immerhin die Befriedigung, im Kampf gefallen zu sein. Vielleicht hat ihm das etwas bedeutet.«

»Hat ihn eine der Frauen erschossen?«

Maytera Marbles Stimme ertönte irgendwo in der Dunkelheit. Der Tonfall erinnerte sehr an Maytera Rose. »Ja, ich habe es gesehen. Ich habe ihn fallen sehen.«

Silk sagte, an Maytera Marble gerichtet: »Ich hatte schon damit gerechnet, daß Ihr Euch zu Wort meldet, Moly. Ich hätte Euch auch eingeladen, aber ich wußte nicht, wo Ihr wart, und ich wollte nicht in der Dunkelheit herumstolpern und alle Leute aufwecken.«

»Gewiß nicht, Patera.«

Nettle sagte: »Ich bin froh, daß Ihr hier seid, Maytera. Ich möchte Euch etwas fragen. Alle sagen, daß in Trivigaunte die Frauen herrschen. Die Rani ist eine Frau, genau wie Generalissima Siyuf. Ich habe sie gesehen. Wer waren aber die Frauen, die Willet hereingeführt hat, von denen dann eine Councillor Loris erschossen hat? Warum haben sie von ihm Befehle entgegengenommen?«

Maytera Marble schniefte. »Du mußt noch viel lernen, Nettle. Macht Horn nicht auch manchmal das, was du ihm sagst, auch wenn er es nicht tun möchte?«

»Ich glaube, das kann ich nicht überbieten«, warf Silk ein, »aber ich kann es vielleicht noch etwas spezifizieren. Es gibt hier natürlich männliche Spione –

Agenten der Rani, wie Hossaan selbst einer ist. Ich bin ziemlich sicher, daß sie alle aus Viron selbst stammen. Hossaan hat mir erzählt, er und Doktor Crane wären die einzigen Trivigauntis in der Gruppe, die sie hier aufgebaut haben, und ich glaube, er hat die Wahrheit gesagt.«

Horn setzte schon zur nächsten Frage an, aber Silk kam ihm zuvor. »Ich wollte noch sagen, daß ich, bevor ich am See in die Gänge eingedrungen bin, jemanden gesehen habe, der vor mir den gleichen Weg gegangen sein muß. Später sah ich dann Fußabdrücke, und noch später fand ich eine Leiche, von der Hammerstone mir sagte, es sei eine Frau gewesen.«

»Sprecht nicht mehr von diesem Ort«, sagte Nettle. »Es läuft mir immer kalt den Rücken herunter, wenn jemand davon spricht.«

»Es ist ein schrecklicher Ort. Aber ich würde gern etwas über die tote Frau sagen. Ich könnte mir vorstellen, daß sie von Zeit zu Zeit aus Trivigaunte hergekommen ist, wahrscheinlich in der Verkleidung eines Händlers. Chenille hat Botschaften an eine Frau auf dem Markt übermittelt, und die tote Frau, die ich gefunden habe, war vielleicht diese Händlerin. Hossaan hätte sie wahrscheinlich nicht zu Doktor Cranes Verschwörung gerechnet, weil sie nicht ihm unterstellt war. Ich vermute, daß sie jedes Mal, wenn sie gekommen ist, nicht länger als ein paar Wochen geblieben ist, einen Monat höchstens.«

»Weiß eigentlich jemand, was aus ihm geworden ist? Aus Hammerstone, meine ich?« fragte Nettle. »Geht es ihm gut?«

Maytera Marble murmelte: »Du willst wissen, ob ich so schnell nach der Heirat schon wieder zur Witwe geworden bin? Ich weiß es nicht, aber ich glaube nicht. Er war gerade fortgegangen, um Material zu suchen, als Willet mit seinen Frauen gekommen ist. Wäre er da gewesen, dann hätte er uns vielleicht sogar alle retten können. Er hätte sicherlich Patera Incus und mich retten können, und auch die Tochter, mit deren Bau wir begonnen haben.«

Horn sagte: »Zweihundert Trivigauntis sind gekommen, Maytera. Patera ließ mich draußen auf der Straße auf sie warten. Sie hätten Hammerstone getötet, wenn er sich nicht ergeben hätte.«

»Wir können es nicht wissen.« Maytera Marble setzte sich neben Nettle.

»Er kann Euch immer noch retten«, sagte Silk zu Maytera Marble. »Vielleicht wird er uns sogar alle retten. Nach dem zu urteilen, was ich von ihm gesehen habe, wird er es gewiß versuchen, und das macht mir Sorgen – aber ich möchte gern auf Nettles Frage zurückkommen. Da die Frauen in Trivigaunte mehr Macht haben als die Männer, Nettle, würden die meisten Menschen erwarten, daß die Agenten der Rani hier Frauen sind – und genau dies ist ein guter Grund, vor allem Männer einzusetzen. Aber es wäre naheliegend, daß ein männlicher Agent aus Trivigaunte hier in Viron Frauen anheuert. Frauen dürften für die Sache Virons offener sein als Männer – Hyacinth sagte etwas in dieser Art, als wir uns kennengelernt haben –, und Männer aus Trivigaunte würden natürlich vor allem mutige, energische Frauen aussuchen wie jene, die sie aus ihrer Heimat kennen. Aber ich fürchte, wir alle neigen viel zu sehr dazu, die Dinge unzulässig zu verallgemeinern. Da die meisten Auguren fromm und naiv sind, stellen wir uns vor, so müßte jeder Augur sein, aber wenn wir wirklich nachdenken würden, dann würde uns sofort klar, daß das nicht sein kann. Genauso richtig ist es, daß es in Trivigaunte tapfere Männer und hier in Viron mutige Frauen gibt – hier bei uns ist sogar eine Frau, die ein gutes Beispiel dafür sein könnte. Und was die Frauen angeht, die Hossaans Befehlen gehorcht haben – es spielt eigentlich keine Rolle, ob sie aus Viron oder Trivigaunte stammen. Wenn sie nicht gehorcht hätten, dann wären sie für Doktor Crane und Hossaan wertlos gewesen und schon vor langer Zeit eliminiert worden.«

»Ich wollte Euch noch etwas anderes fragen, Caldé, aber ich fürchte, Maytera wird böse auf mich.«

»Dieses Risiko mußt du eben eingehen, Nettle. Frag nur.«

Horn sagte: »Sag es mir, dann frage ich.«

»Nein. Wenn die Frauen spionieren und einen Councillor erschießen können, dann kann ich das auch tun. Caldé, ich habe an der Tür gelauscht. Maytera hat mich erwischt und weggeschickt, aber als sie wieder fortging, um an ihrem Kind zu arbeiten, bin ich zurückgekehrt.«

»Ich bin nicht wütend«, sagte Maytera Marble zu ihr, »aber du solltest wütend auf dich selbst sein. Es war nicht recht, und du hast es gewußt.«

Silk sagte: »Das spielt jetzt aber keine Rolle mehr.«

»Doch, es spielt eine Rolle. Denn am Schluß habe ich etwas gehört, und das war der Grund dafür, daß ich aufgestanden und zu Euch gekommen bin, als ich Euch mit Horn sprechen hörte. Ihr – ihr habt einfach aufgegeben. Wie hieß noch der Councillor, den sie erschossen haben? Loris? Ich meine den, der erzählt hat, sie würden Musketen ausgeben ...«

»Und dem ich antwortete, daß wir später über die Bedingungen verhandeln würden, daß ich aber sofort kapitulieren wollte.«

»Äh, ja.«

Horn wandte ein: »Wir haben aber gesiegt. Das haben alle gesagt.«

»Horn, er hat gesagt, *sie* würden siegen, weil die Bauern gegen die Trivigauntis kämpfen würden, bis diese abziehen müssen. Dann sagte der Caldé, also gut, wir ergeben uns, und wir reden über die Einzelheiten, wenn wir mehr Zeit haben. Aber dann meinte

Maytera, daß er nur als Caldé aufgeben könnte, denn wenn er nicht Caldé wäre, dann hätte seine Kapitulation überhaupt nichts zu bedeuten.«

»Patera Silk ist kein nachtragender Mann, Liebes.«

»Ich weiß, Maytera. Ich verstehe die Worte, aber ich verstehe nicht, was Ihr meint. Hattet Ihr denn nicht den Wunsch, die Ratsherren zu töten, Caldé?«

»Natürlich nicht. Soweit unser Aufstand betroffen ist, so hatte ich nie einen anderen Wunsch, als ihn zu beenden. Ich will Frieden und ein geeintes Viron. Echidna hat Maytera Mint befohlen, das Ayuntamiento zu zerstören und Scylla die Stadt zurückzugeben. Hast du nie darüber nachgedacht, was diese letzte Anweisung wirklich bedeutet, Nettle?«

»Nein, nicht wirklich.«

»Dann denke jetzt drüber nach.« Silk tastete nach seinem Gammadion. »Wenn wir die Stadt Scylla zurückgeben, dann bedeutet das nichts anderes, als die Charta wieder einzusetzen. Scylla hat sie geschrieben, und wir können noch so lange beten und opfern, solange die Charta nicht in Kraft ist, verraten wir Scylla. Die Charta verlangt, daß es ein Ayuntamiento gibt. Wußtet ihr das?«

Horn sagte: »Ich wußte es, Patera.«

»Daher ist folgendes klar: Echidna will nicht, daß wir die Institution des Ayuntamiento einfach abschaffen. Es ist sicherlich nichts Falsches daran, wenn alle drei Jahre ein Gremium von Ratgebern gewählt wird. Denn das sollte das Ayuntamiento eigentlich sein – ein Gremium erfahrener Männer und Frauen, an das sich der Caldé wenden kann, wenn er auf Schwierigkeiten stößt. Echidna hat verlangt, das derzeitige und eindeutig illegale Ayuntamiento aufzulösen. Diese Forderung steht zweifellos in Einklang mit ihrem Verlangen, unsere Regierung möge zur Charta zurückkehren. Aus diesem Grund war für mich der Weg zum Frieden klar. Ich habe es von Anfang an so gesehen. Ich wollte Caldé bleiben, solange die Leute mich haben wollten. Ich könnte das derzeitige Ayuntamiento für abgesetzt erklären, Neuwahlen ausschreiben und alle dazu drängen, die überlebenden Mitglieder des vorherigen Ayuntamiento zu unterstützen. Ihre Anhänger hätten sowieso für sie gestimmt, und sie wären wiedergewählt worden. Mit ziemlicher Sicherheit wäre es so gekommen, möchte ich hinzufügen.«

»Das klingt so traurig, Caldé.« Nettle schauderte und kuschelte sich an Horn. »Vielleicht kommt es wirklich so, wie Ihr sagt.«

»Ja, so könnte es kommen. Ich mußte an die Situation in Bloods Haus denken, als Councillor Loris Moly und mir eine Liste mit Forderungen vorgetragen hat.«

»Absurde Forderungen waren es«, erklärte Maytera Marble.

»Extreme Forderungen, gewiß. Er wollte Geiseln von der Rani haben, er wollte Generalissimus Oosik und andere hochrangige Offiziere aburteilen lassen. Ich habe mich ihm widersetzt.«

»Ihr habt auch Euren Rücktritt angeboten«, ergänzte Maytera Marble. »Ihr wart sehr tapfer, Patera.«

»Ich war sehr dumm, sehr müde und sehr verängstigt. Wäre das anders gewesen, dann hätte ich erkannt, daß ich hätte zustimmen, die Kämpfe einstellen und mich um die Details kümmern müssen. Hast du schon einmal mit den Beamten im Juzgado gesprochen, Nettle?«

»Nein, Caldé.«

»Ich habe mit ihnen gesprochen. Ich hielt es für wichtig, weil ich wußte, daß Hyacinths Vater ein leitender Beamter war. Sie haßt ihn, aber sie wird trotzdem ihr Leben lang seine Tochter bleiben. Ich konnte ihn ausfindig machen, und als wir darüber sprachen, den Fiskus zu reformieren, sagte er, der Teufel steckte oft im Detail.«

Silk kicherte, er fand die Erinnerung belustigend. »Später machte ein Beamter im Fiskus noch einmal die gleiche Bemerkung, und ich erinnerte mich an das, was ich in der Schola gelernt hatte – die Bosheit des Bösen kommt darin zum Ausdruck, daß es sogar böse Menschen zerstört. Meine Lehrer haben damals so wenig daran geglaubt wie Patera Pike, aber ich glaube, daß dieser Spruch so wahr ist wie das, was mir Hyacinths Vater und der Beamte im Fiskus gesagt haben. Also gut, dann soll das Ayuntamiento die Teufel auf seine Seite ziehen. Wenn wir Frieden schließen, dann bedeutet das, daß neun Zehntel von Siyufs Horde heimkehren können. Tausenden unschuldiger Männer und Frauen wird ein schrecklicher Tod in den Gängen erspart. Wir könnten genug Lebensmittel für die kaufen, die hier zurückbleiben, und dem Ayuntamiento wäre die wichtigste Waffe genommen. Sollen sie den Bauern doch Musketen geben. Diese Musketen machen uns stärker, nicht sie.«

»Ihr wolltet siegen, indem Ihr aufgebt?«

Silk schüttelte den Kopf. »Nein, man siegt nicht, indem man aufgibt, Nettle. Auch wenn viele Kämpfe es nicht wert sind, daß man in ihnen siegt. Nein, ich wollte das erreichen, was ich die ganze Zeit erreichen wollte – den Frieden –, indem ich den Feind überzeugte, daß er gewinnen konnte, wenn er mich den Frieden haben ließ, was zufällig ja auch der Wahrheit entspricht. Ich hoffe immer noch, daß es so kommt, auch wenn die Aussichten dazu im Augenblick nicht besonders günstig sind.«

Horn sagte: »Generalin Mint und Colonel Bison konnten fliehen. Generalissimus Oosik auch.« Nettle fügte hinzu: »Und der dicke Councillor konnte verschwinden. Wird es jetzt Frieden geben wegen der Dinge, die Ihr gesagt habt?«

»Ich weiß es nicht. Ich fürchte nein.« Silk seufzte. »Es hängt vor allem von den Trivigauntis ab. Solange sie uns festhalten, werden Generalissimus Oosik und Generalin Mint sie als Feinde betrachten, die so schlimm sind wie das Ayuntamiento, wenn nicht schlimmer.«

Maytera Marble schniefte. »Ich verstehe nicht, warum sie uns überhaupt festhalten.«

»Seine Kogniszenz liebt es, kurze und lange Antworten gleichzeitig zu geben«, erwiderte Silk. »In diesem Fall würde er wohl sagen, daß die kurze Antwort die ist, daß Siyuf ein schlechtes Gewissen hat. Sie kam angeblich als Verbündete nach Viron, doch sie hatte insgeheim die Hoffnung, die Stadt von Trivigaunte abhängig zu machen – eine Stadt voller Diener gewissermaßen.«

»Hat sie das wirklich gesagt, Patera?«

»Natürlich nicht. Doch sie war gern bereit zu glauben, wir führten etwas gegen sie im Schilde. Die Menschen aber, die sich überall betrogen wähnen, greifen oft als erste selbst zu Lug und Trug. Als Generalin Mint und Patera Remora versucht haben, mit dem Ayuntamiento eine Einigung zu erreichen, fürchtete Siyuf, wir könnten ein Abkommen schließen, das für Trivigaunte ungünstig wäre. Indem sie unseren Juzgado einnahm, zeigte sie deutlich, daß sie die Absicht hat, Viron zu regieren. Heute – nein, inzwischen wohl schon gestern, denke ich – machte ich den Fehler, Councillor Loris zu sagen, daß er und Potto sich persönlich mit uns beraten könnten, wie sie es gewünscht hatten. Ich hielt es für sicher, weil Hossaan alles, was wir besprechen würden, an Colonel Abanja melden würde, und ich war entschlossen, nichts zu sagen, was Siyuf irgendwie stören könnte.«

»Ich glaube, daran habt Ihr Euch auch gehalten, Caldé. Abgesehen vom Ende des Gesprächs.«

»Danke. Nun, am Ende hat es dann auch keine Rolle mehr gespielt. Horn und Mucor sagten mir, die Trivigauntis wären unterwegs, und ich wußte, daß ich mein Blatt bereits dadurch überreizt hatte, daß ich die Ratsherren in den Palast des Caldé geladen hatte. Leider hat auch Hossaan sein Blatt überreizt. Wenn er und seine Spione uns einfach daran gehindert hätten, das Gebäude zu verlassen, bis die Kämpfer angekommen wären, dann wäre noch etwas zu gewinnen gewesen. Ich wage es zu bezweifeln, aber denkbar ist es. Wie es jetzt steht, ist eine Menge verloren worden – an erster Stelle natürlich der Frieden. Der Frieden ist an sich viel wert, aber jetzt ist er angesichts von Pas' Drohung wichtiger denn je.«

Silk rieb sich die Augen. »Nachdem ich unser Manteion gerettet habe, versuchte ich, Viron und den ganzen Whorl zu retten, und jetzt kann ich nichts weiter tun, außer hier zu sitzen und zu weinen.«

»Den Whorl zu retten, Caldé, das ist eine große Aufgabe für einen einzigen Mann. Glaubt Ihr wirklich, Pas wird uns vernichten?«

Als hätte er die Frage nicht gehört, fuhr Silk fort: »Wir sprachen über jene, die geflohen sind, aber niemand hat Oreb erwähnt. Ist er entkommen? Hat jemand ihn gesehen?«

Eine heisere Stimme krächzte: »Vogel hier.«

Flügel flatterten in der Dunkelheit, und Oreb landete schwer auf Silks Schulter.

»Seine Kogniszenz hat mich einmal daran erinnert, daß es Menschen gibt, die Vögel so sehr lieben, daß sie sie einsperren, und andere, die sie so sehr lieben, daß sie sie freigeben. Dann sagte er, Echidna und die Sieben wären von der ersten Art, während Pas von der zweiten Art sei. Als ich Oreb kaufte, saß er im Käfig. Als ich ihn befreit habe, zerstörte ich den Käfig und dachte nicht daran, daß der Käfig auch ein Zufluchtsort für ihn war.«

Horn sagte: »Ich hätte nie gedacht, daß man den Whorl als Käfig ansehen könnte.«

»Ich auch nicht, bis mir der Außenseiter zeigte, was außerhalb des Whorl liegt.«

»Vielleicht können Auk und Chenille Sabas Luftschiff stehlen, Caldé, und mit Sciathan zum Mainframe fliegen, wie er es verlangt hat.«

»Guter Mann«, informierte Oreb sie. »Mann fliegt.«

»Ein guter Mann, Oreb, da hast du recht. Auch Auk ist ein guter Mann, und Chenille ist auf ihre Art eine gute Frau. Aber um die Wahrheit zu sagen, wenn es wirklich darauf ankommt, dann setze ich kein großes Vertrauen in sie – weniger als in Potto und Spider sogar, wenn ich ehrlich bin. Offengestanden konnte ich mir nicht vorstellen, daß es irgendeinen anderen Weg gäbe, Auk und sein Gefolge zum Mainframe zu bringen, als Generalin Saba und ihre Crew zu bitten, sie hinzufliegen. Das war ein weiterer Grund dafür, daß ich den Frieden wollte, und es war sogar der dringendste Grund. Solange wir im Kriegszustand waren, würde Siyuf das Luftschiff an Ort und Stelle belassen. In den Gängen wäre es natürlich nutzlos gewesen, aber früher oder später hätte das Ayuntamiento, wenn es wirklich siegen wollte, Truppen an die Oberfläche schicken müssen, und für diese wäre das Luftschiff ein schrecklicher Gegner gewesen. Wäre aber der Krieg beendet worden, dann wäre es möglich gewesen, sie zu überzeugen, uns unsere Bitte zu erfüllen. Ich fürchte, jetzt müssen wir warten, bis alles zu Ende geht, oder mindestens, bis Pas das verwirklicht, was er geplant hat, um die Menschen hinauszutreiben. Ich kann mir ein Dutzend Möglichkeiten vorstellen, die allesamt äußerst unangenehm sind.«

Silk wartete, ob noch jemand etwas fragen wollte, aber sogar Oreb schwieg jetzt. Schließlich sagte Silk: »Und jetzt laßt uns schlafen, wenn wir können. Ich fürchte, wir haben morgen einen anstrengenden Tag vor uns.«

»Äh … Caldé?« Remoras nasale Stimme ertönte irgendwo in der Dunkelheit.

»Ja, Patera? Es tut mir leid, daß wir Euch geweckt haben. Wir haben versucht, leise zu sprechen.«

»Ich habe … äh … habe mit großem Interesse zugehört. Es tut mir leid, daß ich nicht früher erwacht bin, was? Aber es gibt … äh … es gibt da noch einen Punkt. Eland, was? Ich kannte ihn. Ihr sagtet, er sei … äh …«

»Ich sagte, ich hätte eine vage Beschreibung des Mörders. Vage aus unserer Sicht jedenfalls. Ich glaube, es war Hossaan, den Ihr als meinen Fahrer Willet kennengelernt habt. Ich werde Euch im Augenblick aber nicht sagen, wie ich an die Beschreibung gekommen bin. Laßt uns schlafen, Patera.«

»Gutes Mädchen«, verriet Oreb.

»Katze hat gepetzt«, brummelte Tick schläfrig, der sich neben Hyacinth zusammengerollt hatte.

Als er zum immer noch fernen Luftschiff hinaufblickte, biß Silk die Zähne zusammen. Er war fest entschlossen, sie trotz des eisigen Windes, der ihm die Robe um die Beine peitschte, nicht klappern zu lassen, und er war ebenso fest entschlossen, angesichts des Giganten in der Luft nicht staunend den Mund aufzusperren. Ein so großes Luftfahrzeug schien eher ein Ausdruck von Naturgewalten zu sein denn eine technische Konstruktion. Langsam, langsam schob sich der riesige, stumpfbraune Koloß durch den grauen Mittagshimmel, verschwand manchmal in schneebefrachteten dunklen Wolken, um etwas später wieder aufzutauchen, sich der winterlich weißen Wiese, auf der er mit seinen Gefährten unter Bewachung wartete, stetig nähernd.

Maytera Marble faßte ihn unwillkürlich am Arm und stieß ein Geräusch aus, als wäre ein Regentropfen in einen Blecheimer gefallen. Dann kam noch ein Geräusch, und noch eins. Er riß sich vom Anblick des Luftschiffs los und wandte sich an sie. »Warum macht Ihr dieses Geräusch, Maytera?«

Hyacinth flüsterte: »Sie weint. Laß sie in Ruhe.«

»Kluges Mädchen«, stimmte Oreb zu.

»Ihr könnt aber Euren Vogel nicht mitnehmen, Caldé.« Saba stieg ab und ließ die Zügel ihres Pferdes einfach hängen. Sie gesellte sich zu ihnen, und ihr Schweinsgesicht blickte zugleich freundlich und ernst. »Es tut mir leid, aber das geht einfach nicht.« Sie deutete mit ihrer Reitpeitsche auf Hyacinth. »Ihr hattet auch irgendein Tier, Mädchen. Wo ist es?«

»Einen Katachrest h-hatte ich«, sagte Hyacinth schnatternd. »Ich habe ihm heute morgen etwas zu essen gegeben und ihn weggeschickt.«

Silk sagte: »Dann müssen wir uns jetzt trennen, Oreb. Wenn du kannst, dann fliege zu dem Ort zurück, an dem man dich gefangen hat.«

»Guter Silk!«

»Und du bist ein guter Vogel, aber jetzt mußt du fliegen. Fliege zu den Sümpfen von Palustria, wenn das der Ort ist, von dem du gekommen bist.«

»Vogel bleibt«, versicherte Oreb ihm. Dann quakte er und hob kurz ab, als Saba mit der Reitgerte nach ihm schlug.

»Entschuldigt, Caldé. Ich wollte ihn nicht verletzen, nur verscheuchen. Wie war das Frühstück?«

»Gebackenes Pferdefutter«, murrte Hyacinth.

»Kommißbrot, meint Ihr. Damit verwandeln wir kleine Mädchen wie Euch in Kämpferinnen.«

»Ich hatte angenommen, Generalissima Siyuf würde uns verhören«, sagte Silk.

Incus, der direkt hinter ihm stand, sagte: »Wir sind heilige *Auguren*. Ihr *könnt* doch nicht einfach …« Er war an Remora gekettet, der seinerseits an Spider gefesselt war.

»Ruhe da hinten!« fuhr Saba sie an. »Oder ich lasse Euch alle auspeitschen. Bei Sphigx, ich würde Euch am liebsten persönlich auspeitschen.« Sie bewegte leicht die Lippen, als sie die Anwesenden abzählte. »Acht, das stimmt soweit.«

Dann hob sie die Stimme. »Ihr werdet in mein Luftschiff hochgezogen. Der Caldé sagte, er würde es gern besichtigen, und er soll seine Besichtigung bekommen. Ihr werdet ihn begleiten und mit hinauffahren, sobald die *'ishsh* unten ist. Wir fliegen dann mit Euch heim, damit die Rani und ihre Minister Euch zu sehen bekommen. Aber wenn uns jemand unterwegs Schwierigkeiten macht, dann garantiere ich, daß er das Ziel nicht erreichen wird. Er könnte versehentlich aus dem Luftschiff fallen. Habt Ihr verstanden? Wenn Ihr …«

Als Sabas Augen stumpf und leblos wurden, löste Silk sich sofort von Hyacinth. »Könnten wir einen Augenblick unter vier Augen reden, Generalin?«

Sabas Kopf nickte, als wäre sie eine Marionette. »Ich bin schon den ganzen Morgen hier, Silk. Sie glaubt, ihr kehrt nicht zurück.«

»Ich verstehe.« Er zog Saba beiseite. »Aber sie wird uns nicht töten, denn sonst hätte sie das bereits verlauten lassen. Ich mache mir auch keine Sorgen um mich selbst, Mucor. Der Außenseiter wird sich so oder so um mich kümmern. Ich mache mir aber Sorgen um dich und um Hyacinth.«

»Großmutter wird sich um sie kümmern, Silk.«

»Im Augenblick kümmert Hyacinth sich um sie, aber du hast sicher recht. Doch wenn deine Großmutter nicht mehr da ist, dann kann sich niemand um dich kümmern.«

Saba lachte, ein humorloses Geräusch, das Silk schaudern ließ. Er hoffte, die Kämpfer, die ihnen zusahen, hätten es nicht bemerkt. »Ich werde dich auf dem Flug begleiten, Silk. Der Mann, der sich die Flügel gebrochen hat, ist schon da.«

»Das könnt Ihr nicht, versteht Ihr? Das geht einfach nicht!« Der Stellvertretende Portier Feist trottete schnaufend und keifend neben Sand einher.

»Es ist gleich hier vorn, Sarge.« Hammerstone deutete auf die Wachtposten vor Siyufs Tür. »Seht Ihr die kleinen Kämpferinnen da? Dort muß es sein.«

Die ›kleinen Kämpferinnen‹ entsicherten gerade ihre Musketen.

Sand ignorierte sie und packte Feist an der Brust seiner Tunika. Er hob ihn mitsamt den auf Hochglanz polierten Schuhen vom drei Finger dicken Treppenläufer in Ermine's Hotel hoch. »Ihr sagt, wir können da nicht einfach eindringen, richtig?«

Feist keuchte und schnaufte.

»Schön, wir haben das verstanden. Deshalb geht Ihr zuerst. Ihr geht vor und sorgt dafür, daß wir an den Mädchen vorbei dort hineinkommen.«

Sand blieb über der Treppe stehen und zeigte den Wachtposten, daß er Feist am Wickel hatte, während er sie zugleich mit seiner Muskete bedrohte. Er hielt die schwere Waffe in einer Hand wie einen Nadler. »Geht da rein und sagt Eurer Generalissima, daß wir ein paar interessante Neuigkeiten für sie haben, und wenn ...«

Die mit prächtigen Schnitzereien verzierte Sandelholztür des Lyrichord Room wurde geöffnet, und eine äußerst hübsche brünette Frau, die ein durchsichtiges Négligé trug, lugte heraus. »Hallo. Ihr wollt zu Generalissima Siyuf?«

»Ganz genau, so ist es.« Sand marschierte weiter zur Tür und warf Feist mit einer lässigen Bewegung über das Geländer. »Sagt ihr, die Erste Abteilung des Ersten Zuges der S-Kompanie der Armee von Viron ist hier. Habt Ihr das?«

Die hübsche junge Frau nickte. »Verstanden, Soldat. Ich bin Violet.«

»Sergeant Sand, sehr erfreut. Sagt ihr bitte, daß wir

sie nicht lange in Anspruch nehmen werden, und daß sie sehr froh sein wird, mit uns gesprochen zu haben.«

»Moment noch, sie zieht sich gerade an.« Die Tür wurde wieder geschlossen.

»Was meint Ihr?« wandte Slate sich an Hammerstone. »Glaubt Ihr, sie wird uns empfangen?«

»Ihr wird nichts anderes übrigbleiben«, erwiderte Hammerstone. Mit einer raschen Bewegung, die fast zu schnell war, um mit bloßem Auge verfolgt zu werden, packte Hammerstone die Musketen der Wachtposten bei den Läufen und zerbrach sie.

Schließlich, nachdem auch auf wiederholtes Klopfen keine Antwort gekommen war, hämmerte Maytera Marbles Freundin Scleroderma mit dem Lauf ihres neuen Nadlers an die Hintertür des Palastes des Caldé. Im ersten Stock wurde heftig ein Fenster aufgerissen, und eine brüchige Männerstimme rief: »Wer ist da? Besucher? Wollt Ihr zum Caldé? Auf den warte ich auch.«

»Ich will nur Moly besuchen«, erwiderte Scleroderma entschieden. »Und das werde ich auch tun. Geht es ihr gut?«

»Mollie? Mollie? Das ist ein guter Name. Ein Name für einen Fisch. Eine Verwandte von mir? Kenne sie nicht. Wartet, wartet.«

Das Fenster wurde mit einem Knall wieder gesenkt. Scleroderma steckte den Nadler in die Tasche ihres Wintermantels und zog den Mantel so eng um sich, daß man fast glauben könnte, sie wäre imstande, ihn zuzuknöpfen.

Die Tür wurde aufgerissen. »Kommt herein, kommt herein! Es ist kalt draußen. Hier herein! Die Wand wurde zerstört, wie schrecklich! Keine Mollie da. Meint Ihr vielleicht Mucor? Sie ist hier, das dürre Mädchen. Kennt Ihr sie?«

»Natürlich kenne ich sie. Sie ist Molys Enkeltochter. Vielleicht …«

»Will nicht reden«, erklärte ihr der dürre alte Mann, der ihr die Tür geöffnet hatte. »Habe sie nach Mollie gefragt. Vielleicht redet sie mit Euch? Mit mir nicht. Oben ist sie. Wollt Ihr sie sehen? Vielleicht redet sie mit Euch.«

Scleroderma, die aufgrund ihrer Körperfülle eine heftige Abneigung gegen Treppen hegte, schüttelte energisch den Kopf, als sie hinter sich die Tür zudrückte. »Sie wird sich da oben noch den Tod holen, das arme verhungerte kleine Ding. Holt sie doch hier herunter.« Sie watschelte hinter ihm her durch die Spülküche in die eigentliche Küche und rief dem alten Mann, der sich rasch entfernte, hinterher: »Ich mache Feuer im Herd, und dann koche ich ihr was Anständiges zu essen.«

Hoch über dem Luftschiff aus Trivigaunte beäugte Oreb den Käfig, der darunter pendelte. Wie Oreb es sah, war die Frage nicht, ob er wieder zu Silk stoßen sollte, sondern nur, wann der beste Zeitpunkt dafür wäre. Es war sicher gut zu warten, bis Silk allein war. Außerdem wurde es Zeit, sich etwas zu essen zu besorgen. In dem großen Haus auf dem Hügel gab es immer etwas für ihn, aber Oreb hatte eine Rechnung zu begleichen.

Schwarze Knopfaugen, die schärfer waren als die meisten Teleskope, sahen das gute Mädchen, das sich, ohne eine Reaktion hervorzurufen, an Silk preßte. Dann suchte Oreb die geraden Reihen der Häuser mit den spitzen Dächern ab. Als das Ziel in Sicht kam, begann er eine Kehre und ging in den Sturzflug über.

»Du mußt jetzt«, sagte Flugsoldatin Nizam zu ihrem neuen Haustier, »mucksmäuschenstill sein.«

»Bach ich, Mädchen.«

»Absolut still. Sobald wir an Bord sind …«

Ein rotschwarzes Geschoß flog zwischen ihnen durch. Sie spürte den Windstoß im Gesicht und hörte einen erstickten Schrei. Das neue Haustier bleckte kleine Zähne und hob die winzigen Krallen. »Bloß Vogel, Bädchen. Bußnich Angst ham.«

Sands Soldaten, die sich in der luxuriösen Sellaria des Lyrichord Room aufgebaut hatten, salutierten mit höflichem Scheppern, als Siyuf sie begrüßte. »Schon habe ich von Euch gehört, Sergeant. Was wollt Ihr?«

»Ihr habt ein paar Gefangene …«, begann er.

»Mehr als zwei.«

»Ich meine vor allem zwei. Dies hier ist Corporal Hammerstone.«

Hammerstone nahm Haltung an.

»Er ist verheiratet, aber Ihr haltet seine Frau und seinen besten Freund hier fest. Wir wollen sie abholen, und was wir Euch im Austausch zu sagen haben, ist zehn Gefangene wert. Also, hier ist mein Vorschlag. Wir sagen es Euch, und dann überlassen wir Euch die Entscheidung, Sir. Wenn Ihr nicht glaubt, daß die Informationen so wertvoll sind, dann sagt es nur, und wir rücken wieder ab. Aber wenn Ihr einverstanden seid, dann gebt uns die Gefangenen. Was meint Ihr?«

Siyuf klatschte in die Hände, und als der Monitor in ihrem Glas erschien, sagte sie: »Hol Colonel Abanja.«

Dann wandte sie sich an Sand. »Sergeant, gar nicht bewußt ist mir, daß ich die Frau oder den Freund dieses Soldaten festhalte. Violet, meine Liebe, könntest du mir holen die Liste, die ich gestern abend von Colonel Abanja bekommen habe?«

Violet grinste und blinzelte Hammerstone zu. »Geht klar.«

»Ebenfalls Soldaten sind die Frau und der Freund?«

»Nein, Sir«, erklärte Hammerstone. »Meine Frau ist Zivilistin. Ihr Name ist Moly. Sie ist nicht größer als Ihr, Sir, vielleicht sogar etwas kleiner. Mein Freund ist ein Augur, es ist Seine Eminenz Patera Incus. Die Leute glauben, er wäre jetzt Koadjutor. In Wirklichkeit ist er aber der neue Prolokutor, nur daß die Leute es noch nicht wissen.«

Das Gesicht des Monitors veränderte sich, bis Siyufs Nachrichtenoffizier zu erkennen war.

»Viel Zauberei es gibt hier, Colonel. Ihr seht Soldaten hier – Wunder, die wir nur aus dem Museum kennen, die hier aber kämpfen für oder gegen uns. Mir ist ein Handel vorgeschlagen worden. Bin ich nicht eine Frau, die ihr Wort hält?«

Violet nickte begeistert, und Abanja sagte: »Das seid Ihr wirklich, Generalissima.«

»Nun gut. Nicht betrüge ich, noch ich will ich diese Soldaten hier hintergehen. Also sagt mir: Halten wir einen heiligen Mann namens Incus gefangen? Violet, meine Liebe, lies doch die Namen vor, bitte. Es sind wie viele jetzt, Colonel?«

»Zweiundachtzig, Sir. Es waren außer dem Caldé noch einige weitere heilige Männer darunter, und ich glaube, es könnte jetzt um einen von ihnen gehen.« Abanja blätterte ihre Kopie der Liste durch.

Hammerstone beugte sich über Violets Schulter und deutete mit einem Finger, der dreimal so dick war wie ihrer, auf einen Namen.

»Ich kann nicht so gut lesen«, flüsterte sie. »Was ist das zweite Wort hier? Ich kann nicht – oh, hier ist eine Chenille. Ist das die Chenille, die wir kennen?«

Abanja schaute auf. »Die Geliebte des Vironesers, der geplant hat, unser Luftschiff zu stehlen, Sir. Sie saß mir beim Essen im Palast des Caldé gegenüber.«

Hammerstone sagte: »Es heißt hier: Maytera Marble, eine heilige Frau. Das ist meine Frau, Moly. Patera ist auch hier. Also habt Ihr sie.«

»Dann Eure Informationen müßt Ihr mir jetzt geben«, sagte Siyuf zu Sand. »Wenn es ihre Freiheit wert ist, dann werde ich freilassen sie so bald wie möglich. Aber nicht unbedingt sofort. Vielleicht es ist nicht möglich, sie sofort freizulassen. Aber jedenfalls so bald wie möglich. Verratet Ihr nicht Eure Stadt, wenn Ihr dies tut?«

Sand schüttelte den Kopf. »Ich stelle mir eher vor, daß wir ihr helfen. Seht Ihr, wenn Ihr klug seid, dann laßt Ihr den Caldé gehen, wenn wir es Euch sagen. Wir halten zu ihm. Er ist unser oberster Kommandant, und wir wissen, daß Ihr ihn habt.«

»Sir, das Luftschiff ...« Abanja schien auf einmal sehr aufgeregt.

Siyuf brachte sie mit einer Geste zum Schweigen. »Wir sprechen später darüber, Colonel. Zuerst muß ich hören, was diese Soldaten hier zu berichten haben.«

Sie wandte sich wieder an Sand. »Ihr tut so, als würde ich Euren Caldé freilassen. Nicht gesagt habe ich das. Was Caldé Silk angeht, versprechen kann ich Euch überhaupt nichts. Mir fällt auch auf, daß Ihr ihn nicht in unseren Handel einbezogen habt.«

»Weil wir wußten, daß Ihr nicht darauf eingehen würdet, Sir. Ihr würdet sagen, daß Ihr ihn behaltet und uns fortschicken. Aber wenn Ihr klug seid, dann laßt Ihr ihn gehen. Das wäre besser für uns und auch besser für Euch. Aber jetzt wollen wir zuerst dafür sorgen, daß Hammerstones Frau und sein Freund freikommen.«

Sand zögerte, warf einen kurzen Blick zu Abanjas Gesicht im Glas, dann wieder zu Siyuf. »Der Aufstand ist vorbei. Wir sind gekommen, um Euch dies zu sagen. Gebt uns Euer Wort, daß Moly und Patera – wie war noch sein Name?«

»Incus«, half Hammerstone.

»... und Patera Incus freikommen. Dann sagen wir Euch die Einzelheiten. Seid Ihr einverstanden?«

»Ich werde freilassen beide, sobald es mir möglich ist. Sagte ich das nicht schon? Legt mir das Bild der einzigen großen Göttin vor, und ich werde schwören in ihrem Namen. Ich glaube aber, keines gibt es hier.«

»Euer Wort reicht uns völlig aus, Sir.« Sand warf einen raschen Blick zu Hammerstone, der sofort nickte.

»Also gut. Soll ich berichten, oder wollt Ihr Fragen stellen, Sir?«

»Eine Frage stellen will ich vorher, dann könnt Ihr berichten, und danach werde ich, wenn nötig, weitere Fragen stellen. Wenn ich zufrieden bin, dann gebe ich einen entsprechenden Befehl, und dann könnt nennen Ihr einen Ort, an den sie gebracht werden sollen. Aber es darf nicht weiter als eine Tagesreise sein.«

Hammerstone sagte: »Der Palast des Caldé. Dort habe ich mit Moly zuletzt gewohnt.« Shale fragte: »Wäre das ein Problem für Euch?«

»Nein, das ist leicht zu erfüllen. Nun meine Frage. Ihr sagt, freilassen werde ich Euren Caldé, den Kopf Eurer Regierung. Ich glaube nicht, aber ich bin neugierig. Warum sagt Ihr das?«

»Weil er von all denen, mit denen Ihr es hier zu tun habt, derjenige ist, der Euch am meisten Sympathie entgegenbringt«, erklärte Hammerstone ihr. »Ich kenne ihn ziemlich gut. Ich und der Sarge, wir haben ihn einmal auf einer Patrouille aufgelesen, und ich habe mich mit ihm angefreundet, bevor er abgehauen ist. Außerdem habe ich ja, wie ich schon sagte, bei ihm gewohnt, und ich habe auch von Moly viel über ihn gehört.«

»Ich habe Councillor Potto geholfen, ihn zu verhören, als wir ihn das nächste Mal gefangen hatten«, ergänzte Sand. »Auch ich kenne ihn recht gut. Er setzt sich sehr für den Frieden ein. Er hat, schon bevor Ihr hier eingetroffen seid, versucht, den Aufstand zu beenden.«

Ein paar Augenblicke lang musterte Siyuf den Soldaten, als hoffte sie, in Sands glattem Metallgesicht einen Hinweis auf seine Gedanken zu finden. »Getötet habt ihr diesen Potto. Das war danach, nehme ich an? Diese Mint hat es gesagt. Aber Ihr habt ihn nicht getötet gut genug. Er ist schon wieder da.«

»Ich war auch tot«, sagte Sand zu ihr. Violet keuchte unwillkürlich. »Ich könnte Euch erzählen, wie so etwas vor sich geht, aber das würde eine Weile dauern.«

»Jetzt ich würde gern zunächst etwas über das Ende des Aufstandes hören. Das Ihr habt ja schon angedeutet.«

»Gut. Gestern abend war eine Konferenz im Palast des Caldé. Wir waren alle nicht dort, aber wir haben es von Generalin Mint gehört. Eure Leute haben versucht, alle, die anwesend waren, zu verhaften. Nur vier sind entkommen. Councillor Loris wurde getötet. Entkommen sind Generalin Mint, Colonel Bison, der Generalissimus und Councillor Potto.«

»Ich weiß.« Siyuf warf Abanja einen Blick zu, der ihr das Blut in den Adern gerinnen ließ.

Schist meldete sich zu Wort. »Erzählt ihr doch von der Kapitulation, Sarge. Das ist ziemlich wichtig.«

»Richtig, er hat kapituliert. Der Caldé, meine ich. Vielleicht wußtet Ihr das noch nicht, Sir. Es ist geschehen, bevor Eure Leute gekommen sind.«

Siyuf nickte. »Berichtet hat mir das Colonel Abanja. Sie hatte einen Informanten im Haus des Caldé, was sich erwiesen hat als sehr nützlich.«

Abanja sagte: »Danke, Generalissima.«

»Also haben sich die vier, die entkommen sind, zusammengesetzt, versteht Ihr? Unser Generalissimus war mit einem Schweber der Garde gekommen, und in den sind sie gestiegen, und weg waren sie. Councillor Potto auch. Natürlich sagte er, jetzt ist Euer Caldé weg vom Fenster, also sind wir wieder dran.

Councillor Loris ist tot, demnach bin ich jetzt der Vorsitzende Ratsherr. Ihr arbeitet für mich, und wenn Ihr jetzt tut, was ich verlange, werde ich Euch vielleicht nicht erschießen.«

Schist warf ein: »Er war wohl ziemlich sauer auf uns. Wenn er könnte, dachten wir, hätte er den Sarge am liebsten sofort kaltgestellt.«

Violet sagte: »Ah!« und Siyuf lachte. »Endlich, nach langer Nacht die Aufblendung. Potto kein Freund ist dieses Soldaten, der ihn vor nicht einmal einem Monat erschossen hat. Potto ist – wie nennt Ihr das in Eurer Sprache?«

»Er ist sauer auf ihn.«

Sand nickte. »Aber er kann nichts machen, was ich nicht ohne weiteres wegstecken würde. Tot war ich ja schon einmal, wie ich bereits sagte. Wollt Ihr jetzt über mich reden, oder wollt Ihr den Rest hören?«

»Sie haben sich dann gestritten«, sagte Hammerstone, »und Colonel Bison hat auch ein paar Sachen dazu gesagt. Nur, daß es etwas gab, über das sie sich überhaupt nicht gestritten haben. Sagt Ihr es, Sarge.«

»Ihr Ausländer, Sir.« Sand zielte mit einem dicken Zeigefinger auf Siyuf. »Councillor Potto ist ein gemeiner Schweinehund, und er haßt Euch mehr als den Dreck unter den Fingernägeln. Generalin Mint haßt Councillor Potto, aber Ihr seid die Nummer zwei auf ihrer Liste.«

»Eine zentrale Figur ist sie, das ist keine Frage. Die einzige Frau.« Siyuf senkte nachdenklich den Blick. »Colonel, was habt Ihr dazu zu sagen?«

Abanjas Abbild im Glas zuckte mit den Achseln. »Es widerspricht nicht den Informationen, die ich habe, Generalissima.«

»Ihr habt zwei ausgelassen, Sergeant. Was ist mit denen?«

»Ich habe sie nicht ausgelassen, Sir«, protestierte Sand. »Ich war nur noch nicht zu ihnen gekommen.

Colonel Bison ist Generalin Mints Mann. Wenn sie ihm sagt, daß er Öl spucken soll, dann fragt er, wie weit er spucken soll.«

»Das kann ich verstehen. Fahrt fort.«

»Wir haben Generalissimus Oosik nicht gesehen, aber Corporal Slate hier hat heute morgen mit seinem Fahrer alles besprochen. Es war derjenige, der ihn hingefahren und der nachher mit ihnen allen geflohen ist. Sagt es ihr, Slate.«

»Er hatte eine Muskete zu der Konferenz mitgebracht, Sir«, begann Slate. »Das hat sein Fahrer erzählt. Normalerweise, meinte der Fahrer, hätte der Generalissimus außer seinem Nadler und dem Schwert keine Waffen bei sich. Also, wozu die Muskete? Als sie dann hinten geredet haben – Ihr wißt doch, wie bewaffnete Schweber innen aussehen, Sir? Da gibt es keine Wände oder Scheiben zwischen den Vordersitzen und der Rückbank. Also hat der Fahrer zugehört. Generalin Mint hat etwas in der Art gesagt, daß Councillor Loris der Vorsitzende Ratsherr des Ayuntamiento wäre, und Generalissimus Oosik hat darauf erklärt, daß Loris tot wäre. Der Fahrer denkt, daß es vielleicht sogar Generalissimus Oosik selbst war, der ihn erschossen hat, und der Generalissimus schien ganz glücklich darüber zu sein.«

Sand sah zwischen Violet und Abanja hin und her, dann fiel sein Blick auf Siyuf. »Nur, daß Councillor Potto auf ihn sauer ist, und das weiß er. Er war vor dem Aufstand in der Stellung eines Brigadiers, und daher war er einer der wichtigsten Soldaten für das Ayuntamiento. Aber als Caldé Silk kam, ist er sofort zu ihm übergelaufen und wurde zum Befehlshaber der ganzen Streitmacht Virons ernannt. Er kennt Councillor Potto, also wird er wissen, wie sauer der jetzt sein muß.«

Siyuf, die zusammengesunken auf ihrem Stuhl gesessen hatte, richtete sich auf. »Von mir verlangt Ihr, Euren Caldé freizulassen, damit er Viron retten kann. Das ist jetzt klar. Aber Euer Viron ist mir ziemlich einerlei.«

»Mir nicht,, sagte Violet. »Außerdem kenne ich seine Frau.«

»Ihr glaubt, es könnte wieder so werden, wie es vorher war«, sagte Sand zu Siyuf. »Die anderen unten in den Gängen, wir oben in der Stadt. Aber das könnt Ihr vergessen. Wie ich schon sagte, das ist etwas, worüber wir uns einig sind.«

Er hielt inne, und Abanja warf ein: »Ich bin sicher, daß wir in unsere eigene Stadt zurückkehren müssen. Wahrscheinlich hat er recht, Generalissima.«

»Nein. Ihr habt es noch nicht ganz verstanden«, fuhr Sand fort. »Was sie sagen, alle vier, ist, daß sie Euch nicht zurückkehren lassen. Sie würden es verhindern, aber sie glauben ohnehin nicht, daß Ihr gehen wollt.«

Sand wartete, ob Siyuf etwas sagen wollte, aber sie schwieg.

»Also denken sie, wir wollen sie jetzt ein für alle Mal erledigen – damit seid Ihr gemeint, Sir –, bevor sie Verstärkung aus Trivigaunte holen können.«

Hammerstone erklärte: »Der Caldé würde das aber nicht wollen, glaube ich. Sie bereiten sich gerade vor und berufen Generalin Mints Truppen wieder ein, und die Garde und die Armee bezieht bereits die Stellungen. Wären wir nicht hergeschickt worden, dann wären wir jetzt schon wieder im Dienst. Ihr habt vielleicht noch einen oder zwei Tage. Aber wenn Ihr den Caldé freilaßt, dann kann er es verhindern.«

»Ihr seid klug«, sagte Siyuf. »Einverstanden bin ich. Colonel Abanja, unseren Freund Caldé Silk habt Ihr in Gewahrsam? Bringt ihn in meinen Juzgado, ich möchte mich dort mit ihm besprechen. Bringt auch diese heilige Frau namens Marble und den heiligen Mann mit. Ist Sabas Luftschiff noch nicht abgeflogen?«

»Ich fürchte, es ist vor einer Stunde gestartet, Generalissima«, sagte Abanja zerknirscht. »Ich werde aber mit Generalin Saba über das Glas Verbindung aufnehmen und ihr Eure Bitte übermitteln, daß sie nach Viron zurückkehren soll.«

Hammerstone schob sich näher heran, und sein kantiges Gesicht mit der verkratzten Farbe wirkte zwischen soviel Samt, Porzellan und poliertem Rosenholz wie ein Fremdkörper. »Wir sind mit einer Bitte nicht einverstanden. Wir brauchen einen Befehl. Gebt ihnen den Befehl, sofort umzukehren.«

»Das kann ich nicht tun«, erklärte Siyuf. »Nachdem das Luftschiff Viron verlassen hat, es wurde automatisch wieder der Befehlsgewalt unserer Kriegsministerin in Trivigaunte unterstellt. Aber ich denke, sie wird es zurückschicken, wenn wir bitten darum.«

»Ruft sie über das Glas. Sagt es ihr.«

»Auch das ich kann nicht tun. Monitor, schalte Abanja ab. Sie weiß, was sie zu tun hat.«

Siyuf wandte sich wieder an Sand und Hammerstone. »Abanja muß sprechen mit Generalin Saba, dann muß Saba mit unserer Kriegsministerin sprechen. Während sie reden, muß ich mich auf diesen Angriff vorbereiten. Es ist möglich, daß wir angreifen als erste. Wir werden sehen.«

Als Abanjas Gesicht grau wurde und verblaßte, murmelte Violet: »Ich würde ja helfen, wenn ich könnte, aber …«

»Sicher, klar doch.« Sand schulterte seine Muskete, bückte sich und faßte die erstaunte Siyuf um die Hüfte. Er warf sie sich einfach über die breite stählerne Schulter. »Ihr kommt auch mit. Ihr könnt ihr Gesellschaft leisten.«

Shale faßte Violet am Arm. »Ihr seid jemand, den

wir eintauschen können, versteht Ihr? Habt Euch nicht so, das tut bestimmt nicht weh.«

Im Schneidersitz auf einer der lächerlichen Blasen sitzend, die im Luftschiff als Matratzen dienten, fand Silk es fast unmöglich, sich aufrecht zu halten, ohne sich an dem schwankenden, knarrenden Bambusgitter festzuhalten, das hier als Boden diente. »Ihr seid wirklich guten Mutes«, sagte er zu Auk. »Ich bewundere das mehr, als ich mit Worten sagen kann. Fröhlich zu sein, ist eine heilige Pflicht.« Er schluckte. »Wer sich fröhlich dem Willen der Götter ergibt, der ist ... ist ...«

»Übergeben habe ich mich genug«, erwiderte Auk. »Ich hatte auch die Kotzerei. So mies habe ich mich nicht mehr gefühlt, seit ich mir unten in den Gängen den Kopf angestoßen habe.«

Mit schalkhaftem Lächeln sagte der Flieger: »Ich habe in der Tat keine fröhliche Hingabe an den Willen des Mainframe gehört. Fluchen ist mir nicht neu, und meine Zunge ist vortrefflich in der Lage, die Gemeine Sprache hervorzubringen, die wir gerade sprechen. Aber solche Flüche habe ich noch nie gehört.«

Chenille, die mit hängendem Kopf hinter Auk hockte, murmelte: »Redet einfach nicht mehr darüber, ja?«

»Ich rede nicht darüber. Ich rede jetzt über Flüche, das ist ein ganz anderes Thema. Wenn ich in der Gemeinen Sprache sage, Euer Schamhaar möge länger wachsen als Eure Lügen und sich im Getriebe einer Mühle verfangen, dann klingt das lächerlich. In meiner eigenen Sprache aber hebt sich dieser Ausspruch der Sonne entgegen und läßt jeden Zuhörer vor Ehrfurcht erschauern. Und doch waren Auks Flüche mir gänzlich neu, großartig und schrecklich waren sie, als würden Teufel geboren.«

Silk lächelte etwas gezwungen. »Mir war auch

ziemlich schlecht. Mir war übel, als wir mit diesem Käfig, der so schrecklich im Wind pendelt, hochgezogen wurden, und wir waren so eng zusammengepfercht, daß ich nicht anders konnte, als Hyacinth und Patera Remora und mich selbst zu besudeln. Sie trugen es mit solcher Tapferkeit und soviel gutem Willen, daß ich mich danach nicht erleichtert, sondern nur noch schlechter gefühlt habe.«

Hyacinth setzte sich lächelnd neben ihn. »Du hast mich kaum getroffen, aber du hast einen seiner Schuhe gefüllt. Wenn du dich jetzt besser fühlst, solltest du dich mal umsehen. Gib hat es mir gezeigt, es ist ziemlich interessant.«

»Noch nicht.« Silk fischte sein Taschentuch aus der Tasche und schneuzte sich die Nase.

»Es ist überhaupt nicht wie im Juzgado, da sind keine Gitter an den Fenstern.«

»Alles klar«, sagte Auk zwinkernd. »Wir brauchen nur rauszuklettern.«

»Ich habe ein Fenster geöffnet und hinausgesehen. Nicht sehr lange, weil es so kalt ist. Ich wünschte, man könnte durch diese weiße Folie mehr erkennen.«

»Das ist Schafsleder. Es wird aufgespannt und geschabt, bis es sehr dünn ist«, erklärte Auk ihr. »Wenn es so dünn ist, wie man es haben will, dann reibt man Fett darauf, und dann läßt es das Tageslicht durch. Man benutzt es häufig auf dem Land, denn das können die Leute selbst herstellen, während Glas sehr teuer ist. Außerdem ist es viel leichter, und deshalb haben sie es hier eingebaut. Seht Ihr, Patera, auch wenn das Luftschiff so groß ist wie dieses hier, muß trotzdem alles sehr leicht sein, denn sie haben ja Musketen an Bord und die Sprengladungen, mit denen sie die Alambrera gesprengt haben, außerdem Essen und Wasser und Palmöl für die Motoren. Dadurch wird es für uns viel einfacher.«

»Was soll einfacher sein?«

Gib setzte sich so schwungvoll hin, daß Silk befürchtete, das Gitter unter ihnen würde brechen. »Das Luftschiff zu übernehmen, Patera. Das müssen wir machen. Ich wünschte nur, Bongo wäre hier. Er wäre ganz aus dem Häuschen, wenn er das hier sehen könnte.«

Chenille stöhnte. »Da sagt Ihr was. Ich bin auch ganz aus dem Häuschen.«

»So schlimm ist das doch gar nicht«, beruhigte Auk sie. »Seht Ihr, Patera, nachdem sie uns an Bord genommen hatten, mußte es nach Nordosten fliegen und vor dem Wind kreuzen, um Euch zu holen. So hat es sich bewegt.« Er machte entsprechende Gesten. »Und dabei ist uns allen ziemlich übel geworden. Aber das ist jetzt vorbei ...«

»Mir war nicht übel«, wandte Sciathan ein. »Ich bin an wechselnde Winde gewöhnt.«

»Mir war auch nicht schlecht«, sagte Hyacinth zu Auk. »Mir war noch nie schlecht.«

»Da wart Ihr ja auch noch gar nicht an Bord. Jetzt ist die Fahrt viel ruhiger, weil wir Nordwind haben und nach Süden fahren. Deshalb könnt Ihr auch nicht viel von den Motoren hören. Sie brauchen nicht mit voller Kraft zu laufen.«

»Wir sind schon über dem See«, sagte Hyacinth zu Silk, der das Gefühl hatte, auch wenn er es nicht sagte, daß es besser wäre, das Luftschiff würde einfach ins Wasser stürzen.

»Es ist so, Patera. Der Schreckliche Tartaros hat dies alles hier für uns vorbereitet. Es ist, als hätten wir einen heimlichen Helfer. Der dicke Councillor sagte, sie würden das Luftschiff in einem Monat übernehmen, erinnert Ihr Euch? Dann sagte ich, daß ich die besten Diebe der Stadt habe und daß wir es schneller schaffen können. Ich dachte an zwei bis drei Wochen, weil wir erst die gleiche Kleidung wie diese Kämpferinnen hier hätten beschaffen müssen, und weil ein paar Kumpel hätten hinaufsteigen müssen, die dann die anderen hinaufgezogen hätten ...«

Spider gesellte sich zu der kleinen Gruppe, die sich um Silk geschart hatte. Er schüttelte den Kopf.

»Fällt Euch denn etwas besseres ein?« sagte Auk. »Meinetwegen. Ich sage ja nicht, daß mein Vorschlag der beste ist, ich erkläre nur, was ich mir denke. Das Komische ist bloß, daß es fast nur Puppen hätten sein müssen. Nein, ausschließlich Puppen. Das wäre nicht einfach gewesen, Puppen zu finden, die nicht kneifen würden, wenn es darum geht, so eine Strickleiter hinaufzuklettern.«

»Uns würde übel«, sagte Chenille, die unter ihrer eigentlich recht gesunden Bräune immer noch leichenblaß war.

Silk sagte: »Wenn hier wirklich Tartaros die Hand im Spiel hat ...«

»Es muß so sein. Also, ich wollte sagen, daß ich mit zwei bis drei Wochen gerechnet habe, der Dicke dagegen mit einem Monat. Mein Obermann hier sagt aber, wir hätten nur ein paar Tage Zeit.«

Sciathan nickte.

»Tartaros hat das gehört und sich gesagt, Auk braucht Hilfe. Willet sagt also den Trivigauntis, daß Auks Kumpel im Cock sitzen. Sie schnappen uns und schaffen uns hier rauf. Wie lange hat das gedauert? Weniger als einen Tag. Und das ist eben der Unterschied zwischen einem Gott und einem Kerl wie mir. Einundzwanzig zu eins.«

Einen Moment lang herrschte Schweigen. In einiger Entfernung hörten sie andere Gefangene leise sprechen, unter ihnen knarrte der Bambus, die Motoren summten fast unhörbar, hundertfaches gedämpftes Stöhnen und Knarren war zu hören. Dann sagte Silk: »Sie haben Musketen, Auk. Und Nadler auch, denke ich. Ihr ... wir haben überhaupt nichts.«

»Falsch, Patera. Wir haben Tartaros, wartet es nur ab.«

Chenille stand auf. Silk, der zu ihren Füßen saß, erschrak etwas, als sie sich zu ihrer vollen Größe aufrichtete. Sie sagte: »So, jetzt fühle ich mich etwas besser. Willst du mir jetzt alles zeigen, Hy? Ich würde es wirklich gern sehen.«

»Sicher. Warte nur, bis du nach draußen siehst.«

Silk erhob sich ebenfalls. »Darf ich mitkommen? Ich werde versuchen, nicht zu ...« Remora fiel ihm ein. Er suchte nach dem richtigen Wort.

»Kotzen«, half Chenille ihm aus.

»Seht Ihr die Kojen?« Hyacinth trat gegen eine Blase. »Es gibt vier Reihen, und in jeder Reihe sind fünfundzwanzig Kojen, also können in dieser Gondel einhundert Flugsoldaten untergebracht werden. Das Ding, in dem wir hier sitzen, heißt Gondel, sagt Gib.«

Silk nickte.

»Hier unter dem Gitter kann man die Kanonen sehen. Der Boden darunter muß stabil sein, also ist es vermutlich Eisen oder ein anderes Metall. Es gibt drei solcher Räume auf jeder Seite, und die Läufe ragen durch die Löcher nach draußen. Deshalb ist es hier drinnen auch so kalt. Es zieht von unten.«

»Wie kriegt man das auf?« Chenille fummelte bereits an einem Bullauge herum.

Silk klopfte mit den Knöcheln an eine Wand. »Holz«.

»Du mußt beide Splinte herausziehen, Chen. Silk, du hast recht, es ist Holz, das gebogen worden ist wie bei einem Boot. Nur, daß es sehr dünn ist.«

Chenille schob den Rahmen mit dem eingefetteten Pergament zur Seite, dann konnten sie auf eine schneebedeckte Ebene hinausblicken, die im Sonnenschein lag.

»Vor unserer ist noch eine Gondel, und zwei weitere sind hinter uns. Man kann sie sehen, wenn man den Kopf hinausstreckt. Ich verstehe nicht, warum sie nicht eine einzige große Gondel gebaut haben.«

»Vielleicht würde sie durchbrechen«, sagte Silk abwesend. »Oder das Luftschiff würde sich durchbiegen.« Er spähte hinaus, wie sie vorgeschlagen hatte, und sah sich in alle Richtungen um.

»Erinnerst du dich, wie wir im Schweber hoch in der Luft gehangen haben? Ich hatte schreckliche Angst.« Ihr Schenkel drückte sich gegen seinen, warm und weich, und irgendwie drückte auf einmal ihre Brust gegen seinen Ellbogen. »Aber du hattest überhaupt keine Angst. Das hier ist ganz ähnlich.«

»Doch, ich hatte schreckliche Angst.« Silk zog sich zurück und kämpfte mit aller Gewalt gegen die Gedanken an, die ihm durch den Kopf gingen.

Chenille steckte, wie er es zuvor getan hatte, den Kopf zum Bullauge hinaus. »Wenn man mit dem Wind fährt, spürt man überhaupt nichts.«

Chenille zog den Kopf wieder zurück. »Es ist wirklich wunderschön, aber ich kann den See nicht sehen. Ihr sagtet, wir wären darüber, aber ich glaube, der Nebel ist zu dicht. Ich hatte gehofft, ich könnte die Stelle wiederfinden, wo ich mit Auk war, diesen kleinen Schrein über dem See.« Sie wandte sich an Silk. »Ist das hier so ähnlich wie die Götter, die alles sehen können?«

»Nein«, sagte er. Die Götter, die auf irgendeine unverständliche Weise im Mainframe enthalten waren, sahen den Whorl durch ihre Heiligen Fenster. Da war er ganz sicher. Ganz egal, was die Auguren erzählten. Er fummelte mit schwitzenden Händen am offenen Bullauge herum.

Sie schauten durch Heilige Fenster und durch die Augen derjenigen, von denen sie Besitz ergriffen, auch wenn, wie Auk berichtet hatte, Tartaros dies nicht zu tun vermochte. Denn da er blind geboren war, konnte der Unbesiegbare Tartaros nichts sehen.

Über der schneebedeckten Ebene erstreckte sich die lange Sonne vom Mainframe bis zum Ende des Whorl – ein unvorstellbarer Ort, auch wenn das Ende des Whorl bald kommen würde.

Durch Heilige Fenster und durch andere Augen und vielleicht auch durch andere Gläser sahen die Götter die Menschen. Nein, ganz gewiß sogar durch Gläser, wenn sie es für richtig hielten, denn Kypris hatte durch Orchids Glas mit ihm gesprochen und die Heiligen Farbtöne in Hyacinths Glas entstehen lassen, als Hyacinth geschlafen hatte.

»Der Außenseiter«, sagte er zu Chenille. »Ich glaube, der Außenseiter ist fähig, den ganzen Whorl auf diese Weise zu sehen. Die anderen Götter können es nicht, nicht einmal Pas. Vielleicht ist es das, was mit ihnen nicht stimmt.« Ein Schnürsenkel verknotete sich, wie es immer geschah, wenn er sich zu schnell die Schuhe ausziehen wollte. Er riß sich trotzdem rasch den Schuh vom Fuß.

»Was machst du da?« wollte Hyacinth wissen.

»Mir deine Liebe verdienen, hoffe ich.« Er zog sich auch die Socken aus und steckte sie in die Schuhspitzen. Er erinnerte sich an das kalte Wasser in den Gängen und im Lake Limna.

»Du brauchst dir meine Liebe nicht zu verdienen, du hast sie doch schon! Und selbst wenn nicht, von dir würde ich auf keinen Fall Geld nehmen.«

Vielleicht hatte er sie, aber er verdiente sie nicht. Er wußte nicht, wie er es ihr erklären konnte. »Ich hatte mit Doktor Crane am Lake Limna zusammen ein Zimmer. Ich glaube, das habe ich noch nicht erwähnt.«

»Es ist mir egal, was du mit ihm gemacht hast. Es ist nicht wichtig.«

»Wir haben gar nichts gemacht. Jedenfalls nicht das, was du jetzt denkst.« Die Erinnerungen kamen wieder. »Ich glaube nicht, daß er in dieser Hinsicht

Interesse hatte, und ich hatte es ganz bestimmt nicht, auch wenn so etwas bei Auguren recht häufig vorkommt. Er sagte mir, du hättest ihn gedrängt, mir den Azothen zu geben, und dann sagte er etwas, das mir erst jetzt wieder eingefallen ist. Er sagte so ungefähr: Als ich in Eurem Alter war, hätte ich über das Dach turnen können.«

Hyacinth sagte zu Chenille: »Die meiste Zeit verstehe ich nicht, was er mir sagen will.«

Sie grinste. »Damit bist du nicht allein.«

»Aber ich selbst verstehe es jetzt. Ich habe aus dem Zimmer des Raums geschaut, wie wir jetzt aus diesem Fenster hinausgeschaut haben.« Silk setzte einen Fuß auf die Kante und stieg hoch. Er hielt sich an der oberen Kante fest, um nicht zu stürzen. »Ich hatte Angst, die Garde könnte kommen.«

Aus Furcht, die Zivilgarde könnte die Herberge stürmen, hatte er sich überlegt, ob er aufs Dach des Rusty Lantern steigen konnte, um zu fliehen. Damals hatte nicht sehr viel auf dem Spiel gestanden. Hätte man ihn geschnappt, dann hätte man ihn höchstens töten können.

Jetzt stand viel, viel mehr auf dem Spiel, denn Auks Glaube konnte sie womöglich alle töten. Wie viele Flugsoldaten waren an Bord dieses Luftschiffs? Hundert? Mindestens hundert, wenn nicht sogar zweihundert.

Hyacinth sah ihm zu. Sie sagte etwas, das er nicht verstand und das er nicht hören wollte. Sie oder Chenille hielt ihn am linken Fußgelenk fest. Abwesend befreite er sich mit einem Tritt und wartete eine Weile ab, um das sanfte Wiegen des Luftschiffs richtig einschätzen zu können.

Auk und seine Jünger würden warten, sie würden vermutlich einfach herumsitzen und auf die Abblendung warten. Falls die Abblendung käme, bevor das Luftschiff Trivigaunte erreichte, würden sie die Luke aufbrechen, die sie vom Rumpf des Schiffs fernhielt, um über die Strickleiter durch die Röhre aus Segeltuch zu klettern, die er gerade eben sehen konnte. Sie würden versuchen, überraschend zuschlagen, um Hälse zu brechen und Augen auszustechen.

Beim nächsten Schlingern. Es war sinnlos, noch länger zu zögern. Hyacinth hatte wahrscheinlich schon um Hilfe gerufen. Gleich würden Auk und Gib kommen und ihn bei den Beinen packen und wieder hereinziehen.

Er sprang und erwischte die obere Kante der Gondel. Zu seiner Erleichterung ertastete er einen kleinen Saum, an dem er sich festhalten konnte. Irgendwo, weit entfernt, schrie jemand. Das Geräusch drang irgendwie in sein Bewußtsein vor, als er die Außenwand hinaufkletterte und ein Bein über den Sims hakte, um das nächste Rollen des Luftschiffs abzuwarten.

Eine letzte Anstrengung noch, und er war oben, lag wohlbehalten hinter dem Sims und hatte beinahe Angst, ihn anzusehen. Er rollte sich auf den Rücken und entfernte sich damit eine halbe Elle weit von der Kante, dann preßte er sich beide Hände auf die Brust und schloß die Augen, um seinen rasenden Herzschlag zu beruhigen.

Es war fast so wie damals, als er auf die Mauer vor Bloods Haus gestiegen war und sich zwischen den in die Mauer eingelassenen Schwertklingen ausgeruht hatte. Aber der Unterschied war, daß ein Sturz von der Mauer nicht sehr gefährlich gewesen wäre – er war ja sogar gestürzt und hatte überlebt –, während ein Sturz vom Luftschiff mit absoluter Sicherheit tödlich verlaufen würde.

Er setzte sich auf und wischte sich mit dem Saum seiner Robe das Gesicht trocken. Wie dumm, daß er nicht vorher seine Robe ausgezogen und bei seinen Schuhen zurückgelassen hatte. In der Gondel war es kalt gewesen, und als er den Kopf zum Fenster hinausgestreckt hatte, war ihm nicht wärmer geworden. Deshalb hatte er die Robe anbehalten und überhaupt nicht darüber nachgedacht, daß er sich die Kletterei hätte erleichtern können, wenn er sie abgestreift hätte. Aber jetzt war es beruhigend, sie zu haben und den warmen weichen Wollstoff am Körper zu spüren, während er überlegte, wie es weitergehen sollte.

Aufstehen mußte er, aber wenn er aufstand, konnte er stürzen. Er murmelte ein Gebet an den Außenseiter und richtete sich auf.

Das Dach der Gondel war eine ebene, glatte Fläche, die stumpf braun gestrichen oder vielleicht verwittert war. Sechs dicke Kabel hielten die Gondel an ihrem Platz. Sie liefen schräg nach oben und waren mit dem bespannten Rumpf des eigentlichen Luftschiffs verbunden. Weiter vorn ringelte sich die Segeltuchröhre wie ein Darm, hinten war eine Luke, die mit Seilen gesichert war. Auf diesem Weg konnte er in die Gondel zurückkehren, und auf dem gleichen Weg konnten die Fahrgäste die Gondel verlassen. Wieder stellte er sich den verstohlenen Anmarsch und den heftigen Angriff vor, bei dem ein Dutzend Flugsoldaten sterben mochten, während die anderen, zuerst nur unorganisiert, das Feuer erwiderten.

Es würde nicht lange dauern, bis sie, durch Befehle ihrer Vorgesetzten eingewiesen, geordnet zu kämpfen beginnen würden. Ein paar Vironeser hätten sich bis dahin Waffen beschafft, aber sie würden binnen einer oder zwei Minuten niedergeschossen werden, und dann würde man auch die anderen erschießen. Auk und Chenille und Gib würden sterben, dann Horn und Nettle und sogar die arme Maytera Marble, die sich jetzt Moly nannte. Und nicht lange danach, falls er und Hyacinth nicht unglaubliches Glück hätten, würden auch sie …

»Hallo, Silk.«

Er fuhr herum. Mucor saß auf dem Deck, die dürren Ärmchen um die Schienbeine geschlungen. Er keuchte, und auf einmal spürte er wieder die Wunde tief in seiner Brust.

Sie wiederholte den Gruß.

»Hallo.« Wieder keuchte er. »Ich hätte fast vergessen, daß du das machen kannst. Du hast es auch im Tunnel getan, nicht wahr? Da hast du auf dem Wasser gesessen. Ich hätte daran denken müssen.«

Sie bleckte gelbe Zähne. »Spiegel sind besser, die machen den Leuten mehr Angst. Das hier macht dir keine Angst, was? Ich bin eben einfach da.«

»Ich hatte jedenfalls ziemliche Angst, als ich deine Stimme gehört habe.« Dankbar setzte Silk sich ebenfalls wieder hin.

»Ich wollte dich nicht erschrecken. Ich wollte mit dir reden, aber nicht an einem Ort, wo viele Leute in der Nähe sind.«

Er nickte. »Es hätte wahrscheinlich einige Unruhe gegeben.«

»Du hast dir Sorgen um mich gemacht, weil so viele Leute weggegangen sind. Mein Großvater ist gekommen, um nach mir zu sehen. Der alte Mann und die dicke Frau kümmern sich jetzt um mich. Er wollte wissen, wo Großmutter und der kleine Augur wären, und da habe ich es ihm gesagt.«

Mit *Großvater* meinte sie offenbar Hammerstone. Silk nickte und lächelte. »Hat der alte Mann einen Bart und springt ständig nervös herum?«

»Ja, er hat einen kleinen Bart.«

Das wäre demnach Xiphias und nicht Seine Kogniszenz. Zweifellos war die dicke Frau eine Freundin von Xiphias oder eine Dienerin.

»Ich habe Suppe gegessen.«

»Das ist gut. Ich freue mich, das zu hören. Mucor, du hast von Generalin Saba Besitz ergriffen, und du kannst mir etwas sagen, das für mich sehr, sehr wichtig ist. Was schätzt sie, wann wir in Trivigaunte ankommen?«

»Heute abend.«

Silk nickte, und er hoffte, es sähe ermutigend aus. »Kannst du mir auch sagen, wie lange nach der Abblendung wir ankommen sollen?«

»Ungefähr um Mitternacht. Sie werden über der Stadt schweben und euch am Morgen hinunterlassen.«

»Danke. Auk will das Luftschiff übernehmen und mit ihm zum Mainframe fliegen.«

Mucor schien erfreut. »Das wußte ich noch gar nicht.«

»Er wird es nicht schaffen. Er wird getötet werden, und alle anderen mit ihm. Die einzige Möglichkeit, die mir einfallen will ...« Er hörte Stimmen und brach ab, um zu lauschen.

»Sie sind da drin.« Mucor blickte zur baumelnden Segeltuchröhre.

»Steigen sie hinunter in die Gondel? Können sie uns hören?«

»Sie haben nichts gehört.«

Er wartete, bis er hörte, daß die Luke geöffnet wurde. »Was wollen sie?«

»Ich weiß es nicht.«

Sein Zeigefinger beschrieb kleine Kreise auf seiner Wange. »Könntest du es bitte für mich herausfinden? Es ist vielleicht wichtig, und ich wäre dir sehr dankbar dafür.«

»Ich werde es versuchen.«

»Danke. Ich weiß, daß du fliegen kannst. Du hast es mir in dem großen unterirdischen Raum gesagt, wo die Schläfer liegen. Hast du dich schon im ganzen Luftschiff umgesehen?«

»Das meiste kenne ich, Silk.«

»Ich verstehe. Die einzige Möglichkeit, die ich sehe, Auk an der Übernahme zu hindern, die für ihn tödlich enden würde, ist es, das Luftschiff auf irgendeine Weise lahmzulegen. Deshalb bin ich hier herauf geklettert. Vielleicht kannst du mir sagen, wie ich das anfangen könnte. Im Augenblick denke ich gerade darüber nach, den Saum der Röhre dort aufzureißen und hinaufzuklettern.«

»Da oben ist eine Kämpferin.«

»Ich verstehe. Ein Wachtposten? Ich muß auf jeden Fall zuerst eine Möglichkeit finden, die Naht zu öffnen. Ich hätte mir eine neue Brille besorgen sollen, dann könnte ich sie jetzt zerbrechen und die Naht mit einer Scherbe aufschneiden. Aber, Mucor …« Silk sprach so ernst wie möglich, um die Wichtigkeit seiner Bitte zu betonen, »du hast mir jetzt einen anderen Weg aufgezeigt, wenigstens für den Augenblick. Kannst du noch einmal Generalin Saba für mich übernehmen?«

Sie schwieg, und als die Sekunden vergingen, erkannte er, daß sie nicht verstanden hatte, wen er meinte. »Die dicke Frau«, sagte er, aber dann fürchtete er, Mucor könnte ihn auch jetzt noch mißverstehen und sie mit der Frau verwechseln, die sich auf Xiphias' Bitte um sie kümmerte. »Die Frau, die du im Palast des Caldé erschreckt hast. Sie hat ihren Kaffee verschüttet, erinnerst du dich? Du hast durch sie zu mir gesprochen, bevor Hyacinth und ich in den Käfig gestiegen sind.«

»Oh, die.«

»Ihr Name ist Generalin Saba, und sie ist die Kommandantin dieses Luftschiffs. Ich möchte, daß du von ihr Besitz ergreifst und sie nach Osten abbiegen läßt. Solange es nur in die Richtung geht, in die Auk …«

Mucor verblaßte bereits. Eine oder zwei Sekunden lang blieb sie noch sichtbar wie ein grüner Schimmer auf einem Teich, dann war sie verschwunden, und er war wieder allein.

Er verfluchte sich selbst, als er wieder aufstand. Er

hätte ihr noch ein halbes Dutzend Fragen stellen wollen – oder sogar acht oder zehn. Was geschah gerade in Viron? War Maytera Mint noch am Leben? Was plante Siyuf? Die Antworten waren untergegangen im Meer der unverwirklichten Möglichkeiten.

Er lief weiter bis zur Röhre und untersuchte sie aus der Nähe. Das Segeltuch war dünner, als er befürchtet hatte, aber es wirkte kräftig und ziemlich neu. In den Hosentaschen fand er nur seine neue Gebetskette und ein Taschentuch, die einzigen Gegenstände, die seine Häscher ihm gelassen hatten. Er löste einen Arm von Pas' verlassenem Kreuz und versuchte, das Segeltuch damit aufzureißen, aber die Kante des Kreuzes ratschte nur wirkungslos über den Stoff. Eigens für Gelegenheiten wie diese trugen viele Männer kleine Messer versteckt am Körper, wie er sich ärgerlich erinnerte – aber wahrscheinlich hätte man ein solches Messer entdeckt und ihm abgenommen.

Und selbst wenn er ein Messer besessen hätte, oben über der Leiter war ein Wachtposten. Falls es möglich war, ein Loch in das Segeltuch zu reißen und so weit zu vergrößern, bis er hindurchsteigen könnte, würde ihn dieser Wachtposten, sobald er die Röhre verließ, festnehmen oder gleich an Ort und Stelle töten. Saba hatte sich zweifellos Sorgen gemacht, daß ihre Gefangenen durch eine der Luken entkommen könnten, aber eine einzelne Flugsoldatin konnte sie mühelos aufhalten, und lange bevor ihre Munition erschöpft wäre, hätte man die Schüsse gehört und Verstärkung geschickt. Sabas Gefangene waren nicht durch die Luken entkommen – noch nicht. Aber Sabas Vorsichtsmaßnahmen waren wirkungsvoll und schränkten nun auch ihn ein.

Kopfschüttelnd ging er über das Deck der Gondel zum nächsten Kabel. Aus vielen Seilen gewoben, war es dick wie ein junger Baum, und die Oberfläche war rauh wie Baumrinde. Noch wichtiger war, daß es, weil es durch einen großen Ringbolzen lief, nicht senkrecht, sondern schräg gespannt war.

Er zog die Robe aus, warf sich das Ende über die Schulter und band sie an der Hüfte fest. Nachdem er ein paar Gebete gesprochen und zu klettern begonnen hatte, fand er es sogar relativ leicht. Als Kind war er viel schwierigere Bäume und Pfähle hinaufgeklettert. Der Trick war einfach der, nichts anderes anzusehen als das Kabel und keinen einzigen Blick zur schneebedeckten Ebene und den Wolken zu werfen, die entsetzlich weit unter ihm dahinzogen.

Er hatte Horn gegenüber damit geprahlt, daß er gut klettern konnte, auch wenn er zugegeben hatte, daß er nicht ganz so gut klettern konnte wie ein Affe. Jetzt war es an der Zeit, seiner Prahlerei gerecht zu werden.

Gib vermißte seinen zahmen Affen – was würde Bongo denken, wenn er ihn mit klappernden Zähnen und schwitzenden Handflächen hier heraufklettern sehen könnte? Konnten Paviane lachen?

Das Luftschiff neigte sich leicht nach links, fast unmerklich. Hinuntersehen hätte den Tod bedeutet. Konnte er hinaufsehen?

Das Surren der Motoren klang jetzt lauter, aber das war kein Wunder, denn er war ihnen näher. Er machte sich klar, daß er noch nicht sehr weit geklettert war.

Da das Schiff nach Süden gefahren war, mußte es früher oder später den langen Balken der Sonne passieren. Wenn er nach oben blickte – falls er es riskierte, aber es würde wohl kein großes Risiko sein –, dann würde er vielleicht sogar die Sonne auf einer Seite des riesigen Rumpfes, an dem die Gondel hing, erkennen können.

Er hielt für einen Moment inne, um die schmerzenden Muskeln seiner Oberschenkel zu entspannen. Dann sah er nach oben. Kaum zehn Ellen über ihm verschwand das Kabel im gewaltigen Bauch des eigentlichen Luftschiffs, und hinter der Öffnung konnte er den Balken erkennen, an dem es befestigt war.

»Nich bachen, Bädchen.«

»Tick!« Hyacinth starrte ihn an und versuchte, durch heftiges Blinzeln die Tränen aus den Augen zu vertreiben. »Tick, wie um alles in der Welt …«

Auk gab ihn ihr. »Er ist durchs Fenster hereingekommen, denke ich. Ein kluger kleiner Einbrecher bist du, nicht wahr?«

»Hab sehn wo Bädchen gehn«, erklärte Tick. »Quak auch sehn un is bitkommen. Dann – da is Vogel!«

»He, Mädchen!« Oreb, der Silk ein Stück voraus war, ignorierte den kleinen Katachrest. »He, Auk!«

Auk fluchte, Hyacinth ließ Tick fallen (der auf den Füßen landete), und Silk schloß sie in die Arme.

So versunken war er im heißen Kuß, daß er kaum merkte, wie sie das rechte Bein um sein linkes schlang und wie sich ihre Hüften gegen seine preßten. Horns ferner Ruf bedeutete ihm erst recht nichts.

»Na und?« knurrte Auk am Westpol. »Laßt sie nur kommen.«

Nach einer liebestrunkenen Ewigkeit tippte etwas auf Silks Arm, und Hyacinth wich zurück.

»Caldé Silk!« Die Stimme gehörte einer mindestens vierzig Jahre alten Offizierin aus Trivigaunte mit einem harten Gesicht. Silk blinzelte und überlegte, daß er sie eigentlich kennen müßte.

»Ihr seid Caldé Silk. Laßt uns keine Zeit mit Ausflüchten verschwenden.«

»Ja, der bin ich.« Sein Gedächtnis funktionierte wieder. Er sah sie wieder vor sich, wie sie ein Glas Wein in der Hand hielt, der Rücken gerade, als hätte sie eine Muskete verschluckt. »Major Hadale, dies hier ist meine Frau Hyacinth. Hyacinth, Liebste, darf ich dir Major Hadale vorstellen? Sie ist eine von Generalin Sabas besten Offizieren. Major Hadale war am Thelxday bei mir zum Abendessen zu Gast, bevor wir uns wiedergefunden haben.«

Oreb beäugte Hadale mißtrauisch. »Gutes Mädchen?«

Die Majorin wandte sich an den weiblichen Lieutenant rechts neben ihr. »Ihr wart vor einer Stunde hier und habt nach ihm gesucht. Wollt Ihr mir wirklich erzählen, er wäre nicht hier gewesen?«

»Ja, Sir.« Der weibliche Lieutenant ließ sich nichts anmerken. »Er war nicht hier. Ich weiß, wie er aussieht, und ich habe mir jeden Gefangenen in dieser Gondel hier genau angesehen. Er war nicht da.«

Hadale wandte sich an eine Kämpferin, die mit einer Muskete bewaffnet war. »Wie lange wart Ihr auf Posten?«

Silk begann: »Wenn ich ...«

»Gleich. Wie lange, Matar?«

Die Flugsoldatin hatte Haltung angenommen. »Fast meine ganze Schicht, Sir.«

Auk flüsterte Silk etwas ins Ohr, aber Silk ließ sich nicht anmerken, ob er ihn verstanden hatte. »Ihr wollt sie fragen, ob irgend jemand diese Gondel verlassen hätte, und sie wird nein sagen. Dann werdet Ihr sie eine Lügnerin nennen, oder der weibliche Lieutenant hier wird es tun. Könnten wir nicht ...«

»Bevor wir herunterkamen, habe ich gefragt, ob sie jemanden gesehen hat«, unterbracht Hadale ihn. »Sie sagte, sie hätte jemanden gesehen. Einen heiligen Mann aus Viron. Er sei in die Gondel hier hinuntergeklettert, und er hätte einen Befehl von Generalin Saba gehabt, der es ihm erlaubte. Ist das richtig, Matar?«

»Ja, Sir.«

Silk fischte ein zusammengefaltetes Stück Papier aus der Hosentasche. »Hier ist es. Möchtet Ihr es sehen?«

»Nein.« Hadale nahm es ihm ärgerlich ab. »Ich will es behalten. Caldé, Ihr habt mich gerade daran erinnert, daß ich Euer Gast war. Ihr habt mich willkommen geheißen und mir zu essen gegeben. Damit bin ich jetzt in einer äußerst unangenehmen Situation.« Sie sah ringsum alle an, die sich zu einer kleinen Gruppe um sie geschart hatten. »Verschwindet hier. Geht alle ans andere Ende der Gondel. Alle.«

Auk schüttelte lächelnd den Kopf, Sciathan zupfte Silk am Ärmel. »Wollt Ihr das wirklich? Wenn nicht, dann müßt Ihr es verhindern.«

»Ihr habt natürlich recht.« Silk hob beide Hände. »Auk! Ihr alle! Geht ans andere Ende der Gondel. Ihr seid sehr mutig, und sie sind nur zu dritt gekommen, aber es sind noch Hunderte von ihnen in diesem Luftschiff.« Er nahm Hyacinths Hand.

»Geh weg«, unterstützte Oreb ihn.

Maytera Marble schaltete sich jetzt ebenfalls ein, und sie sprach wie eine Lehrerin, die ungezogene Schüler zur Ordnung ruft. »Habt ihr nicht gehört, was der Vogel sagt? Er ist eine Nachtdohle, und die sind Tartaros heilig. Vertraut Tartaros!«

»Ich spreche hier für die *Götter*.« Incus stellte sich heftig gestikulierend auf die Zehenspitzen. »Wir müssen dem Caldé *gehorchen*, den die unsterblichen Götter für uns alle *eingesetzt* haben.«

»Danke«, sagte Silk zu dem kleinen Flieger. »Vielen Dank. Moly – danke. Ich danke Euch, Euer Eminenz.«

Hadale atmete hörbar aus. Es war ein müdes kleines Geräusch, wie Maytera Marble es manchmal von sich gab. »Und ich danke Euch, Caldé. Gegenwehr hätte keinen Erfolg gehabt, aber es hätte viel Blutvergießen gegeben. Bei der Schneidenden Sphigx, das gefällt mir nicht! Vor ein paar Tagen haben wir uns noch zugeprostet.«

»Mir gefällt es noch weniger«, erwiderte Silk, »und

deshalb schlage ich vor, daß wir es beenden. Darf ich mit Generalin Saba sprechen?«

Hadale schüttelte den Kopf. »Lieutenant, Ihr und Matar geht da hinüber und behaltet die Leute im Auge. Paßt auf, daß sie Euch nicht anfallen. Schießt, wenn sie es versuchen.«

Silk sah ihnen nach. »Ich vermute, Ihr habt ein Glas in Eurem Luftschiff. Wenn ich nicht mit Generalin Saba reden darf, darf ich dann vielleicht mit Eurer Generalissima sprechen?«

»Nein.« Hadale hielt inne und lauschte. »Ein Motor ist ausgefallen.«

»Es ist bereits der zweite«, sagte Hyacinth. »Auk hat meinem Mann gerade zugeflüstert, daß der erste ausgesetzt hat. Ich habe seitdem darauf geachtet.«

»Auk ist der Mann, der mit meiner Frau und mir gesprochen hat, als Ihr hereingekommen seid«, erklärte Silk. »Ich entschuldige mich, weil ich es versäumt habe, Euch vorzustellen.«

»Ich sollte jetzt im Cockpit sein, die werden gleich durchdrehen. Caldé, steckt Ihr dahinter?«

»Guter Mann«, versicherte Oreb. »Guter Silk.«

Hadale betrachtete ihn mit einem Blick, als wollte sie ihn grillen. »Euer Vogel ist ein Orakel des Tartaros, und wenn er sagt, daß Ihr gut seid, dann wäre das erledigt. Wißt Ihr eigentlich, daß viele von uns nicht an Tartaros glauben, Caldé? Wir haben eine Gruppe, die lehrt, daß Sphigx die einzige wahre Göttin sei, während Pas und die anderen nur Gestalten aus Legenden wären. Viele von uns glauben daran.«

Silk nickte. Er betrachtete die baumelnde Strickleiter hinter ihr. »Ich kann das verstehen – wahrscheinlich ist das sogar näher an der Wahrheit als vieles andere, das wir glauben. Darf ich Euch etwas vorschlagen, Major?«

»Ich habe auch einen Vorschlag, aber laßt zuerst Euren hören. Wie lautet er?«

Er zeigte ihr seine Hände. »Wir sind unbewaffnet. Ihr könnt uns durchsuchen, wenn Ihr wollt. Wir werden Euch nicht angreifen – wir würden es bei Sphigx oder einer anderen Gottheit, die Ihr nennt, beschwören. Wenn Ihr mir oder Hyacinth Euren Nadler geben würdet, dann würden wir ihn nicht gegen Euch richten – aber natürlich verlange ich nichts dergleichen von Euch. Nachdem dies gesagt ist, möchte ich vorschlagen, daß wir an einen Ort gehen, von dem aus das Luftschiff befehligt wird. Wo das Steuerrad ist, oder wie Ihr es auch nennt. Ist es das Cockpit?«

Hadale nickte. Sie musterte ihn mißtrauisch.

»Zuerst einmal würden wir es uns gern ansehen – das ist ein ganz selbstsüchtiger Grund, wie ich zugeben muß, aber es ist ein Grund. Zweitens werdet Ihr dort gebraucht. Ihr wollt eigentlich dringend dorthin, und wir können dort so gut reden wie an jedem anderen Ort. Drittens ...«

Hadale deutete auf die baumelnde Leiter. »Das reicht. Einverstanden. Ihr zwei zuerst, und haltet Euch dicht vor mir.«

»Also«, begann Siyuf, als sie sich auf den Holzstuhl setzte, den ihr der Fremde mit dem runden Gesicht zurechtgerückt hatte, »sind wir jetzt im Kriegszustand? Verlieren werdet Ihr hoffentlich, Generalin Mint.« Ohne besondere Neugierde sah sie sich mit ihren klugen, dunklen Augen im spartanisch eingerichteten Raum um. Draußen vor den Fenstern erstreckte sich der verschneite Exerzierplatz.

Oosik nickte und setzte sich ebenfalls. »Das war genau der Punkt, den wir mit Euch zu besprechen hoffen, Generalissima. Die Ereignisse haben uns überrollt.«

»Trivigaunte hat vor einer Stunde Viron den Krieg erklärt«, sagte Maytera Mint harsch. »Wir sollten

Euch aber zunächst die Situation schildern. Unser Caldé glaubt, Euch sei das Leben Eurer Truppen gleichgültig. Er sagte es mir. Ich mache jetzt etwas, das mir eigentlich fremd ist. Ich nehme jetzt an, daß er sich irrt. Wenn er sich nicht irrt, dann wird durch dieses Treffen kein Schaden angerichtet. Aber wenn er sich irrt«, sie lächelte, »dann könnte etwas Gutes dabei herauskommen. Ist Euch das Leben Eurer Kämpferinnen kostbar?«

Fast unmerklich hoben und senkten sich die Epauletten auf Siyufs Schultern. »Wertvoll es ist mir gewiß. Kostbar – darüber müßte ich nachdenken. Wißt Ihr, wie sehr ich Euch begegnen wollte, Mint? Hat man es Euch wissen lassen? Soll Bison nicht Platz nehmen auf einem dieser leeren Stühle? Bestätigen kann er es.«

Eine neue Stimme sagte: »Und ich kann es ebenfalls bestätigen. Ja, meine liebe junge Generalin, sie hat diesen Wunsch viele Male geäußert.«

Siyuf wandte sich zu dem dicken Mann um, der gerade hereingekommen war. »Von einem Bild kenne ich Euch. Potto seid Ihr, Ihr gehört zum Ayuntamiento, das gegen meine Stadt Krieg führen wollte. Ihr habt gewonnen, glaube ich, wenn wir jetzt tatsächlich Krieg haben.«

Potto setzte sich vorsichtig, offensichtlich unsicher, ob der Stuhl sein Gewicht aushalten würde. »Es wäre schön, wenn man alles durch die Abgabe einer Erklärung regeln könnte!«

»Ich bin Councillor Newt«, sagte der Fremde mit dem runden Gesicht, »das neueste Mitglied des Ayuntamiento.«

Er gab ihr die Hand, und sie schlug ein. »Ich bin Eure Gefangene Siyuf.«

»Ich hoffe, man behandelt Euch gut.«

Potto kicherte. »Oh, keine Sorge. Sie wird sogar sehr gut behandelt, Vetter. Da Ihr jetzt Councillor seid, ernenne ich Euch zu meinem Vetter ehrenhalber. Ich hoffe, Ihr habt nichts dagegen?«

Oosik räusperte sich. »Vielleicht sollte ich Euch jetzt zunächst die Situation schildern, Generalissima.«

»Ihr sagt, wir haben jetzt Krieg. Ich glaube Euch. Deshalb nenne ich Euch meinen Namen und meinen Rang. Nur dies, nichts weiter. Austauschen wollt Ihr mich? Dann wäre ich bereit zu gehen.«

Maytera Mint sagte: »Ja, das würden wir gern tun.«

»Danach werde ich gegen Euch kämpfen. Das ist zu bedauern, aber ist leider so. Ihr könnt mich nicht zwingen, Eure Fragen zu beantworten ...«

Potto kicherte wieder.

»Und ich kann Euch nicht zwingen, zu beantworten die meinen. Fragen werde ich dennoch. Wollt Ihr zusammen gegen mich kämpfen, Mint? Oder kämpft Ihr gegeneinander auch noch? Wenn ich zu meinem Heer zurückkehre, wird es gut sein, wenn ich das weiß.«

»Viron ist wieder geeint. Es war der Herzenswunsch unseres Caldé, und ich kann voller Freude sagen, daß wir ihm diesen Wunsch erfüllt haben.«

Potto wiegte sich fröhlich hin und her. »Wartet nur, bis er herausfindet, daß wir jetzt auf der gleichen Seite stehen. Ich kann es gar nicht erwarten, sein Gesicht zu sehen.«

»Er wird vor Freude strahlen. Wenn Ihr ihn so gut kennt wie ich, dann wüßtet Ihr es.« Maytera Mint wandte sich wieder an Siyuf. »Laßt es mich erklären, denn es hängt alles davon ab, daß Ihr versteht, gegen wen Eure Kämpferinnen antreten werden. Wir haben nicht nur unter uns Frieden geschlossen, sondern der Stadt auch eine neue Regierung gegeben. Es gibt zwei wichtige Vorbehalte, die unsere Übereinkunft betreffen. Die erste besagt, daß es eine Regierung sein muß, die der Charta entspricht. Das bedeutet, daß es einen Caldé und ein Ayuntamiento geben muß. Wir sind uns einig, daß Caldé Silk ...«

»Mein Gefangener ist«, unterbrach Siyuf.

»Schwerlich.« Oosik beugte sich vor und stemmte die Ellbogen auf den alten Spieltisch. Seine Baßstimme dröhnte laut im kleinen Raum. »Höchstens, daß er ein Gefangener Eurer Stadt ist, aber darüber wissen wir nichts. Es ist eins der Themen, über die wir reden müssen.«

Siyuf sah Maytera Mint an. »Über die Charta Eurer Stadt wolltet Ihr mir etwas sagen, bevor dieser Mann dort Euch unterbrochen hat. Fahrt fort, ich finde es interessant.«

»Nicht nur das, es ist außerdem auch sehr wichtig. Wenn wir uns die Gunst der Götter erhalten wollen, dann müssen wir eine Regierung einrichten, die der Charta entspricht, welche die Götter uns gegeben haben. Das haben wir von Anfang an versucht, und jetzt hatten wir endlich Erfolg.«

»Ich wollte fragen, wer vorsteht dieser Regierung. Ihr sagt, es sei Silk, aber der ist nicht da. Wer hat jetzt den Oberbefehl? Ihr?«

Maytera Mint schüttelte den Kopf. »In militärischen Angelegenheiten ist Generalissimus Oosik mein Vorgesetzter. In zivilen Angelegenheiten Councillor Potto, der Vorsitzende Ratsherr des Ayuntamiento.«

»In diesem Fall werdet Ihr nicht gebraucht«, sagte Siyuf. Dann wandte sie sich an Newt. »Auch nicht Ihr. Dennoch sitzt Ihr hier am Tisch, und es ist immer noch frei ein Stuhl. Ist es hier üblich, mitzubringen jeweils einen Untergebenen? Ist das die Erklärung, die Ihr mir geben wollt? Ihr für Potto, Mint für Oosik, Violet vielleicht für mich? Ich glaube nicht, daß mir das gefällt.«

»Ich habe sowieso nicht viel zu sagen«, sagte Newt. »Ich muß mich erst hineinfinden.« Es klang allerdings nicht besonders demütig.

»Ich bin hier«, erklärte Maytera Mint, »weil wir

glauben, daß Ihr vielleicht eher auf eine Frau als einen Mann hört.«

Oosik brummte: »Ihr seid der klügste Mensch, den ich kenne. Ihr seid hier, weil wir wahrscheinlich eher Erfolg haben, wenn Ihr dabei seid.«

»Und wenn sie dabei ist, halte ich mich eher zurück und bringe Euch nicht um«, vertraute Potto ihr an.

»Er scherzt nur«, versicherte Newt Siyuf.

»Das hoffe ich. Ihr sagt, Ihr seid ein neuer Councillor. Wo hat man Euch gefunden?«

»Im Juzgado«, sagte Maytera Mint. »Councillor Newt war dort Commissioner. Er war für die Versorgung der Garde des Caldé zuständig, er hat sich um die Soldabrechnungen und so weiter gekümmert.« Sie hielt inne.

»Am Anfang, als Echidna mich zu ihrem Schwert machte, da dachte ich, wir brauchten nichts weiter zu tun als zu kämpfen. Jetzt lerne ich, daß der Kampf nur der geringste und manchmal sogar der leichteste Teil von alledem ist.«

Siyuf nickte lächelnd.

»Oft sind ganz andere Dinge viel wichtiger. Man muß für die Leute, die sie brauchen, Vorräte heranschaffen, und zwar nicht nur Munition, sondern auch Essen und Bettzeug und warme Kleidung. Wie auch immer, ein Teil unserer Übereinkunft bezieht sich auf die Charta, die verlangt, daß es ein Ayuntamiento geben muß.«

Potto verneigte sich im Sitzen.

»Allerdings nicht irgendein Ayuntamiento, sondern eines, das gewählt und vollzählig besetzt ist. Wir können wegen der augenblicklichen Lage keine Wahlen abhalten, deshalb haben wir versprochen, sie nachzuholen, wenn ein Jahr lang Frieden geherrscht hat. Inzwischen bleiben die derzeitigen Mitglieder im Amt. Councillor Potto ist der Vorsitzende Ratsherr. Neue Ratsherren werden, soweit nötig, vom Caldé ernannt, oder in seiner Abwesenheit von einem Gremium von Personen, denen er vertraut. Dieses Gremium besteht aus dem derzeitigen Ayuntamiento, zu dem jetzt auch Councillor Newt gehört, Generalissimus Oosik, Seiner Kogniszenz und mir. Ich wollte unbedingt eine Frau als Councillor einsetzen …«

»Das werden sie nicht zulassen«, warf Siyuf ein. »Es sind doch alles Männer.«

»… und deshalb wurde Kingcup ernannt. Sie ist gerade nicht da, weil sie alles unseren Leuten erklären muß. Ich dachte, wir brauchen …« Maytera Mint suchte nach den richtigen Worten. »Eine außergewöhnliche Frau mit außergewöhnlichen Gaben. Kingcup kommt aus einer armen Familie, aber sie hat es geschafft, aus dem Nichts einen florierenden Mietstall aufzubauen. Sie ist also daran gewöhnt, Dinge zu organisieren. Außerdem ist sie die tapferste Frau Virons.«

Oosik murmelte: »Außer Euch würde das aber niemand sonst sagen, Generalin.«

Sie wischte das Kompliment beiseite. »Also wurde Kingcup für das Volk und Newt für den Juzgado ernannt.«

»Und schlagen wollt Ihr mich mit diesen Leuten nun«, sagte Siyuf nachdenklich, »aber ich kann im Augenblick nicht kämpfen. Das ist bedauerlich. Besiegen würde ich Euch, glaube ich. Würde meine Generalin Rimah Euch ebenso besiegen? Ich weiß es nicht. Eine gute Offizierin ist sie. Ihr habt gefragt, ob ich meine Leute liebe. Warum das?«

»Weil wir hoffen, daß Ihr Eure Leute schonen wollt«, erklärte Oosik ihr, »so wie wir hoffen, die Garde zu schonen. Es hat bereits einige Scharmützel gegeben. Wenn wir ernsthaft zu kämpfen beginnen, wird Eure Armee vernichtet und meine Garde dezimiert werden.« Maytera Mint fügte hinzu: »Ganz zu schweigen von dem, was unserer Stadt geschehen wird.« Oosik nickte.

»Nur zu siegen wünschen wir. Niemand außer einem Feigling mißt dem Leben einen höheren Wert bei.«

Maytera Mint wollte etwas erwidern, aber Oosik brachte sie mit einer Geste zum Schweigen. »Ich bin sicher, daß Generalin Rimah eine fähige Offizierin ist. Ihr seid keine Befehlshaberin, die unfähige Leute um sich dulden würde. Aber zwischen einem fähigen Offizier und einem außergewöhnlichen Anführer besteht ein großer Unterschied. Die Kämpfer spüren das, und die Öffentlichkeit bemerkt es ebenfalls sehr schnell. Ich will Euch nicht fragen, ob Euch Eure Truppen am Herzen liegen. Wir sind einander so ähnlich, Ihr und ich, daß ich mich in Euren Worten selbst sprechen höre. Ihr wünscht zu siegen, und Ihr wißt so gut wie ich, daß der Sieg wahrscheinlicher wäre, wenn Ihr Eure Truppen selbst befehligen würdet. Würdet Ihr nicht auch sagen, daß irgendein …«

»Daß irgendein anderer Untertan Eurer Stadt …«, unterbrach Potto.

Oosik ließ sich nicht beirren. »Daß irgendein anderer Bürger Eurer Stadt«, fuhr Oosik fort, »einen Verrat begehen würde, wenn er Euch hindern würde, Euren Posten wieder einzunehmen? Das ist keine müßige Frage.«

»Glaubt Ihr, so etwas jemand könnte tun? Dann will ich wissen, wer es ist.«

»Laßt es mich erklären.« Maytera Mints kleines, beileibe nicht unansehnliches Gesicht strahlte vor Energie und Entschlossenheit. »Ihr wollt wegen der Dinge, die Ihr über mich gehört habt, gegen mich kämpfen. Ich will nicht gegen Euch kämpfen. Im Grunde ist es das letzte, was ich will. Ich will den Frieden. Ich will diese dummen Kämpfe beenden und dafür sorgen, daß die Menschen in unserer und in Eurer Stadt sich wieder ihrem normalen Leben zuwenden können. Aber seit Eure Spione versucht haben, uns zu verhaften, ist deutlich geworden, daß es keinen Frieden geben kann, solange Ihr unseren Caldé habt. Ich nehme an, Ihr werdet das verstehen, denn wenn Ihr das nicht versteht, dann wäre es sinnlos, weiter mit Euch zu reden.«

»Eine Gefangene bin ich ebenfalls.« Siyuf tippte sich auf die Brust.

»Genau! Und Ihr habt mir eine Menge Zeit erspart. Wir haben Euch, aber im Grunde wollen wir Euch gar nicht haben, denn Eure Stadt wird kämpfen, um Euch zurückzubekommen. Das Vernünftigste wäre es, Euch gegen unseren Caldé auszutauschen. Dann wäre der Frieden möglich, aber wenn wir dann immer noch nicht Frieden schließen könnten, dann könntet Ihr wenigstens gegen mich kämpfen, und das wollt Ihr ja. Wenn jetzt ...«

Siyuf machte eine rasche Bewegung. Es war die Geste eines Menschen, der daran gewöhnt ist, daß man ihm augenblicklich und widerspruchslos gehorcht. »Sand habe ich erklärt, daß ich Incus, den heiligen Mann, und Marble freigeben kann. Ist sie nicht Eure Freundin?«

»Ja, das ist sie.« Maytera Mint warf Oosik einen raschen Blick zu, doch der schwieg. »Ihr habt Sergeant Sand und Corporal Hammerstone allerdings hinters Licht geführt. Ihr wißt, was ich meine. Ihr wußtet, daß diese Gefangenen bereits in Eurem Luftschiff waren, als Ihr vorgeschlagen habt, sie freizugeben.«

»Darüber werden wir vielleicht ein Duell ausfechten, wenn ich frei bin. Es mag so scheinen. Gewußt habe ich das aber nicht, Mint. Wenn Ihr mit Saba und ihrem Luftschiff so oft zu tun gehabt hättet wie ich, dann wüßtet Ihr, daß manchmal geschieht erst mittags oder am nächsten Tag, was sein soll bei Aufblendung. Laßt mich gehen. In die Hand bekommen und freilassen werde ich sie. Euren Caldé Silk auch.«

Mint sah sie einen Augenblick lang mit geschürzten Lippen an. »Also gut, ich akzeptiere Eure Erklärung. Ich entschuldige mich.«

Potto kicherte.

»Aber Euer Luftschiff scheint Trivigaunte noch nicht erreicht zu haben. Macht Euch das keine Sorgen?«

Siyuf schüttelte den Kopf. »Sie werden heute nacht oder am frühen Morgen ankommen.«

Oosik knurrte: »Und wenn ich nun sage, daß sie erst morgen nachmittag ankommen, Generalissimo? Ich muß einsehen, daß Euer Wissen vielleicht doch nicht so umfassend ist, wie Ihr behauptet. Morgen nachmittag also.«

Siyuf zuckte die Achseln. »Wenn Ihr es sagt, dann mag es so sein.«

»Gut, dann möchte ich sogar noch weiter gehen. Nicht vor der Abblendung am nächsten Phaesday. Was würdet Ihr dazu sagen?«

»Ein Narr seid Ihr, würde ich in diesem Fall sagen. Hierher zurückgekehrt könnte das Luftschiff bis dahin sogar sein.«

»Mag sein.« Oosik wickelte sich die weißen Schnurrbartspitzen um den Zeigefinger. »Wir haben über ein Glas mit Trivigaunte Kontakt aufgenommen, Generalissima. Wir haben mit Eurer Kriegsministerin gesprochen. Wir haben ihr erklärt, wie die Dinge stehen und ihr angeboten, Euch gegen Caldé Silk auszutauschen.«

»Sie haben abgelehnt«, erklärte Newt. »Sie wollen nicht einmal darüber verhandeln, bei Scylla! Habt Ihr dazu etwas zu sagen?«

»Besser verhandeln kann ich. Laßt mich mit ihr reden.«

Potto brüllte vor Lachen und klatschte sich die dicken Hände auf die Schenkel. »Das ist gediegen! Meine liebe junge Generalin, Ihr lächelt ja nicht einmal. Wie schafft Ihr das nur?« Er wandte sich an

Siyuf, die, durch einen leeren Stuhl getrennt, neben ihm saß. »Ihr habt bereits mit ihnen gesprochen, und es ist nichts dabei herausgekommen.«

»Ich selbst habe nicht gesprochen. Abanja mag für mich gesprochen haben.«

Maytera Mint sagte: »Wir glauben, daß es sich um ein politisches Manöver handelt. Mit ›wir‹ meine ich Generalissimus Oosik und mich. Vielleicht ist da die Innenpolitik Eurer Stadt im Spiel. Wir hätten gern eine Bestätigung dafür, und wir würden gern Vorschläge hören, was man in diesem Fall tun kann.«

»Wenn es ist wahr, was Ihr sagt ...« Siyuf zuckte wieder die Achseln.

Oosik murmelte: »In jeder Stadt gibt es verfeindete Fraktionen, Generalissima.«

»Auch in meiner Stadt gibt es sie. Nicht den Namen unserer Kriegsministerin habt Ihr genannt, mit der Ihr gesprochen habt. War es Lijam? Eine Narbe müßte sie hier haben.« Siyuf deutete auf ihre Oberlippe.

Newt und Maytera Mint nickten.

»Ausgeschlossen ist das. Natürlich die Politik spielt in unserer Stadt eine Rolle, wie gesagt hat Euer Generalissimus. Viele Kämpfe gibt es und Fehden und viel Haß. Aber Lijam steht mir sehr nahe. Wenn ich versage, dann stürzen wird auch sie. Versteht Ihr? Ihr Ministerium und vielleicht sogar das Leben könnte sie verlieren.«

Oosik sah Siyuf aus schmalen Augen an. »Wollt Ihr sagen, daß es ihr unmöglich wäre, Euch zu hintergehen, Generalissima?«

»Das kann sie nicht, es sei denn, sie hintergeht sich selbst.«

Potto sang: »Ich sag es doch, ich sag es doch.«

»Er glaubt, Euer Luftschiff sei abgestürzt oder vom Kurs abgekommen.« Maytera Mint überlegte. »Natürlich würden sie das nicht zugeben, und Generalissimus Oosik und ich halten es sogar für wahrscheinlicher, daß sie irgendein Spiel spielen. Councillor Potto hat allerdings einen Bericht erhalten, daß das Luftschiff tatsächlich verloren wäre. Es scheint jetzt fast so, als sollte er recht behalten. Das ist wirklich sehr ungünstig.«

»Aber wir werden Euch trotzdem gehen lassen«, sagte Potto zu Siyuf. »Ist das nicht nett von uns?« Er sprang auf und ging zur Tür. »Schickt sie rein.«

Bevor er sie erreichen konnte, wurde die Tür von einem Soldaten geöffnet, und Violet und eine zweite Siyuf kamen herein, Violet Arm in Arm mit der Doppelgängerin. Sie starrte die erste offenen Mundes an.

»Ihr müßt jetzt gehen, meine liebe junge Dirne«, sagte Potto zu Violet. »Wir brauchen Euch hier nicht mehr, aber ich bin sicher, daß viele dort draußen Euch brauchen. Setzt Euch doch, Generalissima. Ich werde mich gleich um Euch kümmern können.«

»Neben diese Biologische ich soll mich setzen?« sagte die zweite Siyuf. »Das gefällt mir nicht. Zurück zu meiner Armee schickt Ihr mich, sagtet Ihr. Wann werdet endlich Ihr das tun?«

»Ihr werdet fliehen«, erklärte Newt der ersten Siyuf. »Oder besser, sie hier wird fliehen.«

»Das ist zuviel Zauberei für mich.« Hadale ließ sich in einen der schwarzen Ledersessel im Cockpit fallen. »Zuviel Hexerei in Eurer Stadt und zuviel Hexerei in unserem Luftschiff, seit Ihr an Bord seid. Daheim sagen die Leute, ihr wärt alle Hexer, doch das glaube ich nicht. Ich hätte alles dreifach sichern sollen. Aber Ihr, Caldé, Ihr seid ein Hexer, und ich würde Euch als König der Hexer bezeichnen, wenn ich nicht den alten Mann gesehen hätte, der zwischen unserer Generalissima und Generalin Saba gesessen hat.«

»Sie meint Seine Kogniszenz«, sagte Silk zu Hyacinth. Er war entzückt und sehr beeindruckt und versuchte, alles in sich aufzunehmen. »Das ist wie in einem Gewächshaus …«

Oreb krächzte: »Böse Sache.« Tick wand sich, als Hyacinth ihn unwillkürlich fester packte. »Bach nich, aua.«

»Drei Motoren ausgefallen.« Hadale sah elend durch ein Fenster zu den fliegenden Wolken und der felsigen Wüstenlandschaft hinaus. »Was wollt Ihr? Sollen wir uns ergeben? Ich würde Euch eher vorher erschießen und versuchen, mich zu Fuß durch die Wüste zu schlagen.«

»Dann wollen wir es nicht«, sagte Hyacinth.

»Nein, das wollen wir nicht«, ergänzte Silk, »und ich bin auch kein Hexer. Die Wahrheit ist, daß ich nicht einmal mehr ein richtiger Augur bin. Ich fühle mich ganz gewiß nicht mehr wie einer.«

»Generalin Saba sagte mir neulich, daß Ihr in den Eingeweiden eines Schafs gelesen hättet, daß sie im Anmarsch war. Wollt Ihr das leugnen?«

»Nein, aber es ist nicht wahr. Es zu leugnen wäre Zeitverschwendung. Ihr mögt glauben, was Ihr wollt. Fünf Motoren laufen noch. Reicht das, um uns in der Luft zu halten?«

Die Navigatorin schaute von den Karten auf und kehrte zu ihnen zurück. Hadale deutete zur Decke. »Um in der Luft zu bleiben, brauchen wir keine Motoren. Das macht das Gas. Werden wir die anderen Motoren auch noch verlieren?«

Silk überlegte. »Ich kann es nicht versprechen. Ich hoffe es aber.«

»Ihr hofft es.«

»Nicht schießen«, sagte Oreb nervös zu Hadale. »Guter Mann.«

»Jedenfalls war das meine Absicht.« Einen Augenblick lang ließ Silk Hyacinths Schönheit auf sich wirken. »Ich hatte vor allem Angst, Hyacinth könnte für das, was ich getan habe, getötet werden. Ich habe gehofft, es würde nicht dazu kommen, und ich bin sehr froh, daß es jetzt nicht mehr dazu kommen wird. Ich habe meinen Gott für sie verraten, und ich hatte schreckliche Angst, daß er sich an mir rächen würde, wie es häufig geschieht.«

Sie nahm seine Hand und legte sie auf ihren warmen Schenkel. »Du hast meinetwegen den Außenseiter hintergangen? Ich hätte dich nie gebeten, es zu tun.«

Hadale wandte sich an die Pilotin. »Fünf Motoren laufen noch?«

Die Pilotin nickte. »Aber mit fünf Motoren kommen wir bei diesem Gegenwind kaum voran, Sir.«

Hyacinth fragte: »Fliegen wir denn nicht mehr nach Süden? Ich dachte, der Wind weht uns ganz von selbst nach Süden, nach Trivigaunte. Jemand hat etwas in dieser Art gesagt.«

»Er weht uns nach Süden«, erwiderte Hadale bitter, »aber nicht nach Trivigaunte. Wir sind ungefähr eine Stunde, bevor der erste Motor ausgefallen ist, nach Osten abgebogen.«

»Kurs ist jetzt Nord-Nordwest, Sir«, meldete die Pilotin.

Nachdem er sich aus Hyacinths Griff befreit hatte, lief Tick zu Hadale, stellte sich auf die Hinterbeine und tätschelte ihr Knie. »Vertrau Bilk, Bädchen. Bilk bacht das.«

»Er sagt, Ihr könnt meinem Mann vertrauen«, übersetzte Hyacinth. »Er hat recht, und ich glaube nicht, daß Ihr zu sehr auf das hören solltet, was mein Mann darüber gesagt hat, daß er einen Gott verraten hätte. Er … oh, ich weiß nicht, wie ich es erklären soll! Er macht sich immer wegen der falschen Dinge Vorwürfe. Wenn ich will, daß er mich festhält, entschuldigt er sich, weil er mich zu sehr festhält. Versteht Ihr?«

»Euer Katachrest ist ein Orakel unserer Göttin, daher muß ich ihm wohl trauen. Meint Ihr das?«

»Das habe ich nicht gesagt.« Hyacinth setzte sich. »Ich glaube, ich hätte es vielleicht gesagt, wenn ich angenommen hätte, daß Ihr mir glaubt. Vielleicht spricht sie aber auch gar nicht durch ihn zu uns.«

»Dasis bahr!« rief Tick.

Silk lächelte. »Darf ich annehmen, daß Generalin Saba nicht mehr das Kommando hat? Wo ist sie?«

»In ihrer Koje, wo sie von drei Kämpferinnen bewacht wird. Ich werde nicht fragen, wie Ihr es geschafft habt, sie wahnsinnig zu machen. Wahrscheinlich würdet Ihr es mir sowieso nicht verraten.«

»Ich habe sie nicht wahnsinnig gemacht.« Er beugte sich über das halbmondförmige Steuerpult, um die Wüste drunten besser sehen zu können. »Ich habe nur dafür gesorgt, daß sie besessen wurde. Ihr habt so etwas schon einmal bei unserem Essen gesehen. Habt Ihr jetzt den Befehl? Niemand ist mehr über Euch?«

»Nur noch die Kriegsministerin. Ich muß Ihr gleich melden, was hier vorgefallen ist.«

»Nicht reden«, schlug Oreb vor.

»Mit ›vorgefallen‹ meint Ihr sicherlich …«

»Daß drei Motoren ausgefallen sind. Daß Saba nach Osten abdrehen ließ, haben wir schon gemeldet. Ich mußte es weitergeben. Ich hatte gehofft, Ihr würdet Euch einverstanden erklären, die Motoren zu reparieren, bevor ich auch das melden mußte. Deshalb ließ ich Euch auch herkommen. Werdet Ihr sie reparieren?«

»Das kann ich nicht.« Silk setzte sich neben Hyacinth. »Und wenn ich könnte, würde ich es nicht tun. Wir wären dann wieder, wo wir vorher schon waren. Auks Leute würden versuchen, das Schiff zu übernehmen, und alle hier – wir hier, meine ich – würden sterben. Ich sagte, daß ich den Außenseiter verraten habe, weil ich …«

»Der Wind kommt jetzt direkt von Osten, Sir«, meldete die Pilotin.

»Kurs?«

»Ost-Südost, Sir. Vielleicht könnten wir etwas tiefer gehen.«

»Tut das.« Hadale überlegte kurz. »Geht auf hundertfünfzig Ellen.« Dann wandte sie sich wieder zu Silk um. »Ihr hattet Angst, wir könnten abstürzen. Das ist nicht ausgeschlossen. Es ist bei windigem Wetter, wie wir es jetzt haben, nicht ungefährlich, so niedrig zu fliegen. Wenn uns ein Abwind erfaßt, wird das Luftschiff zerstört. Aber weiter unten ist der Wind hoffentlich schwächer.«

Hyacinth keuchte, und Silk sagte: »Ich spüre, wie das Luftschiff sinkt. Ich bin einmal in einer beweglichen Kammer gefahren, das hat sich ähnlich angefühlt.«

»Ihr wollt nach Osten. Das ist die Richtung, in die Ihr Generalin Saba habt das Schiff steuern lassen.«

Er nickte und lächelte. »Zum Mainframe. Auk will den Plan des Pas ausführen, und auch der Außenseiter will es. Deshalb hatte ich auch das Gefühl, ihn zu verraten, als ich Eure Motoren lahmgelegt habe. Aber es wäre nichts dabei herausgekommen, wenn Auk Euer Schiff übernommen hätte, und dies war die einzige Art und Weise, die mir einfallen wollte, um ihn daran zu hindern.«

»Aber jetzt, da wir nicht mehr genug Maschinen haben, um gegen den Wind anzukommen, könnt Ihr ja noch einmal Euren Zauber daran versuchen.«

Silk schüttelte den Kopf. »Das kann ich nicht. Ich kann nur beten, und das ist überhaupt keine Zauberei, sondern nicht mehr als eine Bitte. Ich habe sogar schon mit Beten begonnen, und vielleicht sind meine Gebete sogar erhört worden.«

Er holte tief Luft. »Ihr wollt, daß Eure Motoren wieder funktionieren, Major. Ihr wollt das Luftschiff retten und mich Euren Vorgesetzten in Trivigaunte ausliefern. Die anderen Gefangenen sind, soweit ich weiß, für Euch nicht besonders wichtig.«

Hadale nickte.

»Wir können all das erreichen, wenn Ihr mit mir zusammenarbeiten wollt. Bringt uns zum Mainframe, wie Pas es befohlen hat, und wie es auch der Außenseiter wünscht. Auk und seine Leute können den Whorl verlassen und den Plan des Pas ausführen. Hyacinth und ich werden zurückkehren und …«

»Haltet den Mund!« Hadale legte den Kopf schief und lauschte.

Die Pilotin sagte: »Nummer Sieben ist ausgefallen, Sir.« Ihre Stimme war tonlos, sie hatte Angst.

»Geht höher. Knapp unter die Wolkendecke.«

Hyacinth fragte Silk: »Ist der Wind dort stärker?«

Hadale war aufgesprungen und suchte die Wüste unten ab. »Viel stärker, aber ich will bald landen und versuchen, die Motoren zu reparieren. Selbst wenn wir es nicht schaffen, werden wir uns wenigstens nicht noch weiter von Trivigaunte entfernen. Wir brauchen eine große, freie Fläche zum Landen, und es sollte nach Möglichkeit eine Oase in der Nähe sein.«

»Nicht landen!« widersprach Oreb scharf. Hyacinth sagte: »Wenn Ihr uns zum Mainframe bringt, wie er …«

Hadale fuhr herum. »Er kann die Motoren nicht reparieren, er hat es zugegeben.«

Auch Silk war aufgestanden. Beinahe flüsternd sagte er: »Ihr dürft den Glauben an die Götter nicht verlieren, Major.«

»Also gut, ich verliere den Glauben nicht. Schneidende Sphigx, rette uns! So, und jetzt brauche ich einen Landeplatz.«

»Ich sagte, daß ich Eure Motoren nicht reparieren kann, und das entsprach der Wahrheit. Ich hätte allerdings hinzufügen sollen, daß sich, wenn wir uns dem Willen der Götter beugen, statt uns ihm zu widersetzen, sicherlich ein Weg finden wird, um …«

»Sir!« Die Pilotin deutete nach vorn.

»Ich sehe sie. Schaffen wir es bis zu ihnen?«

»Ich glaube ja, Sir. Ich werde es versuchen.«

Silk kniff die Augen zusammen und beugte sich vor. Hyacinth sagte: »Sie sehen klein aus wie Ameisen. Sie müssen noch Meilen entfernt sein.«

»Das ist eine Karawane«, sagte Hadale zu Silk. »Vielleicht sogar eine von uns. Selbst wenn nicht, werden sie Essen und Wasser haben, und ein paar von uns können in die Stadt reiten und einen Bergungstrupp holen.«

»Ich hoffe nur, sie sind uns freundlich gesonnen«, murmelte Hyacinth.

Hadale rieb sich die Hände. Auf einmal sah sie zehn Jahre jünger aus. »Das werden wir ihnen schon beibringen. Ich habe zwei Züge Flugsoldaten an Bord.«

15

Zum Mainframe!

»Silk sagt.« Oreb hockte sich auf Auks ausgestreckten Arm und pfiff laut, um zu unterstreichen, daß seine Botschaft dringend war. »Auk sagen.«

»Also gut, spuck's aus.«

Matar stieß Auk den Lauf ihrer Muskete in die Rippen. »Ich habe Befehl vom Lieutenant, daß Ihr Euch nicht zum Fenster hinauslehnen dürft. Sie hat Angst, Ihr könntet hinausspringen.«

Auk zog den Kopf und den Arm wieder herein. »Aber ich doch nicht. Wenn ich wollte, könnte ich natürlich – unser Kanonendeck – nennt Ihr es nicht so?«

Matar und Chenille nickten.

»Es ist jetzt ziemlich dicht über dem Boden, höchstens noch acht Ellen. Unten ist Sand, also könnte ich ohne weiteres hinausspringen.«

Matar musterte Oreb. »Wo habt Ihr den Vogel her? Ich dachte, er gehört Eurem Caldé.«

»Mädchen gehen«, berichtete Oreb heiser. »Auk sagen.«

»Er kam hergeflogen und ist auf meinem Arm gelandet«, erklärte Auk. »Ich und er, wir sind nämlich alte Kumpel.« Er streichelte Oreb behutsam mit dem Zeigefinger.

Chenille sagte zu Matar: »Wir waren zusammen in den Gängen unter unserer Stadt. Es war ziemlich gefährlich.«

»Das *war* es, meine Tochter.« Incus gesellte sich zu der Gruppe. »Allerdings hat es sich auch dort unten *zugetragen*, daß mir die göttliche *Gunst* unserer Aufbrausenden *Scylla* zuteil wurde, unserer *Schutzherrin*.«

Der weibliche Lieutenant, der vorn in der Gondel saß, rief herüber: »Was habt Ihr da zu reden?«

»Sie reden über die Tunnel, Sir.« Matar war eine schlanke junge Frau, ein wenig kleiner als die meisten ihrer Gefährtinnen.

»Dort«, fuhr Incus fort, »lernte ich auch, einen *Nadler* zu laden und abzufeuern.« Er näherte sich dem Lieutenant, das pummelige Gesicht zu einem breiten Lächeln verzogen. »Es ist eine Fähigkeit, derer sich nur *wenige* Auguren *rühmen* können. Ich hatte in meinem treuen Freund Corporal *Hammerstone* einen hervorragenden *Lehrer*.«

»Mädchen gehen«, wiederholte Oreb. »Kamele. Mädchen nehmen.«

»Matar!« rief der Lieutenant, »kommt her zu mir.« Matar gehorchte sofort.

Maytera Marble zupfte Auk am Ärmel. »Da ist noch etwas«, flüsterte sie. »Das kleine Katzenwesen, das Pateras Frau gehört, ist wieder da.«

Auk nickte abwesend. »Ich würde sagen, er hat etwas von Silk auszurichten.«

»Etwas über einen Kahn mit Mehl«, erklärte sie, »und über irgendwas in einer Wanne. Ich konnte nicht verstehen, warum er so aufgeregt war. Gib hat ihn jetzt.«

»Er meint Kamele in einer Karawane«, sagte Auk leise. »Ich habe sie gesehen und konnte beobachten, wie Kämpferinnen sich der Karawane genähert haben. Jetzt muß ich die Puppe da und ihre Chefin ausschalten, bevor ihr der kleine Metzger an die Kehle geht und alles versaut.«

Im vorderen Teil der Gondel war das Schnalzen eines Nadlers zu hören, und eine Frau schrie.

Silk hatte zugesehen, wie zwei Trivigauntis im Wüstensand nach einer Stelle suchten, in der man einen Ankerpfahl versenken konnte. Als ein dumpfes Dröhnen ihm verriet, daß der Pfahl mit einem Vorschlaghammer in den Boden getrieben wurde, wandte er sich an die Pilotin. »Könnten wir starten, ohne die Seile zu lösen?«

»Die Ankertaue?« Die Pilotin schüttelte den Kopf.

»Das ist schade. Es hätte Leben retten können.« Er setzte sich wieder neben Hyacinth und nahm ihre Hand. Er lauschte eine Weile dem Stöhnen des Winterwindes, der in der Ferne Staubteufel auftrieb.

»Wir müßten eigentlich noch mindestens ein halbes Dutzend Pfähle rund um das Schiff verteilen«, erklärte ihm die Pilotin. »Wir werden das bald auch tun. Daheim benutzen wir sogar vierundzwanzig.«

»Fünf sind bereits an Ort und Stelle.« Als er es sagte, dachte er an die fünf Finger, die Hyacinth an jeder Hand hatte. Er hob ihre Hand an die Lippen und küßte sie und den billigen, dummen Ring, den sie hatten nehmen müssen, weil sie keinen anderen hatten finden können. Plötzlich hob sich der gepolsterte Ledersitz unter ihm, eine kräftige, nach oben gerichtete Bewegung, als würde Bloods Schweber vom Boden abheben. »Spürt Ihr das?« sagte die Pilotin.

Hyacinth deutete zum Fenster hinaus. »Da drüben blinkt etwas.« Sie schob das Fenster, das sie vorher für Tick nur ein Stück weit geöffnet hatte, bis zum Anschlag auf.

»Macht das nicht«, sagte die Pilotin. »Es ist auch so schon ziemlich kalt hier drin.«

Silk legte einen Finger an die Lippen. Zwischen den Schlägen des Vorschlaghammers waren ganz schwach in unregelmäßigen Abständen Schüsse zu hören. »Sie schießen«, informierte er die Pilotin. »Ich kenne das Geräusch von den Kämpfen in unserer Stadt.«

Dann hob sich die Gondel erneut, schneller sogar als die fahrbare Kammer, in der er einmal gewesen war, und heftiger als Oosiks bewaffneter Schweber – die Gondel wiegte sich und schüttelte sich und stieg ein Stück in die Luft.

Offenbar ohne Zusammenhang mit dem Angriff auf die Karawane knallte jetzt auch näher am Luftschiff eine Muskete. Der Knall übertönte das Knarren und Stöhnen der Gondel. Die Pilotin zog sofort den Nadler, doch Hyacinth schlug ihr die Waffe aus der Hand und stieß ihr beide Daumen in die Augen. Sie trat heftig mit einem Knie zu, bis sie zusammen mit der Pilotin zu Boden ging.

»Was macht Ihr da?« fragte Auk.

»Ballast abwerfen.« Silk deutete nach unten. »Wenn Ihr dort nach unten seht, dann solltet Ihr etwas erkennen können, das wie Rauch unter der hinteren Gondel herzieht.«

Auk schob Kopf und Schultern durch das Loch hinaus, das eine durch einen Schuß zerstörte Scheibe hinterlassen hatte. »Ja, ich sehe es.«

»Das ist Wüstensand«, erklärte Hyacinth. »Sie haben ihn ins Luftschiff geschaufelt, als wir gelandet waren. Die Pilotin hat es uns erklärt. Man kann das Luftschiff mit den Motoren steigen oder sinken lassen. Das haben wir bei der Landung gemacht. Aber wenn man lange Zeit sehr hoch fliegen will, dann ist es das einfachste, Sand abzuwerfen, wie Silk es gerade tut.«

Chenille sagte: »Hier bei mir ist der Boden jetzt eben.«

Silk nickte. Er deutete auf die Blase, die in der Mitte einer horizontal angebrachten Röhre schwamm.

Auk setzte sich neben ihn. »Wenn Ihr wollt, dann kann ich auch jemand anders hier hereinsetzen. Sogar die Pilotin. Ich könnte einen von unseren Leuten herschicken, der auf sie aufpaßt.«

»Sie ist blind«, sagte Silk. Er legte auf dem Steuerpult einen Hebel herum. »Hyacinth hat sie geblendet, ich habe es gesehen.«

»Ihr tun nur die Augen weh, Patera. Sie wird wieder gesund werden.«

Hyacinth setzte sich links neben Silk. »Das gefällt dir, nicht wahr?«

»Ich liebe es – und zugleich habe ich Angst. Ich fürchte, ich werde uns versehentlich alle umbringen, aber die Pilotin oder eine andere Frau aus Trivigaunte könnte uns sogar vorsätzlich umbringen, und das habe ich gewiß nicht vor. Aber auch wenn …«

»Aber selbst wenn wir eine Pilotin hätten, der wir vertrauen können, würdest du es am liebsten selbst machen.«

Er räusperte sich. »Wir haben einen Piloten, dem wir trauen können – mich. Ich habe noch nicht sehr viel Erfahrung, aber auch die Frau muß es ja irgendwann einmal gelernt haben.«

Chenille setzte sich neben Hyacinth. »Hast du ihr die Augen ausgestochen?«

Hyacinth nickte. »Sie wollte auf uns schießen, Chen.«

»Nicht schießen!« Oreb kam ins Cockpit gesegelt.

»Nein«, sagte Hyacinth zu ihm. »Das wollte ich auch nicht. Aber es gab dann trotzdem eine Schießerei, als Auks Leute gegen die Kämpferinnen vorgegangen sind, die die Generalin bewacht haben.«

»Aber Patera macht sich immer noch Sorgen, weil du sie so zugerichtet hast. Das kann ich sehen.«

Silk warf Chenille einen kurzen Blick zu. »Bin ich so leicht zu durchschauen?«

»Klar.« Sie grinste. »Hört zu, Patera. Glaubt Ihr denn wirklich, wir Mädchen wären bei Orchid immer nur höflich gewesen? Glaubt Ihr, wir hätten immer nur gesagt, bitte und danke schön und entschuldige bitte, Bluebell, aber dieses Kleid, das du da trägst, das sieht einem von meinen Kleidern sehr ähnlich?«

»Ich weiß es nicht«, gab Silk zu. »Ich hätte gehofft, daß es so war.« Oreb, der auf seiner Schulter gelandet war, beäugte ihn fragend.

»Ihr glaubt, ich wäre ungehobelt, weil ich so groß bin, und Ihr glaubt, die Mädchen aus Trivigaunte wären ungehobelt, weil sie kein Make-up tragen und mit Nadlern und Musketen bewaffnet sind. Ich mußte bei Orchid nicht sehr oft kämpfen, weil ich einfach die stärkste war. Wißt Ihr eigentlich, wie klein Hyacinth im Vergleich zu mir ist?«

»Ich glaube ja.«

»Ohne ihre hohen Absätze geht sie mir gerade bis zur Schulter. Sie ist schön, wie Ihr ganz richtig sagt. Die ganze Zeit, die sie dort gelebt hat, war sie das hübscheste Mädchen, das Orchid hatte, das hat Orchid oft gesagt. Wißt Ihr, wer jetzt Hy am ähnlichsten sieht? Es ist Poppy, und Poppy sieht Hy ungefähr so ähnlich wie eine gefälschte Karte einer echten. Wißt Ihr, wie das kommt? Sie sehen sich sehr ähnlich, solange man nicht genau hinschaut, aber wenn man hinschaut, dann erkennt man, daß sie einander überhaupt nicht ähnlich sind. Was bei der echten Karte Gold ist, das ist bei der gefälschten Messing, und es fühlt sich schmierig an. Schaut Euch nur Hy an, diese Augen und diese Nase. Schaut Euch ihr Kinn an. Seht nur hin! In den ersten paar Wochen, nachdem sie gekommen war, habe ich mich jedesmal, wenn ich ihr Kinn gesehen habe, wie eine häßliche Kröte gefühlt.« Chenilles Stimme klang vor Erregung belegt. »Poppy ist niedlich, Patera. Aber Hy ist ein Goldstück.«

»Ich weiß.«

»Und deshalb haben alle sie gehaßt.« Chenille mußte husten. »Ich hätte sie auch beinahe gehaßt. Am zweiten oder dritten Tag …«

»Am zweiten Tag«, warf Hyacinth ein.

»Da ist sie mit zwei Veilchen ins große Zimmer gekommen. Orchid wäre fast ausgeflippt. Aber wißt Ihr, was sie gemacht hat?«

Silk schüttelte den Kopf, und Hyacinth sagte: »Laß es gut sein, Chen.« Doch er drehte sich herum und sah Chenille fragend an. »Bitte, sagt es mir. Ich verspreche Euch auch, daß ich es ihr nicht vorwerfen werde, was es auch ist.«

»Nicht reden«, verlangte Oreb.

»Ich wollte Euch eigentlich sagen, was dann passiert ist, aber das lasse ich jetzt aus. Sie will es nicht, und wahrscheinlich hat sie recht. Aber sie hat schnell gelernt. Sie mußte, denn sonst wäre sie getötet worden. Ein paar Tage später habe ich gesehen, wie ein Mädchen sie geschubst hat, und Hy hat ihr ein Bein gestellt und ihr einen Stuhl über den Kopf gezogen. Das haben auch ein paar andere Mädchen gesehen, und danach haben sie sie in Ruhe gelassen. Wolltet Ihr etwas fragen?«

»Nein«, sagte Silk.

»Ich dachte, Ihr wolltet etwas fragen. Ich dachte, Ihr wolltet fragen, wie Hy und ich dann zurechtgekommen sind.«

Hyacinth schüttelte den Kopf.

»Wenn ich hätte ihre Kleider tragen können, dann hätten wir uns vielleicht vertragen. Oder wenn sie meine hätte tragen können. Wir waren keine dicken Freunde, ich würde lügen, wenn ich das behaupten würde. Vor allem war sie ja noch nicht lange genug da. Ich mochte sie nicht besonders, aber andererseits gab es auch Dinge, die ich an ihr gemocht habe. Ich habe es Euch ja schon einmal gesagt.«

Auk mischte sich ein. »Als wir in dieser Laube mit den Weinranken gesessen haben, Patera. Ich war dabei.«

Silk nickte. »Ja, ich erinnere mich. Ich könnte Euch sogar beinahe Wort für Wort wiederholen, was Ihr damals gesagt habt, Chenille – aber nicht, weil mein Gedächtnis so gut wäre, sondern nur, weil Hyacinth mir so wichtig ist.«

Er wandte sich ab und überprüfte die Anzeigen im Pult. Nach einem Blick zum wolkenverhangenen Himmel hinaus drehte er sich wieder um. »Auk, könntet Ihr bitte Sciathan herholen?«

»Sicher.« Auk stand auf. »Aber wir müssen uns auch noch über die Motoren unterhalten. Ihr müßt mir sagen, was Ihr mit ihnen gemacht habt und ob wir noch weitere verlieren werden.«

»Ich hole ihn«, bot Hyacinth an. Sie hatte das Cockpit verlassen, bevor Silk sie aufhalten konnte.

Chenille beugte sich zu Silk hinüber. »Sie denkt, Ihr solltet stolz auf sie sein. Ich denke das auch.«

Er nickte.

»Aber Ihr seid nicht stolz, und das tut ihr weh. Als Ihr sie das erste Mal gesehen habt, hatte sie einen Azothen, und Ihr mußtet aus dem Fenster springen, um vor ihr zu fliehen. Ist das nicht richtig? Moly hat es mir erzählt.«

»Es war entsetzlich«, gab Silk zu. Obwohl er nicht schwitzte, wischte er sich das Gesicht mit dem Saum seiner Robe ab. »Der Azoth hat eine Fensterbank aus Stein zerschnitten. Ich glaube, das werde ich nie im Leben vergessen.«

»Habt Ihr sie damals etwa für die Unschuld vom Lande gehalten, Patera?« fragte Auk.

»Nein. Nein, überhaupt nicht. Ich wußte genau, was sie war.«

Dann schwieg er, bis Sciathan das Cockpit betrat. Der Flieger verneigte sich und sagte: »Ihr wünscht mich zu sprechen, Caldé Silk?«

»Ja. Seid Ihr schon einmal mit einem Luftschiff wie diesem hier geflogen?«

»Nein, noch nie. Ich bin oft mit meinen eigenen Flügeln geflogen, aber wir von der Crew haben nichts

Vergleichbares außer dem Whorl selbst, und der wird vom Mainframe geflogen, nicht von uns.«

»Ich verstehe. Dennoch wißt Ihr eine Menge über Aufwinde und Abwinde und Stürme. Ihr wißt sicherlich mehr, als ich jemals lernen kann. Ich fliege dieses Luftschiff, seit uns eine Bö, die Molpe uns geschickt hat – oder der Außenseiter, wie ich eher zu glauben geneigt bin –, in die Luft gehoben hat. Jetzt möchte ich die Steuerung eine Weile verlassen. Wollt Ihr meinen Platz einnehmen? Ich wäre Euch äußerst dankbar dafür.«

Der Flieger nickte begierig. »Oh, sicher! Danke, Caldé Silk. Ich danke Euch sehr.«

»Dann setzt Euch hierher.« Silk räumte seinen Platz, und Sciathan setzte sich sofort hin. »Es gibt keine Zügel wie bei einem Gespann, es gibt kein Lenkrad wie in einem Schweber. Man steuert mit Hilfe der Motoren. Versteht Ihr?«

Sciathan nickte, und Auk räusperte sich.

»Der Westwind trägt uns zum Mainframe. Wir könnten schneller fliegen, aber es wäre klug, Treibstoff zu sparen. Diese Anzeigen hier verraten Euch, wie schnell die acht Motoren laufen. Wie Ihr seht, sind vier nicht mehr in Betrieb.«

So rasch er konnte, erläuterte Silk ihm, was er über die Funktionsweise der Hebel und Knöpfe auf dem Steuerpult gelernt hatte. Als der Flieger alles verstanden hatte, wandte Silk sich an Auk. »Ihr wollt wissen, was ich mit den Motoren gemacht habe. Eigentlich war es nicht sehr viel. Ich bin dort hinauf in den mit Tuch bespannten Rumpf geklettert.«

Auk sagte: »Sicher, das dachte ich mir schon.«

»Der größte Teil des Raums dort – er ist riesig – wird von zwei Reihen gewaltiger Ballons eingenommen. Dazwischen gibt es Laufstege aus Bambus und hölzerne Verstrebungen.«

»Ja, das kenne ich.«

»Ja, natürlich – Ihr habt es beim Kampf gesehen. Ich wollte Euch nun erklären, daß es dort auch Tanks und Schläuche gibt. Ich habe da eine Schraubzwinge gefunden, wie Tischler sie benutzen.«

Silk hielt inne und warf dem Vogel auf seiner Schulter einen Blick zu. »Dort oben ist Oreb wieder zu mir gekommen, gerade, als ich die Zwinge aufgehoben hatte. Ich habe sie auf einen Schlauch gesetzt, den ich für den Treibstoffschlauch hielt, und sie so fest wie möglich zugeschraubt. Ich habe die Versorgung wahrscheinlich nicht völlig unterbrochen, aber ich habe den Fluß des Treibstoffs mindestens stark einschränken können. Es wird nicht schwer sein, die Stelle zu finden, nachdem ich es Euch beschrieben habe.«

Auk rieb sich das Kinn. »Nein, das wäre kein Problem.«

»Um mein Gewissen zu beruhigen, sollte ich noch ergänzen, daß ich Major Hadale belogen habe – oder daß ich einer Lüge jedenfalls sehr nahe gekommen bin. Sie hat gefragt, ob ich die Motoren reparieren könnte, und ich sagte ganz ehrlich, daß ich nicht glaubte, es zu können. Man spricht ja nur von Reparaturen, wenn etwas kaputt ist. Meines Wissens sind die Motoren, die ausgefallen sind, aber nicht kaputt, und wenn sie kaputt wären, dann hätte ich tatsächlich keine Ahnung, wie man sie reparieren muß. Also habe ich ihr wahrheitsgemäß gesagt, daß ich nicht in der Lage sei, sie zu reparieren. Es war keine Lüge, aber ich hatte gewiß die Absicht, sie zu täuschen. Wenn ich gesagt hätte, daß ich fähig gewesen wäre, die Motoren wieder zum Laufen zu bringen, dann hätte sie mich wahrscheinlich geschlagen, um mich dazu zu zwingen.«

Ohne sich zu ihnen umzudrehen, nickte Sciathan lebhaft.

»Ich werde Patera Incus bitten, mir nachher die

Beichte abzunehmen. Wollt Ihr mich jetzt entschuldigen? Ich – ich würde gern eine Weile allein sein.«

Als er das Cockpit verlassen hatte, rief Auk ihm nach: »Versucht aus ihm herauszubekommen, wie er die Muskete verhext hat.«

Eine Tür, die aus einem Stück Segeltuch bestand, das über einen Bambusrahmen gespannt war, trennte das Cockpit von dem schmalen Gang, der von kleinen Verschlägen gesäumt war. Die Abteile waren mit grünen Vorhängen geschützt. Als er eine vertraute Stimme hörte, schob er auf der rechten Seite einen Vorhang zur Seite.

Der Verschlag schien mit einer Koje, einem kleinen Tisch und einem Hocker bereits überfüllt. Nettle saß auf dem Hocker. Sie hatte einen Nadler in der Hand, und Saba lag, mehr oder weniger verkrampft lächelnd, auf der Pritsche.

»Armes Mädchen«, murmelte Oreb.

Silk machte das Zeichen der Addition in der Luft. »Gesegnet seid Ihr, Generalin Saba, im Heiligen Namen des Pas, des Vaters aller Götter, und im Namen der Gnädigen Echidna, Seiner Gefährtin, und auch im Namen ihrer Söhne und Töchter, und schließlich auch im Namen des Allsehenden Außenseiters sowie im Namen aller anderen Götter, heute und immerdar. Diesen Gruß entbiete ich Euch im Namen ihres jüngsten und schönsten Kindes, der Stählernen Sphigx, der Göttin des Kampfes und Mutes, der Säbelzahnigen Sphigx, der glücklichen und prächtigen Schutzherrin der Generalin Saba und der Stadt, aus der Generalin Saba stammt.«

»Das ist sehr freundlich von Euch, Caldé. Ich dachte schon, Ihr wärt gekommen, um Euch über mich lustig zu machen.«

Nettle schüttelte den Kopf. »Da kennt Ihr ihn aber schlecht.«

»Ich bin gekommen – oder sagen wir, ich habe das Cockpit verlassen –, um meinen Freunden zu entfliehen«, sagte Silk zu Saba. »Ich war kaum dort heraus, als ich auf dem Gang Eure Stimme hörte und mich entschloß, nach Euch zu sehen. ›Wenn weder unsere Freunde noch unsere Götter unsere Pläne vereiteln, dann vereiteln wir sie selbst.‹ Diesen Satz habe ich einmal als Kind gelesen, und ich weiß heute, wie wahr er ist.«

»Sie hat mir über Trivigaunte erzählt, Caldé«, sagte Nettle. »Ich glaube nicht, daß ich dort leben möchte, aber ich würde es gern mal sehen.«

»Wir lieben Türme«, erläuterte Saba lächelnd. »Wir sagen, daß wir sie lieben, weil wir so gute Türme bauen, aber vielleicht bauen wir auch nur deshalb so gute Türme, weil wir so viele von ihnen bauen. Türme und gekalkte Häuser, dazu breite, saubere Straßen. Eure Stadt dagegen sieht …« – sie hielt inne und suchte nach dem passenden Wort – »sehr gedrängt aus. Wie ein Lager. Gedrängt und schmutzig. Ich weiß, daß Ihr sie liebt, aber so kommt sie uns vor.«

Silk nickte. »Das kann ich verstehen. Ich glaube allerdings, daß das Innere der meisten Häuser bei uns durchaus sauber ist. Doch unsere Straßen sind, wie Ihr ganz richtig sagt, verschmutzt. Ich hätte gern etwas dagegen unternommen, aber leider wurde ich ja verhaftet.«

»Nicht von mir«, erwiderte Saba, »und ich habe es auch nicht angeordnet.«

»Ich hätte auch nicht gedacht, daß Ihr es wart.«

»Aber Ihr habt mit dem Feind gesprochen, ohne es uns zu sagen. Wenn …« Sabas Stimme brach, und Oreb krächzte mitfühlend.

»Wir haben alle unsere Sorgen.« Silk ließ den grünen Vorhang hinter sich zufallen und trat ganz in die Kammer. »Ich will Euch nicht bitten, mir die meinen zu nehmen, aber vielleicht kann ich es Euch etwas leichter machen. Was wolltet Ihr gerade sagen?«

»Ich wollte sagen, ich lege bei uns daheim ein gutes Wort für Euch ein, mehr nicht. Denn wir werden Euch wieder angreifen, sobald wir das Luftschiff zurück haben. Falls Siyuf nicht jetzt schon Eure Stadt angreift, dann wird sie es sicher bald tun.« Saba kicherte etwas überheblich. »Dann fiel mir ein, in welcher Situation ich mich befinde. Ich hatte es ganz vergessen, während ich mit diesem Mädchen hier sprach. Ich bin die Generalin, die verrückt geworden ist und das Luftschiff hat nach Osten drehen lassen, während es doch hätte nach Hause fahren sollen. Hadale hat den Leuten im Palast erzählt, daß ich verrückt geworden bin. Sie werden glauben, ich hätte einen Verrat begangen, obwohl sie versucht, mich zu decken.«

»Ihr wart nicht verrückt«, erklärte Silk ihr. »Ihr wart von Mucor besessen, die ich dazu aufgefordert hatte. Während des Essens bei mir wart Ihr auf ähnliche Weise besessen. Man muß Euch davon erzählt haben – Major Hadale, die Eure Untergebene ist, sollte es eigentlich erklärt haben.«

»Ich wollte nichts davon wissen. Ist auch Hadale Eure Gefangene?«

Silk schüttelte den Kopf. »Sie hat mit den meisten Eurer Flugsoldatinnen das Luftschiff verlassen, um eine Karawane zu überfallen. Dadurch bekamen Auk und Gib und ihre Leute die Chance, das Schiff zu übernehmen.«

Nettle hob den Nadler. »Wir haben auch gekämpft, Horn und ich. Wir haben ja vorher schon für Generalin Mint gegen die Grünen gekämpft, aber die meisten von Auks Leuten hatten noch nie gekämpft. Von den Frauen so gut wie keine.« An Saba gewandt, fügte sie hinzu: »Eure Flugsoldatinnen waren gut, aber unsere Grünen waren besser. Ihr konntet sie nicht in Panik versetzen.«

»Ich bin sicher, daß du tapfer gekämpft hast«, sagte Silk anerkennend zu ihr. »Ich habe das leider nicht getan. Hyacinth hat der Pilotin einen Nadler aus der Hand geschlagen und sie überwältigt. Ich habe den Nadler aufgehoben und mich daran festgehalten. Ich habe mich wie ein Dummkopf gefühlt. Ich konnte nicht feuern, weil ich befürchten mußte, Hyacinth zu treffen, und mit dem Nadler in der Hand wußte ich nicht, was ich sonst hätte tun können. Dann hat hier hinten jemand zu schießen begonnen. Die Kugeln sind bis ins Cockpit geschlagen, und es ist nur der Gnade der Götter zu verdanken, daß wir nicht alle drei umgekommen sind.«

Silk hielt inne und dachte nach. »Habe ich mich eigentlich schon bei Euch für Euren offensichtlichen guten Willen bedankt, Generalin? Ich hole es hiermit nach. Ich würde gern dafür sorgen, daß Ihr nicht schlecht behandelt werdet.«

Saba zuckte nur die Achseln. »Dieser Auk sagte, ich könnte hier in der Kabine bleiben, und das war freundlich von ihm. Es waren meine Aufpasser aus Trivigaunte, die Euch fast erschossen hätten. Dieses Mädchen hier ist mir viel lieber.«

Sie verstummte, und Silk lauschte einen Moment dem Summen der Motoren.

»Meine Flugsoldatinnen haben neben Mints Leuten gekämpft, als wir noch die einzigen Trivigauntis in Eurer Stadt waren, Caldé. Wir haben Seite an Seite mit Eurer Garde gekämpft, um Euch aus diesem Haus außerhalb der Stadt zu befreien. Würdet Ihr es glauben, wenn ich Euch jetzt sage, daß ich schon direkt nach unserem Start in Viron die Absicht gefaßt habe, ein gutes Wort für Euch einzulegen?«

»Natürlich.«

»Es war aber nicht so, obwohl ich hätte daran denken sollen. Nein, ich dachte in erster Linie daran, mich abzusichern. Als ob das jetzt noch wichtig wäre.«

»Quält Euch doch nicht, Generalin.« Silk schob den Vorhang zurück, der als Tür diente. »In der zweiten Gondel gab es hinten eine Luke, durch die man aufs Dach steigen konnte. Gibt es so etwas auch hier?«

»Ja. Ich kann es Euch zeigen, wenn das Mädchen es erlaubt.«

»Das wird nicht nötig sein.« Silk trat auf den Gang hinaus und ließ den Vorhang vor die Tür fallen.

Die Luke war leicht zu finden, denn neben ihr war an der Decke eine zusammengerollte Strickleiter befestigt. Er zog an einer Kordel, und die Leiter rollte sich aus. Die aus leichtem Holz konstruierte Luke war nur mit einem Pflock gesichert, der an einer Schnur hing. Silk zog den Pflock aus der Öse, warf die Luke zurück und kletterte auf das offene, leere Deck hinaus.

Mit einem Freudenschrei hob Oreb von seiner Schulter ab, raste an der Gondel entlang und flog dem Luftschiff voraus, bis er für Silks kurzsichtige Augen fast nicht mehr zu sehen war.

Etwas umständlicher bewegte er sich in die gleiche Richtung, bis er über dem halbrunden Bug der Gondel stand und direkt vor den Spitzen seiner abgestoßenen alten Schuhe, die zu wechseln er keine Zeit gefunden hatte, den Abgrund sehen konnte. Er sah seine Schuhe an, sah sie, wie er sie noch nie gesehen hatte, und bemerkte neue, seltsame Risse im Leder, mit denen sich die Schuhe der Form seiner Füße angepaßt hatten. Direkt neben seinem linken Schuh war eine Röhre aus Messing ins Deck eingelassen. Wahrscheinlich wurde hier ein Flaggenmast befestigt, wenn das Luftschiff an militärischen Zeremonien in Trivigaunte teilnahm.

Noch wahrscheinlicher war es, daß diese Messingröhren das ganze Deck umgaben. Mit Hilfe leichter Pfosten konnte man dann vermutlich eine Art Reling aufbauen, so daß sich Würdenträger sicher auf der Fläche bewegen konnten, auf der er jetzt stand – mit

Medaillen ausgezeichnete Frauen in prächtigen Uniformen, die dem Volk drunten zuwinkten. Es war sogar möglich, daß die Rani selbst einmal an genau dieser Stelle gestanden hatte.

Er erinnerte sich, daß er den Wunsch geäußert hatte, vom Luftschiff über das Kommen von Siyufs Armee unterrichtet zu werden. Die Fahnenschwenker, die die Signale gegeben hätten, wären hier mit Teleskopen postiert worden, und sie hätten das Kommen der Armee nach unten signalisiert, indem sie an einem der gewaltigen Haltetaue der Gondel eine Flagge aufgezogen hätten. Unter ihnen …

Eine winzige Bewegung der Gondel, eine fast unmerkliche Reaktion auf eine Veränderung des Windes, und beinahe hätte er das Gleichgewicht verloren. Um ein Haar hätte er den rechten Fuß nach vorn gesetzt, um sich abzufangen. Er wäre abgestürzt, und der ständige Schmerz in seinem Fußgelenk wäre endlich vorbei gewesen.

Vielleicht war es gar keine schlechte Idee, einfach hinunterzustürzen. Wenn man den Tod nicht fürchtete, war so ein Flug sicherlich eine unvergleichliche Erfahrung – wenn man aus so großer Höhe abstürzte, viel höher als die höchsten Berge, dann hatte man reichlich Zeit, sich umzusehen, zu beten und nachzudenken.

Schließlich würde sein Körper, wahrscheinlich in einer menschenleeren Gegend, auf den Boden schlagen. Dann würde seine Seele zum Goldenen Pfad fliegen, wo er einmal seinen Müttern und Vätern begegnet war. Seine Knochen würden, wenn überhaupt, erst gefunden werden, wenn Nettles Kinder erwachsene Menschen waren. Für die heute lebenden Menschen würde er aber nicht gestorben, sondern einfach nur verschwunden sein, eher ein Anlaß für Fragen als für Kummer. Alle Menschen mußten sterben, und in den Augen des Außenseiters vergingen die Menschen sehr schnell. Nur wenige waren es wert, sich an sie zu erinnern.

Er schaute nach oben zum Goldenen Pfad, der sich vor dem stumpfen Bug des Luftschiffs erstreckte, und wieder hatte er das Gefühl, er würde das Gleichgewicht verlieren. Wenn seine Eltern dort auf ihn warteten, dann waren sie mit den Augen eines lebenden Menschen nicht zu entdecken.

Einer der Väter dort oben war Chenilles Vater gewesen. Er, Silk, hatte außer seiner Mutter keine Angehörigen gehabt. Jetzt hatte er eine Schwester bekommen. Aber weder Chenille noch Hyacinth oder sonst eine Frau konnten den Platz seiner Mutter einnehmen. Das konnte niemand.

Er erinnerte sich an das Rasiermesser, über das er früher so oft nachgedacht hatte. Kein Name war darauf eingraviert gewesen. Er rieb sich nachdenklich über die stoppeligen Wangen. Er hatte sich seit mehr als einem Tag nicht mehr rasiert, und wahrscheinlich sah er inzwischen recht ungepflegt aus. Inzwischen war ihm klar, wem das Rasiermesser gehört hatte.

Er blickte wieder zu seinen Schuhen hinab. Unter ihm saß jetzt Sciathan an der Steuerung und lenkte mit den Fingerspitzen ein Gebilde, das hundertmal größer war als das Große Manteion. Es gab kein Heiliges Fenster im Luftschiff – das wäre auch unmöglich gewesen –, aber es gab irgendwo an Bord ein Glas. Silk dachte müßig darüber nach, wo es sein könnte. Sicherlich nicht im Cockpit, und in Sabas Kabine war es auch nicht gewesen. Aber es mußte mit ziemlicher Sicherheit in dieser Gondel hier sein, wo die Offiziere der Rani speisten und schliefen und von wo aus das Luftschiff gesteuert wurde. Vielleicht im Navigationsraum – er war hier herauf gestiegen, ohne sich im Navigationsraum gründlich umzusehen, was aber eigentlich kein Wunder war, denn er war mit allen möglichen anderen Gedanken vollauf beschäftigt gewesen.

Er war auch zu beschäftigt gewesen, um Saba aus ihren Depressionen zu holen. Ja, er war zu stark auf sich selbst bezogen. Saba und ihre Flugsoldatinnen waren im Augenblick vielleicht in der Unterzahl, aber …

Auf einmal spürte er eine Hand auf der Schulter. »Springt nur nicht hinunter, Caldé.«

Er trat vorsichtig einen Schritt zurück. »Ich hatte nicht die Absicht«, sagte er. Und er fragte sich, warum er log.

Er drehte sich um. Horns bleiches Gesicht verriet nur zu gut, was er dachte. »Es tut mir leid, wenn ich dich erschreckt habe«, sagte Silk zu ihm. »Ich wußte nicht, daß du hier bist.«

»Bitte kommt von der Kante weg, Caldé. Um meinetwillen.«

Um Horn zu beruhigen, trat er einen weiteren Schritt zurück. »Du warst noch nicht hier oben, als ich heraufgestiegen bin, weil ich dich sonst gesehen hätte. Du warst auch nicht auf dem Dach unserer alten Gondel, weil ich es ebenfalls überblicken konnte. Nettle wird dir gesagt haben, daß ich nach einer Luke gefragt habe, nicht wahr?«

»Noch etwas weiter, Caldé. Bitte.«

»Nein, das ist doch dumm. Aber um dich zu beruhigen, will ich mich setzen.« Er ließ sich nieder und breitete die Robe über die gekreuzten Beine. »Siehst du? Von hier aus kann ich nicht mehr herunterfallen, und wenn du dich setzt, kann dir auch nichts mehr passieren. Ich brauche jemanden, mit dem ich reden kann.«

Sehr erleichtert setzte auch Horn sich auf das Deck.

»Als ich im Cockpit war, wollte ich heraus und beten – jedenfalls sagte ich mir das in diesem Augenblick selbst. Aber als ich allein hier oben war und Zeit hatte, nach Herzenslust zu beten, tat ich es dann doch nicht. Ich habe über meine Schuhe und über gewisse andere Dinge nachgedacht. Die meisten Dinge waren gar nicht so dumm, aber ich fühle mich dumm, weil ich so intensiv über sie nachgedacht habe. Gehst du mit Auk, wenn er den Whorl verläßt? Du mußt wissen, daß er das tun will. Die Crew, wie Sciathan die Leute aus seiner Stadt nennt, haben einige der unterirdischen Türme, die Mamelta mir gezeigt hat – ich meine, Türme, die noch intakt sind –, in Besitz genommen, und sie werden Auk einen davon geben. Ich habe vergessen, wie Mamelta sie genannt hat.«

»Von diesen Türmen habt Ihr mir nie etwas erzählt, Caldé.«

Silk holte es nach und bemühte sich ohne großen Erfolg, ihm eine knappe und dennoch erschöpfende Zusammenfassung zu geben. »Das ist lange nicht alles, an das ich mich erinnern kann, aber das wäre das Wichtigste, glaube ich; und jetzt, da du es erwähnst, fällt mir auf, daß ich es wohl überhaupt noch niemandem erzählt habe, abgesehen von Doktor Crane, mit dem ich eine Weile in Gefangenschaft war. Aber Doktor Crane ist ja tot.«

»Ich habe ihn nie kennengelernt«, sagte Horn. »Ich wünschte, ich hätte ihn mal gesehen, weil er, das schließe ich aus der Art, wie Ihr über ihn sprecht, ein guter Mensch gewesen sein muß. Ist das Schiff, das unter Wasser fährt, eigentlich so ähnlich wie dieses Luftschiff hier?«

»Nein, überhaupt nicht. Es besteht ganz und gar aus Metall – überwiegend Eisen, denke ich. Es hat im Boden ein Loch, durch welches das Ayuntamiento ein kleineres Boot zu Wasser lassen kann. Du denkst jetzt, dabei müßte das größere Boot untergehen, nicht wahr? Aber so ist das nicht, und Doktor Crane und ich konnten sogar durch dieses Loch fliehen.« Silk verlor sich einen Augenblick in seinen Erinnerungen. »Es gibt riesige Fische im See, Horn. Größer, als du sie dir vorstellen kannst. Chenille hat mir das einmal gesagt, und sie hat völlig recht.«

»Ihr wolltet wissen, ob ich mit Auk gehe. Oder besser, ob Nettle und ich gehen, weil wir auf jeden Fall zusammen bleiben würden.«

»Ja, natürlich.«

»Nein, ich glaube nicht, daß wir mitgehen. Er hat uns nicht gefragt, aber ich glaube, Nettle würde vielleicht mitgehen wollen, wenn sie allein wäre. Aber ich habe daheim meinen Vater und meine Mutter und meine Brüder und Schwestern, und Nettle hat auch eine Familie.«

»Ja, natürlich«, wiederholte Silk.

»Ich mag Chenille. Ich mag sie sogar sehr. Aber Auk ist nicht das, was ich einen guten Mann nennen würde, auch wenn Tartaros ihn erleuchtet hat. Erinnert Ihr Euch noch, was ich einmal über Auk gesagt habe? Er ist immer noch der gleiche Mann, glaube ich. Und die Leute, die er bei sich hat, sind auch nicht viel besser als er. Wußtet Ihr, daß er sie die besten Diebe im Whorl nennt, Caldé? Weil sie dieses Luftschiff hier gestohlen haben.«

»Nicht alle sind Diebe«, widersprach Silk, »auch wenn Auk so tut, als wäre es so. Die meisten sind einfach nur arme Leute aus der Orilla und aus unserem eigenen Viertel. Ich glaube nicht, daß viele Diebe fest genug an die Götter glauben, um sich auf so etwas einzulassen.« Er verstummte, unsicher, ob er noch mehr sagen sollte.

»Was ist, Caldé?«

»Nein, ich glaube nicht, daß sie alle gehen werden. Chenille wird es wohl tun, obwohl sie in Viron eine wohlhabende Frau wäre. Aber ich wäre nicht überrascht, wenn einige der anderen hierbleiben würden.«

»Dann werdet Ihr auch nicht gehen, Caldé?«

Silk schüttelte den Kopf. »Ich würde es gern tun. Ich glaube, Hyacinth hätte aber etwas dagegen, und die anderen Leute gehören ja eher zu Auk als zu mir.«

»Dann werden Nettle und ich mit Euch und Hyacinth nach Hause zurückkehren. Moly will auch wieder nach Hause. Sie will ihren Mann suchen und weiter an ihrer Tochter bauen. Und Patera Incus und Patera Remora wollen wohl auch zurück nach Viron.«

Silk nickte. »Aber wir werden nicht zahlreich genug sein, um die Trivigauntis, die wir hier an Bord haben, daran zu hindern, ihr Schiff zurückzuerobern. Hast du schon einmal darüber nachgedacht, Horn? Es sei denn, viele von Auks Jüngern überlegen es sich im letzten Augenblick anders. Das war mir gerade in dem Augenblick eingefallen, als du die Hand auf meine Schulter gelegt hast.«

Horn runzelte die Stirn. »Können wir die Trivigauntis nicht im Mainframe lassen, Caldé? Etwas anderes will mir dazu nicht einfallen.«

»Mir schon. Oder besser, ich glaube jedenfalls, daß ich eine bessere Idee habe, und diese Idee ist übrigens zugleich ein guter Grund, nicht von Bord zu springen. Vielleicht ist eine gute Idee für sich genommen aber doch noch nicht genug.« Als er Horns besorgten Gesichtsausdruck bemerkte, fügte er hinzu: »Es tut mir leid, wenn ich dich erschrecke.«

Horn schluckte schwer. »Ich wollte Euch eigentlich etwas sagen. Es ist eine Art Geheimnis, das ich außer Nettle noch niemandem verraten habe. Ihr werdet nicht lachen, das weiß ich, aber erzählt es bitte nicht weiter.«

»Das werde ich nicht tun, solange es nicht unbedingt nötig ist.«

»Kennt Ihr die Frau, die Fleischabfälle als Katzenfutter verkauft? Sie kommt fast jeden Scylsday zum Opfer.«

Silk nickte. »Ja, ich kenne sie gut.«

»Sie kennt Maytera. Moly, meine ich. Sie ist einmal in den Palast gekommen, um sie zu besuchen. Ich hätte nicht gedacht, daß sie den ganzen Hügel herauf laufen würde, aber sie hat es getan. Sie haben dann in der Küche gesessen, und die Katzenfutterfrau …«

»Scleroderma«, murmelte Silk. Seine Augen blickten in weite Fernen, zu den purpurnen Hängen des Gebirges. »Das ist eine Art Pilz, der in Wäldern wächst.«

»Sie war die Frau, die Generalin Mint das Pferd gehalten hat, bevor sie die Schweber in der Cage Street angegriffen hat«, fuhr Horn fort. »Sie hat Moly davon erzählt, und natürlich wollte Moly alles wissen. Sie haben dann über die Kämpfe gesprochen und daß Kypris bei der Beerdigung in unser Manteion gekommen wäre. Dann sagte sie, daß sie alles aufschreibt, was geschehen ist, und daß sie jetzt gerade bei den besonders wichtigen Abschnitten wäre.«

Silk versuchte, sich ein Lächeln zu verkneifen, aber es gelang ihm nicht ganz.

»Sie will, daß ihre Enkelkinder später alles nachlesen können. Wie sie Euch kennengelernt hat, als Ihr gerade die Schola verlassen hattet, wie sie zum Palast des Caldé gegangen ist und wie man sie gleich hereingelassen hat. Ich dachte auch, daß es ziemlich komisch ist.«

»Ich glaube, es wärmt mir eher das Herz«, erklärte Silk ihm. »Es kann natürlich sein, daß wir über manches lachen – es würde mich nicht wundern, wenn sie auch selbst darüber lachen würde –, aber dennoch hat sie recht. Ich denke, ihre Enkelkinder sind noch klein, und auch wenn sie diese unruhigen Zeiten erlebt haben, werden sie sich nicht an viele Dinge erinnern können. Wenn sie dann älter sind, werden sie froh sein, eine Geschichte lesen zu können, die ihre eigene Großmutter aus der Perspektive ihrer eigenen Familie geschrieben hat. Ich würde ihr dafür danken.«

»Nun ja, vielleicht hätte ich genauso darüber denken sollen, Caldé, aber so war es nicht. Um die Wahrheit zu sagen, bin ich ziemlich wütend geworden.«

»Ich hoffe doch, du hast ihr keinen Streich gespielt.«

»Nein, aber ich habe zu überlegen begonnen, was passiert ist, und ob sie wirklich mittendrin war, wie sie gesagt hatte. Und es dauert nicht lange, bis ich erkannte, daß sie vieles überhaupt nicht selbst erlebt hat. Ihr habt viel mehr gesehen als jeder andere, mehr sogar als Generalin Mint. Und das, was Scleroderma darüber gesagt hat, daß sie Euch kennengelernt hätte, als Ihr die Schola verlassen hättet – nun, ungefähr da habe ich Euch auch kennengelernt. Ihr seid in unsere Klasse gekommen und habt mit uns geredet, und natürlich habe ich ebenfalls sehen können, wie Ihr Patera Pike bei den Opfern geholfen habt. Also beschloß ich, daß ich alles aufschreiben werde, was ich noch nicht vergessen habe, sobald ich Papier bekomme. Ich werde es dann ›Patera Silks Buch‹ oder so ähnlich nennen.«

»Ich fühle mich geschmeichelt.« Dieses Mal schaffte Silk es, sein Lächeln zu unterdrücken. »Willst du auch über diese Begegnung hier schreiben? Darüber, daß wir hier gesessen und geredet haben?«

»Ja, das will ich.« Horn atmete die klare, reine Luft tief ein. »Und das ist ein weiterer Grund für Euch, nicht hinunterzuspringen. Wenn Ihr das gemacht hättet, dann hätte die Geschichte genau hier enden müssen.« Er klopfte mit den Knöcheln auf das Deck. »Genau hier oben. Vielleicht hätte ich danach noch ein paar Fragen aufgeschrieben, warum Ihr das gemacht habt, aber dann wäre es vorbei gewesen. Ich glaube, das wäre kein sehr schönes Ende gewesen.«

»Nein, das wäre es wirklich nicht gewesen.«

»Aber Ihr habt tatsächlich daran gedacht, es auf diese Weise enden zu lassen. Ihr habt so nahe an der Kante gestanden, daß es völlig klar war. Was ist los mit Euch, Caldé? Es ist – ich weiß es nicht. Hat Euch irgend etwas sehr verletzt? Wenn ich wüßte, was es ist, dann könnte ich vielleicht helfen, und Nettle würde bestimmt auch helfen wollen.«

Ohne aufzustehen, drehte Silk sich um. Dann rutschte er über das polierte Holz, bis er die Beine über die Kante baumeln lassen konnte. »Komm her, Horn.«

»Ich habe Angst.«

»Du wirst nicht hinunterfallen. Schau nur, wie sanft sich das Luftschiff bewegt. Ich werde dich auch nicht hinunterstoßen. Hast du Angst, ich könnte es tun? Ich werde das bestimmt nicht machen, ich verspreche es.«

Mit gesenktem Kopf kroch Horn langsam näher.

»So ist es richtig. Es ist so ein schöner Ausblick, vielleicht der schönste, den wir je sehen werden. Als du deine Klasse erwähnt hast, fiel mir ein, daß ich dich eigentlich unterweisen sollte – das ist eine meiner Pflichten, und ich habe sie schändlich vernachlässigt, seit wir uns im Pfarrhaus unterhalten haben. Als dein Lehrer ist es meine Freude und meine Pflicht, dir Dinge wie dies hier zu zeigen, wann immer ich kann – und ich muß dich darauf aufmerksam machen, wenn du nicht hinsehen willst. Schau nur, ist das nicht prächtig?«

»Es sieht aus wie die Himmelsländer«, sagte Horn, »nur daß wir etwas näher daran sind und daß es Tag ist.«

»Wir sind sehr viel näher, aber die Sonne wird bereits schmaler. Wir haben nicht mehr viel Zeit, diesen Anblick zu genießen. Höchstens noch ein paar Stunden.«

»Wir könnten ihn morgen wieder sehen. Wir könnten aus den Fenstern schauen. Die Gondeln haben ja Fenster.«

»Das Luftschiff könnte heute nacht abstürzen«,

sagte Silk zu ihm. »Oder es könnte aus irgendeinem Grund zur Landung gezwungen werden. Oder der Whorl unter uns ist von Wolken verdeckt, wie es der Fall war, als ich heute aus einem Fenster gesehen habe. Laß es uns anschauen, solange wir es anschauen können.«

Horn kroch ein paar Zentimeter näher.

»Dort unten ist eine Stadt, die größer ist als Viron. Die kleinen hellen Punkte dort sind die Menschen. Siehst du sie? Sie sehen so aus, glaube ich, weil sie zu uns hochschauen. Wahrscheinlich haben sie noch nie im Leben ein Luftschiff gesehen, und sie können sich nicht vorstellen, wie etwas, das größer ist als die Flieger, in der Luft zu schweben vermag. Sie werden noch monatelang oder gar jahrelang über uns reden.«

»Ist das Palustria, Caldé?«

Silk schüttelte den Kopf. »Palustria liegt nicht in dieser Richtung, das kommt also nicht in Frage. Außerdem sind wir, glaube ich, schon zu weit, um Palustria zu sehen. Wir sind heute am frühen Morgen gestartet, und wir sind seitdem nach Süden geflogen. Ein Mann, der fleißig reitet, könnte diesen Weg vielleicht in einer Woche schaffen.«

»Windschiefe Gebäude wie diese«, sagte Horn, »habe ich noch nie gesehen. Außerdem gibt es da unten keine Sümpfe. Die Leute sagen ja, daß Palustria mitten im Sumpf liegt.«

»Wie ich hörte, hat man die Sümpfe in Reisfelder verwandelt. Wenn nicht alle, dann wenigstens den größten Teil von ihnen, und ganz gewiß die Stellen, die der Stadt am nächsten sind. Wegen der Dürre hatten sie dieses Jahr eine schlechte Reisernte. Sie sagen, es wäre das erste Mal in der ganzen Geschichte Palustrias, daß sie keinen Reis ernten konnten.« Silk schwieg eine Weile und starrte die fremde Stadt unten an.

»Darf ich Euch etwas fragen, Caldé?«

»Natürlich. Was möchtest du wissen?«

»Warum ist hier oben nicht mehr Wind? Ich war noch nie auf einem Berg, aber Maytera hat uns mal etwas über das Gebirge vorgelesen, und dort hieß es, daß es im Gebirge immer sehr windig wäre. Wenn man nach unten sieht, scheint es so, als würden wir schnell fliegen. Wir brauchen nicht lange, um die Stadt hinter uns zu lassen, obwohl sie sehr groß ist. Eigentlich müßten wir einen starken Wind im Gesicht spüren.«

»Ich habe unsere Pilotin genau das gleiche gefragt, und als sie es mir gesagt hat, hätte ich mich wegen meiner Dummheit beinahe selbst getreten. Wenn du dort hinauf siehst, kannst du erkennen, daß einer der Motoren noch läuft. Siehst du, wie langsam sich der Propeller dreht? Du kannst die Holzflügel fast mit bloßem Auge sehen. Aber als die Motoren schnell gelaufen sind, war vor jedem nur eine Art Flimmern zu sehen.«

»Wie bei einer Mühle.«

»In gewisser Weise. Aber während die Flügel einer Windmühle vom Wind gedreht werden, werden die Propeller hier von Motoren angetrieben, so daß ein Luftzug entsteht, der uns in die gewünschte Richtung treibt. Im Augenblick machen sie nur sehr wenig Wind. Gerade genug, daß wir nicht vom Kurs abkommen. Wir werden vom natürlichen Wind getragen, und weil wir mit dem Wind fliegen wie ein trockenes Blatt oder wie eins von den Papierbändern, die der Wind von unserem Triumphbogen gerissen hat, scheint es uns, als würde sich die Luft kaum bewegen.«

»Ich glaube, das kann ich verstehen. Was wäre, wenn wir kehrt machen und in die andere Richtung fliegen würden?«

»Dann würde uns die ruhige Luft vorkommen wie ein Sturm.«

Das glatte Holzdeck, auf dem sie saßen, neigte sich und schien ein Stück unter ihnen wegzusacken.

»Patera!«

Er spürte, wie Horn sich an seiner Robe festklammerte. Das Brummen der noch laufenden Motoren wurde lauter. »Alles in Ordnung«, sagte er.

»Ihr hättet abstürzen können! Ich wäre beinahe hinuntergerutscht.«

»Dazu wäre es erst gekommen, wenn die Gondel sich viel stärker geneigt hätte.« Eine plötzliche Brise zauste Silks hellblondes Haar.

»Was ist passiert?« Dem Klang nach zu urteilen, hatte Horn sich weit von der Kante zurückgezogen und war vielleicht schon auf halbem Wege zur Luke.

»Ich glaube, der Wind hat aufgefrischt. Die Bö hat zuerst unser Heck erfaßt und es vermutlich etwas angehoben.«

»Ihr wollt immer noch sterben.«

Der klagende Unterton, mit dem Horn sprach, war viel schmerzlicher, als es ein offener Vorwurf gewesen wäre. »Nein«, sagte Silk einfach.

»Wollt Ihr mir nicht sagen, was mit Euch los ist, Caldé? Bitte.«

»Ich würde es sagen, wenn ich es erklären könnte.« Sie hatten die Stadt inzwischen hinter sich gelassen, und die Häuser und Felder wichen verwunschenen Wäldern. »Ich könnte vielleicht sagen, daß da viele Kleinigkeiten zusammengekommen sind. Hattest du schon einmal einen Tag, an dem einfach alles schiefgegangen ist? Natürlich kennst du das – so etwas erlebt jeder hin und wieder mal.«

»Klar doch«, sagte Horn.

»Kannst du etwas näher kommen? Ich kann dich kaum verstehen.«

»Ist gut, Caldé.«

»Ich möchte dir außerdem erklären, daß es mit dem Plan des Pas zu tun hat. Aber das stimmt eigentlich nicht ganz. Du mußt wissen, daß Pas nicht der einzige Gott ist, der einen Plan hat. Ich habe diesen einen Plan gerade erst richtig verstanden. Ich glaube, die Einsicht kam mir, als ich im Cockpit saß, wie man es wohl nennt, und das Luftschiff gelenkt und dabei nachgedacht habe. Oder besser, als ich nicht viel über die Steuerung nachdenken mußte. Hyacinth hatte unsere Pilotin überwältigt. Vielleicht ist mir die richtige Idee auch erst gekommen, als ich mit Generalin Saba gesprochen habe. Das war kurz bevor ich hier heraufgestiegen bin. Also gut, es mag sein, daß ich im Cockpit eine erste Vorstellung hatte, und daß mir die Einsicht, was ich da erfaßt hatte, erst gekommen ist, als ich mit Nettle und Generalin Saba geredet habe.«

»Ich glaube, das kann ich mir vorstellen.«

»Andererseits könnte ich auch sagen, daß ich mit den Dingen beschäftigt war, die mir der Außenseiter in meiner Hochzeitsnacht anvertraut hat. Verstehst du, Horn, ich wurde da noch einmal erleuchtet. Nichts, was ich auf der Schola gelernt hatte, konnte mich auf die Möglichkeit vorbereiten, daß ein Mensch mehrmals erleuchtet werden kann, aber offensichtlich ist genau das mit mir geschehen. Was möchtest du als erstes hören?«

»Ich glaube, die Kleinigkeiten, die schiefgegangen sind, Patera. Aber kommt bitte hierher zu mir, Patera. Ihr sagt, Ihr könntet mich kaum verstehen. Nun, ich kann Euch auch kaum verstehen.«

»Ich bin hier völlig sicher, Horn.« Silk entdeckte, daß er sich unwillkürlich an der Kante des Decks festgehalten hatte. Er zwang sich, sich zu entspannen und legte die Hände zusammen, als wollte er beten. »Im Grunde ist es egal, wo wir beginnen, aber ich möchte als erstes über Maytera Marble sprechen. Über Moly, wie wir sie jetzt nennen sollten. Glaubst du, ihr Name wäre wirklich Moly oder Molybdenum gewesen, bevor sie eine Sibylle wurde? Was meinst du?«

»Sie hat es jedenfalls gesagt, Caldé.« Horn rückte etwas näher heran. Silk hörte seine Jacke und die Hosen auf den Brettern wetzen.

»Ich glaube es nicht. Sie hat mir nicht gesagt, daß sie gelogen hat, aber ich hoffe, sie wird es bald tun.«

»Ich … ich … nein, ich glaube das nicht, Caldé.« Horns Stimme wurde tiefer, als er sich seiner Sache sicherer wurde. »Sie würde doch bei einer so wichtigen Sache nicht absichtlich die Unwahrheit sagen.«

»Ich weiß das so gut wie du. Deshalb quält sie sich ja auch so sehr damit. Ich werde Patera Incus bitten, mir die Beichte abzunehmen. Ich hoffe, das wird sie dazu veranlassen, ihn oder Patera Remora, obwohl Incus besser wäre, zu bitten, das gleiche für sie zu tun.«

»Ich denke immer noch …«

»Warum gibt es heute nur noch so wenige Chemische, Horn? In dieser Hinsicht ist der Plan des Pas sicherlich gescheitert. Er hat männliche und weibliche Chemische geschaffen, und er hatte den Wunsch, daß sie sich vermehren, damit ihre Zahl konstant bleibt und vielleicht sogar wächst. Laß uns annehmen, daß er unseren Whorl mit männlichen und weiblichen Chemischen in gleicher Anzahl bevölkert hat. Das wäre ja logisch gewesen. Aber was ist dann nur schiefgegangen?« Es wurde kälter, oder Silk spürte die Kälte erst jetzt. Er zog den dicken Wintermantel enger um sich.

»Ich weiß es nicht, Caldé. Die Soldaten schlafen meist, und dabei können sie natürlich keine neuen Chemischen bauen.«

»Unsere Soldaten haben die meiste Zeit geschlafen, das ist richtig. Die meisten Soldaten in anderen Städten sind aber tot. Viele sind schon vor einem Jahrhundert oder noch früher gestorben. Pas hätte weibliche

Soldaten machen müssen, wie die Armee von Trivigaunte ja ebenfalls aus Frauen besteht. Er hat es nicht gemacht, und das war sicher ein Fehler.«

»Ihr solltet so etwas aber nicht sagen, Patera.«

»Warum nicht? Wenn ich doch denke, daß es wahr ist? Würde Pas mich etwa lieber mögen, wenn ich ein Feigling wäre? Einige männliche Chemische waren Handwerker, und es gab auch ein paar Diener – Butler und so weiter. Aber die meisten waren Soldaten, und die Soldaten haben für ihre Städte gekämpft und sind dabei gestorben, oder sie haben wie Hammerstone geschlafen. Die weiblichen Chemischen, die meistens Köchinnen oder Dienerinnen waren, haben sich verschlissen und sind kinderlos gestorben. Vor dreihundert Jahren muß fast jeder Soldat eine Köchin oder ein Dienstmädchen umworben haben. Und fast jede Köchin oder Hausangestellte muß einen Soldaten geliebt haben. Wie groß ist die Wahrscheinlichkeit, daß zwei sich nach ein paar Jahrhunderten wiedersehen?«

»Ganz ausgeschlossen ist das aber nicht«, sagte Horn trotzig.

»Natürlich nicht. Alle möglichen unwahrscheinlichen Dinge können sich ereignen, aber sie ereignen sich eben nur selten. Seit sie Hammerstone geheiratet hat, ist sie wegen irgend etwas beunruhigt, und ich glaube zu wissen, was es ist. Wir wollen es dabei belassen.«

»Selbst wenn Ihr recht habt«, sagte Horn, »wäre das kein sehr guter Grund für Euch, sterben zu wollen.«

»Ich bin da anderer Meinung, aber laß uns das Thema wechseln. Im Cockpit habe ich erfahren, daß Chenille und Hyacinth gegeneinander gekämpft haben, als sie in Orchids Haus waren. Orchid war die Frau, die die Beerdigung bezahlt hat, bei der Kypris zu uns gesprochen hat. Aber das ist jetzt nicht wichtig. Meine Schwester ...«

»Ich wußte gar nicht, daß Ihr eine Schwester habt, Caldé.«

Silk lächelte. »Vergiß das bitte gleich wieder. Es war ein Versehen, ich wollte das nicht sagen. Ich wollte vielmehr erklären, daß Chenille Hyacinth ein Paar Veilchen verpaßt hat, was nicht sehr überrascht, weil Chenille erheblich größer und stärker ist. Ich mache ihr deshalb auch keinen Vorwurf. Wenn Hyacinth ihr verziehen hat, was offensichtlich der Fall ist, dann kann ich es ihr nicht vorwerfen. Aber sie haben beide in dieser Angelegenheit gelogen, und das fand ich sehr schmerzlich. Ich kann nicht beweisen, daß sie gelogen haben, Horn, aber wenn du dabei gewesen wärst, dann hättest du wie ich gefühlt, daß sie gelogen haben. Chenille wollte über einen bestimmten Vorfall reden, und noch bevor sie ihn richtig beschrieben hatte, wußte Hyacinth, welches Ereignis sie meinte. Das konnte nur bedeuten, daß Chenille viel mehr damit zu tun gehabt hat, als sie zugeben wollte.«

Ein breiter Fluß, auf dem weiße Eisschollen schwammen, teilte den Wald unter ihnen. Silk beugte sich vor, um ihn zu betrachtet. »Du könntest jetzt wieder sagen, daß das, was ich dir erzählt habe, kein guter Grund ist, um sterben zu wollen. Auch hier wäre ich wieder anderer Meinung.«

»Caldé?«

»Ja, was ist?«

»Ihr seht Chenille überhaupt nicht ähnlich. Sie hat rotes Haar, aber das ist gefärbt. Darunter ist es dunkel, glaube ich. Eure Augen sind blau, aber die ihren sind braun, und wie Ihr sagtet, ist sie groß und stark. Ihr dagegen seid zwar hoch gewachsen und kräftig, aber doch eher ...«

»Du brauchst das nicht weiter auszuführen, Horn, wenn es dich in Verlegenheit bringt.«

»Ich meine, wenn sie ein Mann wäre, dann würde

sie eher Auk ähnlich sehen als Euch. Ihr wärt ein guter Läufer, aber sie ist wie …«

»Wir sind uns dennoch in gewisser Weise ähnlich, würde ich meinen.«

»Das meine ich aber nicht.« Horn fühlte sich anscheinend immer unwohler. »Da ihr jetzt Caldé seid, sprechen die Leute natürlich auch oft über den letzten Caldé. Gestern abend, bevor die Frauen gekommen sind, habt Ihr sein Vermächtnis erwähnt. Nettle hat es mir erzählt, und sie dachte das gleiche wie ich. Der Caldé hätte geschrieben, daß er einen Adoptivsohn hatte, und dieser Sohn sollte der nächste Caldé werden. Nettle meint aber nun, daß er nicht gesagt hat, daß es so kommen müßte, sondern nur, daß es so kommen würde. Stimmt das?«

Silk nickte. »Obwohl er nicht mein leibliches Kind ist, wird mein Sohn mir nachfolgen, so heißt es dort.«

»Chenille ist seine leibliche Tochter. Auch das hat Nettle mir gesagt. Und Ihr seid der neue Caldé. Wenn sie also Eure Schwester ist, dann …«

»Laß uns nicht weiter darüber reden, Horn. Es hat nichts mit unserem Gesprächsthema zu tun.«

»Also gut. Ich werde es auch niemandem verraten.«

»Es gibt so viele Lügen im Whorl, daß dir ohnehin niemand glauben würde, wenn du es erzählen würdest. Darf ich noch eine Anmerkung machen? Hyacinth und nur sie allein hat unsere Pilotin ausgeschaltet. Ich habe das bereits erwähnt.«

»Ja, Caldé.«

»Ich habe versucht, mir eine einleuchtende Analogie zurechtzulegen, aber es ist mir nicht gelungen. Nehmen wir mal an, ich hätte gesagt, daß ich gesehen habe, wie Patera Incus Auk überwältigt hat. Die Analogie wäre allerdings mangelhaft, weil ich nie angenommen habe, daß Patera Incus überhaupt nicht kämpfen könnte. Ich würde nur meinen, daß er kein guter Kämpfer ist. Ich hatte mir vorgestellt, daß Hyacinth hilflos wäre, sobald es zu gewalttätigen Auseinandersetzungen käme. Sie hat beispielsweise gesagt, sie würde gern Fechtunterricht bei Meister Xiphias nehmen, und ich hätte nie vermutet …«

»Ich kann Euch kaum verstehen. Könnt Ihr Euch nicht zu mir drehen?«

»Nein. Komme näher zu mir.« Silk fand Horns Hand und drehte ihn zur Kante herum.

»Auch von Euch hätte man nicht erwartet, daß Ihr so tapfer kämpfen könnt, Caldé.«

»Ich weiß, und beinahe war ich sogar selbst davon überzeugt. Unter anderem deshalb bin ich auch bei Blood eingebrochen. Ich wollte mir beweisen, daß ich nicht der Feigling bin, für den mich alle gehalten haben. Ich bin es tatsächlich nicht, auch wenn ich die meiste Zeit schreckliche Angst hatte.«

»Vielleicht hatte Hyacinth bei der Pilotin das gleiche Gefühl.« Sehr wagemutig setzte Horn sich aufrecht hin, streckte die Beine aus und ließ die Füße knapp über die Kante des Decks ragen. »Hyacinth ist wie ein kleines Mädchen, wenn Ihr in der Nähe seid. Wir haben das heute morgen gesehen. Sie lächelt, wenn Ihr sie anseht, und sie tut so, als wäre sie klein und schwach. Sie will, daß Ihr sie mögt. Caldé, kennt Ihr die große Katze, die Mucor hat?«

Silk starrte ein Gebirgstal an und folgte mit den Blicken einem kleinen Fluß, der sich einen Weg durch roten Fels gegraben hatte. »Meinst du Lion?«

»Ich weiß den Namen nicht, aber Lion klingt wie der Name eines männlichen Tiers. Ich meine jetzt aber eine Katze, grau und mit langen, spitzen Ohren und einem kleinen Stummelschwanz. Ich habe sie einmal gesehen, als ich Mucor das Essen brachte. Sie mochte Mucor wirklich gern. Sie hat sich an ihren Beinen gerieben und gelächelt. Katzen können lächeln, Caldé.«

»Ich weiß.«

»Sie hat Mucor die Pfote in den Schoß gelegt und wollte sich streicheln lassen, aber als ich kam, ist sie unsicher geworden. Sie hat die Zähne gebleckt und die Lippen zurückgezogen, ohne einen Ton von sich zu geben. Ich hatte ziemliche Angst.«

»Ich auch, Horn. Ich habe einmal zwei dieser gehörnten Katzen erschossen. Das tut mir jetzt sehr leid.« Silk beugte sich wieder vor. »Schau dir die Klippe dort an, Horn. Kannst du sie sehen?«

»Sicher, ich habe sie schon vor einer Minute gesehen. Ich glaube, dort könnte ich nicht hinaufklettern, auch wenn ich es gern mal versuchen würde.«

Horn gab sich Mühe, etwas lauter zu sprechen. »Ich weiß, wie Hyacinth Euch erscheint, Caldé, aber mir und Nettle scheint sie eher so zu sein wie Mucors Katzen. Mit Moly geht sie aber sehr rücksichtsvoll um.«

Silk sah sich über die Schulter zu ihm um. »Du hast recht, es ist viel Gutes in Hyacinth, aber ich würde sie sicher auch lieben, wenn es nicht so wäre.«

Horn schüttelte den Kopf. »Ich wollte eigentlich gerade sagen, daß sie mit Hammerstone überhaupt nicht gut zurechtkommt. Er kann schrecklich grob sein.«

»Ja, das ist mir bewußt.«

»Er mag Moly und Patera Incus, also ist er nett zu ihnen. Aber Nettle und mich behandelt er wie dumme kleine Kinder, und mit anderen Leuten geht er so um wie mit Auk. Hyacinth traut ihm nicht über den Weg, und einmal, als sie wütend auf ihn war, hat sie ihn beschimpft. Ich dachte, ich würde alle Schimpfwörter kennen, weil ich schon als kleiner Junge ziemlich viele gelernt habe, aber sie kannte ein paar, die ich noch nie gehört habe. Was glaubt Ihr, was die Katze getan hätte, wenn die Pilotin Mucor mit dem Nadler bedroht hätte?«

»Komm her«, sagte Silk zu ihm. »Setz dich zu mir. Hast du Angst, ich könnte dich mitnehmen, wenn ich springe? Ich werde nicht springen, und ich möchte, daß du neben mir sitzt.«

»Ich habe immer noch Angst.«

»Du würdest die Klippe hochklettern, wenn du die Gelegenheit bekommen würdest. Wenn du dort herunterfällst, bist du auch tot.«

»Also gut.« Vorsichtig schob Horn sich weiter an die Kante, bis seine Füße ebenfalls über dem Abgrund baumelten. Oreb ließ sich auf seiner Schulter nieder.

»Wie ich schon sagte, habe ich dir gegenüber meine Pflicht als Lehrer vernachlässigt. Jetzt kann ich dir aber einen Teil des Großen Plans zeigen. Ich finde es sehr erhellend, und ich hoffe, das wird es auch für dich sein. Siehst du die Stadt dort vorne? Das Gebirge, das wir überquert haben, isoliert sie vom Westen. Bald werden wir sehen, wie sie von Osten her abgeschnitten ist, und wenn wir nach Norden oder Süden fahren würden, dann würden wir dort ebenfalls auf Barrieren stoßen. Manche sind natürlich schwieriger zu überwinden als andere.«

»Die Häuser sind menschlichen Gestalten nachempfunden, Caldé. Schaut nur, dort ist Pas mit zwei Köpfen. Sogar die kleinen Häuser sehen aus wie liegende Menschen. Seht Ihr? Durch die Strohdächer sieht es aus, als hätten sie sich zugedeckt.«

»Guter Ort.« Oreb hüpfte erfreut auf Horns Schulter herum.

»So ist es«, stimmte Silk zu. »Wenn wir nicht daran gewöhnt wären, Pas auf diese Weise abgebildet zu sehen, dann würden wir die Darstellung vielleicht sogar schrecklich finden – und sie ist in der Tat schrecklich –, weil sie so riesig groß ist. Ich werde dich nicht fragen, ob du schon einmal bei einer Frau gelegen hast, Horn. Das ist zu persönlich und sollte nur in der Beichte zur Sprache kommen, und ich kenne dich zu gut, um dir die Beichte abzunehmen. Falls du beichten möchtest, dann wende ich bitte an Patera Remora.«

»Ist gut.«

»Ich jedenfalls hatte diese Erfahrung bis zu meiner Hochzeitsnacht noch nicht gemacht. Das war übrigens bisher auch die einzige derartige Erfahrung. Du brauchst mir nicht zu erzählen, daß Hyacinth mit Dutzenden Männern ins Bett gegangen ist. Ich wußte es von Anfang an, es war mir völlig bewußt. So war sie eben. Ich kann nicht sagen, was unser Erlebnis ihr bedeutet hat. Vielleicht nicht sehr viel oder gar nichts. Für mich aber war es wundervoll, einfach wundervoll. Ich bin zu ihr gekommen, als wäre ich am Verhungern. Und doch ...«

Immer noch ängstlich, machte Horn eine kleine Bewegung mit dem Kopf. »Ich weiß.«

»Gut. Ich bin froh, daß du es verstehst. Es gab einen Unterton, der weder von Hyacinth noch von mir ausgegangen ist, sondern von unserem Tun selbst. Nach zwei Stunden oder so habe ich mich ausgeruht. Wir hatten mehr als einmal getan, was Männer und Frauen eben tun, und sogar mehr als zweimal. Ich war glücklich und erschöpft und fühlte mich beschmutzt. Ich hatte das Gefühl, daß vor allem Echidna nicht begeistert von mir war, und ich glaube, ich hätte von vornherein nicht den nötigen Mut gefunden, wenn ich mich nach ihrer Theophanie nicht innerlich von ihr gelöst hätte. Wie ich weiß, warst du ja dabei.«

Horn nickte wieder. »Sie ist eine sehr große Göttin, Caldé.«

»Das ist sie. Groß und schrecklich. Vielleicht war es auch falsch, daß ich mich von ihr losgesagt habe – ich will jetzt nicht darüber streiten. Ich will hier nur berichten, daß ich es getan und mich gefühlt habe, wie ich es beschrieb. Wie ich schon sagte, hat mich der

Außenseiter in diesem Augenblick ein zweites Mal erleuchtet. Ich will dir jetzt nicht sagen, was er mich sehen ließ – ich könnte es einfach nicht beschreiben. Aber eines der Dinge, die ich erkannte, war, daß er Pas erschaffen hat. Die Sieben sind, wie jeder weiß, die Kinder von Pas und Echidna. Mir ist aber nie in den Sinn gekommen zu fragen, woher sie ihrerseits gekommen sind. Was meinst du, warum Pas Barrieren zwischen unsere Städte gesetzt hat, Horn?«

Die Frage traf ihn völlig unvorbereitet. »Damit sie nicht gegeneinander kämpfen, Caldé?«

»Nein, keineswegs. Sie kämpfen ja, und er wußte sogar, daß sie kämpfen würden. Wenn er das nicht vorausgesehen hätte, dann hätte er ihnen keine Armeen gegeben. Nein, er hat die Berge errichtet und Flüsse und Seen angelegt, damit sie sich nicht miteinander gegen ihn verbünden können. Genauer gesagt, damit sie sich nicht gegen den Mainframe verbünden können, gegen das Heim, das er über ihnen allen errichtet hat.«

»Hat Euch das der Außenseiter verraten, Caldé?«

Silk schüttelte den Kopf. »Nein, das weiß ich von Hammerstone, und Hammerstone hat recht. Der Außenseiter hat, wie er mir zeigte, keine Angst davor, daß wir uns gegen ihn verbünden könnten. Wir haben es unzählige Male schon getan, denn wir tun es jeden Tag, wenn wir ihn im Alltag verraten. Seine größte Angst – er fürchtet nur um unser Wohl, nicht um sein eigenes – ist die, daß wir andere Dinge mehr lieben könnten als ihn. Als ich noch im Manteion in der Sun Street war, haben dumme Leute mich gefragt, warum Pas oder Scylla Dinge zugelassen hätten, die sie als Sünden betrachteten. Als ob ein Gott eine Genehmigung unterzeichnen müßte, bevor ein Mensch erschlagen wird oder ein Kind erkrankt. In meiner Hochzeitsnacht hat mir der Außenseiter erklärt, warum er das zuläßt, was die Menschen als Sünde bezeichnen. Nicht diesen Diebstahl oder jene Unreinheit, sondern ganz allgemein die Sünden. Sie helfen ihm, mußt du wissen. Er haßt sie, und dennoch nützen sie ihm. Kannst du das verstehen, Horn?«

»Denkt Ihr jetzt an ein Maultier, das auskeilt, sobald es eine Gelegenheit dazu hat?«

»Genau. Das Maultier wird ins Geschirr gespannt und zieht zusammen mit den anderen Tieren den Wagen, aber es fügt sich nur ungern. Sobald wir aber die Freiheit des Whorl haben – und die Freiheit der Region hinter dem Whorl –, verweist uns das Böse direkt zurück zum Außenseiter. Ich sagte dir gerade, daß ich mich von Echidna losgesagt habe, und ich dachte, ich hätte es getan, weil sie böse ist. Aber die Wahrheit ist, daß ich es getan habe, weil er besser ist. Ein Kind, das sich die Hand verbrennt, sagt, daß das Feuer böse ist – aber das Feuer selbst sagt: ›Nicht ich bin böse, Kind. Frage ihn.‹«

»Ich glaube, ich kann das verstehen, Caldé. Aber es wird mir so langsam kalt hier.«

»Fischköpfe?« fragte Oreb.

Silk nickte. »Wir werden bald hineingehen, damit ihr zwei es warm habt, und dann könnt ihr auch etwas essen. Aber vorher möchte ich dich fragen, ob du dir unseren Whorl einmal gründlich angesehen hast, Horn. Dort unter uns, das ist, glaube ich, Winterweizen. Siehst du, wie das Sonnenlicht auf ihm spielt, wie die Halme sich im Wind wiegen und in vielen grünen Tönen strahlen?«

»Ihr habt mir immer noch nicht gesagt – aber vielleicht sollte ich besser nicht fragen ...«

»Warum ich nun in Versuchung war zu springen? Es ist doch offensichtlich, nicht wahr?«

Oreb krächzte: »Aufpassen.«

Horn rutschte langsam von der Kante des Decks, und in dem Gesicht, das er Silk zuwandte, war Mucors Totengrinsen zu erkennen.

»Wißt Ihr, wo Silk ist?« Auk betrat das Cockpit und schloß hinter sich die dünne Tür.

Sciathan deutete zur Decke. Sein winziges Gesicht war verkniffen. »Oben ist er. Ich habe hier oben im Fenster Schuhe und Socken und Hosenbeine gesehen.« Er deutete zur geneigten Fensterscheibe. »Die Hosen waren schwarz, die Schuhe und Socken auch, und die Beine zu lang für den kleineren Auguren. Und der größere, denke ich, würde das nicht machen.«

»Sie sind nicht mehr da.« Auk verrenkte sich den Hals und schielte hinaus. »Was ich Euch sagen wollte: Nummer Sieben müßte jetzt wieder funktionieren.«

Sciathan legte zwei Schalter um und nickte zufrieden, als sich eine Nadel bewegte. »Dann habt Ihr die Zwinge entfernt.«

»Es gab außerdem noch ein bißchen mehr zu tun. Wir arbeiten gerade an Nummer Fünf. Die Motoren sind auf dicken Auslegern befestigt, versteht Ihr?«

»Das habe ich bereits gesehen. Ich werde Euch gleich sagen, was ich noch alles bemerkt habe.«

»Aber man kann die Ausleger hereinklappen, damit man die Motoren reparieren kann. Das ist ein ziemlich ausgeklügeltes System. Wir mußten an den Kolben rütteln und ein paarmal auf das Gestänge schlagen, um sie zum Laufen zu bringen, aber das hat ihnen kaum geschadet. Was habt Ihr noch gesehen?«

»Daß neben Silk noch jemand gesessen hat. Es ist gefährlich, dort oben zu sitzen.«

»Das sagtet Ihr schon.«

»Der andere wäre fast abgestürzt …« Sciathan hielt inne und legte den Kopf schief. »Caldé Silk kommt jetzt in Generalin Sabas Kabine. Ich höre seine Stimme.«

Als Auk das Cockpit verlassen hatte, sah er sofort, daß der Vorhang vor Generalin Sabas Kabine zurückgezogen war. Silk stand dort, wo der Vorhang gerade noch gewesen war, und ein schwitzender Horn hatte sich neben Nettle in die Kabine gehockt.

»… weiß ich im Grunde gar nicht, wie ich es ausdrücken soll«, sagte Silk gerade. »Ich hätte etwas intensiver darüber nachdenken müssen, als ich gerade noch oben auf dem Dach war.« Er sah sich über die Schulter um. »Hallo, Auk. Ich bin froh, daß Ihr gekommen seid. Ich wollte schon Nettle bitten, Euch holen zu lassen. Wir werden das Luftschiff an Generalin Saba zurückgeben.«

Oreb hüpfte aufgeregt, aber Auk konnte ihn nur anstarren.

»Das heißt natürlich nicht, daß wir Euch und Sciathan und die anderen nicht zum Mainframe bringen werden. Wir werden es tun. Oder besser, sie wird es tun, und Hyacinth und ich werden sie begleiten, ebenso wie Nettle, Horn, Seine Eminenz, Patera Remora und Moly.«

Saba grinste Auk an. »Ich verstehe es auch nicht ganz, aber es gefällt mir.«

»Natürlich versteht Ihr es«, sagte Silk zu ihr, »und Auk wird es auch gleich verstehen. Alle sollten es verstehen, weil es uns allen hilft.«

Er wandte sich wieder an Auk. »Vielleicht wäre es angebracht, eine kleine Zeremonie abzuhalten, mit der Ihr Generalin Saba ihr Schwert zurückgebt. Was haltet ihr davon?«

Auk schüttelte den Kopf.

»Es wurde ihr ohnehin nicht abgenommen. Sie sagte mir, daß ihr Schwert immer noch in dem Kasten am Fußende ihres Bettes ist.«

Nettle hob den Nadler. »Kann ich den jetzt wegstecken?«

»Halte ihn bloß fest!« fuhr Auk sie an.

»Also eine ganz kleine Zeremonie – gleich hier an Ort und Stelle. Wollt Ihr Euer Schwert herausholen, Generalin? Ich gebe es Auk, der es Euch zurückgeben soll. Danach könnt Ihr es wieder tragen. Es wird Eure Kämpferinnen aufmuntern, wie ich glaube.«

Auk erklärte: »Aber die Musketen werden wir ihnen nicht zurückgeben.«

»Vorerst nicht, nein. Es hängt davon ab, ob die Crew Euch an Bord des anderen Schiffes Waffen mitgibt, was ich allerdings vermute.«

Horn runzelte die Stirn. »Ich glaube, außer Euch versteht niemand, was Ihr da tut, Caldé.«

»Es ist ganz einfach. Weder Generalin Saba noch ich wünschen, daß zwischen Viron und Trivigaunte ein Krieg ausbricht. Wir Vironeser haben das Luftschiff gekapert, den Stolz ihrer Stadt.«

Horn blickte zu Nettle, die sagte: »Aber vorher haben sie uns gefangen.«

»Genau. Auch das wäre ein Anlaß für einen Krieg, den Generalin Saba und ich aber gerade vermeiden wollen. Die Lösung ist einfach – unsere Freiheit gegen das Luftschiff.«

»Wir sind jetzt frei.«

»Solange es keinen Frieden gibt, ist niemand wirklich frei. Bedenkt nur die Alternativen. Würden wir nach Viron zurückkehren, dann würde Generalissima Siyuf versuchen, das Luftschiff mit Gewalt zurückzugewinnen. Generalin Mint und Generalissimus Oosik würden versuchen, sie daran zu hindern, und bereits am ersten Tag würden fünfhundert Menschen sterben. Mindestens fünfhundert, wenn nicht sogar noch mehr.«

Saba sagte zu Nettle: »Ihr müßt noch ein wenig warten, bis Ihr Trivigaunte besichtigen könnt. Als er wissen wollte, ob ich Euch nach Hause bringen würde, wenn ich dafür mein Luftschiff zurückbekäme, war ich viel zu überrascht, um zu antworten. Aber ich werde es tun, und ich werde Auk und seine Leute hier, die wir zuerst eingeladen haben, am Mainframe aussteigen lassen, wenn es das ist, was er will.«

Sie beugte sich über ihre Kiste. »Ein paar von Euch haben wohl Angst, ich könnte Euch hintergehen. Alle sogar, würde ich sagen. Alle außer Eurem Caldé.«

Auk grunzte nur.

Sie richtete sich auf und präsentierte einen stark gekrümmten Säbel mit einem edelsteinbesetzten Griff. »Dies ist das Schwert, das die Rani mir im letzten Jahr ehrenhalber verliehen hat. Ich bin stolz darauf. Vielleicht habe ich es nicht so oft getragen, wie ich es hätte tragen sollen, weil ich Angst hatte, es könnte beschädigt werden.«

Oreb pfiff, und Nettle sagte: »Es ist wunderschön!«

Saba lächelte Auk an. »Das Mädchen ließ es mich behalten. Ich habe ihr davon erzählt, und sie sagte, es könnte bleiben, wo es ist, weil Auk nichts dagegen hätte.«

Er murmelte: »Ich würde gern meinen Hirschfänger zurückbekommen. Dieser Colonel hat ihn mir abgenommen.«

»Wenn Ihr mit uns kommt, werde ich versuchen, ihn Euch zu beschaffen.«

»Nicht schneiden!« Oreb hüpfte von Silks auf Sabas Schulter, um das Schwert aus der Nähe zu betrachten.

Sie zog es, trat einen halben Schritt zurück und hielt es, mit beiden Händen die Klinge fassend, quer vor die Brust. »Bei diesem Schwert schwöre ich, daß ich, solange Caldé Silk sich auf meinem Luftschiff befindet, tun werde, was er mir sagt, und daß ich ihn und seine Freunde als Passagiere und nicht als Gefangene zu ihrer Heimatstadt zurückbringen werde.«

Silk nickte. »Unter den Bedingungen, die Ihr selbst formuliert habt, Generalin, übergeben wir hiermit das Kommando wieder an Euch.«

»Laßt Ihr mich über das Glas mit dem Palast sprechen und ihnen erklären, was wir tun?«

»Wenn Ihr es wünscht. Ihr habt das Kommando.«

Saba ließ das Schwert sinken. »Wenn ich meinen

Eid breche, dann könnt Ihr das Schwert nehmen und zerbrechen.«

Sie führte sie durch die Gondel zu dem luftigen Abteil, von dem aus Silk aufs Deck geklettert war. Darin befanden sich Schränke, ein recht großer Tisch und zwei Ledersessel, und direkt neben der Tür war ein Glas in die Wand eingelassen. »Das hier ist der Navigationsraum«, sagte Saba zu Silk. »Das Nervenzentrum meines Luftschiffs, wo unsere Navigationsinstrumente und die Karten aufbewahrt werden. Es gibt hier auch eine Sprechröhre, die durch das Offiziersquartier zum Cockpit verläuft. Wußtet Ihr das? Es ist wie ein Glas, aber es führt nur zu einem ganz bestimmten Ort, und man kann nur reden, aber nichts sehen.«

»Dann ist hier Euer Platz«, sagte Auk, aber Silk schüttelte den Kopf.

Saba deutete nach oben. »Dort ist eine Luke. Wir steigen meistens dort hinauf und messen den Winkel zwischen dem Schiff und der Sonne. Jetzt sollte er Null sein.« Sie schluckte. »Ich werde das überprüfen, sobald ich mit dem Palast gesprochen habe.«

Horn berührte Silk am Arm. »Geht bitte nicht wieder hoch, Caldé. Bitte.«

Auk fragte: »Dann wart Ihr wirklich dort oben, was? Ich habe gehört, da wäre fast jemand ums Leben gekommen.«

»Er wollte hinunterspringen«, sagte Horn zu Auk. »Ich habe ihn gepackt und ihn zurückgeholt, aber ich erinnere mich nicht mehr genau. Ich glaube, wir haben gerungen, aber dann war auf einmal das Dach weg, und ich habe Musik gehört.« Er starrte Silk verwirrt an. »Irgendwo dort unten muß ein Konzert gewesen sein.«

»Ich habe das Böse im Whorl gesehen«, erklärte Silk. »Ich dachte, ich würde es bereits kennen, aber genaugenommen hatte ich überhaupt keine Vorstellung davon. Vor ein paar Tagen begann ich dann, es klarer zu sehen.«

Er wartete, ob jemand etwas sagen wollte, aber alle schwiegen.

»Vor einer Stunde habe ich es dann sehr deutlich sehen können, und es war entsetzlich. Noch schlimmer war, daß ich mich, statt mich auf das Böse in mir selbst zu konzentrieren, auf das Böse in anderen beschränkt habe. Ich hätte Euch da beispielsweise sagen können, daß ich viel davon in Horn gesehen habe. Ich sehe es immer noch.«

»Caldé, ich habe nie gesagt ...«

»Das war völlig, völlig falsch. Ich meine nicht, daß das Böse nicht da wäre – es ist da, und es wird immer da sein, weil es nicht ausgelöscht werden kann. Aber es zu sehen, nicht nur in Horn, sondern in allen anderen Menschen, hat etwas mit mir getan, das viel schlimmer ist als alles, was Horn mir hätte antun können. Es hat mich dem Guten gegenüber blind gemacht. Und da ich auf einmal nur noch das Böse gesehen habe, wollte ich mich ganz und gar mit dem Außenseiter vereinen. Das wäre für sich genommen ebenfalls eine böse Tat gewesen, aber Horn hat mich zurückgehalten.«

»Ich bin sehr froh darüber.« Nettle strahlte Horn an.

»Er hat mich einfach dadurch gerettet, daß er auf die Gondel hinaufgestiegen ist. Weil Horn mich darum bittet, werde ich nicht wieder hinaufsteigen, obwohl es wundervoll ist, dort oben zu stehen und lächelnd auf den Whorl hinunterzuschauen. Es fällt mir schwer, darauf zu verzichten. Denn einfach indem ich dort stand, begann ich zu verstehen, wie Sciathan sich beim Fliegen fühlt.«

Auk räusperte sich. »Ich möchte Euch jetzt etwas über die Schraubzwinge erzählen. Kann ich das jetzt machen, bevor sie mit den Leuten in Trivigaunte spricht?«

»Dann habt Ihr sie also gefunden.«

»Ja, aber es war kein Treibstoffschlauch, den ihr blockiert habt. Es war ein Schlauch, der Schmiermittel transportiert hat.«

»Was?« Saba riß die Augen auf.

Auk ignorierte sie. »Sie hat die Versorgung unterbrochen, und die heißen und stark beanspruchten Teile wurden nicht mehr geschmiert. Vorn auf der Anzeige war das nicht zu sehen, weil dort nur die Temperatur des Tanks angezeigt wird. Die Temperatur war aber in Ordnung, und die Pumpe lief ja noch, aber es kam eben nichts mehr durch. Nummer Sieben haben wir losgeschlagen, und vielleicht können wir auch den Rest reparieren.«

»Sie werden nie mehr so gut sein wie früher«, sagte Saba enttäuscht.

»Sie waren sowieso nicht besonders gut«, erwiderte Auk. »Ich habe schon ein paar Verbesserungen vorgenommen.«

Oreb beäugte die beiden. »Fischköpfe?«

»Ich habe auch Hunger«, sagte Silk zu ihm. »Wenn ich nun also überleben soll, dann brauche ich etwas zu essen.«

Saba tat vor das Glas und klatschte in die Hände. Es begann zu schimmern, und das graue Gesicht des Monitors baute sich auf. Doch sofort wurde es von tanzenden bunten Flecken überlagert – pfirsichfarben, rosa und ein zartes Blau, das langsam dunkler wurde, bis es beinahe schwarz war.

Silk sank auf die Knie. Für ihn gab es keinen Navigationsraum und keine Menschen mehr.

»Silk?« Das Gesicht im Glas war unschuldig und sinnlich, übernatürlich schön. »Silk, möchtest du nicht sein wie Pas? Wir könnten dann zusammen sein. Silk.«

Er neigte den Kopf, konnte nicht antworten.

»Sie können dich im Mainframe scannen, Silk.

Genau wie ich gescannt wurde, Silk. Mit ihm zusammen. Er hat dabei meine Hand gehalten.«

Silk starrte sie an. Sie lächelte, und er schmolz dahin.

»Du könntest dein Leben weiterleben, Silk. Genau wie es jetzt ist. Aber du könntest auch Pas sein. Und er wäre wie du. Schau nur …«

Das Gesicht, das schöner war, als eine normale Frau jemals sein konnte, löste sich auf wie Nebelschwaden. An seiner Stelle erschien ein Mann mit bronzefarbener Haut und starken Muskeln. Zwei Köpfe hatte er, und einer davon sah aus wie Silk.

16

Exodus aus der Langen Sonne

Sie schwebten in unendlicher Leere, die von einer fernen, wie eine Spule geformten schwarzen Sonne erhellt wurde: der Flieger, Patera Incus und Patera Remora, die alte Frau, die sich Moly nannte, Nettle und Horn, die Frau des Caldé und der Caldé selbst. Der schrumpfende rote Punkt, als der das Landefahrzeug zuletzt zu sehen gewesen war, erlosch.

»Lebewohl, Auk, mein Noktolator.« Der Sprecher schien ganz nahe, und doch war seiner Stimme irgendwie anzumerken, daß sie über eine große Entfernung übermittelt worden war. Es war eine Männerstimme, tief und von Sorgen schwer.

»Lebewohl, Auk«, sagte auch Silk. Erst als er die eigene Stimme hörte, erkannte er, daß er unwillkürlich laut gesprochen hatte. »Lebewohl, Schwester, Lebewohl, Gib. Lebt wohl.«

Maytera Marble murmelte: »Es wird ihr das Herz brechen. Es wird der armen Generalin Mint einfach das Herz brechen.«

»Er fährt in eine Welt, die besser ist als diejenige, die Ihr kennt.«

»*Ich* mochte ihn nicht, auch wenn die Dirne *Chenille* durchaus über gewisse *hervorstechende* Qualitäten verfügt hat. Dennoch fühle ich mich *beraubt* ...«

So leise, daß nur Silk sie hören konnte, sagte Hyacinth: »Ist das der Ort? Diese kleinen Punkte dort?«

»Einer der beiden wird es sein«, antwortete der

Gott. »Der blaue Whorl oder der grüne. Auks Landefahrzeug kann sie nicht zu beiden bringen.«

»Auk … äh. Er ist dir ergeben, was? Wie wir dir alle … äh … ergeben sind. Wurde er … äh … hat er sich geändert? Ergeben ist er jetzt. Du hast ihn verändert, was?«

Tartaros antwortete nicht. Die fernen Funken verblichen. Hyacinth zupfte Silk am Ärmel und deutete auf die schwarze, wie eine Spule geformte Sonne hinter ihnen, aus der das Licht strömte. »Was ist das? Ist es … ist es … das Landefahrzeug ist dort herausgekommen.«

»Das ist unser Whorl.« Sciathan rieb sich die Augen.

»Dieses kleine Ding?«

Und schon verblaßte das kleine Ding hinter ihnen. Silk entspannte sich. »Du hast Auk gemocht, nicht wahr? Ich mochte ihn auch. Und selbst wenn ich so lange leben sollte wie Seine Kogniszenz, den Augenblick, als ich ihn zum ersten Mal im Cock gesehen habe, wie er da im Zwielicht saß und Brandy trank, werde ich wohl nie vergessen.«

»Als ich Aer sterben sah, habe ich nicht geweint. Der Schmerz war zu scharf, um zu weinen. Auk ist nicht tot, aber jetzt, da er fort ist, wird mich niemand mehr Obermann nennen, und deshalb weine ich.«

»Ich wünschte, er hätte … äh … er hätte sich eindeutiger geäußert, was?« Remora hatte bereits sein Antriebsmodul aktiviert und trieb der kreisrunden Öffnung entgegen. »Ob … äh … ob der Große Pas zufrieden ist? Ob dies hier ausreicht? Ob es genug ist?«

Silk und Hyacinth folgten ihm. Silk sagte: »Wenn er zufrieden wäre, dann könnten wir Frachtler zu den Herden und Äckern zurückkehren. Auk hat uns nichts weiter als eine kurze Atempause verschafft, das ist alles. Pas wird erst zufrieden sein, wenn der letzte Mensch den Whorl verlassen hat. Der Whorl hat seinen Zweck erfüllt.«

Sie schwebten in den Halbschatten, der nach der tiefen Dunkelheit wie blendend helles Licht erschien. »Ich kann nicht verstehen, wie Tartaros uns den Whorl von außen zeigen konnte«, murmelte Hyacinth. »Draußen gibt es doch kein Auge, oder?« Als Silk nicht antwortete, sagte sie: »Ich mag es nicht, wenn ich nicht laufen kann. Dadurch werden meine Schenkel dick, ich kann es jetzt schon fühlen.«

Maytera Marble überholte sie. »Das kann nicht sein, meine Liebe. Ihr eßt doch überhaupt nichts. Ich mache mir Sorgen um Euch.«

»Ich mag es auch nicht, wenn mir Leute von unten unter das Kleid schauen. Ich weiß, daß es albern klingt, aber ich mag es nicht. Jedes Mal, wenn jemand hinsieht, habe ich das Gefühl, meine Beine würden etwas dicker, und sie könnten nie wieder dünner werden.«

»Oben und unten *gibt* es hier nicht«, rief Incus, während er beschleunigte, um sich ihnen zu nähern. »Alles ist hier das Reich des *Lichts*, etwas anderes *existiert* nicht.«

»Die … äh … die Verstorbenen.« Remora sah sich rasch und ein wenig besorgt zu ihm um. »Wie sollen wir das erklären, Euer Eminenz? Wie sollen wir es den Gläubigen erzählen? Sie erwarten … äh … sie erwarten ihre lieben Verstorbenen.«

»Wünscht Ihr, von Euren Toten besucht zu werden?« fragte Sciathan.

Silk sagte entschieden: »Nein.« Hyacinth sperrte den Mund auf, und einen Augenblick lang schien ihr wunderschönes Gesicht dumm.

Silk bremste ab, bis Sciathan ihn eingeholt hatte. »Ich spreche jetzt nur für mich selbst. Ich habe meine Vorfahren gesehen, ich kenne und liebe sie. Die Versuchung, mich zu ihnen zu gesellen, wäre zu groß.

Ich weiß, daß Euer Angebot freundlich gemeint war, aber nein – nein, ich wünsche es nicht.«

»Physikalisch werden sie nicht erscheinen«, erläuterte der kleine Flieger. »Der Mainframe erschafft sie neu und sendet Euch die Daten ins Bewußtsein.«

»Moly, könntet Ihr bitte Hyacinth zurück zum Luftschiff begleiten? Ich muß mich mit Sciathan beraten.« Silk nahm den Flieger am Arm.

Horn fragte: »Dürfen wir mitkommen?« Silk zögerte, dann schüttelte er den Kopf. Oreb startete von Horns Schulter und flog kopfüber hinter ihnen her.

Die Pilotin prüfte nacheinander alle Motoren. Horn zählte mit, als sie spuckend und brüllend zum Leben erwachten und dann leise summten.

Nettle fragte: »Willst du nicht auf Holz klopfen?«

Er hätte es lieber gesehen, wenn sie es getan hätte, aber dazu war es jetzt zu spät. »Worauf soll ich denn klopfen?«

»Auf den Rahmen hier. Der sieht ziemlich stabil aus.«

Gerade als Horn die Faust hob, schob Silk den Vorhang zur Seite und kam herein. »Ich kann Hyacinth nirgends finden. Habt ihr mich gesucht?«

Die beiden nickten.

»Gut, was kann ich für Euch tun?«

Horn räusperte sich. »Ihr habt mir versprochen, daß Ihr nicht wieder aufs Dach steigen würdet, Caldé. Wißt Ihr noch?«

»Natürlich. Ich habe mein Versprechen gehalten.«

»Ich war mit Nettle dort oben«, sagte Horn. Oreb flatterte applaudierend.

Nettle sagte: »Wenn man schweben kann, ist es nicht beängstigend.« Sie wandte sich hilfesuchend zu Horn um, der für sie fortfuhr: »Wir möchten, daß Ihr mit uns hinaufkommt.«

»Dann entbindest du mich von meinem Versprechen.«

»Hmm-hmm.« Horn nickte bedächtig.

»Du mußt *ja* sagen, Horn.« Silk sah ihn nachdenklich an. »Sonst glaubt man noch, wir hätten dich in unserer Palaestra nicht gut erzogen.«

»Ja, Caldé. Caldé, wird Patera Remora wirklich unser neuer Augur sein?«

»Nein.« Abwesend sah Silk sich im kleinen Raum nach seinem Antriebsmodul um, bis er sich erinnerte, daß er es wieder abgegeben hatte. »Er kann nicht Euer neuer Augur werden, weil er schon ein Augur ist. Er wird seine Pflichten aufnehmen, wenn wir wieder daheim sind. Wie habt ihr es geschafft, nicht fortzutreiben? Beängstigend ist es vielleicht nicht, aber ich könnte mir doch vorstellen, daß es gefährlich werden könnte.«

»Vogel rettet!«

»Ja, falls ich abtreibe, mußt du mich in Sicherheit schleppen.«

»In der letzten Gondel sind Vorräte gelagert«, erklärte Horn, als Silk sich von der Tür abstieß. »Wir haben da eine Seilrolle gefunden. Der Tisch im Navigationsraum ist festgeschraubt, und deshalb haben wir das Seil um seine Beine geknotet.«

»Das ist besser, als dieses Ding auf dem Rücken zu tragen«, sagte Nettle zu Silk. »Man schwebt einfach herum, ohne sich über irgend etwas Gedanken machen zu müssen. Wenn man keine Lust mehr hat, zieht man sich einfach wieder rein.«

Horn fügte hinzu: »Aber ich werde es nicht leid.«

»Also gut, ihr wollt mir da oben etwas zeigen.« Sie waren durchs Schlafquartier der Offiziere geschwebt. Silk hielt inne, drückte das Segeltuch zur Seite und öffnete die Tür der Messe.

»Von dort draußen kann man fast alles sehen.«

»Oder wollt Ihr mich etwas fragen?«

Im Navigationsraum knotete Silk sich, wie Horn es ihm gezeigt hatte, das fingerdicke Seil um die Hüften und stieß sich vom Tisch ab. Er glitt durch die offene Luke hinaus.

Das Luftschiff hatte sich gedreht, entweder durch den Schub seiner eigenen Propeller oder aufgrund einer flüchtigen Brise. Der Mainframe stand jetzt lotrecht wie eine Wand vor ihnen, die schwarzen Platten mit den gewaltigen Maschinen ragten daraus hervor, und die Säule war eine unendliche Brücke, vor der das Luftschiff winzig klein erschien.

Horn deutete zum Rand des Decks. »Seht Ihr, Caldé? Wir müssen nicht einmal auf der Kante sitzen, sondern wir können darüber schweben, wenn Ihr wollt. Weit unten könnt Ihr, glaube ich, die Berge hinter den Bergen sehen. Zuerst waren sie bläulich, aber jetzt ist das Licht so grell, daß man kaum noch etwas erkennen kann.«

Nettle tauchte aus der Luke auf. »Ich verstehe immer noch nicht, was der Mainframe eigentlich ist, Caldé. Sind es all diese Dinge, auf denen die Lichter laufen? Und warum haben sie hier Dächer, wenn es doch nicht regnen kann? Wie bringen sie den Regen dazu, herunterzukommen?«

»Dies hier ist der Mainframe«, erklärte Silk ihr. »Du betrachtest ihn gerade.«

»Die großen kantigen Dinger dort?«

»Und das, was unter den Wiesen und Weiden liegt. Der Mainframe ist überall verteilt. Stell dir Millionen und Abermillionen winzige Schaltkreise vor wie die in einer Karte – nein, Milliarden sogar. Die Wärme jedes einzelnen ist geringer als die Wärme, die von einer Libelle ausgeht, aber es sind insgesamt so viele, daß sie, wären sie eng zusammengepackt, sich gegenseitig mit der eigenen Hitze zerstören würden. Sie würden zu einer zweiten Sonne werden. Wie es aussieht, herrscht hier dank der Schaltungen ewiger Sommer.«

»So werden die kleinen, kreuz und quer verlaufenden goldenen Linien in den Karten genannt?« fragte Nettle. »Schaltungen? Aber sie schalten doch gar nichts.«

»Doch, das werden sie tun, wenn sie an den richtigen Stellen in die Landefahrzeuge gesteckt werden. Wir müssen bald auch einige von unseren zurückgeben.«

Horn wollte es genau wissen. »Hat Sciathan Euch das erzählt?«

»Nein, er hat eigentlich nur gerade genug gesagt, daß ich mir den Rest selbst zusammenreimen konnte. Was wolltet ihr nun fragen?«

»Eine ganze Menge Dinge. Wißt Ihr, Caldé, ich muß es für mein Buch wissen. Ich darf Euch doch Caldé nennen?«

»Natürlich. Oder Patera oder Silk oder Patera Caldé, wie Seine Kogniszenz mich nennt. Ganz wie du möchtest.«

»Ich habe gehört, wie Chenille Moly erzählt hat, daß sie, als sie Kypris war, gesagt hat, Ihr solltet sie trotzdem Chenille nennen. Das muß komisch gewesen sein.«

Nettle sagte: »Ich schreibe zwar kein Buch, Caldé, aber ich will Euch auch einiges fragen. Ich glaube, ich werde Horn bei seinem Buch helfen. Wahrscheinlich bleibt mir gar nichts anderes übrig. Habt Ihr die Toten auferstehen lassen, damit sie zu uns zurückkommen und mit uns sprechen konnten?«

»Das hat der Mainframe gemacht, Nettle.« Silk lächelte. »Glaub mir, ich bin unfähig, den Mainframe zu irgend etwas zu veranlassen. Ich habe Sciathan gefragt, ob er es für uns tun könnte, aber er meinte, das sei nicht nötig. Der Mainframe weiß alles, was hier geschieht, und sobald ich meine Bitte formuliert hatte, hat der Mainframe mit der Abwägung begonnen. Ich bin froh, wirklich sehr froh, daß meine Bitte erfüllt worden ist.«

»Aber daheim geht das nicht.« Nettle winkte unbestimmt in Richtung des zehn Ellen tiefer liegenden Decks. »Dort kann der Mainframe nicht alles hören.«

»Nein, das kann er nicht, aber er entdeckt mehr, als ich vermutet hätte. Seit Echidnas Theophanie habe ich angenommen, daß die Götter nur über die Heiligen Fenster und die Gläser etwas hören und erfahren können. Ich glaube, ich bin damit der Wahrheit sehr nahe gekommen. Das sind zugleich auch die wichtigsten Informationsquellen des Mainframe, aber er hat noch andere. Unter anderem benutzt er die Daten, die die Flieger beschaffen.«

Horn sagte: »Ich habe jetzt eine schwierige Frage, Caldé. Ich will Euch aber nicht damit hereinlegen.«

»Natürlich nicht. Frag nur.«

»Tartaros hat Auk gesagt, daß der Whorl der Kurzen Sonne so ähnlich wäre wie der unsere, nur daß es keine Leute dort gäbe, oder genauer gesagt, keine Leute wie uns. Auk hat es Chenille gesagt, und ich habe sie gefragt. Sie sagte, das bedeutet wohl, daß es dort Gras und Felsen und Blumen gibt, aber möglicherweise andere als die, an die wir gewöhnt sind. Warum ist das so?«

Nettle schüttelte den Kopf. »Das ist doch überhaupt nicht schwer zu erklären. Es liegt daran, daß Pas einen neuen Whorl mit neuen Pflanzen für uns ausgesucht hat, um es uns leichter zu machen.«

»Oder schwieriger«, murmelte Silk.

»Das verstehe ich nicht.«

»Angenommen, es gäbe keine Pflanzen und Tiere. Lassen wir die Felsen mal beiseite. Auks Landefahrzeug ist mit Samen und Embryos vollgestopft, wie ihr gesehen habt. Er wird alles anbauen können, was er haben will, und wenn der Whorl, den er auswählt, keine eigenen Pflanzen hat, dann hat er es nur mit denen zu tun, die er selbst mitgebracht hat. Wie es aussieht, wird die Sache aber viel interessanter und dadurch auch viel schwieriger, wenn bereits Pflanzen dort sind.«

Das Summen der Maschinen wurde tiefer, und die drei trieben zum Bug der zweiten Gondel, bis die Seile, mit denen sie sich festgeknotet hatten, straff gespannt waren. »Wir fahren wieder«, erklärte Horn.

»Nach Hause fahren«, stimmte Oreb zu.

»Wenn wir wieder daheim sind«, sagte Nettle, »werde ich nicht mehr glauben wollen, daß ich einmal hier war.« Sie seufzte. »Großmutter ist gekommen, um mit mir zu reden. Ich sagte, bleib einfach bei uns, wir nehmen dich dann wieder mit zurück, aber sie sagte, sie könnte nicht.«

»Patera Remoras Mutter ist auch erschienen«, sagte Horn zu Silk. »Er hat ständig gelächelt. Er sagte ihr, daß er jetzt ein eigenes Manteion hat und daß er opfern und die Beichte abnehmen und den Leuten den Frieden des Pas übermitteln wird und daß er nicht mehr im Palast wird arbeiten müssen. Und sie sagte, das hätte er ja sowieso die ganze Zeit gewollt.«

»Auch Hyacinth hat ihre Mutter gesehen.«

Nettle sah ihn überrascht an. »Ich wußte gar nicht, daß ihre Mutter tot ist, Caldé.«

»Hyacinth wußte es auch noch nicht.«

Hand über Hand zogen sie sich wieder nach vorn, bis sie auf dem Deck stehen konnten, auch wenn sie jederzeit wieder hochgetrieben werden konnten. Silk begann, sein Seil zu lösen.

Nettle sagte: »Caldé, Ihr habt meine Frage über die Dächer noch nicht beantwortet. Und ich möchte wissen, warum die Blende hier so nahe ist und warum wir trotzdem die Sonne nicht sehen können.«

»Die Säule macht sie«, erklärte Horn. »Von dort aus schießt sie gewissermaßen durch den Himmel. Stimmt es nicht, Caldé? Dann verbrennt die Sonne sie, aber sie wird nicht zu Rauch, sondern verwandelt sich in Luft. Wenn die Säule sie nicht mehr hinausschießen würde, dann würde die Blende ganz verbrennen, und dann wäre es die ganze Zeit hell. Und der Mainframe würde zerschmelzen, weil er so nahe daran ist. Die Sonne beginnt in der Spitze der Säule und läuft durch den ganzen Whorl bis zum Westpol.«

»Weiter Weg«, erklärte Oreb.

»Wir haben auch einen weiten Weg vor uns«, sagte Silk, ohne sich direkt an Horn oder Nettle zu wenden. »Aber wenigstens sind wir jetzt unterwegs.«

»Ich verstehe das jetzt mit den Dächern«, sagte Nettle.

Er drehte sich zu ihr um. »Wirklich? Dann sag es mir.«

»Wir sind früher, als ich noch klein war, jeden Sommer zum See gefahren. Und dann – ich weiß auch nicht, irgend etwas ist passiert, und wir hatten nicht mehr genug Geld.«

»Die Steuern sind gestiegen, nachdem der alte Caldé gestorben war«, erklärte Horn ihr. »Sie sind stark erhöht worden.«

»Vielleicht war das der Grund. Jedenfalls haben wir einmal, als ich neun oder zehn Jahre alt war, gewartet, bis alle wieder daheim waren, und dann sind wir gefahren, als es billiger war. Danach sind wir nie wieder gefahren.«

Silk nickte.

»Es war manchmal am Nachmittag immer noch schön, und wir konnten sogar schwimmen. Nur morgens war es ziemlich kalt. Eines Morgens bin ich ganz früh aufgestanden und zum See gegangen, als alle noch schliefen. Ich wollte ihn noch einmal ansehen. Ich glaube, irgendwie habe ich gewußt, daß ich ihn da zum letzten Mal sehen würde und daß wir nicht wieder hinfahren würden. Vielleicht war es der Tag, an dem wir heimkehren mußten.«

»Das hat jetzt aber gar nichts mit den Dächern zu

tun«, protestierte Horn. Doch Silk legte den Finger an die Lippen.

»Auf dem See waren lauter Gespenster. Weiße Gestalten sind aus dem Wasser gekommen und in die Luft hochgestiegen. Sie wurden dabei immer größer und stärker. Ich habe damals oft über Geister nachgedacht, weil Gam vorher zum Mainframe gegangen ist. Ihr wißt schon, das ist die, mit der ich heute gesprochen habe. Wir Kinder mußten sagen, daß sie im Mainframe wäre, aber wir haben nicht geglaubt, daß das irgend etwas zu bedeuten hätte. Was ist, Horn? Willst du sagen, daß es keine richtigen Geister waren?«

Er schüttelte den Kopf.

»Ich weiß ja selbst, es war nur Nebel. Eine alte Frau hat von der Mole aus geangelt, und als ich sie fragte, hat sie mir erklärt, daß in der Luft über dem Wasser Feuchtigkeit wäre, und wenn es kalt genug wird, dann zieht sie sich zusammen und bildet kleine Tropfen, die sehr lange brauchen, bis sie heruntergefallen sind, und das, was man dann sieht, ist der Nebel. Ich hatte mich vorher noch nie gefragt, woher der Nebel überhaupt kommt.«

»Nebel gut.«

»Genau, du bist ja ein Vogel, der im Sumpfland gelebt hat. Kommt er nicht aus Palustria, Caldé? Aus den Sümpfen dort unten?«

Silk nickte. »Ich glaube schon.«

»Ich wollte jedenfalls sagen, daß der Nebel an diesem Tag immer dichter geworden ist, und dadurch war alles feucht. Wenn es hier also häufig Nebel gibt – ich meine da, wo wir bis vorhin noch waren, wir sind ja abgeflogen. Ihr wißt schon. Also, wenn man nicht will, daß der Nebel in die Häuser kommt, dann braucht man eben Dächer.«

Horn sagte: »Die Springbrunnen befeuchten auch das Gras, wie es daheim an windigen Tagen geschieht. Es ist nicht so viel Wasser, wie man denken würde, weil da durch eine Düse Luft angesaugt und mit dem Wasser vermischt wird. Wenn man diese Düse verschließt, wird alles unter Wasser gesetzt.«

Silk warf sein Seil fort und sah zu, wie es langsam aufs Deck sank. »Wir wiegen wieder etwas.«

»Ja, ich weiß.«

»Eigentlich hätte ich erst einmal gründlich darüber nachdenken sollen, bevor ich es dir sage, Horn, aber ich finde das wirklich phantastisch. Als wir hier angekommen sind und auf einmal schweben konnten – als wir in gewisser Weise sogar fliegen konnten, nachdem Sciathan uns Antriebsmodule beschafft hatte –, da fand ich es auch phantastisch. Wahrscheinlich widerspreche ich mir jetzt selbst.«

»Ich glaube nicht«, sagte Nettle.

»Es fällt mir nicht leicht, das alles zu verarbeiten, und das Erklären fällt mir noch schwerer. Sciathan ist ein Flieger, der das Fliegen liebt und der, was man gut verstehen kann, auf seine Flügel und seine besondere Stellung innerhalb der Crew stolz ist. Bevor wir hier angekommen sind, war ich sicher, ich könnte seine Gefühle verstehen.«

Horn schien verwirrt. »Hier fliegt doch jeder, Caldé.«

»Genau. Es bleibt ihnen nichts anderes übrig, und wir sind auf die gleiche Weise geflogen. Oder geschwebt. Ja, geschwebt ist das bessere Wort. Es ist leicht, es ist so leicht, daß wir drei hier draußen ohne Module schweben konnten. Aber wir waren dicht unter der Blende, die sich niemals ganz gesenkt hat, so daß es Nacht wurde, und die sich niemals gehoben hat, so daß ein neuer Tag begonnen hätte.«

»Hier wird jedoch bald Tag sein.« Horn deutete nach vorn, in die Richtung, in die das Luftschiff flog.

»Wir haben die Ausläufer der Berge hinter den Bergen erreicht«, sagte Silk. »Und wenn wir so weit hätten schweben müssen, dann wären wir längst auf dem Boden gelandet. Aber Sciathan fliegt über die Hügel und auch über die Berge hinweg – er segelt von Tal zu Tal, wenn er es will.«

»Vogel fliegt!«

»Ja. Sciathan fliegt wie Oreb hier oder wie der Adler, der den armen Iolar vom Himmel geholt hat. Ich bekam einen kleinen Eindruck, wie sich das anfühlt, als ich das Luftschiff gesteuert habe.« Silk strahlte glücklich, als er sich daran erinnerte.

Saba steckte den Kopf zur Luke heraus. »Hallo, Caldé. Macht Ihr eine Positionsbestimmung?«

»Ich wüßte überhaupt nicht, wie ich das anfangen sollte.«

Sie schwang sich mühelos aufs Deck heraus. »Ich weiß es, und ich habe den Winkelmesser mitgebracht, um es Euch zu zeigen. Es ist noch früh, aber ich wollte hier heraufklettern, solange es noch nicht zu anstrengend ist.« Sie kicherte. »Ich habe Euch über das Fliegen reden hören. Ich befehlige tausend Flugsoldatinnen, aber ich kann nicht fliegen, wie sie es tun. Ihr könntet es auch nicht, wir wären beide zu schwer. Selbst dieses Mädchen hier müßte etwas abnehmen, wenn sie es versuchen wollte.«

»Ich habe Horn und Nettle gerade zu erklären versucht, daß Flügel zwar etwas wirklich Wundervolles sind, daß Füße aber ebenso wundervoll sind. Wenn Doktor Crane noch lebte, könnte er mir die Beine amputieren, und dann wäre ich leicht genug, um zu fliegen wie Eure Flugsoldatinnen und vielleicht sogar wie Sciathan. Aber so sehr ich sie auch beneide, ich würde es nicht wollen. Es wäre wundervoll, fliegen zu können wie sie, und so überrascht es nicht, daß wir sie beneiden, aber ich stelle mir vor, daß jemand ohne Beine uns genauso beneiden muß.«

»Ich brauche mir das nicht erst vorzustellen. Einige meiner besten Freunde haben ihre Beine verloren.«

Horn fragte: »Wollt Ihr auf dem Rückflug noch einmal das Luftschiff steuern, Caldé? Es hat Euch so sehr gefallen, daß ich denke, Ihr müßt es einfach tun. Und ich glaube, Ihr habt Euch nicht übel dabei geschlagen.«

Saba sagte: »Für jemanden, der nicht dazu ausgebildet ist, war er wirklich sehr gut. Er wird in vier Stunden übernehmen.«

Horn schien erleichtert.

»Sobald wir die Berge hinter uns gelassen haben«, sagte Silk zu ihm. Er ging zum Bug der Gondel.

Saba trottete ihm hinterdrein. »Das würde ich aber nicht tun, Caldé. Wir haben noch nicht genug Höhe gewonnen, und von den Bergen kommen manchmal tückische Böen herauf.«

»Es wird schon nichts passieren. Aber Ihr müßt bleiben, wo Ihr seid.«

Nettle, die hinter Saba gestanden hatte, rief: »Horn hat Angst, Ihr könntet doch noch hinunterspringen, Caldé. Das ist alles.«

»Keine Sorge.«

»Als Generalin Saba sagte, daß Ihr das Luftschiff steuern sollt, fühlte er sich gleich besser, weil er dachte, das würdet Ihr nicht versäumen wollen. Wir waren beide sehr froh darüber.«

Silk sah lächelnd zu den grünen, steilen Hängen hinunter, wo die Bergwiesen allmählich in Nadelwälder übergingen. »Macht Euch keine Sorgen. Ich liebe das Leben und Hyacinth viel zu sehr, um hinunterzuspringen. Außerdem – würde ich hinunterspringen, dann könnte ich deine Fragen nicht mehr beantworten, Nettle. Auch wenn das vielleicht für uns beide gut wäre. Hast du denn noch weitere Fragen?«

»Ich wollte Euch nach den Bergen fragen.« Schüchtern schob sie sich an Saba vorbei und nahm Silks Hand. »Ich habe Angst, sie anzusehen. Wißt Ihr, wie die Neunaugen auf dem Markt aussehen? Diese runden Mäuler mit den scharfen Zähnen? So kommen mir die Berge da unten vor, und die Berge über uns in den Himmelsländern auch. Nur viel, viel größer.«

»Wolltest du mich fragen, warum sie überhaupt existieren? Weil Pas sie gebaut hat, um den Mainframe zu schützen. Aber das ist reine Spekulation. Ich weiß darüber nicht mehr als du.«

»Ich frage mich, ob dort jemand lebt. Und … und warum Schnee auf den Gipfeln liegt. Die Gipfel sind doch der Sonne viel näher, also müßte es dort wärmer sein.«

»Ich glaube nicht, daß die Sonne die Luft erwärmt«, erwiderte Silk abwesend. »Jedenfalls nicht sehr stark, vielleicht sogar überhaupt nicht. Denn wenn es so wäre, dann könnte die Wärme der Sonne uns nicht erreichen. Wenn du darüber nachdenkst, wirst du erkennen, daß das Sonnenlicht auch die Luft nicht erleuchtet. Denn wäre es so, dann könnten wir die Luft sehen, aber sie ist für unsere Augen unsichtbar.«

Horn, der hinter Silk getreten war, sagte: »Also wird das Licht nicht von der Luft aufgehalten.«

»Genau. Ich bin sicher, daß es so ist. Die Wärme der Sonne erwärmt den Boden und das Wasser, und diese wiederum erwärmen die Luft über ihnen. Hier oben, wo die Berggipfel weit voneinander entfernt sind, muß die Luft kalt sein. Deshalb liegt dort Schnee. Und in den Bergen hinter den Bergen ist der Schnee schwer genug, um hinunterzufallen.«

Silk hielt inne und dachte einen Augenblick nach. »Ich habe vergessen, Sciathan zu fragen, ob überhaupt jemand in den Bergen lebt. Städte habe ich dort jedenfalls keine gesehen, aber ich kann mir vorstellen, daß es dort ein paar Menschen gibt, die aus den Städten geflohen sind oder die vertrieben wurden. Es müssen wilde, gesetzlose Gebiete sein. Zweifellos gibt es aber Menschen, die ihn genau deshalb lieben.«

Hyacinth steckte den Kopf durch die Luke herauf

und rief: »Silk, bist du da oben?« Er drehte sich um und lächelte sie an.

»Ich habe dich überall gesucht, aber niemand wußte, wo du bist. Oh, hallo, Generalin.« Anmutig wie immer, stieg Hyacinth von der Leiter aufs Deck. »Hallo, Kinder. Na, hat man von hier oben eine schöne Aussicht? Man kann weit über das Land sehen, nicht wahr?«

»Du kannst mich jetzt ruhig allein lassen«, sagte Silk zu Horn.

Es schneite in Viron, ein schwerer Schneefall, der die Not in schlimmstes Elend verwandelte. Die Straßen wurden glatt und die Kleidung der Menschen feucht, und immer wenn sie sich dem Wind entgegen drehte, trieb er Maytera Mint dicke Schneeflocken in die Augen.

»Wir haben getan, was wir konnten, meine Generalin.« Der Captain stand neben ihr, und beide hatten sie den Jackenkragen hochgeklappt, um sich halbwegs vor Wind und Kälte zu schützen. Er hatte sich die Mütze seiner Uniform und sie sich eine gestreifte Strickmütze weit über die Ohren gezogen. Sein verletzter rechter Arm war mit einer blutverschmierten Schlinge nur behelfsmäßig ruhiggestellt.

»Ich bin sicher, daß Ihr Euch alle Mühe gegeben habt, Colonel. Ich fürchte allerdings, daß sie in ein paar Stunden dennoch sterben könnten.«

»Ich bin kein Colonel, Generalin.«

»Doch, Ihr seid es. Ich habe Euch gerade befördert. Und jetzt zeigt mir, daß Ihr die Beförderung verdient habt. Sucht einen Schutz für sie.«

»Ich habe es versucht, meine Generalin. Ich werde es wieder versuchen, auch wenn jedes Haus in diesem Viertel niedergebrannt ist.« Er war kein großer Mann, doch als er sprach, wurde er ein paar Zentimeter größer.

Es wäre unnötig gewesen, auf die niedergebrannten Häuser hinzuweisen, dachte Maytera Mint. Ein Zeichen, wie müde er war. Sie sagte: »Ich weiß.«

»Dies hier ist das Viertel, in dem Ihr früher gelebt habt, nicht wahr? Nahe an der Orilla?«

»Das war es, und das ist es immer noch.«

»Dann gehe ich jetzt. Darf ich aber vorher noch sagen, daß ich gern für Euch und die Götter kämpfe, meine Generalin? Viron muß frei sein.«

Sie schauderte. »Was ist, wenn Ihr den Arm verliert, Colonel?«

»Eine Hand reicht aus, um einen Nadler abzufeuern, meine Generalin.«

Sie lächelte, obwohl sie sich vorgenommen hatte, es nicht zu tun. »Auch wenn es die Linke ist? Könnt Ihr denn damit etwas treffen?«

Er trat einen Schritt zurück und salutierte mit dem unverletzten Arm. »Wenn man nicht gut zielen kann, dann muß man eben näher an den Feind heran.«

Er war im Schneetreiben verschwunden, bevor sie seinen militärischen Salut erwidern konnte. Sie ließ die Hand sinken, die den Weg bis zur Stirn nicht ganz geschafft hatte, und wanderte langsam zu den zusammengekauerten Menschen zurück, die vor den Kämpfen geflohen waren.

Wenn ich ihre Gesichter sehen könnte, dachte sie, dann würde ich wahrscheinlich jeden einzelnen von ihnen erkennen. Die Namen wüßte ich wohl nicht, weil ich für Namen ein schlechtes Gedächtnis habe. Lieber Pas, willst du uns denn keinen einzigen Sonnenstrahl schicken?

Kinder und alte Menschen, alte Menschen und Kinder. Kämpften die alten Leute nicht, weil sie zu schwach waren? Oder weil sie, mit ihren siebzig oder achtzig Jahren, endlich erkannt hatten, wie vergeblich das Kämpfen war?

Etwas zupfte an ihrem Rock. »Bringen sie etwas zu essen?«

Sie kniete sich hin. Das betagte Gesicht hätte Maytera Rose gehören können. »Ich habe den Befehl gegeben, aber es ist nicht mehr viel da. Und wir haben nur wenige Leute, die wir ausschicken und es holen lassen können. Die meisten, die wir schicken, sind verwundete Kämpfer.«

»Sie werden es selbst essen.«

Vielleicht werden sie das tun, dachte Maytera Mint. Auch sie sind hungrig, und sie haben es sich verdient. »Jemand wird Euch bald etwas bringen, noch vor der Abblendung.« Sie stand auf.

»Sib? Sib? Mama ist hier drüben, ihr ist so kalt.«

Sie betrachtet das bleiche kleine Gesicht. »Vielleicht kannst du irgendwo Holz finden und ein Feuer machen. Irgend jemand muß doch einen Anzünder haben.«

»Aber sie will nicht ...« Das Kind verstummte.

Wieder kniete Maytera Mint sich hin. »Was will sie nicht?«

»Sie will meinen Mantel nicht nehmen, Maytera. Könnt Ihr es ihr nicht befehlen?«

Du meine Güte, bei Echidna! »Nein, einer so tapferen Frau kann ich nichts befehlen.« Das kleine Gesicht unter der alten Mütze aus Kaninchenfell kam ihr irgendwie bekannt vor. »Kenne ich dich nicht? Warst du nicht in unserer Palaestra?«

Das Kind nickte.

»In Maytera Marbles Gruppe, ich erinnere mich. Wie ist dein Name?«

»Villus, Maytera.« Er atmete tief durch und nahm seinen ganzen Mut zusammen. »Ich war krank, Maytera. Eine große Schlange hat mich gebissen. Ehrlich. Ich lüge bestimmt nicht.«

»Ich bin sicher, daß du die Wahrheit sagst, Villus.«

»Deshalb will sie auch den Mantel nicht nehmen,

und deshalb müßt Ihr meiner Mutter sagen, daß es mir wieder gut geht.« Er hatte sich den Mantel aufgeknöpft, und darunter kam der Pullover eines Erwachsenen zum Vorschein, der ihm viel zu groß war.

»Nein, Villus. Knöpf dir den Mantel wieder zu, ehe du erfrierst.« Noch während sie sprach, begann sie, mit seinen Knöpfen herumzufummeln. »Suche Holz, wie ich es dir gesagt habe. Es muß noch etwas da sein, auch wenn es vielleicht an der Oberfläche verkohlt ist. Mach ein Feuer.«

Als sie aufstand, trug der Wind das Knallen ferner Schüsse heran. Es klang fast wie Donner. Weit weg, dachte sie, aber nicht weit genug. Wahrscheinlich bedeutete dies, daß der Feind durchgebrochen war, aber es wäre sinnlos, blind herumzulaufen und nach Neuigkeiten zu fragen. Bison würde Melder schicken und ein frisches Pferd dazu. Diese beiden hier aber ... »Wie geht es Euch?«

»Wir schaffen es schon.« Die Stimme eines alten Mannes, der den Arm um eine ebenso alte Frau gelegt hatte. Die alte Frau sagte: »Wir sind nicht verletzt oder so.« – »Wir haben uns darüber unterhalten.« (Wieder der alte Mann.) »Wir dachten, daß wir warm bleiben, wenn wir uns etwas bewegen.« – »Aber als wir hier angekommen sind, waren wir ziemlich müde.«

»Ich versuche, Euch etwas zu essen zu besorgen«, sagte Maytera Mint.

»Wir könnten Euch auch helfen, nicht wahr, Dahlia? Wir könnten bei der Essensausgabe helfen oder sonst etwas machen.«

»Das ist freundlich von Euch. Wirklich sehr freundlich. Habt Ihr vielleicht einen Anzünder?«

Sie schüttelten beide den Kopf.

»Dann könntet Ihr Euch vielleicht nach einem umsehen. Fragt ein paar Leute. Ich habe gerade einen kleinen Jungen zum Holzholen geschickt. Wenn wir ein Feuer anzünden könnten, würde uns das sehr helfen.«

»Hier ist aber alles verbrannt.« Der alte Mann deutete mit der freien Hand auf die Häuser. »Da ist nur noch Holzkohle.« Seine Frau bestätigte: »Ob es schneit oder nicht, es wird alles niederbrennen.« – »Ich rieche Rauch.« Etwas mühsam und von Maytera Mint gestützt, stand er auf und schnüffelte. »Dann werde ich mich mal umsehen«, sagte er.

Da stehe ich nun, Maytera Mockorange. Ich bin die Sibylle, die ich immer hatte werden wollen, ich schreite zwischen notleidenden Menschen einher und helfe ihnen, auch wenn ich fast nichts zu geben habe.

Sie stellte sich Maytera Mockoranges strenges Gesicht vor. Die junge Frau, die bald darauf den Namen *Mint* annehmen sollte, hatte sich nach dieser Selbstverleugnung gesehnt und sich ausgemalt, sie würde den Whorl, den sie bisher gekannt hatte, ohne weiteres aufgeben können. Maytera Mockorange hatte sie jedoch gewarnt, daß sie Mahlzeiten verpassen und wenig zu essen bekommen würde, daß sie auf harten Pritschen schlafen und für schwere Arbeit keinen Dank bekommen würde. Und sie würde einsam sein.

Sie hatten beide recht behalten.

Maytera Mint sank mit gefalteten Händen und gesenktem Kopf auf die Knie. »O Großer Pas, o mütterliche Echidna, ihr habt mir meinen Herzenswunsch erfüllt.« Ein Gefühl, das sie noch nie gehabt hatte, durchfuhr sie. Nur noch ihr Körper kniete da im Schnee, doch ihr Geist schwebte zwischen Veilchen, Schleierkraut und Maiglöckchen in einer Laube aus Rosen. »Ich habe die Schlacht des Lebens gewonnen, ich bin meinen Weg gegangen. Ihr könnt heute meinem Leben ein Ende setzen, wenn es Euch beliebt. Ich werde voller Freude in die Arme des Hierax fliegen.«

»Wir haben es versucht, Maytera.«

Links neben ihr hatte eine Frau gesprochen, aber

die Worte waren nicht an sie gerichtet gewesen. Hatte die Frau mit einer anderen Sibylle geredet? Maytera Mint stand auf.

»Kalt ist es«, sagte die Frau. »Und auf ihren armen Knochen ist kein Fetzen Fleisch mehr.«

Drei – nein, vier Leute waren es. Zwei dicke Menschen, die im Schnee saßen, und zwischen den rundlichen, roten Gesichtern war ein ausgemergeltes drittes zu sehen. Die schwarz gekleidete Gestalt, die sich über sie beugte, war eindeutig eine Sibylle. Wie war noch gleich ihr Name? »Maytera? Maytera Maple? Seid Ihr es?«

»Nein, Sib.« Sie richtete sich auf und drehte den Kopf weiter herum, als es möglich schien. Die Augen glühten im verkratzten Metallgesicht. »Ich bin es, Sib. Maggie.«

»Ich – es – o Sib! Moly!« Und dann umarmten sie sich und tanzten, wie sie auf dem Palatinum getanzt hatten. »Sib, Sib!«

Wieder knallte es in der Ferne.

»Moly, o Moly! Darf ich Euch nicht Maytera Marble nennen? Nur noch ein einziges Mal. Ich habe Euch so vermißt.«

»Beeilt Euch. Ich stehe kurz davor, eine geschiedene Frau zu werden.«

»Ihr, Moly?«

»Ja.« Maytera Marbles Stimme war hart wie Granit. »Und nennt mich bitte nicht Moly. Das ist nicht mein Name und war nie mein Name. Ich heiße Magnesia. Nennt mich Maggie. Oder Marble, wenn Ihr das gerne möchtet. Mein Gatte wird – egal. Habt Ihr eigentlich schon meine Enkeltochter kennengelernt, Sib? Das dort ist sie, aber ich glaube, sie wird jetzt nicht mit Euch reden wollen. Entschuldigt sie bitte.«

»Mucor?« Maytera Mint kniete sich neben das ausgemergelte Mädchen. »Unser Caldé hat dich mir beschrieben. Ich bin eine alte Freundin deiner Großmutter.«

»Wach auf.« Mucors verkniffenes Gesicht grinste leer. »Brich den Bann.« In ihrem Blick war ein Fünkchen Bewußtheit zu sehen. Sie sagte nichts weiter, und der Schnee fiel stumm um sie, bis die dicke Frau das Schweigen brach. »Das hier ist mein Mann, Generalin. Shrike ist sein Name.«

»Scleroderma! Scleroderma, ich habe Euch überhaupt nicht erkannt.«

»Nun, wir haben *Euch* jedenfalls sofort erkannt. Ich sagte, das ist Generalin Mint, deren Pferd ich gehalten habe, als sie in der Cage Street angegriffen hat. Das sagte ich zu ihm, und dann sagte ich, wenn du mitgekämpft hättest, wie es sich gehört, dann würdest du sie auch kennen.«

Der dicke Mann tippte sich an die Hutkrempe.

»Ich bin zum Palast des Caldé gegangen, um Maytera zu besuchen, aber sie war nicht daheim, und die halbe Wand war eingestürzt, und deshalb habe ich mich seitdem um ihre Enkeltochter gekümmert, das arme kleine Ding. Haben Euch diese bösen Frauen verschleppt, Maytera? Ich habe so etwas läuten hören.«

»Nennt mich lieber Maggie«, sagte Maytera Marble. Sie zog sich den Habit über den Kopf.

»Aber Maytera!«

»Ich bin keine Sibylle mehr«, erklärte die glänzende, schlanke Gestalt. »Ich bin jetzt eine verlassene Frau, wie ich Euch gesagt habe.« Sie ließ das weite, schwarze Gewand über Mucors Kopf gleiten und wickelte das dürre Mädchen fest darin ein. »Steck die Arme durch die Ärmel, Liebes. Das ist ganz leicht, sie sind weit genug.«

»Ein alter Mann hat mir mit ihr geholfen«, fuhr Scleroderma fort, »aber dann wollte er kämpfen, und dann sind die bösen Frauen gekommen, und wir mußten uns verziehen.«

Wäre es nicht so schockierend gewesen, Maytera Marble nackt zu sehen, Maytera Mint hätte gelächelt.

»Das könnte bedeuten, daß er gefallen ist, aber das will ich doch nicht hoffen. Ist Euch nicht kalt, Maytera?«

»Nein, überhaupt nicht.« Maytera Marble richtete sich auf. »Es ist sogar angenehm, wenn es kühler ist, aber ich denke, ich werde die Taschen vermissen.« Sie wandte sich an Maytera Mint. »Ich habe mich mit anderen verlassenen Frauen getröstet, es waren mindestens ein Dutzend. Ich fürchte, ich muß mich wohl damit abfinden.«

Maytera Mint schluckte und hustete und wollte die Schneeflocken fortwedeln und sich mit einer Tasse heißem Tee einfach hinsetzen und abwarten, bis sie sich damit abfinden konnte, daß diese schlanke, glänzende Metallgestalt nicht mehr die ältere Sibylle war, die sie so lange gekannt hatte. »Haben sie jemanden gefangengenommen?«

Mit geschickten Fingern legte Maytera Marble ihr das lange Ende der blau gestreiften Zipfelmütze um den Hals wie einen Schal. »So, meine Liebe, jetzt ist es Euch gleich nicht mehr so kalt. Dafür ist der Zipfel ja da. Das Ende müßt Ihr in den Mantel stecken.« Sie machte es ihr vor. »Und die Bommel am Ende verhindert, daß er wieder herausrutscht. Seht Ihr?«

»Welche Frauen meint Ihr?« Maytera Mint sprach unwillkürlich lauter, als sie es beabsichtigt hatte, doch dann sagte sie sich, daß es ihr durchaus zustand, so zu sprechen, denn immerhin war sie eine Generalin. »Meint Ihr damit feindliche Kämpferinnen oder Willets Spione?«

»Nein, nein. Die liebe Chenille, die auf ihre Art und Weise ein recht nettes Mädchen ist, und die Frau des Caldé. Sie ist auch nicht besser als die anderen, wenn Ihr versteht, was ich meine. Und die Frauen, die unsere Diebe mitgebracht haben. Sie waren viel interessanter als die armen Frauen, aber eigentlich waren auch die armen Frauen interessant. Aber den Frauen der Diebe hat es nichts ausgemacht, die Kleider auszuziehen. Oder nicht sehr viel. Die liebe Chenille macht das sogar ganz gern, würde ich sagen. Ihre Figur ist hübscher als ihr Gesicht, deshalb finde ich das ganz verständlich.«

Scleroderma sagte: »Ihr habt auch eine schöne Figur, Maytera.« Und ihr Mann nickte begeistert.

Wieder wurden sie von einer Explosion aufgeschreckt. Maytera Mint legte den Kopf schief und schätzte, daß der letzte Knall näher gewesen war als die anderen. Das Geräusch hatte irgendwie unheildrohend geklungen.

»... uns Seine Kogniszenz erzählt«, sagte Scleroderma gerade.

Maytera Mint, die den Anfang nicht verstanden hatte, fragte: »Habt Ihr von Seiner Kogniszenz gesprochen?« Doch bevor jemand antworten konnte, legte sie den Zeigefinger an die Lippen.

Das Knattern schien direkt über ihr zu entstehen. Darauf folgten nach einer kurzen Pause fernere Granateinschläge.

»Was ist, Generalin?« fragte Scleroderma.

»Ich habe Geschütze gehört. Mehrere leichte Geschütze. Die Schüsse hört man meist nicht, man hört nur das Heulen der Granaten und die Explosionen. Die Geschütze sind sehr nahe, deshalb sind es vielleicht unsere.«

Maytera Marble nahm Mucors Hand und zog sie auf die Füße. »Wollt Ihr uns jetzt entschuldigen? Ich möchte sie zum Feuer bringen.«

»Zum Feuer?« Maytera Mint sah sich suchend um.

»Ja, dort drüben. Ich habe es gerade gesehen. Komm her, Liebes.«

Auch Scleroderma und Shrike standen jetzt auf, nicht schnell und elegant, sondern mühsam und schwerfällig und so laut grunzend, daß man meinen konnte, sie hätten schwer zu arbeiten.

Bisons Melder sollte eigentlich schon längst da sein, dachte Maytera Mint. Sie überholte Scleroderma. »Habt Ihr gerade gesagt, Seine Kogniszenz sei hier gewesen? Das müßt Ihr mir erzählen, bevor Ihr geht. Und noch etwas muß ich wissen. Habt Ihr einen berittenen Kämpfer gesehen, der ein zweites Pferd geführt hat?«

Scleroderma schüttelte den Kopf.

»Aber Seine Kogniszenz war ganz bestimmt hier?«

Der dicke Mann sagte: »Ja, er blieb hier stehen und hat mit uns geplaudert, wirklich ein sehr freundlicher Mann. Ich hätte ihn überhaupt nicht erkannt, aber meine Frau, die kennt ja alle Leute, weil sie mehr herumkommt als ich. Er war nur ein wenig älter als mein Vater, und er trug diesen schwarzen, wie nennt Ihr das, diesen Umhang, wie ihn die Auguren tragen.« Er hielt inne und sah kurz zu Maytera Marble und Mucor. »Wenn sie sich noch näher daran drängen, dann werden sie noch jemanden hineinstoßen.«

»Ihr habt recht.« Maytera Mint lief eilig durch den Schnee zum Feuer. »Leute, hört zu! Das kleine Feuer hier kann nicht einmal die Hälfte von euch wärmen. Sammelt mehr Holz und macht ein zweites Feuer. Ihr könnt es an diesem hier entzünden.« Sie verstreuten sich mit einer Geschwindigkeit, die sie selbst überraschte.

»Also gut.« Sie drehte sich wieder zu Scleroderma und Shrike herum. »Wenn Seine Kogniszenz hier ist, dann muß ich ihn sprechen, und sei es nur aus Höflichkeit. Wohin ist er gegangen?«

Shrike zuckte die Achseln, und Scleroderma sagte: »Ich weiß es nicht, Generalin.« Ihr Mann fügte hinzu: »Er sagte, wir müßten diesen Whorl verlassen, und dann ist der Caldé gekommen und hat ihn geholt. Es war das erste Mal, daß ich ihn überhaupt gesehen habe.«

»Caldé Silk?«

Scleroderma nickte. »Den kannte er natürlich auch nicht.«

Die Trivigauntis hatten ihre Gefangenen freigelassen, wie Generalin Saba versprochen hatte. Eine andere Erklärung gab es dafür nicht, und das war ein wichtiger Faktor. Maytera Mint sah sich hektisch nach dem Boten um, den Bison doch gewiß längst losgeschickt haben mußte.

»Er hat den Caldé gesucht«, erklärte Shrike, »aber es war Caldé Silk, der dann ihn gefunden hat.«

»Es sind weniger Leute da als gerade noch.« Maytera Mint stellte sich auf die Zehenspitzen und blinzelte heftig, als ihr Schneeflocken in die Augen wehten.

»Ihr habt ihnen doch gesagt, sie sollen Feuerholz besorgen, Generalin.«

»Generalin, Generalin!« Gleichzeitig mit den Rufen hörte sie das Hufeklappern eines Pferdes, das auf diesem mit Unrat übersäten Grund viel zu schnell geritten wurde. »Hier bin ich.« Sie winkte aufs Geratewohl.

Scleroderma murmelte: »Hört nur, die Trommel. Da hätte ich direkt Lust, auch selbst in den Kampf zu ziehen.«

»Eine Trommel?« Maytera Mint lachte nervös und schämte sich gleich wieder dafür. »Und ich dachte, es wäre mein Herz gewesen.«

Durchs Schneetreiben hörte sie Bisons Melder rufen: »Generalin?«

Sie winkte noch einmal und lauschte. Nein, das waren nicht die dünnen Blechzylinder, die von den Truppen aus Trivigaunte als Trommeln benutzt wurden. Es war das gleichmäßige, dumpfe Wummern der vironesischen Kriegspauken, deren Anblick sie an den großen Suppenkessel in der Palaestra erinnert hatte. Die Trommeln gaben den Takt vor, nach dem sich die Truppen zu Schlachtreihen formierten. Bison wollte also angreifen, und er ließ es den Feind und seine eigenen Kämpfer wissen.

»Generalin!« Der Bote stieg ab, beinahe wäre er von seinem grobknochigen braunen Pony gefallen. »Colonel Bison sagt, daß wir es ihnen heimzahlen müssen. Das Luftschiff ist wieder da, vielleicht habt Ihr es schon gehört, Generalin.«

Maytera Mint nickte. »Ich glaube schon.«

»Sie haben Sprengbomben auf unsere Reihen geworfen, Sir. Der Colonel sagt, wir müssen näher an den Feind heran, denn wenn wir im Nahkampf sind, dann können sie keine Bomben mehr werfen.«

»Wo ist er? Habt Ihr kein Pferd für mich mitgebracht?«

»Doch, Sir, aber der Caldé hat es genommen. Vielleicht hätte ich das nicht zulassen sollen, aber …«

»Doch, wenn er es wollte, dann ist Euch nichts anderes übriggeblieben.« Sie schob den Boten zur Seite und schwang sich in den Sattel. »Ich muß jetzt Eures nehmen. Kehrt zu Fuß zurück. Wo ist Bison?«

»Im alten Bootshaus, Sir.« Der Bote deutete unbestimmt ins Zwielicht und vermittelte ihr das Gefühl, daß er sich hier erheblich besser zurechtfand als sie.

»Viel Glück«, rief Scleroderma. Und dann: »Ich komme bald nach.«

»Nein, das werdet Ihr nicht tun!« Maytera Mint drückte dem arg geschundenen Pony die Knie in die Flanken. Sie bemerkte nicht, wie ihr weiter schwarzer Rock sich am Sattelknauf verfing und bis über die Knie hochrutschte. »Ihr bleibt hier und paßt auf Euren Ehemann auf. Helft Maytera – Maggie, meine ich – mit dem irren Mädchen.« Sie deutete auf den Melder und zuckte zusammen, als sie erkannte, daß sie mit dem Azothen auf ihn gezielt hatte. »Seid Ihr sicher, daß er sich im Bootshaus befindet? Ich habe ihm doch befohlen, sich zurückzuhalten, damit er nicht getötet wird.«

»Das ist der sicherste Ort, Sir, wo doch all die Bomben auf uns abgeworfen werden.«

Aus dem Schnee schälte sich ein weißes Pferd heraus, auf dem zwei dunkel gekleidete Reiter saßen. Eine vertraute Stimme rief: »Geht! Folgt dem Offizier! Er wird Euch in Sicherheit bringen. Geht vom Feuer weg!«

Die Stimme gehörte Silk. Sie konnte kaum glauben, was sie sah. Er galoppierte mitten durch das Feuer. Einen Augenblick zögerte sie noch, aber dann hörte sie das Knallen von Musketen und wußte, was sie zu tun hatte.

»Trotzdem gefällt es mir«, flüsterte Hyacinth. Sie nahm Silk fest in die Arme. »Aber laß es nicht wieder traben.«

Er ließ das Pferd im Schritt weiterlaufen, aber er hatte nicht genug Luft, um es ihr zu sagen. Dann zügelte er das Tier und schirmte die Augen mit der rechten Hand ab, die sich vorher, wann immer sie frei gewesen war, unwillkürlich um den Sattelknauf verkrampft hatte. Bei der Menschengruppe, die er gerade eben durchs Schneetreiben bemerkt hatte, handelte es sich wahrscheinlich um eine Frau mit mehreren Kindern. Zähneknirschend stieß er dem weißen Wallach die Hacken in die Seite. Es war wichtig, daß das Tier nicht trabte – denn wenn es trabte, wurden sie haltlos durchgeschüttelt. Noch wichtiger war es, nicht die Steigbügel zu verlieren, die ihm von den Schuhen schlüpften, sobald er nur einen Augenblick nicht aufpaßte. Der Wallach glitt im Schnee aus, und Silk fürchtete schon, das Tier würde stürzen.

Hyacinth kreischte hinter ihm: »Auf, auf! Nur nicht hinfallen! Dort entlang!« Ihre Stimme klang wütend, und einen Augenblick war er so treulos, sich zu wünschen, Kypris hätte ihr Maytera Mints silberhelles Organ verliehen – auch wenn es noch nützlicher gewesen wäre, wenn er selbst über so eine Stimme verfügt hätte.

»Mein Caldé!« Eine mit Schneeflocken besprenkelte Gestalt hielt das Pferd am Zaumzeug fest.

»Ja, was ist?«

»Sie sind alle drinnen, Caldé. Sie sind in Sicherheit. Jetzt müßt Ihr auch verschwinden, ehe Ihr sterbt.«

Er schüttelte den Kopf.

»Ich schwöre Euch, es sind nur noch wenige übrig. Ich werde sie schicken. Ihr müßt ihn überreden, Madame.«

Dann rannte der Captain los, der Wallach trabte hinter ihm her, und sie wurden durchgeschüttelt, als hätte ein Terrier sie gepackt.

»Hier ist der Eingang, mein Caldé. Ich bedaure, daß ich Euch und Eurer Gemahlin nicht beim Absteigen behilflich sein kann.«

Zu benommen, um sich zu widersetzen, rutschte Silk aus dem Sattel und half dann Hyacinth herunter. Der Captain deutete auf einen tiefen Krater direkt vor seinen Füßen. Drunten schimmerte grünes Licht.

Silk fühlte sich auf unangenehme Weise an das Grab erinnert, das er im Traum gesehen hatte. »Nun den, wir sind ja schon einmal auf einem Leichenwagen gefahren«, sagte er zu Hyacinth. Es fiel ihm schwer, gleichmütig zu sprechen. »Das war bequemer als zu laufen, aber in meinem Traum lag Staub und kein Schnee auf der Straße.« Sie starrte ihn verständnislos an.

»Ihr müßt hinunterklettern.« Der Captain deutete nach unten. »Das Klettern ist schwierig, ein paar sind auch gestürzt, aber es wurde niemand ernsthaft verletzt.« Er zog einen Nadler und legte mit dem linken Daumen den Sicherungshebel herum.

Silk sagte: »Ihr wollt Euch wieder den Kämpfern anschließen.«

»Ja, mein Caldé, wenn Ihr es erlaubt.«

Silk schüttelte den Kopf. »Nein, ich erlaube es nicht. Ihr sollt für mich eine Botschaft an Generalin Mint übermitteln. Wißt Ihr eigentlich, wohin ich mit Hyacinth gehen werde?«

»In den Tunnel unter der Stadt, mein Caldé, um Euch für Viron zu schützen, wie es sich gehört.«

Hyacinth strich ihr Kleid glatt. »Wir sollen den Whorl zusammen mit Tausenden und Abertausenden Karten verlassen. Wenn wir das erreichen, was wir erreichen wollen, dann werden wir reich sein.« Sie spuckte in den Schnee.

»Ich habe alles Geld, das ich finden konnte, aus dem Fiskus entnommen«, erklärte Silk, »und Seine Kogniszenz hat die Schatulle des Kapitels geleert. Ich sage Euch dies, damit Ihr der Generalin mitteilen könnt, was aus uns und aus dem Geld geworden ist. Wißt Ihr, gegen welche Siyuf Ihr da kämpft?«

Eine Stimme rief: »Caldé!«

»Bist du das da unten, Horn?«

»Ja, Caldé.« Horn kletterte ein Stück zu ihm herauf. Er trat Steine los, die klappernd in den Tunnel hinunterfielen.

»Steig wieder hinunter«, sagte Silk zu ihm.

»Mein Caldé, wir hatten das Glück, daß die Bomben des Feindes diesen Fluchtweg für die Schutzlosen unter uns geöffnet haben. Ich danke den guten Göttern dafür. Ihr und Eure Gemahlin müßt Euch ebenfalls auf diesem Weg zurückziehen. Vom Luftschiff aus wird man bald das Feuer bemerken.«

Horn nahm Silks Hand und kletterte ganz herauf.

»Und was diesen Jungen angeht«, schloß der Captain, »so werde ich eine Waffe für ihn beschaffen.«

»Wenn wir schon gehen, dann sollten wir lieber bald gehen«, drängte Hyacinth.

»Mein Caldé, Ihr habt nach den beiden Siyufs gefragt. Ich habe nur Gerüchte gehört. Sind die Gerüchte wahr?«

»Ich habe vor unserer Rückkehr über ein Glas mit Generalin Mint gesprochen«, erwiderte Silk. »Einer der Ratsherren – Tarsier, glaube ich – hat eine Chemische verändert, bis sie Siyuf ähnlich sah. Sie sollte die Beziehungen zwischen Trivigaunte und Viron wieder entspannen helfen oder dafür sorgen, daß die Trivigauntis wenigstens eine Niederlage erlitten. Doch es scheint, als hätte sie Siyufs Platz endgültig eingenommen und sich entschlossen, Viron auf eigene Faust zu unterwerfen. Generalissimus Oosik hat die richtige Siyuf freigegeben in der Hoffnung ...«

Die letzten Worte gingen in einer Explosion unter. Silk rutschte halb in den Krater hinein, Horn lag auf einmal neben ihm, und Hyacinth klammerte sich schluchzend an ihn. Es dauerte ein paar Sekunden, bis er wieder atmen konnte. Er keuchte. »Das war sehr nahe. So nahe, daß mir jetzt noch die Ohren klingeln.«

»Wo ist der Captain?« fragte Horn. Und Nettle rief von unten herauf: »Horn!«

»Ich weiß es nicht.« Silk hob den Kopf und sah sich um. »Ich kann ihn nicht entdecken, und – höre ich dort nicht ein Pferd?«

»Unser Pferd.« Hyacinth kam schwankend auf die Beine. »Es ist sicher erschrocken und hat sich losgerissen.«

»Oder der Captain ist aufgesessen und mit ihm fortgeritten. Wie auch immer, wir sollten lieber sehen, daß wir weiterkommen.«

Sie sah ihn kurz an, dann drehte sie sich abrupt um und rutschte die schräge Kraterwand hinunter, schob sich an Nettle vorbei und verschwand im Tunnel.

Horn hielt Silk am Arm fest. »Ihr habt hier gestanden und mit dem Captain gesprochen, Caldé, als wolltet Ihr eigentlich nicht gehen.«

»Ich war nicht sicher, ob sich auch wirklich alle Leute, die vor den Kämpfen geflohen sind, nach dort unten in Sicherheit gebracht hatten.«

Silk hustete und spuckte aus. »Durch die Explosion habe ich Dreck in den Mund bekommen. Wahrscheinlich stand mir der Mund offen, wie es meist der Fall ist – ich sollte nicht so viel reden. Jedenfalls wollte ich ihm gerade sagen, daß ich mein Amt niederlegen will und daß Generalin Mint meine Nachfolgerin werden soll. Aber du mußt ihm jetzt nicht nachlaufen, um ihm die Botschaft zu überbringen.«

Nettle rief von unten: »Ich gehe jetzt mit Hyacinth los. Kommt ihr auch?«

»Gleich«, rief Horn zurück. »Nein, Caldé, das werde ich nicht tun. Aber ich habe Seiner Kogniszenz versprochen, Euch zu finden und dort hinunter zu bringen, und das werde ich auch tun, sobald ...« Er brach verlegen ab.

»Was ist, Horn?«

»Es ist ein weiter Weg sagt er, bis zu der großen Höhle, wo die Leute in Flaschen schlafen, und wenn wir dort sind, müssen wir sie noch aufwecken. Vielleicht sollten wir uns lieber gleich auf den Weg machen.«

»Nein, Horn.« Mit dem Gehabe eines Mannes, der es für längere Zeit tut, ließ Silk sich am Kraterrand nieder. »Ich habe Mucor gebeten, den stärksten Mann zu wecken, den sie finden konnte, und ihn den Zylinder aufbrechen zu lassen, bevor ihn das Gas darin töten konnte. Wenn ich ohne große Mühe einen Zylinder mit Hyacinths Nadler aufschlagen konnte, dann müßte ein starker Mann auch fähig sein, ihn von innen mit bloßen Fäusten zu sprengen. Sie werden schon wach sein und uns erwarten. Ich hoffe es jedenfalls. Und vielleicht können sie uns sogar einen kürzeren Weg zum Bauch des Whorl zeigen, wo die Landefahrzeuge sind.«

Er sah Horn beunruhigt an. »Aber warum hast du mich gerade zurückgehalten? Was ist los?«

»Nichts, Caldé.«

Wie lärmende Gespenster donnerten berittene Kämpfer vorbei, die Gesichter verhüllt und die Kleidung von getautem Schnee durchnäßt.

»Ich glaube, die waren aus Trivigaunte«, sagte Silk. »Ich weiß nicht, ob das gut oder schlecht ist. Wahrscheinlich ist es schlecht. Nun gut, dann will ich es selbst sagen – ich will dir sagen, was du meiner Meinung nach sagen wolltest. Wirst du es dann wenigstens zugeben, wenn ich recht habe?«

»Ich will nicht, Caldé.«

»Aber du wirst es tun, das weiß ich. Du wolltest mir sagen, warum du mich mit Nettle auf dem Dach der Gondel zurückgehalten hast, wo eine Weile später Generalin Saba und Hyacinth zu uns gekommen sind und so getan haben, als hätten sie nicht …«

»Ich wollte Euch auch etwas zu der Gelegenheit sagen, als wir vorher auf der Gondel waren. Ihr habt gesagt, Ihr hättet Euch umbringen wollen, und ich hätte Euch zurückgehalten, aber in Wirklichkeit war es genau anders herum. Ich habe absichtlich losgelassen. Ich weiß nicht, was da in mich gefahren ist, aber Ihr habt mich jedenfalls festgehalten. Ihr wärt dabei beinahe selbst abgestürzt, und jetzt erinnere ich mich wieder. Ich wäre tot, wenn Ihr mich nicht gerettet hättet.«

Silk schüttelte den Kopf. »Wenn ich mich nicht so dumm verhalten hätte, dann wärst du überhaupt nicht in Gefahr gekommen. Ich habe deine gefährliche Lage provoziert und beinahe deinen Tod verursacht.«

Er seufzte. »Das war es aber nicht, was du mir eigentlich sagen wolltest. Hyacinth war in Sabas Kabine, auch wenn die beiden so getan haben, als wären sie nicht zusammen gewesen. Die Wände der Kabinen sind aus Tuch und Bambus, und du und Nettle, ihr hattet Angst, ich könnte sie hören und entdecken, daß sie getan haben, was Frauen manchmal tun, um sich eine Freude zu bereiten.«

Als er Horns Gesichtsausdruck sah, lächelte er traurig. »Glaubst du, ich wüßte nicht, daß solche Dinge geschehen? Ich habe vielen Frauen die Beichte abgenommen, und wir haben diese und noch viel schlimmere Dinge in der Schola gelernt. Wir sind zwar einerseits viel zu unschuldig, wenn wir die Schola verlassen und unsere Aufgaben übernehmen, aber immerhin bemühen sich unsere Lehrer, uns nicht völlig unvorbereitet in den Whorl zu entlassen.« Er besah sich, was Horn ihm anbot. »Was ist das?«

»Euer Nadler, Caldé. Ich glaube, er hat vorher der Pilotin gehört. Hyacinth hat ihn ihr aus der Hand geschlagen, sagtet Ihr, und Ihr habt ihn aufgehoben. Ich glaube, Ihr habt ihn dann aber doch im Cockpit liegen lassen, denn der Flieger hat ihn dort gefunden und mir gegeben.«

Silk nahm die Waffe und steckte sie hinter den Hosenbund. »Ich soll damit Hyacinth erschießen, nicht wahr? Ist das der Plan?«

»Wenn Ihr es wollt.« Horn nickte elend.

»Ich werde es nicht tun. Bestimmt nicht. Nein, ich nehme den Nadler, weil ich ihn vielleicht brauche – ich war schon einmal dort unten, und es könnte sein, daß ich sie beschützen muß. Habe ich dir eigentlich davon erzählt?«

»Ja, Caldé. Im Luftschiff habt Ihr es mir für mein Buch erzählt.«

»Gut. Ich möchte es nicht noch einmal berichten müssen. Und jetzt hör mir zu. Du hast das Gefühl, Hyacinth hätte mich auf widernatürliche Weise betrogen. Ich möchte aber, daß du wenigstens, wie ich es tue, bedenkst, daß Hyacinth selbst dies möglicherweise anders sieht. Ist es nicht möglich und sogar wahrscheinlich, daß sie fürchtete, Generalin Saba könnte Ihr Luftschiff mit Gewalt zurückerobern? In welchem Falle es gut für uns gewesen wäre – für Hyacinth und für mich und für alle Vironeser an Bord –, wenn Saba uns so freundlich gesonnen wäre, wie wir es nur bewerkstelligen konnten?«

Horn nickte widerwillig. »Ich glaube schon, Caldé.«

»Außerdem hat Hyacinth gewußt, daß ich Generalin Saba ihr Luftschiff ohnehin spätestens zurückgeben wollte, sobald wir wieder in der Stadt wären. Ist es nicht möglich, daß Hyacinth sich überlegt hat, daß Generalin Saba eines Tages eine treue, starke Verbündete Virons würde sein können?«

Durch das Loch in der Tunnelwand rief Hyacinth herauf: »Wollt ihr denn nicht herunterkommen?«

»Gleich«, rief Silk zurück. »Wir sind noch nicht ganz fertig.«

»Caldé, Saba ist es doch, die uns mit Sprengbomben eindeckt. Generalin Saba sitzt in diesem Augenblick oben in ihrem Luftschiff.«

»So ist es. Aber sie wirft die Bomben, weil sie den Befehl dazu bekommen hat, und als gute Offizierin führt sie den Befehl aus. Ich denke nicht, daß Hyacinth wirklich geglaubt hat, sie könnte Generalin Saba zu einem Verrat verleiten. Aber es gibt viele Situationen, in denen ein Offizier, besonders in so hohem Rang wie Generalin Saba, einen gewissen Ermessensspielraum hat. Ich glaube, Hyacinth hat versucht, das zu tun, was in ihren Kräften stand, um dafür zu sorgen, daß Sabas Entscheidungen so weit wie möglich zu unseren Gunsten ausfallen – genauer gesagt, daß sie meiner Regierung zum Vorteil gereichen.«

»Aber wir verlassen doch den Whorl. Das habt Ihr im Luftschiff gesagt, und bevor wir diesen Eingang gefunden haben, wollten wir den ganzen Weg bis zum Juzgado gehen. Im Whorl der Kurzen Sonne spielt es doch keine Rolle, ob Generalin Saba uns mag oder nicht, nicht wahr?«

»Nein. Aber Hyacinth konnte an Bord des Luftschiffs noch nicht wissen, daß wir schon so bald aufbrechen würden. Vielleicht hat sie sogar gehofft, daß wir diesen Whorl hier überhaupt nicht verlassen würden. Ich glaube es wenigstens.«

»Ich verstehe.« Horn nickte, und als Silk nichts weiter sagte, fuhr er fort: »Caldé, wir sollten jetzt besser gehen.«

»Bald, wie ich schon sagte. Es gibt noch eines – nein, zwei Dinge, die ich dir sagen möchte. Das erste ist dies: Was immer ihre Tat für mich oder für dich oder auch für Generalin Saba bedeutet hat, für Hyacinth war sie praktisch bedeutungslos, weil sie das auf ähnliche Weise schon oft mit vielen verschiedenen Partnern getan hat. Beispielsweise auch mit Generalissimus Oosik.«

»Das wußte ich nicht.«

»Nein, aber ich weiß es. Er hat es mir gesagt. Als sie das Haus des Commissioners verlassen mußte, der sie von ihrem Vater bekommen hatte – ich weiß nicht einmal, welcher Commissioner es war –, hat sie eine Zeitlang bei einem Captain gelebt. Doch nach einer Weile haben sie sich entzweit und sich getrennt.«

»Das braucht Ihr mir jetzt aber nicht alles zu erzählen, Caldé.«

»Doch, es ist nötig. Nicht wegen deines Buches, denn ich bezweifle, daß du es je vollenden, ja wahrscheinlich nicht einmal damit beginnen wirst, sondern als Lektion für dein eigenes Leben. Wer war dieser Captain? Möchtest du raten?«

Horn schüttelte den Kopf.

»Ich glaube, ich kann es erraten. Er ist sehr höflich mit ihr umgegangen, aber ich habe seine Augen gesehen – besonders, als er unser Pferd festgehalten hat. Ich glaube, er hat ihr nicht viel bedeutet, aber er war ihr Beschützer und hat sie ernährt, als sie jemanden brauchte. Sie hat ihm allerdings sehr viel bedeutet, und er wird sie vermutlich sein Leben lang nicht vergessen.«

Horn flüsterte: »Sie kommt wieder heraufgeklettert.« Er deutete nach unten.

Silk kletterte halb die Kraterwand hinunter, um ihr heraufzuhelfen. »Ich will nicht sagen, daß ich nicht entzückt bin, dich zu sehen – ich freue mich immer sehr, wenn ich dich sehe, Hyacinth, und das weißt du. Aber Horn und ich wollten sowieso gerade hinunter zu euch kommen.«

Auch Nettle tauchte jetzt wieder unten auf und rief: »Ihr werdet nicht glauben, wie viele Leute hier unten sind, Caldé. Das halbe Viertel ist hier. Marrow der Gemüsehändler, Shrike der Metzger und sogar der neue Augur ist da, der uns im Luftschiff begleitet hat. Moly ist da, und er hat sie gebeten, seine Robe zu nehmen. Der Prolokutor hat allen gesagt, daß sie sich setzen sollen.«

Horn gab Hyacinth eine und Silk die andere Hand. »Meine Mutter, meine Brüder und meine Schwestern sind auch da unten. Sie sind mir wichtig. Aber ...« – seine Stimme war belegt und verweigerte ihm den Dienst – »aber das klingt jetzt beinahe so, als würde ich mir um meinen Vater überhaupt keine Sorgen machen.«

»Trotzdem tust du es«, murmelte Hyacinth. »Ich weiß, wie das ist.«

»Ja, das ist wohl richtig. Er hat mich jeden Tag nach der Palaestra im Laden arbeiten lassen, und ... und wir haben uns oft deshalb gestritten, und auch wegen vieler anderer Dinge.«

»Ich verstehe.«

»Ich bin der Älteste«, fuhr Horn fort, als könnte das alles erklären.

Silk rief hinunter: »Wenn das halbe Viertel dort

unten ist, was ist dann mit unserem Manteion? Mit der Gemeinde, meine ich. Mit den Leuten, die immer am Scylsday zum Opfern gekommen sind? Und was ist mit den Kindern aus der Palaestra?«

»Sie sind fast alle da«, informierte Nettle ihn. »Nur einige Männer sind nicht dabei. Sie kämpfen für Generalin Mint. Aber Goldcrest und Feather und Villus sind hier und meine Freundin Ginger. Wartet, laßt mich überlegen. Teasel ist da, auch ihre Schwestern und ihre Brüder und ihre Mutter. Außerdem Asphodella und Aster. Und Kit – er ist Kerrias kleiner Bruder, und sie selbst ist auch da. Dann Holly und Hart. Er ist verletzt. Und die Katzenfutterfrau und der alte Mann, der im Sommer Eis verkauft, und viele andere.«

Silk nickte, dann lächelte er Hyacinth an. »Ich habe es geschafft. Ich habe sie vor der Auflösung des Whorl gerettet. Oder wenigstens werde ich sie gerettet haben, wenn wir den neuen Whorl erreicht haben. Ich sollte unser Manteion retten, und dies hier ist ja unser Manteion – all die Leute, die sich in ihm zur Andacht versammelt haben. Der Rest war nur Beiwerk, und dazu zähle auch ich selbst.«

Hyacinth wich seinem Blick aus.

»Als du heraufgekommen bist, habe ich Horn gerade zu erklären versucht, daß es am Ende nur auf die Liebe ankommt. Der Außenseiter hat mir einmal gesagt, daß er zwar nicht Kypris ist, daß sie aber gar nicht anders kann, als sich mit ihm zu vereinen. Je mehr sie die wahre Göttin der Liebe wird, desto tiefer wird die Vereinigung gehen. Das war, bevor wir uns in Ermine's Hotel am Goldfischteich getroffen haben.« Er lächelte wieder. »Dort, wo Thelx den Spiegel hochhält.«

Hyacinth nickte, und Horn sah, daß sich Tränen in ihren Augen sammelten. Er fragte: »Habt Ihr dort wirklich den Außenseiter gesehen, Caldé?«

»Ja, in einem Traum. Er stand auf dem Wasser. Mehr hatte ich dir ohnehin nicht sagen wollen, Horn, und es gibt keinen Grund, es nicht jetzt noch zu sagen, und Hyacinth und Nettle können das natürlich hören. Es ist die Liebe, die alle Verletzungen vergessen macht. Ich weiß, daß Hyacinth mich nie betrügen würde, genau wie ich weiß, daß Nettle niemals dich betrügen würde. Aber wenn sie es tun würde – und wenn sie es tausendmal tun würde –, ich würde sie immer lieben.«

Mit einer heftigen Bewegung wich Hyacinth ein Stück vom Krater zurück. »Ich kann mir das nicht mehr anhören, ich will es nicht und ich werde es nicht.« Sie kehrte ihm den Rücken.

Silk sagte: »Dann laßt uns gehen.« Er kletterte durch das Loch in den Tunnel hinunter.

»Ich gehe nicht mit!« rief Hyacinth. Ihr hübsches Gesicht war vor Wut verzerrt. »Du hast mir von diesem Ort erzählt, und ich habe ihn gerade gesehen. Es ist schrecklich da unten! All die Landefahrzeuge sind zerstört, hast du gesagt, nur Auks war noch in Ordnung. Du hoffst nur, daß du sie reparieren kannst, aber du weißt es nicht. Und dafür gibst du die ganze Stadt auf?« Sie wandte sich ab und rannte davon. Sie war im Schneetreiben verschwunden, bevor er auch nur fünf Schritte getan hatte.

Silk wollte wieder ganz hinaufklettern, doch in seiner Eile trat er einen kleinen Erdrutsch los, der ihn fast wieder bis zu Nettle hinunter beförderte. Sie folgte ihm, als er abermals hinaufkletterte.

Als er oben ankam und sich auf die Suche nach Hyacinth machen wollte, sah er, daß Horn und Nettle Anstalten machten, ihm zu helfen. Ganz in der Nähe schlug eine Bombe ein, daß der Boden unter ihnen bebte. Er blieb stehen. »Ihr zwei müßt gehen. Ihr müßt zusammen gehen, ihr dürft nicht getrennt werden.«

Trotz des Schneetreibens blitzten seine Augen wild. »Nettle, verstehst du das? Horn? Ich werde sie suchen und genügend Karten finden, um ein weiteres Landefahrzeug in Ordnung zu bringen. Geh mit ihr wieder hinunter, suche Seine Kogniszenz und sage es ihm. Wenn möglich, werden wir uns dann bei den Landefahrzeugen treffen.«

Nettle faßte Horns Hand, und Silk sagte: »Nun nimm ihn schon mit. Wende Gewalt an, wenn es nötig ist.« Er wollte ihr seinen Nadler geben, aber sie hatte schon eine Waffe. Es war der Nadler, der vorher Saba gehört hatte. Er nickte, steckte seinen Nadler wieder in den Hosenbund und verschwand im Schneetreiben wie ein Gespenst. Über ihm war die rauhe Stimme seines Vogels zu hören: »Silk? Silk? Silk?«

Ein paar Herzschläge lang blieben Nettle und Horn beisammen stehen und starrten ihm nach. Sie versuchten, sich auszumalen, wie ihre Zukunft aussehen mochte. Schließlich begannen sie gleichzeitig zu lächeln, und sie gab ihm Sabas Nadler. Hand in Hand kehrten sie zum Krater zurück und kletterten in die Öffnung hinunter, die eine Bombe in die Tunnelwand gerissen hatte. Sie drangen in den Gang ein, wo Horns Mutter schon auf sie wartete.

Meine Verteidigung

Eigentlich wollte ich mit dem Bericht, den Ihr gerade gelesen habt, *Silks Buch* beschließen, denn wir haben ihn nie wiedergesehen. Ich füge diese Fortsetzung hinzu, weil ich auf die Kritiken und die Fragen jener, die die vorhergehenden Abschnitte gelesen hatten, etwas erwidern wollte. Nettle hat Korrekturen angebracht und den Text mit ihrer viel besseren Handschrift noch einmal sauber kopiert.

Viele haben mich gedrängt, die Geschichte in der ersten Person zu erzählen und nur das zu berichten, was ich auch selbst gesehen habe. Damit würde ich mich aber selbst zum Helden machen. Denen, die dies wünschen, antworte ich, daß jeder von Euch selbst einen solchen Bericht schreiben könnte. Ich möchte Euch sogar ermuntern, es zu tun.

Auch wenn Ihr es Euch gewünscht habt, es war nicht meine Absicht, einfach nur zu beschreiben, auf welche Weise wir, die wir in Viron geboren wurden, Blue erreicht haben. Vielmehr wollte ich die Geschichte des Patera Silk erzählen, der Caldé unserer Stadt geworden ist und es immer noch war, als wir sie verließen. Er war der größte und außergewöhnlichste Mensch, der mir je begegnet ist. Wie ich schon sagte, wollte ich meinen Bericht ursprünglich *Silks Buch* nennen, und nicht *Die Landung der Himmelsvagabunden* oder wie auch immer die vielen albernen Titel lauteten, die mir vorgeschlagen worden sind. Doch wie es sich ergab, wurden die Aufzeichnungen unter dem Namen *Das Buch der Langen Sonne* bekannt, weil es vor allem von jungen Leuten gelesen wird, die sich nicht an den Whorl der Langen Sonne erinnern können oder die gar erst nach dem Landungstag geboren worden sind. Ihr könnt es nennen, wie Ihr wollt, solange Ihr es lest.

Unseren Kritikern möchte ich dies erwidern: Patera Silk war Nettle und mir persönlich bekannt. Ich erinnere mich bis auf den heutigen Tag an sein Aussehen, seine Stimme und seinen Gang, und wie Ihr gelesen habt, wurde ich, als ich jung war, sogar einmal bestraft, weil ich ihn viel zu gut nachgeahmt habe. Nettle kannte ihn so gut wie ich.

Wir kannten auch Maytera Marble, die die Namen Moly, Molybdenum, Maggie und Magnesia angenommen hat; der letzte ist ihr richtiger Name. Wir kannten sie sogar sehr gut, denn sie war in unserer Jugend in der Palaestra in der Sun Street unsere Lehrerin. Nach ihr wurden wir von Maytera Mint und Maytera Rose unterrichtet. Silk liebte sie und vertraute ihr. Ich mußte oft denken, daß sie am Ende doch noch das Kind bekommen hat, nach dem sie sich sehnte, auch wenn es ihr vielleicht gar nicht bewußt war. Sie hat ihrerseits auch uns vertraut, als wir im Palast des Caldé unter ihrer Anleitung gearbeitet haben, als wir mit ihr auf dem Luftschiff waren und als wir durch den Abgrund hierher nach Blue gefahren sind. Um unnötige Verwirrungen zu vermeiden, habe ich sie in meinem ganzen Bericht durchgehend Maytera Marble genannt. Es hat nie eine bessere, hilfsbereitere Frau gegeben als sie.

Auf dem Flug zum Mainframe haben wir oft Auk gesehen und gehört, was er zu sagen hatte, auch wenn er meist eher schweigsam war. Chenille, mit der wir im Palast des Caldé zusammengearbeitet hatten, hat ebenfalls oft über ihn gesprochen. Silk hat uns nicht, wie manche Leser es annehmen, anvertraut, was Auk zu beichten hatte, auch wenn er mir sagte, daß er Auk bei ihrer Begegnung im Cock die

Beichte abgenommen hat. Daß Auk einen Mann zu Tode getrampelt hatte, war im ganzen Viertel bekannt, und es ist naheliegend, daß dies eine der Sünden war, die er gebeichtet hat. Chenille hat Nettle anvertraut, daß Auk sie zweimal geschlagen hatte, und sie beschrieb auch die Umstände, unter denen sich dies zugetragen hatte.

Viele Leser haben mir auch vorgeworfen, ich hätte Auks Charakter in allzu leuchtenden Farben geschildert. Wahrscheinlicher ist aber, daß ich ihn viel zu dunkel gemalt habe. Ich mochte ihn nicht, auch nach so vielen Jahren fällt es mir schwer, ihn unparteiisch zu charakterisieren. Wie ich zu beschreiben versucht habe, war er ein großer und sehr starker Mann, alles andere als gutaussehend und mit einem so kräftigen Bartwuchs, daß er selbst dann, wenn er sich gerade rasiert hatte, ungepflegt wirkte. Man sagte ihm nach, er sei großzügig und mutig gewesen, aber nur wenige außer Silk, Chenille und Gib wußten je ein gutes Wort über ihn zu sagen.

Wenn ich es schwierig fand, gerecht mit Auk umzugehen, so fiel es mir in bezug auf Hyacinth noch schwerer. Ihre außerordentliche Schönheit war ihr Segen und zugleich auch ihr Fluch. Sie hatte nur wenig Bildung genossen, sie war viel zu eitel und hatte ein ungestümes Temperament. Wenn Nettle zugegen war, benahm sie sich mir gegenüber oft besonders aufreizend, posierte und beugte sich vor, um mir ihren Ausschnitt zu zeigen, zog sich den Rock hoch und rückte sich die Strümpfe zurecht und so weiter. In Nettles Abwesenheit beschimpfte sie mich, wenn ich sie auch nur ansah. Sie hat in Beziehungen zu anderen Menschen nur das Geld, die Macht und die Lust gesehen, und sie hat Silk noch weniger verstanden, als Tick sie verstanden hat.

Ich würde sagen, nur wenige unter uns haben eine Frau gekannt, die mit Generalin Mint vergleichbar gewesen wäre, und es ist schier unmöglich, denen, die sie nicht persönlich kennen, einen Eindruck von ihr zu vermitteln. Sie war körperlich klein und hatte ein ebenmäßiges kleines Gesicht, eine spitze Nase und einen braunen Haarschopf, der ihr immer tief in die Stirn fiel. Im persönlichen Gespräch war ihre Stimme leise und eher schüchtern, und so hatten wir sie auch im Unterricht kennengelernt. Doch wenn es nötig war, schnell und entschlossen zu handeln, schien sich die kleine Sibylle in einen ganz anderen Menschen zu verwandeln. Dann konnte ihr Blick feurig und stahlhart werden, und ihre Stimme konnte verletzte Kämpfer, die gerade noch zu schwach schienen, um aufrecht zu stehen, dazu veranlassen, die Waffe zu greifen und zum Angriff vorzustürmen. Wenn sie nicht von ihren Untergebenen zurückgehalten wurde, führte sie ihre Truppen persönlich in die Schlacht und schritt mutig vor den kühnsten Männern einher, niemals im Schritt zögernd und stets jene, die hinter ihr kamen, mit ermunternden Rufen anfeuernd. Hätten Bison und Captain Serval sie nicht zurückgehalten, sie wäre schon am zweiten Tag getötet worden.

Als Taktikerin verstand sie besser als jeder andere, daß es vor allem wichtig war, einen einfachen, funktionierenden Plan zu entwerfen, der umgesetzt werden konnte, bevor sich die Bedingungen veränderten. Dies und die erstaunliche Loyalität, die sie bei ihrem Gefolge wecken konnte, waren die Schlüssel ihres Erfolges. Obwohl sie meist eher als Generalin Mint bekannt war, habe ich sie Maytera genannt, genau wie ich ihre Schwester in meinem Bericht Maytera Marble genannt habe. Weniger, als ich erwartet hätte, wurde Silks Erklärung kritisiert, die Göttin der Liebe hätte Maytera Mint ihren kriegerischen Charakter geschenkt, auch wenn dies mir selbst eher unwahrscheinlich vorkommt. Nettle meint jedoch, viele

Frauen, die von der Liebe zu ihrer Stadt und zu den Göttern entflammt werden, könnten den gleichen unerschütterlichen Mut zeigen. Gewiß ist, daß man sich den Inhumi um Mitternacht nur voller Liebe stellen kann, wie wir heute sagen.

Wir haben zwar nie persönlich mit Blood gesprochen, aber wir haben ihn gesehen und gehört, als er unser Manteion besuchte, und wir haben ihn wiedergesehen, als er mit Musk gekommen ist, um weiße Kaninchen zu opfern. Bloods Gespräch mit Silk und Maytera Marble wurden uns von den letzteren beiden beschrieben, und sie, so nehme ich an, sahen mehr Gutes in ihm, als Nettle oder ich hätten sehen können.

Doktor Crane sind wir nie begegnet, aber Maytera Marble hatte ihn ebenso wie Silk kennen und schätzen gelernt. Chenille, die ihn sogar sehr gut kannte, sagte, er hätte Krankheiten und Verletzungen betrachtet, wie ein Metzger seine Schweine und Stiere betrachtet. Ich habe versucht, diesen Eindruck so gut wie möglich zu vermitteln. Nach dem, was Silk über ihn gesagt hat, glaubte er anscheinend an Sphigx nicht mehr als an irgendeine andere Göttin, und hätte ihm jemand bewiesen, daß sie existierte, dann hätte er sich wahrscheinlich nicht mehr über diejenigen lustig gemacht, die an die Göttin glaubten, sondern über die Göttin selbst.

Incus' Charakter habe ich in erster Linie Remoras Beschreibung entnommen, und während des Fluges zum Mainframe konnten wir ihn auch selbst erleben. Körperlich war er wenig beeindruckend, und vielleicht sah er sich gerade aus diesem Grunde immer wieder veranlaßt, die eigene Wichtigkeit zu unterstreichen. An Mut hat es ihm gewiß nicht gemangelt. Im Luftschiff habe ich gesehen, wie er eine Muskete ›verzaubert‹ hat, indem er den Finger hinter den Abzug steckte, um anschließend der verdutzten

Kämpferin, die sie hatte abfeuern wollen, die Waffe zu entreißen.

Viele Leser haben verlangt, ich sollte einen Bericht über unsere Wanderung durch die Gänge bis zum Landefahrzeug und über den Flug über den Abgrund hinzufügen. Auch diesen entgegne ich, daß sie selbst einen solchen Bericht schreiben mögen, wie Scleroderma es getan hat. (Ihr Enkelsohn besitzt ihn jetzt, und er erlaubt Besuchern, ihn zu kopieren.)

Ich will hier nicht mehr sagen, als nötig ist, um den Charakter des Inhumu zu beleuchten, den Nettle und ich als Patera Quetzal kennengelernt hatten – Seine Kogniszenz, der Prolokutor von Viron. Zweifellos werden viele Leser Einwände erheben, wenn ich in diesem Zusammenhang das Wort ›Charakter‹ benutze, und vorbringen, ein solches Ungeheuer könnte nicht mehr Charakter haben als ein Hus, aber diejenigen, die Hus fangen und zähmen, haben mir berichtet, daß sie sich mindestens so sehr unterscheiden wie Hunde untereinander.

Für uns war Quetzal kein Inhumu, sondern ein ehrwürdiger alter Mann, weise und mitfühlend. Er hat Silk unterstützt und war ihm ein treuer Freund. Als Nettle und ich in den Tunnel zurückkehrten, haben wir ihm eine Nachricht von Silk überbracht. Nachdem die Leute die Botschaft gehört hatten, wollten viele an die Oberfläche zurückkehren, um nach Silk zu suchen und um ihm bei seiner Suche nach Hyacinth zu helfen. Quetzal hat es jedoch verhindert und betont, daß dies Silks eigenen Anweisungen zuwiderliefe. So hat er uns dann durch die Tunnel zum See geführt.

Dort unten erinnerte ich mich an etwas, das Remora mir an Bord des Luftschiffs gesagt hatte: Quetzal sei plötzlich verschwunden, als Spider ihn in den Keller von Bloods zerstörter Villa gedrängt habe. Als wir schon lange durch die Gänge gewandert waren und selbst die Stärksten müde wurden, war auch Quetzal ein wenig hinter unseren strauchelnden Trupp zurückgefallen, und so konnte ich ihn danach fragen.

»Geh hier neben mir, mein Sohn.« Er legte mir eine Hand auf die Schulter. Ich erinnere mich noch, wie leicht und zerbrechlich sie sich durch die dünne Jacke, die ich trug, angefühlt hat – als hätte er mir nur einen Streifen aus weichem Leder auf die Schulter gelegt. »Ich kann mich kaum noch aufrecht halten. Willst du mich stützen? Du bist jung und stark. Patera Caldé mag dich, wußtest du das?«

Ich sagte, das wollte ich doch hoffen, und Silk sei jedenfalls immer freundlich zu mir gewesen.

»Ja, er mag dich. Er spricht liebevoll über dich und auch über dich, mein Kind. Ihr seid gute Kinder. Ja, gute Kinder seid ihr. Aber Männer und Frauen, die selbst schon Kinder haben, sind für mich wie Kinder. Nein, einen alten Mann kann man nicht zum Narren halten. Frauen und Männer werden klüger, wenn sie älter werden, mein Kind. Ihr zwei, ihr seid jetzt erwachsen. Ich denke, ihr wißt es selbst noch nicht, aber ihr seid es.«

Wir bedankten uns bei ihm.

»Ich kann kaum noch laufen. Wie die dicke Frau. Aber wir können sie doch nicht hier zurücklassen, nicht wahr? Leider ist sie zu schwer, um getragen zu werden.« Er trug eine gewöhnliche Agurenrobe, aber er hatte den Hirtenstab dabei, das Zeichen, daß er das höchste Amt des Kapitels bekleidete. Er benutzte ihn jetzt als Wanderstab.

Ich sagte ihm, daß wir bald würden anhalten müssen, damit Scleroderma und viele andere sich erholen konnten und bot ihm an, vorauszugehen, wenn er mir sagte, wonach ich Ausschau halten sollte.

»Nein, du sollst schlafen, mein Sohn.« Er schien an seinem Zahnfleisch zu saugen und dachte nach.

»Nein, du sollst Wache halten. Kannst du wach bleiben?«

Ich versicherte ihm, daß ich das könnte.

»Gut. Jemand muß Wache halten, und ich kann es nicht. Ich nicke immer ein, fragt den jungen Remora. Ich kann bei dieser Geschwindigkeit nicht mithalten, aber ich muß die anderen drängen, schneller zu gehen. Welche Spiele doch die Götter mit uns spielen! Hast du eine Waffe, mein Kind?«

Nettle schüttelte den Kopf, und ich erklärte, daß sie einen Nadler vom Luftschiff mitgenommen hätte, den ich an mich genommen hatte. Ich bot an, ihr die Waffe zurückzugeben.

»Nein, behalte sie. Behalte sie! Du wirst sie brauchen, wenn du Wache hältst.« Er drehte den Kopf herum. Er hatte einen langen und sehr faltigen Hals, der mir sofort seine wahre Natur verraten hätte, wenn ich damals schon etwas von den verkleideten Inhumi gewußt hätte. In diesem Augenblick erschrak ich, weil ich nichts Menschliches und keine Freundlichkeit in seinem Blick erkennen konnte. Es war, als betrachtete ich eine Maske oder die Gesichtszüge einer Leiche, die aus irgendeinem Grund aufrecht stand. Er sagte: »Du wirst doch hoffentlich nicht auf mich schießen?«

Natürlich versicherte ich ihm, daß ich keineswegs diese Absicht hätte.

»Denn ich werde herumlaufen. Das mache ich immer. Im Palast hat man mich die ganze Nacht herumlaufen sehen. Die Leute sagen, das wäre mein Geist, und ich könnte den Körper verlassen und die ganze Nacht herumstreifen. Glaubst du das, mein Kind?«

Nettle nickte. »Wenn Euer Kogniszenz es sagen.«

»So ist es aber nicht.« Ich hatte den Eindruck, daß er sich inzwischen mit seinem vollen Gewicht auf meine Schulter stützte, aber er war gewiß nicht sehr schwer. »So etwas darfst du niemals glauben. Ich kann oft nicht schlafen, und deshalb wandere ich benommen und müde herum, das ist alles. Mein Sohn, könntest du den Leuten dort vorne sagen, sie sollen schneller gehen? Ich habe nicht genug Luft, um zu rufen.«

Also rief ich: »Seine Kogniszenz sagt, wir müssen schneller gehen!« oder etwas in dieser Art.

»Danke. Jetzt können wir anhalten, damit uns die dicke Frau und ihr Mann einholen.« Er drehte sich um und winkte ihnen, sich zu beeilen.

Nettle flüsterte: »Wir sind hier unten in Gefahr. Es muß so sein, sonst würde er uns nicht so antreiben.«

Sie hatte mir ins Ohr geflüstert, und ich hatte sie kaum verstehen können, und doch erwiderte Patera Quetzal, wie ich ihn damals noch nannte: »Wir sind tatsächlich in Gefahr, meine Tochter, aber ich weiß nicht, wie groß sie ist. Wenn man das nicht weiß, muß man so handeln, als wäre die Gefahr groß.«

Da ich gern auf meine Frage zurückkommen wollte, fragte ich ihn: »Wart Ihr in großer Gefahr, als Ihr mit Spider zusammen wart, Euer Kogniszenz?«

Er schüttelte den Kopf – nicht, wie es ein Mensch tut, der den Kopf von links nach rechts dreht, sondern indem er nach links und rechts wackelte. »Von ihm? Von ihm drohte mir keine Gefahr. Keine große Gefahr jedenfalls, es war eher eine Zeitverschwendung. Ich hatte viel zu tun, deshalb bin ich verschwunden.« Er lachte, es war das etwas schrille Kichern eines alten Mannes. »Einfach in der Dunkelheit verschwunden. Hat dir das der junge Remora erzählt? Er hat es irgend jemanden erzählt, das weiß ich. Wollt Ihr sehen, wie ich das mache?«

Er drehte sich um und hob die schwarze Robe, um seinen Kopf zu bedecken. Die Hände und den Hirtenstab hielt er dahinter, und obwohl dieses Tunnelstück von den grünen Kriechlichtern, welche die ersten

Siedler mitgebracht hatten, recht gut beleuchtet war, schien der Prolokutor auf einmal zu verschwinden. Ich sagte: »Ich verstehe, Euer Kogniszenz, so habt Ihr es gemacht.«

Scleroderma und ihr Mann holten uns ein, sie langsam und unter Schmerzen watschelnd, er stark humpelnd, weil ihm offenbar die Füße weh taten. Nettle sagte ihnen, daß Quetzal sich ihretwegen Sorgen gemacht hätte.

»Ich mache mir seinetwegen Sorgen«, sagte Scleroderma. Sie hielt sich an ihrem Mann und mir fest und ließ sich auf den Schiffsstein sinken. Dann streifte sie die Schuhe ab. Ihr Mann sagte: »Ihr Kinder lauft viel zu schnell für uns. Wie soll erst Seine Kogniszenz da mithalten können?« Er setzte sich neben seine Frau und zog sich ebenfalls die Schuhe aus.

Als mir einfiel, daß Quetzal sich um ihre Sicherheit Sorgen gemacht hatte, bedeutete ich Nettle, sich mit mir zu den beiden zu setzen. Scleroderma sagte vorwurfsvoll: »Ich habe Euch nach vorne rufen hören, daß sie sogar noch schneller laufen sollen.«

Ich erklärte ihr, daß Quetzal mir diese Anweisung gegeben hätte, und Nettle fragte: »Wo ist er denn? Er war gerade noch hier.«

»Weiter vorne«, erklärte Shrike ihr. »Ich habe ihn schon eine ganze Weile nicht mehr gesehen.«

Wir rasteten ungefähr eine Stunde, während der Nettle und ich uns Sorgen machten, wir könnten endgültig von den anderen getrennt werden. Doch es war unmöglich, den Weg zu verfehlen. Der Tunnel lief fast schnurgerade und leicht abwärts, und eigentlich war das Laufen sogar sehr angenehm. Schließlich erreichten wir einen Seitentunnel. An der Abzweigung fanden wir eine Botschaft von Hart, der wir entnehmen konnten, daß Seine Kogniszenz ihn angewiesen hatte, sie zu schreiben. Sie würden weiter dem Haupttunnel folgen, hieß es da, und wer die Nachricht fände, sollte sie liegen lassen, damit auch später nachfolgende Wanderer den richtigen Weg fänden.

Ungefähr eine halbe Meile weiter hörten wir dann ein Baby schreien und leises Schnarchen, und bald darauf hatten wir unsere Freunde aus unserem Viertel und meine Mutter, meine Brüder und meine Schwestern gefunden. Alle lagen in tiefem Schlaf. Scleroderma und ihr Mann legten sich sofort nieder, und ich konnte Nettle überreden, sich ebenfalls niederzulegen und zu versuchen, etwas zu schlafen. Sie hatte kaum den Kopf auf meine Jacke gelegt, da schlief sie schon so tief wie Scleroderma.

Ich setzte mich, zog mir die Schuhe aus und massierte mir die Füße. Ich mußte mir überlegen, was als nächstes zu tun wäre. Ich hatte Quetzal versprochen, wach zu bleiben, und ich erinnerte mich noch sehr gut an die hundeähnlichen Wesen, die von den Soldaten Götter und von den Sträflingen Köter genannt wurden. Aber ich war müde und hungrig und mußte mich ausruhen. Quetzal hatte mich zwar gebeten, die Gruppe zu beschützen, die inzwischen mehr als vierhundert Köpfe zählte, aber er hatte nichts darüber verlauten lassen, wer mich bewachen konnte, während ich eine oder zwei Stunden schlief.

Nachdem ich eine, wie mir schien, sehr lange Zeit hin und her überlegt hatte, wie man es eben tut, wenn man müde ist und zäh über Probleme grübelt, beschloß ich, getreulich zu wachen, bis jemand anders aufwachte, den ich dann beauftragen konnte, mich abzulösen, damit ich auch selbst etwas schlafen konnte.

Aber zu diesem Zeitpunkt war ich schon beinahe selbst eingenickt, denn es kam mir so vor, als hörte ich ganz leise Flügel rauschen, als würde eine große Eule in einiger Entfernung von der Stelle, wo ich saß, durch den Tunnel fliegen. Ich setzte mich sofort gerade auf und lauschte angestrengt, aber ich konnte nichts mehr hören. Kurz danach fiel mir ein, daß Quetzal erklärt hatte, er hätte oft Schwierigkeiten, Schlaf zu finden. Daraufhin dachte ich mir, wenn er ohnehin wach wäre, könnte er ja auf mich achtgeben. Also stand ich auf und tappte zwischen den Schläfern entlang, um ihn zu suchen, aber er war nicht da.

Ich kann nicht beschreiben, wie entsetzt ich war. Immer und immer wieder sagte ich mir, daß ich mich irren mußte, daß irgend jemand ihm eine Decke oder eine Jacke geliehen hatte, unter der die schwarze Robe jetzt verborgen wäre. So starrte ich noch einmal Gesichter an, die ich nur Minuten vorher schon angestarrt hatte, bis ich ganz sicher war, jeden Schläfer beschreiben und angeben zu können, wo er lag. Wir hatten ein Dutzend Kleinkinder und eine Menge Kinder bei uns, und eine große Zahl von Frauen. Aber es waren, Patera Remora und Shrike eingeschlossen, kaum mehr als vierzig Männer. Ich sagte mir entschieden, daß eine Frau oder sogar ein Mädchen ebenso gut wachen konnte wie ich. Sie brauchte mich ja nur zu wecken, falls Gefahr drohte.

Schließlich kam ich auf die Idee, mich zu fragen, was Silk wohl an meiner Stelle getan hätte. Silk hätte gebetet, dachte ich, und so kniete ich nieder, faltete die Hände und senkte den Kopf. Ich flehte den Außenseiter an, sich meiner zu erbarmen und wenigstens einen der Schläfer hier zu wecken, wobei ich hinzufügte, daß eine Frau oder ein Mädchen völlig ausreichen würde.

Als ich den Kopf hob, hatte sich jemand mitten in den Schläfern aufgesetzt, und als ich die dunklen, toten Augen sah, wußte ich gleich, auf welch ironische Weise der Außenseiter mein Gebet erhört hatte. »Mucor«, rief ich leise. »Bitte komm her, ich will mit dir sprechen.«

Ihr Gesicht schwebte nach oben wie ein Gespenst und schien fast schwerelos durch den Tunnel zu schweben. Sie trug das schwarze Gewand einer Sibylle.

»Mucor«, fragte ich, »wo ist deine Großmutter? Sie war doch vorhin noch da.« Erst jetzt fiel mir ein, daß Maytera Marble so gut wie überhaupt nicht schlief und deshalb die ideale Ablösung für mich wäre.

»Weg«, sagte Mucor. Ich erwartete keine weitere Antwort von ihr, denn ich hatte im Palast des Caldé gelernt, wie wenig sie sprach. Doch nach ein paar Sekunden fuhr sie fort: »Sie ist mit dem Mann gegangen, der nicht da ist.«

Das war ermutigend, aber es schien wenig aussichtsreich, sie zu fragen, wer der Mann wäre, der nicht da war. Statt dessen fragte ich sie, ob sie ihren Geist ausschicken könnte, um herauszufinden, wo ihre Großmutter sich aufhielt, und ob sie womöglich Hilfe brauchte. Mucor nickte, und so saßen wir meiner Schätzung nach mindestens eine Viertelstunde schweigend nebeneinander. Ich war schon fast eingeschlafen, als sie schließlich sagte: »Sie trägt ihn. Sie weint. Sie möchte, daß jemand kommt.«

»Deine Großmutter?«

Ich muß lauter gesprochen haben, als ich beabsichtigte, denn Nettle setzte sich auf und fragte, was los wäre.

Mucor deutete den Tunnel hinunter und sagte: »Nicht weit.«

Und sie war wirklich nicht weit entfernt. Wir hatten kaum unsere Freunde hinter uns zurückgelassen, da sahen wir auch schon Maytera Marble, die sich eine Augurenrobe umgehängt hatte. Das Kleidungsstück war so lang, daß es ringsherum über den Boden des Gangs schleifte. Sie trug Quetzal auf den Armen. Ihr Gesicht konnte keine Gefühle zeigen, wie ich schon mehrmals zu erklären versucht habe, aber mit dem ganzen Körper drückte sie eine tiefe, tiefe Trauer aus. »Er wurde angeschossen«, sagte sie. »Er wollte nicht, daß ich die Blutung stille.« Ihre Stimme klang gequält.

Langsam wie die Blüte einer Blume drehte Quetzal den Kopf zu uns herum. Es war schrecklich, nicht eingefallen und nicht geschwollen, sondern mißgestaltet, als hätte ihm der Griff des Todes das Kinn und die Wangenknochen zerstört. »Ich blute nicht«, sagte er. »Oder seht ihr Blut, meine Kinder?«

Ich bot an, ihn zu tragen, aber Maytera Marble verwehrte es mir und sagte, er wöge überhaupt nichts. Später sollte ich herausfinden, daß sie damit durchaus recht hatte, denn in der Tat wären sogar meine jüngeren Brüder schwerer gewesen als er.

Nettle fragte, wer auf ihn geschossen hätte.

»Kämpferinnen aus Trivigaunte.« Er versuchte zu lächeln, aber er bekam nur eine Grimasse zustande. »Sie sind jetzt hier unten, mein Kind. Sie haben östlich der Stadt Gräben gezogen und nach einem dicht unter der Oberfläche verlaufenden Tunnel gesucht, und sie haben ihn gefunden. Sie glauben, Silk wäre bei uns.« Er keuchte. »Sie werden auf jeden Fall versuchen, uns aufzuhalten. Sphigx hat es befohlen.«

Ich sagte: »Wir müssen uns dem Willen des Pas fügen.«

»Ja, mein Sohn. Vergiß nie, was du gerade gesagt hast.«

Inzwischen hatten wir fast die Schläfer erreicht. Nettle lief uns voraus und weckte Remora, denn sie wußte, daß ein Augur der beste Ersatz ist, wo es keinen Arzt gibt. Aber Quetzal wollte Remora nicht seine Wunde sehen lassen. »Ich bin ein alter Mann«, sagte er. »Ich bin bereit zu sterben. Laßt mich schnell gehen.« Doch er starb erst am folgenden Tag, als wir bereits begonnen hatten, den Abgrund zu überqueren.

Remora brachte ihm den Frieden des Pas, und als es vorbei war, gab Quetzal ihm sein Gammadion und sagte: »Jetzt seid Ihr an der Reihe, Patera. Ihr wurdet von Scylla betrogen, aber Ihr müßt im Whorl der Kurzen Sonne das Kapitel anführen.«

Und so geschah es auch. Obwohl es hier noch viele andere heilige Männer gibt, verkörpert Patera das, was die Leute aus anderen Städten den Vironesischen Glauben nennen. Ich füge an dieser Stelle diese Erklärung ein, weil ich weiß, daß nicht alle meine Leser aus Viron stammen, und Nettles Kopien, die weiter kopiert werden, gelangen sicherlich früher oder später in die Hände von Menschen, die sich unter dem Kapitel nichts vorstellen können.

»Ich habe wach gelegen«, erklärte Maytera Marble, »und habe mir alles überlegt. Wie wir den Mainframe gesehen haben, wie wir mit der lieben Chenille und mit Auk, mit Patera Silk und Hyacinth zusammen waren. Ich habe mich gefragt, ob mein Ehemann wohl noch lebt und, nun ja, verschiedene andere Dinge. Dann sah ich, wie Seine Kogniszenz aufstand und den Tunnel hinunter ging, und daher sagte ich Mucor, sie solle sich keine Sorgen machen, ich würde bald zurück sein. Ich folgte ihm und fragte ihn, wohin er wollte. Er sagte, er fürchtete, voraus könnte eine Gefahr drohen, und da er ohnehin nicht schlafen könnte, wollte er nachsehen. Ich sagte, er sollte sich nicht in Gefahr bringen, und es wäre doch besser, Macaque oder einen der anderen Jungen zu schicken.«

An dieser Stelle hielt sie inne und begann haltlos zu schluchzen. Sie weinte so lange, daß viele, die sich inzwischen um uns gesammelt hatten, sich wieder entfernten und miteinander zu reden begannen. Nur Nettle und ich blieben bei ihr, und außerdem Remora, Scleroderma und ein paar andere.

Als sie sich wieder beruhigt hatte, fuhr sie fort: »Ich wollte also, daß er jemand anders schickt. Er hat mir befohlen, wieder umzukehren, aber ich sagte, Pas sei Dank wäre ich wieder im Laienstand und müßte ihm nicht mehr gehorchen, und ich wollte ihn auf keinen

Fall allein gehen lassen, weil ich fürchtete, er könnte getötet werden. Deshalb, Euer Kogniszenz, werde ich Euch begleiten, sagte ich zu ihm. Er meinte, er würde sich in diesen Gängen gut auskennen, weil er schon einmal allein hier unten gewesen wäre und versucht hätte, das Ayuntamiento zu bewegen, mit ihm zu reden, als es sich unwillig zeigte. Die Gefahren seien ihm bekannt, sagte er. Aber ich wollte ihn nicht allein lassen.«

Nettle sagte: »Es ist nicht Eure Schuld, Maggie. Ich weiß nicht, wie es geschehen ist, aber ich kenne Euch, und es ist bestimmt nicht Eure Schuld.« Wir anderen konnten nur zustimmen.

Maytera Marble schüttelte den Kopf. »Nachdem wir lange, lange gewandert waren, erreichten wir eine Stelle, wo vier Tunnel zusammenliefen. Ich fragte, in welche Richtung wir uns wenden würden, und er sagte, es ginge nach rechts, aber ich müßte zurückkehren. Dann ging er in den rechten Tunnel. Es war der dunkelste, in den er da ging. Ich folgte ihm, und eine Weile konnte ich ihn noch vor mir sehen, aber er wollte nicht langsamer gehen. Wir gingen jetzt schnell, beinahe rannten wir. Und dann begann ich wirklich zu rennen, so schnell ich konnte, aber ich verlor ihn trotzdem aus den Augen. Ich ging immer weiter, und dann zweigten zu beiden Seiten weitere Gänge ab, aber ich ging weiter geradeaus. Und dann kam ich an eine große Eisentür, an der es nicht weiterging, also kehrte ich zurück. Ich kam dann an die Stelle …«

Sie schluckte schwer und begann wieder zu weinen. »Es war die Stelle, wo sich die Tunnel kreuzten. Dort konnte ich seine Schritte hören. Nicht so laut wie vorher, als ich ihm gefolgt war, sondern viel langsamer, bei jedem zweiten Schritt stolpernd. Er war weit entfernt, aber ich hatte gute Ohren, die ich Marble gegeben hatte.«

Nettle verzog überrascht das Gesicht, aber ich bedeutete ihr zu schweigen.

»Also bin ich wieder ein Stück gerannt.« Maytera Marble sah zwischen uns hin und her, und das fand ich schwerer zu ertragen, als wenn ihre Augen voller Tränen gewesen wären. »Er war gestürzt, als ich ihn erreichte. Er hat schrecklich geblutet wie ein Tier, wenn der Augur das Messer herauszieht, aber er wollte mich die Wunde nicht ansehen lassen, und deshalb trug ich ihn.«

Danach haben wir ihn auch getragen, wir trugen ihn auf den Armen wie ein Kind, weil wir keine Stöcke hatten, um eine Bahre zu bauen. Er zeigte uns den Weg, denn er wußte nun, wo die Trivigauntis waren und welchen Weg die Schläfer aus dem großen Lager nehmen mußten.

Über unseren Zusammenstoß mit den Trivigauntis will ich hier nichts sagen, das ist so oft besprochen worden, daß es inzwischen niemand mehr hören mag. Shrike, Scleroderma und ich und noch einige andere hatten Nadler. Scleroderma hat ihr Leben riskiert, um unsere Verwundeten in Sicherheit zu bringen, und als der Kampf tobte, wurde sie selbst immer wieder verletzt, aber sie fuhr fort, uns zu pflegen, obwohl ihr Rock schon steif war von ihrem eigenen geronnenen Blut.

Sie ist jetzt seit fünfzehn Jahren tot, und ich bedaure sehr, daß ich so lange gebraucht habe, um ihr den wohlverdienten Tribut zu zollen. Ihre Enkelkinder sind sehr stolz auf sie und erzählen überall, daß sie eine großartige Frau Virons gewesen sei. Niemand in Viron hat sie für eine große Frau gehalten. Sie war nichts weiter als eine kleine dicke Frau, die von Haus zu Haus gewackelt ist und Fleischabfälle verkauft hat. Eine sehr amüsante Frau, die immer neue Scherze zu erzählen wußte und die Silk einmal einen Eimer Abfälle über den Kopf geschüttet hat, weil sie, als er mit ihr auf einer Türschwelle saß, das Gefühl bekam, er wollte sie bevormunden. Aber die Wahrheit ist, daß ihre Enkelkinder völlig recht haben und daß wir uns in Viron geirrt haben. Sie war wirklich eine große Frau, die höchstens beim Vergleich mit Generalin Mint ins Hintertreffen geriete. Wenn sie gekonnt hätte, dann wäre sie mit Generalin Mint geritten, und sie hat in der Cage Street gegen die Garde gekämpft und danach die Verletzten gepflegt. Sie hat in der Nacht, als es schien, die ganze Stadt würde niederbrennen, unzählige Brände gelöscht. Am Ende haben sie und Shrike ihr Heim und ihren Laden und alles andere, was sie besaßen, in dem Feuer verloren, das unser Viertel ausgelöscht hat. Doch selbst in dieser Not verzweifelte sie nicht.

Quetzal hatte Hunderte Karten aus der Schatulle des Kapitels mitgebracht. Er hatte die meisten bereits Remora anvertraut und gab ihm den Rest, als wir die Landefahrzeuge erreichten. Einige von uns hatten angenommen, er hätte sich nur deshalb geweigert, seine Wunden verbinden zu lassen, weil er fürchtete, man könnte ihm die Karten stehlen, doch als die Karten den Schläfern übergeben worden waren, weigerte er sich immer noch.

Zusammen mit den Schläfern besetzten wir dann zwei Landefahrzeuge. Es war gut, daß sie sich aufgeteilt haben, denn sie wußten viel mehr über den Ablauf als wir. Wie es schon viele Male berichtet worden ist, erschien der Monitor, der unser Landefahrzeug steuerte, in den Gläsern und zeigte uns Blue und Green und wollte wissen, welches unser Ziel sei. Niemand wußte es, und daher sprachen wir mit Quetzal, auch wenn er inzwischen schon fast zu schwach zum Sprechen war.

Er bat darum, ins Cockpit getragen zu werden, wie wir den Teil unseres Landefahrzeuges nannten, den Silk als Bug bezeichnet hatte. Der Monitor dort zeigte ihm, genau wie Remora, Marrow und mir vorher, beide Whorls, und Quetzal wählte Grün und starb direkt nach seiner Wahl. Remora trug seine Leiche persönlich in die kleine Krankenstation, was keine leichte Aufgabe war, denn unsere Maschinen arbeiteten mit voller Kraft und sogar noch stärker als beim Verlassen des Whorl der Langen Sonne. Wie es der Zufall wollte, gab es auch in der Krankenstation ein Glas – wahrscheinlich als Hilfe für diejenigen, die sich um die Kranken kümmerten.

An Bord war auch eine Frau namens Moorgrass, deren Handwerk es früher gewesen war, die Toten zu waschen und zu parfümieren und für die Beerdigung vorzubereiten. Remora bat sie, Quetzals Leiche zu waschen und herzurichten, und Maytera Marble und Nettle erboten sich, ihr zu helfen. Ich werde ihre Schreie nie vergessen.

Wir wußten damals noch nicht, daß die Inhumi auf Green leben und nach Blue fliegen, wenn die Whorls in Konjunktion sind. Wir wußten nicht, daß sie Blut trinken und ihre Gestalt verändern könnten. Wir wußten überhaupt nichts über sie. Aber jeder, der Quetzals Körper sah, war zutiefst erschrocken, und Marrow und ich drängten die anderen, wir sollten nach Blue und nicht nach Green fliegen, wie er es vorgeschlagen hatte.

Remora hörte uns an, doch als wir gesprochen hatten, bekräftigte er, daß er Patera Quetzal nach wie vor vertraute, nachdem er so lange Jahre sein Koadjutor gewesen war. Er erklärte, wir würden auf dem Kurs bleiben, den er empfohlen hatte. Erst drei Tage später, als jedem, der das Cockpit betrat, klar war, daß wir dennoch Blue ansteuerten, erfuhren wir, daß der Monitor sich anders entschieden hatte. Heute stellt niemand mehr seine Entscheidung in Frage.

Damit beschließe ich meine Verteidigungsrede und hoffe, die Forderungen meiner Kritiker erfüllt zu haben. Ob mir dies gelungen ist oder nicht und auch wenn ich meine Prinzipien in höherem Maße kompromittieren mußte, als es mir lieb gewesen wäre, ich wiederhole, daß es mir in erster Linie darum gegangen ist, Silks Geschichte und keine andere zu erzählen.

Es ist möglich, daß er tot ist, daß er im Whorl der Langen Sonne gestorben ist. Es kann auch sein, daß er mit Hyacinth später an Bord eines Landefahrzeugs ging, das sie nach Green brachte, und daß er dort den Tod gefunden hat.

Aber es kann auch sein, daß er noch lebt, und in meinem Herzen fühle ich, daß es so ist und daß er entweder im Whorl der Langen Sonne oder – wie ich hoffe – an einem anderen Ort in diesem Whorl der Kurzen Sonne, den wir Blue nennen, lebt. Die Jahre werden ihn genau wie uns alle verändert haben. Ich werde ihn aber immer nur so beschreiben können, wie ich ihn an jenem glühend heißen Sommernachmittag sah, als er mir den Ball aus der Hand riß, mit dem ich gerade einen Punkt machen wollte – ein Mann von überdurchschnittlicher Größe mit etwas bleichem Gesicht, hellblauen Augen und strohblondem Haar, das sich durch keinen Kamm und keine Bürste bändigen ließ. Ein schlanker Mann, aber keineswegs ein schwächlicher oder ängstlicher Mann. Er dürfte eine Narbe auf dem Rücken haben, wo die Nadel ausgetreten ist, und vielleicht hat er auch schwach erkennbare Narben auf dem rechten Arm, die ihm der Geier geschlagen hat, den Mucor den Weißköpfigen nannte.

Mein Name ist Horn. Meine Frau und ich leben mit unseren Söhnen auf der Eidechseninsel in der Nähe des Schwanzes, und wir machen und verkaufen Papier wie dieses, das Ihr jetzt in Händen haltet. Wir wären jedem, der uns eine Nachricht von Patera Silk bringen kann, von Herzen dankbar.

Danach

Horn wischte die Spitze des Federkiels an einem weichen Ledertuch ab und stöpselte die Flasche mit der Tinte zu, die er und seine Frau aus Ruß und dem Saft gewisser Bäume herstellten. Er schob den Stuhl zurück und stand auf. Es war getan. Er war fertig, und jetzt würde ihn vielleicht endlich der Geist des Jungen, der er einst gewesen war, in Ruhe lassen.

Draußen berührte der Rand der kurzen Sonne bereits das Meer. Ein goldener Streifen – ein Goldener Pfad – erstreckte sich über die weiße Gischt bis hin zum Mainframe dieses neuen Whorl, der wahrscheinlich aber überhaupt nicht existierte. Er ging zum Strand, wo Hoof und Hide spielten, und fragte, wo Sinew wäre.

»Auf der Jagd«, erklärte Hide ihm, und Hoof fügte hinzu: »Drüben auf der großen Insel, Vater.« Hoofs große dunkle Augen verrieten, wie sehr er beeindruckt war.

»Er sollte eigentlich schon längst wieder zu Hause sein.«

In diesem Augenblick rief Nettle sie durchs Küchenfenster.

»Geht schon hinein.« Als die Zwillinge Einwände erhoben, bugsierte er sie mit einem kräftigen Stoß in Richtung des Hauses.

Von der Felskuppe aus hatte er einen guten Ausblick auf die Meerenge, doch es dauerte eine Weile, bis er das Fischerboot ausmachen konnte, das in der Ferne auf den Wellen tanzte, und nach wenigen

Augenblicken hatte er es schon wieder aus den Augen verloren.

Die abendliche Dunkelheit kam früh, und bald danach tauchten die kurzen Sonnen anderer Whorls auf dem schwarzen Samttuch auf. Gleich würde Green aufgehen, fast wie eine zweite Sonne, und dennoch als schrecklicher Fluch über ihnen stehend. Green hatte ihnen eine ganze Serie von Stürmen und ungeheuren Flutwellen beschert.

Da!

Horn beobachtete und wartete, bis er sicher war, daß der kleine Funke, den er ausgemacht hatte, sich tatsächlich vor dem dunklen, mit weißen Stecknadelköpfen übersäten Hintergrund bewegte. In diesem kleinen Lichtpunkt war er geboren worden und fast bis zum Mannesalter herangewachsen. In diesem Lichtpunkt war Sinew empfangen worden, höchstwahrscheinlich sogar im Palast des Caldé. So klein war der Lichtpunkt, daß Horn es beinahe selbst nicht mehr glauben mochte.

Fast zu schnell, um bemerkt zu werden, flog etwas Dunkles zwischen Horn und dem Whorl, der einst der seine gewesen war, vorbei. Er schauderte.

Götter, Personen und Tiere, die im Text erwähnt werden

Anmerkung: Die Namen der Personen aus Trivigaunte und der Flieger sowie die Namen der Götter folgen nicht den Konventionen Virons.

Colonel *Abanja*: Siyufs Nachrichtenoffizier.
Aer: Sciathans Geliebte, eine Fliegerin.
Auk: der Prophet des Tartaros.
Maytera *Betel*: eine große, dunkle Frau mit schläfrigen Augen, die Silk in seiner ersten Erleuchtung sah; verstorben.
Colonel *Bison*: Mints wichtigster Offizier.
Blood: Roses Sohn und Mucors Adoptivvater, ein Verbrecherkönig; er wurde von Silk getötet.
Bluebell: eine der Frauen in Orchids Freudenhaus.
Bongo: der zahme Pavian, den Silk beim Kauf Orebs bemerkt hat.
Chenille: Tussahs leibliche Tochter.
Chamomile: Swallows Sekretärin.
Doktor *Crane*: ein Mitarbeiter Abanjas; sein Tod hat Siyuf veranlaßt, Sabas Luftschiff nach Viron zu schicken.
Dace: ein Fischer, der von einem Mann aus Urus' Bande getötet wurde.
Dahlia: vor langer Zeit eine Schülerin der Palaestra in der Sun Street.
Desmid: einer von Pottos Spionfängern; verstorben.
Echidna: die Göttin, die sich verschworen hat, ihren Gatten Pas zu ermorden.
Eland: ein abgeurteilter Mörder.

Feather: ein kleiner Junge, der die Palaestra in der Sun Street besucht hat.

Patera *Feeler*: ein sprichwörtlicher Nörgler.

Fulmar: ein Mitglied in Incus' Schwarzmechanikerzirkel.

Councillor *Galago*: ein überlebendes Mitglied des Ayuntamiento.

Gib: der Riese, der Bongo gekauft hat.

Ginger: eine junge Frau, die beim Aufstand eine Hand verloren hat.

Goldcrest: eine frühere Klassenkameradin Nettles.

Grian: der Flieger, der den Trivigauntis entkommen konnte.

Guan: der Mann mit der Muskete, ein Untergebener von Spider.

Major *Hadale*: die Offizierin, die Saba verhaftet.

Hart: ein Freund Horns, der im Kampf verletzt wird.

Hide: einer von Nettles Zwillingen.

Hierax: Echidnas jüngerer Sohn, der Gott des Todes.

Holly: eine frühere Klassenkameradin von Nettle.

Hoof: einer von Nettles Zwillingen.

Horn: der Kolonist, der *Silks Buch* geschrieben hat.

Hossaan: siehe Willet.

Hyacinth: die frühere Frau Servals.

Hyrax: einer der Toten, die in der Wachstube gefunden wurden.

Patera *Incus*: der Augur, der Remoras Nachfolger wurde.

Patera *Jerboa*: der alte Augur des Manteions in der Brick Street.

Kerria: ein vierjähriger Junge.

Councillor *Kingcup*: neues Mitglied des Ayuntamiento, von Maytera Mint ernannt.

Kit: ein ehemaliger Schüler in Silks Palaestra.

Kypris: Pas' Geliebte, die Göttin der Liebe.

Councillor *Lemur*: der Vorsitzende Ratsherr des Ayuntamiento, wurde von Crane getötet. (Zugleich der Biologische gleichen Namens.)

Sergeant *Linsang*: einer von Mints Freiwilligen.

Lijam: die Kriegsministerin Trivitauntes, eine Verbündete Siyufs.

Lion: der größte von Mucors Luchsen.

Councillor *Loris*: Lemurs Nachfolger.

Macaque: Ein früherer Klassenkamerad von Horn.

Maytera *Maple*: die jüngste Sibylle in Jerboas Manteion.

Maytera *Marble*: das ehemalige Hausmädchen Magnesia.

Marl: Fulmars alter Kammerdiener.

Marrow: der Gemüsehändler, der auf Blue ein Anführer der Kolonisten wird.

Matar: eine von Sabas Flugsoldatinnen.

Junker *Mattak*: ein junger Offizier, der von einem Inhumu angegriffen wurde.

Mear: einer der Flieger, die von den Trivigauntis getötet wurden.

Maytera *Mint*: Echidnas Schwert, auch als Generalin Mint bekannt.

Maytera *Mockorange*: vor langer Zeit Mints Lehrerin.

Molpe: Echidnas verrückte Tochter, die Göttin der Winde.

Moly: Hammerstones verlorene Liebste, ein Hausmädchen (kurz für Molybdenum).

Moorgrass: die Frau, die die Leiche von Orchids Tochter für die Bestattung vorbereitet hat.

Mucor: die junge Frau, die aus einem von Blood gekauften Embryo entstanden ist.

Murtagon: ein berühmter Künstler; verstorben.

Musk: Bloods Geliebter und wichtigster Mitarbeiter; wurde von Marble getötet.

Nettle: Horns Frau, eine ehemalige Schülerin in Silks Palaestra.

Councillor *Newt*: ein neues Mitglied des Ayuntamiento, von Potto eingesetzt.

Nizam: eine junge Flugsoldatin, die Tiere liebt.

Generalissimus *Oosik*: der Oberbefehlshaber der bewaffneten Streitkräfte Virons, von Silk ernannt.

Orchid: die Puffmutter eines Bordells in der Lamp Street.

Oreb: eine Nachtdohle, Silks Haustier.

Der *Außenseiter*: der Gott der Götter.

Paca: der Tote im Tunnel.

Pas: die digitalisierte Persönlichkeit eines Tyrannen.

Peeper: ein Schließer im Juzgado.

Petal: siehe Titi.

Phaea: Echidnas dicke Tochter.

Patera *Pike*: der alte Augur, dessen Akoluth Silk war; verstorben.

Poppy: eine Freundin von Chenille in Orchids Freudenhaus.

Councillor *Potto*: ein überlebendes Mitglied des Ayuntamiento.

Patera *Quetzal*: ein männlicher Inhumu, auf Green geboren.

Patera *Remora*: der hochgewachsene Augur, der erwartete, Quetzals Nachfolger zu werden.

Generalin *Rimah*: Siyufs Stabschefin.

Rook: einer von Mints Untergebenen.

Maytera *Rose*: die alte Sibylle, deren Persönlichkeit mit Marble verschmolzen ist; verstorben.

Generalin *Saba*: die Frau aus Trivigaunte, von der Mucor bei Silks Abendessen Besitz ergreift.

Sergeant *Sand*: Hammerstones Truppführer.

Sard: ein Pfandleiher, der sein Geschäft nicht weit von Orchids gelbem Haus entfernt in der Saddle Street hat.

Schist: ein Soldat in Sands Trupp.

Sciathan: der Flieger, der von den Truppen aus Trivigaunte gefangen wird.

Scleroderma: die Autorin eines viel kürzeren Berichts über den Exodus aus Viron und die Ereignisse, die zu ihm geführt haben.
Scylla: Echidnas ältestes Kind, die Göttin des Wassers.
Captain *Serval*: der Offizier, der in Limna vorgab, Silk zu verhaften; wird normalerweise nur ›der Captain‹ genannt.
Sewellel: der Tote in der verlassenen Wachstube.
Shale: ein Soldat in Sands Trupp.
Patera *Shell*: Jerboas Akoluth.
Shrike: Sclerodermas Mann, ein Metzger.
Sigada: siehe Crane.
Silah: eine Tochter der Rani von Trivigaunte.
Caldé *Silk*: der junge Augur, der aus einem von Tussah gekauften Embryo heranwächst.
Sinew: Nettles ältester Sohn.
Major *Sirka*: die Befehlshaberin der Vorausabteilung aus Trivigaunte.
Generalissima *Siyuf*: die Oberbefehlshaberin der bewaffneten Streitkräfte Trivigauntes.
General *Skate*: ein Untergebener von Oosik, dem Rang nach der Kommandant der Wache des Caldé.
Major *Skin*: ein Untergebener Bisons.
Skink: einer von Mints Untergebenen, wird bei den Kämpfen verkrüppelt.
Slate: ein Soldat in Sands Trupp.
Sphigx: Echidnas jüngste Tochter, die Göttin des Krieges.
Spider: der Leiter von Pottos Spionageabwehr.
Sumaire: eine Fliegerin, die von den Trivigauntis getötet wird.
Direktor *Swallow*: der Direktor der Manufaktur, in der Talusse hergestellt werden.
Councillor *Tarsier*: ein überlebendes Mitglied des Ayuntamiento.
Tartaros: Echidnas ältester Sohn, der Gott der Dunkelheit.

Teasel: ein Mädchen, das von einem Inhumu angegriffen wurde.

Thelxiepeia: Echidnas dritte Tochter, die Göttin der Gelehrsamkeit.

Tick: der Katachrest, den Silk sich vor dem Kauf Orebs angesehen hat.

Titi: einer von Spiders Spionfängern; verstorben.

Thyone: eine Nebengöttin; wird von denen angerufen, die aus dem Bodensatz von Wein die Zukunft weissagen.

Commissioner *Trematode*: der leitende Beamte Virons, der für die Diplomatie, Zeremonien und Fragen des Protokolls zuständig ist.

Trotter: der Besitzer einer Schenke in der Nähe des Juzgado.

Caldé *Tussah*: Silks Vorgänger; wurde wahrscheinlich ermordet.

Urus: ein früherer Gefährte Auks.

Villus: der kleine Junge, der mit Musks Nadler Maytera Marble das Gesicht zerkratzt hat.

Violet: die zweitgrößte Frau in Orchids Freudenhaus.

Willet: der Fahrer, der Hyacinth mit dem Schweber zu Ermine's Hotel gebracht hat, wo sie sich mit Silk treffen wollte.

Maytera *Wood*: die älteste Sibylle in Jerboas Manteion.

Wool: ein Untergebener Mints; er hat die Ochsen gelenkt, mit denen die Getreidebörse abgerissen wurde; verstorben.

Meister *Xiphias*: Silks selbsternannter Leibwächter.

HEYNE BÜCHER

Das Comeback einer Legende

George Lucas ultimatives Weltraumabenteuer geht weiter!

01/9373

Kevin J. Anderson
Flucht ins Ungewisse
1. Roman der Trilogie »Die Akademie der Jedi Ritter«
01/9373

Der Geist des Dunklen Lords
2. Roman der Trilogie »Die Akademie der Jedi Ritter«
01/9375

Die Meister der Macht
3. Roman der Trilogie »Die Akademie der Jedi Ritter«
01/9376

Roger MacBride Allen
Der Hinterhalt
1. Roman der Corellia-Trilogie
01/10201

Angriff auf Selonia
2. Roman der Corellia-Trilogie
01/10202

Vonda McIntyre
Der Kristallstern
01/9970

Kathy Tyers
Der Pakt von Bakura
01/9372

Dave Wolverton
Entführung nach Dathomir
01/9374

Heyne-Taschenbücher

HEYNE BÜCHER

Lois McMaster Bujold

Romane aus dem preisgekrönten Barrayer-Zyklus der amerikanischen Autorin

Waffenbrüder
Band 7
06/5538

Spiegeltanz
Band 8
06/5885

06/5885

06/5538

Heyne-Taschenbücher